跨度长篇小说文库

Kuadu Novel Series

跨度长篇小说文库
Kuadu Novel Series

到底该不该爱你

陈庆宝

◎著

DAODIGAI
BUGAIAINI

中国文史出版社

到底该不该爱你「目录」
CONTENTS

第一章 祸起短信

女人郁静后来说，她这辈子最失败的两件事，一件是嫁错了男人，另一件则是没嫁对男人。

郁静在说这话时神情呆滞，目光中透着一股子从未见过的懊恼和悔恨，看上去犹如中了邪似的。但她脑子却很清醒，清醒得好像自己刚从一场噩梦中醒来。

她记得，事情就发生在这年三月的一个晚上。其实，这天晚上对她来说，与之前的每晚没有多大的区别。老公梁超从外面回来时，她依然热情而又满心欢喜地迎了上去。这除了习以为常，也有为人妻对几天没见着自己男人的那份想念，更有一个三十出头、风韵正浓的女人，对那男欢女爱的贪恋和难以抑制的躁动。另外，凭着一个女人的直觉，她也越来越觉得自己的老公梁超近来好像有事瞒着自己。为此，她想让老公梁超知道，她是何等地爱他在乎他。所以，她一听到楼道里有了老公梁超的脚步声，就立马从沙发上站起身来，快步朝门口走了过去。

郁静的老公梁超，是县城梁氏公司的总经理。梁氏公司虽然是家族式企业，但在县城倒也小有名气。一年前，梁超的父亲患胃癌去世后，他子承父业，也理所当然坐上了梁氏公司总经理这把交椅。从此，他头上不仅有了总经理的光环，也不再被他父亲的"紧箍咒"所束缚。于是，他如一头挣脱缰绳的野马，更加无拘无束、随心所欲了。

梁超的父亲在世时，郁静就帮着公公打理着公司的生意。那时的她虽没有公司副总的头衔，却做着比公司副总还多的工作，不仅如此，还兼着财会和库管，以及打杂的事。自从公公去世，老公梁超当上公司总经理后，她又顺理成章地多了两职——总经理私人秘书兼生活秘书。从此，她不仅要协助老公梁超打理公司，也要为老公梁超的生活起居操心费力。

1

这晚吃过晚饭，天已黑了下来。屋外的街道尽管熙熙攘攘，却已失去了白天的喧嚣。各种灯具虽然把整座县城装点得光怪陆离亮如白昼，但给人们的感觉却如雪天的早晨——始终冷冰冰的。这晚的郁静仍同以往一样，洗碗刷锅又给女儿洗过澡后，自己也躺在浴缸里，用沐浴露洗了个热水澡，然后就身着睡袍，浑身芬芳地斜靠在客厅的沙发里，一边无聊地玩着手机，一边等着她老公梁超回来。在玩手机之前，她给老公梁超打了好几次电话，想问问他这晚回来不，若不回来，她想把女儿娇娇抱过来同自己一起睡。没想到，每打一次，她听到的，都是同一个女人那甜美的声音："您好，您拨打的电话暂时无人接听，请稍后再拨。"

其实，郁静这晚给老公梁超打第一个电话时，并不是这么想的。她当时是以一个女人、一个妻子的身份打给她老公梁超的。老实说，几天不见自己的男人，身心都觉得空落落的，似乎缺少点什么。这感觉伴随着夜的越来越静，时间的越来越长，叫她心猿意马，又难以把持。但当她接二连三打了几个电话，等来的都是同样的结果后，她心里不由得升腾起一丝难以表述的失落和沮丧……后来，不知是因此失去了信心，还是由于屡遭冷落伤了自尊，她从先前的狂热中慢慢冷却下来，恢复了历来的稳重和冷静。与此同时，她也才想起了自己那既乖巧又调皮，却一直被亏欠着的女儿——娇娇。

女儿娇娇满月后，一直由婆婆带着。这并不是婆婆有多爱这孙女，而是她有些不得已。她既倔不过自己相濡以沫几十年的老头子，也盼着两个年轻人能抽出时间来，尽快给老梁家再生一个胖小子。所以，娇娇现在都上幼儿园了，也很少被郁静抱着睡上一夜。

郁静这晚正玩手机玩得无趣，准备独自去睡觉时，楼道里传来了男人梁超的脚步声。说实话，结婚几年来，她对自己男人不说了如指掌，但对他的言谈举止和生活习性，她至少也知道个八九不离十，其他的不用说，就老梁超的脚步声，不只在家里，即便是在办公室，她也一听便知。

此时的郁静听着梁超在楼道里那由远及近的脚步声，也同往常那样，即刻起身迅疾地去开了门。接着又将梁超的拖鞋齐整地摆放在门口的鞋垫上，然后就亭亭玉立地静候在那里，那样子显得很卑微。

每一次，她也暗自问，她这么做是不是有些糟践自己，是不是也太放任娇宠老公梁超了。但想想梁超曾经对她的好和追求，再想想梁超母亲对她的嫌弃和漠视，她心里除了感激，也憋着一口气。她因而一次次暗自发誓，她要做一个好媳妇让梁超的母亲自责并接纳自己，也要做一个好女人，给梁超爱和幸福。所以，结婚几年来，她一直埋头工作，把公司里的事打理得井井有条，生意也做得风生水起。当然，对老公梁超更是钟爱有加，始终如一，每晚不管老公梁超多晚回来，她也要等到他回来了，才肯去睡。

这晚，她听着梁超那"扑哧扑哧"的脚步声，看着他拖着沉得如灌了铅的双腿，疲乏而萎靡地出现在楼道里，心里不由"咯噔"了一下，她先以为梁超是喝醉了酒，但他身上又没有酒气。于是，她心里便有了一丝怪怪的感觉。不过，即便这样，她也没把梁超这模样，与男女间的那事联想在一起。所以，她还是一脸温和地朝梁超迎了上去。与此同时，先前因梁超的冷落而冷却了的那爱，那情，以及那难以抑制的躁动，重又回到了她的心里和骨子里。那样子，好像又回到了那新婚的蜜月里。

郁静朝老公梁超迎上去后，挽着他的胳膊，小心翼翼地把他搀扶到门口。在梁超跨门之前，她又立马蹲下身去，一边为他熟练地脱着鞋袜，一边头也不抬地嗔怪他说："几天不回家，电话也没一个，打电话还不接。"

郁静在说这话时，不知咋的，心里顿时有了酸酸的感觉，眼睛也有几分湿润。因为在与梁超分别的这些天里，她心里一直空落落的，晚上睡觉也老做噩梦。每一次从噩梦中醒来，她总觉有什么事要发生。但天亮后，当她把精力全集中在工作中时，她又把那噩梦，以及心里那不明不白的担心全忘了。

而此时的梁超听了郁静这话，才从刚才的疲惫中警觉过来。他虽然一时没看清郁静脸上的表情，但做贼的心虚也让他胆怯不已。为了不让郁静抬起头来看出他的异样，趁她还蹲着身子埋头为他脱鞋换鞋时，便故作难为情地回答郁静说："唉！不是没时间吗？"

梁超说过这话，郁静已为他换上了拖鞋，也撑起了身。由于蹲着憋得太久，郁静站起身来时一脸通红，看梁超的目光也有些火辣辣的。梁超见后，心里一紧，整个人也有了被捉奸在床的紧张和恐惧。但当他定神再看看自己的女人，才暗自骂自己沉不住气，因为郁静此时正和颜悦色地望着他，看他的目光虽然很灼热，却看不出来对他有怀疑和拷问的意思。他这才平静了下来，并任自己女人挽着，故作恩爱地进了客厅。

此时的夜已很深。客厅里那 LED 灯的灯光显得尤为柔和润白，摆成"U"

字形的真皮沙发和摆在其中的柚木茶几，在雪白透亮的灯光下，像沐浴了奶油般的女人，不仅肤色细腻，雍容华贵，同时也让整个客厅显得尤为高雅华丽。身在其中，让人倍感温馨和愉悦。

郁静挽着老公梁超来到客厅后，同以往的每晚那样，站在沙发前，先为梁超脱去了外衣，顺手又将外衣挂在了沙发旁的衣架上，然后才转身面对着梁超，一脸温情地问："老公，吃饭没？"

郁静在说这话时，声音不仅甜润，也带着几分娇宠的意味。特别是她那对双眼皮的大眼睛，含情脉脉的，好像在向自己男人表述着什么，索求着什么。而梁超见了自己女人这模样，心里自然明白了，若是以往，他定会心有灵犀地抱上她直奔卧室而去。而这天晚上，他与外面那女人丹红玩过之后，他感觉自己的身子被掏空了，心里也有一种做贼的惶惶然。因而在回家的路上，尽管他浑身上下流淌着一种畅快和疲惫，却也不由自主地担心不已。当然，他并不怕回家后被自己母亲絮絮叨叨，也不怕郁静兴师动众地问他为啥不接她的电话，而是怕自己进屋后，再同往常一样，被郁静的缠绵所迫……万一自己到时力不从心，就会暴露他在外面的放荡。所以，这晚他一看到郁静那温存的模样，就感到十分惊慌。为此，他迫使自己镇静下来，正儿八经、装模作样地对还在为他忙前忙后的女人郁静说："哦，吃过了。哎呀，几个客户贪嘴得很，硬要我请他们撮一顿，我本想打电话叫你出去一块儿吃的，但估计你要在家陪娇娇，再说，我也知道你不喜欢那场面。万一他们要是当着我的面，和你喝交杯酒，你说我到时怎么下台？"

梁超在说这话时，故作情真意切，又带着几分挑逗的意味。而郁静听后，心里不仅舒畅也甜丝丝的。与此同时，女人与生俱来的对男人的需求，如两团星星之火，让她的身心不由有了隐隐约约的躁动。于是她仰起头，睁着她那双会说话的大眼睛，深情而又带着几分暗示地看了男人梁超一眼后，便同以往梁超在家一样，转身朝卫生间而去。不一会儿，卫生间里便响起了"哗哗"的放水声。

不过，此时的郁静并非在卫生间里洗漱自己，而是在往浴缸里注水。将浴缸注满水后，她又蹲下身子，翘起圆臀，把嫩白润滑的纤纤细手放进水里试了试水温，才站起身来走出卫生间，浑身带着沐浴露的芬芳，散发着女人特有的体香，跶着响声轻快的拖鞋，带着富有柔美感觉的"噼啪"声来到了客厅，并站在躺在沙发里已呼呼大睡的老公梁超的面前，如诓小孩般一边轻轻摇动着看似已进入梦乡的梁超，一边柔声细气地说："老公，洗澡去啊！洗了去床上睡，看你，几天没回家，身上都是些什么味儿。"

的确，梁超的身上，确实有一种难闻的气味。这气味是梁超刚从外面回来时，她一靠近就闻到了的。

这晚的梁超，因为在回家的路上与外面的女人丹红在车里经历了一场"交战"，所以回家后，等郁静起身去了卫生间，就浑身瘫软如泥地躺在沙发里睡着了，不仅打起了鼾声，好像还浑浑噩噩地做起了梦。他梦见的，依然是丹红上下颤动的样子。所以，当郁静为他放好洗澡水，重又来到他身边，一边柔柔地推搡着他，又一边嗲着声音一遍遍叫他时，他才从桃色的梦中醒来，一脸愕然地坐起身，惊恐万状又不知如何是好地望着她。

郁静看到梁超满脸的惊愕，诧异了几秒，很快又恢复了先前的样子。她伸手把老公梁超从沙发里扶起来后，接着搀着他去了卫生间，然后就同之前的每晚一样，为他宽衣解带。然而，当她那纤美的手指刚一接触梁超的内裤，梁超就立刻一闪身躲开了。郁静一见以为梁超害羞，心里不由乐滋滋的。于是，她两眼羞涩地瞪了一眼梁超后，便红着面颊，心里如有小兔蹦跳般重又回到客厅，一边心猿意马地等着他洗完澡出来同进卧室，一边听着卫生间里那好听又撩人的水声，任自己的思绪狂乱不已。

五年前，郁静高中毕业后，因家境破败，不得不弃学选择了自谋生路，南下打工。但面对着离家的艰辛，以及对打工生活的不适应，还有刚步入社会那人与人之间的钩心斗角，她不由明白了打工绝不是长久之计。因此，她想到了学门技术自食其力，这样既不被别人约束，又能养家糊口。即使青春不再，容颜老去，也可生存。于是，她东打听西打听，又绞尽脑汁，最终选择了美容美发这行业，并花了几千元钱去省城的美容美发培训班接受了正规培训。结业后，便回到县城开了一家发型屋。门店虽然不大，装修也不够气派，生意却一直不错，时常还忙得她顾不上吃饭，顾不上休息。然而，一年后梁超的出现，彻底改变了她的生活轨迹，也改变了她的整个人生。

当时正值阳春三月，春的娇美和妩媚不仅让大地焕然一新，也让世间万物充满了生机。街边的行道树羞答答地萌了嫩芽，街道中的行人也潇潇洒洒地脱去了厚实的冬装，或容光焕发，或青春靓丽地展示着各自的魅力，女孩们更如出水芙蓉般展示着自己的婀娜和娇美……这天午后，郁静的发型屋突然来了一个身着短袖衬衫，头发梳得锃亮，目光中透着贪婪和傲气的青年男子。郁静见后，凭着自己的直觉，还有外出打工学到的见识，断定这样的人不是纨绔子弟，就是心术不正，大多会明目张胆地占女孩的小便宜，今天摸摸这女孩的手，明天捏捏那女孩的臀也是常有的事……因而，她对这样的男人不仅恶心也痛恨至极。但是，她万万没想到，她和这个男人的游戏人生也是在这种氛围中开始的。

那天，当她弓着腰在店里的大镜子前忙着烫洗毛巾时，突然发现对面墙上的那大镜子里，一个陌生男人正站在她身后，目不转睛地盯着她的臀部，神情色眯眯的。郁静见后，被羞辱的感觉让她怒火中烧，于是她站起身来，端起盛着沸水的脸盆猛然转过身去，她是准备以此避开眼前这好色之徒，同时也让他知道，不要想入非非。哪知，就在她转身的一刹那，不知是她心里憋着的气让她昏了头，还是她诚心要教训一下身后那个色男人，她手中的脸盆竟一下撞在了那男人的身上，从她手中"哐当"一声掉在了地上，而脸盆里的沸水也泼了那男人一脸一身。只听那男人"哎哟"一声，那浓浓的热浪便弥漫了整间屋子，在这雾气的包裹中，郁静看见那男人的脸和裸着的手臂上，顿时被烫起了一个个大大小小的水泡。她顿时吓得呆若木鸡，手足无措。是呀，这事一旦被那男人纠缠起来，她不只是赔礼道歉，赔偿这费那费，可能还会从此不得安宁。哪知，就在她被吓得"这……这……"半天说不出一句完整话的时候，那男人却上前一步，很随和地安慰她说："没事，不就洗了一把热水脸嘛。"

郁静当时听了那男人这话，一双惊魂未定的眼睛怀疑地注视着他，她以为他此时在故意装好人，要不就是浪荡公子们惯用的伎俩，立马就会翻脸话锋一转，对她伶牙俐齿凶相毕露的。所以，她的脸色依然蜡白如纸，心也紧张得如打夯般"怦怦"跳个不停。但让她万万没想到的是，就在她不知如何是好时，那男人竟一声不吭地露出了满脸的笑，这笑里也充满着真诚，嘴上还一个劲地安慰她说没事。郁静当时既胆战心惊，又感动不已，颤着声音一个劲地向他赔不是，又忙转身从里屋拿出了自己用的润肤霜……

郁静那天在为那男人的脸涂抹润肤霜时，或因先前的心悸，她竟忘记了一个女孩与一个陌生男子面对面的矜持和羞涩，一边在他的脸上柔柔地涂抹着，又一边翘着因惊吓而微微颤动的嘴唇为他轻轻地吹着，还时不时怜悯又带着几分柔情地问梁超"疼吗？"后来，或为了得到他的谅解，又或为了缓解她和他之间既尴尬又紧张的气氛，她给他涂抹过润肤霜后，竟跟他讲了自己的不幸和不易。当然，她给他讲了她父母的早逝，讲了打工的艰辛，还讲了开这发型屋的不得已，以及其中的酸甜苦辣，所受的屈辱和折磨。她讲得情真意切，也令人心酸落泪。那男人听了她的述说后，除了连连感叹，还时不时给她说一两句安慰的话。与此同时，他也向她介绍了自己，并在她面前炫耀了一阵他的家境，以及他们家在县城所开的公司和在县城的名气。

郁静听了梁超的炫耀，不知是真被打动了，还是因烫伤了他想说上几句奉承话，让他原谅自己，她故作惊讶地回答梁超说："呵呵，你们家真有钱，还开着公司，真了不起，简直叫人羡慕死了……"

郁静在说这话时，心里尽管紧张得"怦怦"直跳，还是故作一脸兴奋。而梁超听了郁静的感叹，知道郁静是在有意恭维自己，于是更加得意了起来，涂了润肤霜的脸上不仅洋溢着得意，出口的话也更肆无忌惮不着边际了："啥了不起哟，就那个样。是我呀，早就把我们家那公司给转出去了。"

郁静听了梁超这话，虽然感觉梁超在故作炫耀，但仍一脸惊奇地对梁超问："为什么呢？"

梁超当时听了郁静这问，更兴奋了起来，他两眼灼热地盯着郁静说："男儿志在四方，何必要困死在这县城？"

郁静听梁超这么说，心里再次感觉他在夸夸其谈、自以为是。不过，因失手烫伤了他的愧疚，她不想让他扫兴，更不敢对他嗤之以鼻，所以仍然恭维着说："呵呵，都这么好的家境和条件了，还这样谦虚……"

梁超一听郁静这话，浑身简直是热血沸腾，脑子里更有一种成功者的飘飘然和狂喜。他没想到一时的阴差阳错，就这么轻而易举地接近了郁静。

前不久，他就听说这里有个开发型屋的美女。对他说这话的人，是他的一个哥们儿。他这哥们儿当时说得口若悬河，无论是眼神还是脸上的表情，都有一种望尘莫及的叹惜。梁超当时听了尽管为之入迷，却有几分怀疑。他想，巴掌大的县城还有他没见过的美女？即使有，去省城的去省城，上北京的上北京，留在县城的就可想而知了。所以，他那天是有意来郁静这发型屋，看传说中的这美女是不是真如那哥们儿说的那样漂亮，没想到刚到郁静店里就出了这样的事。

郁静给他涂润肤霜时，他将郁静尽收眼底的。郁静当时尽管与他保持着一定距离，但这距离也只是郁静心里的一道防线而已，却没有一点儿实际意义。因为他当时不仅能看到郁静那润白而吹弹即破的肌肤，就连她肌肤上那细细的毛孔也被梁超窥视得一清二楚。不仅如此，他还能听见郁静的心跳和柔柔的呼吸。这呼吸带着丝丝的热浪和湿润，也带着丝丝的香甜，洋洋洒洒地钻进了他的嘴里、鼻孔里，又一溜烟淌进了他的心里。

那天的最后，不知梁超是怜香惜玉，还是玩着心计，尽管他对郁静想入非非，但还是抑制住了自己。的确，郁静那天如遇上了天下第一好人般，对他感恩戴德。在他准备离开发型屋回家时，郁静又给他涂了润肤霜，并一边涂，一边感激地对他说："谢谢你的宽宏大量，万一有啥，跟我说一声，我会负责的。"

就这么，郁静与素未谋面的梁超便有了来往，完全没料到会与他在后来的日子里，同吃一锅饭，同台演绎着一幕人生悲喜剧。

郁静这晚想到这里时，便屏住呼吸听了听梁超在卫生间里的动静。梁超在卫生间洗澡时的撩水声依然不紧不慢地响个不停，听那动静，一时半会儿还出不来。因而，她的心里暗自埋怨后，只好把先前的思绪接着想了下去。

郁静那天在梁超离开时，对梁超尽管说了那慷慨激昂的话，但梁超走后，她还是一下瘫了下去，同时也感到了事情的蹊跷和后怕。她想，她这天的运气还好，碰上一个通情达理之人，要是遇上一个无赖或小混混，她这天就是好话说尽，甚至磕破头皮，跪烂膝盖也难了此事。但当她这么想过，不知咋的，心里又不踏实起来，她真怕名叫梁超的这男子，之前是虚荣心作祟，想在她面前逞能，故而没给她出难题，但回去被家人或邻里一说一挑拨，再来找她讨说法。同时她心里也依然在为他担心，怕他被烫的手和脸感染，因此留下啥后遗症。如果真这样了，梁超即使不去找她，她也活得不安心。是呀，一个大小伙子如果因此破了相，已经安了家还好，若没安家，今后怎么找对象呢？

郁静越想越后怕，几乎吓出了泪，并一个劲地责怪自己太大意，甚至后悔当初不该学这手艺。但事已至此，她又觉得再自责也无济于事，也不可能弥补自己一时冲动所带来的恶果。思来想去，也只能听天由命，顺其自然了。

从那以后，她便天天提心吊胆地过着日子。每天早晨开门时，她总要先探出头，看看门外有没有啥动静，接着再把目光投向梁超去的那方向，看有没有梁超的身影。在工作上，每当有顾客来到她店里，她的心也会为此一紧。因为她怕这来者就是来找她讨说法的梁超。但让她欣慰的是，时间一天天过去了，事情依然没发生。一段时间后她恐惧着的心也渐渐平静了下来。然而这一天，当她习以为常又聚精会神地为一位女顾客做头发时，一个人影突然从门口走了进来，本能的反应让她不由一惊，她立马回过头去，没想到梁超这时已不声不响站在她的身后，她为此一阵恐惧，不仅背上吓出了冷汗，脸也变了色。

然而，当她在慌乱中看清了梁超那张既陌生又熟悉的脸和脸上的表情，惶恐中的她镇静了下来，心里也踏实了。因为她看见梁超这张被她烫过的脸，不仅没有留下任何疤痕，仍光洁如初，还面色红润。脸上尽管带着纨绔子弟常有的任性和调皮，盯着她的那目光也咄咄逼人，却看不出对她有恶意。郁静见后，虽有几分紧张，但吊着的心总算放了下去。她于是一脸难为情地冲梁超笑了笑，又点了点头，才回过头去做自己的事。等做头发的那女人一离开，她就主动跨到梁超的面前，并对梁超关切地问："烫着的地方还疼吗？对不起，都怪我太大意……"

郁静说过这话，一副自责的样子。没想到梁超却对她说："没啥，就是还有些火辣辣的疼。"

郁静听后，心里顿时一紧，她不知道梁超这么说的意思，又像感觉到了什么，心里再次笼罩上了恐惧的阴影。为了表示诚意，她忙对梁超说："要不再涂点润肤霜，我马上去拿。"

郁静说过这话，还没等梁超回答，就急忙转身去了里屋……

婚后的郁静想，她会和梁超结婚，并非是由于老梁家的万贯家财和在县城的名气，也不是因为梁超的洒脱，以及她烫伤了梁超后的自责，而是梁超这天对她做的一件事让她不得已。这也是她心中一直以来不为人知的一个秘密。这不仅让她难以启齿，也是她今生遗憾的起因……

郁静这晚的思绪，最后是被她老公梁超手机里那短信的来电声彻底打断的。当时的她，不知是对梁超手机里那短信的好奇，还是梁超几天不回家给她心中留下的那一抹阴影，让她忘记一切地一下站起了身，并侧过身去，从沙发旁的衣架上取下了梁超的外衣，又迫不及待地从这衣服的衣兜里摸出了梁超的手机。但就在她翻开梁超的手机，目光刚触到手机屏上那一串蝌蚪般的小字时，她整个人如遭了霹雳般，顿时一脸骇然，呆若木鸡了……

第二章 短信之谜

梁超手机上的短信很简单，但字字戳心："亲，到家没？早点休息，做个好梦哟！想你！"

郁静这晚的目光，刚一触到这短信的第一个字，立马就警觉了起来。她因而再睁了睁眼睛，并抬起手臂用手背将两眼使劲揉了揉，然而当她再次睁大被揉过的眼睛，将整条短信看了一遍又一遍，确定没看错之后，突然感到五雷轰顶，天旋地转。一时间，她心中曾有的美好，以及几天来对自己男人的贪恋和欲望也荡然无存了。同时，她的脑子里也飞速地回想着老公梁超近段时间来的异样和诡秘。

几个月前，梁超不顾她的质疑，在他母亲的支持下，以梁氏公司的名义，收购了一个叫丹红的女人的"直销公司"。但从这之后，梁超回家的时间不仅越来越晚，间隔的时间也越来越长了。回家后，无论是吃饭还是去卫生间，手机也总不离身。以前，梁超每次从外面回来，总是大大咧咧地将手机随手一扔，不是在茶几上，就是在沙发上，有时还忘在了卫生间里。到了打电话时，他才满屋子找来找去。每一次，郁静既生气又不知说他啥好。除了埋怨梁超如始终长不大的娃一样丢三落四，也帮着找来找去。多少次，因找得无奈，郁静只好掏出自己的手机拨了梁超的手机号，循着梁超手机的来电声，才找了出来。所以，后来当梁超不再丢三落四的时候，郁静还为此暗暗高兴了好一段时间，觉得梁超好像一个突然长大的孩子，不需要自己再操心了。哪知时间一长，她又觉得这里面好像有问题。这种感觉是因梁超在家接电话时，总要避开她而产生的。在这之前他俩的电话谁接都可以，梁超有时嫌麻烦，他的手机有了来电，总要将手机递给郁静去接。而现在，梁超的电话好像有了天大的秘密，只要他的手机有了来电声，梁超首先看的是来电号码，然后才决定是否当着郁静的面接。郁静也由此掌握了梁超接电话的规律，只要是晚上的电话，梁超几乎都要避着她。若是在家里，梁超避开郁静后，还要把房门关得严严实实。那样子，生怕郁静听见了他接电话时的秘密。

　　有一次，郁静和梁超正躺在沙发上一边看电视，一边嗑瓜子。后来，梁超也许是内急憋不住，来不及带手机，就匆匆去了卫生间。哪知，梁超的离开，让习惯了两个人坐在一起看电视的郁静突然感到了无聊和冷清，加上此时的电视里全是广告，她连换了几个台，不是中老年的保健药，就是各种加盟店，这让郁静不仅没兴趣也心烦。于是，她随手拿起了老公梁超丢在沙发上的手机，有事没事地翻看了起来，没想到就在她毫无意识地将手机点开，又毫无意识地浏览着手机里的一条条信息时，梁超从卫生间走了出来，一眼看见郁静在翻看他的手机，不仅沉下了脸，还暴跳如雷了起来。他几步跨到郁静的面前，先从郁静的手里一把抢过手机，接着就冲郁静一顿斥责："你这人啥素质？没事看别人的手机干啥？你跟谁学的？真是……"

　　郁静当时被梁超这么一吼，不知发生了啥事，她回过头懵懂地看着仍一脸怒气的梁超，如从梦里醒来般，困惑又惊愕地问梁超："咋啦，不就随便翻翻，又没把手机弄坏，干吗这么大呼小叫的？"

　　梁超看着郁静那一副懵懂的模样，猜想郁静也许真没看到他手机里的东西，才平息了怒气，坐下身来，双臂一伸，将郁静搂在自己的腿上，故作柔声柔气地说："乖乖，知道不，这是做人的起码素质，随便翻看别人的手机是不对的。这就跟不许随便看别人的日记一样……"

　　郁静被梁超这么一说，加上梁超把她搂抱在自己的腿上后，双手又在她身上示好地抚弄着，先前的惊吓才镇定了下来。但她还是不明白，一家人，况且又是两口子，看一下手机为什么要这么大动干戈呢？于是她瞪着梁超问："我又没看别人的手机，至于上升到素质层面吗？"

　　梁超是发过火后，突然感觉自己发这火不是时候。他想，老婆郁静如果由此怀疑起自己来，并追根究底，他该咋办？所以，他忙露出笑来，又立即将郁静朝怀里紧了紧，接着又抱住郁静的头，在郁静的脸蛋上狠狠咬了一口说："好老婆，没吓着吧？我是怕你在外面吃亏，在家里养成了看别人手机的坏习惯，在外也很难把持自己的。若这样，别人会把你这老板娘、公司的副总看成啥人？他们会说你变态，说你窥视别人的隐私，不道德，你想，果真那样了你咋做人，在员工们面前还有威信吗？"

郁静听了梁超这话，好像也感到了这事的严重性，她眨巴着眼睛问："你说的是真的？有那么严重？"

梁超又在她的另一侧脸上亲了一下说："真的，我还能骗自己老婆吗？不信，我给你讲个故事。"

梁超说过这话，正了正身，但仍让郁静半依在自己怀里，然后一边玩着心计思索着，一边给郁静讲了他编的故事。

他跟郁静说，从前有个偷盗成性的小偷，已到了不可救药的地步，他不仅偷街坊邻居，就连自己的七大姑八大姨也不放过。但他知道自己偷盗别人的东西不对，每次偷盗后他也痛心疾首，后悔不已。但他无论如何也管不住自己，每走一家，他都要偷一点儿东西回家，心里才能平静。后来他想了一个办法，他每次去邻里亲戚家串门，事先都叫他们把家里值钱的东西藏好，他说他没办法，养成了偷东西的怪癖，看着值钱的东西就管不住自己……

郁静听了男人梁超给她讲的这故事，"扑哧"一下笑出了声，她没想到世间还有这么有趣的事。因此，她对梁超先前对自己的粗暴，也有了理解。但是，一段时间后，当她再次想起这晚的情景，又隐隐地觉得不踏实，她总觉得梁超这么做有什么目的，是什么，她又始终想不明白。因而，她对梁超的手机，始终充满着好奇，只是不敢再随意翻看了。她除了怕被梁超发现遭到臭骂，也怕因此影响到他们的夫妻关系。

然而，这天晚上，当梁超在洗澡间洗澡时，她听了梁超手机里那短信的来电声，她不知是跟梁超给她讲的那小偷那样，已养成了想窥视梁超手机里秘密的怪癖不能自已，还是想把心里那朦朦胧胧的东西弄个明白，反正不由自主地将梁超的手机再次看了。但这一看，不仅让她大吃一惊，也让她从此陷入难以自拔的恐惧和困惑里。

这晚的最后，她心里尽管乱糟糟的，但她还是说服了自己。所以，在没弄清事情之前，她不想与梁超闹得不愉快。毕竟，梁超手机上那信息有些不明不白，况且，她也不知道给梁超发这信息的人是男是女。再说，她上次翻看梁超的手机，梁超那恼羞成怒的模样，至今让她心有余悸。因而，她此时想好了对策，一是不能让梁超知道她看过他的手机，二是在梁超出来之前，她必须将梁超这手机放回原位。还好当她把梁超的手机重又放进梁超的衣兜后刚转身坐下时，梁超才从卫生间里漫不经心地走了出来，虽然浑身湿漉漉的、却仍提不起精神。来到客厅后，他站在沙发前打了一个长长的哈欠，嘴还没合上就对郁静说："呃，咋还没去睡？唉，今天忙的事太多，好困……"

梁超说过这话，又打了一个哈欠，便疲惫不堪地朝卧室走去。但刚一挪步，又突然想起什么似的，折身从沙发旁的衣架上，取下他那浅灰色的外衣，并从衣兜里摸出手机看了看，才一边摁着关机键，一边拖着如灌了铅的腿进了卧室。

这晚的郁静，看了老公梁超手机上那短信后难以入眠。在梁超问她"咋还不去睡"时，她脑子里正一团乱麻，所以，她不但没啥反应，还如没听见一样木然而呆愣。当然，梁超心里因为有鬼，也没在意她这冷冰冰的样子，就疲惫不堪地进了卧室，不一会儿就从卧室里传出了他那闷雷般的鼾声。

而此时的郁静，被梁超那闷雷般的鼾声搅得心烦，难以继续思索下去。于是，她站起身来，既木讷又一头糟乱地进了卧室，但躺上床后，被窝里的温存，和梁超突然静下来时那微微的鼾声，以及梁超侧着身子，鼻嘴里呼在她脖颈上的那温温的、柔柔的气息，犹如春风拂柳般扰着她的心，让她几天来对自己男人的那丝想念和贪欲，在不知不觉中从肌肤流淌到心里，又从心底传遍了她的全身。于是，上床前的迷茫和躺上床后的温存纠结在一起，让她不得不再次想到了自己是如何走到这一步的。

几年前的那天，被她烫伤的梁超，第二次来到她发型屋后，趁她去里屋给他拿润肤霜时悄悄跟了进去，于是，一件她最怕最担心，也时刻提防着的事，最终还是发生了。

那天如时下一样，正值阳春三月。由于气温陡然高了起来，郁静这天不仅穿得单薄，也很时髦，短袖衬衫，高腰的超短裙，看上去既青春靓丽，又有成熟女人的风韵，举手投足间妩媚动人，性感十足。

梁超这天不声不响地跟在郁静的身后，刚到里屋的门口，他一直幻想着的画面便呈现在他眼前。郁静当时正弓着腰，翘着她那滚圆的没被超短裙遮挡住的凹凸分明的臀，在里屋的床头柜里埋头找着润肤霜，她那影影绰绰却又关不住的满园春色呼之欲出。梁超见后，与生俱来的野性，和此刻的躁动，双双直冲他的脑门，于是他一个箭步朝郁静扑了上去……

那天的最后，郁静虽然没让梁超达到目的，但挣脱后的恐惧并不亚于被梁超抱着时的惊吓。因为她除了怕梁超再次向她扑上来，也怕外人知道梁超非礼了自己。其原因很简单，只因她是开发型屋的，在县城人的眼里，开发型屋的女人，就没有一个正经的。再有，此时的她也怕梁超反咬一口，说她勾引不成贼喊捉贼。若是这样，她还怎么在这县城做生意？失去了名节，她日后又如何做人？所以，她这天从梁超的怀里挣脱出来后，既不敢声张，也不敢怒斥梁超，而是本能而迅疾地从抽屉里抓起了剪刀，并直接把梁超逼出了里屋。

郁静把梁超逼出里屋后，一股强烈的羞耻感涌上心头，她一下子瘫坐在里屋的凳子上，无助和委屈的眼泪也扑簌簌地淌了出来，但那剪刀却一直死死地攥在手里。她一边流着泪，一边想，如果梁超胆敢再向她扑来，她就和他同归于尽。她在这么想的同时，也在想这天的事究竟是怎么发生的，是自己的疏忽，对梁超太放心，还是因自己烫伤了梁超，对梁超的歉疚和关心，让梁超想入非非，动了邪念，企图以她的清白为条件，了结他们之间的事。如果是这样，她该怎么办呀。然而，她万万没想到的是，梁超一个突然的举动，不仅让她停止了哭泣，她也为此惊得目瞪口呆了。

梁超这天被郁静用剪刀逼出里屋后，他这时才清醒过来自己太操之过急。几天前，当他第一次见了郁静白皙俊美的面容，和凹凸有致的身段，当即就看傻了眼。后来，他被郁静烫伤后，郁静的善解人意和百般体贴，既让他舒服到了骨头里，也让他沉醉在欲望里。就从那时起，他就暗自下了决心，今生无论如何他也要得到郁静，哪怕得不到她的心，也要得到她的身子，看看她与其他女人到底有什么不同。

至于怎么得到郁静，他一直在思索。之前他也想过以自己不再追究被她烫伤为交换条件，但又怕她横下心来与他来个鱼死网破。所以，他三思后，便想到以循序渐进、温火慢炖的方式来达到目的。哪知，他这天见了郁静弓着腰找润肤膏的情景时，便一下欲火攻心乱了分寸，做了之前想过又不敢做的事。

因此，他这天见郁静没再向他逼过去，也住下脚来，站在里屋的门外迟迟不肯离去。这时的他，脑子里也一个劲地想着法子，他想要郁静改变对自己的看法，以便最终得到她，解开她的身子在自己心中的谜。于是他双膝一弯，"咚"地跪在了里屋的门外，又一脸忏悔地对郁静说："请原谅我做的错事，我不是有意的，因为……因为……因为你太美了，我控制不住自己……"

梁超当时本想说，因为我喜欢你，但又怕这话一出口，适得其反让郁静更加气愤，从此对他油盐不进置之不理。

郁静在里屋听了梁超这话，心里尽管气愤不已，但当她抬起头来看见梁超直挺挺地跪在那里，心里一下就慌了，因为她怕这时来个熟人或是顾客，她如何向别人解释呀，于是她冲梁超厉声说："你在出什么洋相，还不起来滚出去！"

哪知，梁超一句话，让郁静不知如何是好了。梁超当时依然一动不动地跪在那里回答她说："你不原谅我，我就不起来，就一直跪到你原谅了为止。"

梁超这话，郁静听后真是又急又气。但看着梁超垂头跪在那里的样子，也像真死了心。因而，郁静的心里更加慌乱不定了。此时，门外的街道上已经车水马龙，人声鼎沸，有些说话声好像是直冲她这发型屋而来的。

此时的郁静实在拿他没有办法，不得不口头上选择了原谅。她怕自己因此身败名裂，更不想被别人在背后议论她是坏女人。而梁超听郁静原谅了自己，心里不由暗喜，他随即从地上一下站了起来，并满面轻松地朝门外走了出去……

梁超这天走了之后，郁静不由长长地舒了一口气，恐惧的心也平静了许多，但她却没想到，她虽然由此解了一时之忧，在梁超面前却陷得愈来愈深了。直到眼下，当她想到梁超曾经对自己的追求和迷恋，就不由想到老公梁超是爱她的。要不，一个五尺男儿，怎么会在她这个开发型屋的弱女子面前长跪不起？所以，尽管梁超手机里那条短信仍然不明不白，但有一点她很肯定，无论外面怎么样，也不管发这短信的那人是谁，梁超都是她的男人，而且是她唯一的男人。当她这么想过，她的心竟然豁然开朗了，耳边又响着自己男人梁超那熟悉的不大不小的鼾声，身体内再次升起了一股难耐的燥热。于是她窸窸窣窣地撑起身来，脱去先前未脱的衣裤，将自己裸着的身子，示好着朝熟睡中的梁超靠了过去。

第三章　奇遇

　　郁静原以为这晚的不快，会因她的主动而烟消云散，并随之被忘得一干二净。因为以前她与梁超也有过不愉快，有时赌气谁也不理谁，但最后还是她倔不过梁超，每次都是她主动，两人才气散恨消重归于好。

　　因此，她这晚也想同以往那样，想尽快驱散心中那阴霾，从而证明她之前对梁超的怀疑是无中生有的事。哪知当她同以往的每次那样脱光衣服，并侧过身去将头枕在了老公梁超的臂弯里，梁超对她依然无动于衷。更让她生气的是，梁超那熟睡的呼吸声，听得出来好像是装的。于是，她的心重又回到了先前那不快里，并隐隐作痛。她本想既打又揪地把梁超从假睡中弄醒，但一想到深更夜静怕吵醒隔壁的婆婆和女儿，又怕与梁超间的隔阂越来越深，闹到离婚的地步，让别人看笑话，她便强忍着气，发泄似的将裸着的身子从梁超的臂弯里滚了出来，并背对着梁超一动不动地躺在那里生着闷气。这时的她并不准备起身套上衣裤，因为婚后已习惯了裸睡，穿着衣服裤子躺在被窝里，总感觉毛毛躁躁的不舒服。因而，她依然赤裸着身子侧躺在那里，谁也不理谁。那样子，决心与自己这男人赌气到底。

　　然而，当她睡着后，也不知睡了多久，在蒙蒙眬眬中，她突然感觉有什么堵住了她的嘴，身上也被什么死死压着很难受，迷迷糊糊中她也感觉正在发生着什么事，但她就是醒不来。后来，是快被窒息的难受，才逼迫她从睡梦中一下醒来。哪知，当她一边喘着粗气，一边睁开眼睛时，眼前的情景让她不敢相信所发生的事是真的。

　　原来，在她睁开眼睛的第一眼，看见从窗户透进的亮光中，老公梁超正面对面地定格在她眼前，疯狂地吻着自己，同时她也感觉梁超裸着的身子整个地趴在了她的身上，接下来的一切，都是那么猝不及防……一时间，她昨晚对梁超手机里那条短信的猜疑，以及她主动向梁超示爱，却被他置之不理的怨愤，

17

随着一阵阵的酥软和痛快，被彻底遗忘了。因为，梁超对她如此这般的"穷凶极恶"，说明梁超依然是爱她的。

其实，梁超这天早晨之所以会对郁静这样，除了休整了一晚，体力和欲望完全恢复了之外，更主要的是，这也是他昨晚在回家的路上，冥思苦想想出来用来对付郁静的锦囊妙计。果然不出所料，这天早晨，当他将自己的女人郁静一阵折腾后，郁静不仅没追究他昨晚冷淡的原因，对他也重新回到了新婚蜜月的状态，不仅配合得很到位，事后在他怀里也温顺得像只小猫咪，缠缠绵绵不离他的身。梁超暗自高兴，为自己有这么个脑子沾沾自喜。他想，就凭他这脑瓜和这张嘴，在郁静和丹红两个女人间运筹帷幄，来去自如，可以说毫无压力。

他和丹红相识在三个月前，是在外出的一趟列车上遇上的。凑巧的是他和丹红不仅同一节车厢，还是面对面的座位。他上车刚一坐下就被丹红的美貌和性感吸引住了。当然，他那双色眯眯的眼睛一路上也几乎没离开过丹红的身子。

女人丹红二十七八岁的年纪，面容姣好，脖颈白皙，一头秀发如山间瀑布般倾泻于脑后，给人一种静雅高贵的感觉。而这天让梁超怦然心动的，并不在于此，而是她那性感的身段和阴郁的眼神。丹红当时身披一件紫色中长风衣，内穿一件半透明的肉色紧身尼龙衫。那坚挺的胸脯，在她的紧身尼龙衫里挺得十分扎眼。透过半透明的尼龙衫，可以隐约窥视到那对"犹抱琵琶半遮面"的丰满乳房。还有丹红那被牛仔裤包裹着的美腿翘臀，更是让梁超神魂颠倒，心痒难抑。其实，这天让梁超觉得有可乘之机的，是丹红那双似两潭秋水的眼睛，那眼睛不仅充满了无助，也充满了忧郁。见她一直孤单单地坐在那里，梁超猜想这女人一定是独自出门，便大着胆子接近了她，也很绅士地给她以体贴和关照，比如给她倒水，把自己带的水果和零食分给她吃。而这天的女人丹红也的确孤身出门，长途旅行的孤单和寂寞，让她对梁超的接近和关心，尽管有些不适应和疑虑，但还是矜持着与梁超礼貌地应付着。在梁超的滔滔不绝中，两人各自说了来自何方，并去往哪里。

梁超知道了女人丹红与自己来自同一县城，不由得想，这真是天意。于是，他便炫耀着跟丹红说了自己的身份，并将梁氏公司总经理的名片递给了她。女人丹红听了梁超的自我介绍，又看了梁超递给她的名片，冷冰冰的脸上多了一丝异样的表情，阴郁的目光中也透出了一线一瞬即逝的亮光。这天的最后，在梁超的一再询问下，女人丹红才难为情地跟梁超说了她时下正经营着一家"直销公司"。并且在梁超的索要下，把自己的电话号码给了他。

从此，梁超与这个素不相识的女人，因在列车上的"奇遇"，或因梁超的好色，又或因女人丹红的不得已，便开始了他们的荒唐故事，也为他们日后的生活埋下了伏笔。

梁超与女人丹红在列车上分手回到县城后，他的心依然留在了那趟列车上。确切地说，他满脑子全是女人丹红。丹红的那张脸与自己女人郁静的脸相差无几，大不了年轻一些，嫩白细腻一点儿。但这女人的诱人身体，与自己的女人郁静相比，简直就是两种概念、两种类型，用天壤之别来形容，也一点儿不为过。所以，与女人丹红分手后，她的身影便成天出现在他脑海里，让他恍惚，让他食不甘味，也让他夜不能寐。丹红那妖娆的身段，如一团火烘烤着他的心，撩拨着他每根欲望的神经，让他的身心夜以继日地处在亢奋里。于是，他除了不分白天黑夜在自己女人郁静的身上发泄，便隔三岔五地给丹红打电话，总想听听这女人那带着几分忧郁的声音，也期望能与这女人私会，从而投石问路摸摸丹红的底，以便有的放矢，循序渐进放长线钓大鱼。哪知，他打了无数个电话，丹红一个也没接，这让他既失望又萎靡。他开始怀疑丹红是不是故意不理自己。隔了两天他又打了几个电话，结果同先前一样，他才不得不想到丹红的这电话号码是不是有问题。要么是自己记错了，要么是丹红随便说一个将他糊弄了。梁超想到此，心里除了失落，也有被愚弄的愤懑。他因此想过要把女人丹红那咄咄逼人的身子，从他脑海中彻底清除干净，但事与愿违，无论他暗自说了一千遍一万遍"不想不想"，女人丹红的身子不但没从他脑子里彻底清除，每晚依旧出现在他的梦里……

在几年前，当梁超如眼下痴迷女人丹红一样，痴迷着他现在的女人郁静时，他当时正准备着与另一个女孩结婚。那女孩恬静温顺，含情脉脉，看上去活脱脱一个林黛玉。但梁超见过郁静后，郁静的漂亮能干、随和大方，让他如一个吃腻了粤菜的食客，想改口川味般，突然见异思迁，对她想入非非，垂涎三尺，并情不自禁地对她下了手。但郁静被他抱了后，虽不得已答应与他处对象，却一直没让他做实质上的事。郁静当时对他说，没正式结婚，是不可能做那种事的。所以，他当时为了达到享用郁静身子的目的，不得不在那个"林黛玉"女孩身上打起了主意。那女孩听梁超要和她分手，先哭了一阵，接着又问梁超她哪儿做得不好，她可以改，最后见梁超已铁了心，对她还一副穷凶极恶的样子，才既伤心又气愤地说："你真没良心，你说了要娶我的，还要爱我一辈子，把人家那样了，又不要了……"

那女孩说到这儿，又泣不成声起来，两肩还随着哭泣一抖一抖的。而梁超却不以为然，脸上还冷冰冰地笑着说："我那样说过吗？即使说过，我那时也是不懂事。我这时才发觉我们真不合适，你难道没觉得？"

梁超这么说过，又停了停，做出一副仁慈的样子接着说："你没想想，你我如果真结了婚，到时都会很痛苦的。你虽然爱我，我却不爱你。与其这样，还不如早点分手，这样对你我都好。再说，你是知道我这人的，到时怕你管不住我，我也管不住我自己……"

就这么，这女孩不知是无奈，还是真伤了心，头也不回地离开了梁超。梁超也因此而达到了另求新欢的目的。而那时的郁静却一直被蒙在鼓里。

而眼下的梁超，与当初真是如出一辙。不同的是，他梁超已结了婚，这不仅人人皆知，也去民政部登了记，是名正言顺又货真价实的有妇之夫，要像当初那样随心所欲是不可能的。因而，他只好憋着性子，找着机会，期待着与他朝思暮想的那女人来个地下情。于是，在无数个电话仍得不到女人丹红的回音后，他整个人完全处在了难以抑制的焦躁和无法满足的欲望中。自己的女人郁静尽管能解他的"燃眉之急"，也能让他疲惫一阵子，但他心里总觉得不是那么一回事。

然而，就在他给女人丹红打了最后一个电话的十天后，在对女人丹红也快彻底丧失信心时，女人丹红的电话这天却突然打进了他的手机。梁超当时看着手机上的来电，只觉眼熟，却一时又想不起是谁，冥冥之中又好像感觉到了什么，他于是将手机凑近了自己的耳朵，并轻声地"喂"了一声，当他听到是他朝思暮想的女人丹红的声音后，一股热血直冲他的脑门，旋即又遍及他的全身……一阵亢奋的眩晕之后，他才回过神来，既惊喜又结结巴巴地对着手机里的女人丹红说："呵呵，是……是大美女你呀？"

然而，他更没想到的是，女人丹红在电话那头对他说的一句话，兴奋得他差点要了命……

第四章 神秘的电话

　　郁静和男人梁超这天早晨行完房事，天已大亮。梁超烂如稀泥地躺在床上直哼哼，一副一时半会儿起不了床的样子。而此时的郁静，也如被甘露滋润了的禾苗，浑身又充满了生机。她静静地躺在老公梁超的臂弯里，一边享受着老公梁超臂弯里的温存，一边回味着老公梁超给她身心的抚慰。同时，愉悦中的她，也把梁超手机里那短信给她带来的不快和郁闷忘得一干二净了。不仅如此，她还责备自己小心眼，差点误会了老公，伤了他们夫妻间的感情。一股疼爱之情，让她的心突然变得软软的，于是她侧过身去，把手臂轻轻放在老公梁超的身上，然后嗲着声音，对昏昏欲睡的梁超柔声说："超，如果累了，今天就不去外面了啊，我们一起去办公室，在办公室休息一天，明天再出去好不？"

　　郁静说到此，不知是办公室真忙不过来，还是想把老公留在自己身边，又接着对梁超说："超，你不知道，办公室里还有很多事，等你去处理哩……"

　　郁静说过这话，又把头朝梁超的胸前贴了贴，一边静静地躺着，一边期待着老公能答应自己。

　　而此时的梁超或因体虚乏力，没说话的力气，又或许在半醒半睡之间，对女人郁静的话没有一点儿兴致，所以，他听过郁静这话，只轻轻地"嗯"了一声，就没动静了。

　　郁静听了老公梁超这声"嗯"后，真开心不已，因为男人梁超好长时间没同她去办公室了。有时，她也为此生气，这倒不是公司里有多重要的事要梁超去处理，而是她感觉自己独自支撑着公司和每天的独来独往，心里很不是滋味和力不从心。所以，这天早晨，当她听了梁超的这一声"嗯"后，不管梁超此时是醒的，还是已睡着了，也不管梁超对自己有没有反应，便抬起头来，在老公梁超的脸上狠狠地亲了一口，然后看了看手机上的时间，便急急忙忙起了床，因为她还要忙着做早饭。

俗话说，嫁汉嫁汉，穿衣吃饭。而郁静的嫁与其他女孩的嫁却不一样。别的女孩嫁到老公家后，有老公宠着，有公婆疼着，除了家务事不让做，还不睡个自然醒不起床。即使醒了也要在床上懒着，享受享受被宠着疼着的滋味。而郁静不知是自己的出身与梁超家门不当户不对，还是自己身为儿媳妇的原因，她嫁去梁超家后，无论上不上班，她都得包揽全部家务事。每天早晨，她天不亮就得起床烧锅做饭，除了自己要上班，女儿娇娇还要去上幼儿园。晚上下班回家后，一家子的饭还冷火闭气地等着她做。吃过晚饭，婆婆和公公出门散步去了，梁超躺在沙发里看电视，她还得忙着收拾碗筷和洗一家老小的衣服裤子。

公公去世后，公司里的事几乎全由她打理，老公梁超虽然是公司的总经理，除了签签字，很多事都不会，她因而忙了家里还得忙公司，时常精疲力尽。不过，她高兴这样，除了感觉充实有奔头，自己在婆婆面前也长了脸。

婆婆在她的心里，既让她尊敬，又让她胆战心惊，久而久之这也成了她的心病。几年前，她被梁超抱了后，不得已接受了梁超的追求，也单纯而天真地强迫自己与梁超好了起来。但她没想到的是，那时的婆婆却一个劲地反对她和梁超在一起。理由很简单，除了因她是农村户口，更直接的原因是她是个开发型屋的。婆婆当时不仅背着她，跟梁超说开发型屋的女孩没有一个是正经女子，也当着她的面说些含沙射影的话。为这事，她不知委屈得流过多少泪。和梁超结婚后，婆婆尽管很少这么说了，但女儿的降生，使婆婆对她更加变本加厉。在这个家里，她总觉自己不仅多余，也好像有罪。她曾想过离婚，但想想自己的名声和女儿娇娇往后的日子，她只好默默地承受着，并以对公司的勤勤恳恳，对家人的尽心尽责，对老公梁超的真情实意，来向婆婆证明，她不仅是个好母亲、好妻子、好儿媳，也是个好女人。

所以，郁静这天起床后，同往常一样，先去洗手间用消毒液洗了手，然后又用清水冲洗了三遍，才匆匆去了厨房，并手脚麻利地做起饭来。厨房里整洁而亮丽，除了必备的橱柜、抽油烟机，天然气、煤气、电器炊具也应有尽有。郁静这早进了厨房后，厨房里立即就响起了锅碗瓢盆的"交响乐"，以及天然气燃烧时那欢快的呼呼声。不一会儿，点心伴着豆奶的香味便从厨房里飘了出来，并弥漫在每一间屋子。让人闻了之后，既馋嘴，又润心。

之前的每天早晨，她做好早餐后，还得忙碌一阵子。首先得去叫女儿娇娇起床，随后还要去叫赖床的老公梁超。而这天早晨，当她把早餐刚摆上饭桌，女儿娇娇就从里屋跑了出来，并直接跑到了饭桌前，还伸出小手就要去拿盘子里的点心。她见后，忙对女儿说："娇娇，好孩子饭前饭后要洗手漱口哦。"

女儿娇娇是去年上的幼儿园。或许是上了学的原因，不仅越来越乖巧聪明了，还知道了不少生活小常识，比如饭前饭后要洗手，吃饭不挑食……还有报警电话110，火警119和救护车电话120等。所以，这天早晨，当女儿娇娇听了她的喊声，忙住了手，又眨巴着一双水灵灵的大眼睛，冲她说："妈妈，我睡一晚，咋就把这给全忘了呢？"

女儿说过这话，如小燕子般张开双臂跑进了卫生间，随即，卫生间里便传出了女儿用水时的哗哗声。

在她的心里，女儿娇娇是上天赐给她的宝贝，不仅漂亮乖巧，也很可爱，又是一个小精灵鬼。每当她有了烦心事，女儿就会来到她身边，给她唱歌，给她讲故事。有一次，女儿见她一直不开心，便跑过去搂着她的脖子，扬着红扑扑的小脸蛋，眨巴着一双水灵灵的大眼睛，调皮地对她说："妈妈，老师今天给我们说，爱生气的孩子，不是好孩子哦。"

郁静当时听了女儿这话，不知是真觉得好笑，还是怕伤了女儿的自尊，竟"扑哧"一声笑了。女儿娇娇见她笑了，又一下正经了起来，嘟着小嘴冲她说："对了，这才是好孩子嘛！"

女儿娇娇说过这话，又调皮地伸出两只小手。捧着她的面颊淘气地说："妈妈，您笑起来真漂亮！"

女儿这天真可爱的模样和淘气，犹如一缕阳光，让她的心一下亮堂了起来。她也立马捧着女儿的小脸蛋，在女儿脸上使劲咬了一口，然后咬着牙说："你这个小精灵鬼。"

女儿不仅是上天赐给她的开心果，也是她生命里的一切，更是她用生命谱写的杰作。因而一时不见，心里便如丢了什么似的。然而，几年来，婆婆的重男轻女，让她的心里一直笼罩着阴影，同时也让她有一种事事不如人的自卑。但每当这个时候，只要她一看到自己女儿那天真可爱的模样，心里的委屈就又荡然无存了。

女儿降生那天，一家子既兴奋又欢天喜地。梁超的父亲破天荒到集市去买了菜，梁超的母亲也第一次像疼自己闺女一样将她疼着，对她不仅嘘寒问暖，还不住地给她揩拭脸上的汗水。在去医院的途中，梁超的母亲还一直将她搂在自己的怀里。然而，女儿的呱呱坠地，不仅没给整个家庭带来欢乐，好像还给家里每个人的心上压了一块巨石。

首先是梁超的母亲；当她知道呱呱坠地的，不是孙子而是孙女时，欣喜着的脸立马沉了下去，不仅如此，还气冲冲地骂了一句"赔钱货"，并折身离开了她们母女。梁超的父亲也为此长长地叹息了一声。就连梁超都不知是无奈父母，还是有怨气，也成天拉长着脸闷闷不乐……

后来，女儿一天天长大了，会笑了，会叫爷爷奶奶了，家里才重有了笑声。她的心也才稍稍得到一丝安慰，并为女儿的聪明伶俐而暗暗自豪。

女儿这早去洗手间洗漱过，重又回到餐桌前吃过早餐后，同每天那样，挥着小手给她说了再见，就被奶奶领着去幼儿园了。女儿一走，突然静下来的屋子，让她不由感到了冷清，她这时才突然想起还在酣睡着的老公梁超。她于是折身返回卧室，并伏在老公梁超的耳边，如怕惊醒了老公梁超的美梦般，柔柔地喊道："超，起床了，我们还要去办公室哩……"

梁超在睡梦中，听了她这喊声，闭着眼睛含混不清地"嗯"了一声，又等了一阵，才慢慢地睁开眼，一边望着天花板，又一边若有所思地想了好一阵，最后才软绵绵地起了床，一边伸着懒腰，一边打着哈欠出了卧室。

而郁静叫过老公梁超后，便折身去了卫生间，她先给梁超放好洗脸水，也同每次那样先试了试水温，觉得不冷不烫正合适，才折身将牙膏挤在梁超的牙刷上，同时给梁超的漱口盅里盛满水……忙过这阵，她便来到厨房，将梁超喜欢的豆浆、鸡蛋、点心，一样一样从锅里热气腾腾地给梁超摆上餐桌，然后才去做自己的事。

郁静这早由于被老公梁超缠着晚起了床，为了不耽搁上班的时间，在女儿吃早餐时，她也匆匆吃了一点儿。所以，她这早趁梁超吃饭的空当，便跨进卧室做了出门前的准备。她坐在梳妆台前，先看了看镜子里的自己，心里不由有了悲悲的感觉。昨晚在睡不着时，因老公梁超对她的不理不问，她不由得想，自己是不是真的老了？梁超是不是已不在乎自己了？眼下看了镜子里的自己，虽没昨晚想的那么可怕，但面颊却也没当姑娘时那样有光泽了。也不知真过了青春貌美的时节，还是昨晚没睡好的原因，眼睛竟有了黑眼圈。

于是，她忙从梳妆台的抽屉里拿出化妆品，给自己化了个淡妆，又给自己整了一个流行的发型，当她脚穿高跟鞋，身着紧身衣喇叭裤，"噔噔"响地从卧室里走出来时，模样不仅青春貌美，浑身也透着成熟女性特有的气质。

此时的梁超是在一门心思埋头吃早餐时，听见女人郁静那高跟鞋磕着地板砖的"噔噔"声而抬起头来的。当他看到画过淡妆，穿着又时髦得体的自己的女人时，眼前不仅一亮，心里也如注了兴奋剂般慌慌的。老实说，就眼前郁静这模样，要不是自己在出去办事的列车上，鬼使神差地迷上了女人丹红，他对自己这女人还是很满意的，也会知足的。但是，自从遇上那女人丹红后，那女人皮肤的润白细腻，身材的丰满性感，性格的开朗和无拘无束，尤其是那女人在床上时的难以满足和疯狂，让郁静在他心里不由黯然失色了。于是，他对郁静刚刚有的一点儿冲动，也瞬间萎靡了下去。不过，梁超虽然读书不多，可智商也不低，情商更是百里挑一。他不仅会讨好女人，也会察言观色，并能从女人们的一举一动中，获知她们在想什么，要达到什么目的。因此，这天早晨，当他看了自己女人这突然的变化，一下便明白了她这么打扮自己的意思，再往深层次想，也就想到了自己这女人一定在怀疑自己，要不，很少这么打扮自己的她，咋会突然时髦起来了呢？

梁超想到此，心里顿时警觉了起来。于是，他立刻丢下手中的碗筷，一把将自己的女人抱在了怀里，还故作贪婪地吻了自己女人的脸。

哪知，此时的郁静被老公梁超这么一抱，以为梁超还会同以往那样，要缠着她做了那事，才肯善罢甘休一同去上班，她因而一边"咯咯"地笑着，一边在梁超的怀里扭动着身子柔声说："好了，别闹了，时间不早了，要上班哩。今晚啊，早点回来……"

梁超听了自己女人这话，吊着的心总算"咯噔"一下着了地。因为他觉得自己这女人对他在外面做的事，不仅一无所知，对他的爱也一如既往。的确，女人的骨子里好像天生充盈着天真、清纯，有着给点阳光就灿烂的秉性。这天早晨，自以为被老公爱抚着的郁静，心里真甜润如蜜，并陶醉其中。想着老公梁超这天要同自己一起去办公室，更是兴奋不已。梁超搂着她的手松开后，她同以往那样，立马折身回到卧室，从衣橱里给梁超挑了一套西装，以及配套的领带和裤子。等梁超吃过早餐，她便给梁超穿戴整齐，然后挽着老公梁超的胳膊，如新婚宴尔般出了门。

此时，县城的大街上，已车水马龙人头攒动。春的明媚和娇美，不仅给世间万物带来了春意，也给落叶乔木的城市行道树披上了绿装。它们不仅美化了城市，也给城里人带来了优雅、宁静，以及神清气爽和润心润肺的畅然。

郁静这天早晨挽着老公梁超从小区门口出来后，径直走在去办公室的行道树下，那样子就像情人般恩爱和缠绵，加上清晨的阳光带着湿漉漉的清新，羞答答地从行道树的枝丫间透下来，暖融融地洒在了郁静和她老公梁超的身上，让两人的脸上重又找回了热恋时的醉意和甜蜜。与此同时，两人脚下迈动着的步伐，也左右左地出奇的一致。哪知就在这时，一个神秘的电话打进了梁超的手机里。

梁超听到自己兜里的手机来电声，变得惶然不安起来。他刚才虽然表面上与自己的女人卿卿我我，实际上却心猿意马、不踏实。因为这个时候的他，担心着此时会不会遇上他外面那女人，如遇上了又如何解释。没想到怕什么来什么，就在他为此越来越紧张，越来越魂不守舍时，兜里的手机真就响了起来。在平时，他对自己这手机的来电声，泰然得如没听见一样。而眼下，当他一听到自己手机的来电声，顿时如被马蜂蜇了般，先是一惊，接着就恐慌了起来，一种不祥的预感也"嗖"地直冲脑门。他于是摸出手机，旋即转过身去，当他看了手机上的来电，顿时就乱了分寸，忙乱中的他顾不上郁静还在身边，就撇下郁静撒腿朝远处跑去，直到他感觉郁静再不会听见他与手机里的通话声才停下脚来，随即摁下了手机的接听键……

第五章　噩梦

　　话说梁超这天接过那电话后，心中即使有鬼，假如即刻返身回到自己女人郁静身边，或甜言蜜语，或装腔作势，甚至是火烧眉毛地乱说一气，郁静也许会半信半疑不了了之的。哪知梁超这天早晨偏不是，他接过那电话后，手机还没来得及揣进兜里，就言听计从地朝街对面跑了过去，接着又点头哈腰地钻进了停在街对面的那辆黑色轿车里。

　　郁静见了当时这情景，立即就愣住了。她脑子里先是"嗡"的一声，接着又想到了在这之前的一些乱七八糟的事，同时也隐隐约约地意识到，她担心的事可能真的发生了。

　　三个月前，当梁超出了那趟差后，就突然变了一个人，做事不仅有了激情，也不再邋里邋遢了。梁超的父亲在世时，父子俩总说不到一起，老父亲每次气得捶胸顿足了，梁超才肯做一点儿事。老父亲去世后，谁都以为老梁家这唯一的男子汉，会挑起老梁家的大梁来，把他父亲扔下的生意做得风生水起。哪知，总经理的位置他虽然坐上了，但依然不做事，公司里大大小小的事，哪怕鸡毛蒜皮都得郁静亲自过问。郁静每次要他帮自己做点什么，要么如诓三岁娃娃那样说一阵好话，要么就讨价还价把办公室的门一关，在里面与郁静亲热一阵后才肯做事。并且也不讲个人卫生，每天出门虽然仪表堂堂穿着得体，都是郁静既催促又帮着打理，才有出门的样子。但自从三个月前出了那次差，梁超的变化，不仅让郁静刮目相看，也不敢相信这是她之前那男人。

　　首先，每天出门前，梁超都要对着镜子把胡子刮得干干净净，洗过头后，还要用吹风机把头发吹出一个发型。衣服裤子也是一天一换，并专挑时髦的穿。另外，那男士霜在出门之前也是非用不可。还有，对郁静也不再油嘴滑舌，还一副言听计从、怜香惜玉的样子。

　　那天晚上，梁超或许早有心计，与女人郁静行完房之后，浑身尽管酥

27

得如抽筋拔骨般的瘫软无力，但他还是把赤条条的郁静搂得紧紧的，故作意犹未尽的样子。过了一阵之后，他才对女人郁静柔声说："小静，我给你说件事。"

郁静的头当时枕在梁超的臂弯里，整个人也紧贴着梁超的身子。此时的她，不知是不想打破这分温情，还是身子的酥软让她没有说话的力气，她只是闭着眼睛，一动不动地回答梁超说："超，睡吧，明天再说啊，很晚了，明天要上班哩……"

梁超听了女人郁静在自己臂弯里，对自己这柔声细气的拒绝，尽管知道自己这女人说这话的意思，但对另一个女人的追求和渴望，让他一刻也不能再等了。因为那女人已吊足了他的胃口，若不把她的事给搞定了，想搞定她是绝对没指望的。

自从在外出的列车上遇上女人丹红后，丹红那火辣的身子就一直勾着他的魂，灼着他的心，他也想尽了法子接近那女人，电话也不知打了多少个，但那女人与他不知是前世有冤，还是后世有仇，对他一直置之不理。而这天，当他想那女人想得心灰意冷，也几乎失去了信心时，却意外接到了她的电话，况且，这电话对他不仅充满了暧昧，还充满了挑逗的意味。如果说之前与丹红在列车上的奇遇，在他心里只是一丁点火星，那眼下丹红这突然而至的电话，以及在电话里对他说的柔情蜜语，简直就是在他欲望的身子上放了一把火，不仅让他心跳加速头脑发晕，也让他想入非非欲火焚身了。

"超哥，你好吗？我好想见你……"

梁超当时听过女人丹红这话，兴奋得差点突发心梗般一头栽倒在地。当他缓过神来后，眼前顿时出现了自己与女人丹红翻云覆雨的幻觉。不过，此时的梁超尽管想入非非，浑身热血沸腾，还是"酒醉心明白"地清楚只有他和女人丹红相见了，才有可能做"下文"。所以，他便按捺着兴奋问了女人丹红相见的地址，哪知，女人丹红给他的回答，如再次给他注入了兴奋剂，让他不顾一切了。女人丹红当时嗲着声音对他说："超哥，还是你说了算吧，你一个大男人都不好说，叫我一个弱女子咋开口呢？"

梁超这天接了女人丹红这电话，他整个人不再是之前的热血沸腾，欲火焚身，而是难以控制的亢奋和疯狂。眼前也全是女人丹红那丰盈嫩白的身子，如刚出箱的豆腐般，腾着热气，散发着幽香，颤悠悠地躺在那里，并一个劲地冲他抛媚眼哩。然而，这天当他给女人丹红说了见面的地点，又将自己洗漱打扮一番赶过去后，女人丹红除了跟他说了借钱的事，以及借钱的原委，顺便闻到了她身上的香水味以外，啥事也没干成。

所以，这天在回家的路上，梁超心里既窝火又憋屈。他知道丹红在吊他的胃口，也知道丹红这么做的原因。不过，对这事他也有顾虑，他也怕把钱实实在在地借给了她，到时偷鸡不成蚀把米。因而，他这天虽然答应了借钱的事，但什么也没有得到的失落感，让他对她不得不有了戒心。但是，女人丹红的妖娆和妩媚使他想恨又恨不起来，想忘又忘不了。女人丹红那挑逗的话，和丰盈暴露的身子，每时每刻都在刨着他的心，牵着他的魂，让他寝食难安。无奈下，他只好一边憋着兴致，安慰自己心急吃不了热豆腐，一边想着法子，看怎样才能把女人丹红裹入自己的身下。

这天，他在看电视时，电视里一则某负债累累的小公司被某大公司收购了的新闻给了他启示。梁超听后，当时比中了五百万还兴奋，他一下子从沙发里弹了起来，于是，他的脑子里便有了对付女人丹红的锦囊妙计。

然而，要施行这条妙计，他必须在自己的女人郁静身上下功夫。因为自从他父亲去世后，他虽然是公司的总经理，但公司的财政大权却在郁静的手里，并由他母亲监管着。因而在这天晚上，他和郁静行完房后，依然把她搂得紧紧的，那样子大有新婚之夜的激情和缠绵。一阵后，梁超暗自想好了说辞，便跟臂弯里的郁静说了他要说的事，但让他没想到的是，酥软中的郁静听了他说的话，不知从哪里来了精神，一下从他怀里坐了起来，并侧过身子冲他问："啥，你要做'直销'，还要收购那家直销公司？"

梁超听了自己女人这一问，心里感到很不是滋味。其实，在给自己女人说这事之前，他是胸有成竹能把这事一锤敲定的，没想到话刚一出口，得到的却是自己女人那冷冰冰的质疑，这叫他咋不窝火呢？但是，当他想着丹红那凹凸分明的身子，他又把窝着的火压了回去，依然用先前那柔柔的语气，对黑漆漆中的郁静说："小静，你也许还不知道这'直销'是咋一回事，我告诉你，这可是一门一本万利的生意，不仅赚钱快，现在市面也火得很……"

梁超说过这话，怕女人郁静再与他争执，便伸过手臂，摸索着又将郁静那柔软的身子搂进自己怀里。郁静躺下后，他又把嘴伸了过去，在她光滑的肌肤上任意吻了吻。

而此时的郁静虽然被老公梁超重又搂进了怀里，黑漆漆里老公还吻了自己，但她的心，并没因老公的温情而感动沉醉，脑子里却在竭力思忖着老公梁超为啥突然想到了要做这事，同时也想了老公梁超近来的反常，以及这"直销公司"会不会给老梁家的梁氏公司带来不利。

　　其实，郁静对"直销"也不陌生，从字面上理解，她也大体明白了这所谓的"直销"是啥意思。另外，在同行中，她对这所谓的"直销"，多多少少也知道一些。前不久，她就听下面的客户说，现在市面上有种叫"直销"的生意不仅疯狂也很缺德。这客户尽管没细说，但从这话和语气，她已知道这一定不是啥正经生意。为了不破坏夫妻间这暧昧的气氛，她便压着性子对男人梁超说："超，我们是做正经生意的，还是……"

　　梁超在黑漆漆中听了自己女人这话，他虽然没看见自己女人此时脸上那表情，还是知道自己这女人在竭力阻止自己。为了说服女人，达到自己那不可告人的目的，他又噼里啪啦地给女人郁静说了这公司是如何的庞大，做"直销"又如何的有经验。不仅如此，还把这"直销"与公司眼下做批发的利润做了对比，说着说着，他同先前的女人郁静一样，在黑漆漆中也赤条条地坐了起来，还一个劲地滔滔不绝。而女人郁静听着自己男人这激昂，又带着几分不切实际的夸夸其谈，心里就更不踏实了。此时的她，虽然还不知道自己的男人，是为了得到外面那女人，在与她唇枪舌剑强词夺理。单对这"直销公司"来说，她心里确实也没底。首先，这"直销公司"究竟"直销"的是啥东西？其次质量又如何？因而，为了在这深更夜静时不与自己男人发生不愉快，她等男人梁超说完后，便平静地对梁超说："老公，你看这样行不，我们再考察一段时间再说。"

　　梁超这晚是听了自己女人这话，失望而气愤不已的。那样子，他如被自己这女人扇了一巴掌般失落而难以容忍。他感到，自己女人这话，不仅要葬送他和女人丹红间那灼热而神秘的感情，也是对他的不尊和蔑视。更是对他这段时间来的付出和劳心劳肺的抹杀。

　　自从他见过女人丹红，他事事顺着自己这女人，也帮着做事，为的是啥，不就想让自己这女人，事事顺着自己，依着自己。那天女人丹红给他打了电话，他俩如约而至后，女人丹红尽管没让他心想事成，但女人丹红不管明的，还是暗的，都给了他暗示，只要帮她把眼前这难关过了，她的甜头他想怎么吃都可以。到嘴的鸭子不能眼看就这么飞了，所以，他一气之下，便带着不满和怨愤，气冲冲地对女人郁静说："咋啦，你还不相信我的眼光？"

郁静听了男人梁超这问话的语气，知道老公梁超生气了。她因而将手摸索着朝梁超伸了过去，试图叫坐着的梁超重又躺进被窝里，嘴上依然同先前一样，柔柔地开导说："老公，我不是不相信你的眼光，我是怕出啥纰漏，真那样了，我们这个家咋办？到时跟母亲咋解释？另外，又如何给九泉下的父亲交代？更主要的，老梁家在县城会不会因此而名声扫地……"

梁超被自己女人的话彻底激怒了。他一下将自己女人放在他身上的手"嗖"地撒开，然后在黑暗中，伸着青筋暴突的脖颈冲女人郁静嚷着说："好了，我知道你是怎么想的，就怕我做得比你好。再说了，你已知道公司是咱老梁家的，至于好坏，用得着你这么操心？"

梁超冲自己女人嚷过这话，鼻子里又随即"哼"了一声，接着便背朝着郁静生气地躺了下去，整个晚上再没理郁静。而郁静放在梁超身上的手，被自己男人梁超恶狠狠地撒开后，惊愕中的她，不仅知道男人梁超生气了，也知道她和男人梁超间的感情因此而出了裂痕，同时也预感到将有啥事要发生。于是，曾经的委屈和无助，以及眼下梁超对她的凶狠，让她再一次遭到了无情的打击。因而，她鼻子一酸，泪水便如断了线的珠子般，从她发涩的眼眶里滚落了出来。

此时的夜很静，静得能听见她的泪，"滴答滴答"滴落在被单上的声音。这泪滴的声音，也从此伴随着她度过了一个个不眠之夜，并将她置于一个个噩梦里……

第六章　神秘的女人

　　的确，女人郁静的噩梦就从这晚开始了，不仅阴沉沉连连不断，还时常搅得她心神不定。要说对她打击最大，又让她难以接受的，还是这天早晨她眼睁睁地看着自己的男人梁超，接了那个电话后，就神秘而慌乱，又言听计从地撇下她，朝街对面那辆黑色轿车跑过去时的情景。

　　后来她想，这黑色轿车之前在脑子里如果没有一点儿记忆，那这天早晨的她，对男人梁超接了那电话后的异样和对她的不辞而别，她也许还不会产生啥怀疑。但事情偏不是，因为她对这黑色轿车的记忆尤深。况且，这天早晨当梁超跑到那黑色轿车前时，从那黑色轿车的驾驶室里，还伸出了一张戴着墨镜，酷似女人的脸。这张脸她又觉得酷似那女人。

　　当时的郁静，看到梁超跑到那辆黑色轿车前，点头哈腰地与那从轿车驾驶室里伸出头来的，酷似那女人的人说了几句什么后，接着又服服帖帖地钻进了那黑色轿车，并被那戴着墨镜的女人一溜烟载走了，顿时骇然并呆若木鸡。随后，她再一次将眼前所发生的事，与那天晚上她和男人梁超间发生的争执联想到了一起。

　　那天晚上，梁超对她一阵愤世嫉俗的数落后，如有深仇大恨般没再理她，直到第二天早晨他俩也没再说一句话。哪知起床后的梁超，对她虽然不冷不热，却没把头晚的不快挂在脸上，那样子坦然得谁也看不出他俩头晚曾发生过争执。在他母亲面前，也出奇的乖巧和懂事，起床后就一直黏着他母亲不离身，嘴也上一个"妈"，下一个"母亲"地甜得腻人。吃早餐时，梁超一反常态坐在了他母亲身边，除了不住地往他母亲碗里夹菜夹点心，也没忘了对他母亲大献殷勤说些好听的话。当然，他母亲听了自己儿子这既乖巧又讨好的话，也乐得合不上嘴，还一个劲儿取笑儿子油嘴滑舌。而饭到中途，梁超却突然对他母亲说："妈，我还想开一个公司。"

梁超的母亲张淑琴听了儿子这话，咀嚼着点心的嘴不仅立即停了下来，还睁大了眼睛。那样子既像听到了噩耗，又像听到了惊世骇俗的大新闻。就连儿子梁超为她剥的那鸡蛋，此时尽管夹在筷子上，却在送往嘴里的途中，停在了半道上。当然，她不是被儿子的话吓得失去了知觉，而是她儿子梁超这话让她觉得非常不可思议。在她的记忆里，儿子梁超只在小的时候让她省心并寄予了很大希望。长大后，特别是读书毕业回家到现在，就一直没让她省过心。成天不是与他那些酒肉朋友搅在一起，就是吊儿郎当"东一榔头西一棒槌"。后来到了结婚的年龄，又不顾她的反对，死活要与开发型屋的郁静结婚。按理说，结婚后该安静下来好好做事了吧？没想到依然游手好闲，啥也不愿干。要不，梁氏公司的大小事咋都交到儿媳郁静的手里了呢？因而，她此时一听自己儿子要再开一个公司，曾经那恨铁不成钢的心痛，让她对自己这儿子立马刮目相看了。她于是睁着同样大的眼睛，瞪着儿子梁超疑惑地问："你说啥，你还要开一个公司？"

　　梁超看了他母亲惊奇着的脸，又听了他母亲这语气，先前的担心自然少了许多。在他给自己母亲说这事之前，他还担心着会不会被自己母亲一口否决。因此，在不完全知道他母亲心里是怎么想的时候，为了让他母亲更相信自己，他一边往他母亲碗里夹菜，一边对他母亲继续说："是呀，公司里的生意现在也不景气，就小静一个人也能应付，我呢，总不会还这么成天无所事事吧？"

　　梁超在说这话时，样子既诚恳也动情，母亲张淑琴也听得很入耳，脸上的表情既充满着兴奋又荡漾着喜悦。梁超看了自己母亲脸上那表情，接着又把收购女人丹红那"直销公司"的事，如昨晚给自己的女人郁静说的那样，给他母亲又添油加醋地说了一阵，还滔滔不绝地说了收购这"直销公司"的好处，以及这"直销公司"的前景和这公司那一本万利的销售模式……梁超当时讲得口若悬河又神采飞扬，他母亲也听得心旷神怡眉开眼笑。这天早晨的最后，梁超又对他母亲说："妈，我如果将那'直销公司'收购为'梁氏公司'旗下的子公司，咱'梁氏公司'在县城就不是小有名气，而是赫赫有名如雷贯耳了。您想，到时咱老梁家在县城是啥光景？"

　　梁超的母亲张淑琴再听儿子这么一说，犹如给她又灌了一碗美酒，也如中了她的要害，心里不只是甜丝丝的，也醉醺醺的，还有一种功成名就的飘飘然。她于是当即拍板决定，叫儿子梁超立马去办收购女人丹红那"直销公司"的手续，还叫儿子放手去干，她会全力支持。

而郁静这天早晨一直没吭声。这除了昨晚被男人梁超的话伤了心，梁超当时也不住地用余光告诫她不要多嘴。她尽管几次想插嘴说说，都被梁超那冷峻的目光瞪了回去。后来她想，不说也罢，梁超既然没把她看作是老梁家的人，她又何必去操这份心呢？但这件事情过后，她除了知道事已至此无以挽回，心里也老不踏实，都说家和万事兴，她不想自己因与梁超赌气，给家里、公司、自己的女儿带来不幸。于是她对老公梁超更关心更体贴了，她总想用自己的真情和执着，让老公梁超知道她是如何在乎他爱他，因而好好珍惜他们之间的感情，以及他们这个家。然而，梁超这晚手机里那条短信，以及第二天早晨所发生的事告诉她，她担心的事还是发生了。

此时，郁静依然走在去办公室的行道树下，脚步依然缓慢，浑身也如害过一场大病般的颓然无力。只是脑子比先前清醒了一些，但这种清醒依然残存着如挨了一闷棒般的朦胧和晕厥，还时不时伴着一阵沉痛和心悸。但是，这晕厥与沉痛，并没能让她丧失对前些日子所发生的事的记忆，她甚至觉得，这些事好像就发生在眼前。

那天早晨，梁超的母亲怀着对儿子的期望，也怀着老梁家将会在县城一夜名震四方的贪欲，在儿子梁超的三寸不烂之舌下，一拍板如了梁超的愿。女人丹红那所谓的"直销公司"，便归名于老梁家的梁氏公司的旗下了。女人丹红和她的原班"人马"也随之进了老梁家的梁氏公司。当然，梁超不仅替女人丹红还了银行里那笔贷款，并帮女人丹红付了员工们的工资。但这对郁静来说，除了无奈，也增加了从未有过的压力。不仅如此，她也预感到了从未有过的危机……

事情就发生在女人丹红的"直销公司"被梁超收购为梁氏公司旗下的子公司的第二天上午。这天的郁静尽管对老公梁超收购了女人丹红的那"直销公司"而郁闷和惴惴不安，她还是同以往的每天那样，一早去了办公室。进了办公室后，她也同每天进了办公室那样，整理着一些来往账目，以及各种表格。但就在这时，老公梁超领着女人丹红一路兴高采烈又激情四溢地跨进了她的办公室。

此时的梁超满脸喜悦，样子也很精神，总之，不管是脸上的表情，还是身体的每个部位都充盈着平时少有的亢奋。看上去浑身不仅活力四射，整个人也好像全回到了他当初疯狂追求郁静的那段日子。而跟在他身后的女人丹红更是光彩照人，浑身上下也飘荡着一股摄人灵魂的妖气。

这天的女人丹红，不知是想在梁超的面前再次展示她的魅力，还是想在梁超的公司里一鸣惊人，她这天不仅把自己打扮得妖艳性感，也故作高深莫测，走起路来更是扭腰颠臀很是招人。

梁超这天领着女人丹红跨进办公室时，郁静正埋头查阅着各种来往账目。当她听到离自己越来越近的那高跟鞋磕着地板的"噔噔"声，她不由抬起头来，并扭过头去，把目光朝传来"噔噔"声的门口投去，哪知，这时的女人丹红被梁超领着，已站在了她的办公室门口，并朝她一步步走近。她看着自己男人那少有的精神和兴奋，以及女人丹红的妩媚和性感，心里突然一阵慌乱，也有了一种说不清道不明的感觉。不过，她很快又让自己镇静了下来，并恢复了她历来对客户们的谦和表情。因而没等梁超给她介绍那女人丹红姓甚名谁，来公司又有何事，就满脸微笑着把手朝丹红伸了过去，并热情地说了一声"你好"。

女人丹红见郁静向她伸去了手，也忙把手朝郁静伸了过去，并礼尚往来地说了"你好"。但就在两个女人紧握着手，不知对方是何许人也时，站在一旁的梁超才把丹红介绍给郁静，并夸夸其谈地对女人郁静说了丹红的经历，说丹红是"直销公司"的总经理，毕业于某学校的营销专业，而且是高才生。郁静听后，先是一震，接着，一种难以名状的感觉让她感到了莫名的危机，再想想几天前的那个晚上，梁超为了眼前这女人的"直销公司"与自己闹得不愉快，她对丹红不仅有了戒心，看丹红的目光也立马冷峻生硬了起来。

而梁超见了自己女人突然冷峻下来的脸，便立马明白了是咋一回事。当然，这是他早料到的。为了不让丹红难堪，他忙对丹红介绍了自己的女人。丹红听后，目光里尽管藏着阴森森的鄙视和嫉妒，还是面不改色，又笑容可掬地将郁静的手再次抓到了自己的手里，并故作亲热地对郁静说："哎呀，您就是郁姐呀，我听梁哥说过多少次，他说他的妻子有多能干多漂亮，开始我还以为他在显摆神吹，见了其人，才知道啥叫百闻不如一见啊……"

郁静看到女人丹红的妖艳和能说会道，心里再次一震，不仅预感到这女人很不一般，对丹红这种做派和伶牙俐齿也很是恶心，因此，她不由冷冰冰地回答女人丹红说："呵呵，都老太婆了还漂亮？倒是你既漂亮又这么年轻，咋就看上了我们这破公司，你就不觉得委屈了自己……"

郁静在说这话时，感觉自己好像出了一口恶气，心里不仅痛快，脸也似笑非笑的，还摆出一副轻蔑的样子。女人丹红听了郁静这话，又看了郁静脸上那表情，一种被羞辱被蔑视的感觉顿时遍及全身，脸也随即火辣辣了起来。

梁超听了两个女人的唇枪舌剑，又看了两个女人脸上那表情，知道两个女人暗自较上劲了。因而心里一急，不由想到他用在丹红身上的心思会不会前功尽弃，忙打断两个女人的话说："好了，看你们两个，往后说话的机会多的是……"

梁超说过这话，立马正经起来对郁静说："小静，丹红从今天起，就是咱'梁氏公司'的人了，也是咱梁氏公司的副总经理，主管下面的'直销公司'……"

郁静听了男人梁超这话，心里顿时一沉。脑子里也有了不好的预感。但当着女人丹红的面，她也不好与梁超发生争执，只好一声不吭地重又埋下头去，心不在焉地继续做自己的事。

这天晚上，郁静本想问问男人梁超，事先为啥不告诉她那"直销公司"的负责人是个女人，又为啥没给她说就将这女人提拔成了公司的副总经理。还要问他心里是不是有鬼。但让她没想到的是，这夜的梁超却彻夜未归。

第二晚梁超虽然回来了，但她正准备开口问，梁超竟迎面抱住了她，梁超的嘴也紧贴住了她的嘴，还一个劲地吮着她的舌头，她想问的话即使到了嗓门，也无法问出口。

梁超自从出了那次差回来后，郁静便感觉梁超如服了兴奋剂般，一回家就缠着她要干那事，并且非做不可。那样子既像饿鬼，又好像冲她发泄似的。每次完事后，不是呼呼大睡，就是冷冰冰地把她扔到一边，睁着眼睛心不在焉地想心事。

而这晚完事后，她满以为能从梁超的嘴里，得到她想得到的答案的，比如说：他与女人丹红什么事也没有，收购丹红的"直销公司"，以及将丹红提拔为梁氏公司的副总经理，都是为了利用丹红那招牌似的身子和能说会道的嘴为老梁家赚更多的钱……但当她问了之后，梁超的装睡和不厌其烦的回应，让她心里不再是侥幸和模糊不清，而是笼罩着一层黑压压的阴云，也让她有一种难以释怀的困惑和压抑。这困惑和压抑，也如扎进她心里的一根刺，让她隐隐作痛，让她难以平静，并直至眼下……

此时，郁静依然走在去公司的行道树下，脚步迟缓，目光呆滞，也有些魂不守舍。的确，她脑子里还在一个劲地思索着自己的男人梁超，近段时间的行踪为啥越来越诡秘，同时也搜寻着这天早晨那黑色轿车里，那戴着墨镜的女人究竟是谁？就在她这么想的时候，她突然想到了女人丹红被梁超领着第一次去公司离开时的情景。

那天，丹红与郁静一阵面和心不和的恭维夸赞后，在梁超的打断下，便如先前来办公室那样，两人一前一后地离开办公室下了楼。当时的郁静或许对梁超和丹红的形影不离，心里已有了疑虑。所以，梁超领着丹红刚下楼，她就起身站在窗前，想看看梁超与丹红间到底是咋一回事，是公事公办来去自如，还是眉来眼去卿卿我我。没想到，她看到的，是自己男人梁超与丹红一左一右地钻进了一辆黑色轿车里，并一溜烟消失在县城大街上那车流中。

所以，这天早晨，当她一看到梁超钻进了街对面那辆黑色轿车，就不由自主地想到了几天前，她站在办公室的窗口，看见梁超领着丹红下楼后，一左一右钻进那黑色轿车时的情景，她也很自然地想到了这天早晨开着黑色轿车，把她男人梁超载走的，会不会就是丹红？

这天的郁静想过这些，也自然而然地想到了昨晚发到梁超手机里的那条短信。顿时，她突然感觉眼前有一张无形的网，正铺天盖地地朝她降来，叫她恐惧，叫她难以面对，也叫她有一种羞辱之极的后怕。同时，与这黑色轿车相关的记忆，再次出现在她的脑海里。

那是她嫁给梁超的第二年春天，新婚的甜蜜，让她对世间万物都充满着好奇。这天她缠着梁超出城去踏春，在到达目的地后，她和梁超一边走在乡间的碎石公路上，一边欣赏着道路两旁田野里那春意盎然的景色。没走多远，梁超指着不远处的树荫下，一辆打着颤的黑色轿车对她说："小静，你看那轿车在做啥？"

郁静听了老公梁超这话，先是一惊，接着好奇地将目光朝不远处的树荫下望了过去。的确，那树荫下此时停着一辆黑色轿车，并独自在那树荫下一颤一颤地颤悠悠的。郁静一见，满脑子的迷惑，她回过头看了看老公梁超，梁超却一脸的神秘，又一副似笑非笑的样子，不仅如此，还不住地冲她挤眉弄眼。

郁静见了老公梁超这模样，她更是迷惑不已。就在她准备跑过去看个究竟时，梁超却一把拉住了她，并附在她耳边神秘地说："别过去，别人在做好事。"

郁静当时很不懂，她眨巴着眼睛迷惑地问："啥好事，能把那车弄得一颤一颤的？"

梁超又冲她诡秘地一笑，然后在她面前做了一个手势，她一见，脸顿时红到了脖颈，先扬起手打了梁超一下，然后说："你真想得出来，会有这样的事？"

梁超却笑着不以为然地说："你不信，过一会儿你就知道了。"

果真，不一会儿，从轿车里钻出了一男一女。女的出来后对着车的后视镜整理着零乱的头发和没合上的衣襟，男的则在车的另一侧收拾着裤子。这时的梁超伸手推了推她，并冲那一男一女努了努嘴……

说实在的，这段记忆一直来既叫她好奇害羞，又觉得不可思议。而眼下再想想这事，却是后怕和担心，并也感到了事态的严重。因为她脑子里不由出现了自己男人与那戴着墨镜的女人在车内的情景，一阵慌乱后，她急忙从挎包里摸出了手机，又迅速按了梁超的电话号码，并迫不及待地拨了出去……

第七章　老穆其人

这天晚上，芋头镇的老穆的手机突然"丁零零"地响起了来电声。老穆当时正坐在屋里，冷清而孤寂地看着电视。电视里正播放着一个催人泪下、母子失散的真实故事，看得老穆直掉泪。就在他抬起手臂揩拭泪水时，他放在一旁的手机突然响起了来电声。老穆有点近视，因而看手机的来电信息很吃力。在昏黄的灯光下，他将手机屏朝眼前又凑了一段距离，那来电虽然看清了，却一时又想不起是谁的。

老穆名叫穆秋实，这年四十出头，不知是遗传，还是生活的艰辛，头发已有些花白，脸上也有了几条蚯蚓般的皱纹。不过，他那身板和精神头与年轻时没多大区别。做事不仅风风火火，说话走路，也始终充满着当年军人的气质。

老穆十八岁那年，身为孤儿的他，应征入伍去了部队。但三年后又退伍回到了家里。这一去一回虽然只有短短的三年，但部队那大熔炉，却把老穆铸就成了一位真正的男子汉。在去部队之前，老穆成天贪耍好玩，生活不仅没有规律，还常常饥一顿饱一顿，整个人也面黄肌瘦如病秧子一般。入伍体检时，谁都以为他身体有毛病，但体检后，一切正常，各项指标都符合应征要求。入伍那天，老穆既兴奋又激动，还忍不住流下了泪。

三年后的 1985 年，老穆如和平年代的所有军人一样，又脱下军装回到了家里。但三年的军营生活，却把老穆改变成了另一个人。走路昂首挺胸，说话铿锵有力，做事也认认真真、踏踏实实。父母给他遗留下的那三间土坯瓦屋，也被他收拾得干干净净，除灶屋外，其余两间屋子的内墙全贴了报纸，看上去既整洁，又别有一番风味。床上不仅一尘不染，被子也折叠得如部队上一样棱角分明，更主要的是，他对人生有了重新的认识。

老穆从部队回来后，他把家简简单单收拾好，就去镇上找活干。他先前准备走远一点儿的，但三年的离别，让他对巴掌大的芋头镇又依依不舍。这里不仅有相邻相亲，也长眠着他的父母。所以，回家没几天，就去了镇上的郁家面粉厂。

郁家这面粉厂规模不大，就一台一条龙的磨面机和一套面条机。这做面条和面粉除了在芋头镇销售，也卖到周边的镇上去。白天这里机器轰鸣，烟雾沉沉，然后到了晚上却又一片死寂。不过，这面粉厂因口碑不错，无论是面条还是面粉，时常都供不应求。哪知，天有不测风云。一年前，老板郁成的女人在磨面时，不小心一头秀发绞进了磨面机的皮带里，整个头皮当时不仅被全绞掉，就连额头的皮肉也一点儿不剩。那情景既血肉模糊又惨不忍睹……从此，郁成便独自带着三岁的女儿郁静度日。然而，在女儿郁静读高中那年，他又一病不起，面粉厂因而倒闭，他也撒手丢下了自己苦命的女儿。还好的是，女儿郁静这时已长大成人，虽不能重整家业，但也能自食其力。

这天晚上，老穆看清了手机屏上的来电，仍没想起是谁，便冲电话那头"喂"了一声，接着又问了一声"请问是谁"。但让他没想到的是，电话里的声音让他真是又惊又喜，不仅如此，一种心痛的感觉也漫上了心头。因为他已好久没听到他一直想听的这声音了："穆哥，是我，我是郁静。"

老穆听了郁静这声音，在惊喜之余，眼前也立马浮现出了郁静从小到大那既单纯可爱，又亭亭玉立的样子。

他记得，他第一天去郁静父亲的面粉厂上班，就喜欢上了小郁静这孩子。跨进面粉厂那天，他看到一个三岁左右的小女孩正在面粉厂的坝子里，伴着暖阳和机器的轰鸣声独自玩耍。小女孩当时正蹲在晾晒面条的架子下，把一根根脆断掉在地上的干面条捡起捏在手里，样子既可爱又机灵。或许是住在镇上，每天来面粉厂的顾客络绎不绝，这小女孩因而对老穆的出现也并不诧异。但她一时又不知道如何招呼眼前这个不知该叫哥，还是该叫叔叔，又感觉与其他顾客不一样的人。因而，她只眨巴着两只清澈明亮的大眼睛，不声不响又一脸疑惑地望着老穆。

老穆看了这小女孩的迷惑模样，又下意识地看了看这小女孩的全身，他的心顿时就酸了起来。因为此时的小女孩不仅头发散乱，浑身上下也附满了灰尘，一张俊俏的小脸蛋也脏兮兮的。看上去，犹如一个可怜巴巴的小乞丐。

老穆看了小女孩这模样，一下子就明白了这孩子一定是面粉厂老板郁成的女儿。况且，从部队回来的这几天里，他从邻居们的嘴里已知道了老板郁成家出的事，也知道了郁成还有个可怜的女儿。所以，他看了小女孩的模样，一下子就全明白了。他因此忙走到小女孩的身边，又蹲下身去，先拍了拍小女孩身上的灰尘，然后轻声地对这小女孩问："你是小郁静吧？"

小郁静仰起小脸蛋，又眨巴着那双美丽的大眼睛，迷惑地问老穆："对呀，你怎么知道的？你是谁呀？"

小郁静的声音清纯，犹如一滴清水掉进深潭里。老穆看着听着，心里再次被什么牵着似的，他忙对小郁静说："我呀，是来找你爸爸的，你能领我去见你爸爸吗？"

此时的小郁静对眼前这个不认识的人，虽然感到陌生，还是很单纯地说了声"好啊"，然后就牵着老穆的手朝机器轰鸣的磨面房走了过去。

老穆被小女孩郁静牵着来到磨面房门口，在灰蒙蒙的磨面房里，一个身材瘦小，面戴口罩，看上去已分不清是男是女的人正在磨面机旁忙来忙去。正当老穆竭力辨认着时，小郁静放开老穆的手，撒开两腿便朝那人跑了过去。老穆一见，怕出意外，也紧随其后追了上去。

就这么，老穆认出了郁静的父亲。后来，两个男人一阵寒暄，又一阵家长里短，再后来老穆便成了这郁家面粉厂的工人。因老穆一人无牵无挂，郁家除了父女俩也没多余的人。为了有个照应和方便，老穆便把家从镇外的乡下搬来面粉厂，从此吃住在这面粉厂里。

自从老穆来到这郁家面粉厂后，小郁静不仅有人陪她玩，也好像有了"母亲"，老穆进厂第二天下班后，他便给小郁静洗了头，次日早晨又给小郁静换了新衣，还给她扎了两条小辫子，并在辫梢系了两只布蝴蝶。

其实，扎布蝴蝶是老穆在部队没事时练就的。那时，在训练的休息空当，他就坐在草地上，随手捡来几片树叶，在手中翻来覆去地捣腾几下，一只只"蝴蝶"便栩栩如生地"破茧而出"了。再被他往空中一抛，这些"蝴蝶"便翩翩飞舞在阳光下，花丛中。

小郁静被他这么一宠，好像变了个人似的，不仅穿得漂亮，也更天真活泼了。还时常黏着他不离身。只要老穆停下手中的活，她就会跑过去，不是要老穆唱儿歌，就是要老穆讲故事。当然，这些对老穆来说不是难事，他在部队毕竟是文艺骨干分子哩。至于讲故事，那些年他看了不少小人书，又听别人讲了一些，所以开口就能说上一段。除此之外，他还教小郁静站队列，做军姿。立正稍息，左转右转向后转，小郁静不仅做得像模像样，也到位有力。谁看了都会拍手叫好，感叹不已，也为这个没妈的孩子心疼。

老穆刚去面粉厂不久，看着小郁静的可怜样子，他就冲郁静的父亲郁成问："郁哥，你咋没给郁静娶个后妈呢？"

郁静的父亲样子清瘦。或许"半路"丧妻的打击，让三十刚出头的他，两鬓已有些花白。他听了老穆这问后，瘦削的脸上不由露出了难为情，好一阵后，才叹息着回答老穆说："唉，娶啥哟，闺女本就可怜，若再娶个不好的后妈，还不将这娃朝火坑里推呀？"

那年，郁静的父亲在说这话时，两眼一下涌满了泪。小郁静当时躺在他怀里已睡着了，看上去既可怜，也叫人心疼。

然而，在郁静刚跨进高二的时候，不幸再次降临了这个家庭，她父亲患胃癌一病不起。听医生说，这是生活长期没规律造成的。

的确，自从郁静的母亲不幸离世后，她父亲既当爹又当妈地带着小郁静过日子。再加上要操持面粉厂的生意，长期饥一顿饱一顿，很多时候是早饭和午饭一起吃。晚饭他给女儿做鲜的，自己就吃中午剩下的，多少时候饿急了，不管冷热端着就吃，这咋能不得胃病呢？

郁静的父亲患病后，不得不变卖了面粉厂，但最终还是没留住她父亲的生命。在她父亲离开人世间的头天晚上，他把老穆叫到病床前，断断续续地求了老穆两件事：一是给老穆说他手头还有点积蓄，让他替郁静管着完成学业。二是叫他看在郁静小时候叫他"二爸爸"的分上，在以后的日子，把郁静当成自己的亲闺女一样予以关照。老穆当时听后，心里既紧张，又酸楚，同时也把郁静父亲给他的嘱托记在了心上。

所以，老穆这晚接了郁静的电话，又听了郁静那有些异样的声音后，兴奋之余，也倍感惊奇，他于是急不可耐地对电话里的郁静问："小静，有事吗？"

老穆问过这话，不知咋的，他耳边不仅出现了郁静的父亲对他的嘱托，对郁静也有了担心，不仅如此，心还紧张得"扑通扑通"地跳了起来。

"小静"这名字，是老穆去了郁家的面粉厂后，对郁静开始这么叫的，并一直叫到了现在。小的时候，只要他一喊"小静"，郁静先脆响响地"呃"一声，接着就如只小鸟般，张开双臂跑到他的面前，有时还一头扑进他怀里。

那天，小郁静扑进他怀里后，又扬起脸，并眨巴着她那双明亮的大眼睛望着他问："你当我爸爸行不？"

老穆当时一听，先是一惊，接着也睁大了眼睛。因为他不知道这小丫头为啥有这样的想法，他于是愣愣地瞪着郁静问："你不是有爸爸吗？我咋能给你当爸爸呢？"

小郁静听后，立即噘起了小嘴，小脸蛋也挂上了不高兴的表情，她撇了撇噘着的小嘴说："我爸老忙，总不能陪我玩……那你当我二爸爸这下行了吧？"

老穆当时听过小郁静这话，觉得好笑，心里也暖暖的。没想到这小机灵鬼这么淘气，但他既不好拒绝，也不好答应。他只好伸出大手，弯着食指在郁静笔直的鼻梁上轻轻刮了一下笑着说："你这个小机灵鬼……"

就这么，老穆便成了郁静的"二爸爸"。每一次，小郁静叫他"二爸爸"，叫得比自己亲生父亲还亲哩。直到她上了初中，老穆也结了婚，郁静对老穆这样的叫才慢慢少了。

郁静最后一次叫老穆"二爸爸"，是她父亲去世的那天午后。当时，郁静在市中学接了老穆打去的电话，就匆匆赶回了家，但她的父亲却已离开了人世。她赶回家后，一头扑在她父亲那枯柴般的尸体上，并一个劲地号啕着喊："爸……爸，你咋就这么撒手走了，叫我怎么办呀……爸爸……"

郁静这天是半晌午赶回家的，一直哭喊到午后也没停。站在一旁的老穆，见了郁静那伤心欲绝的模样，虽心痛却也无计可施，他最后才不得不走到郁静的身边，含着泪对郁静说："小静，不哭了啊，再哭会把身子哭坏的。你没爸爸了，不是还有我这个二爸爸吗，你爸都给我交代了，我会照顾好你的……"

郁静当时听老穆这么一说，更伤心了，她一回头猛扑进老穆的怀里，然后哽咽着说："二爸爸，我的命咋会这么苦呀！"

是呀，郁静的命咋会这么苦呢？

……

然而，这晚的老穆还在往下想时，电话里又传来了郁静的声音："穆哥，没啥，就想跟你说说话……"

第八章　可怕的念头

　　的确，这晚的郁静真想找人说说话。

　　这天早晨，当她看到自己的男人梁超钻进了那黑色轿车，那黑色轿车又被那戴着墨镜的女人开着，迅速消失在了县城大街上那车流中后，她心里不仅空落、怪异无比，同时也产生了一些不好的联想，越想越不能自已，忍不住掏出手机，把电话给自己男人打了过去，哪知电话那头的声音让她更加不安了。

　　原来，电话刚接通，她还没来得及"喂"上一声时，手机那头就传来了两个气喘吁吁的声音，接着她还听到一个女人喘着粗气问："谁的电话？"

　　郁静在电话里听了这女人的声音后，不仅被镇住了，也被这奇怪的声音置于不安和惶恐之中。与此同时，她打电话之前的那种联想，变得更加有画面感了。

　　自从几年前与梁超一起看到那辆在树荫下颤抖的轿车和衣冠不整的男女之后，梁超就像中了邪一样，兴致高昂得不分白天黑夜、不分场合地缠着她，恨不得随时随地行那鱼水之欢。有一次，办公室里只有他俩，她当时正弯着腰在办公桌的抽屉里一门心思地找着东西，梁超则无所事事地站在窗前，有事没事地看着窗外的风景。

　　窗外有棵参天梧桐，两只画眉在枝丫间追逐调情。当梁超把目光投向窗外，去观赏两只画眉的打情骂俏腾跃狂欢时，无意间又看到了两只蜻蜓正弯曲着身子，尾交着尾，紧紧交合在一起时的情景。于是，他身子一热，一种麻酥酥的感觉遍及他的全身。突然而来的兴致，让他旋即转过身去，从后面一下抱住了郁静，并顺势将郁静摁在办公桌上。郁静连连说不行，但梁超说他控制不住自己，郁静只好顺了他。哪知，就在他俩醉入其中，难解难分时，门外却突然响起了敲门声，他俩如在偷情一样，警惕地屏住了呼吸。然而，让他俩没想到的是，就在他俩紧张着的心刚刚平静，准备重又动作起来时，刚才那敲门声虽然没再响起，郁静放在办公桌上的手机却响了起来。

两人又是一震。刚开始，郁静是不准备接这电话的，但又怕因一时之欢，误了公司的大事，所以，她从办公桌上挪过手机，来不及看手机上的来电信息，就按了接听键："郁姐，你在办公室吗？"

这电话是公司里的员工小李打的，先前那敲门的，也是小李。

郁静在接电话时，梁超也把耳朵贴了过去，他听了小李这声音，心里尽管有一种说不出的感觉，但因小李是公司里的员工，急不急慢都不会给公司带来啥后果，又或许这之前的敲门声和郁静手机里的来电声，让他一惊一乍没能尽兴，所以，当他听过小李在郁静电话里的问话后，又按捺不住骚情在郁静身后动了起来，并一下一下又恢复了先前的节拍。

而郁静听了小李在电话里的声音，知道小李找她有事，小李是公司里的送货员，专为下面的几十个乡镇网点送货，耽误了，怕公司的诚信在下面的网点中一败涂地。所以，她想她和老公梁超此时的事，应该到此为止。但当她试着扭动了几下身子，梁超仍从后面将她箍得死死的，没有一点儿善罢甘休的意思。郁静无奈，只好故作镇静地对手机里的小李说："小李，我在外面，还得一会儿才能回办公室哩。"

谁知，郁静这话好像给梁超注入了兴奋剂，梁超听后，一闭眼一咬牙又疯狂了起来，嘴里舒服得"唉唉"地喘着粗气。这粗气就如她这天在手机里听到的一样，既急促又难以克制……

郁静如挨了重重一棒般，从浑浑噩噩中回到了现实里。但是，她始终抹不去梁超那喘息声和那女人嗲嗲的声音留在她心里的阴影。因此，此时的她带着受伤的心，犹如一个懵懵懂懂的梦游者，神情淡然目光呆滞地走在去办公室的大街上。样子既木讷，整个人又好像完全沉浸在对往事的回忆里。

几个月前，当梁超收购了女人丹红的"直销公司"，丹红也顺理成章进了梁氏公司后，她感觉梁超对自己再没以前那么热情了，还时常夜不归家。最近这段时间，梁超每次回家都是一副力不从心的样子，夫妻生活总是应付般地草草了事。更让她耿耿于怀的是，梁超还有事瞒着自己。

事情就发生在丹红来公司不久的一天傍晚，公司里的小李送完货，驾车回到办公室时，郁静也在忙着收拾东西准备下班，小李见后，忙对她问："郁姐，你怎么过去？"

而郁静听了小李这问，竟一头雾水。她虽然竭力想了一阵，也不知道小李这话是啥意思，所以，她只好睁大着眼睛，迷惑地冲小李问："小李，你说啥？我过哪里去？"

但小李听了郁静这反问，也是一惊，他不相信身为公司的副总，又是老板娘的郁静，会不知道这晚的事，他于是也迷惑不解地问："郁姐，你是真不知还是假不知？梁总没给你说？"

郁静一听更急了，并有一种火烧眉毛的急切，她忙冲小李接着追问："快说呀，到底啥事？"

小李看了郁静那急不可耐的样子，才相信郁静真不知道这晚的事，于是说："郁姐，你不知道呀？梁总为庆祝收购了丹红的'直销公司'，在百万酒楼订了晚宴，叫公司里的新老员工都去，还有卡拉 OK 哩，我问你是搭我的车去，还是……"

此时的小李是看见郁静突然异样起来的表情，才没继续说下去的。的确，郁静当时听了小李这话，整个人一下就蒙了，她不知道这是咋一回事，这么大的事，为啥就她一个人不知道？是梁超有意这么做，还是有别的原因？但是，就在她这么想的时候，她的脑子又很快清醒了过来，并暗自告诫自己，在没弄清事情的真相前，不能让小李看出自己的不对劲，否则，无论是对自己，对梁超，还是对公司都不利。所以，她脸上一下绽开了笑："哈哈，我都不知道，你们还能知道？你先过去吧，我看家里有没有事，没事我就过去。"

郁静在说这话时，故作平静，装得很自然，谁也看不出她有什么心事。

小李走后，郁静一下瘫坐在办公桌前的椅子里，神情颓然，目光呆滞，脑子里也一个劲地想这究竟是咋回事。事情来得太突然，来得太不明不白。她本想给梁超打个电话，问问梁超有没有这么一回事，也问问梁超是不是在背着她搞什么鬼。但当她按了梁超的手机号码，又怕被梁超嗤之以鼻而自讨没趣，犹豫了一阵后，她最终还是没拨出去。同时，她也打消了去参加小李说的那晚宴的念头。她在办公室里，面对着对面那堵冰冷的墙壁，发痴发呆地独自坐到办公室里全黑了下来，窗外街道中的路灯也全亮了起来，并把整座县城照得亮如白昼，她才没精打采地离开办公室，又如梦游般朝家走去。

回家后，为了不让婆婆张淑琴和自己女儿看出异样，她强使自己镇静下来，并同每晚回去那样，先去看了女儿。听婆婆说，女儿娇娇这天玩得疯，午觉都没睡，所以早已熟睡了。郁静站在女儿的床前，看了一阵女儿，感觉自己的双眼有些酸涩，便给女儿掖了掖被子就来到客厅，茶饭不思地坐在那里等梁超回来。

梁超这天回来得很晚，当他开门看见郁静还坐在客厅里，做贼心虚的他知道郁静眼下在生他的气，便讨好着问郁静："咋还没睡？"

梁超问过这话，还没等郁静开口说话，就几步跨进卧室，他本想以此避开郁静的质问的，哪知，郁静脚跟脚地撵进了卧室，并怒气冲冲地冲梁超问："梁超，我问你，我是你的什么人？我算不算公司里的员工？"

郁静当时问得很直接，两眼也如喷着火苗似的瞪着梁超。梁超被她这么一瞪，不由慌了起来，连忙说："啥事？你咋会这么说呢？"

"哈哈，还啥事，你倒装得像。我问你，公司今晚在百万酒楼设晚宴，全公司的人都知道都去了，咋不让我知道，把我一人排斥在外？况且，我是公司的副总，又是老板娘，你不但不给我商量，做了决定也不给我讲……"

郁静此时的话说得很气愤，眼里也涌着泪。梁超听后虽然有些紧张，但还是装出一副若无其事的样子，并冷冷地笑了笑说："呵呵，我还以为是多大的事。哎呀，那叫啥晚宴嘛，不就是叫了几个爱好者去喝了两盅，OK了OK，这很正常嘛，有啥大惊小怪的？"

梁超说过这话，接着正了正身，又摆出一副身正不怕影子歪的样子。郁静一见，顿时就茫然了，她甚至怀疑小李跟她说的话不是真的。没想到，就在她这么思忖时，梁超几句话便把她说得无话可说了。

"老实说，我是想叫你去的，但考虑到是晚上，你要回家带娇娇，还有啊，你又不喝酒，坐在那里多尴尬，要是被几个喝酒的劝你几盅，你还不在那里出洋相丢丑？"

梁超说过这话，又上前一下搂着郁静，还装出一副被冤枉被委屈的样子，嘴上同时讨好地说："好了，一生气大美女也成了丑小鸭。再说了，真是风光的场面，我还能把你丢在家里？有这么漂亮又能干的老婆陪着，不仅让别人眼馋，我脸上也有光嘛……"

郁静或许同所有的女人一样，都喜欢听甜言蜜语。郁静这晚被梁超这么一说，虽然仍疑惑着，还是破涕为笑了，并随即冲梁超问了一句："你说的是真的？"

梁超见郁静破涕为笑，知道他这晚的"坎"已迈了过去。因而为自己的聪明才智暗自高兴。在回家的路上他就编好了这说辞，没想到说出口来，自己这女人真就相信了。为了让自己这女人更深信不疑，当郁静问过那话后，他又如以往那样，对郁静发誓说："你不信，那我发誓，我梁超如果骗了你，明天出门就让车……"

梁超在发这誓时，故意将话拖得很长，他知道郁静听了他这毒誓，一定会阻止他的。因他之前每次发的这毒誓都被郁静阻止了的。的确，这晚当他嘴里刚要吐出"撞死"两个字时，郁静真如以往那样，伸手捂住了他的嘴。梁超也顺势将她一把推在了床上，并一跃骑上了她的身。

原来，梁超这几天几次试探了女人丹红，但每一次都被丹红或明或暗地拒绝了。所以，他对女人丹红的好奇，以及对她身体的贪欲，便一天天淤积在体内，让他的身体有一种被灼烧、被撑破的感觉。这天晚上，他之所以要为女人丹红的到来，在百万酒楼举行晚宴，只是想在丹红面前表现他的良苦用心和诚意，为日后得到她而做好铺垫。当然，他不让自己的女人郁静去，也有他的道理，他尽管读书不多，却知道女人们都是醋坛子。总之，不能当着一个女人的面，与另一个女人太亲近。要不然，不是"后院起火"，就是前功尽弃，弄得不好，还要鸡飞蛋打两分飞。

这晚，女人郁静被自己男人梁超这么一搂一折腾，所有的气不仅全烟消云散了，还同以往那样，在梁超抚弄她时，她竟有了飘飘然的感觉，于是在梁超的身下一边扭来动去地挣扎着，嘴里一边嗲着声音说："不要闹了，还没洗澡哩，我给你放水去。"

就这么，梁超演技的逼真，让郁静深信不疑了。然而，梁超呼呼睡去后，郁静却怎么也睡不着，脑子里又不由想到了这晚的事，她不相信诚实勤恳的小李会说假话，于是又对梁超的说辞产生了怀疑。后来的事实也证明了她这晚的揣测是正确的……

此时，郁静一路沉思着，恍恍惚惚地总算到了办公室的楼梯口，正在她埋头将要爬楼梯时，员工小李的喊声才让她从沉思中回过神来。

"郁姐，你咋才过来，我们在这里等老久了，一直进不了办公室。"

郁静听了这喊声，先是一惊，接着从恍惚中抬起头来，于是，等在这里的员工们一个个全出现在她眼前。就在她想开口对员工们说啥时，女孩娟子先冲她问："郁姐，你咋啦？你的脸色咋这么难看？"

郁静被这女孩一问，才感觉自己或许真的有些失态，为了掩饰，她忙笑了笑说："没事，就是头有点晕，可能有点感冒。"

公司里的这几个员工一听她这话，都面面相觑。驾驶员小李是公司里的老员工，做事既负责，人也踏实，对郁静也真诚。他见了郁静这模样，忙接过郁静的话问："郁姐，你没事吧？先前给你打电话你不接，给梁总打电话他又关机，我们还以为公司里出啥事了哩。"

小李说过这话，又下意识地注视着郁静，那样子，好像要从郁静的表情里琢磨出什么似的。而郁静听了小李这问，脸上尽管竭力挤出了笑，但那可怕的念头再次出现在了她的脑海里。

第九章 爱的代价

的确，梁超这天早晨上的那黑色轿车，就如郁静先前猜想的那样，是女人丹红的。那戴墨镜的女人，就是丹红。

梁超这天早晨钻进女人丹红的轿车后，心里尽管惶惶不安，但也没敢挂在脸上，因为他现在和这女人不说是一条绳上的蚂蚱，至少也有共同的利益。更主要的是，他睡了这女人后，这女人对房事的火辣缠绵和贪得无厌，已让他无法再离得开这女人了。因而，他上车后，刚把车门关上，就讨好着把身子朝正在开车的女人丹红探了过去，并嬉笑着脸，故作调侃地说："咋这么性急，不是说好了下午才见面的吗？大清早就打电话，还等在大街上了……"

其实，他这么说，只是想缓和缓和气氛，因为当他撇下自己的女人郁静，跑过来看了女人丹红这张绷着的脸，就知道坏事了，并也知道自己这天是猪八戒照镜子——里外不是人了。

的确，此时的女人丹红正在生梁超的气。她见了梁超和他的女人郁静手牵着手，臂挽臂，身贴着身，那情意绵绵又恩爱无比的模样，忍不住醋意大发。尽管她知道自己是第三者，但她对梁超的爱和占有欲并不亚于郁静。更主要的是，她心中已朦朦胧胧地有了一种欲望，这欲望随着时间的一天天过去，愈来愈强烈。

一个月前，她在列车上遇上梁超后，她从梁超那直勾勾的眼神和夸夸其谈的炫耀中，看出了梁超的贼心。为此，她心里既酸楚又怪异。所以，回到县城后的前些天，尽管梁超一个劲地给她打电话，她也不敢接。她不是有多清高，有多单纯，而是血的教训告诉她，女人与男人交往，吃亏的最终是女人。况且，她已从梁超的眼神里和能说会道中，感觉到了梁超的信誓旦旦和咄咄逼人。凭她的直觉，只要她稍有不慎，与梁超再有来往，她的担心就会发生。到时的自己，或许还会如第一次婚姻那样，给自己留下惨痛的教训……

那年，她从某校市场营销专业毕业后，进过国企，也给私人老板打过工。都因好高骛远，嫌薪水太低，辞了职。后来，婚姻的失败，让她变得既现实也玩世不恭。也在婚变的伤痛中一边"疗"伤，一边体现着一个营销专业高才生的人生价值。从最后那家私企公司出来后，她便招募了几个"江湖人"，把用婚姻做代价换来的那辆轿车，拿去银行做了抵押，开了一个既没登记又没注册的所谓的"直销公司"，并游走于乡村小镇，用欺骗的手段兜售一些低质伪劣产品。

刚开始的时候，他们投其所好地利用乡下老人的孤陋寡闻和爱占小便宜的心理，以送礼品为诱饵，卖一些劣质的小家电和保健品，从中获得暴利。哪知，随着市场透明度的越来越高，和乡下老太太老爷子们一次次上当受骗后的觉醒，对他们那一套再没了兴趣。每一次，无论他们怎么讲怎么说，哪怕把嘴巴说烂说起泡，奖品送得再大，也难再调动起这些乡下老人的购买欲。资金也全压在了那些卖不出去的货物上。眼看着用轿车作抵押从银行贷的款已到期，所以，她不只急得焦头烂额，心里也充满了恐惧，她真怕她那轿车被银行作了抵押，自己到时不仅一无所有，也将颜面扫地。更主要的是，在她最痛苦最无助的时候，又自暴自弃地放纵了自己，并从此陷入其中不能自拔。

为此，她犹豫了好几天，才下了去市里找她闺蜜解这燃眉之急的决心。之前她只准备给闺蜜打个电话，在电话里先向闺蜜诉诉苦，接着再给闺蜜说借钱的事。但事迫在眉睫，一是怕在电话里给闺蜜说不清楚，也思索着闺蜜见了她，无论出于见面情，还是闺蜜间曾经的友谊，都会借钱给她，渡过这一难关的。哪知，这天当她既心事重重，又忐忑不安地乘车去到市里，又走街钻巷地找到她闺蜜后，她闺蜜虽然热情美美地接待了她，也谈得很投机，但当她对闺蜜提起借钱的事，她闺蜜却毫不留情地给了她一个闭门羹。

女人丹红从市里回到县城后，彻底陷入了绝境。面对着员工们向她讨要工资，面对着房东向她讨要水电、房租费，特别是日趋临近的那银行的贷款，真叫她焦头烂额，身心俱焚。前几天还好，她总期待着有奇迹发生，比如说她手头积压的货一下子全卖了出去，并且一件不剩。她那闺蜜也一下想通了，打电话叫她把银行卡号发过去。另外，老家的父母也给她凑了一部分资金……因此，在这些时间里，她对梁超的一个个电话，不仅没在意，甚至有一种一朝被蛇咬十年怕井绳的后怕和反感。然而，时间一天天过去了，她期待的奇迹不但没出现，还贷的期限也越来越近。这天，银行催贷的短信再次发到了她的手机里。

女人丹红这天看过银行发的短信，整个人如泥塑木雕般呆在了那里，并且脸色苍白目光呆滞。好一阵后，她才从呆愣中回过神来，而回过神来的她，心里却充满了从未有过的无助和孤独。对未来更充满了渺茫和惧怕。在与前夫肖俊离婚时，她以为自己凭所学的专业，和自己的精明干练，完全可以开创出一片属于自己的天地。也就是说，她不靠男人一样可以活得很好，也一样可以把生意做得风生水起。而这时她才发觉，一个单身女人要在社会的现实中独当一面真不容易，要想衣食无忧，风光照人更是难上加难。

女人丹红这天想过这些，心里除了痛就是绝望。但是，人与生俱来的贪念和欲望，又让她不甘就此沉沦下去。另外，她也不想让别人看她的笑话，更不想因贷款的事而身败名裂。所以，她此时尽管知道梁超是个好色之徒，也预感到自己与梁超一旦有了来往，也许就是灯蛾扑火自毁其身，她还是不顾一切地把电话给梁超打了过去。为了心想事成，在打电话前，她再次想了想梁超冲她垂涎三尺的模样，因而用了那暧昧挑逗的语气。

女人丹红这天给梁超打过电话，又把自己重新打扮了一番，不仅描眉画眼影，还穿了她一直舍不得穿，又不好意思穿的旗袍，旗袍的叉开得很高，只要她迈开纤纤细步，她的大腿部就会一览无余地展现在人们的眼前。另外，旗袍质地的柔软和弹性也把她的身段勾勒得凹凸有致。

女人丹红这天把自己打扮好后，又将自己的整个身子喷了香水，就开车朝梁超在电话里给她说的那见面的地方直奔而去。在去的路上，她看似面无表情，心里却七上八下忐忑得很。因为她既担心自己求梁超的事办不成，也怕自己由此掉进梁超的陷阱里。

的确，梁超这天在电话里给她说的那见面的地方，谁听了都明白是咋一回事，也知道将有啥事要发生。

女人丹红这天的车，最终在县城的百万大酒楼的大门前停了下来，女人丹红下车后，她又在原地迟疑了一阵，才把心一横，直接去了梁超在电话里给她说的这酒店的 502 房间。

一个小时前，她在给梁超打电话时，虽然有些不得已，心里却充满着渴望，充满着不顾一切的激情，而眼下，她心里尽管依然充满着从梁超那里能借到钱的渴望，那激情却随着脚步朝 502 房间的一步步迈进，不仅消失殆尽，心里还充满了害怕，不仅如此，就连她朝前迈动着的脚步，也变得有些痉挛僵硬了。

女人丹红这天来到 502 房间时，房门是开着的，梁超早已等在屋里。就在她迟疑在门口不知如何是好时，梁超也许听到了脚步声，又或许他时时关注着门口，竟从屋里迎了出来，并献着殷勤把她迎了进去，她的双脚刚一跨进门，身后便"哐当"一声响起了关门声。女人丹红听着身后这关门声，她头皮一麻，心里一惊，浑身也立即起了一层厚厚的鸡皮疙瘩。她以为这时的梁超会从后面抱住她的，她于是屏住了呼吸，也闭上了眼睛……

哪知这时的梁超却如吸了迷魂药般整个儿全晕了。他关上门后，就痴痴地望着女人丹红那穿着旗袍的，丰盈而裸露的身段发痴发呆，那样子犹如沉醉在幻觉里。女人丹红屏住呼吸，闭着眼睛等了好一阵，发觉屋子里没有一点儿动静，才回过神来以为梁超关门后不在房间里，哪知，当她转过身去，发现梁超正痴痴地望着自己。她看着梁超那模样，让她心里不由有些发虚，她觉得梁超此时在冲她奸笑，又觉得梁超正垂涎欲滴地朝她一步步逼近，她于是一边"你，你……"地惊恐着，一边朝后退去。

此时的梁超是在女人丹红那惊恐声中回过神来的。他望着女人丹红惊恐中带着几分诧异的神色，终于回到了现实里，思绪也回到了之前的思索里，也想起了他和女人丹红来这房间为了啥事，再看看女人丹红那特意打扮过的样子，便亢奋着朝女人丹红走了过去。

而女人丹红见梁超朝自己走了过来，梁超盯着她的目光，火辣辣地充满着欲望，惊恐中的她也清楚即将要发生的事，她便慌忙退到窗口，把身子靠在了敞开着的窗户上，眼睛竭力避开梁超那灼人的目光，脑子里也茫然地思考着如何应对眼前这局势。老实说，她之前想好以这样的方式来找梁超，除了无奈，也想利用梁超的好色，达到自己解眼下燃眉之急的目的。是呀，只一面之交，凭什么让别人帮自己呢？不过，她也怕梁超白玩了自己。所以，这天当梁超走到她身边，正准备抱她时，她忙侧过身去，指着窗户对面那栋楼说："你看，对面那楼上像有人看我们哩。"

女人丹红在说这话时，一边把身子移得离梁超远一些，一边又把窗帘拉得更开了。

梁超听了女人丹红这话，不仅冷静了下来，接着也把目光从这敞开着的窗户投了出去。的确，从这敞开着的窗户不仅能看到外面的大千世界。这房间对面那栋大楼里的住户，也可从这敞开着的窗户，看到这房间里面的一切。

事后，梁超一直为自己的这疏忽懊悔不已。他先到这房间时，窗户的确是敞开着的。他当时也想过将窗帘拉上，但想想女人丹红已把话说到了那份上，只是没给他明说罢了，所以他当时想，等女人丹红到了再拉上也不迟，哪知……

这天的最后，梁超和女人丹红便在那敞开窗户的房间里，公事公办地做了交易。女人丹红当时既开门见山，又多愁善感地给梁超说了自己眼下的处境，又话中有话地求梁超无论如何也帮她这一次，同时也暗示梁超会让他心想事成的。梁超听了女人丹红给他说的话，又看了女人丹红那曼妙的身段，尤其是听了女人丹红给他的暗示，他的心不仅被女人丹红融化了，身子里的血液也在沸腾，他当即给女人丹红拍了板，并叫女人丹红听他的好消息。

女人丹红听了梁超给她拍的板，尽管一副被感动不已的样子，但她依然没让梁超靠近自己，离开时，却满脸难为情地对梁超说："超哥，对不起，我今天的确没心情，等我把这坎过了，一定成全你，我等着你的消息。"

女人丹红说过这话，扭动腰肢，迈开脚步，甩着旗袍大摇大摆地走了，让梁超对这女人既恨又放不下。

梁超这天被女人丹红扔下回到家后，一连几天都在纠结中过着日子，老实说，他既想得到女人丹红，又怕着这女人。他这天虽然答应过女人丹红借钱的事，但他当时也只是逢场作戏，满以为说说话做做样子，就会得到女人丹红的身子，没想到这女人比他还精。眼下，这女人把胃口给他吊足了，却又不给甜头吃，这真叫他骑虎难下。他想过按女人丹红的意图做，又怕女人丹红再要自己。况且，公司和家里的财政大权都在自己女人郁静和母亲手里，没有一个合理而可靠的理由是不行的。所以，这些天尽管他心痒难耐，但也没敢给女人丹红打电话。后来，他是看了那则公司兼并的新闻，灵机一动，才有了兼并女人丹红那"直销公司"的万全之策。

这天早晨，梁超当着自己女人郁静的面，给他母亲说了收购女人丹红那"直销公司"的事后，不仅得到了他母亲的同意，还取得了他母亲的大力支持。他一兴奋，好像看见了女人丹红已经搔首弄姿地躺在那里等自己了。从家里出来后，便迫不及待地给女人丹红打去了电话，因过于兴奋，他说话也有些语无伦次了。

"红，美……美女，成……成了。"

而女人丹红在"百万大酒楼"把梁超独自扔在那里，回家后的几天里，真是如坐针毡，度日如年。期待梁超的电话，犹如十年前期待初恋的电话般，让她望眼欲穿，寝食难安。这时的她，竟责怪自己对梁超太吝啬，在"百万大酒楼"的包间里，如果让梁超如了意，说不定这眼前的坎已经过去了。但事已至此，她总不能又给梁超打电话，叫他重新来睡自己吧。这种下贱，会让自己感觉败在了梁超的脚下，事后会让梁超趾高气扬，对自己肆无忌惮的。所以，她便耐着性子等待梁超的消息，她知道梁超没得到自己，是不会善罢甘休的。因而，她这天听了梁超在电话里说的话，也兴奋不已，她竟冲着手机对电话那头的梁超"啵儿"地亲了一下，然后又接着问："真的？我马上过来取。"

梁超听了女人丹红这话，才反应过来自己没把话说明白，让女人丹红误会了他那话的意思，急忙改口说："大……大美女，你看这样行不，从现在起，你那'直销公司'就是咱梁氏公司的子公司，你把你的原班人马带过来，我出资金，我们一起做这生意？"

女人丹红听了梁超这话，一下就明了了梁超这么做的意思，心因此而变得冰冷，但她还是不动声色地对电话里的梁超问："这么说，我这'直销公司'不就被你的梁氏公司收购了？"

"哎呀，啥收购？说着多难听，不过这样对大家都有利，我也想好了，你到梁氏公司后，就任梁氏公司的副总经理，专管你的'直销公司'。"

女人丹红听了梁超这话，好一阵也没吱声。因为她此时的心好难受，她没想到自己辛辛苦苦办起的"公司"，竟被别人收购了，这是一件多丢人多耻辱的事，但想想自己眼下的处境，她又不能不答应。所以，她进了梁超的梁氏公司后，在前几天里，她与梁超尽管天天在一起，她也没让梁超如意。

然而，直到这天梁超把她带去梁氏公司的办公室，见了梁超的女人郁静后，不知是郁静坐在办公室里那优越的环境和成功人士的气质，还是郁静在她面前的高高在上，以及郁静对她防贼般的眼神，让她对郁静有了嫉妒有了恨，因而动了邪念才让梁超上了她的身，并一发不可收拾。当然，梁超也从此被她攥在了手心里。

话说这天早晨当女人丹红看到郁静挽着梁超的手，走在街上那恩恩爱爱的情景后，心里突然间有了被掏空的感觉。同时也气愤不已，她便掏出手机，立马给梁超打了电话，并叫梁超立即到她车上去，否则，各找各的好事。

梁超当时听过女人丹红这电话，顿时便有了做贼的感觉，他没想到自己偶尔被他的女人挽着走一次，竟被女人丹红逮了个正着，心里不仅慌乱，也不知道这究竟是咋一回事。

昨天晚上，他和女人丹红在二十公里外的芋头镇做完"直销"活动，在回县城的路上，他俩在车里再次做了那不该做的事。完事后，女人丹红意犹未尽地对他说："你真不愧是男人。不过，从今以后，不许你再爱别的女人。"

梁超当时也酥软如泥，他把头埋在女人丹红的胸间，有气无力地说："小妖精，爱你一个还爱不过来哩，我即使有心也没那精力啊。"

女人丹红听梁超这么一说，心里甜得如灌了蜜似的，她如爱抚小孩一般，一边抚摸着梁超的头，一边毫不在乎地说："真的？不是骗我吧？要是被我知道了，我也找去……"

梁超当时听了女人丹红这话，心里不由怪怪的，老实说，身下这女人对他的诱惑太大了，不仅会做生意，也能让他舒服到骨头里。山外青山，他和这女人有过云雨之后，才知道了这句话的真正含义。曾经的那一个个女人，也全在他脑海里黯然失色了。当然，这也包括他屋里的女人郁静。所以，他把耷拉着的头，重又埋进女人丹红的怀里，嘟嘟噜噜地说："傻瓜，你看我舒服得快死了，还离得开你？"

女人丹红听了这话，心里高兴不已。她又勾头看了看贴在自己胸前的梁超，一边抚弄着梁超的脊背，一边柔声说："要不这样，明天我们休息半天，你回家后好好睡一觉，明天下午我们再去芋头镇。"

就这么，女人丹红搂着梁超，在车里又缠绵了一阵，才开车回到县城，各自回家了。但女人丹红在第二天醒来，不知是想梁超，还是不放心梁超，洗漱之后，竟开车直奔梁超家而去，她本想到了梁超家后，以生意上的事为借口，正经八百找梁超的，哪知，刚到梁超家的"贵人苑"小区外，就看到梁超两口子手挽着手从小区内走了出来，于是，她心里犹如着了火般难受，同时又有了被欺骗的感觉，因为梁超之前一直跟她说，他不喜欢自己的女人，说他的女人没有女人味。而眼下，他咋又和自己的女人缠缠绵绵恩爱无比呢？

女人丹红想到这里，就忍不住打了先前那电话，没想到的是，当梁超接了她的电话，朝她跑过去后，在她面前不但不知错心虚，还一副嬉皮笑脸、吊儿郎当的样子，埋怨起了她的不是。于是，她带着一肚子怨气说："呵呵，我性急？怕是昨晚你被她'喂饱了'吧，你也把她弄舒服了，要不，咋一大早手挽手地在大街上秀恩爱呢？"

女人丹红这话，把梁超说得哑口无言了。先前当他接过女人丹红的电话，就猜到她一定看见了他和自己女人手挽着手的情形，所以才没再理自己的女人，直接朝丹红跑了过去。他本想嬉皮笑脸地开那么一个玩笑来掩饰自己的心虚，却被丹红阴阳怪气地说得胆战心惊了。为了缓和气氛，让女人丹红消气，他于是故作一脸无辜地对丹红说："秀啥恩爱哦，都是她要挽着我的手。"

女人丹红一听梁超这话，心里更不是滋味。身为女人，她知道女人心中那秘密，只有身心愉悦了，才有那兴致，于是她又冷笑着说："呵呵，你骗得了我？你没把她弄舒服，她会手挽手地黏着你？"

女人丹红这话，一下击中了梁超的要害，梁超顿时哑口无言了。

事情是这样的，这天早晨，当他一觉醒来，不知咋的，昨晚疲惫不堪的身子，竟同每天早晨一样晨勃了起来。再扭过头去，看看躺在自己身边熟睡着的，一丝不挂的自己的女人，心里便有了一种难以抑制的冲动。他于是忘记一切地，朝自己女人那赤裸着的身子爬了上去……

所以，梁超这天早晨被女人丹红似笑非笑的质问后，当再想想这天早晨与自己女人在一起时的情景，如有把柄在别人手里的贼，一下便没了底气，出口的话不仅不像先前那样吊儿郎当，也立马软了下来："呵呵，你把我当什么人了？"

梁超在说这话时，脸上同时也流露出了难以掩饰的窘色。女人丹红回过头去，狠狠瞥了梁超一眼后，她也立即明白了是怎么一回事，刚才还醋意着的脸，也更加难看了起来："呵呵，你是什么人自己还不清楚？我告诉你吧，外面彩旗飘飘，家里红旗不倒……"

女人丹红说过这话，觉得还不过瘾，接着又说了一句："你们男人啊，没有一个是靠得住的。"

女人丹红说过这话，发泄似的一咬牙，又猛踩一脚油门，轿车也如离弦的箭，一溜烟驶出了县城……

第十章 血的教训

女人丹红这天早晨驾车载着梁超驶出县城后，依然不声不响地与梁超赌着气，脸上的表情也难看得很。当然，梁超心里更是忐忑不安，他没想到"走一次夜路竟撞了鬼"。其实，近一两年来，他很少与自己女人这么手挽手地在大街上散步或去办公室了。除了生理需要，必要的"夜生活"，他们几乎是各走各的路，各干各的事。但女人郁静依然同刚结婚那样，一如既往精心伺候着他，所以他自己也想不通这么好的一个女人，他咋会越来越没兴趣了呢？尤其是当眼前这女人丹红在他面前出现后，不知是上天所赐，还是前世的恩怨，他怎么就忘不了这女人了呢？同这女人上床后，这女人的如饥似渴如痴如狂，与做生意的老练和精明，让他和自己的女人郁静又拉开了一段距离，甚至让他对眼前这女人也更加敬畏，言听计从了。

轿车一驶出县城，视野一下就开阔了。眼前不再是高楼大厦，钢筋水泥的"森林"，而是一片田园景色。这虽然是早春，空气里也依然透着寒气，但小河边的柳絮已开始萌芽，田野里的油菜也星星点点地绽开了一朵朵小黄花，麦田里也有了麦苗儿拔节疯长的声音……

轿车先前在城内的红绿灯路口时，梁超趁等绿灯从后排座坐到了副驾位上。他之所以要这样，除了自己的女人郁静再也看不见他与另一个女人的亲近，他也想讨好眼前这女人，以达到不被这女人横眉冷对置之不理的目的。梁超坐到副驾驶后，下意识地看了看身边的女人丹红，此时的女人丹红依然双目注视前方，目光冷峻，表情淡然，那样子，不仅冷若冰霜也目中无人。

先前，当女人丹红看见梁超和他的女人郁静手挽手地走在大街时，她心里只有怪怪的感觉和醋意。但后来，当梁超坐在后排座，她一边开着车，脑子里一边想着郁静挽着梁超胳膊时的满足和陶醉其中的样子，心里一下就难以接受了。因为她再一次感觉自己受到了伤害。

58

2000 年，她毕业于南方某职业学校的市场营销专业。其实，凭着她中学时的成绩，完全可以参加高考进入大学继续深造的。但因家境，她不得不放弃了大学，选择了职业学校这捷径。哪知，这却成了她人生中走错的第一步棋。

一进这职业学校，她才知道了那里是些什么样的学生——不是成绩差的，就是调皮捣蛋的。为此，她后悔过，也为自己的未来担心过。不仅如此，还常常唉声叹气，愁眉不展。然而就在这时，班上一个男生闯进了她的"处女地"。

这男生名叫肖俊，同她一样来自农村，家境也同她一样贫困，来读这职业学校的想法和目的，同她也是一样的。总想这职业学校费用少，学期短，能早点跨入社会挣钱。因而，相同的命运相同的追求，引起了两人的相互关注，相互怜惜。当然，男孩的阳光帅气，女孩的漂亮清纯，又将他俩深深相吸。于是，这对有着同样命运的少男少女，同很多在校生那样，背地里开始了他们人生中最浪漫、最甜蜜的热恋之旅。

两年后，他们去了同一个实习的地方，他俩也更深层次地了解了对方。不仅如此，他俩还把自己最圣洁的东西给了对方。那天晚上，月光如镜，繁星闪烁。在他们实习的那公司外的草坪上，丹红和肖俊紧紧地依偎在一起。初来乍到的陌生，让他们有了相互依赖之情，对未来也让他们同怀一个憧憬。两人的相爱和对异性的渴求，更让他们热血沸腾，不能自己。后来，当他们都拥有了对方后，丹红依在肖俊怀里问："俊，你还会爱我吗？"

肖俊当时将了将丹红额前的秀发，然后又在丹红的额头亲了一下说："会，我会爱你一辈子。"

就这样，两人在后来的日子便有了第二次第三次……毕业后，他们也走进了婚姻的殿堂，从此，他们成了真正意义上的夫妻。然而，在女人丹红怀有五个月身孕时，肖俊却忘记了他俩当初的誓言，心另有所属了。那天，肖俊从外面回来后，一脸正色地对她说："丹红，我们还是离婚吧。"

丹红一听肖俊这话，愣了片刻之后，还以为肖俊在与她逗趣，但当她看了肖俊那一脸的严肃，才回过神来，相信肖俊此时说的话是真的。于是，她如挨了当头一棒般，头昏脑涨晕沉沉的。后来，当她缓过了这一阵子，才强忍着心痛冲肖俊问："你能给我说说为什么吗？"

肖俊听了女人丹红这问，好像早就想好了似的回答丹红说："因为我已爱上了另一个女孩，她的条件好，我也不想就这么穷下去，更不想过这寄人篱下的日子……"

丹红听过肖俊这话，心里又气又凉，她还是压着愤懑对肖俊问："你真是这么想的吗？她值得你抛家弃子去爱？"

丹红说过这话，她以为肖俊会沉默一阵子，也会痛苦不已，哪知肖俊听了她这话，竟同先前一样，丹红的话刚一落口，他就急不可耐地回答女人丹红说："我现在总算想明白了爱是啥东西，如果没有物质基础，也是不牢固的。还有，谁不想出人头地，向往高处呢？"

丹红一听肖俊这话，才从噩梦中惊醒过来，从而也知道了眼前这负心男人已彻底变了心。因此，一股怒气直冲她脑门，她因而失控地冲肖俊哭喊着问："肖俊，你也太无情了！你知道我们已经有了孩子，你为什么还要这么做？你有没有良心？"

哪知，肖俊听了女人丹红这哭喊声，既没被激怒，也没被感动，照例不以为然地对女人丹红说："呵呵，我无情？我没良心？真这样我就不给说这些了。说实话，我不想这么拖着你，到时再离婚对你对孩子都不好……我们还是好合好散。她说了，她会给你补偿的……"

女人丹红听过肖俊这无情的话，彻底绝望了。但绝望中的她并没就此认命哽咽哭泣，而是如一头被激怒了的狮子，"嗖"地站起身来，并朝肖俊猛扑了过去。给了肖俊一记耳光后，又将肖俊连拖带拽地推出了门，嘴里也歇斯底里地骂道："你给我滚，去享你那荣华富贵……"

就这样，女人丹红与肖俊分了手。肖俊很快成了一家私企老板的上门女婿。那年，肖俊从职业学校毕业后，就去了一家私企。肖俊的帅气和工作能力不仅得到了公司老板的赏识。也赢得了老板女儿的芳心。肖俊去公司不久，老板的女儿就黏着肖俊不离身，并眉来眼去地向肖俊表白了爱慕之情，还主动出击吻了肖俊。不仅如此，这女孩还在她父亲面前又撒娇又恳求，要她父亲把肖俊升为副职，并要她父亲答应肖俊将来是他的接班人。因而，肖俊在这色情和物质的诱惑下，不得不再次考虑了自己的未来和人生。他知道，他如果不为老板的女儿所动，他将一辈子做打工仔，一辈子都得看老板的脸色低头做人。老板的女儿虽没自己的女人丹红漂亮，但这时他才明白了老人们常说的那句话：漂亮不能当饭吃，爱情也不能当衣穿的道理。所以，他心里再舍不得自己的女人和孩子，但现实又让他不能放掉这机遇。所以，他一狠心，便做了这抛妻弃子的决定。不过，他不知是出于自责，还是想良心得以安宁，他在老板那里也为丹红母子俩争得了一笔补偿费。女人丹红眼下开的这黑色轿车，就是那老板作为补偿买给女人丹红的。

女人丹红这天想到这里，憋了一肚子气，为了发泄郁闷，她狠狠踩了一脚油门，于是，轿车也如斗牛场上斗红了眼的牛，一边"哞哞"地叫着，一边撅着屁股在乡村坑洼不平的碎石公路上跋来颠去。

梁超此时坐在女人丹红身边，见了女人丹红的一脸煞气，和瞪着红红的眼睛，还有屁股下发狂颠着的轿车，感觉自己的末日就要到了似的，忙祈求着对女人丹红说："姑奶奶，你即使不想让我活，但也不能把你搭进去呀！"

而女人丹红好像根本没听见梁超这话，仍把脚下的油门踩到了底。她此时的眼睛不只是红，好像还"嗖嗖"地喷着血及火苗子，满脑子除了昏昏然，就是她被肖俊抛弃后的事。

女人丹红一直记得，她和前夫肖俊办完离婚手续后，就打定主意等孩子出生后，独自带着孩子过日子。因为男人已伤透了她的心，她也恨透了天下所有的男人。哪知，这时的她又被命运捉弄得一无所有——因遭离婚这一沉重打击，孩子也没了。

那天，离婚三天没进食的她，蜷缩在凌乱不堪的床上，恍恍惚惚间突然感觉小腹一阵疼痛，接着，这疼痛愈来愈剧烈，还感觉下身淌出了一汪汪黏液。此时的她尽管疼痛难忍，心里还是知道是咋一回事，她于是一边号啕着，一边按着小腹打了120。让她难以接受的是，自己的性命虽然保住了，她腹中的孩子却夭折了。

孩子的无辜夭折，再次将她推入了绝境，她也因此变成了另一个人。之前的离婚，她尽管难以接受，但肚里的孩子却给了她希望。因为离婚后的她，孩子便是她的一切，乃至她的整个生命。而这时，她这唯一的希望都破灭了，自己活着还有啥意义呢？她又怎会不为之绝望和恼怒呢。

这天早晨，女人丹红起床后，头不梳脸不洗，并一脸怒气地直奔前夫肖俊上班的那公司。在去的途中，她不知道自己这去的结果是什么，又要达到什么目的，只觉憋着的气从胸口直冲脑门，并让她心里难受，让她的脑子快要爆炸似的。但让她怎么也没料到，她这一去，却把自己弄进了派出所。

这也许就是天意，又或许是她该遭此一劫。女人丹红这天刚到肖俊上班的公司，就看见前夫肖俊和那公司老板的女儿，肩靠着肩，臂挽着臂，如新婚宴尔般朝公司的办公室走去。于是，她怒火中烧，也不顾一切地冲了上去。她先给了前夫肖俊一耳光，随即就揪着那老板女儿的头发扭打成一团。直到派出所的民警赶来，才将她俩分开。当然，女人丹红因无理取闹，破坏社会秩序而被带去了派出所。开始，她竭力争辩，但后来被民警一阵声色俱厉的训斥，她便无话可说了。

　　民警当时一脸威严地对她说："……不管怎么说，你和肖俊已离婚了，况且别人该补偿的已补偿你了。别人结婚有合法手续，也就是说，他们的婚姻是受法律保护的。你知道不，你这么闹就是犯法……"

　　女人丹红当时听过民警这话，顿时哑口无言了，她先前那喷着火苗子的眼里，此时却淌出了一汪汪的泪，心里也委屈得直淌血。她没想到自己的老公被别人抢走了，想讨个公道，自己反而还亏了理。于是，活生生的现实再一次扭曲了她那颗曾纯洁阳光的心，她也从此变得愤世嫉俗，不可理喻了。

　　女人丹红从派出所出来回家后，望着空落而冷冰冰的屋子，心里顿时掠过一阵凄凉和孤独之情。但此时的她，犹如挣扎在生死线上的求生者那样，对生不仅有强烈的欲望，也有强大的动力。所以，回家后的她，先在沙发里躺了一阵，然后就如从噩梦中醒来般，径直去烧了一大锅热水，又发狠地将自己从头到脚洗了个干干净净。那样子，好像要把自己洗掉一层皮似的，也脱胎换骨地要与自己的曾经彻底决裂。

　　的确，女人丹红从此变成了现在这样子。人们虽然看见的还是以前那丹红，名字依然还是这名字，但她的五脏六腑早已肮脏不堪，恶臭无比。她不仅没以前那么单纯，还忘记了身为一个女人最起码的道德，并梦想着以牙还牙，找回自己曾经失去的东西。她也从此把自己打扮得妖艳无比，一边利用自己所学的营销专业，向那些孤陋寡闻的乡下人欺骗性地兜售一些劣质产品，一边猎取她想要得到的东西。同时也找着机会，让自己成为一个真正意义上的女人。

　　或许，人生就这样，恩恩怨怨起起伏伏，也阴差阳错虚虚实实。那天她和梁超在列车上的偶遇，从梁超那贪婪的目光中，和夸夸其谈的言辞里，她就知道了梁超的心思，只是一朝被蛇咬，怕自己驾驭不了梁超，才对梁超冷冰冰的。但后来所处的绝境和无奈，又让她不得不依赖于梁超，并走近了梁超。特别是那天她同梁超一起去了梁氏公司后，见了公司的气派，以及梁超的女人，之前的犹豫和怯懦，就在这天夜里发酵为嫉妒和欲望了。她嫉妒梁超的女人郁静，同为女人，无论是姿色还是文凭，她都在这女人之上，这女人为啥会拥有梁超这样的男人，并拥有一个在县城小有名气的公司。她的欲望很简单，她要像梁超的女人那样，不仅要拥有梁超这男人，也想着要拥有梁超的这公司。所以，从这以后，她在梁超面前便彻底变了一个人。从梁超一次次在她身上搜寻的目光中，她知道梁超想在她身上得到什么东西，她因而投其所好地把自己打扮得一天比一天更妖艳更性感，也尽其所能地迎合梁超的口味，从躺到卧，从站到坐，从缠绵似水的静静等候，到疯狂的主动出击，一次更比一次疯狂，一次更比一次热血沸腾……然而，让她万万没想到的是，她和梁超已到了这一步，她的身子如面团般已被梁超揉捏得滚瓜烂熟，梁超和他的女人还是那么亲热，那么有激情。所以，她怎么受得了？又怎么能不发疯呢？

此时，她听了梁超那句祈求后，仍没吱声，轿车仍被她驾驶在坑洼不平的乡村路上，蹦蹦跳跳地一路狂奔着。梁超坐在副驾驶，尽管两手撑着，双脚蹬着，也没法坐稳。见此情景，梁超怕出事，便侧过身去，一边叫着"姑奶奶开慢点"，一边探过手去抢女人丹红手中的方向盘。但女人不肯，一手握着方向盘，一手攥紧拳头与梁超抗争。于是，两人在驾驶室里就这么谁也不让地抗衡着持续着，轿车也在女人丹红的脚下一路狂奔着。后来，是梁超兜里的手机响了起来，梁超才喘着粗气住了手。然而，当他摸出手机看了是自己女人郁静的电话，无意间摁了接听键却不敢接，只喘着粗气望着手机直发愣。而女人丹红看了梁超不敢接电话的窘迫模样，多少也知道了打这电话的人是谁，不知是有意还是无意冲梁超问了一句"谁的电话"，然后再一次狠狠地将脚下的油门踩到了底……

第十一章　原形

郁静这天早晨与小李，还有公司里的几个员工进了办公室后，本该开始这一天的工作的，但她老是静不下心。不知咋的，她还把头天晚上梁超手机里那一条短信，与这天早晨的事又联想到了一起，总想从中找出一点儿蛛丝马迹。

头天晚上，梁超手机上那条短信的手机号对她来说很陌生，她虽然把它记了下来，但她翻来覆去地看了又看、想了又想，也没想出发短信的这个人是谁。公司里每个员工的手机号她不说滚瓜烂熟，也全都记得，因而，这手机号对她来说就成了一个解不开的谜。其实，人就那样，越是谜，就越想得到谜底。况且，那条短信的文字又那么暧昧，一看就不是男人发的，更主要的是，这天早晨发生的事咋又那么蹊跷呢？

此时，郁静坐在办公桌前，看似在工作，心里却乱糟糟的。一阵冥思苦想仍没想出这手机号的主人是谁后，她担心是不是自己忘了谁，于是，她打开抽屉，把公司里每个员工的通联记录全翻了出来，并一一对照着昨晚那短信的手机号，看能不能从中找出究竟是谁。然而，她仔细核对了一遍又一遍，也没从中找出这手机号码来。因而，她不仅茫然，也焦头烂额了。

女人丹红来公司最迟，她的通联因而排在了公司员工们的最后。郁静对她或许早有预感，或许这天早晨，梁超钻进的那黑色轿车，和戴着墨镜开车的那女人，让她对女人丹红更有了猜疑。故而，在核对女人丹红的手机号时，她尤其的仔细。同时，她脑子里也竭力搜寻着女人丹红给她留下的每一次记忆。

她和女人丹红的第一次单独接触，是梁超领她来公司的一周后。那天，公司里的员工全都出去了，包括梁超也不知去了哪里。女人丹红一跨进她的办公室，一股浓浓的香水味便朝她扑鼻而来，这香水味很特别，郁静也很少闻过这味。所以，她闻了之后，既感到清新又让她有一种难以抑制的兴奋。

女人丹红跨进她的办公室后，就毫无拘束地坐在了她对面，先给了她电话号码，接着又眨巴着眼睛对她问："呃，我是叫你嫂子还是郁姐更合适？"

女人丹红被梁超领着，第一次去公司时，郁静见了她的做作和浑身散发着的妖气，除了反感也有了戒心。同时，她也感觉这女人来公司是不是有啥目的。因而在这天晚上，她和男人梁超按部就班收过"公粮"之后，她躺在男人梁超的臂弯里，柔声细气地对男人梁超说："呃，你发觉没，丹红这女人来公司怕没那么单纯，你看她那一身的妖气，还有她那眼神……"

梁超当时刚从郁静的身上滚下来，也装模作样地把郁静搂在怀里，但不知是筋疲力尽想尽快睡去，还是他心里早有了主意，他于是有些不耐烦地回答女人郁静说："她那眼神咋啦，不就是想靠着公司多赚一点儿钱吗？"

梁超说过这话，把手臂从郁静的头下抽了出来，然后侧过身去，用脊背对着郁静，同时又咕咕噜噜说了一句："你们女人啊，就是多根肠子多了心，她眼里能有啥，除了黑白眼球，还能长出獠牙匕首来？"

梁超说过这话赌气似的睡去了，不一会儿就打起了鼾声。而郁静心里却老不踏实，同时，她还隐隐觉得有什么事要发生。因而，这天晚上她便打定主意，她时刻要注意丹红这女人，当然，也尽可能与她保持一定的距离。所以，她眼下被女人丹红这么问了之后，便不冷不热地回答说："怎么叫都行，没那么多讲究，叫我郁静也可以。"

郁静说过这话，下意识地看了女人丹红一眼，心里不由掠过一丝快意，因为女人丹红听过她这话后，先前的那一脸得意不仅荡然无存了，还满面窘色。

从那以后，女人丹红便很少去办公室了，有啥事也只是电话联系。

郁静这天想到此，心里不由有了怪怪的感觉。当她再一次注视着女人丹红的手机号，和昨晚梁超手机上那短信的来电号码时，她灵机一动，便试着将电话，朝昨晚给梁超发短信的那手机打了过去，但电话接通后，只"嘟嘟"地响了几下，就被对方给挂了。

郁静望着被对方挂了的电话号码，一下明白了她从昨晚到眼下的猜想都是正确的，也相信昨晚给她男人梁超发短信的，不仅是女人，与自己的男人也许真有了那回事。她心里除了难受，也更加恼怒，难以容忍了。

的确，此时的梁超和女人丹红，就如梁超的女人郁静猜想的那样，不仅有了那回事，而且已经如胶似漆难解难分了。这天的梁超和女人丹红在车上一阵"斗智斗勇"的较量后，两人又和好如初了。不过，这都是梁超会"读心术"和演技的高明，才让他在女人们中间来去自如，一次次博得了女人们的欢心。无论啥样的女人，也无论他和这女人间有多大的矛盾，只要他一进入角色，两人间的气就会烟消云散，还能让女人对他既往不咎并深信不疑。

梁超这天在车里对女人丹红，任由她发疯，撒泼，只管假戏真做地与她配合着。直到轿车在一个僻静的山弯里停了下来，两人才额上淌着汗，嘴里大口喘着粗气地住了手。此时的梁超见丹红尽管停下了车，却仍没解气。他怕丹红再次发动轿车撒泼出事，因而车刚停下，他便嬉笑着先拔了车的钥匙，然后向她伸过脸去，并说："还没解气？还没解气就往我这儿打，打他个没脸见人……"

梁超说过这话，试图去抓女人丹红的手往自己脸上抽，哪知女人丹红却倔强着不肯，她把自己的手从梁超的手里挣脱出来后，愤愤地冲梁超说："把你的臭手给我拿开，什么都摸，我嫌它脏。"

梁超被女人丹红这么一骂，脸上立马有了窘色，但他也不好与丹红发脾气，再说，眼下他也确实喜欢这女人，漂亮的女人一旦使起性子来，是很难征服的。于是，他定了定神，便有了主意。

梁超心里有了主意后，便揣着车钥匙下了车。先在路边的草丛中采了几朵带着露珠的野花，接着转身跨上车朝女人丹红递了过去，同时嬉笑着对女人丹红说："呵呵，算我没看走眼，你对我是真心的……"

女人丹红听梁超这么一说，一下睁大了眼睛，也丈二和尚摸不着头地瞪了梁超好一阵，才沉着脸冲梁超问："你这话是啥意思？"

梁超被女人丹红一问，知道事情有了转机，于是趁热打铁地说："我说我总算明白了你对我是真心的，要不你咋会吃醋呢？"

"我吃醋？"女人丹红一听，再次睁大了眼睛瞪着梁超，一副迷惑不解的样子。

梁超见后，心中一喜，忙迫不及待地说："对呀，老实说吧，今天早晨我是有意考验你的，我知道你会来看我，我便要她挽着我走，你若是看见了，当什么事都没发生，就说明你不在乎我。你想，一个不在乎你的人，对你的感情会真吗？"

梁超一阵油嘴滑舌的话，把女人丹红说得云里雾里，但脸上的表情比先前好看了很多。梁超一见，接着又说："告诉你吧，我和她昨晚什么事都没做。你想，昨晚在这车里，你把我的骨头拔了，筋也抽了，我哪还有精力啊……"

梁超这席话，直接说到了女人丹红的心里，她脸上的怒气因而不仅全消了，还笑着一边挥手朝梁超打去，嘴里一边故作清纯地说："你真坏，你真把她那样了，我就不理你了。"

梁超看了女人丹红那扭扭捏捏的样子，又听了她这挑逗的话，知道自己该怎么做了，他清楚，只有使出最后一招，女人才会相信自己。是呀，他的女人郁静这天早晨不就被这样征服的吗？梁超想到此，浑身燥热地朝女人丹红扑了上去，哪知，他包里的手机再次响了起来。

先前，当他钻进这车后，怕自己的女人郁静给他打电话，在女人丹红面前现了自己的原形，故而把手机关了，但出了县城，又怕有更重要的事找自己，他又把手机打开了。但他没想到，真是怕什么来什么，他正在和眼前这女人较劲时，自己害怕的电话真的打了来。而此时，正当他想在女人丹红面前再证实一下自己的"清白"时，让他局促不安的郁静的电话号码又出现在他手机的屏幕上。一时间，他对自己女人这电话不知道是接好，还是不接为好。因此，他手里拿着"嘟嘟"响着的手机，眼睛却犹豫不定望着眼前那女人。

这天晚上，梁超总算早早回了家。郁静下班回家时他已躺在了客厅的沙发上，一副心神不定的样子。他见郁静回去了，便起身大献殷勤地朝郁静走了过去。他试图探过手去接郁静手中的挎包，却被郁静冷冷地推到了一边。郁静在回家的路上，把昨晚和这天的事又想了一遍。无论她怎么想都觉得梁超心里有鬼。当然，她也把梁超竭力往好处想，并把那条短信和梁超这天莫名其妙钻进了那车，又莫名其妙不接她的两个电话，全想成是误会，但她最终还是说服不了自己，也让自己安不下心。所以，她在回家的路上已想好了，梁超这晚若是回了家，她要把昨晚和这天的事弄个水落石出，她不想被一直蒙在鼓里。

上午在办公室核对昨晚梁超手机里那条短信的手机号时，公司里的小李走了进来，她随即将昨晚给梁超发短信的手机号给了小李，并问小李知不知道这手机号是谁的。小李看了之后，当即给她说，这手机号码是新来的丹红的。郁静听后，脑子里立即"嗡"的一声，事情也异样了起来，但她看着小

67

李站在自己身边，怕失态引起小李的猜疑，她忙镇定了下来，并故作冷静地对小李说："不会吧，丹红的手机号我记得，你看这里还记着哩。"

小李却不以为然地说："郁姐，你不知道，丹红还有一个手机，平时一般不用。前天我突然接到一个陌生电话，接通后我问她是谁，她说她是丹红，她叫我去拉货，我当时不信，但声音又是她的，我问她是不是换了手机，她说没有，她有两个手机……"

小李怕郁静不信，还摸出了自己的手机让她看了通话记录。

郁静听了小李这话，她终于如梦初醒般明白了梁超手机里那短信究竟是咋一回事了。也就从这一刻起，郁静便暗自下决心要把梁超与女人丹红间的事弄个明白，否则，她难以做人。所以，她回家一看到男人梁超，就按捺不住自己。她绕过梁超进屋后，顺手将挎包放在客厅里的沙发上，然后转过身，目光直视着梁超问："今天去哪儿了？打两次电话咋都不接？"

梁超听了郁静这问，先一惊，因为他没想到历来温柔贤惠的女人会这么问自己，抬头看了女人那咄咄逼人的目光，心里更是紧张不已。不过，梁超毕竟久经情场，知道如何应付眼前的危机，因此他故作不慌不忙地回答郁静说："也许外面太嘈杂，没听见呗。"

梁超说过这话怕理由不充分，接着又补充了一句："不知手机是不是调成静音了。"

梁超说过这话，自以为无可挑剔，并若无其事地摸出手机，装模作样地翻来调去。哪知，郁静接下来的质问，让他忐忑着的心，更加紧张了。

"那今天早晨给你打电话的人是谁？你坐的那车又是谁的？"

梁超听过郁静这一连串的问，一下就乱了阵脚，也一时不知如何回答了。不过，他心里清楚郁静在问啥，但他不敢实话实说。是呀，假如郁静再问他为啥不明说，老偷偷摸摸的，他又该咋说呢？所以，短暂的停顿之后，他又抬起头来，并一脸窘色地回答郁静说："那是一个朋友有急事，开车来接了我。"

郁静听了梁超这话，心里很不是滋味，结婚这么多年了，今天总算看清了他的嘴脸。话都说到这份上了，他还在撒谎。她于是把心一横，冷笑着冲梁超说："呵呵，朋友？怕是她吧，昨晚发短信，今天早晨又打电话，还来车接……"

梁超听了郁静这话，顿时感觉自己整个儿被自己这女人剥得赤裸裸的，脑子里也随即"轰"的一声炸响。他知道他和女人丹红的事全被眼前这女人知道了，况且还知道了丹红发给自己的短信，他也知道自己再怎么撒谎狡辩都无济于事了。于是他把脸一沉，原形毕露地瞪着郁静，嘴里也恶狠狠地冲郁静问："你看我手机了？"

而此时的郁静也不知从哪来了勇气，面对着气势汹汹的梁超竟没有一点儿胆怯，还挑衅着说："看了，你能咋样？"

梁超听过郁静这挑衅的话，一股因为被漠视被嘲弄而产生的愤怒呼地烧了起来，他双目一瞪，穷凶极恶地朝郁静扑了过去……

第十二章　没有血缘的亲情

芋头镇的老穆这晚接过郁静的电话，一阵兴奋之后，一种不祥的预感便漫上了心头。因为他知道郁静这孩子的性格，没有特别的事，她是不会给他打电话的。况且，他听得出，郁静这电话是在外面打的。因为电话里除了有车辆的轰鸣声和人们七嘴八舌的说话声，他也从郁静跟他说话的语气里，听出了她的无奈和无助。于是，他的心犹如被刀子捅了一下，隐隐作痛中，好似还一滴一滴地滴着血。

郁静那年在他的帮助下，安葬了她的父亲后，就出去打工了。从此，他与郁静不仅很少相见，也很少联系。郁静出走那天，她来给老穆告别说："穆哥，谢谢您这么多年来对我和我们家的照顾，我现在长大了，我该挑起我们家的担子了，父母虽然都不在了，但郁家的门头不能倒……"

郁静这天不知咋的，她没再叫老穆二爸爸，也少了以往的天真和调皮，举手投足间一副很成稳的样子。看着郁静这模样，老穆的心里不仅高兴，也很宽慰，他于是嘱咐郁静说："小静，一个人在外，好好照顾自己。"

郁静听了他这话，不由扬起脸笑着说："还说我哩，你也不想想自己，总不能老这么一个人过日子吧。"

郁静说过话，如以往那样做了一个鬼脸，头也不回地走了。老穆站在原地，看着郁静远去的背影，心里不由酸酸的，他想，这孩子的命真苦，要不咋会只身出去打工呢？在他这么想的同时，他也不由想到了自己。

老穆从部队回来的第五个年头，郁静那时也八岁上小学二年级了。他在好心人的介绍下结了婚，那姑娘不嫌他家穷，也不嫌他没本事老帮人，甘心与他同甘共苦在一起。这姑娘虽算不上漂亮，却是天下最好的女人，就连那时的小郁静也喜欢黏着这女人不离身。那时的小郁静还叫她二娘哩。

然而，世上的事好像都一个样，总与好人好报背道而驰。郁静的父母是好人，但都没得到好报，母亲出了意外，父亲又患了不治之症。而这一年，厄运又降到了老穆妻子的头上。

老穆妻子的厄运是发生在生孩子这事上。不知咋的，预产期还没到的妻子，这天晚上小腹突然疼痛难忍起来，尽管老穆连夜将妻子送去了医院，但也没挽留住妻儿的性命，最终抛下老穆孤零零一个人在世上，独自承受这无情的打击。

还好的是，小郁静这时已懂事，白天放学回来陪他玩，夜晚也住到他家里，有时还安慰他说："二爸爸，你没二娘了，小郁静一辈子陪你。"

郁静当时说得很天真，一双大眼也晶亮晶亮的，看上去既天真可爱，又如一个大人。

的确，当时的小郁静伴他度过了那段最孤独最痛苦的日子，也让他鼓起勇气活了下来，并看着郁静从一个天真可爱的小女孩长成亭亭玉立的大姑娘。

这天晚上，当老穆想到这里时，眼睛不由得湿润了，他不知道这是高兴还是心酸，或两者都在其中。是呀，他虽然很不幸，但小郁静比自己还苦，她不仅失去了双亲，一个女孩还要漂泊在外，独自面对自己的人生。

一年后，郁静有一天在电话里跟他说，她想在外学一门技术，今后回家后才不会啥也不会。老穆听后，心里好高兴，他暗自想这孩子真长大了，都知道考虑自己的未来了，他于是在电话里对郁静说："好啊，小静，我真替你高兴，学吧，学会了就回来，在家至少比外面安稳一些。"

老穆与郁静通了电话后，就如盼自己的闺女一样，盼郁静学了技术早点回来，他想，外面毕竟不是自己的家，外面的事也复杂得很，他担心郁静在外面吃亏，更怕她在外面出事。还好这年的春节郁静真的从外面回来了，并跟他说从此不出去了。果真，春节一过，郁静就在县城开起了发型屋。

要说老穆对郁静彻底放了心，应该是郁静结过婚后。在他看来，郁静有了爱她的、保护她的人，自己也没必要再为她担心了。另外，郁静的老公家是大富人家，郁静嫁过去后至少不会受穷的。所以，郁静结婚后，他就很少与她联系了。

其实，当他听了郁静对未来婆家的介绍，他心里也有过不踏实，他当时沉闷了好一阵，才担心地问郁静："小静，别人的家境那么好，他们会不会说咱在高攀呢？"

老穆对郁静这小静的称呼，是郁静还是小丫头时就这么叫了，一晃二十年过去了，他依然这么叫着。随着郁静的长大，尽管老穆也变老了，但他对郁静的关心和呵护一点儿也没变，依然将郁静视为自己的孩子。

那天，当郁静知道她的父亲去世了，忙从学校赶了回来，先扑在父亲冰凉凉的身体上哭了好一阵，并哭得死去活来不省人事，后来就一头扑进老穆的怀里，一边哽咽一边哭诉自己的不幸。老穆当时紧紧地搂着她，嘴上也劝慰她说："小静，坚强些，你爹妈走了，你们家就指望着你了，你不能哭坏了身子……"

哪知，郁静听了他这话，哭得更伤心了，她的身子在他怀里颤抖得更厉害了，于是，他又轻轻拍着怀里的郁静，并同时说："小静，听话，不哭了啊，你父亲听着你在哭，他心里会很难受的……"

郁静听了他的话，虽然止住了哭，却仍泪流满面。老穆看了郁静这模样，也禁不住流出了泪，但他还是对郁静说："小静，没事啊，你爹妈尽管不在了，不是还有我这个二爸爸吗，往后有啥，我们一起想法子……"

就这么，老穆对郁静就一直这么呵护着，也一直牵挂着，总怕郁静一不小心有啥闪失吃了亏。所以，当他知道郁静决定嫁给梁超后，他便担心地提醒了郁静这么一句。哪知，郁静当时或许沉浸在爱的甜蜜里，她听了老穆这话，竟不以为然地回答说："没事。再说，又不是我追的他，而是他死皮赖脸要娶我。"

老穆看着郁静那天真可爱，又沉浸在幸福中的模样，心里也暗自高兴。但郁静此时在他心目中犹如亲闺女一样又叫他不放心。事已至此，他觉得自己再怎么说或许都将无济于事，只好淡淡地说："哦，那就好。我怕你过去后，日子过得不顺心。"

原来，他已见过梁超。那是他去县城办事，顺道去看了郁静。梁超当时也在那里，他看得出梁超很喜欢郁静，但他总觉得梁超有点华而不实，说话夸夸其谈，也没把乡下人看在眼里。

他那天去时，郁静把他介绍给了梁超。梁超当时在郁静的介绍下也叫了他一声"穆哥"，之后就把他晾在了那里，不仅没再理他，眼里也充满了漠视。

所以，在郁静出嫁前，他再次叮嘱了郁静，叫她掂量清楚，并说婚姻是女孩的第二次投生，婚姻的好坏，将决定日后是否幸福。而郁静却一副胸有成竹并心意已决的样子，郁静对他说了一个"没事"后，又继续说："他们父母虽然……不过，他们都得听梁超的。"

而这晚，他听了郁静打来的电话，脑子里那些曾经的顾虑一下全涌了出来，并一幕幕出现在他眼前。这些年来，他一直在担心着郁静与梁超门不当户不对，怕郁静在婆家过得不顺心，怕梁超给她气受……他这晚听了郁静给他打的电话，一阵心紧后，不由想到自己曾对郁静的担心，难道真成了现实？要不，这些年来，很少与他联系的郁静，为啥突然给他打来电话，声音还低沉、阴郁，并且透着一股寒气。因而，他忙对电话那头的郁静问："小静，没事吧？你想说啥？"

老穆此时的话很急迫，心也紧张得扑通扑通直跳。他预感到，眼下的郁静一定出事了，要不，她的声音不会这么无助颓丧的。

的确，郁静在给老穆打电话之前，整个人感觉走投无路了，心里也堵得慌，她真想找人倾吐自己心中的郁闷和不幸，但她思来想去也没找到一个合适的人。她开始想到了同学，接着又想到了一起打过工的朋友，但细细一想又全被否定了。她这时想到了自己的父母，父母此时如果还健在，她一定不会受这种委屈，也一定不会这么孤苦伶仃。而父母却在九泉下，怎能听到她的诉说啊。在她这么想过之后，突然间，曾给了她多少关爱，并将她视为闺女的老穆，一下子出现在她眼前，并啥也没想地给老穆打去了电话。此时，当她听了老穆的问，不知是难以启齿，还是有诸多的顾虑，竟把先前想说的话和委屈，又全咽进了肚里。因而，她思忖片刻后，才回答老穆说："真没事，只是很忙，我现在还走在库房至家里的路上哩，路上黑漆漆的，有些害怕，想打着电话壮壮胆……"

而老穆听了郁静这话，他的心就立马提了起来，对郁静也更担心了。他想，郁静这么晚了还一个人走在外面，她会不会已遇上了那难以想象的事。她此时给自己打电话，并说了要以此壮壮胆，这说明了她已害怕至极。所以，老穆不敢再将此事接着想下去，急忙冲电话那头的郁静问："小静，你说的是真的？梁超没在你身边？"

老穆在问这话时，突然感觉郁静和梁超间一定发生了啥事，因而，他对郁静的担心更急切了，甚至有了想即刻去到郁静身边的冲动，他想，他虽然不能帮郁静做啥，只要能看见郁静平平安安的就好，这不只是他的心愿，也是他对郁静父亲的承诺。老穆想到此，还没等电话那头的郁静回答，一个念头便在他脑子里闪现。

第十三章 揉碎的心

梁超这晚朝郁静扑过去后，左手抓住郁静的衣领，张开的巴掌也举过了头顶，就在他将举着的巴掌快要朝郁静揪下去时，隔壁的女儿娇娇一下冲他们跑了过来，并一头挡在了她母亲郁静的前面，嘴里也哭喊着："爸爸，你为什么要打妈妈？"

梁超被女儿这么一喊，才将举着的手放了下来，但仍一副穷凶极恶的样子。

梁超的母亲张淑琴是听了孙女娇娇的喊声才从自己的房间来到客厅的。看着儿子气呼呼的样子，心里一毛躁，便把目光恶狠狠地投向了郁静，嘴里却对儿子梁超说："我当初就说，你偏不信，这下知道了吧，活该！"

梁超被他母亲这么一说，知道母亲在为自己说话，于是，小时候的任性和怪癖又上来了。他把脸扭向他母亲，恶人先告状地说："妈，她随便看我的手机。"

梁超是独生子，无论是父亲还是母亲都宠着他。小的时候，他老在外惹是生非，但回家后总给父母说是别的小孩欺负他。他母亲张淑琴是出了名的"母老虎"。梁超每次回家告了状，她都会不问青红皂白地冲到这小孩家里去，骂这小孩没教养，又骂这小孩的父母是畜生转世，只知快活却不管教儿子。有一次，她还把别人家的儿子打了一顿，这家的父母也不依，提着菜刀撵上门来找她拼命，吓得她屁滚尿流地拼命在大街上奔跑，嘴里也上气不接下气地直呼救命。最后是惊动了派出所，都挨批才了了此事。从这以后，她虽然收敛了一些，但老马不死旧性在，依然为了儿子时常颠倒是非，事事护着他。

此时，她听了儿子装模作样的"喊冤叫苦"，不太光洁的脸再一次拉了下来，那样子冷得如两块锈蚀斑斑的铁板，发着紫的两片嘴唇，也气得直哆嗦。

"没教养，别人的手机能随便看？是你爹妈教的，还是跟那些不三不四的人学的？"

郁静被婆婆这么一骂，委屈的泪唰地全涌了出来。开始，梁超冲她一副凶相时，她尽管害怕，但心里也没这么难受过。她想说明事实的真相，让婆婆不要误会了自己，于是对婆婆张淑琴说："妈，您不知道他手机里是啥东西……"

婆婆张淑琴刚听到郁静这话，就知道郁静要为自己辩解，忙打断她的话说："啥东西，你不看能知道它里面有啥东西，告诉你，我是他妈都没随便翻过他的手机，何况是你？"

张淑琴一句话让郁静不知咋开口了，情急之中，她也想不出别的，因而直白地给婆婆张淑琴说："妈，他外面有女人了。"

梁超的母亲张淑琴听了郁静这话，尽管有些吃惊，但为了帮儿子说话，还是对郁静讽刺着说："他外面有女人了？你是逮着了还是抓着了？要不，你把她弄回来让我看看。"

梁超的母亲张淑琴说过这话，接着话头一转，勃然大怒地冲郁静嚷道："告诉你，他在外面即使有了女人，也是你的不是，你想，一个女人连自己男人的心都抓不住拴不牢，你还是女人？你不是女人，他在外面找十个八个都是应该的，你也不要吭声……"

郁静被婆婆张淑琴这么一嚷，顿感心头被刀子捅了似的血淋淋的。在跟婆婆说梁超外面有女人之前，她以为婆婆知道了她的儿子在外面养了女人，婆婆会狠狠教训梁超一顿的，哪知婆婆不但没这样，反而将她儿子在外面养女人的责任全归在了她头上，这咋不叫她失望、委屈和心痛欲绝呢？所以，她对婆婆张淑琴没再说什么，而是满脸淌着泪，一边哭着，一边头也不回地冲出了家门。

郁静的出走，让婆婆张淑琴对她的不满，再次涌上了心头。她没问儿子梁超到底是咋一回事，就噼里啪啦地嚷了一阵儿媳郁静的不是，接着又数落了一阵梁超，说梁超当初不听她的话，死活要与郁静在一起，最后才沉着脸对梁超说："不要把她宠坏了，动不动就撒泼朝外面跑。咱老梁家离了她，好像就娶不上媳妇了。"

梁超的母亲在嚷这一席话时，梁超一直没吭声。他一边玩着手机，一边思索郁静是咋知道他这手机里的短信的。老实说，他不是怕自己的女人郁静，也不在乎自己的女人知道了他在外面有女人了要与他离婚，反而很享受这随心所欲的日子，在外可寻花问柳，回家后又被老婆宠着，这何乐而不为呢？所以，他与郁静结婚这些年来，他背着郁静在外面也玩了不少女人，也没打算要与自己的女人郁静离婚。让他感到欣慰并越来越大胆的是，他和外面这些女人做得滴水不漏，没有留下一点儿蛛丝马迹。

他和女人丹红刚开始时，女人丹红也还算理智，说话有分寸，做事有节制，谁看了都知道他们是工作关系，即使卿卿我我也很隐秘。但自从他把女人丹红领到公司见了郁静后，她就变得越来越明目张胆了。

这天早晨，女人丹红赌气，梁超花言巧语哄好后，对她说："你也太胆大了，你看见她和我在一起，你还要给我打电话，还要我必须上你的车，你就不怕把我俩的事捅出去？"

丹红一听，又不高兴了，沉着脸说："你那么害怕，就不要来找我呀！我问你，你是喜欢她，还是喜欢我？要不我俩把账算清到此为止……"

梁超当时一听丹红这话，顿时就紧张了起来，因为他刚刚体味到丹红给他带来的舒坦和意犹未尽，如果就这么终止了，岂不太可惜？后来，尽管他又把丹红哄得破涕为笑了，心里却始终不踏实，只怕女人丹红从此真与他一刀两断。没想到回家后，自己这女人又"犯上作乱"提及他和丹红的事，还翻看了他的手机。刚开始，他是想狡辩几句的，但听着自己女人这丁是丁卯是卯句句属实的话，他知道自己无论怎么说都无济于事了，还不如沉下脸来，看你能把我如何？所以，他此时听了他母亲对女人郁静的埋怨，心里不由沾沾自喜了起来。

而郁静从家里冲出去后，整个人如发了疯一般，全无意识地沿着人行道跑了好一段，才在一棵树干斑驳的行道树下停了下来。她把身子依在树干上，一边喘着粗气，一边哗哗地淌着泪。路灯的灯光从行道树枝叶的缝隙间筛落在她身上，让她的身子显得那样的单薄瘦弱，面容也是那样的憔悴苍白，目光里也充满了无助和恐惧。那样子就如她小时候那样，既没妈爱又没爹疼，一副孤苦伶仃的样子。

母亲去世时，她还太小，因而她对母亲没有一点儿记忆。她对母亲唯一的印象，都是她长大后，听了婶婶阿姨们一次次的描述，东拼西凑起来的。婶婶们说，她母亲不但脸蛋儿漂亮，皮肤也润白；阿姨们说，她母亲不仅身材高挑，那一头秀发油黑而亮泽。当然，她想自己的母亲也一定同天下的所有母亲一样善良慈祥，也一定很疼爱自己。而父亲在她脑子里是清晰的，清晰得如每时每刻都在她身边一样。

在她刚能记事时，就看见父亲成天忙来忙去，磨面机的轰鸣声也响个不停。父亲时而给磨面机添加麦子，时而又将磨面机磨出的面粉一袋袋地装好，并堆在轰隆着响的磨面机旁，等那辆红色的拖拉机，时隔几天来拉到不知叫啥名的地方去。

每一天，父亲在开始磨面前，总是先将她关在离磨面机房很远的、晾晒面条的院子里，并不许她随便出这院子。而有一天，她父亲不知是对她放心了，还是忘了锁这院子门，她竟从这院子里跑了出去，并跑到了正在忙活的她父亲身旁，父亲见后，抓着她就是一顿狠揍，嘴里同时骂道："叫你乱跑，叫你不听话……"

郁静当时被父亲打得团团转，但她不知道自己究竟做了啥错事，更让她迷惑不解的是，她父亲的眼里也一直流着泪。后来，她长大了，听了母亲的死因，才明白了父亲当初那苦心。

然而，好景不长，她刚刚体悟到父爱，病魔又夺走了她的父亲。父亲的离世，再一次让她饱尝了人世间的孤独和痛苦，也让她对自己的人生充满了渺茫和恐惧。在深圳打工的那些日子，她时常为自己漂泊异地他乡而惴惴不安，也因举目无亲和思乡心切不知悄悄流过多少泪。所以，没多久，她就从深圳返了回来，并与梁超草草结了婚。

从小到大，她感觉自己就如一叶漂泊在无际汪洋中的小舟，太需要一个避风的港湾，让自己歇一歇，让自己被宠着被呵护着。但她却忽视了避风的港湾里也有暗礁和暗流，以致从没去考虑梁超当时有没有女朋友，梁超一天到晚东一下西一下又在做啥事。还有，梁超的朋友圈里究竟是些什么人，自己都一无所知，就答应了梁超的求爱，并不顾梁超父母的反对，就将自己嫁了过去。

婚礼那天，看似热闹隆重，也让多少人羡慕不已，她也眉开眼笑，但谁也不知道她心里有多孤独多痛苦，谁也不知道在她笑着的时候，心里却一阵阵绞痛，因为在她大喜的日子，身边竟没有一个亲人。

但是，让她怎么也没想到，这天晚上，她仅有的一点儿新婚喜悦和向往，也被梁超母亲的一席话一扫而光了，也让她感到从今往后的难以做人。

事情就发生在来贺喜的客人们相继而去后。当时，她和梁超送走最后一拨客人，刚回到新房里，梁超的母亲就脚跟脚地跨进门来，并沉着脸对她说："记着，从今天起，你就是我儿子的女人了，也是咱老梁家的儿媳，以前开发型屋的事就不说了，但也要好自为之，不要再做那偷鸡摸狗的事。咱老梁家在县城虽说不上是名门望族，但名声你是知道的。你不要叫咱老梁家在县城名誉扫地，个钱不值……"

郁静当时听过婆婆张淑琴这话，如当头挨了一棒愣在那里了。她知道婆婆一直不喜欢自己，她总是说，女孩开发型屋没有一个是正经女子，就算没上床也是被男人们搂来摸去。当时的她，真被梁超的母亲这话说得低下了头，这不是她真被其他男人怎么了，而是因为自己确实被梁超抱了。要不是因为怕梁超说出去坏了她的名声，以梁超的父母对她的偏见和不喜欢，她早就与梁超分手了，何必在这儿受这样的委屈。

这天晚上，郁静被梁超的母亲羞辱后，对新婚之夜的憧憬彻底荡然无存了。梁超的母亲走后，她便委屈得一个劲地流泪，而梁超却不顾及她的感受，嘴里一边说着"她说她的，我们做我们的"，一边脱光了衣服把她按在床上。

婚后，她为了证明自己的清白，也想证明给梁超的母亲看，忍痛割爱地关了自己心爱的发型屋，也学着打理公司里的生意，她以为用自己的勤劳和真诚会打动婆婆的，哪知，她的付出却无济于事，一个接一个的打击仍接踵而至。

郁静婚后遭到的第一个打击，是因她没给老梁家生个儿子，而是生了一个女儿。在她怀孩子的那些日子，婆婆对她倒也改变了之前的看法，并对她宠爱有加，她想吃什么婆婆给她买，她想去哪里，婆婆揽着一块去，然而，当她生下女儿时，一切都变了，婆婆对她不仅沉着脸，对女儿娇娇也横挑鼻子竖挑眼，说娇娇丑，说娇娇长着一副穷孩子模样，更让她难以容忍的，说娇娇长大后，也只能如她那样去开发型屋。

那天，当郁静再次听婆婆这么说时，她再也忍不住对婆婆质问："妈，你咋这样说自己的孙子呢？"

哪知，婆婆的回答让她更吃一惊，也知道了婆婆对她女儿为啥老看不顺眼。婆婆当时说："啥孙子，是孙女。是孙子就好了，我就烧了高香啰。"

郁静听了婆婆这话，心里好像被捅了一刀子，同时也无言以对了。也就从那时起，她除了心疼女儿，也为女儿担心，但让她更没想到的是，梁超这个伪君子又给了她这么致命的一击。

此时，夜空下的县城依然灯火通明，虽然没了白天的喧嚣，但来往的车辆和在路灯下散步的人们照例熙熙攘攘。远处有霓虹灯的闪烁，也有不知是从卡拉OK厅，还是从夜总会里飘出的跑调的歌声，近处有情人们的相依相偎，还有他们的窃窃私语。

郁静依在那行道树上哭泣一阵后，重又站起身来，毫无目的地独自走在县城的大街上，她虽然被县城那浓烈的夜生活的气氛包裹着，但她的心就如她此刻的肉体一样，充满了孤独和寂寞。从屋里出来后，她就想找人说说话，吐吐心中的苦闷和委屈，但此时的县城对她来说是那样的陌生，每每从她身边走过的行人也是那样的陌生，她摸出手机想打一个电话，但在路灯下她把通讯录看了个遍，也没找到一个她可以打电话的人，后来，她想到了她父母，但就在她摁父亲的电话号码时，才想起了父亲早已离她而去，于是，泪水又一汪汪地淌了出来。她也只在心里一遍遍地喊着："爸爸妈妈，女儿好苦，我想你们……"哪知，就在这时，一个电话号码映进了她脑海里，她也急不可耐地摁了这号码，并拨了出去。让她没想到的是，当她听了电话那头老穆的声音，竟把自己先前想说的话又咽了回去……

第十四章　可怕的消息

这天早晨，老穆起了个大早。昨晚郁静给他打了电话后，他左思右想，最终做出了一个既重要又不顾一切的决定——他这天一定要去县城看看郁静究竟是咋一回事。如有可能，也去县城看看有没有适合自己的工作。当然，他这么做，其一就近找点钱，其二是想离郁静近一些，信守他对郁静父亲的诺言。

老穆自从郁静的父亲病逝，面粉厂破了产，自己的女人因难产妻死子亡后，他就一个人过着日子，有好心人给他做媒，叫他再娶，他却一直推辞，他说他已害了一个女人，不能再害另一个女人。

在郁静出嫁之前，他就待在家里，他说郁静时不时要回来，郁静的父母都不在了，郁静回来后，她要给郁静一个家的感觉。这虽然不是郁静所需要的那个家，但郁静回来后，至少有地方串门，有人跟她说说话。

郁静出嫁后，他好像了了一桩心事，于是，他同所有的庄稼人一样，出门打工去了。老穆小时没读多少书，打工也只能干体力活。他先前干过砂石搬运，干了两年，砂石厂实现了机械化，传送带取代了搬运工，老穆和他的一帮子弟兄便失了业。老穆失业后，便去了建筑工地，依然与砂石打交道。由于他不会砌墙抹灰的技术，只能给砖匠们打小工，工资虽然不高，他却干得得心应手。搬砖挑灰、撤架搭架不仅迅捷，也做得很安稳，所以，也深得老板和工友们的喜欢和信任。

这天他起床后，去工地给领班请了一个假，便跨上了开往县城的班车。班车在至县城坑洼不平的碎石公路上颠簸着，他的心也随着这颠簸忐忑不安。

那年，郁静在结婚前，又把梁超领回了芋头镇。因为之前都已相识，所以见面时也没再那么拘谨，尤其是梁超，不仅随意，也傲慢得目中无人。他与老穆一见面，就高傲自大地冲老穆问："穆哥，你现在在做啥事？"

老穆被梁超这么一问，再看梁超那不屑的样子，一股难堪涌上心头，他知道梁超看不起自己，但他还是很真诚地对梁超说："唉，身为农民，除了种地还能做啥？"

梁超听了老穆这话，知道老穆这话的意思，他于是冷冷一笑说："哈哈，种那土地能挣几个钱？是够抽烟还是够喝酒？"

老穆被梁超这么一笑，脸一下就红了，但他还是一脸窘迫地回答说："唉，没法，谁叫自己没出息。"

但梁超根本不顾老穆的感受，为了在郁静面前炫耀自己，又冷笑着对老穆说："呵呵，再没出息也不会赖在家里种土地呀，这和等死有啥区别？"

梁超这话，最终让老穆哑口无言了。但就在他准备离开时，梁超突然换了口气喊着他说："穆哥，等我和小静结了婚，你就到我公司来做事，给我们看库房，或给我们当搬运都行，哪怕扫扫地，也比你这样好一千倍、一万倍。"

老穆当时听了梁超这话，心里再次被梁超捅了一刀子，他也感觉自己的一张老脸火辣辣的，但他依然忍着不吱声。后来，郁静和梁超走后，老穆便把自己关在屋里，闷了好一阵子。他没想到自己被梁超说得如此狼狈，如此无能。他知道自己无能，做不了大事，但他是凭着自己的劳动和汗水，换来自己的生存，也不至于被说得如此可怜和一文不值。况且，在十几亿人口的中国，有多少像他这样的农民，凭着自己的一双长满老茧的手，凭着自己辛勤的劳动养育一家老小，有的还供养出一个个大学生，一个个尖端科技的栋梁之材，难道农民就这么渺小和一文不值吗？

从这以后，老穆对郁静的婚姻不由有了担心，思来想去也觉得该提醒一下郁静了，但那时的郁静无论老穆予以何种暗示，她都毫无意识，直到她快结婚的前一天，老穆才以梁超的家境好为由再次侧面提醒了她，但她依然没放在心上。

眼下，老穆坐的班车经过近两个小时的颠簸，总算要到达县城了。不知咋的，他的心竟紧张了起来。他的紧张不为别的，一是不知郁静现在究竟咋样，是与梁超重归于好了，还是相互间仍在继续较劲；二是他也怕见到郁静的婆婆，郁静的婆婆除了脾气古怪，对乡下人总也看不顺眼。

五年前的那个三月，郁静与梁超刚结婚不久，他家的樱桃红了。这樱桃树是他从部队退伍回来后才种的。他在种这樱桃时，是因为看自己那地荒在那里实在可惜。没想到这樱桃树一种下，第二年就开花结果了，并一年年越

81

来越茂盛。到了每年的三月，那红红的樱桃就挂满了枝头，远远看去，红得犹如一片火，走近一瞧，那一颗颗樱桃又如一粒粒亮晶晶的珍珠，不仅红得润眼，也红得润心让人见了顿生食欲，不自觉要摘一颗放进嘴里。

樱桃刚挂果这年，郁静已五岁。五岁的郁静同所有的孩子一样，对红彤彤的樱桃馋得如小猫似的。当老穆从地里第一次摘得樱桃，他舍不得吃，先给了郁静。从此，郁静每天缠着老穆，要老穆带她去摘樱桃。每一次到了樱桃树下，郁静的小脸蛋，被枝丫上的樱桃映得红扑扑的，小嘴也馋得直流口水。不仅如此，她还倔着性子不回自己的家。

每年的三月，也是老穆最忙碌的季节，他除了要在郁静家的面粉厂上班，又要摘樱桃去镇上卖，还怕那些不懂事的娃仔们去偷摘。所以，为了守着樱桃，每天晚上还得在山梁上的地里过夜。樱桃挂果的第二年，老穆就在樱桃地里搭了一个茅草棚子，他每晚都睡在那里。小郁静为了吃樱桃，冲她父亲哭着闹着要跟老穆一起去。因而，她每晚也同老穆一起睡在那茅草棚子里。后来，郁静一年年长大了，虽再没了小时的任性，但她对樱桃的偏爱和嗜好，同小时一样。所以，除了在外打工的那些年，每年的樱桃成熟时，她都要回一次家，并坐在樱桃树下吃个尽兴。而这年她和梁超结了婚，老穆给郁静留在树上的樱桃都一颗一颗掉地上了，仍不见郁静回乡下来，老穆心里一急，先给郁静打了电话，老穆听了郁静说走不开，便打定主意亲自将樱桃给郁静送去。

这天早晨，老穆顶着樱桃树叶上的露珠，把满树的樱桃摘下装进两只竹篮子里，然后乘早班车给县城的郁静送了去。为了赶时间，他来不及换衣服鞋子就急急忙忙上了车。

到郁静家时，郁静正挺着一个大肚子坐在客厅的沙发里看电视。她见了老穆真是喜出望外，当她看了老穆手中的那两篮子樱桃，更是欢喜不已，那样子她好像又一下回到了童年，也忘了自己怀着孩子，高兴得如孩子般跑到那两篮子樱桃前，不用老穆开口，就蹲下身从篮子里捡了一颗樱桃放进嘴里，然而，这竟被她婆婆碰了个正着。

她婆婆当时刚从卫生间里出来，双手还水淋淋的，她先看了郁静那欣喜样，又看了看老穆的一身上下，顿时就沉下了脸，并一下蹲到郁静和老穆之间，先将老穆放在地上的那两篮子樱桃提到一边，接着气呼呼地冲郁静说："你能不能学得斯文一点儿，是饿死鬼投的胎？什么东西抓起来就吃，你就没想想这东西吃得吃不得，你没听说现在的水果蔬菜都是农药打出来的？唉，以前的乡下人单纯，现在一个个都没了良心，尽做些伤天害理的事。"

老穆当时站在那里，心里难堪得很不是滋味。但他更没想到的是，郁静的婆婆冲郁静说了那么一席后，又转身盯着他说："你的好心我们领了，希望你以后别再送了。水果在超市里多得很，不说你这樱桃，就是吃了能长生不老的仙桃也多得是，想买哪家就买哪家，至少比你这不明不白的稳妥得多……"

老穆听了郁静婆婆这话，整个人好像被剥了一层皮，他想说点什么却张不开嘴，不说心里又难受，但当他看了低着头一声不吭的郁静，好像一下子明白了什么，于是把快蹦出口的话又咽了回去。

就从这次后，老穆再没去过郁静在县城的家。每年的樱桃熟了，他只在心里想着郁静，想郁静小时的馋样，也不由自主地想那年给郁静送樱桃去时的情景，于是，他热腾腾的心又冷了下来。

老穆这天在出发前给郁静打了一个电话。在昨晚做出这天去县城看郁静的决定后，他本想给郁静打个电话的，但他怕郁静拒绝，因而摁了郁静的电话号码好一阵，也没敢拨出去。而在这天出发前，他心里又不踏实了，他怕去了县城见不到郁静，不仅白跑了一趟，也不知道郁静会是啥样子。再有，他也不想去郁静在县城的家，确切地说，他不想去看郁静那婆婆的脸色，更不想听她婆婆那阴阳怪气的话。然而，这天早上当他把电话给郁静打过去时，郁静的电话已关机。老穆的心再次紧张了起来，他恨不能立马去到郁静身边，看看郁静眼下究竟咋样了。

此时的班车已进了城，并在车流中走走停停。老穆把目光从车窗处透了出去，他看着街景，也注视着人行道上来来往往的行人，因为他心里怀着侥幸，总想能在那些来来往往的行人里，看到郁静的身影。有一次，不知是幻觉，还是他的心太急切，竟把行道树下一个带着小女孩，背朝着他的女人误认成郁静了，他不仅在车里叫了"小静"，还站起了身，还好的是，在他正准备叫司机停车时，那女人转过了身，他才认出了这带着小女孩的女人不是郁静。

班车走走停停总算到了客运站。下车后的他，脑子里一片茫然，因为他不知道去哪里找郁静。还好当他站在客运站外茫然无知，正准备再次给郁静打电话时，给梁超家的梁氏公司开车送货的小李认出了他，并给他讲了一个关于郁静的可怕消息，老穆听后，吓得顿时就睁大了眼睛……

第十五章　母女连心

郁静这晚给老穆打电话时，尽管没给老穆说她打电话的真正目的，嘴里也只对老穆说了一句"就想与你说说话"，但她心里却好像舒坦了好多。后来，她怕跟老穆说漏嘴，让老穆担心，便很快挂了电话，一边毫无目的地走在人流车流越来越少的大街上，一边思索着这晚的事究竟是咋发生的，哪知就在这时，她耳边好像突然有了一个声音，这声音是那样的清纯，那样的凄厉，又是那样的熟悉。

"妈妈……妈妈……"

郁静听着耳边这恍惚的声音，好像一下从梦中醒来般，觉得是女儿在喊自己。于是她嘴里一边喊着"娇娇……娇娇……"，一边发疯般往回跑去。路灯下的行道树一棵棵被她甩在身后，夜风也在她耳边呼呼地嚷着，啸叫着，她眼前也不再是先前光怪陆离的灯光，而是她女儿娇娇那可怜巴巴的模样。她满脑子再也没了先前那些乱七八糟的东西，一心想着她不能没有这个女儿，女儿也不能没有她这个母亲。同时，她脑子里也出现了自己读书时没有妈妈的情景。

郁静年幼时，由于父亲忙面粉厂的事，虽然深爱着她，但也力不从心，更没空给小郁静梳洗打扮。因而，她比同龄孩子看起来显得邋遢一些，时常蓬乱着头发，脸和小手也黑黢黢的。不仅如此，头发和衣服上还附着一层灰蒙蒙的面粉。所以，那些有父母，又打扮得漂漂亮亮的孩子都不愿与她一起玩，每当她蹑手蹑脚朝小朋友们走过去时，小朋友们不是瞪着眼叫她不准过去，就是捂着鼻子跑得远远的。有几次她趁小朋友们玩得起兴，悄悄走近了他们，结果小朋友们发觉后，将她推倒在地，都围着她吐口水。让她最难忘的是刚上学时的那些日子。因为父亲给她穿衣时，总是穿得七长八短很难看，头发也梳得如麻雀窝似的，同学们不仅取笑她，也都不愿与她同桌，那些调皮的小男孩，还时常把她扎着头发的橡皮筋，或偷偷地，或明目张胆地从她头上撸下来做弹弓，一些嘴尖的小女孩或当面或背地说她是捡来的，也有说她因不爱干净，是被她母亲扔了的。她每次听后除了伤心地哭，也不知是怎么一回事，她也回家问过父亲，父亲一把把她搂在怀里，任泪水从眼里忍不住流出。

童年给她留下了难以磨灭的记忆，当她成为一个母亲时，她就一次次地告诫自己，无论如何也不能委屈了自己的女儿，还要保护好自己这女儿。所以，这天夜里，当她在神思恍惚中，仿佛听到了是女儿的喊声，好像就看到了女儿如自己童年时那无助的样子，也看到了此时的女儿就是当年的自己。

女儿刚出生时，就被婆婆歧视。尽管一直被婆婆带着，但却时常被婆婆叨叨来叨叨去，那样子，婆婆看着女儿从来就没开心过。因此，她心里很难受，也为女儿的日后的生活担心。

一年前的那个夜晚，睡觉前，梁超一脸严肃而又神秘地对她说："你知道不，妈叫我们再要一个孩子。"

郁静听后，心里便顿时怪怪的。她知道婆婆重男轻女，并为这在她面前含沙射影说过多次，但她不想影响到女儿的幸福，再说，公司里有忙不完的事，她因而没答应。哪知，梁超把她没答应要孩子的事说给了婆婆听，几天后，婆婆喊着她问："郁静，我问你，你是不是不准备要孩子了？如果真不要，你当初为啥不生个儿子？你诚心要老梁家的家业落到别人手里？"

郁静当时听了婆婆这话，憋了一肚子气，她知道婆婆这话里的意思，明明就是在嫌弃自己的女儿，所以，她冷冷地对婆婆说："妈，我明白你的心思，你其实就是嫌弃娇娇是女孩子，那没事，让娇娇跟我姓好了。"

梁超的母亲听了她这话，脸一下就变了色。她心里却暗自高兴，因为她感到自己第一次保护了自己的女儿。

而这晚她是和男人梁超，以及婆婆闹翻了脸才跑出来的。女儿当时也在场，女儿明明挡在她前面保护了她，但她却把女儿孤零零地扔在家里跑了出来。她似乎看到了女儿的将来，不是被成天无所事事、拈花惹草的父亲打骂，就是被她奶奶恶毒地数落和责备，每天不是伤心地号啕大哭，就是无助地哽咽流泪。郁静想到此，如狂奔的汽车又被狠狠踩了一脚油门般，向着家，向着她的女儿不顾一切地奔去。

此时的夜更深了，大街上的行人和车辆也越来越少了，偶尔从她身边开过的汽车，司机或许回家心切，又或许道宽车少，放松了安全意识，除了把车灯打得透亮，油门也踩到了底，每辆车从郁静身边驶过，就如离弦之箭，远远能听见驶来的风声，眨眼便没了踪影。

郁静不知自己是怎么倒在了大街上的。她当时只见一束强光远远向她逼了过来，瞬间让她睁不开眼，脑子里也一片空白。就在她想竭力找回意识，辨清眼前这一切究竟是咋一回事时，一股气浪朝她迎面扑来，她感觉自己如一只气球般，随着一声重响飘向了空中……迷迷糊糊中，她感觉自己好像来到了另一个世界，这世界到处是鲜花，红的白的，黄的紫的，有的她还叫不出名字。这里的林木也很茂盛，大的要几十个人才能合围，有的高得像能把头顶的天戳个窟窿似的。树林里黑黢黢、阴森森的，听不见鸟声，也听不见蝉鸣，只有那呼呼刮着的阴风和远处飘来的一阵阵似狼似鬼的嚎声。

她在这林间游荡着，想要在恐惧中找回从前的自己，找回每天提着拎包去上班的那条道，找回自己那间办公室，找回不知去了哪里的梁超，找回自己的女儿娇娇。然而，就在她竭力想找回自己的一切时，她身后突然传来一句吼声："你是谁？这里不属于你，你还不快滚……"

她听着这吼声，急忙回过头去，看见一个骷髅般的身影，瞪着灯笼般大小的眼睛，嘴里露出尖利的獠牙，爪子般的手里还抓着一个孩子，另一只手却向她伸了过来，嘴里一边阴森森笑着，一边流着口水，朝着她一步步逼近。她见了，拔腿就跑，一边跑还一边说"不要撵我，我这就走，就……就走……"，但她没跑多远，身后就传来了女儿的喊声："妈……妈，妈……妈，不要扔下我。"

她回过头去，看见自己的女儿娇娇，正被那骷髅般身影高高举过头顶，女儿一边在那爪子里挣扎，一边冲她喊："妈……妈，您救救我！妈……妈，妈……妈……"

郁静被女儿的这喊声惊醒过来，她还以为自己躺在床上，正想翻一下身，动一下身子时，一阵钻心的疼让她清醒过来，这才发现自己是躺在大街上。她抬起头看了看四周，街道两旁店门紧闭，路灯尽管白花花地照在大街上，但整条大街依然奇冷无比。远处偶尔传来了声音，也是阴沉沉的。

郁静一次次努力想从地上爬起来，但浑身疼痛难忍，头也晕得天旋地转。就在她无力站起，再次躺下去时，她耳边好似又传来了她女儿的喊声：

"妈……妈，妈……妈……"

郁静听了女儿这喊声，浑身一下有了劲，她咬着牙从地上一下站了起来，头重脚轻让她打了一连串趔趄，但她最终还是倚在了街边的行道树上稳住了身子。她稍定了定神后，重又迈开脚步，摇晃着身子，跌跌撞撞地朝家跑去。

郁静不知自己这晚是怎么跑回家去的。她开始跑了一段路，才发觉自己跑错了方向，后又转身，朝另一个方向跑去，她虽然竭尽了全力，但路在她脚下依然漫长无比。她脚下这段路，在平时也许就十来分钟的路程，她这晚跌跌撞撞竟用了一个多小时。

郁静回到家时，家里静悄悄的。在她跨进家门前还在想，她回家后，男人梁超和婆婆将会如何对自己，是继续骂她，还是数落她无能。但当她跨进家门，看着家里的冷清，听见从婆婆屋里和男人梁超屋里传出的鼾声，她的心又陡然痛了起来，她感觉自己在这家里真的是多余的，家里丢了一只小猫小狗，平常人家都要找几天几夜，而她，一个活生生的人，为他们老梁家里里外外忙来忙去的人，在外飘荡了大半夜，他们竟无动于衷，依然睡得踏实。郁静想到此，又一下有了出走的念头，是呀，她生活在这样的家庭还有意思吗？还有尊严吗？如此，还不如让自己如先前那样死去。然而，就在她转身准备朝外走时，一个微弱的声音让她不由一惊，她立马回过头去，她这才看见在客厅沙发的角落里，熟睡着自己的女儿，女儿刚才是在梦中叫妈妈哩。

原来，郁静这晚受不了梁超的背叛和家暴，也受不了婆婆的谩骂和数落，一气之下冲出了家，又发疯般地冲出了小区时，女儿娇娇当时不知是受到了惊吓，还是因为知道妈妈受了委屈，也跟着母亲撵了去。她本想去给妈妈一丝安慰的，但当她一边喊着"妈妈"，一边朝她妈妈撵去时，却被她父亲梁超拽了回来。她的奶奶张淑琴还冲她骂着说："你撵啥，你妈要去死就让她去死，你妈死了咱家还清静些。"

女儿娇娇听了她奶奶这骂声，竟一下昂起脖子，并冲她奶奶说："不许说我妈妈，我妈妈是好人！"

梁超的母亲听了孙女这顶心的话，气一下就上来了。她指着娇娇骂："嚯，真是贱骨头生贱种，还向着你妈说话了。枉我每天接送你上下学，白疼你了，跟你妈妈一样——白眼狼！"

女儿娇娇听她奶奶又这么说她的妈妈，也继续顶撞她奶奶说："你和爸爸才是白眼狼，妈妈每天给你们洗衣做饭，还得上班，你们还要打妈妈，骂妈妈……"

女儿娇娇说到这里，忍不住伤心地哭了起来，她一边哭喊着"我要妈妈"，一边躲在了沙发的角落里。后来，无论她父亲梁超和奶奶怎样诓她吓她，她就是不听，也始终躲在那角落里，不愿随梁超的母亲去睡觉。梁超和他母亲也无奈，叽叽咕咕骂了一阵后，便扔下她各自进了自己的卧室。

而此时，当郁静走近自己的女儿，看着女儿那满脸的泪痕，和在熟睡中叫妈妈的样子，特别是看见女儿孤零零地蜷缩在那沙发的角落里，她的心一下就痛了起来，这痛不仅让她有了窒息的感觉，也让她忘记了之前的一切。她于是蹲下身，并伸过手去抱女儿，哪知，尽管她用尽了全身力气，也没抱动自己的女儿。

女儿娇娇是被她母亲郁静一次次的抱给弄醒的。她先是一惊，接着就睁开了双眼，当她看见是自己的妈妈回来了，她如一只受了伤的小鸟，一下扑进了自己母亲的怀里。

但就在女儿娇娇扑进母亲怀里的那一刹那，她看见自己母亲不仅满脸是血，头发也被血浆弄得湿漉漉，惊恐中她忙喊："妈妈，血，血……"

郁静听了自己女儿这惊恐的喊声，又从女儿那表情中好像明白了什么，她于是抬起手臂在自己的脸上摸了一把，接着又放在眼前一看，随后就晕了过去……

第十六章 两个男人的对白

老穆这天在客运站外，遇上郁静公司里的小李后，听小李说郁静出了事，立即就被惊得目瞪口呆了，还没等他反应过来，小李又对他说："穆大哥，你去不去看郁姐，要不我送你过去？"

小李话问得很委婉，也不大声不小声。老穆听后，总算从呆愣中反应了过来，忙一脸急切地回答小李说："要去要去……"

老穆说着这话，还没等小李打开车门，就手忙脚乱地往车上爬。在上车时，头还被车门重重地撞了一下，坐进车里后，头还有些晕晕地发疼。

小李看着老穆那焦急的样子，暗暗责怪自己先前不该把郁静被车撞了的事说给老穆听，至少不该说得那么严重。他当时给老穆说："穆大哥，你知道不，郁姐昨晚被车撞了，差点就没命了，你不知道，头上裂了好长一条口子。"

其实，小李不是故意要吓老穆，郁静的伤势的确也很严重。医生都说了，郁静被撞后还能独自走回家去算是一个奇迹。不说她头上那道口子，就是在第二天早晨，当人们看了郁静被撞时淌的那一摊血迹，都感叹这被撞的人一定凶多吉少。

小李认识老穆，是在梁超和郁静结婚的前一天。那天，郁静叫小李送她回一趟老家芋头镇。车到了芋头镇外的老穆家，小李把车停在了老穆家的门口后，就给郁静说他到外面去走走，并说好几时去接她。哪知，他在外面逛了一圈又觉得无趣，便返了回去，但让他万万没想到的是，他从未想过，也不敢相信的事，却活生生地出现在他的眼前。同时也让他木木地呆愣在那里，并进退两难。

原来，当小李这天回到老穆家的门外，老穆的屋里却传出了郁静那柔弱而深情的声音。小李听后，或许是本能，又或许是被好奇心所驱使，他立即抬起头来，将目光朝老穆的屋里望了进去，哪知这一望，他立即就被镇住了。原来，郁静当时正紧紧地偎在老穆的胸前，一边流着泪，嘴里还说着什么，那样子既伤心，又依依不舍。老穆像哄小孩一样哄着郁静，一手轻轻拍着她的后背，一手又小心翼翼地为她将着额前的秀发，神情专注并心痛不已。他们看上去既像一对父女，又似一对情人，既情真意切又难舍难分。

小李正准备转身逃离时，却被抬起头来的郁静看见了。郁静立即从老穆的怀里挣脱了出来并叫住了他，小李只好回身走了过去，他低着头，故作一副什么也没看见的样子，心里却难堪得"怦怦"直跳。

此时，郁静知道小李已看见了刚才那一幕，心里也紧张了起来，她怕小李误会，忙对小李说："小李，我给你介绍一下，这是我穆哥，你不要误会，我们是兄妹。"

小李听了郁静的介绍，心里依然很别扭，为了不让郁静难堪，他忙回答说："郁姐，你不要那么说，其实，我什么也没看见……"

小李原以为他这话能将郁静的话就此打住的，没想到在回县城的路上，郁静再一次给小李说起了她和老穆的事。

"小李，你其实不知道，我小的时候叫老穆二爸爸哩。"

小李一听，惊奇之余又觉得好奇，他一边开着车，一边带着迷惑的口气说："郁姐，你真把我说糊涂了，一会儿哥，一会儿二爸爸，到底是怎么一回事？"

郁静听了小李的问，为了消除小李心中的误会，她便把自己的家事，全说给了小李听，她最后跟小李说："小李，我小的时候，老穆对我如他的亲闺女一样，我要什么他给我买什么，还时常把他当马骑。那时，我感觉他像我的父亲，所以我叫了他二爸爸。后来，我长大了，再叫他二爸爸总也开不了口。还有，他也只比我大十多岁，我便改口叫了他哥，但他在我心中仍是原来那个二爸爸……"

郁静这天讲得很激奋，小李也听得很惊奇很感动，他觉得郁静和老穆间的故事，简直就如小说里写的那样离奇和神秘，不仅如此，比小说里的故事更感人，他于是对郁静问："郁姐，老穆结婚了吗？"

郁静听后，叹息了一下说："唉！结了，也是一个苦命人，妻子难产，妻儿都没了。"

郁静说过这话停了停又说："我这次回来，就想再看看他。以前我想回来就能回来，往后就没那么方便了……另外，我想叫他再找个女人过日子，妻儿离他而去毕竟这么多年了，该放下的还是要放下。小李，你不知道我给他说了这事，他是怎么说的？"

小李听郁静的话明显带了一脚刹车，扭过头对郁静问："他怎么说的？"

郁静被小李反问后，接着回答小李说："他说他不能再害另一个女人了，还说，他的前妻不因为他就不会死。"

那天的小李，是听了老穆当初对郁静说的这句后，对老穆有了重新的认识的，对老穆也既崇拜又尊敬。所以，这天当他在客运站外见到了老穆，惊喜之余就迫不及待地给老穆说了郁静被车撞了的事，还主动领老穆去医院看郁静。

此时，县城比先前更热闹更拥挤了，还时不时堵车，这让忧心忡忡的老穆更心急如焚了，就连呼吸也明显急促了起来。

小李看在眼里，忙安慰老穆说："穆大哥，不急，其实没多大的事，只是一点儿皮外伤。"

老穆听了小李这话，稍稍平静了一些，接着又对小李问："小静是咋被车撞的？"

小李听了老穆的问，他也不知道郁静昨晚是咋被车撞的，他只好估摸着对老穆说："具体是咋被撞的，我也不知道，我只知道郁姐每晚都要加班，并且加得很晚……"

老穆听小李这么一说，立马激动了起来，他一下侧过身冲小李问："啥，她每晚都要加班？"

小李被老穆这么一反问，他又一次感到了老穆此时的心情，他于是对老穆说："是呀，公司里那么多事，不加班咋行？也是郁姐，换一个人谁也做不了。"

老穆问："公司里事多，咋不多请一个人呢？"

小李说："穆大哥，你其实不知道，郁姐干的那些活，好多人都干不了，比如收货验货发货，还有进账出账库管，再说，别人干她也不放心……"

老穆听了小李这一席话，又把身子放回原位，皱起眉头，想起了心事。想了一会儿，他又问小李："事情都由小静做，那梁超干啥呢？"

小李听后，又只好把梁超和女人丹红搞"直销"，成天在外跑的事给老穆说了，老穆听后，一下就激动了起来，并愤愤地说："啥'直销'，纯粹是骗子。"

老穆这么说了之后，接着给小李说了近两年里，那些去乡镇搞"直销"的，是如何骗老百姓。他说："那些搞'直销'的，全是在骗老百姓。去年，芋头镇来了一拨搞'直销'的，主要卖家用电器，他们一到镇上就摆摊设店，店里还铺了红地毯，并号称是某某集团某某公司的，那派头没人不信，再加上他们下乡去逐家逐户发传单，搞宣传，老百姓们也信以为真了，然而，当老百姓们把这些搞'直销'的电器一抢而空后，拿回家一试，80%是坏的。第二天，当老百姓们把那些不能用的电器背的背，提的提去镇上找这伙搞'直销'的人时，没想到那店已人去楼空。"

老穆当时讲到这儿，不由歇了歇。小李双目注视着前方，集中精力地开着车，他听老穆没再说，便惊奇地问："有这么悬的事？"

老穆听了小李的问，怕小李不信，又接着说："这还悬？悬的还在后面哩。告诉你吧，听说前不久镇上来了一伙'直销'玉石床垫的，'直销'者说这玉石床垫包治百病，无病还可延年益寿。不仅如此吹嘘，还让老百姓免费体验，而且对去体验者每天还酒肉饭招待，这样一来，那些疾病缠身和爱占小便宜的乡下老人全都入了迷，把儿女们给的生活费全拿了出来，买了玉石床垫。把玉石床垫搬回家，躺上去觉得不对劲，翻过来一看，才发现床垫里面全是木屑和烂棉絮。为此，老人们个个气得捶胸顿足，有的还号啕大哭，因为这'玉石床垫'不便宜啊，八千元一床哩。"

小李听了老穆这一席话，一下就警觉了起来。他知道老穆此时说的这伙在芋头镇"直销"玉石床垫的，就是梁超和女人丹红他们。因为他帮他们送过货，那些货每次都包装成一件一件的，上面印着"玉石床垫"的字样。现在听老穆这么一说，才突然意识到有些不对劲，因为他每次给梁超和丹红送货，他俩都神神秘秘的。小李想到这儿，不由自言自语地说："原来是这样。"

老穆听了小李这话，不由一惊，忙侧过身去问小李："你认识这一伙人？"

小李发觉自己说漏了嘴，赶紧故作轻松地对老穆说："我成天在公司里送货，咋会认识这伙骗子呢？"

小李说过这话，不知是为梁超和女人丹红的做法而愤慨，还是为自己刚才对老穆的撒谎而愧疚，又狠狠踩了一脚油门，到了一处红绿灯路口他才缓了下来，缓下来的他，又怕老穆再刨根问底问先前的事，于是忙把话岔到了一边去。

"穆大哥，马上就要到了，你看见'人民医院'那几个大字没？"

第十七章 意外相见

小李这天把老穆送到医院，又把车开到停车场停下后，就领着老穆直奔住院部。小李轻车熟路，领着老穆几转弯几倒拐就到了电梯门口。由于是县人民医院，住院的病人很多，上上下下都得等一小会儿，有的等不及，干脆就去爬楼梯。老穆站在小李身后见电梯门老不开，心里着急便跟小李说去爬楼梯，小李告诉他郁静住八层，爬楼梯不仅慢，人也很累，但就在老穆准备执意要去爬楼梯时，电梯门却开了，于是，老穆跟在小李身后，使出打工时的力气，挤了进去。

挤进电梯的老穆，原以为心情会平静一些的，没想到，随着电梯的徐徐上升，他的心情更紧张了。因为他不知道自己即将见到的郁静眼下究竟是啥样子，脑子里也不住地想着郁静从小到大的可爱模样，郁静成了大姑娘后的温柔和婀娜多姿也浮现在他眼前，所以，他真怕自己即将见到的郁静的模样会惨不忍睹。

老穆跟着小李出了电梯，或许因为紧张，总感觉要小便，因而，他把手中提着的水果交给了小李，并叫小李等一下自己，一路张望着去了卫生间。但到了卫生间要小便的感觉又没有了，他这才知道自己是过于紧张所致。为了使自己镇静一些，他在卫生间的水龙头前用水给自己洗了一把脸，感觉自己真的平静了一些，才重回到小李身前，从小李的手中接过水果，跟在小李身后，既忐忑又急切地直朝郁静住的那房间而去。

老穆手中这些水果，是他在医院外的水果摊上给郁静买的。在买这些水果时，他一边挑，一边想着郁静喜欢吃的水果，所以，他首先挑了樱桃，他知道郁静从小到大都喜欢樱桃，但让他感到遗憾的是，这樱桃还没自己种的好，为此，他很责备自己。

昨晚当他接过郁静的电话，并打定主意这天要来看郁静时，他是想好了要给郁静捎一些樱桃的，但在早晨给郁静打电话时，郁静竟关机，这让他不得不改变了主意。因为没打通郁静的电话，就不知道能在哪里见到郁静。他当时想，如果一直打不通郁静的电话，他就到郁静的家去，可是在他这么想的时候，几年前他给郁静送樱桃去，郁静的婆婆那不高兴的模样又出现在了他的眼前。所以，当老穆这么想过后，当即打消了给郁静捎樱桃去的念头。而眼下他看着手中提着的这些樱桃，心里不由又有了几分遗憾。

到了郁静所住病房的房门前，小李回头看了看老穆，然后轻轻叩了叩门，并轻脚轻手推门走了进去。

原来，病房里放着两张床，床上都躺着人，看上去都是外伤，所以，在小李推开门的时候，老穆就在两张病床上辨认着哪一个是郁静，直到进了病房跟着小李站在了郁静的病床前，他依然没认出此时躺在病床上的郁静。后来，是小李冲满头绷带的郁静叫了一声"郁姐，你看谁来看你来了"，老穆才明白过来，但他依然很怀疑。

的确，眼前的郁静，满头绷带，露出的脸也青一块紫一块，嘴唇干裂并留着丝丝血迹，能让老穆认出来的，是郁静右嘴角那颗小小的朱砂痣。

老穆见了郁静这模样，心骤然被拧得酸痛不已，并滴答作响地滴着血，他也感觉胸口被猛然间撕掉一块肉似的，那难以忍受的疼痛从心底，从被撕掉一块肉的地方，朝他身体的每个部位蔓延扩散，直冲他的双腿、喉头、鼻孔、眼睛直至头顶。这种感觉让他觉得，他此时面对的郁静，就是自己的亲闺女、亲妹妹，又好像是自己心里那个最可爱的人。因此，他不顾小李在场，双腿一软，一下蹲在郁静的床前，满含热泪地对一头绷带，目光迷惑的郁静说："小静，你咋把自己弄成了这样子，到底是怎么一回事啊……"

老穆说过这话，又把有些微微发抖的手朝郁静的面颊伸了过去，但当他的手快要触到郁静那浮肿淤青的脸时，不知是怕弄疼了郁静，还是怕小李看了起疑心，他又把手缩了回去，只满眼是泪地静静望着郁静。

而此时的郁静迷惑地看了老穆好一阵，老穆的面容才在她的眼前慢慢清晰起来，随之，脑子里也有了记忆。因此，突见亲人的兴奋，伴着满肚子的心酸和委屈，如潮水般在她心里汹涌、翻滚，她鼻子一酸，泪水顿时涌了出来，也哽咽不止。

先前，不知是镇痛药的缘故，还是因受伤体虚，郁静服了医院护士送来的药，就昏昏沉沉地睡去了。不一会儿，又恍恍惚惚地做了一个梦。在梦里，她竟梦到了自己的父亲，好像还有自己的母亲。

梦里的父亲同他生前一样，一天忙忙碌碌，满身全是面粉。头发是白的，眉毛是白的，胡须是白的，就连衣服裤子也全是白的。所不同的是，父亲比生前苍老了许多，消瘦了许多，身子也单薄得如被几根木棍支撑着的皮影，但说话的口气一点儿也没变，只是说话时有些力不从心。

"小静，你咋不听爹的话，把自己弄成了这样子，我不是一直给你说，做什么事都要小心吗？你咋不长记性，你记得小时候我为啥打你吗？你肯定记不得你妈为啥抛下了我们，因为你那时还小，什么也记不得……"

父亲当时说过这话，转身从身后拉出一个脱了大半个头皮的女人，女人的头盖骨露在外面犹如紫萝卜削了皮，雪白雪白的，好像还有斑斑血迹，而后脑勺和两鬓，那长发依然还在，并黑油油地直垂臀部，郁静见了，连连往后退。而她父亲却挡着她说："不要怕，小静，这是你妈妈。"

郁静听了她父亲这介绍，虽然胆怯，还是抬头再一次看了她母亲，她母亲这时也正看着她，母亲的样子尽管很吓人，但她的目光却很温和，也充满了慈祥。就在她母亲想过来抱她时，父亲却阻挡了母亲，并对郁静说："小静，你看见了吧，你妈当时也不听话，我叫她干活时要注意安全，戴好帽子，她偏不听，这下好了，连你都认不出她了，小静啊……"

但是，就在郁静还想听父亲继续往下说时，小李的敲门声把她惊醒了，她昏沉沉地睁开眼睛，看见小李已站在了她的床前。

小李把老穆领到郁静的床前后，又见老穆见了郁静，那既惊奇又心疼不已的样子，怕自己在此碍了他们谈话，便告辞退了出去，在走之前他对老穆和郁静说："穆哥，我还有事，先走了。郁姐，你好好养病，公司里的事你不用操心，我会帮着料理的。"

小李走后，病房里突然静了下来。同病室的那病人，不知是真睡着了，还是在装睡，自从老穆跨进病房后，她就一动不动地躺在另一张病床上，紧闭双眼，呼吸均匀而平静，脸上的表情也淡然无奇。不过，此时的老穆看着满面是泪，只是哽咽不说一个字的郁静，心痛和冲动纠结在一起，让他完全失去了理智，他把先前缩回来的手，再次毫无顾忌地朝郁静那裹着绷带的脸伸了过去，并一边轻轻抚摸着郁静那青紫浮肿着的脸，一边满眼泪水地问郁静："小静，你到底怎么了，昨晚你给我打了电话，是不是就……"

老穆在说这话时，看见郁静的泪水又流了出来，便立马住了嘴，忙改了口气问："小静，是不是很疼，疼就哼哼，流泪对伤口不好……"

郁静听了老穆这话，心里又一酸，但她依然没出声，她除了张嘴头就疼得厉害，她也不知对老穆怎么说。更主要的，她能说出她昨晚出事的实情吗？能说出梁超母子俩，昨晚是如何对的自己吗？尤其是她被车撞后，恍惚中听到女儿的喊声，跌跌撞撞地跑回家后，看到女儿孤苦伶仃地蜷缩在沙发角落里的可怜模样，那锥心刺骨的难受，以及梁超母子俩的漠视、凶狠的行径，她能说吗？

此时的老穆见郁静对自己的问，只流泪，不说一个字，心里便有了害怕，也忐忑不安。他怕郁静是不是因车祸已不能说话，忐忑郁静是不是有难言之隐，就如他昨晚接过郁静的电话想的那样，或许另有原因。于是，他对郁静没再刨根问底，而是从水果袋里拈出了一串红亮亮的樱桃，先在郁静眼前晃了晃，然后一改先前的郁郁寡欢，逗趣着对郁静说："小馋猫，还记得不，这是什么？"

郁静看着眼前这串红彤彤的樱桃，眼里顿时就明亮了，脸上的表情虽然仍很僵硬，但嘴角却露出了一丝笑意，她动了动干裂的嘴唇说："哥，这是从家里带来的？"

老穆听到郁静这轻轻的说话，声音尽管很微弱，他的心却得到了莫大的安慰。他除了为郁静还能说话而高兴，也为郁静这一声"哥"而幸福。因为这么多年来，郁静除了叫自己"二爸爸"，就是"穆哥"，每一次他听着也亲切，却没这一声"哥"暖心。

老穆被郁静叫了一声哥后，更加兴奋和乐不可支了。为了让郁静高兴，他一边撒谎冲郁静点头答应这樱桃是从自己家里带来的，接着摘下一颗放进了郁静的嘴里，然后说："小馋猫，我就知道你喜欢这樱桃。"

郁静在老穆给她喂第一颗樱桃时，还有些羞涩，她本想拒绝的，但看着老穆那一脸的真诚，怕她的拒绝伤了老穆的自尊，还有，老穆已将樱桃不可拒绝地送到了她的嘴边，她只好微微张开嘴让老穆喂了进去。

郁静吃了老穆喂的第一颗樱桃后，也许尝到了樱桃的香甜，又或许忘记了之前的羞涩，接着就像亲哥哥照顾亲妹儿那样，理所当然让老穆将樱桃一颗接一颗地放进她嘴里，又理所当然地等她咀嚼完樱桃的果肉，让老穆把她吐出的果核从她的下巴处捡去。不仅如此，郁静一边这么享受着，还晕沉沉地想着儿时的记忆。

她记得，在她还是一个天真好动又顽皮的小女孩时，每年只要老穆家的樱桃熟了，她都缠着老穆不离身。除了同老穆吃住在他的樱桃园里，每次想吃樱桃时，总是专挑大樱桃摘。而大樱桃全又长在树尖上，它们不仅个头大，也特别香甜。所以，每次摘这大樱桃时，她都要骑在老穆的肩上，才能摘得着。她至今依然觉得好笑的是，老穆每次都如木头人般，一直等她骑在自己的肩上，把樱桃一颗一颗地吃饱了，才双手一举，把她从肩上放在地上。

此时的郁静就这么一边吃着，一边想着过去，自己好似又回到了童年，回到了被老穆宠着疼着的那些日子，那些年她过早地失去了母爱，但她有父亲，也有老穆这个"二爸爸"的父爱，她虽然没有其他小朋友那么幸运，却感觉自己比别的小朋友更富有。就如眼下，她躺在这病床上，梁超母子俩对她尽管不闻不问，但孩童时的"二爸爸"，她长大后的穆哥，眼下又来到她的身边，给她以小时候的关怀和宠爱，这让她既感动又感激，心里也有话想对老穆说……

第十八章 蛇心母子

郁静的受伤住院，对梁超的母亲张淑琴来说，简直是气上加气。这气不仅让她胸口隐隐作痛，也直冲她的脑门。

几年前，儿子梁超不知是吃坏了药，还是被迷了心，死活要与好了两年的那女孩分手。那女孩既恬静又温文尔雅，不仅勤快，嘴也很甜。更主要的是，这女孩的学历比儿子梁超高，家境更比老梁家好。但是儿子却死活要将人给退了。一天，这女孩无奈，哭着对她问："阿姨，我是不是哪里做得不好？梁超哥为啥要与我分手？我哪里做得不好请说出来，我可以改……"

老实说，她当时听了这女孩的话，又看了这女孩无助和可怜巴巴的样子，她的心一下就酸了，眼里也有了泪。她同情这女孩，也心疼这女孩，除了这女孩乖巧懂事外，她也知道儿子已与这女孩发生了关系。因而，她身为女人，不仅于心不忍，也知道一个女孩失去贞节后，留在心里那永远也抹不去的阴影和后怕。但自己的儿子还是无情地与那女孩分了手。后来她才知道，儿子早已被发型屋的女孩郁静给迷住了。

她早就听说，发型屋里的那些女孩全都是狐狸精。她当时还有些不信，她想女孩咋会那么不顾脸面呢？自己当姑娘时，不说与男人们做那事，就是与男人们多说一句话，也害臊得不得了。而眼下，儿子对郁静的着迷，让她不自觉地对发型屋的女孩产生了偏见。

那天，当儿子梁超把还不是她儿媳的郁静手挽手地带回家时，她就给了郁静脸色看。都说出门看天，进门看脸。她就是要郁静知道，我不喜欢你这开发型屋的女人，你要好自为之，自己知趣。开发型屋的女人成了老梁家的儿媳，被人们知道了，岂不坏了老梁家的名声，丢了老梁家的脸。再者她也怕这开发型屋女人的身子晦气，让自己儿子这一辈子做不了大事。然而，她万万没想到的是，自己的儿子也不是一个省油的灯，死活要与这女人搅在一

99

起，不得已，她才以不许郁静再开发型屋为条件，答应了儿子与郁静结婚。她当时就想，郁静开发型屋的事如果没有人知道，婚后再给老梁家生个胖孙子，一切还是说得过去的。哪知，她盼了整整十个月生下来的竟是孙女，她咋能不气呢？眼下又闹出这么大的事，她对儿媳郁静的气也随之升级成了隐隐的恨。

出事那天晚上，孙女娇娇在客厅里的哭喊声把她从迷糊中惊醒了过来，她在气愤中也匆匆来到客厅，本想狠狠骂一阵孙女的，但当她一边嘀咕着，一边来到客厅时，看到满脸是血的儿媳郁静晕倒在沙发里，孙女娇娇又蹲在儿媳郁静的身边，一个劲地摇着她母亲的身子，又一个劲地哭喊着，顿时慌了神。她跌跌撞撞地跑到儿子的卧室门前，一边"咚咚"地敲着房门，一边声嘶力竭地叫醒了儿子梁超，接着又给公司里的小李打去电话，才把满脸是血的郁静送去了医院。

梁超在母亲气喘吁吁的怒骂声中，把女人郁静送进医院后，又当着郁静的面发泄了一阵情绪，然后独自离开了医院。他当时想过去女人丹红那里，但因心里有气，加之没睡好觉浑身无力，便先回了家，一头躺上了床，母亲和女儿是何时回来的他一点儿也不知道。

其实，梁超前脚一走，郁静就住了院。他母亲和女儿娇娇随公司里小李的车，也离开了医院。在返回的路上，母亲张淑琴依然沉着脸，孙女娇娇的小脸蛋上照例淌着泪，那模样既伤心也赌气。孙女娇娇原本执意要在医院陪她妈妈的，但奶奶张淑琴因对她母亲有气，便以要上学为由，连哄带骂地将她弄上了回家的车。在离开时，娇娇站在她母亲的病床前，拉着她母亲的手，眼里虽然含着泪，却乖巧地对她母亲说："妈妈，明天放了学，我再来看您……"

女儿娇娇说过这话，才松了拉着她母亲的手，并在奶奶的催促下，一步一回头地出了病房，又被奶奶一路骂着出了医院大门，并拽上了回家的车。

此时的夜已很深，深得整座县城好像都在酣睡。明朗朗的路灯虽然将整座县城照得亮如白昼，却依然显得阴森森的。

娇娇被拽上车后，仍与奶奶赌着气。尽管她和奶奶都坐在汽车的后排座，她却把脸扭向窗外一声不吭。

刚从医院出来时，奶奶张淑琴就冲她问："你妈妈昨晚回来给你说了啥？她说没说是咋摔的？"

娇娇当时没吱声，连头也没抬一下，一直嘟着小嘴，慢吞吞地走在后面，一副不想回去的样子。张淑琴见后，气鼓鼓的心里又蹿上一股气。她一边骂着一边推搡着才把孙女娇娇拽上了车。上车后，她冲孙女娇娇又骂了几句，不知是骂累了，还是又想到了这晚发生这一连串事的起因，就没再吱声了。

这晚的开始，她是听了儿子的呵斥声和孙女的求情声，才从里屋出来的。她先以为是孙女从里屋跑出来后惹怒了儿子，她本想出来骂骂儿子，给孙女撑撑腰，宠宠孙女。尽管她想要孙子，但孙女的伶俐和乖巧，再加上朝夕的相处，让她对孙女也不由有了喜欢。哪知，当她跨出门来，才看见是儿子梁超和儿媳郁静抓扭在一起。因而，她心里一下就愤然了。后来，又被她儿子无理先告状地一说，再加上之前对郁静的不满，使她对儿媳郁静忍无可忍，也就理所当然地站在了儿子一边，对儿媳郁静出了一通气。

此时，她被汽车颠簸着，再加上没睡上觉，脑袋一直晕沉沉的。她本想闭着眼打个盹，但郁静住院交的那些钱让她怎么也静不下来。为此，她对儿子梁超也气愤不已。你一个大男人，咋让自己的女人这样去撒泼呢？所以，此时的她也真想冲儿子骂几句出出气，但儿子又不在身边，她只好把骂的话又咽了回去。

车快到家的时候，已是这天的凌晨。那些饮食店已开门做起了生意。一些晨练者也在街道两旁的行道树下练跑步，打太极，个个既神气十足又精力充沛……

车到了小区门口，张淑琴先下了车。而孙女娇娇因赌气，下车后一直在那里磨磨蹭蹭不想回家。张淑琴见后又气愤不已，因此把脸沉得比先前更狠了，也忘了不远处的那些晨练者，冲着孙女娇娇就一阵狠骂："丫头片子，你走不走，你要在这里喝西北风啊！"

张淑琴此时的声音很大，大得带着几分老年的沙哑。她这声音在这宁静的清晨不仅不协调，也让人一惊一乍。所以，不远处的那些晨练者听了张淑琴这沙哑的骂声都把头朝她扭了过去，每个人的眼里都带着诧异和好奇。而她孙女娇娇依然站在那里，不但不走，连头也没扭一下。那样子，像故意要气她这个奶奶似的。

此时的张淑琴在路灯和模模糊糊的晨光中，看了晨练者们朝她投来的目光，她尽管看不清这些目光究竟咋样，但她能感觉到这些目光的锐利和鄙夷，她因而突然感到浑身一阵燥热，脸上也火辣辣的，于是，她几步返回到孙女娇娇的身边，并压低着声音咬牙切齿地叫了一声"小祖宗"，然后才发气地拽着孙女娇娇的手，恶狠狠地将孙女娇娇往小区门口里拖。

娇娇尽管不愿意，但毕竟人小力气小，最终还是被拖着，跌跌撞撞地进了小区的门，一路上还是嘟着嘴，眼里的泪水也流得比先前更汹涌了。

进了小区后，张淑琴不知是没解气，还是怕一松手孙女娇娇又跑了出去，仍抓着孙女娇娇不松手，并直将孙女娇娇拖着过了小区内的走廊，又上楼进了家门，反手将门关上后，才一把将孙女娇娇推在沙发上，自己也乌青着脸，一边"呼哧呼哧"地喘着粗气，再一次恶狠狠地冲孙女娇娇骂道："丫头片子，你长能耐了，敢跟我使性子，到时看我怎么收拾你……"

张淑琴这么骂过，又靠在沙发的靠背上，"呃呃"地嗝了一阵气，接着便埋怨起了儿媳郁静。她同以往一样，首先埋怨儿媳郁静没给她生个孙子，梁家的家业不仅没人继承，这个丫头片子还这么任性。她知道男孩子和女孩子就是不一样，男孩子尽管调皮，但调皮过后啥事也没有，梁超当年调皮得上了天，但事情一过，不仅讨人喜欢，也很听话。而女孩子则不一样，赌起气来会憋死一头牛，气得你就是狠狠揍她一顿，她也不低头。因而，她在这么想的时候，不由又想到了要孙子的事。那年，老伴死后，她考虑到梁家家业，就叫儿媳郁静生二胎，郁静当时说过一段时间再说，这一过又是两三年，竟毫无音信……让自己更没想到的是，孙子没怀上，还出了这么大的事，这叫她咋不窝火呢？

张淑琴想过这些，回过神来时，窗外的夜幕已完全散尽，楼下的街道上已有了车辆的轰鸣声和人们忙着做生意，忙着去上班的嘈杂声。她这时才一头想起这天早晨还没人做饭哩。她知道儿子梁超是个衣来伸手饭来张口的东西，儿媳郁静又在医院里，眼下除了自己还有谁？于是，她从沙发里站起身来，狠狠瞪了一眼孙女娇娇后，便围上围裙气冲冲去了厨房。

都说三天不做手生，自从郁静嫁过来后，她就从厨房里解脱了出来。几年来的一日三餐她同梁超父子一样，只需在客厅里一边看电视，一边等着郁静把做好的饭菜一样一样地端上饭桌，又等儿媳郁静一次次叫过后，才如客人一样陆陆续续地坐上饭桌，享受那被伺候着的美妙。习惯了这种生活方式的她，自然将厨房里的那些活忘得一干二净了。所以，张淑琴这天跨进厨房后，望着厨房里的杯杯碗碗，各种电器炊具，就如野猫咬牛，竟不知从何下手了。

简单弄了点鸡蛋、牛奶和稀饭之后，她就出了厨房，朝儿子梁超的卧室走去，她知道儿子离开医院一定回了家，再说她看见儿子的鞋还摆在卧室的门口哩。

是的，梁超这天凌晨从医院回来后，往床上一躺就睡了个半死，此刻正畅游在梦里哩。在整个梦里，没有他刚刚住院的妻子郁静，只有那个女人丹红在光着身子与他调情。所以，母亲张淑琴在门外既喊又敲门，他虽然"嗯嗯"了好一阵，就是醒不过来。这天的最后，张淑琴一急，便又埋怨起了儿子梁超。

其实，她心里清楚得很，自己这儿子也不是一个省油的灯，放着公司里的事不做，成天在外朝三暮四。昨晚她尽管不知儿子手机里那短信写的是啥，但她清楚那里面一定不是啥好东西。要不，儿媳郁静咋那么在乎，儿子又咋会因儿媳看了他的手机而暴跳如雷？这儿子是自己生的，前不久，她还发现了儿子的不对劲。

那天，她去学校接孙女娇娇，在路过一个服装超市时，儿子梁超挽着一个女人却在超市门口与她碰了个正着。儿子和那女人当时刚从那超市里出来，各自手里也大包小包地提着。梁超见了她，先是一阵慌乱，接着就埋怨她说："妈，你咋会在这儿？"

而挽着她儿子手臂的那女人见了她，一下撒了手，一脸尴尬地直往儿子梁超的身后躲，那样子，明显做了啥亏心事。她当时虽然没说什么，心里却如明镜似的。虽然她也怕因此事坏了老梁家在县城的名声，但一想到儿媳郁静也一直让她不顺心，也就没想要为难自己儿子和眼前这女人，因此，她看了儿子梁超和他身后那女人的一脸窘色，半是认真半是生气地说："咋啦？你们能来这里，我就不能来？"

儿子梁超听了她这话，又看了她一脸认真的模样，以为她真生了气，忙把女人丹红推到她面前说："妈，我给您介绍，这是公司新来的员工丹红，我之前给您说过的，您还记得吧，就是那'直销公司'……"

女人丹红被梁超这么一介绍，不知是紧张还是得意，梁超的话还没说完，就红着脸羞答答地叫了她一声"阿姨"。她当时一听，虽然有些别扭，但听着却很顺耳，再仔细看看这女人，的确比儿媳郁静年轻，不仅好看，也很机灵，她嘴上尽管只"呃"了一声，心里不知是喜还是忧地乱了起来。

此时，梁超在她的喊声和敲门声中，总算从美梦中醒了过来，但下身还意犹未尽地支着"帐篷"呢，一时半会儿不会罢休的样子。所以，他想在床上懒一阵，再回味回味那美梦，也省得自己那"帐篷"在自己母亲面前露丑，便故作迷迷糊糊地对门外的母亲说："妈，知道了。"

张淑琴听了儿子这回答，急躁的心，便平静了一些，她于是又放低声音喊着儿子说："超超，快起来吃饭，吃了饭去公司……"

但是，就在她想再叫一声儿子时，突然闻到了从厨房里飘出的烟味，她顿时一惊，才猛然想起厨房里还煮着饭哩，她赶紧撇下梁超，几步蹿到厨房里，看着锅里升腾起的一缕缕青烟，她脑子里"嗡"的一声，顿时脸青面黑。原来，正如她害怕的那样，锅里熬着的稀饭已被熬干，里面蒸着的点心也被熏得漆黑，只差没燃起明火了。

张淑琴看了眼前的情景，勃然大怒。她在厨房里的恐吓声和骂声终于将懒在床上的儿子梁超惊得不再想入非非了。他赶紧爬起来，慌慌张张地来到厨房，看着他母亲的"杰作"，疑惑地问："妈，咋回事，这是您做的？哎呀，点心放在微波炉打就是了，哪有这么做的嘛！"

梁超这么埋怨后，伸手从锅里抓起一个点心，试着咬了一口，接着一边"呸呸"地吐着，一边把手中咬了一口的点心随手一扔，然后转身出了厨房，不一会儿，张淑琴便听到儿子和孙女娇娇下楼的脚步声。

儿子梁超的不屑离去，让惊恐中的张淑琴，感到从未有过的气愤和委屈，心也一下凉到了底。看着空落落的屋子，闻着满屋子的烟味，她突然感觉这个家不该是这个样子。再想想这个家之前的宁静和温馨，还有自己的自在和清闲，她才暗自觉得这个家真还离不开儿媳郁静。就在她这么想的时候，客厅里的电话"丁零零"地响了起来，她急忙跨过去接起电话，但电话里的事情又让她一惊……

第十九章　猫哭耗子

张淑琴接的这个电话，是公司里的小李打的。小李在电话里跟她说，公司里有一批货出了质量问题，梁超没去公司，打电话又不接，只好来问她这事怎么办。

张淑琴接过电话，就一屁股瘫坐在沙发里，一时间，一种从未有过的紧张和压力如两座大山般朝她压了过来，让她惶恐，让她不知从何入手，此时的她才感觉自己是多么的孤独和无助。前些年，有老头子在，她只管油盐酱醋茶把老头子伺候好，就没啥操心的了。没钱喊老头子拿，想买啥，夜里在老头子耳边稍稍吹一点儿风，第二天早晨老头子出门前，就会把一叠票子递在她手里。老头子走后，儿子儿媳把公司接了下来，儿子虽然挂羊头卖狗肉不做事，但儿媳郁静却把公司管理得井井有条。老实说，她对儿媳是不满意，但儿媳的能干和贤惠她也无话可说。眼下，儿媳一出事，她才感到了这个家没她还真不行……

张淑琴这么想过，又在沙发里闷了好一阵，直到快半晌午了，她一声叹息后，才不得不出了门。

从小区里出来后，她首先去了水果超市。她先前闷在沙发里想了又想，都没想出一个好法子。最后不得不重又想到儿媳郁静，她想，只有儿媳郁静尽快好起来，她这个家才能回到以前那日子。自己不仅不用再做饭，公司里的事也不会来烦自己。更主要的，还要郁静给她添孙子哩。当然，她脑子里此时也有了儿子搂着女人丹红时那情景，同时也想到儿子梁超会不会同那女人在外给她养一个孙子。但是，她很快又把这给否定了，儿子即使那样了，也名不正言不顺，孙子到时还不是一个"黑人"。所以，她最后才打定主意，她要放下她这张老脸，去医院看看儿媳郁静。

张淑琴在超市里买好水果，一手提着香蕉，一手提着苹果和梨，心事重重地挤上了公交车。在车上，随着公交车离医院越来越近，她的心也越来越忐忑。此时，不知咋的，她竟有些自责。儿子在外拈花惹草，自己不但不阻止，还对儿媳郁静横加指责。更觉得过分的是，儿媳昨晚住院后，不但没人在医院里照料，孙女娇娇想在医院陪她母亲，自己还连哄带骂地将她拽回了家……

张淑琴想过这些，又长长地叹了一口气。公交车也在她这一声长长的叹息声中，到了医院的大门口，张淑琴下车后，在原地站了好一阵，又抬头看了看医院住院部的大楼，才迟疑着朝医院的电梯口走去。

来到电梯口，她熟练地按了电梯的上行键，然后就站在那里等电梯开门。她看着紧闭着的电梯门，心里不由有了丝丝害怕的感觉。因为她此时突然想起了她的老头子，就是在她一次次的上下这电梯中离开她的。那时，老头子在这里住院，她每天除了要在这里陪护，还要回家给老头子炖子鸡，炖甲鱼。总之，只要听说啥的营养好，啥药能治老头子的病，她都会给他炖，给他熬，也一天三次地往返在小区外的公交站至医院的公交车上，也不知多少次上下在这电梯里。然而，尽管她如此尽心尽力，老头子还是走了，无牵无挂地将她孤零零地丢在了这世上。

张淑琴在这么想的时候，鼻子一酸，感觉泪水快要从眼眶里滚落出来，她于是抬起了手臂，正准备用衣袖横着揩眼泪时，身后的电梯门开了，她于是忙转过身，一下跨进了电梯。

电梯在她还没完全从失去老头子的沉痛中彻底醒来时，就到了她儿媳所住的楼层，她不得已从电梯里走了出来，朝她儿媳郁静所住的病房走去。那年她在这医院里照料老头子时，她每次到了病房门口，都毫不迟疑地推门而进。而这次，她在郁静的病房门口足足站了好一阵，也没敢跨进去，甚至连敲一下门的勇气也没有。后来是儿媳同病房那病号的家属，扶病号去上厕所开了门，她才既尴尬又无奈地跨了进去。

她跨进去时，儿媳郁静已被开门声惊醒，刚从昏昏的沉睡中睁开眼睛，也竭力辨认着开门而进的人是谁，目光里带着无助，也带着期盼，因为她以为开门而进的，是之前一直陪着她的老穆，但是，当她看清开门而进的，是自己的婆婆张淑琴时，她心里先是一惊，接着鼻子一酸，泪水就涌满了眼眶。她试着叫了一声妈，却没叫出声。而婆婆张淑琴见了儿媳郁静满头绷带、鼻脸紫青地躺在病床上不能动弹的样子，心里既气又恨，隐隐地还有丝丝心疼和自责。她气儿媳郁静昨晚不该任性，冲出去出了这么大的事，也暗自恨儿子梁超做事马虎不谨慎，在外面拈花惹草就罢了，咋会让自己的女人知道呢？张淑琴想到此，或许同为女人的原因，突然觉得有些对不住儿媳。是呀，人心毕竟都是肉长的，她昨晚为了护着自己的儿子，竟昧着良心冲儿媳郁静说了那样的话，才让儿媳遭了眼前这罪。因此，当她看到儿媳郁静那满眼的泪，心里一紧，便开口对儿媳郁静问："小静，咋样？好些没？"

郁静被她这么一喊，泪水一下就涌了出来，她本想坐起来的，她试着撑了几下也没撑起身，只好重又躺下，然后回答婆婆说："好多了。妈，您咋来了？"

郁静在说这话时，觉得很吃力，所以把话尽力说得简短一些。但婆婆张淑琴听了之后，心里顿时觉得怪怪的，她不知儿媳郁静是在真心真意地问她，还是在责怪她，有意用这样的话来嘲讽她，不过，她看着儿媳这遭罪的模样也不再计较，于是说："我咋不来？你以为我们把你扔到医院里就不管了？"

婆婆张淑琴说过这话，故作一副生气的样子，脸也阴沉沉的。

躺在病床上的郁静看了婆婆这模样，才知道自己刚才的问话，不知不觉让婆婆多心了，于是更正说："妈，我不是那个意思，我是说家里有那么多事，还要送娇娇去幼儿园哩。"

婆婆张淑琴听了郁静这话，虽然不知儿媳说的是真话还是假话，心里却比来的时候自然坦荡了许多。当然，她也知道接下来的话怎样说，更能让儿媳不在为昨晚的事对她耿耿于怀而记恨她，她因此又对儿媳郁静说："知道就好，我还以为你在记恨着妈哩。"

婆婆张淑琴这么说过，又下意识地看了儿媳郁静一眼，见儿媳没啥异样又继续说："你是知道梁超这懒虫的，他什么也不想做，也不会做，娇娇又要上幼儿园，我不回去咋办，谁做饭给她吃，难道能让她空着肚子去幼儿园？"

婆婆张淑琴在说这话时，不仅理直气壮，也情真意切。在她说到做饭时，她心里突然紧了一下，脸也有些发烧。是呀，她咋好意思把这天早晨做饭的事说出口呢？不过，当她看到儿媳郁静没啥反应，又才继续说："你想，昨晚一回去天就亮了，做饭呀，给娇娇梳头呀，把我忙得手脚都抽了筋……"

儿媳郁静听了婆婆张淑琴这话，知道她在夸夸其谈，心里也暗自想："平日里总说我这里做得不好，那里又做得不对，你这下知道了吧。"但她还是毫无异样地问婆婆说："娇娇回家后咋样？调不调皮？早晨吃了多少饭？是咋去的幼儿园？"

郁静这连串的问让婆婆张淑琴有些猝不及防，特别是听到儿媳问她孙女娇娇这天早晨吃了多少饭时，她脑子里顿时一片茫然，她不知道自己该咋给儿媳说这事，难道能说孙女娇娇这天没吃早饭就去了幼儿园？不能，无论如何也不能。总之，自己不能在儿媳面前露了这丑，更不能让儿媳看不起自己，要不，往后的日子咋过呢？她于是对儿媳郁静说："你还不知道你那女儿的德行，吃饭跟求佛似的，今天倒是乖了，让她爹送她去的幼儿园……"

张淑琴说过这话，心里长长地松了一口气。她为了不让儿媳郁静将话继续问下去，便把话岔开了。她一边给儿媳郁静剥着香蕉，一边带着责备的口气说："小静啊，我不是说你，一家人过日子，磕磕碰碰是难免的，咋这么使性子？这下好了，吃苦头了吧？"

郁静听了婆婆这话，委屈之情涌上心头。老实说，自己啥都能忍，就是忍不了自己的男人背叛自己，她虽然没逮到真凭实据，但她已感觉到梁超已做了对不起自己的事，这叫她咋不委屈，怎能容忍呢？在她这么想的时候，她突然感觉自己的双眼又酸涩了起来，就在她想说句什么来平静自己的情绪时，婆婆张淑琴也许看出了她的心思，忙将剥好的香蕉朝她递了过去。

郁静从婆婆手里接过香蕉，并说了一声"谢谢妈"，心里重又平静了下来，但不知是因受伤张不开嘴，还是难为情，香蕉拿在手上，始终没放进嘴里。

婆婆张淑琴给儿媳郁静剥了香蕉后，心里的自责好像一下轻松了许多。她尽管没再责备儿媳，但也没住嘴，她一直在想，儿媳郁静是咋弄成这样子的，是自己摔的，还是有人故意陷害的？如果是这样，郁静又看到那伤害她的人没有。所以，这个时候的她，便顺着话头继续问："小静啊，你昨晚是咋出的这事？是自己不小心，还是有人……"

张淑琴把话说到这不由停了下来，她知道话说到这份上谁都知道是啥意思，她不想把话全说出来都难堪，再说她也没把柄。而郁静听了婆婆这话，心里陡然紧张了起来。因为她不想回忆当时那恐惧的情景，况且她也记不起当时究竟是咋回事，好似一场梦，又好像在昏昏沉沉的现实里，更像在梦和现实里穿来绕去。所以，昨晚发生的事，她咋说得清呢？

但眼下不说又好像不行，你看婆婆那双眼睛，犹如两颗钉子般死死盯着自己，盯得她心里发怵，盯得她浑身如被火烤着似的。她于是把双眼转向头顶的天花板，木木地回想着昨晚出事时的情景。好一阵后，她才转过头对婆婆张淑琴说："妈，记得我昨晚好像是被车撞的。"

张淑琴一听儿媳郁静这话，一下就兴奋了起来。因为她此刻想，儿媳如果真是被车撞的，要是记着了那肇事车的车牌号，她昨晚付出的医药费就有着落了。不仅如此，还要给肇事者算一笔账哩，比如说：旷工费、营养费、精神损失费……另外，儿子和自己，还有公司里的小李，昨晚通宵的加班费、夜班费。更主要的是，儿媳从今后还能不能正常工作，她还有一个五岁的女儿要她抚养……还有，她还能不能为老梁家生孙子？

婆婆张淑琴想过这些后，一下子兴奋了起来。不过，她知道啥叫轻重缓急，她毕竟跟着梁超的父亲老梁在城里这么多年，也从中学了不少"见识"。所以，她知道眼下的当务之急就是要立马找到那肇事司机，否则，一切无法谈起。因此，她一下欠起身子，凑近郁静急切地问："小静，撞你那车的车牌号你记住了吗？"

张淑琴说过这话，又急切而期待地望着儿媳郁静，目光也死死地盯着郁静那片薄而干裂的嘴唇，好像只要郁静的嘴唇稍稍一动，就能从中知道结果一样。哪知，儿媳郁静想了好一阵后说的话，如当头给她泼了一盆冷水，让她之前的梦彻底破碎了。

"妈，我当时只感觉自己被车撞了，接下来什么也不知道了。"

张淑琴听了儿媳郁静这话，她脑子里顿时"嗡"的一声，刚才还期盼不已的眼里也黯然失色了，脸也顿时难看了起来。她因此又恢复了以前那模样，冲着儿媳郁静伶牙俐齿地说："哎呀，我的姑奶奶哩，你来城里这么多年了，这点见识都没有学到啊，出了车祸首先是记着那车牌号，哪怕就是死了也要记住……"

婆婆张淑琴在说这话时，由于激动，一时喘不过气便停了下来，她一屁股坐在病床前的椅子上，憋闷地沉着一张宽大的脸，心里却恶狠狠地埋怨着郁静。她想，你郁静不管是撒气也好，发疯摔了自己也罢，老梁家该倒霉都认了，谁叫自己的儿子与你有一纸结婚证呢？但眼下这事却不一样，你是被车撞的，这怎能让那肇事者"逍遥法外"呢？如果真这样了，这住院费、医药费、营养费等等不就白扔了，找谁要去？

郁静的婆婆张淑琴想过这些，用目光狠狠地斜了郁静一眼，接着又长长地叹了一口气。

郁静被婆婆这么一看，心里更加紧张了起来。婆婆先前那一阵埋怨，就让她如做了错事的小孩，心里咚咚直跳，不知如何向婆婆解释她被车撞时的情景。所以，眼下再被婆婆的眼这么一斜，她不仅害怕，脑子也晕沉沉地痛了起来。还好就在婆婆张淑琴和儿媳郁静都无言以对时，身穿白大褂的医生，耳戴听诊器来查病房了……

第二十章　如此报案

话说张淑琴看到身穿白大褂的医生走进门来后，不知是心里憋闷想出去透透气，还是怕这医生又叫作为病人家属的她去收费处缴费，赶忙走了出去急匆匆地进了电梯，又慌慌张张地出了医院。

张淑琴从医院里出来后，并没有急着去挤公交车，而是像步行锻炼一样，慢悠悠地走在医院通往公交站的行道树下，一边走一边想着心事。自从她从儿媳嘴里知道了昨晚的出事，都是因车祸造成的，她就一直在想，如何才能将撞她儿媳的这肇事司机绳之以法，以挽回儿媳因住院给家里带来的经济损失？因而，她越想越投入，越想越痴迷，结果过了她平时上下车的公交站她也不知道。

想着想着，她突然想到了警察。是呀，无论你肇事者如何狡猾，都难以逃过警察们的火眼金睛！张淑琴想到此，一兴奋便朝街道派出所直奔而去。那脚下生风精神百倍的兴奋样子，就好像那肇事者已被警察抓到了似的。

但是，当她赶到街道派出所的门口，却被站岗的警察挡在了外面，站岗的警察严肃地冲她问："您急急忙忙往里冲有啥事？这是派出所。"

张淑琴被站岗的警察挡下本就不高兴，再听这警察这么一说，心里就更不舒服了，她斗大的字虽然不识一升，但"派出所"三个字她是认得的，她于是把脸一沉，冲这警察说："我知道这是派出所，我不是来找派出所，难道是来上厕所啊？"

张淑琴这一句话把那站岗的警察说得哭笑不得，他于是窨着脸色问张淑琴："你来派出所办啥事要跟我说呀，要不我咋跟你说去哪个办公室啊。"

张淑琴一听这话，才知道是这么一回事，但此时的她没有时间考虑自己刚才的不是，直直地对这警察说："我要报案，我儿媳被车撞了。"

这警察听后，又下意识地看了张淑琴一眼，本想给眼前这老太婆说，交通事故去找交警，但想想这老太婆刚才说话那口气，又怕她在此蛮不讲理，只好给她指了指进门后，往右拐的第二间办公室。

张淑琴急急忙忙来到了那站岗警察给她指点的那"报警室"，没敲门就直接闯了进去。"报警室"值班的是一位头戴警帽，身着警服的中年警察，这警察很随和，随和得如自家人似的，他见了闯门而入的张淑琴，并没生气，而是随和地对张淑琴问："大娘有事吗？"

张淑琴一见这警察，就如见到青天大老爷一样，她立马对这警察说："警察同志，我要报案。"

这警察一听张淑琴要报警，先是一惊，接着就让张淑琴先坐下，又给张淑琴递了一杯水，才回到自己的办公桌前，从抽屉里拿出纸和笔，对张淑琴开始了他职业性的询问，他先问了张淑琴的年龄、住址，以及电话号码，又接着问："请问张女士报什么警？"

张淑琴回答说："我儿媳被车撞了。"

这中年警察听张淑琴说是她儿媳被车撞了，也同门口站岗那警察一样，想叫张淑琴去找交警，但看着张淑琴这火急火燎的样子，再想想自己虽然不是交警，却有协助交警办案的义务，因而不得已又问了张淑琴儿媳郁静的有关信息后继续问："请问张女士，你儿媳是咋被车撞的？"

张淑琴一听这警察的问话，立即就傻眼了，是呀，她又不在现场，就连儿媳郁静在哪里出的事都不知道，她咋知道儿媳昨晚是如何被车撞的，她于是回答警察说："不知道。"

这警察听张淑琴说了不知道，立即便停下笔来，又抬头对张淑琴问："你既然不知道，又咋知道你儿媳是被车撞的呢？"

此时的张淑琴听了这警察的问，怕这警察就此撂下她的事不再过问，忙急切地对这警察说："我儿媳说的，她虽然被车撞了，却是清醒的。"

这警察听了张淑琴的解释，接着又埋下头，一边在纸上记着，一边继续问："那撞你儿媳那车的车牌号码是多少？"

张淑琴一听，又傻眼了。她问过儿媳郁静，郁静不仅不知道这车的车牌号，就连是啥车也没看见。她因此对这警察说："昨晚黑咕隆咚的，咋能看清那车牌号？"

警察听了张淑琴这话，脸上的表情虽然同先前一样，但先前那热情在心里却彻底没了。是呀，肇事车的车牌号都不知道叫人怎么去查呢？不过，这警察还是耐着性子，按照程序继续问了张淑琴有没有目击证人，让这警察哭笑不得的是，张淑琴连啥叫目击证人都不明白，他又只好给张淑琴解释了这目击证人就是有没有人亲眼看见。张淑琴一听，又喊冤叫屈地对警察说："警察同志，深更半夜的，街上连鬼都没有一个，谁能看见啊！"

这警察听了张淑琴这一问三不知的回答，那点耐心也自然荡然无存了，因此冷冷地对张淑琴说："对不起，我们又不是福尔摩斯，啥信息都没有，叫我们咋去查呢？"

他又问了出事的地方，张淑琴依然说不上来，他只好对张淑琴说："你回去等消息吧，一有线索，我们将第一时间通知你们。"

张淑琴听过这警察的话，心里一下有了如释重负的感觉，跨出派出所，心里也美滋滋的。她天真地想，用不了多久，撞她儿媳这肇事者就会落网，到时想要他怎么赔他就得怎么赔。

张淑琴一边走着，一边这么想着。然而越想越觉得不对劲。这时她才发觉那警察后来所做的一切，都是在敷衍她，打发她快点走人。于是，她的心情如从天上一下掉在了地上。她本想折回去问警察一个究竟的，问他能不能尽快抓到那肇事者，但又怕返回去再烦了那警察，那警察更不给办事。于是她只好打消了这念头，继续毫无目的地朝前走着，那样子走得既疲惫又垂头丧气，还时不时叹息一两声。当她快走到下一个公交站时，脑子里突然有个闪念，她咋不返回医院去问问儿媳郁静昨晚在哪里出的事，只要知道那地方，再去打听那些街坊邻里，特别是那些开夜市和烤串串的，说不准有人看见撞儿媳那车哩。这样一来，她用出去的钱不仅有了着落，说不定还能赚上一大笔。张淑琴想到此，兴奋中，便折身朝医院返了回去。然而没走多远，她包里的手机却响了起来。

电话是她儿子梁超打的，儿子梁超在电话里懒洋洋地跟她说，他这天不回家，叫她下午去幼儿园接孙女娇娇，还说，可能一两天都不会回去。张淑琴听了儿子这话立即火冒三丈，家里出了这么大的事，公司里没人管，你成天在外浪荡，晚上还不回家？所以，她冲着手机，也不顾身边来来往往的行人，就大喊大嚷地冲电话那头的儿子嚷着说："你这个不争气的东西，都什么时候，还在外面浪荡，你究竟想不想要这个家……"

但她哪知，就在她刚冲电话自顾自地这么嚷时，她儿子梁超已挂了电话，由此，她那一席歇斯底里的嚷嚷也只是一阵自我发泄，也好像向着空中打了一串儿响响的喷嚏，整个人虽然畅快轻松了许多，但啥作用也没有。

　　张淑琴是在这么嚷过，好一阵也没听见儿子梁超的回音，才将手机凑近眼前，从而知道了儿子梁超早已挂了电话将她扔到了一边。于是，一种从未有过的失落和心痛便漫上了她的心头。

　　儿子梁超小时就招人宠，那模样就如画上的娃娃似的，谁看了都想抱抱，不分男女都想在他胖嘟嘟的脸上亲一口。再加上梁超父亲那一辈三兄弟的孩子，除了梁超是男孩外，其他都是女孩。这样一来，梁超在梁家的大家族中，地位自然比那些女孩高了一等，不仅父母疼，梁家的叔叔婶婶也疼，那爷爷奶奶更是疼上加疼。孩童时代的梁超，无论做了啥错事都没受过一点儿惩罚和委屈，长大后也就放任自流无所事事。特别在他父亲去世后，他的变化尤其的大。他父亲去世时对她说，梁超不成才，叫她好好管着，但梁超成天东一趟西一趟的叫她如何管？结果儿媳也不让她省心，不仅管不了梁超，还给家里惹出了这么大的事，况且，这事还出得不明不白……

　　张淑琴一想到儿媳郁静，才猛然想起要去医院问儿媳郁静昨晚在哪里出的事，有没有人看见。哪知，就在她准备着折身再次返回医院时，一抬腿竟想起自己手里有手机，所以她想，自己咋不打个电话问问，何必要这么急急忙忙，还要上楼下楼地跑这一趟呢？于是，她便按了儿媳郁静的电话号码，并毫不迟疑地拨了出去。

第二十一章　意外的电话

郁静放在枕边的手机的来电响起时，她刚晕沉沉地睡去……

先前，当婆婆张淑琴离她而去后，医院的主治医生例行每天上班后的查病房，又看了她的伤口，并问了问她的情况咋样。她听后，跟主治医生说伤口还很疼，头也很晕，并一抬头就想吐。主治医生听着她说的病情，在本上记了几下就走了出去。不一会儿，一位护士小姐端着药盘走了进来，并把一天的药放在了她手里。

郁静服过药后，也许有镇痛药的原因，伤口虽然没先前疼了，头却晕沉沉的直想睡。哪知她闭上眼睛刚刚睡去，枕边的手机就"丁零零"地响了起来。

郁静听了自己手机这熟悉的来电声，心头一热，泪水又涌满了眼眶。原来，她以为这电话是老公梁超打来的。老实说，她盼着老公梁超的电话真是盼得望眼欲穿了。

昨晚，当她从家里跑出去后，以为梁超会随即出去找她的。因为他们是夫妻，那晚的事况且又因梁超手机里那条短信而起，无论这短信里那暧昧是真是假，梁超都该给她一个真诚的解释。再说，这天早晨，她也尽其所能地给了他温存，更让他尽了兴。她想，梁超总不会这么无情无义吧。还有，梁超当初对自己是那样的在乎，在乎得犹如他生命中的一切，对她的爱和追求又那么的狂热和锲而不舍。所以，她在医院里醒来后，一睁开发疼的眼睛的第一眼，就想看见老公梁超站在自己床前，就算不能像在家里那样搂着她嘘寒问暖，至少也该给她一个对不起和爱的暗示。她虽然恨他，但还是想见到他，这不是她爱梁超爱得有多深，而是那阴差阳错的事和现实，还有一个女人必须具备的贞操，已将她和梁超拴在了一起，她的感情也只能属于梁超一个男人。

老实说，一开始，她对梁超只有感激。这感激是建立在她烫伤了梁超，

115

而梁超却没有为难她追究她的基础上的。如果说她对梁超有什么想法，那也只是对梁超的好奇。她不知道梁超当时为啥不为难自己，是他的大度，还是见了她惊恐万状的样子，而生了怜悯之心？然而，当梁超第二次来发型屋抱了自己以后，她才明白了梁超当初那么做的真正目的。但是，事后当她冷静下来细细一想当时的情景，顿觉面红耳赤羞辱不已，更有一种清白被玷污的感觉。她因而一直想，假如梁超当时只是随便抱了她，她会从此不再与梁超来往，更说不上有后来的结婚。而事情却不是这样，因为当时的梁超如发了疯般从后面抱住了她，他喘着粗气的嘴，一个劲地在她的脖颈上、肩上和后背上吻来吻去，双手也毫不避忌地在她的身上乱摸乱抓，下身更是着实地抵在她的屁股上，还左冲右突地直戳她的裙底。她的身子当时虽然被裙子隔离着，但她还是感觉到那种撞击的猛烈，更让她难堪的是，虽然她后来从梁超的手里挣脱了出来，但她的裙子却被梁超弄得湿漉漉稠糊糊的。她因此想，梁超对自己都这样了，她还有脸嫁另一个男人吗？即使嫁了，梁超如果要赖把抱她的事说出去，她又咋做人呢？她没想到的是，当初的那个委曲求全的决定，竟是日后悲剧的开始。

郁静那晚被送去医院里醒来后，首先看到了床边有几个模糊的身影，她想自己的男人梁超一定会守在她床前的。但是，当这几个模糊的身影慢慢在她眼前清晰后，她彻底失望了，尽管她接着将这几个清晰的身影和面孔再次打量了一番，也将整个病房搜了个遍，但里面除了女儿娇娇、婆婆张淑琴以及公司里的小李，还有两个陌生的面孔外，再没其他人。她本想开口问问婆婆梁超为啥没来的，可话到了嘴边她又咽了回去。于是，她重又闭上眼睛，忍着伤痛和心疼再次昏昏睡去。后来昏昏然中的她，听到婆婆对女儿的骂声，又听到女儿与婆婆的顶嘴，但她就是醒不过来。直到这晚的深夜，伤口的疼痛再次让她醒来时，病房里除了另一病床上那呼呼睡着的病号，和趴在床边打瞌睡的那病号的家属，便没有任何人。

这会儿，她孤零零地躺在病床上，望着病房里煞白而微弱的灯光，突然感觉到这夜的阴森可怕，也感到了自己是多么的孤独和无助。她又感觉自己好像来到了一个陌生的世界，这世界充满了煞气和诡异，也充满了鬼哭狼嚎，这世界犹如一头巨兽，正在吞噬一条条鲜活的生命。郁静想到此，恐惧再次向她袭来，让她心里"咚咚"直跳，浑身颤抖个不停，脑子里也昏一阵木一

116

阵的。此时的她，多想梁超来到她身边，哪怕再与她拌嘴，要不吵架也行。也就从这时起，她对梁超的期盼不仅强烈，也把梁超在这之前对她所做的一切一笔勾销了。甚至还想，梁超在她最需要的时候没来到她身边，公司里一定有脱不开身的事，另外女儿娇娇还需要他带哩。

郁静这么想过，心自然平静了许多，无奈中，她便把期望寄托在了她这手机上，总想着梁超忙过了那一阵子，一定会给她打电话的。所以，这天当婆婆张淑琴走后，在昏昏欲睡中突然听到了枕边"丁零零"的手机来电声，她就立即清醒了过来，并迅速将手机抓在了手里。由于期盼和激动，她竟忘了看手机上的来电，还迫不及待地摁了手机上的接听键。然而，让她万万没想到的是，当她把手机凑近耳边，从手机传入她耳里的那声音，犹如麻醉剂般，先控制了她的中枢神经，接着顺流直下，将她刚才还沸腾着的心降至了冰点，最后又遍布她全身，不仅让她失去知觉，也让她的脑子顿时一片空白。

其实，此时的郁静并非恐惧于她手机里这声音，而是她太想念她生命中的另一半梁超了。自从她被梁超抱了之后，因不得已决定嫁给了梁超那时起，她就把梁超视为自己的依靠和最亲的人，也把梁超家视为自己今生的归宿。那时的梁超对她也一心一意，竟不顾父母的反对和恐吓，无论如何要与她在一起。因而，婚后的她为了感激男人梁超曾对自己的追求和呵护，一直宠着梁超，让着梁超，更相信着梁超。所以，当她住进医院醒来后，便一直想，凭着她和梁超婚前婚后的感情，梁超不会恩断义绝将她扔在医院里不管的。但是，眼下当她听了手机里的问话声，才知道自己一直来的期盼都是自作多情和自欺欺人。因为此时这电话是梁超的母亲打的。

此时她听了梁超的母亲在电话里的第二声"喂"，重又回过神来，紧张不已又结结巴巴地对电话那头的婆婆问："妈，妈，有……有事吗？"

她从婆婆气呼呼的语气里，仿佛看见了婆婆正沉着脸冲她发怒。她本来想对婆婆再解释一点儿什么，但除了一时不知咋说，又觉躺着说话很吃力。哪知，就在她吃力地坐起身来时，手机里又传来了婆婆那愤愤的声音："你是聋了还是哑了，电话接通了半天不吭声。"

郁静听过这话，恐惧不已的心里再次透过一股寒气。她不知道梁超的母亲此刻为啥冲她发这么大的火，难道自己又做了啥错事？她想了想，也没想出有什么，便带着病中的虚弱和不明的委屈回答说："妈，我刚才吃了药，一头就睡过去了……"

郁静说过这话，本想再问婆婆是不是有啥事，但当她刚叫出一个"妈"字，梁超的母亲在电话那头又把她的话打断了："呵呵，你倒有闲心，出了这么大的事，你还睡得着。"

梁超母亲的这话，不仅生硬，还冷冰冰地充满着一股杀气，让郁静再一次不寒而栗，同时也叫她不知说啥好了，只觉不安和惶恐将她死死包围着。

而张淑琴这么骂过之后，久久没听见电话里有声音，心里更是气愤不已。所以，她再次冲着手机对郁静说："姑奶奶，我问你，你昨晚是在啥地方被车撞的？"

郁静被梁超母亲这么一问，好像明白了一点儿什么，她也不敢怠慢。于是便晕沉沉地回忆起来。她记得自己从小区门口冲出去后，是沿着街边的行道树向左跑去的，刚出小区门时，她稍迟疑了一下，她先是准备向右而去的，但当她刚迈开腿，脑子里一下想到了这是她每天去上班的路，这一路她的熟人很多，不管是街边小摊，还是那一家家店铺，只要相见了，都要向她打招呼，有时还要拉着她说一阵子，因而她怕自己这晚的失态让别人知道了，日后不好解释，也怕这一传十十传百让她难做人，更怕梁超和老梁家因此事背上坏名声。所以，当她刚迈开步，又立马转身朝左边跑去。但至于跑了几条街，过了几个红绿灯口，最后又跑去了哪里，她却怎么也想不起。同时，自己是在哪里被车撞的，就更没办法想起了。不过，她脑子里唯有的记忆，只记得她给老穆打的那个电话，是在被人们叫着的那"阴阳桥"的桥上打的。因为老穆当时问她在哪里，她怕老穆担心，也怕老穆对她有怀疑，才编了一个谎，说她正走在库房至家的路上……

郁静想过这些，她头晚在哪里出的事，她脑子里便大概有了位置，她于是战战兢兢地跟梁超的母亲说了，哪知，梁超的母亲听后更加火冒三丈，出口的话，再一次将她置于在难以做人的境地："你三更半夜去那干啥？是偷情？还是去找死？……"

第二十二章 寻找目击证人

郁静的婆婆张淑琴这天上午打电话骂过郁静后，尽管发泄了昨晚直至眼下淤积在心中的对郁静的气，但她对儿媳郁静长久来的不满，依然让她耿耿于怀。因而，她骂过儿媳郁静后，把电话一挂，就回过头去朝郁静跟她说的那地方赶了去，脚步也同她肚里的那颗心一样急切。当然，此时的她虽然急不可耐，心里还是怀疑此去能不能找到看见她儿媳被车撞了的那目击者，她对这里除了人地两疏，早就听说充满着阴森和诡异。

原来，那地方是在改革开放后，由县政府规划并开发扩建的县城新区。这里同老县城一样，不仅应有尽有，也繁华无比，县城大多的娱乐场所也集中于此。

其实，这县城新区在几年前，还是一片荒山坟地，埋在这里的也多为孤魂野鬼。那一年发大水，从上游冲来了十多具尸体，县政府组织将其打捞上岸后，既拍照又画像，并通告了沿河一带的上游，但这十多具尸体依然成了无名尸，县政府无奈，只好将其火化后，分别埋在了这里。从这后，这里便成了孤魂野鬼的坟茔，那些出交通事故的人和流浪汉们，死后因找不到家属，也都埋在了这里。久而久之，这里就如公墓般，尽管青山绿水，却坟堆挨着坟堆，早晚除了阴森也充满着恐惧。人们也由此将此地称为"乱坟岗"。

然而，老县城因三面临水，一面紧靠成渝铁路的大动脉，让坐在改革开放风口浪尖上的县委领导们，看着兄弟县市都有了丰硕的成果，因此操碎了心，愁弯了眉，最终不得不把眼睛盯在了那片"乱坟岗"上。随即，架桥梁，掘坟地，一幢幢高楼在夜以继日的机械的轰鸣声中拔地而起，一条条街道，在风和日丽下宽敞而亮丽。但在这之前却出了一桩桩怪事。

破土动工那天，天突降暴雨，更不可思议的是，时间是这年农历的十月。十月电闪雷鸣狂降暴雨不仅罕见，更是百年不遇，况且这暴雨让河水猛涨，这天的破土动工仪式不仅泡了汤，停在乱坟岗下的挖掘机也淹没在水里，只露出掘臂举着铲斗，昂着脖子在暴雨中孤零零的……

不过，这天的突降暴雨虽然暂时阻止了开工，但几天后，这乱坟岗依然机械轰鸣沸腾一片。挖掘机尽管时不时挖出一根根白骨和一个个装着骨灰的匣子，挖掘机师傅还要放上一挂鞭炮，工程照旧按着县委县政府的指示挺进。

但是，就在施工方千小心万注意地将一幢幢高楼拔地而起时，其中一幢这天轰然坍塌，死伤了多名工人。不久，吊车在起吊混凝土时，吊臂也突然断裂，吊车驾驶员也当场被砸成肉饼。从此，在这乱坟岗上，无论是正建中的工地，还是已建成的县城新区，都流传出一个个骇人听闻的故事。有的说，这乱坟岗上的那些孤魂野鬼不满阳间的人们掘了它们的坟地，因而时常出来报复作怪，把一个个鲜活的生命变成了鬼。前不久，那县城新区，又沸沸扬扬地传出了一件匪夷所思的事，一年轻女人梦游跳进县城新区内的一眼喷泉池里，男人知道后，抱着还没满周岁的女儿也伤心欲绝地跟了去。奇怪的是，这喷泉池内的水并不深，站在其中，也只能淹至男人的腿……

就这么，这事经过人们的嘴，便越传越诡异，越传越扑朔迷离。因而，郁静的婆婆张淑琴这天在电话里听了儿媳郁静那晚是在县城新区出的事，脑子里也不由想到了那里之前所发生的一桩桩诡异的事，那可怕的念头也随之而生了。她于是想，儿媳郁静昨晚在县城新区出的事，究竟是人为，还是真的有鬼使坏呢？

此时的张淑琴想过这些，一边想着，一边忐忑着朝那县城新区疾步而去。她本可以赶公交车过去的，但她想着能不能在去的途中，发现儿媳昨晚被撞的蛛丝马迹，所以，在去的途中也格外留意。

从她脚下的这条大街去县城新区，大约两公里路程。其间不仅要经过两个红绿灯路口，还有必经之道，那座由钢筋水泥铸就，连接新老县城的"阴阳桥"。这桥不仅宽阔平坦，如蓝天白云下的彩虹般靓丽宏伟。晨曦中，被波光粼粼的江面一映衬，也如一缕阳光耀眼锃亮。因而，这大桥竣工那天，县委的头头们便给这大桥取名为"一阳桥"。这既有这大桥与大自然交相辉映浑然一体的寓意，也期待着这大桥能像一道曙光那样，带给新老县城以勃勃生机。然而，这大桥建成不久，人们便自发地在桥上做起了生意，除了那些摆小摊卖瓜子和卖小玩具的，还有算命先生在此算命卜卦……或如此，又或因老县城和县城新区那人气和特殊的地理位置，让那些"识文断字"的性情中人不由将"阴阳"和"一阳"二词联想到了一起，因此，"一阳桥"便谐音成了"阴阳桥"。

而这天的张淑琴从这"阴阳桥"上过时，根本没注意到这桥上有摆小摊的，还有看相算命的。因为此时的她，把精力全部集中在了去县城新区，找她儿媳郁静昨晚出事的车祸现场。儿媳郁静先前在电话里给她说，她昨晚好像是在那里被车撞的。她因而想去看看，能不能找到一点儿媳被撞的蛛丝马迹。

但是，当她来到县城新区，却一切如旧。店铺和街道与往日没啥区别。虽然高楼如云，街道开阔，每个店里也摆得琳琅满目，依然很冷清。只有那一间间挂着娱乐城、夜总会牌子的店内，一些穿着时髦、袒胸露乳、光胳膊光腿的年轻女人，毫无顾忌地与男人打情骂俏，逗来追去。也有一对对男女，勾肩搭背地在此进进出出。张淑琴看着这些，心里除了怪异，也很恶心。她没想到现在的年轻人咋会这么没有自尊，为啥要做这既糟践自己，又给祖宗脸上抹黑的事。哪知，就在她这么想的时候，在那娱乐城里，一个熟悉的身影从她眼前一晃而过，当她追过去正准备跨进这娱乐城，看那熟悉的身影是谁时，却被站在门口的保安挡在了外面。她本想与这保安论论理的，但一想到这是是非之地，闹起来怕被别人笑话，另外她这天还有更急的事，因而狠狠瞪了这保安一眼就走开了。

张淑琴离开这娱乐城后，又将这县城新区找了个遍，并也打听了几个几乎与自己同龄的老女人，她知道，只有这些老女人除了没事找事聊，对人也是最真诚的。但是她问了一个又一个，都木讷地想了半天后，才真诚地跟她说，没听说昨晚哪出了车祸。为此，张淑琴有些怅然，也有些疑惑。于是，她又去打听了交警，交警也给了她同样的答复，张淑琴听后，不知是失望还是愤怒，一下子失去了打听儿媳郁静出车祸的耐心，把气重又集中在了郁静的身上。她不知道郁静是在有意欺骗自己，还是真的到了这里被鬼迷了心窍，但不管怎么说，你郁静是让我这个老妈子白跑了一趟，让我累得脚耙手软。所以，在回去的路上，心里除了憋着气，也没了之前的信心和精神。不仅如此，她一路还走走停停，一副心事重重，又打不起精神来的样子。

此时，她已走上了老县城通往县城新区的那"阴阳桥"，这桥上比先前也更热闹了一些，不仅车来人往，那些摆摊做小生意的，和那一个个摆地摊算命的，更把这桥上嚷得闹哄哄的。张淑琴一边走，一边也把目光投过去打量着。

张淑琴历来是个迷信狂。年轻时就偷偷找过那些在路边算命的算命先生，给自己算过命，并不止一次两次。令她开心的是，十有八九都说她今生命好，会找上一个好婆家，也会遇上一个好丈夫，后来被媒人介绍，认识了梁超的父亲后，她再一次去找了那算命先生，算了自己和梁超的父亲的八字是相生，还是相克。但是，也许是梁超父亲的一表人才让她着了迷，所以尽管那算命先生当时支支吾吾地给了她暗示，并瞅着那算命书，阴阳怪气地给她读了"朝在林中共比翼，暮色黄昏难同行"两句所谓的诗，她还是义无反顾地与梁超的父亲结了婚。

婚后的日子确也不错，梁超的父亲对她也百般体贴，在两人的同心协力下，又把生意做到了县城，这叫她真从心底里感到幸福。然而，这幸福却没伴她走完生命的旅程，将儿子养大并看着儿子结婚，老头子像完成了神圣使命一样，撒手而去了，留下她独自面对家里家外的事，一时间她除了感到力不从心，也觉得她的命好苦。不过，一想到刚认识梁超的父亲时，独自找算命先生算的那命，她的心自然而然又平静了。因为算命先生当时就给了她暗示，她和梁超的父亲是同不到老的，她当时只怀着侥幸，没想到这竟成为了现实。所以，从那以后的张淑琴对那算命的事就更深信不疑了。

眼下，"阴阳桥"上那算命的地摊前，一个中年女人正在那里算命。算命的先生是一个六十开外的老女人。郁静的婆婆张淑琴走过去时，中年女人被那算命的老女人说得连连点头称是，老女人见梁超的母亲张淑琴走了过去，更是得意地夸夸其谈，还一个劲地举例说明自己的道法如何高深。不仅如此，她说她还可观女人的模样，知道这女人今生会不会生儿子……

郁静的婆婆张淑琴听了这老女人的夸夸其谈后，不由动了心。她先前到这算命的地摊，也只是想去算算能不能抓到撞她儿媳的那肇事者，即使不能立马抓到，至少也要给她指明这肇事者究竟是何方人也。而眼下听了这老女人的一炫耀，更来了兴致，还没等那老女人炫耀完，她就挤上前去迫不及待地问："老师您说的啥，您还能看一个女人能不能生儿子？"

老女人被张淑琴这么一问，知道"有鱼碰钩"了，忙炫耀说："老实跟你说，这是我祖传的绝技，不是虚吹，不说百分之百，至少也是百分之九十九。如果不准，你砸了我这摊子，我也从此不再做这行当……"

　　梁超的母亲张淑琴听了老女人这喊天叫地的发誓，对这老女人的话更加信以为真了，不仅如此，她还套近乎地求着老女人说："老姐子，我不是不信，是感叹老姐子的道法太神奇了……"

　　老女人被张淑琴这么一奉承，更是飘飘然，她除了一个劲地虚吹外，还亲热热地叫了张淑琴一声大妹子。于是，这声大妹子再一次将张淑琴和这老女人拉近了距离。

　　张淑琴听了这声"大妹子"后，立马坐到了这老女人的身边，并对着老女人的耳朵"叽叽咕咕"地说了她想请教老女人的事，老女人听后，知道这是一笔不错的生意，但也为难，尽管她口口声称自己日管阳，夜管阴，可她咋知道撞了张淑琴儿媳那肇事者是谁呢？为了不让张淑琴看出自己的破绽，她于是对张淑琴说："大妹子你不急，做了坏事是要遭天谴的，天兵天将总会让他（她）现原形。到时他（她）自己都会给你送上门去的。"

　　张淑琴听了老女人这话，虽然有些懵懵懂懂，但她还是半疑半信了。再说，她跑了一上午，腿跑断了，嘴问烂了，结果啥也没看着，啥也没问着，所以，她也只能求菩萨显灵了。当然，这是她不得已的想法，她还有更重要的事求这"老神仙"哩。她因而满脸堆笑地对那老女人说："老姐子，真的那样了，我一定大红大绸地谢您。"

　　摆地摊算命的老女人听了张淑琴这话，心里尽管不踏实，她还是装出一副胸有成竹的样子对郁静的婆婆张淑琴说："你我姐妹一场，那谢不谢的事就不用了，这是菩萨的功德，只要能广传善名就行了……"

　　张淑琴一听老女人这话，觉得自己真是遇上了活菩萨，心里与老女人自然又近了一些，不仅如此，这种亲近也表露在她那张略带卑微的脸上和讨好的话语里："老姐子，您真是活菩萨，到时我一定按您说的去做……"

　　张淑琴说过这话，接着又给老女人说了自己想要孙子的事，并请老女人去看看儿媳郁静，第二胎会不会给她生孙子。老女人听后，脸立即就沉了下来，随即说："菩萨以慈悲为怀，怎能做那伤天害理之事？你儿媳如果怀的是女孩，你难道想把她做了不成？使不得，使不得也，罪过罪过……"

　　郁静的婆婆张淑琴，听眼前这老女人这么一说，一下就紧张了起来，因为她怕这老女人把她说的事给推了，她忙对那老女人说："老姐子，我那儿

123

媳还没怀上，我只是想请您看看她第二胎能不能给我怀上孙子。"

　　张淑琴在说这话时很激动，也一副请求的样子。而老女人先前之所以那么说，本想把这没有的，也会让她名声扫地的事给推掉的，没想到张淑琴这一句话让她进退两难了，她如果再推辞，会不会让眼前这女人识破自己的用意呢？她于是对张淑琴说："这还差不多，过几天你把你儿媳带来，我一定给看个准……"

　　张淑琴听了老女人这话，心里很是高兴，为了让这老女人不再变卦，她还特地给这老女人封了一个大红包，老女人先假惺惺地与张淑琴推辞一阵后，佯装难为情地把那红包揣进了兜里，接着又神神秘秘地叫张淑琴不要把这事太声张，声张了，想做的事会不灵的。张淑琴听后，连连称是，在离开这老女人时，她还请了这老女人到自己家里去，老女人听后，为了让自己显得更神秘，声称她这天要去城外给一个当官的看风水，便没同她一道而去。但这对张淑琴来说，她不知道这是好事还是坏事，所以，在回家的路上，她心里既忐忑又纠结，她不知道这老女人说的话到底是真是假，自己送出去的那红包，又会不会让她心想事成……

第二十三章　如此男女

梁超这天早晨被母亲在厨房里的惊恐声惊醒后，一骨碌从床上爬了起来，来到厨房一看，那满厨房的黑烟和焦煳味，让他顿时知道了是咋回事。他埋怨了母亲几句后，脸不洗口不漱地就要出门，哪知女儿娇娇这时跟在他后面，要同他一起出去。他一见，心里便有些不高兴，因为他要去找女人丹红哩，他想顺便问问丹红他手机里那条短信究竟是咋回事。但女儿娇娇见他不肯带她出去，眼泪就扑簌簌地滚了出来，梁超无奈，只好叫女儿背上书包，领着女儿出了门，又出了小区，在街边的小摊给女儿娇娇买了两个包子，就急急忙忙把女儿娇娇送去了幼儿园。

在去找丹红的路上，或出于习惯，又或许想把昨晚家里发生的事，第一时间告诉女人丹红，一是讨好，二是想表达他的真心，从而在女人丹红那里得到"安慰"，满足他想要的东西，所以，他先给女人丹红打了电话，并把话说得既可怜又无助。

"宝贝，这下好了，我什么也没有了，只有你了……"

梁超对着电话那头的女人丹红这么说过，不知是真的心酸，还是他故作可怜巴巴，他竟感觉自己眼里有些潮湿，喉管也有些发哽。而女人丹红在接这电话之前，已醒来躺在床上，正云山雾海地想着这段时间发生的一切，同时也回味着她和梁超最近来的点点滴滴。老实说，梁超在她心里算个男人，不仅有男人的体魄，也有男人的气质，更主要的是，梁超的家境让她隐隐有一种难以抑制的向往。

昨天，她和梁超在车里赌了一上午的气，最终在梁超的花言巧语和死皮赖脸的纠缠下，又与他和好如初了。她当即给梁超"约法三章"，叫梁超对她不要当面一套，背后一套，否则，她会要梁超难堪，甚至得不偿失。梁超听后，乖巧得如一个听话的孩子，不仅冲她连连点头，还逗趣地与她拉钩发

125

了誓。当然，接下来的事就可想而知了。完事后，梁超说要同她一道去她这里，她不知咋的竟把梁超拒绝了。

但回家后，她又觉得这晚拒绝梁超不是她的真心，也为自己先前的拒绝有些后悔。所以，她关好窗户，先洗了一个热水澡，然后就裸着身子半躺在床上，一边看着电视，一边想着自己与梁超今后的日子。

梁超这天不知是为了逗她开心，还是真想与她长相厮守在一起，竟对她说他迟早会与她结婚在一起。她听过梁超这话，心里顿觉热乎乎的。她其实早就这么想了，因而，她这天早晨醒来后，就一直躺在床上想这事，想着想着她还有了冲动，她恨不能立马取代郁静的位子，成为老梁家的女主人。哪知，正当她想入非非时，放在枕边的手机"丁零零"地响起了来电声。

女人丹红同以往一样，习惯地一边从枕边摸过手机，一边在脑子里想着这么早给她打电话的人会是谁。于是，她脑子里又立马出现了几个有可能给她打电话的人。

她首先想到的是她的前夫肖俊，就是那个在她怀孕五个月，就离她而去的男人。老实说，她对他是付出了真感情的，那时她根本没去想她前夫的家境咋样，也没去想她前夫未来有多大的出息，她当时就爱他这个人，爱他那种农村人自带的憨厚老实。尽管前夫后来背叛了她，她依然怀念他们当初那段日子，不仅如此，她还保留着他俩曾通话的那手机号码，也幻想着前夫哪天能给她打来电话，企求重归于好……

丹红脑子里有可能给她打电话的第二个人，则是那个在她面前服服帖帖、鞍前马后并有生意来往的那男人，她知道自己的美貌和干练，已让这男人垂涎三尺。她曾想过与这男人好上算了，但因前夫的背叛，她对男人始终充满着厌恶和恐惧的感觉。哪知，在她犹豫不决时，梁超在她眼前出现了。所以，梁超的出现，一下占据了她整个心，她虽然不知为什么，但有一点她很清楚，梁超不仅能让她体味到啥叫男人啥叫女人，也会让她生活富裕，吃穿不愁。她知道自己不再是那天真清纯的小姑娘了，现实的无情让她明白了人生必须面对现实，也明白了有钱才是硬道理。因此，当手机的来电声一响，她就期待这电话是梁超打的。

此时，女人丹红把嫩藕般的手臂从暖烘烘的被窝伸了出来，又侧过身，将枕边的手机一把抓在手里，并迅速凑到眼前。当她看清是梁超的电话时，一兴奋，便把手机即刻放在了自己耳边，听过梁超的电话后，竟没去考虑梁超跟她说那话的意思，就不假思索地对电话那头的梁超说："亲爱的，咋啦？又想我了？我还懒着没起床哩，你知道不，我也想你了……"

这时的她，本想等梁超来了之后，来一个神清气爽的狂欢的，但一想到梁超刚才那话和那语气，她的心一紧，一下子想到梁超一定有啥事，刚才的蠢蠢欲动也随之灰飞烟灭了，她于是坐起身子，冲着手机，对电话那头的梁超问："超，咋啦？是不是出啥事了？你现在在哪里？要不我马上出来找你？"

女人丹红说过这话，"嗖"地从被窝里钻了出来，并裸着身子从衣橱里取出内衣裤迅速穿上，再套上紧身外衣和超短裙，简单地洗漱化妆便出了门。

而梁超听了女人丹红这话后，心里顿时有了暖融融的感觉。他之前是想去女人丹红那里的，但女人丹红这话的果决，让他没把去女人丹红那里的话说出口。再说，他知道女人丹红已打定了主意，即使说了也无济于事。所以，他很顺从地给女人丹红说了自己所处的位置，然后就一边在那里等待女人丹红的到来，脑子里一边想着该不该把昨晚家里发生的事，原原本本说给女人丹红听。因为这事，毕竟是由女人丹红发在他手机里的那条短信而引起的。

昨晚，当郁静一说他手机里的短信，他除了想到了女人郁静查看了他的手机，也不由想到了发这短信的人一定是丹红这女人。因为近段时间，随着他俩的越来越好，女人丹红总时不时给他发短信。信息里，也总带着温情和暧昧，谁看了都知道是那么一回事。所以，他一听自己女人郁静说他手机里那短信，背心就一阵燥热，心里也紧张不已，他虽然越来越不在乎自己这女人，但他和女人丹红毕竟是偷鸡摸狗的事。再说，他和女人丹红间的事，他也还没有打定主意是就这么玩玩，还是把事情当真，只好在两个女人间，半假半真地过着日子。然而，昨晚自己女人对他的质问，给了他一个措手不及，他想辩解，又不知道女人丹红给他发的啥短信，才用那样的态度对待了自己的女人。他本想以此来为自己狡辩，或以生气来吓住郁静，没想到母亲和女儿的掺和，让事情发展到了难以收拾的地步。女人郁静从家里跑出去后，他才看了手机里那短信，也才知道女人丹红给他发的短信竟如此暧昧，如此露骨，但他一直不明白，自己的女人郁静又是如何看到他手机里这信息的……

梁超在这么想的时候，女人丹红已驾车到了他面前，小轿车一声"嘀嘀"

127

的喇叭声，打断了梁超的沉思，他抬起头来，女人丹红又摇下了车窗玻璃，正在含情脉脉地向他招手。梁超一见，不仅忘记了一切，也兴奋得浑身的每个细胞都活跃了起来。

梁超钻进车里后，一股浓烈的香水味扑鼻而来，再仔细看看眼前这女人，他突然感觉眼前这女人又年轻了许多，也漂亮了许多，一时间让他有了飘飘然的感觉。

女人丹红看着梁超这模样，知道梁超在想啥事，心里不由暗自高兴。老实说，她对梁超要的就是这样的效果，只有这样，她才能从梁超那里得到自己想要的东西。

此时，她抬高双臂，很夸张地把着方向盘，脸上红扑扑地荡着兴奋，两眼虽然注视着前方，心里却想着梁超先前在电话里那话的意思。她最后不得已对梁超问："超，你先前在电话里那话是啥意思？"

梁超被女人丹红这么一问，心里不由一下慌了起来。在他上车后，一直在想要不要把家里的事告诉女人丹红。上车之前他是想告诉这女人丹红的，他除了想在这女人丹红这里，再求证那条短信是不是她发的外，也想在这女人身上得到一丝慰藉。但上车后，看了女人丹红的光鲜亮丽，怕自己的问，惹来这女人丹红的不高兴，故而闭嘴不知咋说了。就在他犹豫不定时，女人丹红的问让他不由一惊，他于是回过神来，若无其事地调侃着说："你不都说了，想你了呗！"

女人丹红听了梁超这调侃的话，心里虽然很受用，但她却看得出梁超是在忽悠自己，于是她故作生气地说："你骗人，你再不说实话，我把车掉头开到办公室，去见你那老婆大人。"

女人丹红说过这话，真一踩刹车将车掉了头，梁超一见，忙求饶道："求你了，我的姑奶奶，家里已经鸡犬不宁了。"

女人丹红一听，立马就警觉了起来，一改刚才那调情的样子，沉下脸来，严肃地冲梁超问："咋啦？出啥事了？"

女人丹红在说这话时，已把车停了下来，两眼直直地盯着梁超，那模样好像要从梁超的表情里，看出梁超肚里那惊天动地的秘密。

梁超听了女人丹红这问，知道不把实情说出来，眼前这女人是不会善罢甘休的。于是，他嗔怪似的说："这都是你给我发的那短信惹的……"

梁超说过这话停了停，他正在考虑该不该将事情的原委全说给女人丹红听，哪知女人丹红的性子急，刚听了梁超这话，就急不可耐地对梁超问："咋啦，我发的那短信咋啦？"

梁超被女人丹红这么一问，也再没了考虑的余地，他即使不想说，最后也得说了。所以，他只好对女人丹红说："你给我发的那短信被她看见了。"

梁超在说这话时，故作一副担惊受怕的样子，而女人丹红听了之后，心里却有了说不出的滋味，于是她沉下脸来对梁超问："我那短信她看了又咋啦？又没说我和你上床的事，不就是一句问话而已，有什么大惊小怪的，你故意给她看的吧？"

女人丹红在说这话时，已有些气愤。梁超见后忙解释说："我咋会给她看呢？我藏还来不及哩。手机一直在我包里，我也不知道她咋翻看了我的手机……"

梁超此时也表现得很无辜，一副愁眉苦脸的样子。而女人丹红听了却很窝火，她没想到口口声声说爱自己的梁超，竟因他自己的女人郁静看了她发的一条短信，就害怕成了这样子。说实话，在给梁超发那短信时，她一是想要梁超看了这短信后，知道自己是如何爱他，二是要梁超更爱自己。但看了梁超眼前这大难临头的模样，听了他这垂头丧气的话，她心里既有醋意，也是对梁超的失望，于是沉下脸来，对梁超冷冰冰地说："听你这么说，真是我那短信给你添麻烦了，让你里外不是人了。那好，今后我不发了，我发给别人去……"

女人丹红说过这话，撒着气，"轰隆隆"地发动着轿车，梁超一见，慌忙抓住了女人丹红的手，并急切地问："你给谁发信息去？"

"我想给谁发，就给谁发，你管得着吗？"

梁超急得忙换了一种语气，讨好地对女人丹红说："我不是那个意思。你不知道，我昨晚打了她，她撒泼冲出家后出事了……"

女人丹红听了梁超这话，不知是疑惑，还是吃惊，立马瞪大了眼睛，那只正发动着汽车的手也僵硬地停了下来……

第二十四章　见缝插针

梁超为了让女人丹红相信自己，接着又把昨晚他与郁静间发生的事，从头至尾全说了一遍。女人丹红听后，半信半疑地冲梁超问了一句："真的？"

梁超被女人丹红这么问后，知道女人丹红这话里的意思，却想不出更好的法子能让眼前这女人相信自己，只好对女人丹红说："姑奶奶，你要我怎么做，才肯相信啊？！"

女人丹红听了梁超这话，什么话也没说，脸上只露出了一丝难以察觉的笑，然后立马扭动了车钥匙，随着发动机的一声轰鸣，轿车屁股后立即喷出一股白烟，转眼间便驶进了那川流不息的车流里。

此时，已是半晌午时分，大街上车辆穿梭，人流如织。车辆的发动机声和喇叭声，商贩们的叫卖声与顾客们的讨价还价声，此起彼伏地把整个县城嚷得闹嚷嚷的。给人一种喧嚣纷乱的感觉。

女人丹红虽然看似全神贯注地驾着车，脑子里却急剧地想着梁超刚才给她说的事，她想，她往后在公司里也许越来越难做人了，说不定，还会被梁超的母亲和他的女人郁静踢出公司。女人丹红想到此，顿时一阵心紧，脑子里立马想着对策。总之，她不能就这么离开梁超，更确切地说，不能离开梁超的公司。

女人丹红想到此，心里好像一下有了主意，她一改刚才的冷峻，扭头问梁超："你妈昨晚真骂了郁静？"

梁超一听女人丹红这问，知道她已相信了自己的话，心一下也放下了，他忙欠起身子对女人丹红说："真骂了，还骂得挺厉害，骂她没教养，随便翻看我的手机……"

梁超当时讲得很兴奋，也有些沾沾自喜，看女人丹红的眼神也有些醉醺醺的。而女人丹红听后，却是满脑子的雾水。她想，梁超的母亲为啥对儿媳郁静会这样呢？这明明是自己儿子不对，在外面寻花问柳，不但不教训自己的儿子，还责怪儿媳不是，这让她觉得不可理喻，也让她觉得梁超的母亲与梁超的女人郁静间一定有啥隐情。女人丹红想到此，不知咋的，心里就有了莫名的兴奋和冲动，她于是将脚下的油门再一踩，在拐弯抹角地钻过几条街后，把车停在了一家羊肉汤店前。

轿车停下后，女人丹红先开门下了车，梁超也随即从车里钻了出来，他站在车门前环顾了四周，一脸困惑，不知女人丹红为啥要把车停在这里。

女人丹红从车里出来后，下意识地整理了上衣和短裙，上衣的领口处开得很低，露出的乳沟如两峰间的深涧似的。短裙刚刚掩过翘臀的根部，给人一种若隐若现、风情万种的感觉。

女人丹红将自己整理好后，又将额前的一缕秀发捋到耳后，才迈开两条修长的美腿，脚下的高跟鞋磕着水泥地面，"哚哚"着响地朝羊肉汤店里走了进去。

梁超见女人丹红撅着翘臀跨进了羊肉汤店里，才明白了女人丹红将车停在这羊肉汤店前是啥意思，他于是一高兴，也脚下生风地跟了上去。

女人丹红进了羊肉汤店后，轻车熟路地去了这店的里间，梁超随即到来时，她已将手中的提包放在了桌上，并从提包里取出卫生纸，翘着屁股用力地擦拭着凳子上的灰尘，梁超见后，一边讨好地凑上前去，从女人丹红的手里接过卫生纸，擦拭了起来，一边嬉笑着冲女人丹红问："你咋想起到这里来呢？"

梁超在说这话时，被擦拭的凳子已被擦好，并将凳子置于了女人丹红的屁股下。女人丹红弄了弄短裙坐下后，才对梁超故作情真意切地说："咋到这里？我想不光我一个人没吃早饭吧？"

女人丹红说过这话，又冲梁超抛了个媚眼，样子也让人心动，梁超见后，性欲大大超过了食欲，不过，他还是抑制自己说："你咋知道我没吃早饭呢？"

女人丹红听了梁超这问，像早就想好了似的，一个呵呵笑说："呵呵，我不用猜，想都会想到，你们那个家，除了郁静那个傻女人，谁还会做饭？我早就知道你妈倚老卖老，她会做饭？她不做难道你会做？郁静一住院，你们还不饿肚子？"

女人丹红的话把梁超说得一脸窘色，除了为女人丹红的分析吃惊，也为她直戳自己的软肋而脸红。但就在他准备为自己辩解时，羊肉汤老板手拿菜谱走了过来。

羊肉汤老板是个会察言观色的胖女人，她看了梁超和女人丹红间那眉来眼去的样子，便知道了这其间是咋一回事，她因而想好了要狠狠宰梁超"一刀子"，当然她也知道这样的钱是最好宰的。所以她对二人说："帅哥美女，今天准备吃些啥子？"

羊肉汤老板这一问，把梁超和女人丹红问得一头雾水，心里都在想，走进你这店里除了吃羊肉汤外，难道还能吃鲍鱼大闸蟹？就在他俩你望望我，我望望你不知如何回答时，羊肉汤老板把菜谱递到了他俩的面前，并说："帅哥美女，你们来我这小店也许是第一次，我这小店的特色，除了羊肉还有羊杂。羊肉分羊头肉、羊背肉、羊腿肉。羊杂分羊肚、羊肠、羊肝、羊肾……"

羊肉汤老板一口气介绍完这些，下意识地给梁超和女人丹红介绍了每种羊杂给人体带来的益处。梁超和女人丹红在羊肉汤老板的徐徐诱导下，要了一些羊肾和羊背肉，除此之外，一人还要了一大杯枸杞酒。羊肉汤老板当时对他俩说："吃了这些，包你俩身体倍棒，精力充沛，干活不累……"

梁超和女人丹红当时听了羊肉汤老板这话，也知道这老板这话里的意思，所以，两人听后，脸上不由流露出了难以掩饰的窘色。

然而，事后让梁超困惑的是，女人丹红这天不仅把他带进这羊肉汤店里，让他饱尝了羊肉羊杂的鲜美，还主动去付了钱。这让梁超既感动，又不适应。因为之前每次进酒吧，或下馆子都是他买单。所以，吃罢从羊肉汤店里出来，他走在女人丹红的身边，边走边对女人丹红说："没想到你对我这么好！"

女人丹红当时没吱声，她看了一眼梁超后，径直朝街沿下走去，梁超的话让她猝不及防，也让她一时不知道如何回答梁超了。

老实说，她对梁超虽然"一见钟情"，但也没想到要为梁超付出什么。她之所以要黏着梁超，除了被迫无奈想找一个依靠之外，也是因为后来发觉梁超不仅仪表堂堂，确也精明。不过，她当时也并非想全部拥有，拆散他的家庭，只想在一个男人的呵护下，做她想做的事。因为一个孤身女人想做事，真的不容易。不仅没男人们的利落，也缺乏男人们的眼光和魄力，所以时常感到力不从心。然而，与梁超在一起的这些日子，她觉得自己越来越离不开梁超了，这不光是她的身体，还有她的欲望和她那膨胀的心，这就如她眼下无法戒掉的那东西般，完全不能自已。因而，这天当梁超给她说了昨晚发生的事后，她顿觉自己曾想过得到的东西，影影绰绰地出现了，并一步步离她越来越近了。

女人丹红这天带着这样的感觉，一兴奋，便有了新的主意。因此，她见缝插针地给了梁超从未有过的关心。但是，她对梁超的母亲张淑琴为啥要那样对待自己的儿媳，始终捉摸不透。所以，她一直想从梁超的嘴里套出答案。

梁超和女人丹红酒足饭饱地上车后，女人丹红一边开着车，一边若无其事地对梁超问："超超，吃得咋样？"

梁超由于喝了枸杞酒，不仅兴奋，脸也泛着红润，他听了女人丹红的问，兴奋得不假思索地说："爽，好久没这么爽过了。"

梁超这么说过，转过头去，红着两眼死死地瞅着女人丹红，手也探了过去。而女人丹红好似什么也没听到，什么也没发觉地继续说："你妈来了就好了，让她老人家也享受享受……"

梁超听了女人丹红这话，简直感动得五体投地，他根本没想到眼前这女人还有如此孝心，他因此忙对女人丹红说："你真好，你要是我妈的儿媳，她一定会喜欢你，也绝不会像对郁静一样对你。"

女人丹红听了梁超这话，心里顿时暗自高兴，忙接着问："你妈为啥不喜欢郁静？郁静人又漂亮，还那么能干。"

此时的梁超只一味地想讨得女人丹红的欢心，根本没发觉这女人在无意间打听他的家事，以便在往后的日子里，对症下药有的放矢，力求达到她做老梁家女主人的目的。他因而毫无顾忌地对女人丹红说："你不知道，我妈历来就不喜欢郁静。一开始她就竭力反对，因为郁静之前是开发型屋的，我妈说，开发型屋的女孩没几个好东西，都是被别的男人那么过的。后来，郁静又没给咱老梁家生孙子，我妈就更气愤了……"

女人丹红听梁超这么一说，心里不由哐当一声，她总算明白了梁超的母亲对郁静为啥那么苛刻的原因。也许同为女人，她此时的心不由有点凉凉的，或许又同为女人，她对女人郁静又有几分嫉妒和憎恨。嫉妒的是她比自己强，做了梁家女主人，还是公司的副总经理。憎恨的是她的清高，对自己老一副冷冰冰的样子，防她如防贼似的。

女人丹红想到这些，心里不由透过一阵凉气。不过，她很快又镇静了下来，重又沉浸在那想做老梁家女主人的欲望里，不仅如此，她脸上还流露出了一丝淡淡的笑意。

然而，就在女人丹红陶醉在对未来那美好的想象里时，坐在她身边的梁超，也许是因肚里的羊肉羊肾，还有那枸杞酒的发酵和强大功力，已经浑身燥热，兴奋难抑。再加上女人丹红那浑身的香水味和暴露的衣着，更让他压抑不住心潮的澎湃，在车到红绿灯口时，他竟探过手去摸了女人丹红丰盈的腿和臀，就在他的手准备进一步动作时，等在红绿灯口的车流开始流动了，他们的车后也响起了催促的喇叭声，女人丹红这才回过神来，忙撤开梁超的手，同时也松了脚下的刹车……

第二十五章　引狼入室

梁超的母亲张淑琴在县城新区那娱乐城，看到的那熟悉的背影不是别人，正是她的宝贝儿子梁超。

梁超这天同女人丹红从羊肉汤店里出来后，在车上说了一阵关于女人郁静的话题，说着说着又在车上调了一阵情，但这调情又给梁超的欲火上浇了热油，让他难以自制，一路缠着女人丹红不依不饶。

开始，女人丹红因为要集中精力开车，对梁超的一次次示爱，尽管正中了她的下怀，也不敢想入非非。她心里还有更重要的东西，那就是她知道了女人郁静在梁家的处境后，她就一直在想，从今后，她将如何面对这些事情，以及自己未来的人生。当她心里隐隐约约想成为梁家女主人的那一刻起，就一直盘算着自己往后该怎么做，又该怎样对待梁超和他的母亲张淑琴。所以，在梁超和她调情，并在身上抚来摸去时，她心里就打定了主意：从今以后，她要用自己的魅力征服梁超，将自己在前夫肖俊那里失去的东西，在梁超这里重新找回来。不仅如此，她还想从梁超身上和梁氏公司里得到她想得到的一切。

然而，在这县城里，不比在城外那些乡村公路上，来了兴致将车开到山湾的僻静处，就可以在车里缠绵一阵，畅快一场。这城里到处都车来车往，每个旮旯也人山人海，谁敢将车停在道边做那种事？若被交警抓了个"现行"，交罚款不说，自己还有脸在这县城混吗？

女人丹红当时一边这么想着，一边叫梁超不要这样，她在开车哩。并说："咋这么性急？早知这样，就不该叫你去羊肉汤店吃那玩意儿了，这又不是在家里，想怎么的就怎么的。"

女人丹红这话，看上去好似在责备梁超，但梁超听后，却更受刺激，他的手再次撩开了女人丹红的超短裙。如果说这是梁超的欲火焚身，那这对女人丹红来说，则是她为了满足自己的私欲，利用并套住梁超的故意纵火。

最后，女人丹红把车开到县城新区那"身心悦"娱乐城外停了下来，狐眉狐眼地给梁超递了一个眼神。梁超见后，心领神会地下了车，并挽着一身妖艳的女人丹红朝娱乐城激情昂扬地走了进去。

当他挽着女人丹红的胳膊，在娱乐城的前台交了房费，急不可耐地到那房间门前时，才发觉都忘了在前台拿房卡。不过，此时的梁超急得根本不用女人丹红吩咐，便"噔噔"地下了楼，又火急火燎地跑向了那前台。他母亲张淑琴就是在这个时候看见他的。

梁超这天从前台取到房卡后，来不及揣进兜里，捏在手上，就重又"噔噔"地跑上了楼，开门后，他嘴里还喘着粗气，就把女人丹红摁在了身下……

一个小时后，梁超和女人丹红一前一后重又从那娱乐城里走了出来。女人丹红走在前面，一副傲慢而又正儿八经的样子。但此时的梁超尽管也是昂首挺胸，却没了先前的激情，迈动着的脚步也软塌无力，那样子好像经历了九死一生。而他脑子里，正高速运转着在回想女人丹红先前跟他做的事。

他和女人丹红在那包间的床上，"狼吞虎咽"地进行完第一场后，都四肢舒展地各自躺在那里喘着粗气。好一阵后，女人丹红斜了斜眼，接着侧过身去把头枕在他的臂弯里，嗲着声音对他说："超，你爱我不？"

此时的梁超已瘫软如泥，也有些昏昏欲睡。但他还是有气无力地回答女人丹红说："爱。"

女人丹红听了梁超这软塌塌的"爱"后，没去多想，又继续问："超，你离得开我不？"

梁超当时也用同样的语气，不假思索地回答说："离不开。"

女人丹红听了梁超这"离不开"，心里不仅舒坦也放了心，她知道，只有梁超真离不开自己了，她所想的事才有可能实现。她于是又对梁超问："超，我让你舒服不？"

梁超没精打采地说："舒服。"

他这话刚落口，女人丹红又嗲着声音问："真的吗？是她让你更舒服，还是我让你更舒服？"

梁超一听女人丹红这话，一下清醒了三分。他知道女人丹红此时说的她是谁，是自己的女人郁静。但要他回答这事，他不知咋说没想到就在他想该如何回答时，女人丹红竟一个鹞子翻身，一下骑在了他身上，再次疯狂地扭动了起来……

最后，女人丹红又跟他说了一件他从未想过，也不敢想的事。女人丹红当时趴在他身上，吻了吻他的嘴说："超超，我今天想去见你母亲。"

梁超当时听了女人丹红这话，简直一头雾水，他甚至怀疑自己是不是听错了，这女人是不是在与他开玩笑。因为他从未听女人丹红说过这事，他也没想过要这么做。

那次，他和女人丹红在超市门口遇上自己的母亲后，母亲虽然一直没问他这事，他从自己母亲当时那目光里，已看出自己母亲对这女人并不欢迎。所以，在后来的日子，他除了在母亲面前不提自己和女人丹红的事，与女人丹红在一起时，他也时时刻刻地警惕着自己的母亲，只怕他和女人丹红的事被母亲知道后，不知会是啥样的结局。

此刻，梁超和女人丹红从娱乐城出来后，依然一前一后地走在去停车场的街道上，没走多远，女人丹红便停了下来，有意等梁超上前挽着自己。她想，她这么做除了要梁超知道她离不开他，另外，她还有事要问梁超呢。

梁超走上前后，她主动挽上了梁超，并对梁超问："超超，你知不知道你妈喜欢吃什么东西？我第一次去见她，总不会空着手去吧。"

梁超听女人丹红这么说后，才知道女人丹红真铁了心要去。女人丹红先前给他说这事时，他虽没断然拒绝，也没答应这事。他当时只说他母亲也许不在家，怕去了白跑一趟。但女人丹红眼下再说这事，他感觉自己又回到了结婚前那提心吊胆的日子。那些时候，母亲总骂他不做正事，成天只晓得与那些不三不四的女人鬼混，直到与女人郁静结了婚，不知母亲是因他结了婚而定了心，还是怕郁静知道了他以前那些事两人不和，才再没骂过他。眼下他如果把女人丹红带回去了，不知母亲又该如何责骂自己了。但当他看到女人丹红那跃跃欲试的样子，又不好再拒绝，便淡淡地对女人丹红说："什么也不用买，再说，我妈也不是很讲究这些。"

女人丹红听了梁超这冷冰冰的话，心里尽管不舒服，也没与他计较。她明白自己眼下所做的事，对自己的未来有多重要。所以，在去梁超家前，她还是买了不少东西带去。

而梁超的母亲张淑琴在县城至县城新区那"阴阳桥"上，与算命的那老女人说定一周后，就去看儿媳郁静二胎会不会给她生孙子的孕相后，就心事重重地回了家。回家后本想静下心来，好好想想她这个家，这些日子究竟是怎么接二连三地出事的。另外，她也想在今后的日子如何对待儿媳郁静。自从她知道了儿媳郁静曾经是个开发型屋的女人后，就再没喜欢过郁静，但儿子死活要与郁静在一起。不过，儿媳郁静嫁来他梁家后，也尽心尽力地做事，想挑她的毛病也挑不出。她本想等儿媳郁静给她生个孙子，就把心中对儿媳不满的那一页翻过去的，没想到眼下竟发生了这样的事，因而让她一时又不知咋对儿媳郁静了。

此时的张淑琴想到这儿，一脸的失落和茫然，又因早晨熬煳了稀饭，蒸坏了点心没吃饭，感到饥肠辘辘、筋疲力尽。她长长叹了一口气后，便站起身来，拖着两条软得抽筋的腿，一步一步地朝厨房挪去。

厨房里依然是她早晨出门时的样子，被弄焦的稀饭点心依然黑黢黢地闷在锅里，梁超咬了一口的那点心依旧放在饭厅的饭桌上，几只绿头苍蝇也正津津有味地在上面爬来爬去。张淑琴见了这一切，心里除了难以接受，对儿媳郁静也更气了。她认为，要不是儿媳郁静昨晚撒泼，她这个家眼下就不会是这个样子，她张淑琴此时也不会饿着肚皮，还要收拾这一摊子。她之前活得多滋润，没事就到公园去跳跳广场舞，跟着那些老头子学学打太极。有时也和那些老女人们左声右调地唱唱"红歌"，并开开心心地说些家长里短的事。而眼下她就如一头拴在石磨上的老驴般困死在家里，什么事都要自己亲手做，还要她去幼儿园接孙女……

梁超的母亲张淑琴想着这些，觉得自己既委屈又窝火，就在她想痛痛快快骂一阵时，梁超领着女人丹红"噔噔"上了楼，并突然出现在她面前。

梁超当时走在前，虽然直接进了家门，却一副胆战心惊的样子。不仅面带惧色，目光也躲闪不定。女人丹红走在他身后，手里大包小包地提着东西，她心里尽管紧张，却是一副很随和很镇定的样子，见到梁超的母亲后，还没等梁超给他母亲介绍，就一下跨到了梁超母亲的身前，并亲亲热热地叫了一声"阿姨"。

梁超的母亲看见梁超把这女人领了回来，心里本就怪怪的，再看这女人一身的妖里妖气，心里就更不舒服了。上次在超市门口见自己儿子挽着这女人的手，就知道了自己儿子与这女人间那关系，她尽管没骂梁超和这女人，也没再过问这事，这除了自己不满儿媳郁静外，也认为儿子在外搞点"小动作"没多大的事，只要儿子不把这女人领回家来，不把家里搞得乌烟瘴气，就万事大吉了。哪知，儿子眼下竟明目张胆地把这女人领回了家，儿媳郁静在医院尽管不知道，但世上哪有不透风的墙呢？再说，家里这次出事，也是因为这女人，要不然她这个家咋会这样呢？她一个老妈子又咋会如一个用人一样，做了这还要干那呢？此时的她，本想冲自己儿子指桑骂槐地骂几句，要这女人知趣好自为之，没想到这女人的一声"阿姨"就立马堵住了她的嘴，让她把到嘴皮边的话又咽了回去。让她更惊奇并受宠若惊的是，女人丹红叫过她"阿姨"后，又将两手中的东西，毕恭毕敬地递到了她面前，并讨好着说："阿姨，我来公司后，本该早来看您的，但一直忙不过来，今天总算有了一点儿时间，我就要梁总梁超哥领我来看您了，这是我小小的一点儿心意，请阿姨收下。"

梁超的母亲听着女人丹红这么一说，心里尽管不舒服，但也知道棍棒不打送礼人这一道理，因而，她还是故作一脸笑容地回答女人丹红说："哎呀，来就是了嘛，还买啥东西，让你破费了。"

梁超的母亲一边这么说着，一边从女人丹红的手里接过东西，那样子，好像把之前的不快和气忘得一干二净了。

女人丹红见梁超的母亲对自己比想象中还和蔼可亲，便放开了手脚，尽兴地表演着自己。她趁梁超的母亲转过身去放东西，便机智地进了厨房。她本想烧锅做饭在梁超母亲的面前显显自己的厨艺，但进了厨房后，才见早晨的碗筷，锅盆都没洗，心里一阵嘀咕，但她还是很快镇静了下来，并手脚麻利地干起了活。等梁超的母亲放好东西从里屋出来，女人丹红已把锅碗瓢盆洗得干干净净。梁超的母亲一见，顿时睁大了眼睛，并从心眼里接受了这女人。但吃过午饭，当女人丹红帮她把屋子收拾好，与她儿子梁超走后，她心里又犯了难。其原因是她知道丹红这女人的心思，也知道自己这儿子是啥样的人，他俩如真在一起了，那儿媳郁静和孙女娇娇又咋办呢？难道真要将她们母女俩赶出老梁家不成？

第二十六章 两个女人一台戏

转眼间，一周已悄然过去。梁超的母亲张淑琴与那算命的老女人约定的时间很快就到了。张淑琴在与那老女人约定时间时，首先考虑了郁静的伤情。她想，儿媳郁静如果起不了床，又怎能看出她的孕相呢？为了准确无误，张淑琴这天特去医院看了郁静。

郁静在医院里经过几天的治疗，身体也一天天恢复了，为了保险起见，院方要求郁静再观察一周，因而，郁静心里尽管着急，也不得不要在医院里继续待下去。

梁超的母亲张淑琴这天去时，郁静已脱了病号服，换上了她平时喜欢穿的风衣，脚上也换上了半高跟，头上也不再是绷带，而是换成了"创可贴"。总之，除了面容还有些憔悴外，与出事前的她没有多大的区别。

张淑琴这天看了儿媳郁静这样子，心里暗自高兴也有几分气，她高兴的是儿媳郁静身体的恢复，就能让那看相算命的老女人看她的孕相了；气的是身体都好了，还在医院里住着，公司里的事没人管，家里的事也让她一个老妈子全过问。所以，她见到郁静时，对郁静仍然一副不冷不热的样子。

而郁静当时正专注地接着电话，电话是公司小李打来的。小李跟她说，这些天她不在，公司里人心涣散，生意无起色，梁超虽然时不时去一下公司，也全是瞎指挥。郁静听后立马对小李说，她会尽快去办出院手续，争取尽快回公司。当她接过电话转过身时，才看见婆婆张淑琴不声不响地站在了她身后。

郁静见了婆婆张淑琴，真是又惊又喜，因为她好几天没见家人了。因而，她没去多想婆婆那不冷不热的样子，就一脸欣喜地冲婆婆张淑琴问："妈，这么远的路，你咋来了？"

张淑琴被儿媳郁静这么一问，心里尽管不舒服，觉得再这么冷眉冷眼的也说不过去。况且，她眼下毕竟还是老梁家的媳妇哩，于是，她又摆出了以前那副故作生气的样子说："谁叫我刀子嘴豆腐心，老惦记着你。我来看看好得咋样，不行好另想法子。"

郁静一听婆婆张淑琴这话，心一酸，泪水哗地就流了出来，还有了丝丝哽咽。是呀，自从那晚住进了这医院，自己就如一个孤儿般被扔在了这里，同病室的病友一天二十四小时都有家人陪着，而她呢？要不是老穆每晚来陪她，她不知道自己能不能好起来哩……但此时的她不敢把这些事想下去，要不然她怕控制不了自己，让眼前的婆婆生气，她于是镇了镇神对婆婆张淑琴说："谢谢妈！娇娇在家里咋样，还听话吧？"

郁静一说娇娇，泪水又涌了出来。老实说，她想女儿了。住进这医院的那晚女儿是说了每天放学后会来看她的，但她天天盼，时时想，也没见着自己的女儿。奇怪的是，每天的放学时分，她的心都会痛，并且痛得很厉害，更奇怪的是，每一天她都期待这痛快点到来，哪怕这痛陪伴她一天二十四小时，她也心甘情愿。母女连心，她知道这是女儿在想她，或许在号啕着要来看她这个妈妈呢。但女儿太小，怎能独自来看她呢？

郁静的婆婆张淑琴听了郁静的问话，心也猛颤了一下。说起孙女娇娇，她真不知该给儿媳郁静咋说。每天放学后，都要缠着她这个奶奶来医院看妈妈，有时还哭闹不止。昨天晚上，她又以不吃饭来要挟她父亲，叫她父亲带她去医院看妈妈，最终是她给孙女娇娇说，妈妈第二天就出院回家了，孙女狐疑了半天才相信了她这个奶奶的话，并说："奶奶，你们再骗我，我明天自己去医院看妈妈。"

因而，张淑琴想了好一阵才回答儿媳郁静说："听啥话，捣蛋得很，成天跟个男孩子似的……"

张淑琴说过这话，怕郁静再问更多的事，比如说梁超咋样，去没去公司，还有梁超为啥不来看她……所以，她回答了儿媳郁静的问后，接着又说："好了，我该回去了，还要回去给梁超做饭哩！"

张淑琴说过这话，转身离开了郁静，并慌慌张张地朝电梯口走去。

张淑琴从医院出来后，走在医院外那大街上，心里很不平静。其一，她看到儿媳郁静那思家心切和对女儿想念的样子，同为女人，她理解儿媳郁静当时的心情。为此，她对儿媳郁静不由有了一丝怜悯。其二，就是如约去找看相算命那老女人的事。她一是怕那老女人收了她的红包，会从此不再露面躲着自己，二是这老女人会不会没那么神。思来想去后，她还是朝那老女人摆摊的"阴阳桥"走去。

她此时想，她无论如何都该去找那老女人，这不只是为自己送出的那红包，更主要的是为了老梁家的未来，和自己那逝去的老头子。老头子在咽下最后一口气时对她说，要她照看好这个家，要她想法子把老梁家的香火延续下去。

张淑琴想了这些后，毅然加快了脚步朝那"阴阳桥"赶去。还好的是，她远远就看见了那老女人如僧人打坐般坐在那里。她走近一瞧，那老女人在暖烘烘的阳光下正打着瞌睡，在车来人往的嘈杂声中，她竟"呼呼"地打起了鼾声，嘴角还成线地淌着口水。就在她弯着腰想叫醒那老女人时，身后一辆货车的喇叭声，如轮船的汽笛般把老女人惊醒了。老女人睁开睡意蒙眬并布满着血丝的眼睛，看见张淑琴已站在她面前，那张皱巴巴的老脸上，不由流露出了慌乱和无法掩饰的难为情。为了让张淑琴对她的道法深信不疑，她于是一改刚才的难堪模样，阴阳怪气地对张淑琴解释说："大妹子，我刚才去'那边'走了一趟，去给'观音'和'土地'汇报了这边的事，'观音'和'土地'又给我传授了真经……"

张淑琴听了老女人这话，不由一惊，也顿觉云里雾里，她于是一脸惊奇地冲老女人问："老姐姐，你说的是真的吗？"

老女人被张淑琴这么一问，心里一紧，突然感觉好像被张淑琴看出了破绽似的，慌乱中，她一改刚才的阴阳怪气，故作神秘地对张淑琴说："你还不信？我告诉你，我是'观音'的大弟子，师傅一周三次教我熟读经文……"

老女人这话让张淑琴更是一头雾水，也感觉虚虚实实寒气袭人。她好像从中意识到了一点儿什么，又像什么也不明白。但一想到她来求这老女人的事，便急切而奉承地对这老女人说了一声"相信"，接着又把嘴贴在老女人的耳根子问："老姐姐，你没忘我请你的事吧？"

老女人一听，故作什么也记不起地想了一阵后，对张淑琴反问说："大妹子，你说过啥事？唉！事情太多，我真记不起了。"

其实，当张淑琴给她说了，要她给她的儿媳郁静看孕相后的这几天里，她天天都盼着这事快点到来，因为这不仅能让她好吃好喝，又能给她带来一笔不菲的收入。但她又不想让张淑琴看出自己的用意，所以她才装出了这模样。而张淑琴见了之后竟信以为真了，忙提醒老女人说："老姐姐忘了？哎呀，老姐姐真是贵人多忘事，几天前我请老姐姐办的那事？"

张淑琴说过这话，伸长脖颈将算命的老女人看了好一阵，见老女人仍没啥反应，接着又说："老姐姐，我做梦都想抱孙子，老姐姐这下想起来了吧。"

老女人听了张淑琴这话，又故意拍了拍脑门，才一边拍一边若有所悟地说："对，想起来了，有这事，看我忙得把这事都忘得一干二净了，谢天谢地，这是大事，耽搁不得……"

老女人说过这话，又立马转过头惊奇地对张淑琴问："哎，你咋没把你儿媳带来？"

张淑琴被老女人这么问了之后，便给老女人说了儿媳郁静在医院里还没出院，却也好得差不多了，还说了她的顾虑，老女人听后觉得有理，便主动说了去医院，并说好第二天就去。当然，老女人以什么身份去看郁静，她们也商量了好一阵……

第二天早晨，当小区外的大街上，有了那些晨练者的跑步声，梁超的母亲张淑琴就起了床，吃过早饭，她把孙女娇娇早早送去幼儿园后，随即就按照头天与老女人约好的地点，如履行神圣使命般，去接那算命的老女人到医院去为老梁家能否后继有人"确诊把脉"了。

而郁静昨天等婆婆张淑琴走后，就准备去办出院手续的。这里除了让她感到窒息，公司里的事，她也焦急万分。公司里的小李一次次给她打来电话，不是问她一些事该咋做，就是给她说公司里出的岔子。她身子虽然在医院，心却每时每刻都在公司。但这天令她没想到的是，她去办出院手续时，医生告诉她，至少还要两天才行，因为刚拆了线的伤口还有炎症。郁静无奈，只好又待在医院里，数着时辰过日子了。

婆婆张淑琴领着老女人去看她时，她正在收拾出院的东西。院方要她再住两天，让她急得如热锅上的蚂蚁，总好做做这干干那来打发时间。也想着把东西收拾好，只要一拿出院证，她就可毫不耽误地离开这该死的医院，回到公司，回到自己女儿的身边去，但就在她埋头收拾东西时，身后却传来了婆婆叫她的声音："小静，你看谁来看你了。"

郁静听了这喊声急忙转过身去，看见门口站着婆婆和一个自己不认识的老女人。她先叫了一声"妈"，就迷惑地注视着那老女人不知咋开口了。婆婆张淑琴一见，立即明白了过来，也急忙抢上一步给郁静介绍说："小静，我给你说，这是你老姨，这么多年来一直在外地，昨天回来听说你被车撞了，无论如何也要来看你……"

张淑琴说到这儿，回过头去看了一眼那老女人，老女人心领神会地一边笑着，一边朝迷惑中的郁静走了过去。郁静见老女人朝自己走了过来，迷惑中，脑子里搜寻了好一阵，对这老女人依然没有一点儿印象。不过，她还是如婆婆介绍的那样，叫了这老女人一声"老姨"。

老女人听郁静叫了自己，对郁静也故作得更亲热了。她来到郁静的身边，除了要看郁静贴着"创可贴"的伤口，还拉过郁静的手翻来覆去地看了好一阵，不仅如此，又后退两步，将郁静的身前身后，以及从头到脚看了又看，品了又品，然后咂着嘴说："啧啧，好手相，好身段，难怪超儿这么喜欢你……"

郁静听着这老女人的话，如坠五里雾中，同时也感觉婆婆与这老女人的到来，似乎有什么不可告人的目的。的确，就在她一头雾水时，婆婆张淑琴拉着那老女人的手神秘地走了出去，一边走，又一边神神秘秘地说着啥事，郁静见后，心里顿时一惊，隐约意识到或许将有啥事要发生……

第二十七章　火上浇油

　　郁静的婆婆张淑琴，这天讨好地贴在算命老女人身边。从医院出来后，她就急不可耐地向老女人打听着儿媳郁静二胎会不会生男娃的事。在她看来，这老女人看了儿媳郁静的容貌、身段，还看了儿媳的手相，所以她对儿媳的生男生女，不只是心中有数，也应该了如指掌。总之，儿媳郁静究竟是生男娃的料，还是下赔钱货的胚子也应是一清二楚。在她还是姑娘时就听乡下那些婶子们说，奶子大屁股翘的女人会生娃，当初之所以答应了儿子娶郁静，除了把儿子没办法，也看到儿媳郁静"头翘尾翘"，想着她会生娃的份上默许了的。但她从大姑娘已熬成了老太婆，也没弄明白那会生娃，究竟是生男娃还是生女娃。所以，一出医院那电梯，她就冲老女人问了这事，那样子犹如火烧眉毛似的。

　　而老女人对张淑琴的问，却一副漫不经心的样子，还故作神秘兮兮的。当然，这不是她不忙，不想显示自己的水平，而是她在酝酿这事该如何对张淑琴说，既要顺张淑琴的意，又不能将自己套了进去。也就是说，她既能从张淑琴腰包里掏出钱来，自己也进退自如，还要让张淑琴口服心服，并对她感恩戴德。因而，她对这事也真绞尽了脑汁。

　　从张淑琴一周前给她说了这事，她就一直绞尽脑汁地考虑着。但她思来想去也没想出一个合理的法子。况且，她也知道，不管自己装得如何高深莫测，心里其实都是虚的。因此，这天临去医院看张淑琴的儿媳郁静时，才不得已想到了投其所好对症下药。

　　这天在去医院的路上，她一边走一边想着法子对身边的张淑琴问："大妹子，你这儿媳很不错吧？我想，不仅貌美门当户对，对你也很孝顺吧？"

　　张淑琴听老女人这么一问，心里犹如被什么戳了一下似的。她原不想把儿媳郁静的事说出来的，这不光是对儿媳不好，她老梁家的脸上也无光。你想，一个在县城小有名气的人家，竟娶了一个开发型屋的女人，这好意思说出口？而眼下被老女人这么一问，她不免为难了。说了怕传出去被人笑话，不说又怕这老女人知道自己不诚实而使坏招。她因此只好模棱两可地回答老女人说：

"还行吧，老姐姐真会说好听的话。"

老女人听了张淑琴这话，也意识到了张淑琴的儿媳在她心中的地位，于是她对张淑琴继续说："大妹子啊，我说啥好听的话？能嫁进你家的女孩还能有错？你难道不喜欢你那儿媳？"

老女人在说这话时竟停下脚来，"红丝线"密布着的双眼直直地注视着张淑琴。张淑琴听了老女人这问，又看了老女人那疑惑的眼神，先前的忧虑便被彻底摧垮了。她因此毫不保留地给老女人讲了儿媳郁静的一切，包括郁静的出身、家境，以及郁静开发型屋的事，还有这次为啥住进了医院，等等……老女人当时听了张淑琴关于儿媳郁静一股脑的话，心里一下就有了底，她当时尽管没吱声，对张淑琴要她做的事却胸有成竹了。

此时，她在张淑琴的问及下，犹豫了好一阵，才停下步来，一脸正色地对张淑琴问："大妹子啊，我懂你的心思，你是想听真话还是假话？"

张淑琴听了老女人这问，心里一惊，同时感到有些恍恍惚惚虚虚实实。她立马回答老女人说："老姐姐还不知道我，要的当然是真话。"

其实，老女人知道张淑琴会这么说，她之所以这么问，是想"放长线钓大鱼"。另外，她也想让张淑琴对自己感恩戴德。因而，听了张淑琴的回答后，她一下为难了起来，并做出一副痛心疾首的样子。张淑琴见了老女人这模样，不知发生了啥事，神情也一下慌乱了起来，并焦急地冲老女人问："老姐姐，出啥事了，有啥直说，是不是……"

老女人等张淑琴说过这话，又迟疑了好一阵，才装着痛苦万分地说："大妹子，你不知道，我如果说了实话是要折寿的啊，折了寿，是很难买回来的啊……"

梁超的母亲张淑琴听了老女人这话，好像从中明白了一点儿什么，但为了老梁家后继有人，不由想到这算不了什么，她于是对老女人说："老姐姐，你实话实说，接下来的事我知道该咋做，要不我再封两个大红包，外加大红雄鸡一只，让你多买点纸钱，打点'观音'和'土地'，买回你的长寿……"

老女人听了张淑琴这话，好像吃了定心丸，心里一下就踏实了。不过，她还是为难了好一阵，才对张淑琴说："那就好吧，为了你我姊妹一场，更为了你们老梁家，我就豁出去了……"

老女人说过这话，又顿了一阵，才难以开口地给张淑琴说了她儿媳郁静是生女不生男的相，不说二胎，就是三胎四胎，甚至十胎八胎，哪怕生一个加强连，也是女孩。张淑琴当时听后，不仅睁大了眼睛，脸也变了色，并一直埋着头没再吭声。

最后，张淑琴真给那老女人又封了两个大红包，还领着老女人去蛋禽市场给老女人又买了一只大红公鸡。等老女人包里揣着红包，手里提着那只大红公鸡，满脸知足地离她而去后，她才垂头丧气地朝家里走去。

张淑琴此时虽然走在回家的路上，脑子里却想着老女人给她说的那些话，心里老不踏实。老实说，她并不心疼送给老女人那红包，和用了整整一百元钱买来的那大红公鸡，而是想着儿媳郁静咋就不会给她生个孙子呢？二胎不能，那三胎四胎该行吧，没想到儿媳郁静就如女儿国的国母一样，一辈子只能生女儿。想到此，她对儿媳郁静又多了一分怨愤，对老梁家的未来，也更担心了。

从外面回到家后，她即刻来到她老头子的遗像下，唠唠叨叨地讲了她领老女人去医院看儿媳郁静的事，唠叨完，她又对老头子问："老头子，你说这事该咋办？如果就这么下去，老梁家的家业谁来继承？你我的香炉里谁来燃香烧纸，如果让超儿另娶，除了郁静难接受，这个家没有她也不行，不说一家的一日三餐，光公司那头就难打理……"

张淑琴说了这些后，满眼期待地望着她老头子的遗像，像她老头子在世一样，静静地等待着老头子的锦囊妙计。然而，她的脖子都望痛了，脑袋也晕乎乎了，"老头子"也如不认识她一样，只默默地看着她，不给她吱一声。这让张淑琴既失落，也没一点儿主意。但就在她无计可施时，不知是她望着的"老头子"显了灵，还是她心里早就想过这样的事，她脑子里突然出现了女人丹红的影子。

女人丹红在她脑子里的出现，让她不由想到了郁静在这个家的地位，不过，当她细细思量着这两个女人时，她心里一时又难以做出决定。

女人丹红给她的第一印象，就是水性杨花。在她看来，水性杨花的女人不是祸水也没几个正经的。从她第一次见到这女人和自己的儿子在一起，就

147

知道了自己儿子与这女人间是咋一回事。几天前当她儿子把这女人明目张胆地带回来后，她更清楚了儿子和这女人的用意，只是没直接告诉她罢了。但是，这水性杨花的女人，究竟是何方神圣，她的来历也全然不知，要是弄出个啥事来，不仅毁了老梁家的脸，这一家子的日子又咋过呢？张淑琴想过这些，她一下感到这事非同小可，同时打定主意：她要为老梁家掌好这个"舵"，把住这个"脉"。

所以，几天没回家的儿子梁超，在她的一个个电话下，这天的天黑前总算回来了。回来后的梁超，一副精疲力尽的样子，进门后，就一头栽在床上，接着便响起了一串儿的呼噜声。张淑琴一看他儿子这瘫软软的样子，心里就有气。再加公司和家里这段时间出的事，她真是气不打一处来。她跨进儿子的房间后，先"啪啪"地在儿子的屁股上打了几巴掌，然后冲儿子嚷道："你昨晚是去偷牛了，还是去抢银行了，不回来则罢，回来就睡。"

儿子梁超被母亲张淑琴这么一打一嚷，总算从缠绵的睡梦中醒了过来，不过依然晕沉沉的，他一边揉着眼睛，一边生气地冲他母亲问："嚷啥呀嚷，别人想睡一会儿都不行吗？"

张淑琴听了儿子这话，本想再骂几句儿子的，但看儿子已生气了，再说，她还要问儿子有关女人丹红的事哩，万一儿子生起气来什么也不给她说，她去问谁？她于是笑着扭了扭儿子的耳朵，然后同以往每次把梁超从睡梦中叫醒那样，对儿子说："睡，睡，睡，祖宗埋在睡牛山上了，你小子只晓得睡，火烧到了屁股也不急……"

张淑琴这连笑带骂的话，让儿子梁超也哭笑不得，他继续揉着眼睛问："妈，您火急火燎地叫我回来有啥事，人家在外面正忙着呢。"

张淑琴一听儿子这话，心里不由暗自嘀咕道：你小子咋不忙？忙着搞那女人，看你这副"劳累"过度的样子，真是不知好歹的东西！但她嘴上不好这么说自己的儿子，再说她也说不出口，于是她凑近儿子说："老娘叫你回来干啥，还不是担心你。我问你，你和那个叫丹红的女人是咋一回事？"

梁超被母亲张淑琴这么一问，一下就警觉了起来，他以为母亲张淑琴要过问他和女人丹红的事，也就是不让他和女人丹红再来往了，于是狡辩着对母亲说："什么怎么一回事，她是公司里的员工，又是管'直销'的副总，在一起是很正常的嘛。"

张淑琴听了儿子这回答，知道儿子在狡辩，于是冲儿子略带生气地说："是正常的吗？你以为老娘没长眼睛，不知道你们那些偷鸡摸狗的事？"

儿子梁超被他母亲这么一说，知道母亲已知道了他和女人丹红的事，顿时如证据确凿下的罪犯一下低下了头。接着，他又死皮赖脸地笑着对母亲说："妈，你咋说得这么难听呢？我和她不就是那么一回事。"

张淑琴听了儿子这话，一下板起了脸，接着对儿子说："不管一回事，还是两回事，弄出事来咋办？我问你，你知道她的根根底底和来历吗？"

张淑琴说得很气愤，她知道，只有这样才能唬住儿子，让他说实话。女人丹红除了水性杨花，似乎也没什么地方可挑剔的。年轻漂亮，既懂事又勤快，但她不能让自己的儿子与这不明不白的女人纠缠在一起，即使要怎么样，也得弄个明明白白。

而她儿子梁超也被母亲这话和气势镇住了，他愣了好一阵才说："妈，没有那么严重吧？"

张淑琴听过儿子这话，又看了儿子那一脸的窘相，才缓下气来说："没那么严重？那把她的根根底底说来我听听。"

梁超听了母亲这话，知道自己不把女人丹红的来龙去脉说出来，母亲肯定会阻止他和女人丹红再来往。所以，他边说边想地向母亲说了女人丹红的来历。

他说女人丹红是大学生，并学的市场营销专业，大学毕业后，一直没找到工作，后来在朋友的介绍下才来到了他这里，况且一直单身……

儿子梁超的话，在张淑琴心里简直是一字炸一个坑，不仅说得她心花怒放，也让她云里雾里。不过，她依然装得若无其事。这不仅怕儿子知道了不管不顾，她还担心着这水性杨花的女人能不能靠得住。同时，她心里也暗自打着主意……

第二十八章　胜似兄妹情

话说在医院里等着出院的郁静，这天等婆婆和那老女人走后，就一下坐在病床上，想着她住院的这些日子是怎么过来的。梁超没来看过她，电话也没给她打一个，她有时想，梁超与那女人难道真有那回事？要不他对自己咋一直冷冰冰的？两人那晚虽然顶了嘴，还动了手，但事情过后不该是这样子，是呀，两口子哪有不顶嘴不斗气的？况且，自己还为这事差点送了命，难道他真就铁石心肠？

婆婆虽然来过两次医院，好像每次都有不可告人的目的，都是匆匆而来又匆匆而去，话也没多说几句。还好的是，白天有医生护士和同病室病友的陪伴，晚上有老穆来陪护自己，要不，在医院里的这些日子，她真不知道该怎么过了。

老穆在她住院的第一天来看过她后，就没再回芋头镇。那天，他喂过郁静樱桃后，又到外面给郁静买了早餐，他想郁静头部受伤，咀嚼东西头一定很疼，便到小食店给郁静买了豆浆油条，并在小食店里借了一大瓷碗，把豆浆油条买回病房后，老穆便把油条撕碎放进盛着豆浆的大瓷碗里，等油条酥软得与豆浆溶为了一体，他才一勺一勺地喂进郁静的嘴里。郁静开始很难为情，老穆就诓她说："小静听话，你小时候我也是这么喂的你，你现在虽然长大了，不再叫我二爸爸了，但你叫我哥呀，哥喂妹子是天经地义的事……"

听着老穆这一席话，郁静的泪水一下哗哗地流了出来，老穆见后，心疼地一边给郁静揩着泪水，一边说："小静莫哭，小静一直很坚强的。"

郁静听过老穆这话，真的止住了哭，也忍着头疼，慢慢将老穆喂进嘴里的豆浆油条糊咽了下去。

老穆这天给郁静喂过豆浆油条糊后，又打来温水给郁静洗了脸，洗了手，再给郁静服过药后，见郁静很疲惫，就对郁静说："小静，困了就睡一会儿吧，我去城里转转再回来看你。"

郁静听了老穆这话，不知是被感动了，还是怕老穆这一走，就如梁超和婆婆那样，把她扔在医院里就不来了，眼里因而又一下涌满了泪，老穆一见，像明白了什么似的，便坐了下来，一边陪着郁静睡去，脑子里一边想着心事。

在同小李来医院的路上，他还一直想，梁超一家子也许都在医院里陪着郁静，因为郁静在结婚前给他说过，梁超很爱她，她也爱梁超，梁超的父亲母亲也很喜欢她，所以，爱她喜欢她的人，在她受伤住院时，咋会不在医院陪她，照料她呢？即使一家子不会全在，梁超至少也会在医院里的。因为他们是夫妻，夫妻不光是花前月下的卿卿我我，也应该同甘共苦，为对方承担起该承担的责任。

然而，这天早晨他被小李领着来到郁静的病房时，见郁静孤零零地躺在病床上，病床前竟没有一个亲人，他的心当即就颤了一下，原以为郁静的家人刚出去，但久久没见人回来，他才问了郁静是咋一回事，郁静当时给他说，家里的事多，梁超和她婆婆昨晚把她送进医院后就回去了……

郁静在说这话时，他看见郁静的两眼都红了，说话也吞吞吐吐的。他心里立马有了预感，觉得郁静在她那个家里，并非如她当初说的那样被爱着，被疼着。她昨晚的出事，或许不只是因忙不过来加夜班而发生的。他本想问问郁静这到底是怎么一回事，但怕提起又伤郁静的心，他故而装作什么也不知道，心里却暗自打着主意。

老穆这天等郁静睡着后，请同病室病友的家属，帮着照看一下郁静，他便出了医院，去城里办自己的事了。他本该回一趟芋头镇的，但想着医院里的郁静，也就打消了这样的想法，一心一意也风风火火地朝城里赶去。

他先去了一家搬家公司，公司里的一个主管曾经同他一起打过工，说不上朋友，却有几分朋友之情。三个月前他俩在县城无意间遇在了一起，一阵寒暄之后，这主管便炫耀着给他表态，只要老穆不嫌弃这搬家活，想去随时都可以。

老穆这天想了那主管三个月前的这话，才去找他的，哪知当他在城里乘车转车找到这主管时，主管告诉他，公司眼下业务不景气，活不多，因而没办法帮他这个忙。

老穆听过这主管的话，意料之外的状况让他不由感到失落和懊恼。他先前想，他要在县城找一份工作，一边打工，一边陪着郁静，陪她把这段最艰难的日子度过去，没想到一开始就碰了壁。

老穆从那搬家公司出来后，又急着去了一建筑工地。这个建筑工地是芋头镇的一个开发商承包的。他去时，恰巧工地需要小工，几乎没费口舌就把事情定了下来，并立即投入了工作。因而，整个白天他也没再回医院去。

郁静这天一直睡到婆婆张淑琴来到病房才醒过来，她睁开眼时，看见婆婆从门外走了进来，她以为老穆还在床边守着她哩，心里不由一紧，但当她把整个病室扫视了一遍，仍不见老穆的身影时，她的心才放了下去。她知道婆婆见不得老穆，也怕婆婆误会她和老穆间的清白，尽管她和老穆清白如纸，情感也只是兄妹，但人言可畏呀。

婆婆张淑琴这天来医院看过她走后，她心里除了痛苦和失落，也想着老穆为啥不辞而别。是婆婆的到来让他不得不离开，还是老穆怕被她连累回了芋头镇，这让郁静很困惑，也让她煎熬在无助和期盼之中……

老穆这天找的那工地，因活紧赶工期要加班，所以他回到医院时天已完全黑了下来，整个医院也全亮了灯，所有的病人和家属都各自回了自己的病房，楼道里也没了白天的嘈杂声和"哚哚"的脚步声，只有每间病室里，或大声或小声地叽咕着一阵阵说话声，和那些重病号痛苦难忍，又无法抑制的呻吟。

与郁静同病室的是位中年妇女。她是在地里干活时，被蛇咬了住进的医院。由于先到，伤腿也基本上痊愈。照料她的是她的男人。男人憨厚老实，对自己女人百般呵护体贴，女人的伤在脚上，梳头、吃饭、削水果完全能自己做的，但她男人无论如何也不让她做这些事，郁静看在眼里，心里好羡慕这女人，同时也问，自己咋就没这样的福分呢。

老穆这晚跨进病房时，这女人刚刚夸过自己的男人。吃过夜饭后，男人问她想不想吃卤猪蹄，并说城里有一家叫张猪蹄的卤猪蹄好吃得很，女人说刚吃了夜饭不要太浪费，男人说，我看你吃医院里的饭菜如在咽药似的，我去买吧。这男人说过这话，就折身走了出去。男人走后，这女人又说了一阵她在家里是咋被男人疼着宠着的，说男人雨天不让她出门，日头出来不让她下地，那样子说得既兴奋又陶醉……然而，正当这女人说在兴头上时，老穆手里提着一个塑料袋子走了进来。

老穆是加了班后，直接来的医院。他衣裤上沾满了水泥，虽然洗了手，手指却被水泥浸泡得发了白，并满是皱褶，郁静见后，忙对老穆问："哥，你去哪儿了，还把自己弄成了这样子？"

　　老穆走到郁静床边，一边将塑料袋子打开，一边编着话对郁静说："小静，你不知道，我一直在县城打工，刚从工地过来。"

　　老穆这么说着，手中的塑料袋子已被他打开，顿时，一股气浪带着诱人的肉香，从刚解开的塑料袋口蒸腾而出，让整间病室充满了肉香味。郁静闻着这肉香味，看着老穆那小心翼翼又憨实的模样，心里顿时有了一丝难以表述的情感。她同时想，自己的男人梁超为啥不这样呢，同病室那大姐的老公对她那么好，而自己呢，梁超除了埋怨她，就是把她当包袱一样扔在这里，不说关心她，给她弄好吃的，看也没来看她一眼，还不如一个与自己毫无血缘关系，又没一点儿沾亲带故的老穆对自己好。郁静想过这些，眼里不由有些湿润了。

　　而老穆因专心致志给郁静弄吃的，对郁静的这表情一点儿也不知道。他从床头柜的抽屉里取出碗和勺子，将塑料袋里的东西小心翼翼地，一勺一勺地舀出来，又轻手轻脚地倒在碗里，那样子专注得不敢出一口大气。

　　老穆这时舀的，是他从城里买来的羊肉汤。在他下班走在工地至医院的街道上，就一边走一边想，给郁静买啥吃的东西去呢？他想过烤鸭、鸡翅，也想过卤猪蹄。但当他一想到郁静头部的伤口，就改变了主意。他怕郁静在咀嚼这些时，头部的伤口不仅疼，也难恢复。也许是心诚心细的原因，当他路过一家羊肉汤店时，脑子里灵机一动，便想到了给郁静买这羊肉汤最适合，因为羊肉汤是人人皆知的滋补之佳品，既温阳散寒活血通经，还可止痛。

　　老穆想过这些后，便进了羊肉汤馆，给老板打了招呼后，给老板说了打包带走，还给老板提了要求，要老板全用羊头肉，因为羊头肉软不板实好咀嚼，老板听后，赞赏地对老穆说："是给你家老娘买回去的吧？好，没问题，唉，这样的儿女越来越少了。"

　　老穆听了店老板这话，不知咋说，脸顿时窘得通红，幸亏店老板忙着手上的事，没看到他这副窘迫的模样，要不然他真不知对店老板咋说了。

　　此时，老穆将塑料袋里的羊肉汤全舀在了碗里，满满的两大碗哩。他把塑料袋子扔进门口的垃圾桶后，然后就坐在床前，一手托着碗，一手拿着勺子，一勺一勺地喂起了郁静。刚开始，郁静依然不好意思，经过治疗和一天一夜的休息，她的病情尽管有了很大的好转，也能坐起身了，而伤势的严重，使得她还是显得很虚弱，不仅面色苍白，说话也有气无力。她几次要自己吃，都被老穆拒绝了。老穆当时对她说："小静，看你虚弱成这样子了还逞能，要是把这洒在了床上，看你今晚咋睡？"

郁静被老穆这么一说，不再吭声了，如听话的小姑娘般，让老穆一勺一勺地喂着，然而脸上的表情却很异样，目光也躲闪不定，没吃多少她竟盯着老穆说："哥，你也吃吧，累了一天了，还没吃饭吧？"

而老穆款款一笑说："我吃过了，在这羊肉汤店里吃的，要不，我咋会想起给你买这回来呢？"

老穆说过这话，忙低下头在碗里给郁静舀着羊肉。他怕自己刚才撒的谎，被郁静从他脸上或眼里看出来，而且他对这羊肉汤的美味也很馋。下班后，为了尽快赶来医院，他只在工地伙食团里买了两个冷馒头，一边啃着，一边就朝这医院赶了过来。所以，当他一闻到这羊肉汤的香气，那馋出来的口水就从舌根下直往上涌，每一次，他都趁郁静不注意时，将口水重又悄悄吞进肚里。

眼下，郁静在老穆的一再鼓励下，终将两碗羊肉汤全吞了下去，老穆因而很高兴，郁静的脸上也渐渐有了红晕，她还对老穆问："哥，你明天还去工地吗？你这晚住哪儿？"

第二十九章　体贴入微

此时的老穆听了郁静这问，才猛然一惊，也才摸出手机看了看，已近晚上十二点了，他心里也不由暗自问：今晚自己应该住哪儿呢？

原来，老穆从家里赶来医院，又从医院赶往工地，整整一天都在忙着，根本没去考虑他这晚住哪儿的事。再说，他现在知道了郁静家里竟没有一个人在医院里陪护她，心里就更放不下了。所以，郁静问过他后，他略略思索了一下对郁静说："住医院里呗。"

郁静听后很是吃惊，脸上的表情也很诧异。因为医院里没有供病人家属独自过夜的房间，大多病人家属到了晚上都同病人在同一张单人床上挤在一起。所以，郁静听了老穆这话后，自然就想到了老穆同她挤在同一张床上的情景，心里就不由紧张了起来，但她又不好说出口，因而，她也只把那难为情挂在了脸上。

老穆看后，好像也明白了郁静的心思。为了打消郁静的顾虑，他于是对郁静说："小静，你睡吧，等你睡着了，我就到外面走廊去，那里有长椅，这个时节不冷不热正合适，哈哈，还不用交住宿费，何乐而不为呢……"

老穆这话说得很轻松，并很风趣，也让郁静哭笑不得。她本想说句什么，又不知咋说才合适。于是她看了老穆一眼后，重又躺了下去，并侧过身，把脸朝着墙壁，同时也闭上眼睛，一副要立即睡去的样子。

郁静开始以为自己会很快睡去的，但躺下后怎么也睡不着，脑子里还一个劲地思来想去，尤其想了受伤前后所发生的一切，也想老穆对自己的这片情，想着想着泪水就从眼角流了出来，不知咋的，尽管她竭力克制着，还是不知不觉地哽咽了起来。

老穆当时坐在床边还没离去，听了郁静这哽咽，心里一紧，立马站起身来，忙伸过头去问郁静："小静，咋啦？是疼得厉害，还是想家了？"

其实，此时的郁静并不是伤口疼，也不是想她那个所谓的家，而是心疼。她想当初自己为啥不听老穆的话。那时老穆就提醒过自己，自己却听不进去，相信了梁超的花言巧语，让自己尝了这苦果，又骑虎难下。因而面对老穆的问，她也不好直说，她只好说伤口很疼，老穆听后，好像受了莫大刺激似的，先对郁静说："小静，你忍着，我这就去找值班医生。"然后就急匆匆出了病房，又急匆匆朝值班医生的办公室奔去。

郁静听老穆说要去找值班医生，本想坐起身来阻止的，但当她转过身来时，老穆已出了病房，脚步声已在楼道里急促地响个不停。所以，她只好重又躺了回去，忐忑着等老穆快点回来。

此时，夜已很深，同病室的那中年妇女，还有她那憨实的男人，挤在那单人病床上已呼呼熟睡着。憨实的男人也许白天在医院里忙来忙去，又去城里给他女人买了不少东西，因而有些累，所以此时响起了轻轻的鼾声。郁静听着这一男一女的均匀的呼吸和鼾声，心里很羡慕。他们的外表是那样的朴实，朴实得谁也不会认为他们家里有几套衣服，几件像样的家具，他们的感情又是那样的平淡，平淡得没听他们说一句"爱你"的话，但他们之间的感情却是那样的厚重真实。郁静想到这儿，突然感觉自己多需要这样的感情啊。

老穆出去后，没一会儿就领着一位值班医生走了进来。这医生也是昨晚给她缝合伤口那医生。当老穆去值班室给这医生讲了郁静头痛的事，这医生吃惊地看了老穆好一阵，才惊奇地冲老穆问："你是……"

老穆听了这医生这含糊其词的问，立即明白了医生的问是啥意思，急忙对医生解释说："哦，她是我妹子，我是她哥。"

医生听了老穆的解释，一边取药，一边激奋地说："我说嘛，咋不同呢？昨晚他们把你妹子送来时，都在责备你妹子，那情景叫我们都看不下去，更没想到的是，后来他们全都走了，没有一个愿留下来照料你妹子……"

值班医生说过这话，已取好了药和器械，然后带上药品和器械对老穆说："走吧，我去看看。"

老穆听了这值班医生的话，心里很郁闷，他没想到竟还有这样的事。他之前怀疑过，但他很快就打消了这样的念头，因为郁静既漂亮又能干，咋会受到家里人这样的歧视呢？更没想到在郁静出了这么大的事后，他们不仅无动于衷，还恶语相向，他因而不由想，郁静这次的出事会不会与他们有关呢？

156

老穆想过这些，心里犹如有团火烘烤着。同时，他感到了郁静这孩子的可怜，也知道了自己肩上的重任，这不仅仅是因为郁静的父亲对自己有恩，也是郁静的父亲在离开这人世间时留给他的交代。所以，他对郁静的照料和关心也更加细致周到了。

此时，他走在值班医生的身后，回到了病房里。值班医生给郁静看了看伤口，转过身对老穆说："没什么，那么长一条口子，肯定会疼的。"

值班医生说过这话，将镇痛药交到老穆手里后，又对老穆说："照顾好你妹子，有什么事叫我。"

值班医生说了这话，便走了出去，出了门后，值班医生又转过身对老穆说："记着，不要让你妹子太生气，否则，对伤口的恢复是很不利的。"

老穆听过值班医生这话，心里再次心痛不已，他答应并谢过值班医生后，就开始给郁静分药倒水，脑子里一边想着值班医生跟他说的话，他也想问问郁静值班医生先前给他说的话是不是真的，就在他想开口问时，郁静叫住了他，并泪眼蒙蒙地对他说："哥，辛苦你了！"

老穆听过郁静这话，抬头再看见郁静那一双泪眼，他心里一下就酸了起来。同时，他从郁静那双泪眼里，好像已知道了郁静当下的处境。所以他想，时下如果再问郁静那值班医生给他说的话，不亚于在她伤口上撒盐，也不亚于揭她的伤疤，除了疼以外，更让她难堪和无以面对，郁静既然不跟他说这次事故的真相，这里面一定有她的道理和难以启齿的情形。老穆想过这些，同以往一样，装着什么事都不知道地对郁静笑着说："都叫哥了，还说这话。只要你能快点好起来，同以往一样幸福开心，哥累也值。"

老穆说过这话，他用嘴试了试水温，然后将手中的药丸和水递给了郁静，并说："小静，你把这药丸吃了，伤口慢慢就不疼了。"

老穆在说这话时，心里酸疼酸疼的，目光里也充满了关切和怜惜。

郁静听了老穆这如大哥哥宠着疼着小妹妹般的话，再抬头看了老穆那目光里的关切，把不想吃药的话又咽了回去。因而，她如一个很乖很听话的小女孩一样，先从老穆的手里接过药丸放进嘴里，接着又从老穆的手里接过水，然后一仰脖子将药丸吞了下去。

此时的夜不仅很深，也很静，静得有些瘆人。整个医院除了一声声鼾声和时不时传来的呻吟，就如深夜里的一处坟茔，肃静中充满了阴森。郁静服下药丸后，在这静静的夜里，很想留下老穆陪自己度过这漫长之夜的，但想想老穆在工地劳累了一天，再说也觉得很不合适，她于是对老穆说："哥，你去休息吧，我会没事的。"

老穆听了郁静的话，知道了她的心思，便伸过手去，帮着她躺下后，一边给她掖着被子，一边说："好吧，你也睡，不要多想，慢慢会好起来的。"

老穆说过这话，站起身来在郁静的床前站了站，便转身朝门外走去……

而郁静在老穆给她掖被子时，故意闭上了眼睛，也装着已睡去。但当她听着老穆的脚步声朝门外走去了，她立马又睁开了眼睛，看着老穆一步一步朝外走的背影，她于是心乱如麻痛苦不已，她不知道自己往后的日子将如何过下去。老穆先前说她同以往一样幸福开心，但在这之前她幸福开心过吗？

刚跟梁超结婚那会儿，梁超的母亲尽管看她不顺眼，时常含沙射影地说些不中听的话，但梁超对自己好，她每次有了怨气，梁超总要说些话给她安慰，说他母亲有偏见，说他母亲旧思想，那个时候的她，虽然时不时不开心，但她感到自己是幸福的。因为有老公梁超的爱，有他的袒护和慰藉。没想到好景不长，没多久梁超就开始冷淡自己了，尽管自己努力做好了一个妻子、一个母亲、一个儿媳和公司里的一个副总的本分，但也没得到婆婆的认可和肯定，也没得到丈夫的关爱和疼惜，除了男女间那本能的需求之外，几乎一无所有，最终还落到了如此地步。

郁静这晚想过这些，又流出了泪，并也哽咽了起来。为了不被别人听见，她将被子盖过头顶。后来，不知是镇痛药的原因，还是太疲惫，她哽咽着哽咽着就睡着了。当她醒来时，掀开头上的被子睁眼一看，老穆竟趴在她的床头柜上正呼呼大睡，那样子既沉静又憨实，这让她不由想到了同病室那中年妇女的男人，一种难以表述之情猛地撞击着她的心，她本能地将被窝里的手伸了出来，并朝熟睡中的老穆的额头探了过去，但当她的手快触到老穆的额头时，她立马又缩了回去……

第三十章 牵肠挂肚

老穆这天趴在郁静病床的床头柜上，一觉醒来时，天已大亮。屋外的阳光从病房的窗户透进来，让整个病房里亮堂堂的。老穆抬起头，首先把目光投向了郁静的病床，想看郁静是醒了，还是如在他刚才的梦里那样，伤痊愈已出了院。

在他刚才的梦里，梦见郁静出院后，和他一起回到了芋头镇。郁静还给他说，她从此不回县城了，老穆听后，一下就急了，慌忙对郁静说："傻女子，咋不回县城呢？别人想住那县城还想不来呢。"

郁静当时噘着嘴与老穆争执说："我现在才知道县城有啥好，除了人多车多，白天黑夜都是闹哄哄的，想睡个安稳觉都不行，还有，那里的人都现实，全认钱不认人……再说，你看这乡村小镇多好，有山有水，到了夜晚又清静，早晨起来，从山谷里飘来的清香既甜丝丝的，又润心润肺……"

老穆听了郁静这话，心里感觉郁静虽然做了母亲，但好像还是一个孩子。他不由责备着郁静道："小静，你太天真了，你知道不，你的一切都在县城了，那里有你的家、你的老公、你的孩子，还有你的事业，你咋离得开他们呢？"

郁静听了老穆这话，没再说什么。她扭过头去，一个劲地悄悄流泪，泪从她苍白的面颊淌下来，犹如小河流水无声无息，源源不断。老穆看后，心一下就疼了起来，这疼是那种锥心刺骨的疼，也是那种即将失去生命的疼，这疼让他难以忍受，这疼也让他充满了恐惧。老穆也是因恐惧才从梦里醒来的。

老穆醒来的第一眼，就看见郁静正默默地注视着自己，目光里充满了温柔，充满了情意，同时还充满着殷切。老穆见后，突然慌了起来，忙对郁静说："小静，你早就醒了？"

郁静被老穆这么一问，才从沉思中回过神来。先前，当她把伸向老穆额头的手缩回去后，就一直在想，老穆不是说他到楼道里去过夜吗？咋会在这里？又是何时进来的呢？他又……郁静想到这里时，忙看了看盖在自己身上的被子，以及她的内衣，还有她放在枕边的一切，包括她的睡姿都同睡前一样，才打消了顾虑，同刚醒来时那样，静静地打量着眼前这个既像父亲又像大哥哥，更像知己一样的男人。因而，她打量得是那样的投入，又是那样的痴迷。当老穆醒来叫了她，她才回过神来，忙一脸羞涩地回答老穆说："嗯，哥，你也醒了？看你睡得正香，没敢叫醒你。"

老穆是问了郁静后，才把目光投向窗外的，看了窗外那明朗朗的阳光，他的心一下慌了起来，因为他怕误了去上工的时间，但当他回过头来看了手机上的时间，他的心又放下了。原来，这春末夏初时节，天总是亮得很早，此时六点还不到呢。就在老穆为自己不会误工而暗自高兴时，郁静的话不由打断了他的思绪，于是回答郁静说："一下睡过头了，不过不碍事，离上工的时间还早哩。"

老穆一边这么说着，一边忙着做事，给郁静打洗漱水，一边到外面去给郁静买吃的，动作是那样的迅速，那样的敏捷。来来去去不到半个小时，就把郁静的事全部办得妥妥帖帖，还帮着郁静服了药，并守着郁静吃了早餐。当郁静吃过早餐后，他又嘱咐了郁静几句，同头天一样，请同病房的那中年夫妇帮着照看郁静，他才抓过郁静没吃完的馒头，一边吃着，一边匆匆出了病房，并慌忙朝上班的工地赶去。

老穆走后，郁静心里突然少了什么东西似的疼了一下，这种感觉很微妙，也让她痴痴地呆在那里。

同病房的那中年夫妇看了她这模样，也许猜到了她的心思，那中年女人一脸疑惑地探着圆乎乎的脑袋对郁静问："妹子，刚出去那男的真是你亲哥？"

郁静听了这中年妇女的话，突然一惊，她不知道这中年妇女这话的意思，但又觉得有点明白似的，忙对这中年妇女说："不是，但他对我比亲哥还亲。"

中年妇女听了郁静的回答，像一下明白什么似的对郁静说："我说是嘛，你不知道他昨晚有多担心你，老实给你说吧，你昨晚睡着后，我一直醒着，我是看着他一脸焦虑从楼道里进来的，我以为他会对你怎么，但他坐在你床前看了你一阵后又走了出去，后来，不知他在外面是睡不着，还是担心你，又走了进来，就那么呆呆地守着你，我还看见他在悄悄抹泪哩，再后来，他就打起了瞌睡，并一埋头趴在你床头柜上睡着了。"

这中年女人的话，又让郁静的心难以平静了。她因而再次想到了自己的男人梁超，也想到梁超能有一点点儿像老穆对她的好，她该有多幸福啊。郁静想到此，心里充满了失望，也不由悄悄流下了泪，此时的她，不知道自己还该不该爱梁超。于是，她便默默地想着这事。

其实，一开始，梁超在她心目中是有地位的。当时的梁超不仅帅气又善解人意。她虽然烫伤了他，他却没有为难她，但自从梁超抱了她，她就觉得梁超当初对她的好和通情达理是有目的的。但因梁超的那一抱，她怎么也摆脱不了梁超给她的羞辱，而去面对另一个男人，她只好嫁给了梁超，想以此来平静被羞辱后那忐忑的心。哪知，当她将自己的一切全给了梁超，并不辞辛劳地为梁家忙碌时，她却感到梁超变了，对她不仅没了当初那激情，也在一天天疏远自己。她有时也想，婚后的男女也许都是这样子，哪可能还有当初的情趣和浪漫呢？直到这天，她无意间看了梁超手机里的那条短信，才如梦初醒，并知道自己和梁超再也不可能回到当初了。

她此时还想，她不知道自己出院后，如何面对梁超，面对婆婆，她和梁超之间的事又如何了结。不过，她最希望的，她和梁超之间只是一场虚惊，梁超手机里那条短信也只是小孩玩的恶作剧。还有，她更希望梁超哄着她说，那条短信是谁谁男士发的，或是谁谁女士因嫉妒，故意挑拨他们的，只要老公梁超能说出这人的真名实姓，她就会不计前嫌，同梁超回到从前，到时再生个儿子，既满足婆婆的心愿，也让婆婆接纳并喜欢上自己。郁静想到此，心里不由得热乎乎的，脸上也不知不觉流露出了一丝欣慰……

然而，就在她这么想时，她枕边的手机突然响了起来。她以为是老公梁超的，因而迫不及待地将手机拿了起来，并忙着看了看手机的来电，她同时想，只要是梁超给她打来了电话，无论怎样她都会原谅他的，这说明梁超心里还念着自己，她要给自己男人台阶下，她要给他一个尊严，从而让男人知道自己才是最爱他的女人。哪知，当她看过手机上那来电，顿时就愣住了，因为这是一个陌生电话，既不是梁超的，也不是公司里所属客户的。不过，她愣了一阵后，还是摁了接听键，并将手机慢慢地放到了自己耳边。但当她听到手机里的第一句声音，泪水就哗哗地涌了出来，并哭泣不止。

原来，这电话是她女儿娇娇打来的，女儿娇娇一听她接了电话，就哭着对她说："妈妈，您好些了吗？我想来看您，爸爸和奶奶不带我去，我又找不着路……"

　　女儿娇娇还没把话说完，就哭泣不止。郁静听了，顿时肝肠寸断，痛不欲生，她一下就跳下了床，并麻利地穿上了鞋子，连身上的病号服都没换，就想冲出病房，冲出医院，冲到女儿身边去。但就在她往病房外冲时，同病房的那中年妇女却挡在了门口，当她刚冲过去，这女人就一下抱住了她，并对她厉声说："你咋啦，你是不是不想要命啦，你这样冲出去伤口感染了咋办？"

　　郁静听了这中年女人的话，哭着央求说："大姐，你就让我出去吧，我女儿想我了，我想回去看看她……"

　　同病房的这中年妇女听了郁静这话，才明白了郁静刚才的失态是怎么一回事，除了为郁静的不幸难过，也安慰郁静说："妹子啊，凡事要想宽点想远点，你想想，你冲出去真感染了，你就永远见不着自己女儿了，你女儿也永远见不着你了，你是想陪着女儿让她快快乐乐地长大，还是见一面后将她撒手不管？"

　　郁静听了这中年女人的话，慢慢平静了冲动，她回到床前，重又将手机放到了耳边，并对着手机说："娇娇，妈妈在这里很好，过几天就回来了，你不许独自到医院来，如果走丢了，妈妈回来找不着你咋办？"

　　郁静说过这话又哽咽了起来，接着她又问了女儿给她打电话这手机的来历，女儿给她说，这电话是她向学校的老师借的，还说一定听妈妈的话，在家里等妈妈回去。郁静听了女儿这话，她再一次感觉女儿长大了，女儿不仅能保护她了，还能给她安慰了。受伤那晚，要不是女儿，她不知道自己还能不能活在这世上。眼下，要不是女儿的安慰，她在医院里一定会发疯的。总之，女儿离不开她，她更离不开自己的女儿。

　　郁静与女儿打过电话后，总算平静了下来。她手里握着手机，斜靠着床头，木讷地待在那里，好久好久……

　　还好在工地干活的老穆这天没加班，因而比头天回得早一些。在楼道里正遇上了同病房那中年妇女的男人，这男人正准备出去买晚饭。两个男人遇上相互打了招呼后，那中年妇女的男人将老穆拽到一边，一五一十地给老穆讲了郁静在上午发生的事，老穆听后，不仅吃惊，也为之心疼，心里更为郁静母女俩很不是滋味。因而，当同病房那中年妇女的男人，匆匆告辞而去后，他便暗自打着主意，他要郁静开开心心地住在医院里，一心一意地养病，不要为女儿分心。

老穆提着东西跨进病房时，郁静已从沉思中回过神来，由于听了女儿的声音，她也有了几分精神，总之，看不出受过任何刺激。老穆进门后，将手里的水果和给郁静买的晚饭放在床头柜的抽屉里，然后从水果袋里取出一根香蕉，一边剥着，一边给郁静说："小静，你知道不，先前我从工地过来，在路过你女儿上学的那幼儿园时，看见你女儿了。嚯，真是个小机灵鬼，跟你小时候一模一样……"

郁静一听老穆这话，一下就来了兴致，还没等老穆把话说完，就抢着问："你认得我女儿娇娇？"

老穆把剥好的香蕉递给郁静后，故作神奇地说："哈哈，我认不得你女儿，可认识她奶奶呀，你听我说，你女儿梳着两条小辫子，头上和辫梢都扎着布蝴蝶，快乐得如天上的小鸟似的……"

老穆在说这话时很认真，看不出有半点编造出来的意味，这是他想象郁静小时的模样说出来的，郁静从小到大都喜欢蝴蝶，她说蝴蝶自由，又翩翩起舞在花丛中，他想，郁静一定会把自己的女儿打扮得跟蝴蝶一样。果真如此，郁静听后，兴奋地冲老穆问："我小时候真和我女儿一样？"

老穆为了让郁静更开心，便故意挑逗说："你说呢？女儿哪有不像母亲的，告诉你吧，看到了你女儿，就看到了小时候的你。"

郁静听了老穆这话，一下静了下来，并噘着嘴说："我可不记得我小时候的模样，只记得……"

郁静把话说到这不由停住了，眼里又盈满了泪花，因为她想到了自己小的时候没有妈妈，后来又没有了爸爸。她不想自己的女儿同自己一样没有了母爱又失去了父爱，她更怕这会不会成为难以面对的现实……

第三十一章　心魔

都说时间很快，但这对医院里的郁静来说，却度日如年。就在她等着出院时，家里的婆婆张淑琴，却在绞尽脑汁地忙着老梁家的未来和后继有人的事。当她从算命的老女人那里得知儿媳郁静今生不可能让老梁家的香火繁衍相传下去后，经过冥思苦想，便把希望寄托在了儿子带回来的那女人身上。她看得出，儿子和那女人已到了八分火候，说白了，只是没那一纸结婚证而已，还有，她从女人丹红对她的殷勤，知道这女人很想成为这个家的女主人。为此，她不仅充满了顾虑，也怕这女人同儿媳郁静一样，只是长了一副女人的外表，却没长生男娃的身子。

张淑琴想到此，心里不由凉了大半截。但就在她觉得走投无路、无计可施时，她不由又想到了之前给儿媳郁静看过孕相的那老女人。她想，何不把这老女人找来，如给儿媳郁静看孕相那样，也给这女人看看呢？

张淑琴这么想过，一下就来了兴致。于是，她重新振作起精神来，再次去请教了那算命的老女人。老女人一听她的来意，不仅暗喜，还故意风趣地说："呵呵，没想到大妹子的儿子还这么有出息，身边的女人都是成双成对的。"

张淑琴一听老女人这话，不知道老女人是在夸自己的儿子，还是在耻笑自己的儿子，心里便不是滋味。但她又不想让老女人看出自己的心思，她因而故作生气地说："哎呀，老姐姐笑话我了。唉，我儿子不争气，尽做些偷鸡摸狗的事，我确也没办法，要不，老梁家就毁在我身上了。再说，老头子咽下最后一口气时，我是答应过他的……"

张淑琴当时讲得很激动，眼里好像还汪上了老泪。老女人一见，知道自己这生意已铁板钉钉，不过，她还是装出一副啥也不知道啥也不明白地对张淑琴问："大妹子，你究竟有啥事，直说了，看老姐姐有没有啥能帮到你的。"

梁超的母亲张淑琴听老女人这么一说，心里的石头一下落了地。于是，她把自己的难处讲给了那老女人听，同时又请老女人像几天前看儿媳郁静的孕相一样，帮忙再看看儿子梁超外面那女人能不能给她生孙子。老女人听后，又故作一脸难为情地说："大妹子，你又为难我了，你知道这是要折我的寿呀。"

梁超的母亲张淑琴听过这话，一下就慌了，她真怕老女人洗手不干了，她后面的事将咋办呢？又如何对待郁静和丹红这两个女人？于是，她如当初求这老女人给儿媳郁静看孕相一样，除了红包外，好话也说了一大堆。老女人听后，才做出一副豁出去的样子说："好吧，看你我姐妹一场的分儿上，我就再豁出去一次。"

老女人说过这话，又强调说："就这一次了啊，要不，我折寿不起……"

梁超的母亲听后，感动得谢天谢地。随即又将准备好的红包朝老女人递了过去。老女人佯装推辞了几下，便将红包揣进了兜里。

这天晚上，天还没黑，梁超的母亲张淑琴就急得如热锅上的蚂蚁，一个劲在屋子里转来转去。她时而看看手机上的时间，时而又拨了儿子梁超的电话打了出去，但每一次的最后，都被一串儿无人接听的忙音而终止。因而，张淑琴除了急得跺脚，就一个劲地骂儿子在哪里鬼混，有几次她还骂儿子梁超究竟死到哪里去了。但骂后又骂自己是乌鸦嘴，并冲地上狠狠"呸"上一阵子。

原来，这天上午她与那老女人已说好，第二天上午要在家里看梁超在外面那女人。一是要看这女人对梁超是灾还是福，还要看这女人能不能为他老梁家生男娃传宗接代。哪知，眼下不但见不着人影，电话也联系不上，今晚若是不回来，明天哪里去找人呢？

这天晚上的张淑琴，难熬得如热锅上的蚂蚁，手机在她手中也被捏得如火炭似的。手机的拨出键也被她摁得褪了色，就是一直没儿子梁超的回音。

直到这晚的十点过，她才终于打通了儿子梁超的电话。她开始一直在想，等接通了儿子的电话，她要在电话里好好骂一阵这兔崽子。但此刻她在电话里听到儿子嗲着声音叫了她一声"妈"后，她的心一下就软了。不仅如此，她也怕儿子被她骂过了头，一赌气真就不回来了，到时她咋办呢。所以，她忙放低了声音对电话那头的儿子梁超问："小超，你在哪里，咋还不回来呢？"

张淑琴在说这话时，不仅充满着母爱，还带着几分娇宠的意味。梁超在电话那头听了母亲这声音，心里既舒服，也暖暖的。不过，他也知道母亲不会平白无故给他打电话的，况且，这几天正是家里的非常时期，女人郁静在住院，不管是家里还是公司里都没有人做事，他想，母亲给他打电话，一定没啥好事。再说，母亲这口气就让他感到不对劲，因为平时他没少遭母亲的指责和数落，说他成天吊儿郎当不做正事，还说老梁家终将毁在他手里，而母亲这晚却换了一种口气，这口气既让他受宠若惊，也让他绷紧了每一根神经，同时又觉得他母亲这深更夜静给他打电话，也一定有凶多吉少的事。不过，一阵忐忑后，他还是壮着胆子回答他母亲说："妈，我在外面办事，怕一天两天回不来哩。"

母亲张淑琴一听儿子这话，心顿时就凉了半截，凉过之后又火烧火燎了起来。因为她与那算命的老女人已约定了时间，说好了明天要来家里看儿子在外面那女人的孕相的，儿子与他外面那女人如果不回来，自己被那算命的老女人笑话事小，耽误了老梁家的未来和后继有人事大。她于是一改先前的平和，冲着电话那头的儿子梁超就是一阵大嚷："兔崽子，老娘告诉你，不管你现在在哪里，明早之前，你坐飞机坐火箭也要给我赶回来……"

梁超的母亲张淑琴在说这话时，不仅激动，也气愤不已，并呼呼地喘着粗气。其实，她知道儿子在撒谎，因为她听见手机里有卡拉 OK 厅里那嘈杂的乐曲声和跑调的歌声，还有女人们那娇滴滴的声音。

张淑琴冲儿子这么嚷过，在她放下电话时，又突然想起什么似的补充了一句："记着，把她也给我带回来。"

张淑琴冲儿子说过这话，本该放下电话的，她却没有，因为她怕儿子不明白她的意思，当她正想再对儿子说一次时，儿子梁超在电话里佯装不明白地问："妈，您叫我把她带回去，她是谁呀？"

张淑琴听了儿子这话，面对儿子的淘气，心里不知是高兴还是生气，她以同样的口气对电话里的儿子说："还给老娘装疯卖傻，告诉你，不把她带回来就算了，从今往后也不准她再跨进老梁家的门！"

张淑琴对儿子说过这话，心里又暗自嘀咕了一句：小兔崽子，明知故问，还假作正经……在她还想嘀咕一句什么时，她听见儿子梁超在电话里调皮地对她说："妈，这么说来，你接纳她了，喜欢上她了？"

张淑琴听过儿子这话，心猛地颤了一下。面对儿子这问，她不知道自己该如何回答才是，况且，她心里也正经受着史无前例的折腾哩，所以不敢贸然决定。于是，她只好模棱两可地对电话里的儿子说："不要多问，回来再说。"

张淑琴这话刚落口，就听儿子在电话里调皮地说了一声"好嘞"，接着又听见儿子在电话里给了她一个飞吻，但她还没回过神，电话里却传来了儿子挂断电话的"嘟嘟"声。

此刻的张淑琴听了儿子在电话里的飞吻，心里真是五味杂陈，有快乐，有幸福，有闹心，也有对儿子成天无所事事的怄气。同时，儿子小时候的乖巧聪明和长大后的不争气一幕幕地出现在她脑海里，让她感到世事的变化和自己的力不从心。

张淑琴与儿子梁超通过电话后，已是这晚的深夜。孙女娇娇因为几天没见着妈妈，也还没去睡。早晨去上幼儿园时，就噘着小嘴对她说，她要去看妈妈，并偏着性子不进校门。当时无奈，只好答应孙女娇娇，等下午放学后带她到医院去。但下午放学后，除了上午与那算命的老女人相见让她改变了主意，儿子梁超不接她的电话，又叫她心急如焚。所以，当放学后孙女娇娇再次缠着她要去医院时，一气之下将孙女骂了一顿，接着又强行把孙女拽回了家。

孙女娇娇从幼儿园回家后，就一直不声不响又不吃不喝地与她赌气，并委屈得直掉泪。后来，当她听了奶奶在电话里叫她父亲快回来后，尽管不知奶奶张淑琴的用意何在，心里还是暗自高兴。她想好了，等父亲回来后，她就叫父亲明早带她去医院看母亲。因此，在张淑琴给儿子梁超打电话时，她就悄无声息地等在那里。

张淑琴给儿子打过电话，心里既异样，又兴奋不已。不管怎么说，她和那算命老女人说定的事，总算有着落了。等这老女人见过儿子在外面那女人后，她就会心中有数并打定主意了，老梁家也就有希望了。

张淑琴想过这些，心里顿时涌起一股宽慰之情，于是转过身去，准备再收拾一下屋子，哪知，这时的她却看见了孙女娇娇坐在沙发上正两眼瞪得老大地看着她，张淑琴见后，不知是心软还是心虚，欣喜的脸上不由多了一丝温和之情，她走到孙女娇娇面前，蹲下身对孙女问："娇娇，你咋还不去睡觉？"

孙女娇娇不知是怕奶奶再骂她，还是真想等父亲回来后，带她去医院找妈妈，于是战战兢兢地回答奶奶说："我等爸爸回来带我去医院看妈妈。"

张淑琴听过孙女娇娇这话，心里不由软软的，她虽然喜欢孙子不喜欢孙女，但看着孙女眼前这孤零零的样子，心里也不是滋味。其实，她也不想这样，但她也没办法，谁叫时下都这样呢？除了人言可畏，也真怕老梁家的家业落到外姓人的手里。她因而放低声音哄着孙女娇娇说："娇娇，听奶奶话，去睡觉啊，你爸爸今晚不回来哩。"

孙女娇娇听了奶奶张淑琴这话，眼里再次汪满了泪，然而，就在她正要哭出声时，她父亲梁超领着女人丹红回来了。当时，梁超走在前面，女人丹红紧跟其后。梁超的女儿娇娇看到自己的父亲回来了，高兴得如燕子般张开两只稚嫩的双臂，一下朝她父亲梁超扑了过去，但当她看见紧跟在她父亲身后的女人丹红时，她又顿时愣在那里了，那样子既疑惑也充满着惶恐。梁超见后，好像明白了什么似的，他于是将身子挪到一边，把女人丹红推到了女儿娇娇的面前，并对女儿娇娇说："娇娇，这是丹红阿姨，叫吧，丹红阿姨包里有好多好吃的东西哩。"

然而，女儿娇娇看了女人丹红后，不知是害怕，还是感觉不对劲，不仅低着头，还害怕得躲在了她父亲梁超的身后。后来，女人丹红将包里那些好吃、好玩的东西全掏了出来，她也没叫一声"阿姨"。最终，是梁超的母亲张淑琴将女人丹红手里的东西全接了过去，又把娇娇从她父亲梁超身边拽走了，女人丹红才从困窘中回到了现实里。但是，娇娇对女人丹红的格格不入，便在女人丹红的心里打了一个结。哪知，这晚的最后，女儿娇娇的任性，让梁超和女人丹红更不知如何是好了。

这天晚上，不知是太晚，还是梁超和女人丹红心血来潮等不及，回家后便立即问母亲叫他们回来有啥事，梁超的母亲镇了镇，才把早想好的话说了出来。她说第二天是星期天，一家人聚聚，并说女人丹红长得这么漂亮，下厨做的饭菜也一定很好吃，所以第二天中午的饭菜就由女人丹红下厨。梁超听后，长长地舒了一口气，并说："妈，我还以为多大的事，弄得人心惶惶、紧张兮兮的。"

张淑琴本想说句什么话来掩饰自己，没想到女人丹红讨好地把话一下接了过去："阿姨，明天就包在我身上了，让阿姨看看我的手艺，饱饱口福……"

女人丹红这话说得既张扬又得意，说过之后，她再次看了看梁超的母亲张淑琴，见梁超母亲的脸上冷冰冰的，好像有什么心事，才把目光投向了身边的梁超。梁超见后不敢怠慢，忙立即迎合着说："好，明天你下厨，我烧火。"

梁超说过这话，又朝女人丹红抛了一个媚眼，意思是说：咋样？我这配角还行吧，只要有我在，保你啥事也没有。

原来，当梁超接了他母亲张淑琴的电话，知道了他母亲除了叫他立即回家，也叫他把女人丹红一块带回去后，他随即就把这事给女人丹红说了，女人丹红听后顿时就被吓得目瞪口呆了。她预感到梁超的母亲一定不会答应她和梁超混在一起，说不定还要被梁超的母亲狠狠臭骂一顿，并叫自己离她儿子梁超远些。

女人丹红想过这些，当时一副惶恐不已的样子，而梁超却给她壮胆说："没事，我知道我妈那性格，再说，有我在，你怕什么？"

此时，当女人丹红看了梁超向她抛的媚眼，心里很是温馨，她也给了梁超一个含情脉脉的眼神，梁超看了女人丹红那眼神，心一下就异样了起来。老实说，他看上的不仅是女人丹红的年轻貌美和性感，也为女人丹红那对眼睛着迷，只要女人丹红给他一个眼神，他就会心花怒放，并舒服到骨子里，同时也控制不住自己。所以，他看了女人丹红这眼神后，已明白了她的意思，于是，他忙对自己母亲张淑琴说："妈，就这样吧。都睡了吧，明天一早还得忙着去菜市场买菜哩。"

梁超说过这话，立马站起身来，拉着女人丹红的手，便朝卧室而去。惊得站在一旁的母亲张淑琴睁大着眼睛，不知说啥合适。在她看来，女人丹红虽然与儿子已不清不白在一起了，但毕竟没那一纸结婚证，又没在祖宗面前拜过天地，一旦传出去，不仅败坏老梁家的门风，也会给老梁家带来晦气。哪知，就在她想叫住梁超，准备含沙射影说句什么时，一件意想不到的事发生了。

事情发生于梁超的女儿娇娇。梁超领着女人丹红回家后，女儿娇娇既诧异又胆怯地看了好一阵丹红这女人，接着就蹑手蹑脚地朝她父亲梁超走了过去。这除了她这天被奶奶哄骗和委屈了，还想着第二天要父亲带她去医院看妈妈哩，所以，在梁超同母亲，还有女人丹红说话时，梁超的女儿娇娇就依在他身边不肯离去。而眼下她见父亲要把她扔在一边，拉着陌生阿姨的手要去卧室，以为父亲也不要她了，一下就慌了神，她于是撒腿就朝父亲梁超扑了过去，并死死抱住她父亲的腿，同时央求父亲梁超说："爸爸，今晚我要和你睡一起，爸爸，爸爸……"

梁超听了自己女儿这喊声，心里尽管有点发软，却按捺不住对女人丹红身子的渴求。他想，若让女儿与他们一起了，一是怕女儿碍手碍脚，又怕女儿不懂事，给她妈妈说了他和女人丹红在卧室的事，他因而对自己女儿娇娇说："娇娇，你不是一直同奶奶睡吗？"

女儿娇娇听了父亲这话，知道父亲不同意，忙撇了撇嘴说："不嘛，今晚我就要和爸爸在一起。"

梁超见女儿娇娇执意要这样，不知是无奈，还是想征得女人丹红的同意，便将目光朝女人丹红投了过去，而此时的女人丹红也许因事发突然，一时还没回过神来，也一脸难为情地待在那里不吭声。

哪知，女儿娇娇站在她父亲梁超和女人丹红之间，望了一阵父亲梁超，又看了看女人丹红，见他们都不吭声，小小年纪的她也许知道了他们的意思，一激动便朝女人丹红扑了过去，嘴里同时毫无胆怯地冲女人丹红哭嚷道："你走，你走，那是我爸爸和妈妈的房间，里面的床是我爸爸和妈妈睡的，我不要你去睡，不要你睡……"

女儿娇娇这突然的举动，让梁超和女人丹红，以及梁超的母亲张淑琴都不由一惊，也一脸茫然地待在了那里。然而，让他们更没想到的是，在他们还没反应过来是咋回事时，梁超的女儿娇娇，竟挥动着小拳头，踢着小腿，拳打脚踢地将女人丹红朝门外推，嘴里同时继续哭喊道："你出去，你出去……"

但是，梁超的女儿娇娇哪知，她不仅人小力气小，她在三个大人中此时也是最孤立的。她这晚不但没把女人丹红推出家门，她父亲梁超不知是为了阻止她这"无理"举动，还是为了讨好女人丹红，竟一把抓过她，并举起了巴掌，朝她狠狠抽了下去……

第三十二章　鸠占鹊巢

　　这晚，梁超的那一巴掌，不仅抽在女儿娇娇的身上，也抽在了她幼小的心里，并给她留下了难以磨灭的记忆。当然，这晚所发生的事，也给梁超、郁静，以及女人丹红后来的关系埋下了伏笔。

　　这晚的最后，女儿娇娇在父亲梁超的那一巴掌下，不得不一边哭着，一边抹着泪无助地走到了奶奶张淑琴的面前。奶奶张淑琴虽然不喜欢孙女，但娇娇毕竟是老梁家的血脉，从小到大又一直同她睡在一起。看着孙女眼下这委屈的模样，心里也自然有些难受，她本想说说儿子梁超的，又怕得罪女人丹红。因为女人丹红眼下对他老梁家来说，说不定就是一块宝，如果一旦得罪了，她的计划不仅会落空，还会影响老梁家的传宗接代，真是这样了，她无论如何也是担当不起的。所以，孙女娇娇来到她身边后，她只好不动声色地将她牵进了自己的屋里。

　　此时的梁超，看着女儿娇娇哭着离开了自己，心里尽管有些软软的，但这软软的心还是抗拒不了他对女人丹红那身子的欲望，也无法控制地想立马拥有女人丹红的身子。所以，当他看到母亲将女儿领走后，便转身将女人丹红急不可耐地拥进了卧室，"砰"地关上门后，就疯狂地把女人丹红扑倒在床上……

　　这天晚上，梁超和女人丹红在这间房里折腾的时候，各有各的心情，也各有各的兴奋。梁超想，他万万没想到，在这同一间屋子同一张床上，他还能和另一个女人睡在一起。况且，这女人更风骚，更多情，不仅懂情趣，更会招式。几个回合下来，让他只有招架之功，却无还架之力。

　　他和自己的女人郁静，新婚之夜在这床上，简直是不痛不痒过了一夜。他尽管欲火焚身，激情四射，郁静却如一株含羞草，羞答答的不让他近身，做了很久的前戏才进入正题……在后来的日子里，郁静虽然越来越主动了，但也没眼下这女人让他疯狂，让他酣畅淋漓。

而女人丹红此时的心情却与梁超不一样。躺上梁超和他女人郁静这床上后，她就有一种女主人的成就感和难以抑制的兴奋。老实说，这是她梦寐以求并迫不及待的事。当她决定与梁超来往后，就一直盼着这一刻快点到来，所以，她施展出女人所有的魅力，让梁超痴迷，也想方设法接近梁超的母亲。

这晚的最后，梁超彻底败给了女人丹红，并瘫软得如一摊稀泥。女人丹红躺在他身边，又同以往那样对梁超问："舒服不？"

梁超有气无力地回答说："舒服。"

女人丹红又对梁超问："你离得开我不？"

梁超如乖巧的小孩一样，闭着眼睛回答说："离不开。"

女人丹红又接着问："那她回来了，你是要她还是要我？"

然而，此时的梁超不知是真精疲力尽困得昏昏欲睡，还是不好回答女人丹红这问，只在鼻孔里"哼"了两下，就打起了鼾声。这让女人丹红不仅失望，也很气愤。她狠狠地擂了梁超一拳，便侧过身去，冷冷地对着梁超……

而梁超的母亲张淑琴这晚也没睡上好觉。开始时，孙女娇娇一直在"嘤嘤"哭泣，还不大声不小声地喊着妈妈，后来不知是喊累了，还是有了瞌睡，喊着喊着就睡着了。孙女娇娇睡着后，屋子里一下就静了下来，这静是那悄无声息的，连跳蚤每蹦一下都能听见声响的静，这静，也是那种沉闷而阴森的静。正是这静，让梁超的母亲张淑琴心乱如麻，脸也直发烧，同时也有说不出的难为情。

听着儿子房间的动静，她想，女人丹红如果能给老梁家生男娃，她和儿子真结了婚，他俩这晚的同房对老梁家也就没啥事。如果与儿子不成，那老梁家就彻底晦气透了。因而，儿子房间里后来虽然也静了下来，她却依然不能入睡。她一直在期盼着快点天亮，等算命的那老女人来看了女人丹红的孕相后，早做决定。成的话就要这女人成为自己的儿媳，不成就叫这女人去买一丈二尺长的红绸来，挂在客厅大门的正上方，驱驱晦气。

梁超的母亲张淑琴因心里有事，这天比任何一天都起得早。儿媳郁静几天不在家，她基本习惯了做一日三餐。每天的早餐，点心、馒头、牛奶、小米粥，尽管做得不怎么可口，但也凑合。为了让算命的老女人来了后，真真切切地看到女人丹红的孕相，做好早饭后，她便想着法子叫女人丹红快起床。

当然，她不是直接叫女人丹红，而是叫自己的儿子梁超。

"小超，还不起床，你们不是说要去菜市场吗？还要做中午饭哩！"

而梁超在里屋听了母亲的喊声，竟翻身又一下抱住了身边躺着的女人丹红，嘴里却说："妈，喊啥呀喊，我们睡得正香哩。"

梁超在说这话时，尽管没加考虑，但女人丹红听后，心里却一紧。因为她想在梁超的母亲面前好好表现表现自己哩。她如果这么懒着不起床，梁超的母亲如何看她呢？她于是侧过身，将嘴贴在梁超的耳边说："忍着啊，今晚让你'吃'个够。"

女人丹红说过这话，从梁超的臂弯里一下撑起了身，并迅速地穿衣套裤，梁超躺在床上，看着女人丹红那丰盈光洁的身子，很快要被衣裤笼罩起来，他一个鲤鱼打挺，并迅捷地在女人丹红的腰上咬了一口，然后也无奈地起了床。

女人丹红此时没心思去与梁超逗趣调情，而是几下套好衣裤，扔下梁超就独自出了门，并一溜烟跑到梁超的母亲面前，讨好地帮着梁超的母亲做起了事。

梁超的母亲当时正将做好的点心、馒头、牛奶、小米粥端往饭厅的桌上，女人丹红跑过去后，一边从梁超的母亲手里接过小米粥，一边讨好地对梁超的母亲说："阿姨，您的手艺真好，煮的小米粥真香。"

女人丹红说过这话，还故意将鼻子凑到碗边，使劲嗅了嗅。梁超的母亲看着女人丹红这模样，竟把昨晚睡不着的事忘得一干二净了，她也得意得满脸堆笑地说："真的吗？我给你说吧，小米粥是熬的，不是煮的，熬的才香……"

女人丹红一听梁超母亲这话，脸一下就烧乎乎的，她本想恭维讨个好，却自讨了个没趣，她于是改口说："是吗？往后我得向阿姨好好学学熬粥的手艺……"

就在女人丹红与梁超的母亲说在兴头上时，梁超打着呵欠，伸着懒腰也从卧室里出来了，他看着自己母亲与女人丹红那亲密的模样儿，心里暗自高兴，他想他母亲一定喜欢上丹红这女人了，因而，他笑嘻嘻地冲他母亲张淑琴问："妈，您和丹红在说啥悄悄话，那么神秘？"

张淑琴被自己儿子这么一问，反而难为情了，她一时也不知如何回答自己这儿子。从昨晚到眼下，她一直在告诫自己，在没从那算命的老女人的嘴里，得知女人丹红的孕相结果之前，她对眼前这女人不能离得太远，也不能靠得太近，怕到时进退两难。所以，她对儿子梁超的问，只是答非所问地应付了几句，至于说的啥，她也不知道。倒是女人丹红机灵，接过梁超母亲的话头就说："我在给阿姨学咋熬小米粥哩。"

女人丹红在说这话时，说得很矫情，样子也装得很清纯，犹如千金大小姐什么也不懂似的，并黏着梁超的母亲不离身。梁超看着女人丹红这模样，知道这女人的心计，因此，他一边朝女人丹红眨巴着眼睛，一边冷笑着朝饭厅走了过去。

来到饭桌前，点心、馒头、牛奶、小米粥，另加一盘鸡蛋全摆上了桌。梁超站在桌前，或许想在女人丹红面前表现表现自己，先弯腰嗅了嗅饭桌上的每一样食品，嘴上虽然说着"每天早晨都是这些"，他的一只手却朝饭桌中央那盘鸡蛋伸了过去。女人丹红见后，忙伸手将梁超的手打了回去，嘴上故作正经地说："洗手去，咋不讲卫生……"

女人丹红在说这话时，还朝梁超故意眨了眨眼。梁超见后，会心一笑，乖乖地去把手洗干净又回到饭桌旁。三个人正吃饭时，母亲张淑琴请的那老女人却风风火火赶来了，并在楼下一个劲地冲梁超的母亲"大妹子，大妹子"地喊个不停。

第一个听见这喊声的是女人丹红。她听见后先停下了正咀嚼着的嘴，然后才莫名其妙又自言自语地问："谁叫大妹子？"

梁超的母亲张淑琴当时坐在女人丹红的对面，正心不在焉地喝着小米粥，听了女人丹红这莫名其妙的问，才如梦初醒般从沉思中回过神来。先前她还一直想着这老女人是找不着她这里，还是故意要弄她变了卦，因为太阳都红天了，还不见这老女人的身影，要是女人丹红吃过饭后，两手一拍走了咋办？所以，她听了女人丹红的问后，也迫不及待地反问着女人丹红："你说啥，有人在喊大妹子？"

女人丹红被梁超的母亲这么一问，不知咋的竟有了成就感，从昨晚到眼前，她记得梁超的母亲没主动找她说过话，更没向她问过事，这说明了什么，说明梁超的母亲虽然表面上接纳了自己，心里却没有。要不，她咋不问她的事呢？比如问她年龄多大，结没结过婚，老家在哪里，是城里还是农村，家里还有些什么人，等等。所以，她听了梁超母亲这问，既感动又兴奋，也不假思索地对梁超的母亲继续说："阿姨，你听，楼下有人在喊'大妹子'。"

梁超的母亲在女人丹红跟她说这话时，放下了盛着小米粥的碗，警觉地竖起了耳朵，当她听到楼下那老女人的沙哑的喊声时，她来不及给饭桌前的儿子梁超和女人丹红说什么，就将手中的筷子一下扔到了饭桌上，像年轻人一样，一路"噔噔噔"地跑下了楼。

梁超的母亲这突然举动，让梁超和女人丹红都不知道究竟怎么回事，梁超看着丹红，丹红也看着梁超，尽管都没说话，都又觉得梁超母亲这举动的突然，与他俩有关，但就是说不出一个所以然。就在梁超和丹红云里雾里时，梁超的母亲领着那算命的老女人，已气喘吁吁地爬上楼来。梁超的母亲先给算命的那老女人介绍了儿子梁超和丹红后，才对梁超说："小超，这是你姨婆，记不得了吧，小时你老缠着姨婆要糖吃呢……"

梁超听着母亲的介绍，脑子里也竭力搜寻着记忆，但想来想去，也没想起有这么一回事，当然，他记忆里也没这么一个姨婆。不过，为了顺他母亲的意，他还是叫了这老女人"婆姨"，虽然叫得很含混，听上去还是有那么一点儿意思。

老女人听了梁超的叫，愣了一下后，还是脆响响地"呃"了一声，接着，嘴里一边滔滔不绝地夸赞着梁超，一边毫不拘束地坐在了饭桌前，一手磕着鸡蛋、一手端着小米粥故作自然地吃了起来。不过，在吃的同时，她也没忘记上下前后地打量对面的女人丹红。

而女人丹红见了这算命的老女人，除了感觉眼熟，也觉得这老女人一定有什么来头。不过，她不是没见过世面的人，在与梁超相识前，她在外独来独往，啥事啥人她没见过？她眼下何须为一个老太婆费心思呢？所以，她装出一副若无其事的样子，同梁超一样说说笑笑，举止一样的随意夸张，为了讨得梁超母亲的欢心，等梁超的母亲和那老女人吃好后，便围上围裙，噼噼啪啪地洗起了碗筷，擦起了灶台。动作是那样的利索，又是那样的敏捷，整个过程也一气呵成。那样子又好像有意做给梁超他母亲和那老女人看的。洗过碗筷，不仅把灶台擦了个一尘不染，又将碗柜和厨具全清洗了一遍，完事后，还将厨房内的地板拖了个干干净净……

女人丹红在厨房里忙来忙去时，梁超的母亲张淑琴和那算命的老女人就坐在饭厅的饭桌前，一边家长里短地说着话，两双眼睛也如鹰一般，一边盯着厨房里的女人丹红，看女人丹红的腰，看女人丹红的背，看女人丹红鼓胀胀的胸，也看女人丹红那翘翘的臀。一边看，还一边交头接耳，并眉来眼去。那样子，两个女人好似在欣赏一件稀世珍宝，又好像在打量一个嫌疑人似的。后来，当女人丹红忙完了手中的活，去卫生间洗漱时，梁超的母亲张淑琴从那算命老女人的表情里，知道这老女人对女人丹红已胸有成竹。为了尽快从老女人嘴里得到结果，她于是冲客厅里的梁超喊："小超，你们去菜市场买点菜回来，让姨婆在我们家吃午饭，你们不是说今天的午饭你们做吗？"

梁超当时正在客厅里看电视，听了母亲的喊，不由跨了出来。这时的女人丹红也从卫生间走了出来，由于先前的剧烈运动，再加上刚才在卫生间用洗面奶洗了脸，因而，面颊不仅红润，也细腻嫩白，梁超见后，眼前一亮，便疾步跨了过去……

第三十三章　异想天开

　　话说梁超的母亲张淑琴，听了那算命的老女人的那番话后，竟被彻底镇住了。她先前还一直想，儿子梁超外面这女人，要么天赐"良缘"，明媒正娶为老梁家的儿媳，为老梁家传宗接代生儿养子。要么老天不作美，同儿媳郁静一样，上天只给了她一个生女不生男的无用身子，因而只能让自己的儿子与她一刀两断，各奔西东，各找各的好事。

　　然而，这天儿子梁超挽着女人丹红的手，如新婚宴尔般相拥着去菜市场后，她便急不可耐地凑近了那算命的老女人。接着又讨好地将自己有些不关风的嘴，贴近了那老女人的耳根，小声又神秘地对着老女人的耳朵问："老姐姐，你看这女人……"

　　张淑琴没把这话全说出来就住了嘴。这除了她觉得不好开口，也知道这"日管阳，夜管阴"的老女人完全明白她的意思。所以，她说过这话后，就一脸殷切地望着老女人，既胆战心惊，又满心期待着那老女人给她一个看过女人丹红后的结果。

　　而老女人听过张淑琴这话，又看了张淑琴那期待的目光和惶惶不安的模样，心里竟犹豫不定了。那天，她为了钱，跟着张淑琴去医院看了张淑琴的儿媳郁静，一冲动便昧着良心说了郁静生着阴郁相，今生不生男，只生女。但出了医院大门，一想到郁静独自在医院里那孤单单的模样，以及在婆婆张淑琴面前的紧张和手脚无措，就后悔了。因为同为女人，她深知做女人的不易，更知道做这有钱人家的女人更是难上加难。所以，当张淑琴请她在为女人丹红看孕相时，她就想好了主意。之前她是准备以同样的方式说女人丹红的，她又怕张淑琴产生怀疑，到时既拿不到钱，又坏她的名声。因而，她这天听了张淑琴这有头无尾的问后，她心里不仅明白了张淑琴这话的意思，也想好了如何回答。不过，她还是眯缝着眼睛，又故作神秘地掐了好一阵指节，才一下抬起头来，一脸欣喜地对期待中的张淑琴说："这女人行，简直是百里挑一。大妹子，你看她那身板，那奶子和屁股，不仅有别于你的儿媳郁静，浑身上下也鼓鼓胀胀充盈着阳气，如果真和你儿子在一起了，头胎准能生个大胖小子……"

算命的老女人在说这话时，也故作得很自信。那样子，她此时说的话好像已板上钉钉。张淑琴听后，也高兴得如三岁娃似的，她一边拍着手，嘴上还一边说："这就好，这就好，这简直是上天有眼，祖宗有灵。咱老梁家总算有盼头了。"

张淑琴说到这，觉得还不过瘾，接着又对身边的老女人说："老姐姐，如果真应了你的话，我一定再封个大红包，再送个大红公鸡给你。"

老女人一听张淑琴这话，心头一热，接着做出一副十拿九稳的样子对张淑琴严肃地说："没有如果，你难道还不相信？"

张淑琴听了老女人这话，心里再一次热乎乎、甜丝丝的，忙笑着对老女人讨好说："我信我信，老姐姐的话都不信，那信谁的呢？再说了，我与老姐姐姊妹一场，您还会骗我？"

张淑琴说过这话，还得意扬扬了起来，心里也快活得要死。但让她没想到的是，老女人接下来的话却让她陷入了进退两难之中。

老女人当时是看了张淑琴那一脸的欣喜，心里突然异样起来的。与此同时，她眼前又出现了郁静在医院里时的样子，脑子里也出现了张淑琴当时对郁静的漠视。于是，她把话头一转对张淑琴说："大妹子，我跟你说，这女人好倒是好，你们梁家恐怕是驾驭不住啊……"

老女人说过这话，把后面的话留在嘴里，并下意识看了看张淑琴的反应。的确，张淑琴听了这老女人的话，脸不仅变了色，也立马睁大了眼睛，先前的笑也戛然僵住了，好一阵才回过神来迷惑地冲老女人问："老姐姐，你这话是啥意思，我咋听不明白，想也想不明白。"

老女人看了张淑琴那突变后的脸，心里不知咋的，竟有了一种成功的喜悦，她因此漫不经心又意味悠长地对张淑琴说："呵呵，你想不明白，看也该看明白了，告诉你吧，这女人的来头不小啊！"

老女人说过这话，又下意识地看了张淑琴一眼，见了张淑琴那一脸的诧异，不由一阵暗喜，也想着该不该把没说出口的话，继续说下去。

而张淑琴听了老女人这阴阳怪气又深奥的话，真是心急如焚，她焦急地冲老女人央求道："老姐姐，求你直说了吧，我真想不出来，也看不明白呀。"

　　老女人听了张淑琴这央求，踌躇了好一阵后，把本想就此作罢的话，不得不对张淑琴说了出来："好吧，谁叫我认了你这个大妹子呢？那我就再做一次恶人，也再折几年的寿……我给你说吧，你儿子外面这女人是冲你们老梁家的家业来的……"

　　张淑琴一听老女人这话，先是一愣，接着就连连后退了好几步。不仅如此，惊恐中的她，也好像受到了前所未有的刺激，整个人不仅木讷，说出的话既像是在问身边的老女人，又好像是在自言自语："这会是真的？这……"老女人站在张淑琴的身边，听了张淑琴这半信半疑的问，或许不服，又或许为了证明自己，她因而对张淑琴说："真不真你慢慢看吧，慢慢想吧。"

　　就从这时起，张淑琴的脑子里就一个劲地想着女人丹红来了之后，公司以及家里所发生的一切，也想着自己儿子梁超在这女人面前的唯唯诺诺和服服帖帖。还有就是这女人那袒胸露乳、眉来眼去勾引男人的样子。同时，她耳边又隐隐约约地响起了这女人同自己儿子，昨晚在隔壁卧室里的销魂声。

　　于是，梁超的母亲张淑琴一下便陷入了进退两难和不知如何是好的焦虑中，也一直在儿媳郁静和女人丹红间考虑来考虑去。儿媳郁静既孝顺又持家，把公司打理得井井有条，要是能为老梁家生儿传宗接代，这儿媳是没有什么可挑剔的。而女人丹红虽然能给她生孙子，却怕她真不怀好意，老梁家到时不就毁在她手上了？所以，张淑琴想过这些，突然感觉这事，比自己当年选男朋友还难。

　　这天吃过午饭，张淑琴把那算命的老女人送走后，就独自坐在客厅里的沙发上想这老女人给她说的话，焦虑得愁眉不展。她本想把这事与儿子梁超商量商量的，但女人丹红一直黏着儿子不离身。这让她难以开口，也没机会。况且，丹红吃过午饭后，冲她儿子梁超使了一个眼神，梁超就丢下手中的筷子，挽着丹红又出去了。

　　此时，张淑琴照例坐在那沙发里，一边憧憬着老梁家的未来，又一边为老梁家的未来担心。那算命的老女人尽管给她说了女人丹红会为老梁家传宗接代，一旦明媒正娶，也会让老梁家落在她手里，到时，老梁家也只是名存实亡没任何实际意义……

179

张淑琴想到这儿，不由打了一个寒战，感到这事非同一般，因而不敢贸然行事。所以，她强使自己静下心来，一边揣摩着老女人的话，一边竭力想着如何才能让这事两全其美。总之，她既要孙子，也要保住老梁家的家业。

但她掂量来掂量去，也没在儿媳郁静和女人丹红间做出一个抉择。因为她觉得两个女人对老梁家都重要，对老梁家也都充满着危机。最终，不知是张淑琴的心开了窍，还是不得已，她竟想到了世间借腹生子的事。她想，最好的办法是让自己的儿子同那些当官的和有钱人那样，明一个老婆暗一个女人。是呀，明媒正娶的儿媳郁静为老梁家持家打理公司，女人丹红暗地里给儿子梁超生儿传宗接代，这不就两全其美了吗？

张淑琴想到这里，简直是心花怒放。她立马从沙发上站起身来，并迅速从兜里掏出手机，准备把自己这一想法告诉儿子梁超。但当她摁过儿子梁超的电话号码，在准备摁拨出键时，她突然又犹豫了。因为她怕自己儿子年轻不动脑子，把这事张扬出去，这不仅丢她老婆子的脸，说她怂恿自己的儿子玩女人，另外也怕郁静和丹红这两个女人，一山不容二虎将老梁家闹得鸡犬不宁。所以，她三思后，决定自己装聋作哑，让儿子梁超随意玩去。她知道儿子梁超对女人丹红是不会轻易撒手的。丹红到时怀上了自己儿子的娃，大不了买车买房将她母子俩养起来便是，但老梁家毕竟后继有人了。

梁超的母亲张淑琴想过这些，觉得这简直是自己的神来之笔。也没想到自己一个女人家还有如此的潜力，会把这事思考得既周全又缜密。由此，她也想好了在往后的日子里如何对待儿子身边的这两个女人，尤其是明媒正娶的儿媳郁静。

张淑琴这么想过，纠结了好一段时间的心，总算如释重负地轻松了。于是，她脑子里开始了对眼前的事的梳理，比如如何给儿子说这事，教儿子如何对待这两个女人。自己在这两个女人间和这家里又将扮演何种角色……当她想到如何说服孙女娇娇，不要把她父亲与女人丹红昨晚在她母亲床上睡觉的事说给她母亲听时，才猛然想起了这一天没见的孙女娇娇。

昨晚，孙女娇娇被父亲梁超举起的巴掌吓哭后，最终不得不来到了她面前，她看着孙女泪眼汪汪的可怜模样，只好把孙女娇娇领进了自己的房间。孙女娇娇进屋后，尽管没大哭，却一直在哽咽，好不容易才满脸泪痕地睡着了。或许睡得太晚，或许受了委屈，孙女娇娇一觉睡去就不知醒，第二天她起床时，孙女娇娇还熟睡着哩。

　　梁超的母亲张淑琴此时一头想起孙女娇娇时，才一下慌了神。这大半天来，为了从那老女人的嘴里得到她想要的东西，讨好着忙来忙去，竟把孙女娇娇忘得一干二净了。然而，叫她更没想到的是，当她急急忙忙地来到孙女娇娇的床前，却不见孙女娇娇的身影。慌忙中，她把孙女娇娇盖的那被子揭了开，被盖下不仅没有孙女娇娇，被窝里也已冰冷。情急中，她把床下和衣柜里，包括楼上楼下的房间和每个角落也全搜了一遍，还是没见着孙女娇娇的身影。张淑琴心里一紧，眼前也顿时一片漆黑……

第三十四章　娇娇失踪了

转眼间，郁静在医院里已待了一个多星期，回家的欲望让她在医院里真坐立不安心急如焚。这天午后，当她在病房里等着出院时，兜里的手机突然响了起来。出院心切，让她来不及看手机的来电，就摁了手机的接听键，但当她听了手机里的问话声，她顿时一镇，脑子里也嗡的一声，立即被惊呆在那里。

两天前，当婆婆张淑琴领着那算命的老女人，神神秘秘地去医院看过她后，她就一直处在困惑里，她不知道婆婆又在做啥事。所以，等她婆婆领着那老女人走后，她就坐在床沿上，翻来覆去地想着这事，但她始终也没想出这其中的秘密。不过，她有预感，出院后的自己，一定将面临着难以想象的事。

然而，就在她为回去后的事忐忑不安时，婆婆张淑琴却给她打去了电话。

郁静是听了手机里的声音，才知道那电话是婆婆张淑琴打去的。她原以为婆婆要么问她何时出院，或公司里又有啥急事等着处理，要么给她说女儿娇娇在家里如何的任性和调皮。哪知，婆婆张淑琴接下来的话，让她不敢相信婆婆说的话是真的。所以，婆婆的话刚一落口，她就惊奇地问："妈？您说的啥？娇娇咋啦？"

电话那头的张淑琴听了儿媳郁静这问，知道儿媳郁静对孙女娇娇的失踪很是惊奇，但她也不敢把孙女娇娇失踪的事不告诉儿媳郁静。况且，她还指望着孙女娇娇此时就在医院里，与儿媳郁静在一起呢。如果能这样，她也不会为孙女娇娇的失踪而担惊受怕和自责了。

自从发现孙女娇娇失踪后，她就发疯似的到处寻找。她先以为是儿子梁超早晨出门时，把孙女娇娇送去了幼儿园。因而，她也第一时间给儿子梁超打了电话："小超，早晨是不是你把娇娇送去了幼儿园？"

儿子梁超吃过午饭，从家里出来后，和女人丹红一起，就直接去了县城一家麻将馆，此时的他嘴上叼着烟，正哗啦啦地搓弄着麻将哩，女人丹红在临近的一张麻将桌上也玩得正起兴。梁超听了母亲张淑琴的问，不由懒散地回答母亲说："妈，我咋会送娇娇去幼儿园呢？今天是星期天，送什么幼儿园呢？"

张淑琴听了儿子这话，顿时慌了。她先前虽然想到会这样，心里毕竟还怀着一线侥幸。再说，孙女娇娇从家里出去后，自己没看见，儿子梁超和女人丹红也没看见吗？没办法，她只好对电话那头的梁超说："娇娇不见了。"

梁超的母亲张淑琴在说这话时，心里也充满了恐惧，她怕儿子梁超知道了他女儿娇娇不见了，会责骂她的。没想到儿子却在电话里说："妈，不急。娇娇都那么大了，不会走丢的。你到街坊去看看，说不定她正在那里玩哩。妈，就这样，我正忙着哩。"

张淑琴听过儿子梁超这话，尽管没被儿子责备，心里却更怕了，她怕儿媳郁静回来见不着自己的女儿，不仅会发疯，说不定会找她和她儿子梁超拼命的。平日里她对儿媳郁静尽管从没上心过，但这次毕竟是自己的疏忽，她突然有了从未有过的紧张和恐惧。于是她"啪啪"锁了门，慌慌张张地朝外走去。

此时正是午后时分，要是往日，这春末夏初的午后，应是天高风轻，阳光明媚。而这天的这个时候，却从天边黑压压地飘过来一朵乌云，乌云到了县城的上空，随之扩散壮大，并将整个县城的上空一下子变成了一面锅底。

梁超的母亲张淑琴从家里出来后，立即去了几家有小孩的街坊，当她问有没有谁看见她的孙女娇娇时，街坊都惊奇她摇着头说没有。张淑琴见了那一张张惊诧的面孔，才知道这事严重了，脸也因此吓变了色……

张淑琴又跑到孙女娇娇上学的幼儿园，见幼儿园的大门紧闭后，才不得不又给儿子打了一次电话，儿子梁超或因手气不好，对她的回答很不耐烦也很生硬："妈，老打电话干啥？真是……"

张淑琴听了儿子这话，心里急得真想冲儿子大骂一顿。但她还没开口，手机里已响起了儿子挂了电话的"嘟嘟"声。直到这时，她才不得不想到了儿媳郁静，急着把电话打了过去。当然，说话时也有些支支吾吾。但当儿媳郁静疑惑着问她孙女娇娇怎么了时，她不得不把先前说的话再重复了一次："小静啊，我问娇娇在你那儿没？"

183

郁静是听了婆婆再次这么问，才明白婆婆开始跟她说的话，不是她没听清楚，而是真真切切的事。当然，她也明白了婆婆这话的意思。于是，一种从未有过的恐惧，黑压压地朝她压了过来，一个可怕的念头让她感到天旋地转。于是她冲电话里的婆婆问："妈，你是说娇娇不见了？"

张淑琴听了儿媳郁静这问，知道孙女娇娇没在儿媳那里，就更紧张了，她一改平日与郁静说话的口气，惊慌失措地说："小静啊，娇娇不见了，我找了好多地方也没找着……"

张淑琴此时的声音很低沉，多少也带着一丝忏悔的意味。而这时的郁静听过婆婆的话后，对婆婆后面的话再也听不进去了，也没去理会婆婆此时的心情，就不管不顾地冲电话里的婆婆质问："妈，家里究竟出了啥事？为什么会这样？"

郁静嚷过这话，整个人如着了魔似的，嘴里一边喊着女儿娇娇，一边急得如热锅上的蚂蚁在病房里转来转去。

此时，天空中那面"锅底"，在县城的上空迅疾地压了下来，并越来越低越来越黑。一时间，整个县城如黄昏般昏暗而阴沉，也让人感觉天塌地陷一般。

此时的郁静看着窗外那黑压压的天和昏沉沉的大街小巷，心里更加焦急和不安了。在惊恐和焦虑中，她顾不上与男人梁超间的隔阂，抓起手机便把电话给梁超打了过去。哪知，梁超对她的回答又让她大失所望。

梁超当时依然"奋战"在麻将桌上，他嘴上照例叼着烟，十根手指依然灵活地将身前麻将桌上的麻将，如摆长蛇阵般颠来倒去，手机在他身前的麻将桌上响了好一阵，他才摸了起来，看也不看地摁了接听键，然后大着嗓门抱怨地问："哪个？有话直说。"

梁超这话带着不耐烦的愠怒，电话这头的郁静听着不仅刺耳，心也再次冰冷了。不过，此时的她正为女儿的失踪坐卧不安心急如焚，为了找到女儿，无力计较对方的语气如何，她直截了当地说："梁超，我问你，娇娇现在在哪里？"

让郁静万万没想到的是，身为人父的梁超，对女儿的失踪却无动于衷。他听过郁静的问后，照例"哗哗"地搓着麻将，他侧过头去，把嘴里的烟头"呸"地吐在地上后，冲手机气愤不已地大声说："你问我，我问谁去？

脚生在她身上，我知道她在哪儿？！真是……"

梁超嚷过这话，索性关了机。而电话那头的郁静听了梁超这嚷嚷，真是万箭穿心火冒三丈忍无可忍。但她还没来得及开口，就听梁超已经挂了电话。再打过去时，手机里告诉她，梁超已关了机。

郁静听过手机里那毫无温度的人工语音，不知是愤怒，还是无助，顿时一阵天旋地转，泪水也止不住流了出来。她眼前还出现了女儿娇娇找不着家，找不着她这个妈妈时那失魂落魄和孤零零的样子，甚至还看见女儿娇娇正被坏人欺负凌辱……因此，一个寒战后，她立马站起身，如着了魔般疯狂地朝楼下跑去。

而此时的医院外，正狂风大作，大雨滂沱……

第三十五章 雨一直下

郁静这天没乘电梯，而是从楼梯口"噔噔"地直接跑下楼去的。但就在她一头冲进大雨中时，却被一只男人的大手重又拽了回去。郁静回头一看，泪水止不住再次扑簌簌地汹涌了起来……

原来，把她从大雨中拽回去的这男人不是别人，而是每天下班后都来陪她的老穆。昨天，在郁静的一再请求下，医院的主治医生看了郁静伤势和身体状况后，勉强同意在这天下午将伤口再做一次处理，也配一些消炎药带回家，就可以出院了。老穆昨天下班来医院时，郁静兴奋地给他说了这事，老穆当时听后既高兴也担心，他怕郁静出院回家后，忙这忙那顾不上休息，感染了伤口，如果真这样就得不偿失追悔莫及了。所以，他在为郁静高兴之余，又担心着对一脸兴奋的郁静说："小静，身体咋样你清楚，不要硬撑，为了稳妥，要不在医院里再多待两天？"

郁静听了老穆这话，知道老穆为自己好，因而扮着鬼脸冲老穆说："哥，你看看，我好得同以前一样了，不信，你看看这。"

郁静说过这话，一步朝老穆凑了过去，并把贴着"创可贴"的头伸到了老穆的眼前。老穆当时有些拘谨，心里也很异样。不过，他还是小心翼翼地一边捋了捋郁静满头的秀发，一边仔细地看着郁静头上那伤口，伤口已撤了线，但那刚刚愈合的伤口有两处还浸着点点黄水。老穆见后，心里一阵阵发疼，他没想到郁静这孩子吃了这么大的苦。于是，对郁静那晚的出事就更疑惑了。他不相信一向小心机警的郁静那晚会出如此之大的事。还有，郁静那晚突然给他打的那电话，也让他对郁静的这次出事，一直怀疑在心。

两天前，趁郁静心情好，老穆再次问了郁静那晚出事的真正原因。老穆手里当时正为郁静削着苹果，那样子既专注又小心，生怕一不小心削到自己手上。因为他手上还留着当年为郁静削甘蔗时的伤疤哩。

186

那年，郁静的父亲去世了。郁静因为过度伤心一病不起，躺在床上三天三夜米水未进。老穆当时看在眼里，疼在心里，脑子里也竭力想着法子。

这天，老穆一个激灵，便起身去镇上的农贸市场，给郁静买了几根又粗又长的甘蔗，他是看着郁静长大的，知道郁静从小到大除了樱桃，就馋甘蔗。所以，老穆这天想到这些后，灵机一动，便对甘蔗寄予了很大希望。

老穆这天中午把甘蔗买回去后，就坐在郁静的床前，一边开导郁静，手里一边削着甘蔗，哪知，由于他全想着如何才能让郁静重新振作起来，没注意手上正在做事。因此，削甘蔗的刀，削断甘蔗后，"吱溜"一下直直地划在了他的手臂上。顿时，他手臂鲜血直流，那阵势如一眼喷泉似的。

郁静当时躺在床上，听了老穆那一声"哎哟"之后，慌忙撑起身来，看了老穆那血淋淋的手臂，脸顿时惨白如纸，她立马从床上撑起虚弱的身子，又下床挪着颤巍巍的脚步从里屋找来绷带给老穆小心翼翼地包上，还陪同老穆去了镇上的医院……

老穆这血淋淋的付出，也许感动了郁静，从这以后，郁静开始进食了，也有了生活的勇气，并一天天好了起来。但是，老穆的手臂上却留下了一道长长的疤痕。

这天，老穆一边小心翼翼地为郁静削着苹果，一边问郁静："小静，那晚你究竟是咋回事，咋把自己弄成了这样子？"

郁静当时一听老穆这话，不由一怔，脸上的表情也有些难为情，老实说，她不想把那晚出事的原因说出来，这不仅是难以启齿，也没把柄，因而，她当时对老穆说："我也不知咋的，昏昏沉沉就被车撞了。"

郁静说过这话，心里很难过，却装作若无其事的样子。但她的眼神却告诉老穆，事情的真相并非如此。不过，老穆也没再刨根问底，他揣测郁静不说，一定有她的难处和不得已。他想，总有一天，郁静会说出真相的。

此刻，郁静被老穆从雨中拽回后，回过头来也认出了老穆，但她还是挣扎着想再次冲进雨里去，那样子好像着了魔一般，老穆见后这才急了，他来不及问明原因，也顾不上会不会吓着郁静，就冲着挣扎中的郁静一声大吼："小静，你不要命啦？！"

郁静被老穆这咆哮般的一吼，好像才从着魔中回过神来，她看着一脸焦急并惶恐不定的老穆，泪水不由"哗哗"涌了出来。老穆看着满面泪水的郁静，先是一阵诧异，接着也茫然不知眼下的郁静又出了啥事。

其实，老穆这时是来接郁静出院的，他想着郁静刚恢复，怕在回去的途中出啥意外，便说定他到时来帮郁静办理出院手续，并将郁静送回家去。郁静开始怕耽误老穆的时间，一再推辞，但在老穆的坚持和劝说下，她也不得不答应了。

这天是星期天，建筑工地不存在单休日、双休日，老穆干了上半天还是给老板请了假，吃过午饭就匆匆朝医院赶了来。哪知，他刚进了医院的大门就下起了瓢泼大雨，他几步蹿上街沿，正当他朝电梯口走去时，却见郁静从楼梯口冲了出来，并一头冲进了"哗哗"下着的瓢泼大雨里。

老穆时下吼过郁静后，又看了郁静那一脸的痛苦模样，心里便自责自己刚才对郁静不该那么凶，他于是放低声音对郁静劝慰说："小静啊，你知道不，你头上的伤口还没完全好哩，你要是淋雨感染了咋办？你不为自己想，也该为你女儿娇娇想啊……"

哪知他这话不问则罢，一问又让郁静激动了起来，她除了要再次冲进雨里去，也失去控制地号啕了起来。老穆见后，双手一边死死拽着郁静，嘴上一边惊慌失措地问她："小静，咋啦？到底出了啥事，说出来我们一起想法子。"

老穆说过这话，又才松了拽着郁静的双手，并像父亲一样，在郁静的肩上轻轻拍了拍，同时也用温和期待的目光望着郁静。郁静见了老穆这慈祥又充满着力量的目光，心里好像有了寄托和依靠，于是对老穆说："哥，婆婆先前给我打电话，说我女儿娇娇不见了。"

老穆听过郁静这话，心里也不由"咯噔"一声，一种可怕的念头也顿时出现在他脑海里。前不久，芋头镇出了一件骇人听闻的事。老李头家的孙子在大白天不明不白地不见了，这让整个芋头镇充满着阴森和诡异。老李头的儿子儿媳在外打工。因而，孙子的失踪，让老李头老两口彻底崩溃了。老李头成天恍恍惚惚，看见谁家的孩子都以为是自己的孙子，不仅远远喊孙子的名字，还走近这孩子不由分说地抱在怀里，老伴因气也一病不起住进了医院。

后来有人说，老李头的孙子是被一个中年女人抱走的。她当时看见这中年女人抱着老李头的孙子进了街对面的超市，她以为这中年女人是老李头孙子的姑姑，或是老李头家的什么亲戚，也就没太注意。她还说，她只见这中年女人抱着老李头的孙子进了超市，就没见她再出来……

老穆暗自想过这些，心里顿时充满了恐惧。他想，郁静的女儿会不会遭此不幸呢？但是，当他看到眼前惊恐万分痛苦不堪的郁静，他没敢把想的事说出来，他怕郁静经不住这样的打击，于是安慰郁静说："小静，会没事的，你女儿说不定到别的小朋友家去玩了哩，今天是星期天，小孩子出去玩是有可能的。"

　　老穆在说这话时，声音和神情都装得很平静。那样子，郁静女儿的失踪，好像根本就没那回事。但他的心里却慌乱得"咚咚"直跳，目光也躲闪不定。还好的是，郁静由于沉浸在女儿丢失的痛苦中，根本没去注意老穆的眼神，她听了老穆的话，立即对老穆说："不会的，我女儿一直很乖很听话的，没有大人的允许是不会外出的，除非……"

　　郁静说出"除非"二字后，便立即住了嘴，她本想说"女儿除非受了委屈"这话，但当"除非"二字一蹦出口，又立马觉得这会不会牵连出她这住院的事，所以，她停顿了一下忙改口说："她除非一人在家……"

　　郁静说过这话，再次激动了起来。她想再次扑进雨里去，但还是被老穆挡住了。老穆挡住郁静后，又对郁静说了一阵安慰的话，最后才对郁静说："小静，要不这样，你在这里等着，我去买两把雨伞，然后我同你一起去找娇娇？"

　　郁静听了老穆这话，稍稍平静了一些，眼里也充满了信任。当她接过婆婆打来的电话，听说女儿娇娇不见了，她就想给老穆打电话，但一想到她和老穆曾经虽然有不是亲人胜似亲人的情分，但随着自己的出嫁已渐渐远去，再说，这段时间也麻烦了老穆不少，更主要的是怕别人背地里说三道四。另外，她婆婆不仅疑心重，对老穆又有隔阂，婆婆若是知道了老穆来了县城，并在帮自己做事，一定会给老穆难堪的。但是眼下她面对女儿的失踪无计可施，而男人梁超对女儿的失踪又置之不理，除了老穆，还有谁能给予她帮助呢？郁静想过这些，便向老穆会意地点了点头。

　　老穆见郁静答应了自己，便起身匆匆离开了郁静，并一头冲进雨里买雨伞去了。然而，让老穆没料到的是，当他买好雨伞返回医院时，让他担心着的郁静却不见了……

第三十六章　陌生人的来电

郁静的不见，让老穆再度恐惧了起来，他先以为郁静重回了病房，或到医院的缴费处办出院手续去了。但当他怀着极大的希望，又忐忑不安地去了这两处后，却没见郁静的身影。他去找了郁静的主治医生，主治医生也说没见郁静，老穆听后，脑子里"嗡"的一声，顿时茫然了。

原来，当老穆走后，郁静突然接到一个陌生人的电话，电话里告诉她，她的女儿娇娇此时正在芋头镇。郁静听后，先是一高兴，接着就恐惧了起来，她忙对电话里那陌生人求情地说："求你不要伤害我的女儿，到时让我做什么都行。"

电话里的那陌生人听了郁静这求情的话，呵呵一笑说："哈哈，你把我当绑架犯了？告诉你我不是，我是芋头镇至县城的班车售票员……"

郁静听了这自称是班车售票员的话，说了一连串的谢后，又说了一个个对不起。那自称是班车售票员的陌生人呵呵一笑说："哈哈，谢什么谢，告诉你吧，你女儿现在安全得很，她上错了车，不买票竟坐车来了芋头镇……"

这陌生的售票员在电话里这么说过，又呵呵一笑说："哈哈，你信不？要不让你女儿给你说说话？"

郁静在手机里听了这陌生售票员的话，先前那泪水还没干，激动的泪水又流了出来，她连忙对电话里那陌生售票员说："好，好，谢谢！谢谢！"

郁静说过这话，心虽然紧张得快从嗓子眼跳出来了，但她还是竭力闭住呼吸，听电话里是否真能听到她女儿的声音。果真不假，电话里一阵"沙沙"的嘈杂声后，传来了女儿那清纯稚嫩的声音："妈妈，我上午去医院看你，上错车了……"

郁静的女儿在电话里刚开口说了这一句话，就伤心地哭了起来，郁静听后，真是肝肠寸断，她一边流着泪，一边对女儿说："娇娇，妈妈的好女儿，你在那里等着，妈妈立马来接你……"

郁静说过这话，来不及挂电话，也忘了打电话跟老穆说一声，就将手机揣进兜里，在大雨里跑了一段路，打了一辆出租车，直奔芋头镇而去。

娇娇昨天晚上是哭着哭着睡着的，但这一睡也睡得很沉。当她醒来时，屋子里不仅从窗户透进了阳光，屋外还闹嚷嚷的。她穿好衣服，轻脚轻手下了床，又轻脚轻手开了门，看到饭厅里正在开早饭，有她奶奶，有她父亲，有昨晚与她父亲睡在一起的那女人，还有一个她不认识的老女人。娇娇看得出，自己父亲很喜欢那女人，他不仅紧挨着那女人坐着，还给那女人剥鸡蛋，往那女人嘴里喂点心，那女人不仅咯咯地笑，还在她父亲面前扭扭捏捏的。奶奶也在一旁眉开眼笑。让娇娇不明白的是，家里咋又多了一个挤眉弄眼，看上去就不像好人的老女人？

娇娇看着这些，心里既吃惊，也有些胆怯，她不知道这两个陌生女人来她家干啥事。看着两个陌生女人挤眉弄眼的样子，看着自己父亲和奶奶对这两个陌生女人那讨好恭维的样子，便也想到了父亲昨晚为了同那陌生女人睡在一起，竟扬起巴掌要打她的情景。于是，胆怯和恐惧一起向她袭来，她心里不仅紧张得"怦怦"直跳，身子也吓得不住地发抖。她想，妈妈不在家，父亲和奶奶也许会把她送给这两个陌生女人的。

小娇娇想到此，便暗自打起了主意，她要去找妈妈，她要去和妈妈在一起。于是，她蹲下身子，不声不响地从门口溜了出去。

然而，当娇娇心里"怦怦"跳着，溜出小区来到大街上时，她茫然了。因为此时的大街上已车来车往，人声鼎沸，各种车辆也在她面前冷冰冰地一晃而过。那些骑车的，步行的人也都面无表情地匆匆而来，匆匆而去。娇娇看着眼前的情景，心里再次有了胆怯，她本想转身回家去的，但一想到家里那两个陌生的女人，便毫不犹豫地迈开她那两条稚嫩的腿，想着法子去医院找妈妈去了。

哪知，娇娇虽然生在县城，但她的年纪实在太小，平日里除了被奶奶领着去幼儿园，星期天和妈妈一道去公司外，其余哪里也没去过，就更说不上去过她妈妈此时住的那家医院了。那天晚上，她虽然随奶奶、父亲送妈妈去过医院，但因天黑，她根本不知道是怎么去的医院。她只记得公司里的小李叔叔，开着车出了小区，是左拐去的那家医院。所以，当时的娇娇一下就有

191

了主意，她想，只要上了朝左拐的公交车，不就能找到妈妈住的那医院了吗？于是，她在小区外的大街上，见了朝左拐的公交车便爬了上去。而这时的娇娇哪知，她竟上错了从县城返回芋头镇的班车……

从县城返回芋头镇的这班车，一路颠簸着回到芋头镇，已是这天的午后时分。到了终点站，乘客们便带上各自的行李匆匆下了车，最后只剩下小娇娇独自坐在后排的座位上，稚嫩的脸上充满着茫然，眼里也闪动着恐惧。她不知道自己咋到了这里，也不知道她妈妈住的那医院究竟在哪里。因而，此时的小娇娇，不仅惊恐万状，也孤零零的。当然，她更不敢下车，她怕自己一下车就会被狼叼去。因为她记得妈妈给她说过，小孩子不能乱跑，跑丢了会被狼叼走的。

这天的最后，是班车的售票员在打扫班车的卫生时，在班车最后一排的座位上发现了一脸惊恐的小娇娇。售票员随即问了小娇娇为啥不下车，小娇娇一听，一下就哭了起来。还哭着说她找不着妈妈了。售票员看了娇娇的可怜模样，一边将娇娇搂进怀里，一边宠着小娇娇说："小乖乖，莫哭，阿姨帮你找妈妈……"

后来，娇娇在班车售票员的安抚下，渐渐平静了下来。接着，班车售票员又问了娇娇家在哪里，知不知道自己爸妈的电话，当娇娇说了自己母亲郁静的电话号码后，班车售票员便试着打了郁静的电话。接着，在电话的另一头便传来了郁静那喜极而泣的哭声和对这售票员一个劲儿的感谢……

郁静这天打的出租车，在雨中经过两个多小时的颠簸，终于到达了芋头镇。刚上车时，她就问司机要多少时间才能到达芋头镇，司机当时很有把握地给她说，晴天就一个多小时，这雨天至少得两个小时。所以，出租车出了县城，在乡村的碎石公路上跑了一阵后，郁静便掏出手机来，看出租车跑了多少时间，她这才发现自己的手机一直处在通话中。她为此一惊，也才想起了去为自己买雨伞的老穆，回到医院见不着自己，又联系不上自己，一定会很着急的，她因此忙把电话给老穆打了过去。

的确，老穆当时正如郁静想的那样，当他顶着雨跑了几条街把雨伞买回来后却不知郁静去了哪里。他先等了等，仍不见郁静后，心里就开始着急了，于是，他拨了郁静的电话，哪知，郁静的电话却一直在通话中……

其实，这时的老穆同所有打电话的人一样，当得知对方在通话中时，都

192

会等一等再拨打一次，再等一等又拨打一次……而老穆这天不知自己重拨了多少次，或许几十次，又或许上百次，直到手机的电量告急，手机里给他的回答依然是"您所拨打的电话正在通话中"。老穆这时才彻底失望了，被恐惧极度困扰着的他，不知道郁静为什么会这样，也不知道郁静眼下究竟发生了什么事，让他更难以抉择的是，自己该不该继续留在这里。

自从老穆给郁静打了电话后，随着一个个"您所拨打的电话正在通话中"的自动回复，老穆就如热锅上的蚂蚁，在与郁静分手的那家医院的门口踱来踱去，那样子既焦急又魂不守舍，他想离开，又不敢离去，他怕自己离去后，郁静回来找不着自己。直到最后他想到去为郁静母女俩报警时，他握在手中的手机才响了起来，一看是郁静的电话，便立即问："小静，急死我了，你在哪里？"

郁静听了老穆的话，也很兴奋。她先给老穆说了女儿娇娇被找到了的消息，接着又对老穆说："哥，我正在去芋头镇的路上哩，再有一会儿就到了。"

老穆听郁静说她女儿娇娇在芋头镇，郁静也正在赶往的途中，或许是几天没回家的原因，又或许为了回去照顾郁静母女俩，他心头一热，便对郁静说："小静，你在芋头镇等着，我马上赶回去。"

老穆说过这话，心里突然涌过一种难以表达的情愫。

而郁静这天赶到芋头镇，从那班车售票员的手里领走女儿娇娇后，不知是对县城生活的厌倦，想在这儿时的地方透透新鲜空气，还是老穆的话，让她难以推辞，她真等在了芋头镇。她当时没考虑自己和女儿这晚的住处，也没考虑她的回来，以及与单身的老穆在一起，会不会被人们说三道四，接到女儿后，就一心一意等在那里。

老穆回到芋头镇时，已是这天的夕阳西下时分。午后那阵瓢泼大雨，在雷声的伴奏下，持续了近一个小时的"哗哗啦啦"后，天空便放了晴。于是，天空高远而晴朗，夕阳也红得醉人。特别是乡村小镇那静怡悠闲的氛围，雨后那甜润清新的空气，还有小镇外那起伏的山峦，在夕阳下呈现出的美，对厌倦了县城嘈杂、紧张、尔虞我诈生活的郁静来说，无疑是难得的洗礼，这不仅让她放松，让她感到少有的舒适，同时也让她心里隐隐有了一种无名的向往和冲动。所以，当老穆打车来到她母女俩的身边时，郁静的脸上，除了绽满了找到女儿后的喜悦，就是面对乡村美景的兴奋。此外，目光里也闪烁着对老穆的感激和难以表述的情意。

郁静自从嫁去县城后，她原来的那个家，便相继卖的卖，撤的撤，给处理了。所以郁静这天回来，也只能住在老穆家里了。这正如老穆知道了郁静母女俩都去了芋头镇后想的那样，他这天对郁静来说，他就是她的娘家人。

郁静已几年没跨过老穆这房门了，但老穆这屋子里依然还是那样的干净整洁，被子叠得如在役军人般棱角分明。不仅如此，屋子里还散发着一股淡淡的清新气息。

老穆这晚下了厨，做了郁静最爱吃的红烧鸡翅和青椒肉丝，另外，还给郁静的女儿娇娇做了一个小鸡炖蘑菇。当这些菜端上桌时，郁静的女儿娇娇先动了筷子，而郁静也如孩子般馋得直吞口水。在吃饭时，老穆对郁静说："小静，快吃吧，这些都是你最爱吃的。"

郁静听了老穆这话，脸一红，不由流露出几分羞涩。的确，这些都是她最爱吃的。自从她离开芋头镇嫁去县城后，就没有吃过这么好吃的东西，除了自己不会做，也没时间做，成天都在紧张繁忙中过着日子，哪有闲情逸致做好吃的呢？同时，她也为老穆对她母女俩的盛情款待并能记住她的嗜好而感动不已。

这天晚上，郁静和女儿睡在老穆的床上，心里有一种说不出的感觉。老穆这床虽然不如席梦思软和富有弹性，她睡着却感到很舒适，这舒适不仅是身体的感觉，也是从心底里迸发出来的，并希望每晚都能睡在这床上。乡村之夜虽然没县城夜晚的华灯初上灯红酒绿，它的安然和恬静也是让人向往并陶醉的。但是，当她一想到第二天又要返回县城，心又乱了起来。因为她不知道回去后，将如何面对那些让她伤透了心的事和人……

第三十七章 寻找答案

第二天早晨，老穆给郁静母女俩做早餐时，又特别给郁静母女俩煮了土鸡蛋。他本想留郁静母女俩在小镇多住几天的，但郁静说，她一是要回去打理公司，因为好些日子没去公司上班，也不知公司里成了啥样子，二来要回去处理一些事情，更重要的是，她要送女儿娇娇回去上学哩……

老穆听了郁静的解释，也觉得在理，就没再强留。吃过早饭，简单收拾了一下，就陪同郁静母女俩匆匆乘上了去县城的班车。

在途中，老穆同郁静母女俩同坐一排椅子，看上去既像一家子，又像祖孙三代。郁静的女儿娇娇这天尤为开心，从老穆家出来后，就不住嘴地说这说那的。上了班车后，她一眼就认出了昨天卖票的那阿姨，并立即跑过去给那阿姨说："阿姨，我和妈妈今天回县城了，老穆叔叔送我们。"

其实，老穆在芋头镇没有人不认识，除了他那张脸，就是他那不为人知的性格。总之，人们都议论他是一个怪人。就说他的婚姻吧，年纪轻轻时，老婆就死了。按理说，无论是谁，在这时都会削尖脑袋再娶的。他却不，好像婚姻伤透了他的心，谁给他做媒都要被碰一鼻子灰。那年，附近一女孩一直暗恋着他，几次表白都被他拒绝了。后来，不知这女孩是因爱生恨，还是"曲线救国"想达目的，竟去镇派出所举报老穆猥亵了自己。她本想让派出所给调解调解能与老穆结合在一起，没想到老穆死活不肯，就在派出所对老穆要进行拘留时，这女孩只好说出了真相，就这么，老穆在芋头镇声名大震，当然，也各说不一。有人说老穆正直不近女色，也有人说老穆那身子一定有病。

这天，当郁静的女儿娇娇给那卖票的女人说了那话后，那女人眨巴着眼睛指着老穆，挑逗着对郁静的女儿娇娇说："乖乖，那人想给你当叔叔呀，我看呀，他给你当姥爷还差不多……"

哪知，郁静的女儿娇娇一下扬起了脸，不服地说："不嘛，就是老穆叔叔，

195

我妈妈教我这么叫的。"

郁静的女儿说过这话，怕这卖票的女人不信，又敞开她稚嫩的童音对她母亲郁静问："妈妈，昨晚是你教我叫老穆叔叔的，对不对？"

郁静当时正入神地想着心事，被女儿突然这么一问，脸一下就红了，心也"扑通扑通"地跳了起来。她不知道这是为什么，却也感到有几分羞涩。昨天傍晚，当老穆从县城赶回来时，她的确教女儿叫老穆为老穆叔叔，女儿当时很听话，想也没想就叫了，老穆也很开心，还抱过女儿亲了亲。郁静当时心头一热，眼里也盈满了泪水，心里还有一种暖暖的感觉。而眼下在这众目睽睽的车上，她咋就感到有些不自在了呢？

还好满车的人除了那卖票的女人脸上有些异样外，说话的说话，打瞌睡的打瞌睡，好像谁也没听见郁静的女儿在说什么，谁也没注意到她的表情，就连老穆也如木头人一样毫无反应。于是，郁静又把整个心思沉浸在先前的思绪里。

郁静上车后，就一直在想，当她回去后，她面临的又将是何种情景。男人梁超还会不会同之前一样对自己？他那条短信究竟是咋回事？婆婆对自己是不是真改变了看法？因为她在电话里听婆婆对她说话的口气改变了不少。昨天下午，当她在芋头镇见到女儿娇娇后，她怕婆婆担心，就立即给婆婆打了电话，婆婆听后，心疼地对她说："小静啊，找到了就好，找到了就好，辛苦你了……"

婆婆这话，从昨天下午至眼下，一直在她耳边萦绕，让她感到温馨让她感到甜蜜。因而她想好了，回去后她一定要加倍工作，对婆婆也要比以前更尊敬。至于男人梁超，就看他的表现了。为了女儿，她可以不计较他的过去，却不能容忍他再做那些伤害自己的事。

这天回到县城时，时间也不早了。她先把女儿送去了幼儿园，然后与老穆一起去医院办了出院手续，然后就直接去了公司。

公司里的员工们见郁静回去了，都很兴奋。男员工为郁静搬凳子，女员工为郁静倒开水，有的还问郁静的头还疼不疼，整个场面既让人感动，也让人佩服。不过，当郁静问起公司里这些天的状况时，员工们都沉默了，脸上的表情，也像做了错事的孩子。后来，公司里的老员工小李对她说："你住院的这些时间，梁总也没咋管公司的事，所以，公司里的生意一直不景气，有些乡镇客户，还另找了合作公司……"

郁静听过这些员工的话，心里好沉好沉，她知道，那些另找了合作公司的乡镇客户对她来说、对公司来说都是一个个不小的损失，她好不容易将客户群建立了起来，没想到又被这么白白地给扔了，她咋能不心疼呢？郁静想到此，不由想到这几天梁超究竟在做啥事，没去医院看自己就罢了，没想到对公司里的事也不过问。让她更气的是，女儿走丢后，他不仅不着急，还置之不理……

郁静想过这些后，再次激动起来。在回家的路上，她一直在告诫自己，叫自己回家后一定要冷静，与梁超还是以和为好，两人毕竟已成了一家人，又有一个这么乖巧可爱的女儿。但是，当她想过这些后，回头再想想这些天公司里出的事，却让她怎么也冷静不下来了。所以，在这天下班回家的路上，她忍不住给梁超打了电话，她的目的只有一个，想叫回梁超问问：他这些天究竟是咋一回事，既不见在医院露面，又没去公司，难道真是在外另立了门户，想与她分道扬镳了？哪知，电话在她耳边"嘟嘟"地响了好一阵，梁超也没接，这让郁静既气愤又忍无可忍，就在她准备放弃，从此不再理梁超时，梁超却接了电话，并冷冰冰地问了一声"谁"。

郁静听着电话里这既熟悉又陌生的声音，她真想冲梁超骂一阵，骂他无情无义，骂他不配做父亲，但看着自己身边来来往往的行人，便把这口气咽了下去。不过，或许因为这气，又或许她已感觉到自己与梁超再没从前那情分，因而，以往每次接通梁超电话时的那一声"超"，她怎么也叫不出口了。所以，当她听了梁超的那一声"谁"后，镇了镇才冲电话那头的梁超问："今晚回来不？"

郁静在说这话时，因为气愤，语气不仅生硬，也冷飕飕的。梁超听后因做贼心虚也不由一惊。但这段时间以来，他对郁静再没了从前的欲望和痴迷，甚至有一种久食失兴的厌倦。更主要的是，这时女人丹红正窝在他怀里，目不转睛地瞪着他哩，那样子，非把他与郁静的电话听个一清二楚不可。他于是将丹红朝怀里又紧了紧，脸上带着冷笑，讥讽着对电话里的郁静说："回来咋样？不回来又咋样？是想我了？还是想吃了我？"

梁超说过这话，因他在女人丹红面前，不仅显示了他作为一个男人的阳刚，也表达了他对丹红的真心，因此尤为得意。的确，女人丹红听了梁超对

197

自己女人郁静那讥讽的话，心里除了舒坦也充满了喜悦，为了给梁超予以奖赏，她从梁超的怀里一下撑起身来，抱着梁超的头，就将自己的嘴朝梁超的嘴贴了上去，亲得梁超喘不过气来。就在梁超一个鹞子翻身把女人丹红按于身下，并俯下身去，准备以牙还牙的时候，他的手机又响了起来。况且，这手机的来电声是一阵接着一阵，听着既不善罢甘休又如火烧眉毛似的。

梁超当时是被手机里的这来电声弄得心神不定，紧张起来的。因为他怕这电话又是自己女人郁静打的。他不是怕自己这女人，但心里始终又有一种做贼心虚的感觉。况且，女人郁静住院的这些日子，他的确也没把她当一回事。他因而知道女人郁静出院后，一定会问他的所以然的，说不定还会与他大吵大闹撕破脸。因此，当他听了自己手机里这接连不断的来电声，整个人尽管全趴在女人丹红的肚皮上，但整个身子都萎靡着奄拉了下去。

然而，此时的梁超又不甘心就这么了事，因为无论是他的身子，还是他心里都有一种欲望没得到释放的失落和憋屈，他也看见女人丹红在自己身下那没得到满足时的失望，以及因失望而对他的不满和愤恨。他不得不准备把手机关了，重新调动起情绪，对女人丹红的身子发起第二次冲锋。但是，就在他摸索着抓过手机，抬起头来无意看到手机屏上的来电，他先是一惊，接着，他握着手机的那只手也一动不动地僵硬在那里。

原来，这电话是他母亲张淑琴打的。梁超望着他母亲的这电话号码，心里既温暖又胆怯。他记得，从他刚能记事起，母亲就将他宠着，疼着，依从着。其他的不说，就说他和郁静结婚这件事，母亲一直是不同意的，但因自己的执意，母亲最后还是依从了他。另外，不管是在家里还是在公司，他和郁静一旦有了争执，母亲也总是袒护着自己。就连这次因自己的出轨与郁静闹到如此地步，母亲依然站在他这边，还暗地里撮合自己与女人丹红在一起。因而，自己有什么理由不接自己母亲的电话呢？再说，母亲真撒手不管他的事了，到时他又该咋办呢？于是，他接起他母亲打的电话。然而正是这个电话，使他再没了一丝兴致，垂头丧气地从女人丹红的身上滚了下去。

的确，梁超的母亲张淑琴这天给梁超打的这电话，不仅严厉，也十万火急。这不是她在吓唬自己的儿子，而是活生生的事实就摆在眼前。她不想老梁家的生意和家业，就如眼下这般萧条败落下去。

自从几天前她请了那算命的老女人，给女人丹红看过孕相后，这些天来她心里一直不踏实。那天，当她从那算命的老女人嘴里得知，女人丹红对她儿子的纠缠，完全是冲着老梁家的家业而去的时候，她当时不仅被镇住了，同时也惶恐不安了起来。在后来的几天里，她一直思考着儿子梁超与两个女人间的事，她也越来越意识到，郁静尽管不能给老梁家生儿传宗接代，但对老梁家的家业却非同小可。所以，这晚当她看到儿媳郁静从外面回来时的那一脸阴沉和她眼里那从未见过的愤怒，不仅感到了事情的严重，也担心着自己担心的事会真的发生。所以，等儿媳郁静阴沉着脸牵着孙女娇娇的手，进了自己的房间后，她便轻手轻脚地步出客厅，站在客厅外的阳台上，掏出手机，压低着声音，既急切又严厉地给儿子梁超打去了电话，并叫儿子梁超这晚无论如何也要回家住。

梁超当时听了他母亲打的电话，不仅一头雾水，也左右为难。女人丹红此时也正尖着耳朵，沉着脸注视着自己，那样子既扫兴又愤然。梁超见了女人丹红这模样，忙冲电话那头的母亲问："妈，为什么呀？"

而电话那头的张淑琴听了儿子这问，既气又不安。老实说，她真怕儿子这晚不回来，她担心的事也许真就发生了。她想，自己是女人难道还不知道女人的心思？女人一旦死了心，是不计后果的，吃亏的到时还是自己的儿子和整个老梁家。张淑琴想过这些，因此又压低声音继续对儿子梁超说："你知道不，她出院回来了。"

张淑琴在给儿子说这话时，不仅把声音压得很低，也有做贼的心悸，但让她万万没想到的是，儿子梁超却不以为然，回答她的话既生硬又不屑："她回来了又咋样？要我回去为她接风洗尘？还是跟她认错下跪？"

张淑琴一听儿子这话，知道儿子在女人丹红的怂恿下一定铁了心。她于是把心一狠，气呼呼地对儿子说："你娃是不是吃了秤砣铁了心？那好，从今天起，不准你与那女人来往，老梁家的家业也没你的。你想好了，想怎么做随你……"

张淑琴说过这话，又一狠心挂了电话，故意让儿子梁超去想。没想到她这一招真灵，儿子梁超听了她这话，当即就傻了眼，并好一阵也没回过神来。

但梁超这突然而来的变化，让本正在窃喜的女人丹红也不由一惊，她眼睁睁地看着从自己身上滚下去的梁超，以及梁超那一脸的难堪和不知如何是好的样子，忙坐起身来问梁超："咋啦，你妈叫你回去？"

女人丹红说过这话，又斜着眼再次注视着梁超，耳朵也下意识地听着梁超说"是"，还是说"不是"，而此时的梁超却依然沉浸在对他母亲那话的惶恐里。他对女人丹红的问不知是没听见，还是听见了不知咋对女人丹红说，因而对女人丹红的问也一直没反应。

的确，眼下的他确也处在两难之中。若不回去，他怕他母亲把说的话当了真，到时他眼睁睁看着老梁家如此殷实的家业自己却一无所有。要是回去，又怕身边这"醋坛子"女人，从此对他置之不理。因为这女人他刚刚得手，如重又失去，他真有些舍不得……哪知，就在他为此左右为难时，女人丹红也许看出了他的心思，竟生气地冲他问："你是想回去吧？回去吧，回去睡你那老女人！告诉你，你要是回去了，就不要再来找我……"

梁超听了女人丹红这气呼呼的话，又抬头怯懦懦地看了女人丹红因生气变得失控的样子，他于是难堪着脸，卑微地对女人丹红说："乖乖，你不知道，我也不想回去，我妈逼我。你不也听见了，我如果不回去，我妈不但不认我，也不让我和你再来往，更可怕的是，我们老梁家的家业也不让我继承。"

梁超战战兢兢地对女人丹红说过这话，心里照例紧张得"扑通扑通"地跳个不停。而女人丹红听了梁超这话，那一脸的怒气不仅荡然无存了，也惶惶不安了起来，好一阵后，她重又对梁超问："你妈真是这么说的？"

"真的，我骗你干啥，你还不知道我的心？"

女人丹红听梁超这么一说，再次权衡了利弊，然后故意白了梁超一眼说："不知你妈是怎么想的，是老糊涂了，还是有意……"

女人丹红把话说到这里，没再继续说下去，但她的脑子里却竭力想着梁超母亲这么做的原因何在？在她与梁超母亲的两三次接触中，她从梁超母亲的眼神和表情里，知道梁超的母亲对她一直有戒心，特别是几天前在梁超的家里，梁超母亲的那双眼睛，就直愣愣地在她身上寻来搜去，尤其是在第二天早晨，梁超家里突然出现的那老女人，更让她捉摸不透也想不明白。不过，她丹红虽说不上什么高学历，智商也不比谁低，况且，第一次婚姻的失败和现实生活的真真假假，已让她吸取了教训，从而让她知道了"忍"是啥意思，更知道"得与失"间的哲理。她因此不得不在利益和男人间，再次权衡了利弊，最后才答应了梁超回去。不过，她有个条件，她要梁超先"缴枪"……

第三十八章　同床异梦

梁超与女人丹红完事之后已经天黑，但丹红意犹未尽，又一顿缠绵纠缠……在回家的路上，他除了感觉身子有被丹红掏空的疲惫，心里也有即将面对他母亲和自己女人郁静的紧张和不知所措，他知道，他这晚回去，一定没啥好事。

不过他想，他回去后，如果只面对自己的女人郁静，她是没啥可在乎的，大不了离婚各奔东西。况且，自己这女人时下对他来说，既提不起兴趣也让他乏味，偏偏又出车祸弄得人不人鬼不鬼，在电话里还冲他盛气凌人。总之，他已想好了，并做好了准备，任凭自己这女人怎么样，他都将奉陪到底。他唯一害怕的，就是自己的母亲。

他知道他母亲早已知道了他和女人丹红间的事，凭感觉，他好像还有意在撮合他和女人丹红在一起。而他此时想不通的是，刚过了几天，他从他母亲的话语里已明显感到，他母亲已改变了主意，这不仅让他感到突然，也让他感觉自己这次回去是凶多吉少。所以，当他站在家门口时，心已经紧张得快从嗓子眼跳出来了。

梁超的母亲这晚压低声音给儿子梁超打过电话后，儿子梁超虽然没答应她立马回去，但她心中有数，儿子这晚不会不回去的。这除了她对儿子说的话生硬，还有就是儿子做的那些偷鸡摸狗的事，有把柄在她手里，儿子难道就不怕她给他一个"紧箍咒"，让他不敢再随心所欲吗？所以，她给儿子打过电话后，就去儿媳郁静的房间把孙女娇娇哄了出来，并将孙女娇娇哄到了自己的房间里。等孙女娇娇睡着后，她就不声不响地坐在客厅里，一边想着心事，一边等着儿子梁超回去。

此时，她真觉得有些对不住儿媳郁静了。之前的事不说，就说这次车祸，明明是自己的儿子在外面有了女人，自己不仅护着儿子，还出言伤害儿媳。

儿媳出事后，一家子不仅没一个人在医院陪护，还一个劲地怪罪她。要不是那算命的老女人看了女人丹红的孕相，知道了女人丹红与儿子梁超的纠缠是别有用心，她对所有的事还蒙在鼓里哩。

梁超的母亲暗自想过这些，不由长长地叹了一口气。就在这时，她听到了儿子的脚步声。于是，她脑子里一闪念，顿时就兴奋了起来。她想，儿子回来后，只要与儿媳郁静小别胜新婚地一热乎，她心中吊着的石头就着地了，她之前想好的——儿媳郁静在家操持公司，女人丹红在外为老梁家生儿传宗接代的愿望就不会落空了。所以，她听见自己儿子的脚步声由远及近地离家门口越来越近了，便立即起身去为儿子开了门，当房门刚裂开一条缝，儿子梁超已站在了门外，她于是探出脑袋，又嘟着嘴给儿子做了一个不要出声的鬼脸，这才将儿子让进了屋，并领着儿子来到客厅外的阳台上，如聋哑人般一边向儿子梁超比画着，嘴里一边噎着声音给儿子梁超交代起了事情。

儿子梁超是站在门外，看了他母亲探出头去，冲他那神秘秘的眼神，悬着的心才彻底放下的。看了他母亲这模样，他才明白自己的母亲，始终是向着自己的。因而，他也给他母亲做了一个鬼脸，然后跟在他母亲的身后，蹑手蹑脚地来到客厅外的阳台上，看了他母亲指手画脚地比画了好一阵，才压低声音，一脸迷惑地对他母亲问："妈，您叫我回来干啥，您又不是不知道……"

梁超把话说到这里立即停了下来，他本想说"您又不是不知道我和女人丹红在一起"，但话刚说到一半，又觉不妥，便随即住了嘴，只两眼不解地注视着他母亲。

而他母亲张淑琴听了他这带着几分埋怨的话，心里不免有几分气，她于是沉下脸来，气呼呼地压低声音对他说："我叫你回来干啥，叫你回来对她好一点儿！"

梁超的母亲说过这话，两眼愤愤地瞪着儿子梁超，一副恨铁不成钢的样子。

但梁超听了他母亲这话，不知是真不知，还是故意与他母亲捣蛋调皮，他一改刚才那口气，故作顽皮地对他母亲说："妈，你要我咋对她好啊？"

母亲张淑琴被儿子这么一顽皮，心里的气顿时荡然无存了，她好似又看到了儿子梁超小时那乖巧可爱的模样，也看到了儿子一次次在她面前调皮捣蛋，故意惹她生气的样子。所以，她此时的心里尽管舒坦得如灌了蜜，还是故作生气地对自己儿子说："女儿都几岁了，咋对她好，还要我教你？"

母亲张淑琴说过这话，又斜着眼白了一眼儿子。梁超被母亲这么一说一白眼，再看看他母亲那表情，啥都明白了，不知咋的，脸上竟有了烧乎乎的感觉。

梁超的母亲看了儿子这羞涩的模样，心中一喜，不由给了儿子一巴掌，然后又对儿子说："快去，我把娇娇都抱到我屋里了……"

的确，她先前给儿子打过电话，又坐在客厅里等儿子回来时，突然想到了儿子回来后，只要往儿媳被窝里一钻，与儿媳再那么一阵子，他俩就会气散恨消重归于好的。自己是过来人，还不知道年轻人间的那点事？

而此时的梁超再听母亲这么一说，他对他母亲这话的意思不仅明白，甚至能从他母亲这话里，想象出男女求欢时的情景。不过，此时的他不但无法兴奋，甚至还惶恐不已。因为他感觉自己这被女人丹红"掏"空了的身子，在面对自己女人郁静时，无论如何也是振作不起来的，他因此故作责备地嗲着声音对他母亲说："妈，看你想些啥稀奇古怪的事。"

但梁超的母亲张淑琴听了儿子这责备的话，知道儿子明白了她的意思，不但没生气，还有几分高兴，她因此对儿子说："装，装，老娘还不知道你那花花肠子。"

张淑琴说过这话，也没再说什么，只是将自己儿子一个劲地往儿媳郁静的房间里推。儿子梁超在他母亲的推攘和催促下，心里尽管七上八下着，也不得不朝女人郁静的房间不声不响地挪了过去。不过，当他来到房门前，还是战战兢兢地开了门。屋里很黑，他又战战兢兢地朝他已习惯了的那床头摸了去。

此时的郁静是醒着的。下午梁超在电话里冲她说的那几句话，让她对梁超彻底死心了。同时她也预感到，她对梁超手机里那短信的揣测是正确的。因此，她整个人如从梦中醒来般，茫然不知所措。

这天的最后，在梁超那电话的沉重打击下，她便没精打采地走在县城的大街上，要不是刚出院，头上的伤口时不时隐隐作痛地提醒着她，会不会再出几天前那个夜晚的事，还真说不清。直到夕阳完全落下，大街上的路灯全都如满天的星星般明亮而闪烁了起来，她才想到自己这晚的去处。她几次想过去找老穆，想像小时候那样被老穆宠着、爱着和疼着，也想如在医院里那样被老穆担心着，呵护着。但不知咋的，当她在这么想的时候，她心里突然有了异样的感觉，这感觉让她充满了暖意，充满了幸福，也让她的面颊发热，心也莫名其妙地"扑通扑通"跳个不停。然而，就在她摸出手机，站在街道旁的路灯下，准备给老穆打电话时，她突然想到了自己的女儿娇娇，于是她放下手机，急匆匆赶回了家。

果真，当她赶到家门前，女儿正站在门口翘首盼望着她哩。女儿见她回去了，还没等她跨进门就冲她迎了上去，并一头扑进了她怀里。这时的郁静，不知是之前的打击，还是心疼女儿，泪水不知不觉就淌了出来，并顺着她消瘦的面颊无声地滴落在她女儿的身上。

梁超的母亲张淑琴当时也在客厅里，看了郁静母女俩的模样，也不知是被感动，还是早就想好了说辞，先急匆匆地去厨房给郁静端出了饭菜，然后把孙女娇娇拉到自己身边说："不要缠着你妈妈，让你妈妈吃饭去。"

而郁静因梁超在电话里那无情的话，此时既没心情也没胃口。所以，她对梁超的母亲说了一句不想吃，就牵着女儿娇娇的手朝自己的房间走去。但是，就在她刚推开房门，一股浓烈的香水味直奔奔地钻进她鼻孔里。她为此一惊，一种不祥的预感便再次出现在她脑海里。

女儿娇娇被她牵着进了房间后，或因小孩的天生好动，又或因她的住院，与她好长时间没在一起的缘故，女儿这晚在她房间里尤为兴奋，女儿时而给她唱歌跳舞，时而又缠着她讲故事、做游戏。总之，女儿当时快乐得如小天使。直到梁超的母亲张淑琴把她的女儿从她房间里连哄带骗地抱了出去，她这房间里才冷清了下来。

当然，女儿的离开，让房间里不只是冷清，同时也充满着阴森和诡异，再加上这段时间来所发生的一切，总在她静下来时如幻灯片一样出现在脑海里，时常让她痛苦万分心力交瘁。多少个夜晚她都期盼着自己能一觉睡去，醒来后就将所有的不快全都忘记。所以，这天晚上，女儿娇娇被婆婆叫走后，她也以同样的心情想尽快摆脱所有的烦恼，以及那挥之不去的苦闷的缠绕，哪知，当她关灯钻进被窝躺下，把被子盖过头顶，准备什么也不去听，什么事也不去想时，她先前开门时闻过的那香水味，在她将被子盖过头顶的一刹那，再次钻进了她鼻孔里，并且比先前更猛烈更刺鼻。本能的反应，让她立即屏住了呼吸。

其实，郁静对香水并不排斥，不过也不是香水迷。但她能闻出各种香水味的不同，尽管她叫不出这些香水的名字，却能说出这些香水香味的差别。总之，她知道这香水不是自己使用的那种，但她脑子里对这种香水好像又有印象，并且觉得在哪儿闻过，只是一时想不起。为此事，郁静这晚更睡不着了。除了为这香水味的来历不明而思来想去，也绞尽脑汁地回想着自己在什么地方闻过这香水味。同时，她脑子里不由暗自想：梁超难道已将外面的女人带回了家里？

所以，梁超这晚不声不响推门进去时，思索中的郁静竟没有一点儿察觉。梁超进了房间后，准备凭感觉躺上床去的，但想想他母亲说的话，确切地说是他母亲给他的那一句警告，让他也不敢怠慢郁静。因而，他进了房间后，先摁了床头灯，接着俯下身，将嘴朝女人郁静的面颊伸了过去。

而此时的郁静是听了床头灯那开关的"嘀嗒"声，和眼前突然亮起的灯光，才知道梁超回来了。她因此不假思索地侧过身去，把后背冷冰冰地朝着梁超。但梁超并没因郁静这一举动而暴跳如雷，为了哄住郁静，达到自己的目的，他于是放弃了亲吻郁静，继而俯着身对郁静说："小静，伤口好了吗？让我看看。"

梁超说过这话，见郁静躺着一动不动，又不吭声，便假惺惺伸过手去，准备给郁静以抚慰，哪知这时的郁静，就在梁超的手刚一触到她的脸时，犹如被马蜂蜇了般，抬手将梁超的手打掉，随即又将被子拉上，重新盖过了头顶。梁超是见了这情景后，心里不由为难起来的，他本想以牙还牙也不再理郁静，但一想到他母亲在电话里说的那话，他只好又软了下来，先在床边站了好一阵，才轻脚轻手钻进了自己女人郁静的被窝。不过，他没立即去搂自己的女人，只是躺着对女人郁静说："小静，你叫我回来干啥？总不会叫我回来与你赌气吧？"

梁超说过这话停了停，他以为自己女人郁静听后，不管是暴跳如雷，还是委屈，都会开口说话的。他想，只要女人一开口，他就会随机应变，对症下药了。哪知，他等了半天也没等来女人郁静的一字半句，不得已，他又对女人说："小静，我知道你还在生我的气，你在医院里时，我确也忙不过来，因而没来看你。小静啊，这些天你在医院里受苦，我在家里的日子也不好过啊，你知道我妈不会做吃的，我每天都空着肚子就出门。公司里的事我不会做，'直销'这边又出了问题，想来看你也抽不出时间，想给你打电话又怕手机的辐射影响你头部的伤口……"

梁超在说这话时很动情，声音也装得很无奈很委屈。而郁静听了梁超这话，知道梁超在演戏，因而不仅恶心，也气愤不已，她"嗖"地从被窝里一下坐了起来，并侧过身冲着梁超质问："梁超，你这话说得多动听，那我问你，今天下午你在电话里说的那话是啥意思？是不是和她在一起？这被子上的香水味又是咋一回事，是不是把外面的女人带回来睡了？"

郁静当时说得既激动又愤慨，字字句句直戳梁超的心。梁超听后，一下就乱了分寸，此时的他，好像被郁静逮着了把柄似的，他因而一时无语了。不过，他不是怕郁静如何，而是不知他母亲是怎么想的，母亲又打的啥主意，母亲叫他回来，明明是要他跟郁静和好，如果与郁静真闹到离婚的地步，母亲要是站在郁静一边将他撵了，自己一个光杆司令咋办呢？女人丹红到时还能跟自己吗？

梁超想到此，立马感到自己不能与眼前这女人较劲，怕到时吃亏的还是自己，他一激灵便软下来对郁静说："呵呵，小静，你还不知道我这张嘴，好些天没见到你，不就想跟你开个玩笑。至于被子上这香水味……呃，小静，你老公还有那魅力？现在的女人都像你当初那么单纯？再说，我有那么蠢，我会领回来过夜？告诉你吧，我昨天去澡堂洗了一个澡，误把放在那里的香水当沐浴露用了，不仅洗了头，还洗了身子，不信你闻闻……"

梁超说过这话，故意将头和身子朝郁静凑了过去。郁静知道梁超在狡辩，冷笑着说："你这话去对三岁娃娃说吧，谁相信？"

梁超见郁静也软了下来，觉得自己这招很灵，于是又趁热打铁说："你不信，我带女人回来总有人看见吧，要不去问我妈，她总不会让自己的儿子做这样的事吧？你知道妈是很守旧的，有败门风晦财运的事，她会任我胡作非为？"

梁超说过这话，从床上一下坐了起来，并伸长脖颈冲门口"妈，妈"地喊了两声，声音喊得很大，却很压抑。不过，他喊了两声后，见郁静坐着一动不动，声音又停了下来，才回过头来对郁静说："算了，三更半夜的。不信，明早你自己问妈去，要不，我问也行。"

梁超把话说到这儿，见郁静两眼疑惑地注视着他，心里再次紧张了起来，为了掩饰心虚，他双手一张朝郁静抱了过去，而郁静却一侧身让他扑了个空。就这么，两人重又赌气似的躺了下去，谁也不理谁。

其实，这是梁超求之不得的事。因为他今晚已经被女人丹红弄得"弹尽粮绝"了。而这晚的郁静面对自己男人的装模作样，脑子里已经一团乱麻，她虽然知道自己这男人在撒谎，但她既没证据也没办法。一时间，她感觉自己犹如漂泊在大风大浪中的一叶小舟，既孤独又无助，不知道自己的明天将会是啥样子……

第三十九章 受伤的女人

都说女人是水做的，如果真是这样，那郁静大抵就是用苦水做的。要不，也是在苦水里泡大的。的确，她幼时失去母亲，求学时父亲又撒手而去。学业尚未完成，就独自漂泊在外，过着那居无定所的日子。原本回乡后想凭一技之长安安稳稳过日子，却遇上了梁超这浪荡公子，一次次将她置于苦海里。

这天晚上，郁静重又躺下后，不知翻来覆去多久，才浑浑噩噩地睡了过去，并也睡得很沉。直到她感觉自己浑身被什么东西死死压着，连气也喘不过时才醒了过来。但当她醒来睁开眼睛，曾经无数次出现过的画面又出现在了她眼前。

原来，梁超这天早晨从晕沉沉中醒来时，躺在床上想了一阵他母亲给他打的那电话，以及他回家后他母亲的唠叨和训导，也想了一阵昨晚上床后，女人郁静予他的置之不理和嗤之以鼻，心中感到憋屈和不安，于是侧过头去看了看身边熟睡着的自己的女人，心里一急，便立马揭开女人身上的被子，并翻身朝女人的身上爬了上去。

郁静被突然爬上身来的梁超压醒后，睁眼看见梁超一脸狰狞地压在她身上，心里立即明白了一切。但梁超近段时间来对她的无情和伤害，还有梁超手机里那条她一直没弄明白的短信，让她对梁超的身体感到无趣甚至恶心。所以，她在梁超身下挣扎、抗拒，也不怕自己头上的伤口一用劲就钻心地疼，最后用尽自己全身的力气，将梁超从自己身上推了下去。

而梁超的母亲张淑琴这天早晨起得特别的早。她把儿子梁超从外面叫回来后，就预想着儿子儿媳这晚会发生啥事。自己是过来人，男女间那点小秘密她清楚得很，没在一起的青年男女不说干柴烈火，至少也是小别胜新婚。当然，她也期望着儿子儿媳这晚是这样的。所以，当郁静从梁超身下挣脱出来翻身起床，然后穿戴整齐从房间里跨出来时，她就立即迎了上去，并故作心疼地对郁静说："小静，咋不多睡一会儿？刚出院，早饭妈来做。"

梁超的母亲说过这话，依然一副心痛不已的样子。郁静听了梁超母亲这问话，又看了梁超母亲那脸上的表情，尽管知道梁超的母亲这是猫哭耗子假慈悲，不得已还是叫了一声"妈"，接着就折身去了厨房。

梁超的母亲张淑琴听了儿媳这声叫，心里虽然有种冷冰冰的感觉，但悬在她心里的石头总算着了地。

昨晚，当她既宠又骂地将儿子梁超弄进儿媳的房间后，她就屏住呼吸听了儿媳房间里的动静。但是，她听见的，却是儿子儿媳在房间里的争吵声。她听了好一阵才听明白，因而暗自骂自己儿子太大意，也气愤女人丹红真是个狐狸精，都和儿子那样了，还洒啥香水，即使要洒也不该那么浓，弄得整个身子如泼了大粪似的，也弄了自己儿子一身……

为了老梁家的未来，张淑琴当时是想起身去儿子儿媳的房里，替儿子说说话的，没想到她轻手轻脚来到儿子儿媳的房门外，却听见里面一下没动静了。她因此不好再去挑起这事，也想着儿子这时也许已经使出了"杀手锏"。

这天早晨，当儿媳郁静从房间里跨出来时，她见了儿媳那气色，自觉昨晚没去敲儿子儿媳的房门是正确的。后来又被郁静叫了一声妈，她心里便有底了。所以，她和儿媳郁静说过话后，就一脸兴奋地把儿子和孙女娇娇叫出来吃早饭。

梁超从房间里出来时，并不为这天早晨被自己女人推下身，把不快和愤怒挂在脸上，而是有意坐在郁静身边，并没话找话地对郁静既讨好又大献殷勤。等女儿娇娇吃罢走后，梁超看了看郁静，然后眨巴眼睛对他母亲说："妈，您给郁静说说，她说她不在家的这些天，家里来了其他人……"

张淑琴被儿子这么一问，先是一惊，接着看了儿子给她的眼神，一下就明白了儿子这话的意思，她立即对郁静说："小静啊，没那事，这些天你在医院，人都愁死了，哪还有心思去伺候外人哟。"

郁静听了婆婆这话，知道婆婆是在为自己儿子说话，也不好再说什么。匆匆吃过饭后，跟女儿娇娇说等会儿奶奶送你去幼儿园，便挎着包出门去公司上班了。

梁超的母亲张淑琴见郁静下了楼，又从饭厅的窗口看郁静出了小区的门，才转过身咬牙切齿地指着梁超说："你呀你，做事也不把屁股擦干净……"

梁超听了母亲的指责，装出一副很委屈的样子，哭丧着脸在母亲张淑琴面前鸣冤叫屈地说："妈，我咋知道那香水味会残留这么久呢？再说，也没想到她会这么快出院。"

张淑琴看着儿子老大不小了，还如一个小孩般没心没肺的，就生气地说："没想到的事多着哩，长点脑子吧……"

梁超看着他母亲生了气，心里也就不服起来，便梗着脖子说："有啥？大不了离了就是，我早就这么想了，免得这样偷偷摸摸的，两头不是人。"

张淑琴一听儿子这话，一下就紧张了起来，心想你小子啥本事没有，竟敢有这样的想法，于是吼道："你小子敢，真那样了看我怎么收拾你！"

梁超被母亲张淑琴这么一吼，一下就软了下来，忙做出一副可怜模样："妈，您把我和她咋老拴在一起？您又不是不知道，我已经喜欢了另一个女人，昨晚要不是您硬要我回来，我才懒得回来哩……"

张淑琴听了儿子的埋怨，心里有说不出的苦，她本想一股脑儿说出这样做的来龙去脉，又怕儿子嘴不稳，把事原原本本地给女人丹红说了，丹红要是知道了她的用意，还不得死缠着儿子结婚要进他们老梁家，否则，想要她为老梁家生孙子，没门！如果这样，她张淑琴打好的算盘，不就"脱桥掉珠"了？因而，她眼下再急再气，也不敢把自己的想法说给儿子听，但不知天高地厚的儿子，这如放屁一样的话，又让她很是生气，她于是忍无可忍地冲儿子梁超嚷道："不叫你回来，万一……你喝西北风去。"

梁超听了母亲这话，一下睁大了眼睛，从母亲这话里，他好像明白了一点儿什么，也从中意识到了什么，他因此不服地对他母亲说："没有她，老梁家的生意一样做得风生水起。"

张淑琴听了儿子梁超这话，也睁大了眼睛，并瞪着儿子不转眼。她想看看儿子梁超是痴人说梦话，还是没睡醒。她记得儿子梁超职高毕业回家后，就没做过正事，成天东一趟西一趟老见不着人。他父亲在世时，公司里的事全由他父亲操心，他父亲去世后，公司里的事又全推给了儿媳郁静，儿子梁超去公司也只是聋子的耳朵———一个摆设。所以，她用一种疑惑的目光瞪着儿子问："就你？"

梁超被母亲这么一问，好像被扇了一耳光子，他知道母亲时常为他生气，但也没想到母亲会这么看不起自己，他于是又不服地与母亲犟嘴说："妈，您咋就这么瞧不起我？我是不是您亲生的？我不行总还有人行嘛。"

张淑琴听儿子这么一说，心里不由"咯噔"一下，她知道儿子此时说的那人是谁，刚刚"咯噔"过的心也随即紧张了起来。都说怕什么来什么，难道女人丹红早已给自己这儿子灌了迷魂药，并对老梁家虎视眈眈起了贼心，她于是沉下脸，瞪着眼睛对儿子问："你是这么想的？"

梁超听了母亲这问，以为母亲答应了自己，便一下来了兴致，脸上挂着欣喜回答母亲说："妈，不光我是这么想的，丹红也是这么想的。告诉您吧，丹红毕业于市场营销专业，做起生意来，比郁静还地道还精哩……"

梁超在跟母亲说这话时，既兴奋又沾沾自喜。的确，他与女人丹红确实商量过这事，并且还不止一次两次。女人丹红跟他说，假如她来经营这公司，绝对不像现在的郁静，让公司默默无闻，毫无起色。她说她有她的理念，她定会让公司大红大紫、效益倍增。她还给梁超立了军令状，一年之内公司如果不发生天翻地覆的变化，她自己卷铺盖走人。

梁超当时听着女人丹红这话，恨不能将郁静一脚踹掉，立马与女人丹红拜堂成亲。他不知道自己母亲是咋想的，既让他与女人丹红来往，又迟迟不让他将女人丹红娶过门。

张淑琴听了儿子这话后，彻底被镇住了。她没想到女人丹红真的在打他们老梁家的主意了。顿时，一种可怕的念头在脑海里打转，在她眼前也好像出现了老梁家的败落景象，并也看到了老梁家的钱财，被女人丹红用麻袋装好，一袋一袋地扛回了家去，她心里顿时一急，立马对儿子梁超厉声道："不行！告诉你，早死了这心……"

梁超听了他母亲这话，先是一惊，接着就一脸的不服和困惑……

第四十章 挽回损失

郁静这天早晨从家里出来后，心里除了很乱，也很郁闷。但一想到因自己住院，耽误了公司里很多事，便强使自己不再去想那些乱七八糟，让她心力交瘁的事。她决定把精力全集中在工作上，力争把公司因她住院所遭受的损失补回来。然而，事与愿违，本能的反应，让她再次陷入难以自拔的情绪之中。

原来，当她出了小区，疾步走在十天前她和梁超手挽手走着的那大街上时，心里自然而然就想到了那天她和梁超手挽着手，走在这行道树下时的情景，也想到了梁超接了一个电话后，那一脸的慌乱，并匆忙朝街对面那黑色轿车跑过去的样子。因而，她心里这阴影驱使她不得不又将目光朝街对面投了过去。哪知，她这一投，心又立即乱了起来。

昨天晚上，当梁超给她说了那香水味的来历后，她心中的气好像一下消了很多。她甚至想，梁超说的话也许是真的。她在好多年前就听说过，有些澡堂为了抢生意，除了大打价格战，就是挖空心思想法子，有的送浴巾，有的送澡帕，有的则免费使用香水，听说后来还有搓背和特殊服务的。郁静一直不知道这特殊是什么，那说话者说过这话只是咯咯地笑，还一个劲冲她抛媚眼……

郁静历来是个不喜欢挖根刨底，给别人为难的人。所以，那说话者不愿说那特殊服务是什么，她也没再问。当然，心里却在暗自揣摩这事，在揣摩的同时也有一种怪怪的感觉。这天晚上，她和梁超要是同以前那样，情投意合心无芥蒂，她定会问梁超那特殊服务是咋一回事，还会问他去享没享受那特殊服务，感觉又如何。

如果说梁超头晚给她的解释，让她对梁超的怀疑产生了犹豫，那这天早晨，梁超的母亲为儿子梁超所做的证实，让郁静对梁超便多了一份踏实和放心。然而，这踏实和放心，犹如梅雨天的阳光，只那么露了一下脸，又被阴云笼罩上了。

原来，在这天早晨，当郁静本能地将目光投向街对面时，梁超那天朝着跑过去的那辆黑色轿车，再次出现在她的视线里，并停在上次停的那个位置。

郁静见过这黑色轿车后，心不仅乱，也紧张不已。同时，刚刚消了的气重又蹿了上来。她本想跨过街去看那轿车里的人是谁，但一想到自己这样做太冒失，万一不是自己想的那样，里面坐的不是女人丹红，那不是自讨没趣。再说，即使是丹红，她在哪里停车，自己又不是交警，管得着吗？

郁静如此想过，便站在不远处的站牌前，静静地注视着那黑色轿车，看它有啥反应。更确切地说，她想看她男人梁超，等会儿出来后，会不会跨过去上那车。但是，这天不知是啥原因，她在那站牌前关注了好长时间，既没看见男人梁超朝那黑色小轿车跑去，也没见那轿车开走，直到公司里的小李给她打来电话，她才如梦方醒般，匆匆忙忙朝公司赶去。

郁静这天回到公司后，小李对她说，他在来上班的路上遇见了石桥镇的周老板，并说周老板是来县城进货的。郁静听后当即就急了，并急得如火烧眉毛似的。昨天她听小李说，这石桥镇的周老板也换了进货商，郁静听后，当即就不安了起来，并感到了危机。因为周老板是梁超父亲手上的老客户，并与公司一直合作得很愉快，他都换了进货商，这对公司来说，一定非同小可。昨晚在睡不着时，她一直想，看如何才能将周老板这样的客户重请回公司。

郁静在办公室外听了小李的汇报，对小李说了声"谢谢，知道了"，便匆匆进了办公室，从办公桌下的抽屉里，找出了公司所有客户的通讯录，接着就给石桥镇的周老板打了电话去。

此时的郁静听着电话里那还没接通的"嘟嘟"声，心紧张得快从嗓子眼蹦出来似的，她不知道接通周老板的电话后，如何跟周老板说合作的事。但是，当接通周老板的电话后，不知是这些年郁静在生意场上练就的本领，还是被"逼上了梁山"，她竟不紧张了，并且同以往那样，性情谦和，声音甜美，同时还充满着激情。

"周哥，我是郁静呀。好久没与周哥联系了，现在在哪儿？忙得很吧？"

电话那头的周老板听了郁静的问，知道梁氏公司里的小李，一定将他来县城进货的事告诉了郁静，这让他很为难，但想想之前与郁静间的良好合作，以及郁静对每位客户的真诚、实在和热情，立即回答郁静说："哦，是小郁呀。听说你出了一点儿事，咋样，身体好了吗？"

郁静听了这周老板在电话里的问候，感觉这周老板也许会与公司再次合作，于是她热情洋溢地对电话里的周老板说："呵呵，谢谢周哥的问候，告诉您吧，我全好了，要不我咋会上班呢？从今天起，公司又同之前一样，请周哥多多关照，多多支持。另外，到县城来办事，一定要来办公室坐坐，喝喝茶哟！"

郁静这一席话，把周老板的心说得热乎乎的。当然，他更知道郁静这话中的意思。在为难中，也想着之前的合作之情，他于是回答郁静说："小郁啊，这么多年的合作，还用得着说谢吗？告诉你，我现在就在县城……"

郁静听了周老板这话，心里一下有了数，于是对电话里的周老板说："是吗？那就好，来公司坐坐，我沏好'铁观音'等您。"

郁静这话，让电话那头的周老板没话可说了，他只好对郁静说："是真的？我立马就过来了啰？"

"好的，请！"

郁静说过这话，心全放下了，她知道周老板只要肯过来，就说明周老板会与公司继续合作下去。她因此忘记了伤口时不时的疼痛和那些梗在心里的不愉快，忙着给周老板沏茶，忙着打扫办公室里的卫生。她几天不在，办公桌和椅子上都蒙了灰尘，用手一摸就黑黢黢的。昨天去医院办完出院手续来公司已经很晚，又忙着处理一些急需事情，就没来得及打扫这些。说来也巧，她刚刚把办公室整理好，周老板就出现在了她办公室的门前，郁静一见，热情地迎了上去，与周老板一阵礼节性的互致问候后，周老板问他："小郁，我有个问题不知该不该问，也不知道你们是咋想的。"

周老板在说这话时，有些拘谨，目光也躲闪不定。郁静听后，心立马紧张了起来，但她还是不动声色地说："周哥，啥事，请直说。我们合作这么多年，没什么该不该的。"

周老板看了郁静一脸的诚恳，便直爽地说："小郁啊，你们是不是准备转型去做那'直销'？"

郁静听周老板这么一问，心里再次"咯噔"一下，她不知道周老板为啥问她这样的事，因而对周老板说："周哥，咋会呢？这公司是梁超的父亲亲手创建起来的，近二十年了，咋会转型呢？"

周老板听了郁静这话，脸上不由有了难为情，他停了停，迟疑地说："我想也不会，但近段时间，我要的货老没有，我知道你在住院，跟梁老板联系他却不理，他在我们石桥镇搞'直销'，倒很卖力……"

郁静听了这周老板的话，总算知道了一个个客户离开公司的原因，心里很不是滋味，但她又不好当着周老板的面发火，更不想让外人知道她和梁超间最近所发生的一切，因而镇了镇对周老板说："哦，原来是这样。周哥，给您说吧，梁超没咋管公司这边的事，很多事他也不懂，不过，我用我的人格担保，公司将一如既往地坚持客户至上、质量第一的理念，将公司发展下去，并以不折不扣的诚信和优质的服务与各位老板合作好……"

周老板听了郁静这说明和表态，脸上的疑云立马消失了。他爽朗地笑着说："哈哈，这还差不多。你也让我吃了一颗定心丸……"

周老板说过这话，接着将早准备好的提货单递到了郁静的面前。郁静一见，心里很是激动，她忙伸过手去握着周老板的手说："谢谢周哥的信任，我叫小李马上去备货，今天下午给您送过去。"

周老板握着郁静的手，看着郁静一脸的真诚，同往常一样开着玩笑说："哈哈，跟美女合作就是爽快！"

郁静被周老板这么一夸，一张润白好看的脸，一下子如三月的桃花，既嫩白又红润，还带着几分淡淡的羞涩，并笑着说："周哥开玩笑了，啥美女，都老太婆了。"

周老板听了郁静这话，又是一个哈哈说："啥老太婆，我五十多了，别人喊我大爷我还不高兴哩。"

周老板这话，让郁静一下忘了羞涩，又与周老板说了几句玩笑话，便给送货的小李打了电话，并叫小李来办公室取周老板的提货单。小李在另一间办公室，接了郁静的电话就立马赶了过来，从郁静手里接过周老板的提货单后，又在郁静的一再嘱咐下，与付过货款的周老板急匆匆下了楼，朝两公里外的库房而去。

郁静等小李领着客户周老板一走，一下就瘫坐在办公桌前的椅子里，她面色惨白，浑身无力。这不是因病而致，而是周老板刚才的问，让她心里很是难受。她没想到，在她住院的这几天，梁超竟这样对公司，让公司受了损失不说，还在客户们中造成了如此不好的影响。像周老板这样爽快的人倒能说服，其余的客户能说服吗？这对于她来说不仅是挑战，更是一种考验，这考验也不仅仅来自公司，更主要来自她男人梁超。

人们常说，夫妻同心，乱石变金。但她和梁超眼下能说同心吗？她住院这段时间，梁超对她不问不理就算了，公司里的事也置之不理，成天就同女人丹红纠缠在一起，做那所谓的"直销"，梁超难道真如客户周老板说的那样，诚心将公司转型吗？

郁静想到此，不由一惊。她立马反应过来，心里同时暗自喊道：不能！万万不能！

郁静这么想过，顿时振作起来，并告诫自己要把精力集中在工作上。她和梁超间的事顺其自然，如果真到了那地步该咋样就咋样，不能因儿女情长的事，影响到工作。

郁静想过这些，好像一下找到了方向，也知道了孰轻孰重。于是她从办公桌下的抽屉里，找出了所有客户的联系号码，并一一打了过去。她的语气是那样的诚恳并带着几分女人特有的甜美和温柔。客户们听后，既感动又亲切，在短短的一月里，全又回到了公司。在这一月里，郁静既夜以继日又废寝忘食，除了忙进出货、来往账目，还要忙库房里的事，她每天早出晚归，不仅如此，有时还要忙到深夜……

然而，每晚回到家里后，面对着那空落冷清的屋子，她脑子里就会不由自主地想到男人梁超，也想自己和梁超间最近所发生的事，同时也会不由自主地想到梁超此时在哪里，又会不会与女人丹红住在一起，她尽管还不知道梁超和女人丹红的关系到了哪一步，但她依然很担心，她真怕梁超手机里那条短信与自己的揣测是真的……

第四十一章　不能说的事

一个月后，公司里的销售额完全恢复到了郁静住院前的水平。或因有了喘息的机会，郁静每当忙完手中的事歇下来后，脑子里就会不由自主地去想她和梁超之间的事，同时也想梁超为啥越来越不在乎自己了。每到这时，她对梁超也越来越捉摸不透了。

梁超自从她出院那天晚上回来过，就更少回家了。每天晚上当她忙完公司的事回到家，都要给梁超打个电话，问他在哪里，晚上回来不。而梁超每晚回答她的话都是：我在外面忙着哩，离家又远，今晚回不了。郁静每晚听过梁超这电话，心里就会隐隐作痛，除了为独守空房而孤寂，也为梁超是不是在骗自己而苦恼。

这天，一直郁闷着的郁静，实在受不了那虚实真假难辨的煎熬，不得不把公司里的小李，叫到自己的办公室里，问了梁超最近的情况。因为小李一直在给梁超他们送货哩。

小李来到郁静的办公室后，同平时一样，以为郁静要他给下面的客户送货，故而很随意，还在郁静的办公室门口，就笑呵呵地对郁静问："郁姐，今天送哪里？"

小李问过这话，才把目光朝郁静投了过去，并下意识看了看郁静脸上的表情。老实说，最近一段时间，他总觉得对不住郁静。他虽然没做啥亏心事，但每次见到郁静时，总有做了贼的感觉。所以，此时当他看到郁静那一脸的异样，心里就更紧张了，跨进郁静办公室的他，心里不仅突突直跳，也有些手脚无措。

郁静当时坐在办公桌前的椅子里，脸上有些阴郁，她见小李跨了进去，忙站起身，一边示意小李坐下，一边忙去掩上门，当她重又回到办公桌前，才随和地问小李："小李，没有别的，就想向你打听一点儿事。"

小李听郁静这么一说，心里更紧张了。他刚才看了郁静那一脸的阴郁，又看郁静去掩了门，已感到今天的事非同平常，同时也觉得，梁超要他隐瞒郁静的事，今天也许瞒不住了。所以，他听了郁静的开场白后，心里不仅有做贼时的紧张，也有做贼时被当场逮着的害怕。不过，他还是强使自己镇静下来说："郁姐，啥事？你直说。"

郁静听了小李这爽快的回答，心里很是欣慰。她知道，她要打听的事，即使别人知道，也不一定会告诉她。因为他们都怕祸从口出，给自己惹来麻烦。因此，她听了小李的回答后，忙对小李说了声"谢谢"。

郁静说过谢谢后，重又坐回办公桌前的椅子里，把目光再次投向了小李，看着小李满眼慌乱，心里觉得有些过意不去。但她不这么做，心里又老不踏实，从早到晚好像掉了魂。所以，她对站在原处依然不动的小李问："小李，你还在给梁总他们送货？"

小李被郁静这么问后，觉得没啥，也就爽快地回答说："是，久不久送一次，昨天还送了哩。"

郁静听了小李这回答，不由很惊奇。她于是接着问："昨天？"

也许是打开了话头的原因，小李说起话来，竟没开始拘谨了，甚至还有些得意："对啊！不过，送的是样品，梁总他们的生意也不咋好，搞了几场活动，一样也没卖出去。"

小李这话，让郁静心里不由怪怪的。但她知道自己此时找小李是为了啥事，因此继续问道："昨天送货送得远吗？梁总他们现在在哪里？"

小李听了郁静这话，立即警觉了起来，同时也想起了梁超之前叮嘱他的话。梁超当时给他说，郁静如果问他的事，就装一问三不知。因而，他此时听了郁静的问，竟不知如何回答了。按理说他该告诉郁静实情，因为他知道郁静是个好女人，却受着梁超的冷落和不公。女人丹红刚来公司时，他就从梁超与丹红眉来眼去和随意中，看出了他俩的关系非同一般。的确，就在郁静出事住院的前夕，他就被梁超和丹红所做的事，窘得不知如何是好。

那天，梁超叫他去库房装货，并跟他说了装货时间。而这天的他不知是鬼使神差，还是想在梁超面前表现自己对工作的积极，接过电话后，撒了一泡尿，就开着车去了库房。哪知，下车后，他竟发现库房门是虚掩着，他一惊，以为库房遭了小偷，故而返身从驾驶室拿上一把扳手，接着轻手轻脚，又紧张不已地朝里走了进去。但他万万没想到，出现在他眼前的情景，至今让他羞怯不已。

原来，小李这天提心吊胆地跨进库房后，突然听见库房里间的角落里有一种似猫叫春的哇哇叫声，那叫声既怪异又畅快，他听后突然想起什么似的，但他又不敢相信这会是真的。当时的他，或许出于好奇，或许又想证实自己的猜测，便蹑手蹑脚地朝那传出怪异声音的角落走去。刚走到那角落的不远处，就看见梁超和女人丹红裸着下身，在一堆杂物上醉生梦死地交合在一起。小李见后，脑子里不由"嗡"的一声，随即便退了回去，并逃也似的爬进了自己那车的驾驶室。

小李虽然逃离了那现场，也没被梁超和女人丹红当场发现，但他眼前始终晃动着梁超和丹红交合在一起时的情景，耳边也回响着丹红那贪婪的畅快叫声，让他不知所措、惶惶不安。就在他准备开车离开时，梁超和丹红各自的脸上带着满足后的愉悦和兴奋从里间走了出来，看了驾驶室的他，梁超几步跨到他车前，一脸警觉地问他："来了多久？不是叫你等会儿才来吗？"

小李听了梁超这话，知道他这么问的意思，忙回答说："梁总，我刚到，还没来得及下车哩。"

梁超听了他这话，狐疑地看了他好一阵，又转过头去看了看那敞着的库房门，和站在门口的丹红，才回过头来说："真的？那门为啥会敞开着呢？我记得是关上了的……呃，好吧，记着我之前跟你说的，少说话多做事，这话你还记得我在哪里跟你说的吗？"

小李被梁超这么一问，犹如霜打的茄秧一样低下了头。他明白梁超在警告自己，并用那件事来要挟自己。

一年前，他和梁超去省城进货。本可当天去当天回的，梁超却无论如何要在省城住一夜，并对他说："省城和县城就是不一样，你来的时间少，我今天带你去逛逛，去见识见识……"

小李当时不知梁超说这话是啥意思，他虽然很少来省城，但看上去除了楼房更高，街道更宽，来往的车辆和人群更多外，与县城没多大的区别。直到这天晚上，他才知道了梁超口中省城与县城的不同是咋一回事。

这天晚上，他被梁超领着进了夜总会，刚一进去，几个穿着暴露，如池中鱼儿般灵动的女孩便朝他和梁超"游"了过来。梁超当时走在前面，那几个女孩拥上来后，都对梁超动手动脚、摸来摸去，梁超一阵迎合后，转身把他拉到那几个女孩面前说："这是我兄弟，你们谁愿去伺候，小费我出。"

梁超这话刚一落口，有两个女孩就一左一右将他拥进了包间，并在那里过了夜。第二天，在返回县城的路上，梁超对小李问："小李，咋样，够刺激吧？感觉到没，省城的与县城的就是不一样……"

小李听着梁超这话，心里总是怪怪的，也为自己昨晚的出格而感到羞愧。或许因他有这样的心境，脸上的表情也有些魂不守舍，梁超见了他这模样，忙对他敲警钟说："小李，这事就你知我知，回去后该说的说，不该说的不说，否则，到时你我都会难堪的。"

梁超说了这话当时还狠狠地瞪了他一眼。当然，小李从梁超那眼神和话里，也全明白了梁超要他明白的是啥事。不仅如此，他也一直记到了现在。总之，他对梁超之前的事和后来与女人丹红的关系，都只字不提，特别在郁静面前尤为如此。但每一次见了郁静，他又觉得很惭愧。他虽然没做对不起郁静的事，却觉得像郁静这样的好女人，不应该遭到这样的不公和不幸。所以，他只能以努力的工作，来分担郁静肩上的担子，让自己愧疚的心得以安宁。眼下他知道，只要他说出了梁超这段时间的行踪和女人丹红间的事，他以后的日子就不好过了，说不定会失去工作，家庭也会闹得不和睦。所以，他一时也不知怎样回答郁静的问话才对。

郁静是看了小李的一脸难为情而诧异的。同时，她对梁超也更加怀疑了。从小李的表情里她已看出了小李一定知道梁超的不少事。对真相的渴望，几乎让她失去了理智。她呼啦一下从椅子里站了起来，失态地求着小李说："小李，你知道梁超的事对不？求你告诉我。我不想一直被他蒙在鼓里了……"

小李被眼前的郁静这么一求，心一下就软了。看着郁静眼下这无助的模样，他真想把自己知道的有关梁超的事全说出来，让眼前这个女人不再被欺骗，不再为不明不白的事成天魂不守舍。然而，就在他想给郁静开口说他所知道的事时，一年前被梁超带去省城那夜总会的事又出现在他眼前，带着被梁超告诉他家人的后怕，不由打了一个寒战，脑子也一下清醒了许多，于是一改先前的想法，哭丧着脸对郁静说："郁姐，求您不要再问了，我啥也不知道，即使知道我也不能告诉您……"

小李说过这话，猛一转身，打开虚掩着的门，一头冲了出去……

郁静看着突然激动起来的小李，也猛地一惊，在她还没回过神时，又看见小李逃也似的冲出了办公室，她一怔，随即便瘫坐在椅子里……

第四十二章 女儿口中的秘密

小李这天的突然失态，让郁静确实吃惊不小，也让她意识到梁超一定有事瞒着自己。因此，她又不得不把一个月前，梁超手机里那条短信与梁超近段时间的失常和神秘，联想在了一起。想着想着，她突然感觉眼前一片迷茫，潜伏着从未有过的危机，这迷茫和危机很快如潮水般，铺天盖地地朝她席卷而来。

然而，人的本能又让她不甘就此沉沦下去。另外，还有一种强大的力量驱使着她不能就此认命。这力量就是她的尊严和她的女儿。

郁静这天瘫坐在椅子里想了好一阵后，最后决定：等梁超回来后，她一定要把梁超这些日子来的神神秘秘问个水落石出，也要弄清梁超手机里那条短信究竟是谁发的。

哪知，就在她准备着要把自己想弄明白的事，弄个水落石出时，一件意想不到的事，让她彻底崩溃了。

这天，婆婆张淑琴突然接到一个电话，电话是婆婆的娘家打来的，婆婆听后，立即泪流满面，还"呜呜"地哭出了声。原来，婆婆张淑琴八十岁的老母生命垂危，只等她回去见最后一面了。

婆婆老母的病危，让婆婆抛下一切火速赶了回去。所以，家里的事又全落到了郁静一个人的身上，当然，也包括接送女儿上下学和照顾女儿的起居。

事情就发生在与女儿住在一起的第一个晚上。那天，她把女儿从幼儿园接回来后，就忙着刷锅弄菜做晚饭。女儿娇娇因为这天是妈妈亲自去接的她，既高兴也兴奋，脸上不仅挂着天真烂漫的笑，一张小嘴也如百灵鸟般叽叽喳喳。她嘴里刚唱过老师这天教的儿歌，接着就对母亲郁静问："妈妈，您每天都来接我好吗？"

郁静当时正在灶台上的菜盆里洗菜，听了女儿这问，不由转过头对女儿问："为什么呢？妈妈工作忙，没时间去接你。"

郁静的回答，让女儿明显不高兴了，郁静见后，怕伤了女儿的自尊，忙接着对女儿说："好，只要妈妈能抽出时间一定去接你。"

女儿听了她这话，先迷惑地眨巴眨巴了眼睛，接着像小鸟般张开两臂，朝她飞奔了过去，并一下抱住了她的双腿，嘴里同时说："妈妈真好，这样就没小朋友会说我没妈妈了。"

郁静听了女儿这话，顿时一惊，她没想到女儿在学校里受了这样的委屈，于是蹲下身去将女儿紧紧抱在怀里。

原来，自从女人丹红来了公司后，无论是在大街上，还是在女儿娇娇上学的幼儿园的大门外，梁超和女人丹红都出双入对，样子不仅亲密，还眉来眼去。尤其是在郁静住院的那些日子，谁见了他俩的亲昵模样，都会认为梁超和女人丹红是两口子。

几天前，当女人丹红挽着梁超的手，从女儿娇娇读书的幼儿园门口路过时，在门里同娇娇一起玩的小朋友就指着女人丹红，对娇娇问："娇娇，那是你的新妈妈吗？"

娇娇当时听了，眨巴着她那双漂亮的大眼睛，迷惑地看了校门外的父亲和女人丹红，然后回过头对这小朋友说："不是，我只有一个妈妈，没有新妈妈。"

哪知，这小朋友也天真，继续冲女儿娇娇问："不是？咋没看见你妈妈来接你？是不是你爸爸不要你妈妈了，给你找了这个新妈妈？"

女儿娇娇被这小朋友问得无话可说了，她也不知道这小朋友说的是假是真。她有时也想，爸爸不要妈妈了，也许是真的，要不，爸爸那晚对妈妈咋会那么凶呢？妈妈受了伤从外面回来，爸爸和奶奶咋都不理妈妈呢？特别是妈妈住院的这些日子，她要去医院看妈妈，爸爸和奶奶咋都不带她去呢？

女儿娇娇是被那小朋友问了之后，又联想到她心中的一个个疑问而无法回答小朋友的。她因而很委屈，脸也憋得通红，更不知道对这小朋友咋说了。郁静听了女儿所受的委屈，大为震惊。她没想到，梁超在外面的风流事竟影响到了自己的女儿，也让自己受到了莫大的侮辱。所以，在女儿还在滔滔不绝时，她已面色惨白呆若木鸡。

女儿看了她那惨白的脸，问她是不是哪里不舒服，才让她从愤懑中回过神来。此时，她看着自己女儿那一脸的无助和迷惑，母爱的天性最终胜过了自己的痛苦，她立马恢复了原来的模样对女儿娇娇说："娇娇，外面的人都是乱说的，你看妈妈不是在家里，在你身边吗？你不也看见爸爸回来过，和我们在一起吗？"

女儿娇娇听了郁静这话，又眨巴着她那双漂亮的大眼睛看了她一阵后，才对她说："我知道，但就是受不了……妈妈，以后您来接我好吗？免得小朋友们乱说。"

郁静看了女儿娇娇那央求的模样，心里的酸竟大于了刚才心里的痛，因而，她强忍着心痛再次答应女儿一定抽时间去幼儿园接她。女儿听后，高兴得如天使般在她面前翩翩起舞并蹦来蹦去，还伸出小小的无名指与她拉了钩……

然而，让郁静万万没想到的是，这天的事并没就此结束。当她在与女儿拉钩时，心里还在想，等把女儿哄睡后，她要好好捋捋最近所发生的事，并想法子查查女儿说的话是不是真实的。如有此事，她将付出一切代价，弄清梁超身边这女人究竟是谁。

但是，她一直怀疑，又不敢相信的事，最终在这晚的睡觉前还是发生了。

这晚，郁静听了女儿给她说的事，心里尽管很乱，很不是滋味，但为了不让自己的情绪影响到天真无邪的女儿，她与女儿拉了钩后，依然面带笑容地洗菜切菜，刷锅生火，把晚饭做得香喷喷的。女儿因而也吃得很开心，并一边吃一边说："妈妈，我好久没吃过这样好吃的饭菜了。"

女儿的话，再次让郁静心里一阵难过。自从她住院以来，她就没给女儿做过一顿好吃的，她心里虽然想，却没法子。在医院里时，她想女儿，她就把老穆给她买的樱桃，还有汉堡、鸡翅、鸡腿给女儿留着，总想女儿或在一会儿后，或在第二天，被老公梁超牵着，或被婆婆领着去看她的，但她望到了出院这一天，不仅没望到女儿到医院去，等来的却是女儿走丢了的消息……

从医院回来后，又忙着公司里的事，早晨出门，就要忙到深夜，每天回到家时，女儿已睡去了，她能做的，能尽到一个母亲责任的，就是去看看女儿熟睡着的样子，给她捋捋额前的头发，给她掖掖被子。

郁静听了女儿那话，一阵难过之后，给女儿碗里立马舀了一勺番茄炒鸡蛋，接着又对女儿说："好吃就多吃点，以后妈妈争取天天都给你做……"

郁静说过这话，又往女儿的碗里添了爆炒土豆丝。女儿被她这么一宠，话自然又多了起来，她一边吃一边侧过头对母亲郁静说："妈妈，你做的饭菜咋会比奶奶做的好吃呢？"

郁静听了女儿这话，顿时一惊，她敏感地回过头看了看整个屋里，然后捂住女儿的嘴，神秘地对女儿说："不许乱说，奶奶听见了不高兴。"

但她没想到的是，女儿的回答却让她不敢相信自己的耳朵，同时还知道了自己这女儿其实还是个小机灵鬼，女儿当时对她说："妈妈，我知道，奶奶在家我才不这么说哩。"

女儿的话，才让郁静一头想起婆婆不在家，她于是像忘记了所有烦恼一样，在女儿的头上轻轻敲了一下说："你这个小机灵鬼，没想到还耍起了小聪明……"

郁静的女儿被郁静这么一夸，更来了兴致。她站起身来，把嘴凑近母亲郁静的耳边说："妈妈，我告诉您，奶奶偏心……"

女儿这话，又让郁静一惊，她不知道女儿为什么会这么说。她其实知道婆婆是个啥样的人，当女儿呱呱坠地时她就知道了。临产那天，婆婆一脸喜悦地陪着她去了医院，她进产房时，婆婆脸上依然欣喜不已。但是，当她生下女儿，躺在手推车上，被推出产房时，她看见婆婆那脸，阴沉得就如快下雨的天，更让她难以接受的是，婆婆对她从此便不冷不热了，对女儿也总看不顺眼。后来，女儿一天天长大了，女儿的漂亮和乖巧，才让婆婆对女儿亲热了一些。

郁静想到此，心里尽管很不舒服，但还是对女儿说："小孩子不许说大人的坏话……"

郁静说过这话，又在女儿的头上轻轻拍了一下，正想再说说女儿时，女儿又贴着她的耳朵说："妈妈，我没说坏话，您不知道，您在医院里时，家里来了人，奶奶就做了好多好吃的东西，我在里面的床上闻着好香哦。"

郁静听了女儿这话，立即警觉了起来，她立马对女儿问："家里来了人？你认得不？……"

郁静在这么问女儿时，还想问女儿来的那些人是男人还是女人，但不知是心悸，还是难以问出口，她把想问的话又咽了回去。

女儿听了母亲的问，迷惑地睁大着眼睛，一边摇头一边思索着说："嗯，来了一个漂亮的阿姨和一个婆婆。我全不认识，听奶奶说，这漂亮阿姨是与爸爸一起干工作的……"

郁静的女儿在说这话时，模样儿认真得如一个小大人，还噘着嘴，忽闪忽闪地转动着一双漂亮的大眼睛，一边说，又好像在一边思索着什么。

而女儿这话对郁静来说，虽说不上晴天霹雳，却也让她吃惊不小。同时让她感到了从未有过的危机。自从她知道了男人梁超手机里那条短信后，犹如身上突然长了一个恶瘤，她从此不仅忧心忡忡，也茫然无比。只怕哪一天，这"恶瘤"将她这个家毁于一旦。因而，她此时听了女儿给她说的这话后，反应尤为的强烈。当然，这强烈并非让她暴跳如雷，而是神思恍惚，忧心忡忡。

哪知，女儿娇娇看了母亲这失魂落魄的模样，以为是自己说错了话，于是她站起身，凑到她母亲面前，扬着漂亮的小脸蛋，满眼迷惑地对母亲郁静说："妈妈，你咋啦，是不是我说错了，惹你不高兴了？不过我没说谎，那晚，这漂亮阿姨还和爸爸睡了你和爸爸的床哩，爸爸还不让我和他们睡一起哩。"

郁静听了女儿这话，整个人如被马蜂蜇了般从呆愣中一下回过神来。在呆愣中，她虽然已听清了女儿说了啥，但她依然不相信女儿说的是真的，所以，她又一脸狐疑地冲女儿问："你娃说的啥？再说说……"

郁静这话说得很直截，也带着严厉的口吻。女儿娇娇听后，以为是自己真说错了什么，吓得一脸恐惧，眼里也快流出泪来。不过，她还是将先前说过的话，又胆战心惊地给自己的母亲说了一遍，并随即解释着跟她母亲说："妈妈，我真没说谎，奶奶还叫我不许跟你说哩。"

郁静听女儿再次这么说后，如遭雷劈般，眼前一黑，整个人不知不觉地瘫坐在了地板上……

第四十三章　真的是她

郁静是在第二天早晨重又镇静下来的。昨天晚上，当她听了女儿给她说的那话后，便彻底崩溃了。她没想到自己一直爱着的男人梁超，对她竟做了这样的事。况且，这龌龊的事竟是在自己的床上做的。所以，当她从那呆愣中回过神来后，就发疯般朝自己的卧室跑去，并"啪啪"打开了窗户，接着又抓起枕头、枕巾、床单、被子朝窗外扔去。扔完这些后，她又使出全身的劲，将"席梦思"掀在了地上……

郁静在做这一切时，一边哭着，一边骂着"畜生"。声音有些沙哑，也充满着愤恨。那哭声也叫人撕心裂肺。

女儿娇娇也是哭着跟在她的身后，跌跌撞撞跑到卧室里去的。女儿看见她不住地将床上的东西往窗外扔，吓得哭喊着给她说："妈妈，不要扔了，往后我不说了，我不说了……"

女儿就一直这么哭喊着，直到郁静将床上的"席梦思"掀在了地上，女儿又跑过去抱住了她的腿，她才停了下来，并将女儿一把搂在了怀里。于是，女儿抱着她的脖子，她搂着女儿，两张泪汪汪的脸便紧紧地贴在了一起……

这天晚上，郁静再没进她和梁超那卧室。她和女儿在客厅的沙发上，她搂着女儿便熬了一夜。女儿由于过度的惊吓和伤心，在她怀里哽咽了一阵后，很快就睡着了，而她始终不能入睡，眼前总不住地晃动着自己男人梁超和那不知是谁的女人，光着身子在她床上发狠做那龌龊事的影子，脑子里也出现着她和梁超结婚几年来的一切。

当她决定嫁给梁超，成为老梁家的儿媳时起，她就把自己的全部感情和爱给了梁超以及这个家。她也一心想成为一个好妻子好儿媳。因而，在婚后的这些年里，她对婆婆的尖酸刻薄，对梁超的肆意和任性都忍着让着，并以加倍的工作来忽略婆婆对自己的伤害，总想有一天会因此而得到婆婆的认可，同时也以更饱满更细腻的情感给梁超以无微不至的爱和满足，期待梁超能像结婚前那样爱她疼她。哪知，她所想的所期待的此刻不仅成了泡影，还让她落到了如此地步。

郁静在这么想时，也在想自己这后果是咋造成的。是自己高攀了老梁家，还是自己太软弱？是自己对梁超太娇宠，还是对梁超太纵容？

自从她发现了梁超手机里那条短信，并因此出了车祸后，她不知是因受伤的害怕，还是明白了凡事不要太过于认真的道理，她对梁超手机里那短信便不太追究了，就连她在住院期间，梁超不但没去看她，连电话也没给她打一个，她也原谅了。更不可思议的是，她从医院回来的第一晚，在自己的床上竟闻到了她熟悉，朦朦胧胧中也记得曾在哪个女人身上闻到过的香水味，她依然相信了梁超……

郁静这晚想到此，不由发出一阵苦笑，她笑自己天真无知，笑自己太单纯。笑过之后，她把心一横，决定从今以后要为自己活出尊严，也要弄明白是谁给梁超发了那条短信，又是谁趁她住院没在家，堂而皇之地在她的床上与梁超做了那龌龊的事……

郁静这么打定主意后，便一早起了床，并一边做着早餐，一边想她这天如何去找给梁超发短信的那人。昨晚她就想好了，在她与梁超分手之前，一定要找出给梁超发短信这人，也要看看她的真实面目。

女儿经历了昨晚那事，也一下懂事了很多。这早她自己起的床，吃饭时也没再要母亲伺候。在上学的路上，她还对母亲说："妈妈，下午您忙不过来，就别来学校接我，我同小区里的小朋友们一起回去……"

女儿的话让郁静既心疼，也安慰。她没想到女儿一下这么懂事了。她于是对女儿说："没事，妈妈会来接你的，你要是走丢了，妈妈咋办？"

女儿娇娇一下转过身，拉住她的手说："妈妈您放心，我不会走丢了，我一辈子都要和妈妈在一起……"

郁静一听女儿这话，泪水一下涌满了眼眶，她没再说什么，只蹲下身去，将女儿紧紧地搂在了怀里。

郁静这天把女儿送去幼儿园后，又叮嘱了女儿几句，便一步一回头地离开了女儿上学的那幼儿园，朝公司里走去。在去公司的路上，她一边埋头走着，一边想着她这天要做的事。

昨晚当她打定主意要"挖出"给梁超发短信的那人后，同时也为"挖出"这人竭力想着法子。其实，在她看了梁超手机上那短信后，第二天就先用办公室的电话，后又用自己的手机给那发短信的人打了电话，但每一次接通后，又被对方拒接了。她虽然知道了这是咋一回事，却一直无从下手。

然而，这天当她走在去公司的大街上，无意间看到街道旁那公用电话亭时，竟一下来了灵感，便急匆匆朝那电话亭走了过去。

郁静进了电话亭，迅速摁了给梁超发短信的那手机号码，随着几声"嘟嘟"声，话筒里传来了一个女人的声音，郁静听出来了，接电话的好像是女人丹红。为了得到证实，她于是冲着电话问："你是丹红？"

郁静由于昨晚遭了不小的打击，又一晚没睡，说话的声音因而很沙哑，与她之前清脆甜润的声音相比，真判若两人。没想到这竟成全了她要做的事。

的确，电话那头是女人丹红。她是看了手机上的陌生电话，而放松了警惕的。况且，电话里的沙哑声音，她无论如何也想不到这打电话的人，竟是她一直提防着的郁静，另外，她还以为是哪个顾客找她谈生意哩。所以，她毫无警觉地回答郁静说："是我，找我有啥事，你是谁？"

郁静听了女人丹红这话，一股怒气直灌头顶，她本想就此冲电话骂一阵女人丹红的，但一想到这也太便宜了这贱女人，也想当面教训教训这个不知廉耻，破坏别人家庭的女人，因而她以同样的语气对电话那头的女人丹红说："没啥事，就想当面与你谈谈，不知你有没有兴趣……"

郁静说过这话，又佯装客户给女人丹红提了一下生意上的事，并约好见面的时间和地点，就挂了电话。

女人丹红接着郁静的电话，心里便隐隐有了不祥的预感。但为了赢得生意她还是欣然答应了，在挂电话前，她还对电话里的郁静说："好！不见不散！"

郁静打完电话，从电话亭里走了出来，心里很乱，也很异样，她不知道该高兴，还是为此悲哀，当初梁超领女人丹红来公司时，她咋就没想到会有这一天呢？同时，她也不知道这天她和女人丹红相见后，将会发生啥样的事。

郁静与女人丹红约定的相见时间是这天的午后，地点是县城的望江公园。郁静开始准备在公司的办公室，但转念一想，除了怕女人丹红悟出了找她的人是谁不会露面，又怕给公司造成不好的影响，所以，她才选了县城望江公园那既清静又很少有人知道的地方。

吃过午饭，郁静便朝望江公园匆匆赶去，心情既紧张又迫切。她与女人丹红约定了相见的时间和地点后，心里就一直难以平静。她有时想，见到女人丹红后，先不问青红皂白地冲她骂一阵，然后再给她几个响亮的耳光，但有时她又有些胆怯，她怕自己到时骂不过女人丹红，因为她从小到大，还没与谁骂过架哩。

县城的望江公园，坐落在县城北门的沱江边，一年四季树木葱茏，江水漪漪，也无论春夏还是秋冬，这里都是县城老百姓休闲、锻炼身体的好去处。特别是那公园深处，幽静得如天外世界似的。

郁静这天来到望江公园时，因为是午后，这里比早晨和傍晚清静了许多。那些来晨练和傍晚散步的，此时大都在午休或忙事哩，这让刚来这里的郁静倍感冷清和不适应。前不久的一个傍晚，吃过晚饭的女儿，嘟着小嘴说："妈妈，今天您领我去公园走走吧，我好久没去了，别的小朋友，他们的爸爸妈妈天天领他们去，也不知爸爸去哪儿了，这么多天都没见着他……"

那天她真领女儿去了，女儿很开心。让她更意外的是，女儿在夕阳下的公园里追蝴蝶时，竟把她爸爸梁超拉到了她面前，她当时很诧异，梁超也有些不自在，她当时问梁超："呃，你咋会在这里？"

郁静在说这话时，特意朝周围看了看，看有没有她熟悉的人，只在公园的深处，看见一长发女子，飘逸着长发，扭动着腰肢翩翩而去，就在她往下思索时，梁超却对她说："告诉你吧，你们母女俩还在公园外，我就看见了，为了给你们惊喜，我从公园的另一处先进了公园，没想到女儿追蝴蝶时发现了我……"

郁静当时想问女儿娇娇是不是这样的，但当着女儿的面质疑梁超，又怕对女儿的影响不好，也就没再过问这事，但她对梁超独自在公园里，又一直很怀疑。

此时，郁静走进了公园深处的一棵黄桷树下。黄桷树枝叶繁茂，遮天蔽日，茎干粗壮，古态盎然。远远望去，那茂密的树冠，在蓝天白云下，如一把巨大的绿色遮阳伞，既充满了生机，也给来公园玩耍的人们予以了歇脚纳凉的好去处。当然，这里也是青年男女谈情说爱的首选之地。几年之前，梁超与她的第一次约会也是在这里。

那天的太阳西下，郁静收了摊关了门，按照梁超给她的地址，进了公园后，一路张望着找到了这里。梁超当时既亢奋，又大胆，当她刚走到梁超面前，梁超就一把将她搂在了怀里，她尽管竭力避让，还是被梁超疯狂地亲了好一阵，梁超的双手也不老实地在她身上抚来摸去……前不久的那个傍晚，她带女儿来公园玩，当女儿追蝴蝶把梁超从公园深处拽到她面前时，她脑子里也不由想到了自己几年前，梁超在这公园里摸了她身子的事。她当时就想，眼前这梁超，会不会如当年亲她、摸她那样，如出一辙地与另一个女人做了那事呢？

　　此时的郁静想过这些，心里既乱又有一种说不出的滋味。她于是弯腰坐在黄桷树下那石凳上，一边等着女人丹红的到来，一边思索着如何面对即将发生的事。

　　这天早晨，当她从电话里知道当初给梁超发那短信的人是女人丹红后，她就把昨晚女儿给她说的事与此联系到了一起。她想，女儿当时口中所说的，那与梁超睡在一起的女人一定是丹红了。丹红与梁超已发展到了这一步，等会儿，那梁超又会不会与女人丹红一同来呢？

　　郁静想到此，不由有了几分激奋，几分紧张。如果真那样了，她不知将如何面对。但她后来又想，梁超和女人丹红一起来了也好，她要当着公园里的所有人，骂他们是一对狗男女，当面揭穿他们所做的那些不要脸的事……

　　但就在她这么想的时候，女人丹红却独自东张西望地朝她走来了……

第四十四章 两个女人间的战争

女人丹红这天又将自己刻意打扮了一番，不仅青春靓丽，也性感十足。施了粉底不说，还将身体上下都洒了香水……

她是接过郁静的电话，又前思前想后，才将自己如此打扮的，并也做了只身前往的决定。当她刚接过郁静的电话，是准备叫梁超一起去的。但她思索一阵后，怕早晨那个电话真是找她谈生意的。加之，她对梁超越来越不踏实了，因为梁超一直对她说要离了郁静，然后与她结婚，让她做名副其实的梁家媳妇，老梁家的女主人。但梁超只是嘴上说说，却不见他行动，还隔三岔五回家与自己的老婆亲热。所以，她不得不要做好两手准备，也就是说，在生意上要多一根"肠子"，能独吞的，决不能让梁超知道。

女人丹红这天是满怀信心去的公园。当然，在出发前心里也曾产生过顾虑，后来一想约她的是一个女人，那女人又是那样的陌生，况且时间不早不晚又是大白天，所以，她便打消了一切顾虑，兴致而去了。

然而，当她跨进公园，一边朝公园的深处走，一边举目四处找寻约她的人时，郁静却一脸怒气地出现在了她面前。女人丹红一见，当即就吓傻了眼。茫然中，她强使自己挤出一点儿笑来，接着语无伦次地对郁静问："郁……郁姐，怎么是你……"

郁静一见女人丹红那慌乱模样，明白了啥叫做贼心虚，同时也证实了她之前的揣测是正确的，她因而冷笑着对丹红说："呵呵，是我，没想到吧？"

郁静说过这话，两眼又冷冷地盯着女人丹红，那样子，好像要从丹红这华丽的外表，看到她肮脏的灵魂里去。同时也要丹红知道，你做的一切丑事全已暴露，看你还有啥脸活在这世上。

郁静看着女人丹红这慌乱模样，不仅暗自高兴，也有一种邪不压正的感觉。哪知，就在她想再给丹红一点儿"颜色"时，丹红却一下镇静了下来，并不以为然地冷笑着对郁静说："呵呵，郁姐也真是大惊小怪，有多大的事，非要来这里，办公室谈不行，那家里总还可以吧？"

女人丹红这话，让郁静心里一惊，没想到做了丑事还这么理直气壮，这么得意，好像她丹红才是梁超的合法妻子，而自己倒成了破坏他们婚姻的第三者，于是她忍无可忍地对丹红说："呵呵，尽管有人比畜生不如不怕丢脸，我却不想被别人在背后指指点点。"

而女人丹红并没因郁静这刻薄的话，而改变主意。因为就在她镇静下来的那一刻，她脑子里便有了新的主意。她想，事情既然到了这一步，不想撕破脸都已撕破，还有啥必要掖掖藏藏低三下四的？更主要的是，无论是梁超，还是他母亲，都完全站在了她这边，既然如此，她有啥可怕的？因而，她一改先前的被动，讥讽着对郁静说："呵呵，人也好，畜生也罢，看她有没有本事，连自己的男人都拴不住，做人又有何用？我说呀，这才比畜生不如哩，母狗还能引来一群公狗跟着屁股转哩……"

郁静听了女人丹红这挑衅的话，一股怒气直冲脑门，脸也一下沉了下去，她上前一步站在丹红面前，并冲丹红骂道："你说谁？告诉你，你不要做了丑事还理所当然，我问你，梁超手机里那不要脸的短信是不是你发的？那天晚上，在我床上做龌龊事的，又是不是你？"

郁静在说这话时很气愤，那目光如喷着的两束火焰，熊熊燃烧着喷向了女人丹红，而丹红却是一副无所谓的样子，不仅如此，还挑衅着说："是又咋样，不是又咋样，你既然都知道了，你就看着办呗，要不回去问问你那男人梁超？有时间也问问你那婆婆。"

女人丹红说过这话，又冲郁静不屑地一笑，然后转身扭腰摆胯而去。不过，没走几步，她又撒开两腿如做贼心虚般慌慌张张地逃开了。

女人丹红逃走后，郁静心里其实比刚才与丹红的唇枪舌剑还难受。因为她没想到这女人这么无耻，这么下流，做了不要脸的事还如此理直气壮，一本正经。为此，她心里除了气，对这女人也恶心透了。

她先前是想给女人丹红几个耳光，以解心中之气的。但当她看了丹红那涂脂抹粉的脸，又怕脏了自己的手。她于是忍了这口气，并强使自己镇静了下来。另外，昨晚当她从女儿嘴里，知道了梁超已把外面的女人带回了家来过夜，而且是在自己的床上，那种锥心的疼和羞辱，已让她打定了主意要离开梁超，离开她付出了几年心血的那个所谓的家和梁氏公司。

女人丹红走后，郁静重又坐在先前那石凳上，既精神萎靡，又目光呆滞，心里五味杂陈不是滋味。她不甘心的是，自己竟会走到了被男人梁超背叛、一无所有的地步。接着，她又为自己走到了这一步而愤愤不平。她想，假如男人梁超的确很优秀，被梁超背叛她想得通，她也会心服口服。而梁超只是一个挂着总经理的名，却什么事也不想做，也不会做的主，说白了就是一个吃软饭的，自己却被这样的人给背叛了，这让她不由觉得自己太渺小太无用，也太悲哀太失败了，对男人梁超更气愤不已了……

郁静这天是在想了这些后，决定与梁超立马一刀两断的。她不想让梁超与女人丹红做的那些龌龊事玷污自己的名声，也不想与梁超再有任何瓜葛。然而，就在她摸出手机，准备打电话叫男人梁超去离婚时，那些放了学的孩子们，被他们的爸爸妈妈，或是爷爷奶奶领着来公园玩时的追逐打闹声，才让她猛然想起女儿娇娇还在幼儿园里等她去接哩，她于是从屁股下的石凳上"呼"地站起身来，连手机也来不及揣进兜里，就拔腿朝女儿上学的幼儿园跑去。

从郁静脚下的这公园至她女儿娇娇上学的那幼儿园，打的至少得半个小时。郁静为了赶时间，则过街钻巷走捷径，一路小跑着，在二十分钟内赶到了女儿上学的幼儿园。当她刚把目光从幼儿园的铁栅栏投进去，不知是先前所受的委屈，还是看了女儿后的心酸，泪水竟扑簌簌地涌了出来。

原来，此时的幼儿园里，除了一位留校值班的老师和女儿娇娇，再没其他人。女儿娇娇当时孤零零地站在值班室的门口，样子既无助又可怜，当女儿那呆滞的目光一眼看见了她，先"哇"地哭了起来，接着一边朝她跑过来，一边哭着对她问："妈妈，你咋才来呀……"

郁静听了女儿这哭喊声，心犹如被掏了般彻底失控了，她一头撞开幼儿园这铁栅栏门，迎着朝她跑过来的女儿跑了过去，女儿刚到她面前，她就将女儿一把搂进怀里，并一边安抚着女儿，一边心疼地哭着对女儿说："娇娇，对不起，妈妈来晚了……"

而女儿娇娇见自己的母亲一哭，好像明白了什么似的，不仅不哭了，反而还安慰起了自己的母亲，她把眼泪横着一抹，接着对母亲说："妈妈，没事，我就是想妈妈来接我，接我去买好吃的东西。"

女儿娇娇说了这话，又偷偷看了看自己的母亲，见母亲眼里依然汪着泪，她想了想，立马放低了声音，冲母亲撒娇说："妈妈，我好久没吃鸡翅了，路过肯德基，闻着那味儿，我都馋得直淌口水……"

郁静被女儿这么一说，果真恢复了平静，她牵着女儿的手，一边朝幼儿园外走，一边给女儿说："走，妈妈给你买去，今天你想吃啥妈妈都给你买。"

但让郁静没想到的是，当她牵着女儿的手，来到肯德基店门外时，女儿却说不想吃了，还说想吃妈妈亲手做的番茄炒蛋，郁静听后，心里一高兴，便用食指轻轻刮了一下女儿的鼻子说："小机灵鬼，想一出是一出的。"

郁静说过这话，正准备去超市买鸡蛋和番茄时，突然想起冰箱里还有，也就牵着女儿的手，直接回了家，她以为回家后，自己能为女儿做一顿番茄炒鸡蛋的，哪知，回娘家看老母亲的婆婆竟回来了。

不过，突然回来的婆婆，并非不让她给女儿做番茄炒鸡蛋，而是她一看见婆婆，心里就有气，这气让她再也控制不住自己了。自从昨晚女儿给她说了男人梁超，不仅把外面的女人带回了家，还不知廉耻地睡了她的床，她除了对梁超气愤不已，对梁超的母亲也不可理喻。自己的儿子带外面的女人回家来过夜，你这做母亲的明明知道，为啥不阻止呢？但让她没想到的是，她这天牵着女儿的手刚跨进门，就被婆婆先发制人地问住了。

原来，梁超的母亲张淑琴回娘家看过她母亲，这天回来刚跨进小区大门，几个成天无所事事的老女人就朝她围了过来，并七嘴八舌地给她说了这天早晨她们发现的怪事，并一边说着，又一边兴奋不已地把她带到了她儿子那卧室的窗下，指着满地的枕头枕巾、床单被子对张淑琴问："张家妹子，你看这些东西是不是你们家的？今天上午啊，我们把这栋楼的住户挨家挨户问过了，都说没丢这些东西，因为你和你儿子儿媳都不在家，才没问你们……唵，这究竟是小偷，还是……"

其实，当张淑琴第一眼看见地上那些花花绿绿的东西，就知道是自己儿子那屋里的，这除了眼熟，那些床单被褥、枕头枕巾还是在儿子结婚时，自己亲手去百货大楼给儿子买的哩。但她看着满地的这些东西，除了一时不知出了啥事，也好像感觉到了什么，于是，她给那几个老女人道了谢后，便将地上那些东西胡乱地收成一团，抱回家去了。当她来到家门口，看到这些床单被褥、枕头枕巾上的灰尘，以及灰尘在露水的湿润下，那斑斑点点的痕迹，便生气地将这些东西往门口一扔，就一边气势汹汹地朝儿子的房间走，一边摸出手机摁了儿子梁超的电话。

让她更没想到的是，儿子的电话还没打通，儿子房间里那惨不忍睹的情景就出现在了她眼前：窗户大开着，床上不仅啥也没有，连"席梦思"也掀在了窗户下面的地上，床上那用来垫"席梦思"的木板也横七竖八地躺在了卧室的中央……张淑琴看到如此情景，先以为是小偷，转念一想又觉得不可能，小偷即使再穷凶极恶，也不会不怕暴露自己，将室内的东西往楼下扔，况且，屋内的其他东西，包括橱柜和梳妆台，都完好无损，床头柜的抽屉虽然开着，但里面的首饰和现金依然都在。

张淑琴是看了这些后，排除了小偷作案的可能，就在她迷惑时，儿子梁超接了她的电话，她还没等儿子开口问她打电话有啥事，她就粗着嗓门问："兔崽子，你昨晚回家没？"

梁超在电话那头一听母亲张淑琴这声音，不知出了啥事，因而对母亲问："妈，出啥事了，说话咋跟火烧眉毛似的？"

但张淑琴没直接回答儿子梁超的话，而是直截了当地对着电话那头的儿子梁超说："你快给我回来，回来你就知道了……"

张淑琴说过这话，便挂了电话，一屁股坐在客厅里的沙发上，静静地考虑着眼前这事究竟是怎么发生的。

然而，当她一想到儿子在电话里说他没回家，她整个就恼怒了。因为儿子既然不在家，那眼前这事就不是因儿子梁超发生的，那么，这除了儿媳郁静还有谁？

张淑琴想过这些，一股怒气直冲脑门，她嘴里一边歇斯底里地骂着郁静，一边挪过一张矮凳坐在门口，怒发冲冠地等待着郁静回来。

哪知，此时的郁静对家里发生的这一切，竟全然不知。她去幼儿园接到女儿后，就一直在想，她这天把女儿领回去后，再给女儿做一顿番茄炒鸡蛋，让女儿开开心心地吃一顿，也同女儿再在客厅里的沙发上睡一夜，明天她就领着女儿搬出去，从此再也不回来了。

但是，这天黄昏，当她领着女儿娇娇刚到家门前，就被婆婆把她母女俩挡在了门外。不仅如此，婆婆还怒气冲冲地指着门外地上那堆床单被褥、枕头枕巾冲她问："郁静，我问你，这到底是怎么一回事？"

郁静从外面回来时，牵着女儿的手，刚爬上楼梯，一眼就看到了地上那堆自己熟悉的东西和坐在门口怒气冲冲的婆婆，她心里不由一震，立即预感到即将要发生的事。的确，就在她还没从慌乱和诧异中回过神来，婆婆那恶狠狠的问就朝她劈头盖脸地扣了过来。她先是一惊，随即也明白了她婆婆这问话的意思，但就在她想开口回答她婆婆时，没想到婆婆不由她分说，再次冲她问开了，那样子，比先前更忍无可忍，也更气势汹汹。

"我问你，你是不是疯了，把这么好的东西往窗外扔？"

郁静一听婆婆这话，心里真是难受至极，自己受了如此的委屈，婆婆还骂她疯了，她一急，也忘了一切地对婆婆厉声说："我是疯了，还不是被你们逼疯的！"

张淑琴听了郁静这话，心里一惊，她暗自想，郁静难道知道了所有事情？她脸上的表情也不由难堪了起来，为了不让郁静看穿自己，她又硬撑着说："我们逼你什么啦？是亏你吃了，还是亏你穿了？"

郁静听了婆婆这话，泪水扑簌簌地就流了下来，她一边流着泪，一边哭着对婆婆说："你们是没亏我吃，也没亏我穿，但你们没把我当人看……"

郁静说过这话，接着又把梁超带女人丹红回来过夜的事说了出来，并指责婆婆说："你不是不知道，你也在家。你不但不管，还让他们在我的床上做那种丑事，其实，你不就是想要孙子吗？"

郁静此时这话，让婆婆张淑琴顿时心虚了起来，她脸上的表情不再是难堪，而是多了慌乱，但她还是不服地反问郁静道："谁给你说的？"

郁静听了婆婆的反问，冷笑着对婆婆张淑琴说："你以为瞒得了？告诉你，是你未来的儿媳妇，那个不要脸的女人说的。"

张淑琴听后，又是一惊，她没想到事情会弄成这样，连忙又问："真的？"

张淑琴问过这话，突然感觉自己在儿媳郁静面前颜面尽失，她因而想放下自己这张老脸，给儿媳郁静好好说说，说说自己的不易，说说自己的无奈，再说说自己的不得已。总之，她不想让儿媳郁静有其他想法，要郁静能同以前那样，以一个儿媳妇的身份，将梁氏公司好好打理下去。因为她对那算命的老女人的话，一直心有余悸。但是，她还没来得及开口，儿媳郁静却一脸心灰意冷，又异常平静地说："这下好了，我成全你们，让你们满意了……"

郁静说过这话，拉着女儿的手，立即转身朝楼下走去，那样子急切又果决，没有丝毫留恋的意思。但就在这时，梁超好像事先知道般，"噔噔"地从楼下跑了上来，瞪着一双阴森森的眼睛，恶狠狠地挡在了郁静母女俩的面前……

第四十五章 深夜奇遇

郁静从家里跑出来后，街道上全亮起了路灯。习惯了夜生活的人们，此时如水中的鱼儿，或成双成对，或一家子，或三朋四友成群结队，在街道中，在超市里，在烧烤摊前，在美轮美奂的歌舞厅和夜总会里，也在香气四溢的酒吧和火锅城里，自由自在地游玩着享受着。享受那劳累一天后的放松，也享受那亲情爱情给自己带来的温情……而此刻的郁静却独自徜徉在热闹非凡，在她看来却是陌生冷清的大街上，不知自己这晚该往何处去。

郁静原本能把女儿一起带出来的，但在她拉着女儿的手，转身朝楼下走时，梁超突然出现，将女儿一把从她手中夺了过去，并恶狠狠地冲她说："你要走自己走，把女儿给我留下。"

梁超说过这话，将女儿连拖带拽地从她的身边拉走了，她试图从梁超的手里夺过女儿，梁超不仅用身子挡住了她，还将女儿关进了屋里。郁静无奈，只好离开了她那所谓的家，也离开了自己心爱的女儿，在她跨出小区门时，她还听见楼上女儿要妈妈的哭喊声，但她此时也无奈，她要一个女人的尊严，她要自己活得像一个真真切切的女人。

郁静这晚走在大街上，想着自己的屈辱，耳边萦绕着女儿的哭喊声，泪水再次流了出来，并"呜呜"地哽咽着，哭声里带着悲愤，也带着无助，同时也带着一个受伤女人的心酸和绝望……后来，她又带着这种绝望一步步朝县城外的沱江边走去，她这样做除了想向那淘淘流淌着的江水哭诉，也想就此一了百了得到解脱，但就在她闭着眼睛，准备纵身一跃时，一个熟悉的声音让她不由一惊，同时，一只大手也拽住了她的胳膊，她回头一看，就一头扑进了这人的怀里。

郁静扑进这人怀里后，犹如受了委屈的孩子，一边在这人怀里抽搐，又一边发泄着号啕说："哥，我受不了，我真受不了啊！"

郁静这号啕不仅让人震撼，也直锥人心。它是悲愤的宣泄，也是被伤害后的呻吟。因而，这人像保护一个受伤的孩子一样，将扑进他怀里、浑身瑟瑟发抖的郁静搂得紧紧的，嘴里也心疼地安慰着说："小静，没事，有哥在……有哥在。"

原来，这人不是别人，他是郁静小时叫着的"二爸爸"，长大后叫着的"穆哥"，后来又被她叫着"哥"的老穆。

老穆自从郁静上次住院，在县城的一建筑工地找了一份打小工的工作后，就没再离开过县城。他这么做不为别的，也不是已适应了这份工作，或这工作的工资有多高，而是要留下来关照郁静。

也是在这时，老穆才明白了郁静虽然嫁了人，也当了母亲，但在现实生活中，依然还是一个孩子。前段时间郁静的突然出事，让他重又想起了郁静父亲在最后一刻予他的嘱托，也让他感到了自己对郁静的那份担当和责任。

他总感觉郁静的这次出事并非如她所说的是个意外。他相信这里面一定有隐情，正因为有了如此担心，他才决定继续留在县城的。他听郁静公司里的小李说：郁静工作忙，每天晚上都要加班，有时还要干到深夜。再想郁静这次的出事，也是在晚上，所以，他就想有没有啥法子能在郁静下班后送她回家。思来想去，终于想到了一个点子。

他想到自己第一次来县城办事的时候一下车望着四通八达的道路，一下就傻了眼，由于时间紧迫，便叫了一辆人力三轮车，把他送去了目的地。在车上，他主动与车主攀谈了起来，先问车主家住哪里，接着又问车主他这三轮车值多少钱，车主见这乘客耿直，又不傲慢，既没向他讨价还价，还与自己谈得来，所以，就实在地对老穆说："我咋买得起这车哟，告诉你吧，买车的不骑车，骑车的买不起车，都是租来的，车老板收租金，一天分白天和晚上两个班次，并且都以小时收租金哟……不过还行，多少也能挣点零花钱……"

老穆听了车主的话，他没想到这些骑三轮车的竟是这样的，不过他想这也好，只出力气不出资金就能赚钱，又何乐而不为呢，他心里当时就有个奇妙的想法，哪天他真找不到工作了，也来县城蹬三轮车维持生计。

因而，这天当他想到如何才能每晚送郁静回家时，一下便想到了那人力三轮车的事。他也暗自盘算过，白天去建筑工地干活，下班吃过饭后，就去车行租车蹬夜班。先去郁静上班的楼下等她，把她送回家后，再到那些闹市区去揽生意。

老穆这么打算好后，这天吃过晚饭，便打听着去了车行。车老板看了他的身份证，又打量了好一阵，才做了登记让他签了字，把他领去了车库。就这么，老穆这天晚上在县城当上了人力三轮车夫。让他没想到的是，骑上三轮车后，脚刚一蹬，三轮车就往一边跑，他越使劲，三轮车越在原地打转……

老穆这晚是准备去接郁静回家的，哪知这三轮车是头犟驴，昂着头老不听自己的使唤，于是他不得不改变了主意。他把车推到了县城的公园广场，在广场上一遍遍地来回练车……都说功夫不负有心人，当他在公园广场来回骑上几遍后，他身下这头"犟驴"不仅听他的使唤了，还温驯得如一位小媳妇似的。但老穆是个很慎重的人，为了让自己的车技更熟练一些，他这晚又在公园广场练了好一阵，直到深夜，有两个人影在广场的路灯下朝他走了来，他才"吱"的一声刹住了车。

在改革开放之前，这公园广场可以说是一片净土。除了县政府在此开一些隆重的会议，就是县文化馆借这宝地搞一些文艺活动。改革开放后，无论是县政府还是民间商人都看上了这风水宝地，县政府在这里堂而皇之建了县政府招待所，民间商人出高价在此买地修了娱乐城。因而这里不分工作和节假日，也不分白天黑夜，都是车来人往，热闹至极。

这晚在路灯下朝老穆走过去的是一男一女。他们刚从娱乐城出来，两人明显还有些兴奋。女人穿得不仅靓丽也很性感，一对乳房如娃娃头般，要把衣服撑破似的。男人贴在女人的身上，手总在女人身上摸摸捏捏，一副按捺不住的样子。

但是，当这两个人离老穆的车越来越近时，在广场那明亮亮的路灯下，老穆已认出了那男的是谁。他心里"咯噔"一下本能地转过身去。本想骑车逃走的，没想到那一男一女问也没问他，就坐上了他的车。

原来，跨上老穆三轮车的那男人，便是郁静的老公梁超。那女人老穆虽然不认识，但老穆从梁超与这女人间热乎劲，知道梁超与这女人的关系很不一般。还有，梁超与这女人在他车上的肆无忌惮，不仅让他恶心，也让他难以容忍。他当时听身后的女人嗲着声音对梁超说："哎呀，急啥嘛，不是很快就要到了吗？摸得人家心里慌慌的……"

梁超说："不嘛，我要，好难受……谁叫你的身子长得这么好看的……"

239

"好了好了，说得好听，为啥隔三岔五还要朝家里跑？往后再这样，你就是馋死了，我也不理你。"

老穆听到这里，再也听不下去了。他本能地来了个急刹，随着三轮车"吱溜"的刹车声，他身后的梁超和那女人一个前扑，差点摔翻在地。就在这时，他听梁超在他身后怒吼："你会不会骑车，你的钱是不是多了没地方用，真是……"

老穆一听梁超这话，不由一惊，顿时清醒过来。他想，若真把这对狗男女摔在地上出了事，自己那点打工钱能付那昂贵的医药费？如再被讹诈，自己后半生还能清静？

老穆想到此，连忙对身后的梁超和那女人说："哦，对不起，我看见前面好像有个坑，怕摔了你们，刹急了一点儿。"

老穆说过这话，重又蹬动了三轮，但一路上，不管转不转弯，变不变道，也不管有没有车，有没有人，他都把三轮车的铃铛拨得"丁零零"直响，那阵势就如救护车和消防车似的。只在他的手拨软了，才停上一会儿。

而他身后的梁超和那女人，不知是刚才那一急刹，让他俩的欲望吓得跑到九霄云外去了，还是悟出了老穆那一急刹，以及随后不住响着的这铃声，是对他们不知廉耻行径的抗议，所以，一路上，他们虽然仍勾肩搭背，但也再没说那挑逗而航脏的话了。

老穆这晚把梁超和那女人送到先说好的地方后，已近这晚的十二点，老穆为了不让梁超认出自己，依然埋着头。等梁超和那女人下了车，他便如贼般，慌慌张张地蹬着三轮车逃走了。但没走多远，他又慢了下来，他一边缓慢地蹬着车，脑子里一边想着刚才梁超和那女人的事，同时也想着被梁超蒙在鼓里的郁静。想到此，他为郁静忧心，也为郁静鸣不平，不知道自己该不该把这事告诉她……

第四十六章　胜过亲情

思来想去，老穆没将梁超和那女人的事告诉郁静，只是他对郁静的关照更细心了。他想做些实实在在的事给郁静予关怀和帮助。因为他再次感到，郁静太可怜，太让人担心和心疼了。

是呀，对女人来说，还有什么事能比自己的男人在外找女人，更痛心更伤情的呢？

从此，老穆便不动声色地在暗中保护着郁静。他同之前想的那样，每天下班吃过晚饭，就去人力三轮车行租来三轮车，守在郁静上班的办公室楼下，等郁静做完事下楼来，把她送回家去。

第一天，老穆在楼下等了好久，直到公交车收班，街上的行人也越来越稀少，郁静才从楼上下来。在城市的灯光中，他看见从楼上下来的郁静，站在街边的路灯下，一脸茫然地左顾右盼，神情既紧张又慌乱。他于是头戴草帽把三轮车蹬了过去。郁静看见有三轮车靠近了自己，自然也明白了是怎么一回事。所以，当三轮车刚在她面前"吱溜"一声刹下，郁静问也没问就跨上了车，走了好一段路后，她才突然想起跟这车夫说地址。老穆听后只说了声"知道"，便埋头继续蹬自己的车。

夜越来越静，特别是三轮车到了那些狭小巷道，让人感觉特别阴森。

郁静是听了老穆那"知道"的声音而警觉起来的。她一是感觉这人的声音太熟悉，还有就是纳闷这人咋知道自己住在哪里呢。她先前没给这人说自己家的地址，这人问也没问也没走错路，再说，她一直很少坐三轮车，平时除了乘公交就是走路，蹬三轮车的，她一个也不认识。她想，那些蹬三轮车的，也许没有人会认识她。

郁静在这么想后，越来越恐惧，她只怕这人把自己拖到某个僻静处算计自己，不由得惊问："你是谁？"

老穆听了郁静的问，心里不由暗喜，他先前之所以不让郁静知道自己是谁，除怕郁静知道了不愿上车，也想看看郁静在这夜晚，坐在一个陌生男人的车上，会不会有所警惕，他因而回答说："一个蹬三轮车的。"

老穆这话说得很平静，平静得透着丝丝寒气。郁静听后更加惶恐了起来。不过，她还是故作平静地对老穆说："我知道你是蹬三轮车的，我听你的声音咋这么耳熟呢？我先前没跟你说去哪里，咋也没走错路？"

老穆听了郁静这席话，一时真不知怎么回答郁静了。的确，郁静先前即使不跟他说要去哪里，他也会将郁静送回家去的。因为那年樱桃成熟时节，为了给郁静送樱桃，他去过郁静现在的家。而眼下被郁静一问，不由乱了分寸，于是，他只能对郁静回答说："是吗？"

郁静被老穆这模棱两可的反问，弄得更摸不着头脑了。突然她觉得这人太过诡异了，不由得汗毛倒立，更加慌乱了，于是她抬高了声音问："你到底是谁？不说我跳车了。"

郁静说过这话，真的站起身来，跃跃欲试地做出了要跳车的样子。这时的老穆虽然仍头也不回地继续蹬着三轮车，但已感觉身后的郁静，或许一刹那就会跳下车去。一紧张，他嘴上一边慌忙说着"不不"，又手脚并用来了个急刹车，车还没停稳，他就急忙转过身去，先摘下头上的草帽，接着就扮着鬼脸冲郁静嘿嘿地笑。

郁静是听着老穆这熟悉的笑声，再定睛一看，才认出老穆的。她先是一惊，接着，一股暖流便遍及全身，眼睛也同时湿润了。但她一时又不知道该对老穆咋说。于是，两双既熟悉，此时在明亮亮的路灯下又是那样诧异的眼睛相互望在了一起，并久久注视着，一阵尴尬后，郁静才故作埋怨地说："哥，你咋把自己弄成了这个样子，吓死我了。"

老穆听了郁静这责怪，心里也甜甜的，他笑了笑对郁静说："我不这么做，你会上我的车吗？"

老穆在说这话时，满以为郁静会说："是呀，我咋会坐你的车呢？"没想到郁静却扬起头冲老穆扮着鬼脸说："会呀，哥的车都不坐，那坐谁的？"

郁静在说这话时，犹如回到了童年时代，满脸洋溢着调皮和童真。但老穆看后，心里却一阵阵难受，因为梁超背地里对这个单纯、质朴又勤劳的女人，已做了那缺德的事。更痛心的是，她竟还蒙在鼓里。

此时的老穆因突然想起了梁超与那女人昨晚坐他这车的事，所以一时没回答上郁静的问话，郁静看了老穆那走神的模样，又继续问："哥，你咋想起买三轮车的？"

　　郁静的话把老穆从那沉思中惊醒了过来，他连忙对郁静说："闲着没事吧，还有就是想挣点零钱花……"

　　郁静听着老穆这话，也眨巴着眼睛看着老穆。她从老穆躲闪不定的目光里，总觉得老穆没说实话，于是她又对老穆问："真的吗？"

　　老穆被她再次这么问后，怕把梁超的事说漏嘴，忙把话岔到一边说："不跟你耍嘴皮子了，晚了，租车行下了班，就交不了车……"

　　老穆说了这话，等郁静坐好后，又蹬了起来，三轮车在他有节奏的踩蹬声中，在宽敞的大街上，在亮如白昼的路灯下，"嗖嗖"地朝前飞奔而去。

　　郁静稳稳地坐在三轮车上，看着老穆一下一下用力踩蹬三轮车的样子，心里虽然没了先前的恐惧，却有一种说不出的感激之情。同时，心里的愧疚也让她难以这么心安理得，因为老穆毕竟已近半百，她因此对正埋头用力的老穆说："哥，让我下来走走吧。"

　　而老穆却一边喘着粗气，一边对郁静说："不用，等你走回去时，天都亮了……"

　　老穆说过这话，脚下又一使劲，三轮车便如加大了油门的机动车，一溜烟驶得远远的，不一会儿就到了郁静家的小区门外。郁静下了车，忙从挎包里掏出钱来朝老穆递了过去。老穆见后，故作生气地说："谁让你给钱？你也把哥看得太现实了吧。"

　　郁静一听老穆这话，又见老穆说话时那认真的模样，一急之下便对老穆说："咋不给，车是你去租的，再说，我喊别人的车，不也一样要付钱吗？"

　　老穆见郁静也任性了起来，怕不收钱脱不了身，也怕深更夜静的在街边争执，被别人误会，他连忙对郁静说："明天吧，晚上揣钱在身上我怕不安全……"

　　老穆在说这话时，已跨上了车，脚上一使劲便溜了出去。郁静站在黑夜里，看着老穆在路灯下，蹬着三轮车远去的身影，心里真不知是啥滋味，也不知老穆为啥要这么做。

　　这天晚上，郁静回到家时，整个屋里阴沉沉冷冰冰的，女儿娇娇已跟她奶奶睡去。男人梁超在她从医院回来的那晚回来过，就一直没见人影。因而她每晚回去后，都难以入睡。脑子里也总是难以控制地想梁超在外会不会真有了女人，想他这时在做啥。而这晚，她眼前总是老穆的身影和老穆蹬三轮车时那吃力的样子。这晚她坐在老穆的身后，是看着老穆弯着腰，脚一下一下地使着劲将自己从办公楼下送回家来的。她突然感觉老穆再不像以前那样健壮和虎背熊腰了，身子除了有点单薄和瘦弱，看上去也有些力不从心了。

郁静是想了这些后，心里有了隐隐作痛的感觉。这不仅是她从小到大对老穆的那份尊敬，也有老穆眼下还在为她付出的自责和不忍心。所以，她这晚暗自决定，从今往后，她再也不能让老穆为自己做事了，如有可能，她会像一个亲妹子一样予老穆以关心。然而，事与愿违，在第二天晚上，老穆再一次让她不能自已，同时也叫她潸然泪下了。

郁静这晚同之前的每晚一样，又加班到深夜。当她从楼上下来时，老穆便推着三轮车朝她走了过去，老穆这晚没戴草帽，脸上的表情因而十分清晰，他脸上不仅带着笑，也笑得很自然很真诚。不仅如此，那笑里好像还充满着深深的父爱和兄妹之情……但老穆这笑，却被他那满脸的皱纹撕裂得有些支离破碎。

郁静是在路灯的灯光下，看了老穆那一脸的笑和那一条条深涧般的皱纹而突然心疼的。昨晚她之所以想好了不再坐老穆的车，这不只是她于心不忍，她也不想再看到老穆蹬车时那吃力虚弱的样子。所以，这晚当老穆把三轮车推到她面前时，她便冷冷地对老穆说："我今晚不坐车，你去拉其他的活吧。"

老穆一听郁静这话，脸上刚才那笑一下就僵硬了，随即又是一脸尴尬，他动了好一阵干裂的嘴才不知所措地对郁静说："咋啦，是我拉得不好，昨晚把你颠着了？要不今晚我骑慢点，再另选一条道？"

老穆这话说得很轻，怕惊着郁静似的，还一口的征求语气。而郁静听后，心里软得直疼，她记得自己从小到大，只有父亲用这样的语气给她说过话。但想着她昨晚的决定，她不得不把心一硬说："不坐就是不坐，你就是背着我走，我也不坐！"

郁静在说这话时，一副很生气的样子。她以为这样能让老穆就此作罢，骑车走人的，没想到老穆不但没走，反而把三轮车放到一边站到了她面前，并语重心长地说："小静，不要耍小孩子脾气，我知道你心里是怎么想的，但你理解我的心情吗？"

老穆说到这儿，把话停了下来，脸上的表情也阴郁了，他看了看郁静又说："小静啊，你是知道我们两家的关系的，也知道你我的处境。你没有父母，也没姊妹，我也孤身一人没个亲戚。因而，我们在这世界上，显得是那样的孤独和无助。"

老穆说到这儿又停了停，心里也有些酸酸的，他叹息了一声继续说："小静，你是我从小看着长大的，所以，你在我心里就如自己孩子，总怕你吃苦，怕你受委屈，同时，也总想尽自己的所能保护你，也许不能为你做什么，但只要做了，我就会心安理得……"

顿了顿，他又说："小静，我实说了吧，这三轮车是我为了每晚接你回家才去租的。因为我怕你如上次住院那样再出啥事。你上次的出事，我听小李说了，都是因为下班太晚，才被车撞了的。所以不想你再那样，要不，我咋对得起你逝去的爹妈呢？还有，你今后的日子又咋过……"

老穆这晚说到此，有些情不自禁了，他没等郁静插上话来又继续说："小静啊，我其实也不想这样，但你太不容易了。我也怕啊，怕你受委屈，怕你遇上不幸的事，怕我自己悔不当初，怕自己到时连一个想念的人也没有……"

郁静这晚是听了老穆这席话，再也无法控制自己的。她猛地抬起头来，泪眼汪汪地看着老穆，那样子既深情又感动不已，她望了一阵老穆后才央求说："别说了，哥，我知道，我知道，我听你的就是了……"

郁静说完这话，便朝老穆的三轮车走了过去，并麻利地上了车。老穆等郁静坐好后，又对郁静叮嘱了一句"坐好了"，然后一躬腰，一使劲，三轮车便在夜幕中的路灯下，"嗖嗖"地朝前奔去。

第四十七章　如有来世

　　从这以后，老穆便如郁静的私人司机一样，每天下班吃过晚饭，就按时去接郁静回家。多少时候晚霞还挂在天边，整个县城也还车来人往，热闹非凡，老穆就等在了郁静办公室的楼下，并坐在三轮车上一边无所事事地东张西望，一边耐心地等待着郁静从楼上那办公室的楼梯口出来。

　　但是，老穆这天在郁静办公室的楼下等郁静时，却遇上了麻烦事，后来要不是郁静的及时出现，老穆真不知如何应对了。原来，这天傍晚，老穆同往常一样，下班后匆匆吃过晚饭便骑车来到郁静办公室的楼下，坐在三轮车上一边吸着烟，一边等郁静下班后送她回家去。但不一会儿便从不远处朝他走来了一男一女，那样子不知是新婚宴尔，还是正在热恋中，女孩总是一副娇滴滴的样子。也许是城里人的习惯，这一男一女相互挽着手臂走近老穆的三轮车后，就不管不顾地上了老穆的车，但让他俩没想到的事，老穆却告诉他俩不走，男人听后当即就火了，随即伸长脖颈冲老穆问："你不走，你停在这里干啥？是怕我们不给钱，还是故意给我们难堪？"

　　这男人的话让老穆心里一紧，他慌忙给这男人做解释，但这男人不听，还说他上了车就不下去了，天黑之前要是等不来老穆等的这人，他就砸了这三轮车。这男人说话很凶，也一脸的怒气。老穆听后，当即就胆战心惊了起来。要不是他怕郁静下班下楼来，见不着他而独自回家在途中出事，他就把这一男一女送走了。哪知，就在他被这一男一女困得不知如何是好时，郁静竟手提挎包站在了他和这一男一女的中间，并很有礼节，又落落大方地对这一男一女说："对不起，这车我早就订好了。"

　　这一男一女听了郁静这话，又狐疑地看了郁静好一阵，最终被郁静那毫无惧色、不容置疑的气势所震慑，不得不下了车，并一脸不悦地悻悻而去。

　　其实，郁静自从答应了让老穆每晚去接她后，到了每天的这个时候，不知咋的，她心里就有一种被什么牵着似的感觉，她也会不由自主地站在办公室的窗前，看楼下街边那行道树下有没有老穆的身影。当她每次看见了老穆，特别是看见老穆孤单单地坐在三轮车上等她时，她除了感动，心里也有一种说不清道不明的感觉让她老不踏实。

这天，当那一男一女在与老穆发生争执时，郁静从办公室的窗户已看到了当时的情景。她虽然没听见这一男一女在冲老穆嚷什么，但从那男人挥动着的手势，已看出那男人充满着怒气，她的心顿时一紧，也感觉到了事情的不妙。她于是折身提上挎包，并匆匆赶下了楼，刚到楼梯口，就听见了那男人冲老穆那歇斯底里的嚷嚷，才知道是怎么一回事。

从这以后，郁静为了让老穆不再这么为难，更怕发生这样的事，她不得不改变了主意，并对老穆说："哥，你看这样行不，我下班之前给你打电话，这样你还可以做一些其他的事，也可以去拉几趟客，挣回租车费。"

老穆听了郁静这话，想想郁静这话也在理，就满口答应了。不过，郁静也没食言，在每天准备下班之前，她就给老穆打去电话，老穆接过电话后，也马不停蹄地赶了过去。奇怪的是，老穆每次刚赶到，郁静也从楼梯口一脸喜悦地走了出来，嘴上一边甜甜地叫着哥，整个人也轻盈地上了老穆的三轮车。每次的这个时候，老穆也同往常一样，嘴上长声吆喝一声"坐好了"，三轮车也在他的脚下，如离弦之箭，贴着地面飞奔而去。

有一天晚上，不知郁静是兴奋，还是随便说说寻开心，她坐在老穆的三轮车上，看着眼前弯腰用劲的老穆说："哥，你为什么要对我这么好？"

老穆当时正在用劲蹬上坡，他因而不假思索地回答郁静说："我对你好吗？我咋没觉得。"

但让老穆没想到的是，他这话刚落口，背后又传来了郁静响铃般的声音："还犟嘴，如有来世，我就嫁给你。"

老穆听了郁静这话，心里顿时一惊，也奇异无比，郁静虽然说的是来世，但他感觉好像就在眼前，于是他有些受宠若惊地说："傻女子，你多大，我多大，不怕别人笑掉大牙，你不觉得受委屈？"

老穆说了这话，以为郁静会因羞涩而住嘴的，哪知郁静说："哥，真有来世，你就不能等着我一块出世，我要你与我同年同月同日生……"

这天晚上的郁静连她自己也不知道，究竟是为了感激一直来陪伴她度过

247

了童年、青年和一个个艰难日子的老穆，还是她心里正在不知不觉地滋生着一种东西。这东西就如冬去春来的幼芽，在春天的泥土里尽管无声无息，却充满着生机，也有着不可抗拒的生命力。

因而，郁静这天在给老穆说这话时，不仅没有羞涩，话语里也充满着兴奋，那样子好像又回到了少女时那"兵荒马乱"的日子。尽管什么也没做，也没想过要拥有，但说说心里也舒坦，也好像得到了莫大的安慰。

而老穆这晚听了郁静这话，心里也再次荡起了涟漪。他知道郁静在与自己贫嘴，但至少说郁静没把自己当外人，况且，这样的玩笑不是任何人都能开的。他因此对身后的郁静真有了那么一丝感情。不过，他还是头也不回地对郁静说："你这个傻女子，都当母亲了，说话还这样没分寸。"

老穆说过这话，满以为郁静被自己这么一说，再不会说这事了，但令他没想到的是，郁静不仅无拘无束，还任性了起来，说话的口气也变了："当妈咋啦，当妈就不该有心事？告诉你，如有来世，我谁也不嫁，就嫁给你……哼，真没劲，说说都不行？"

老穆听了郁静这既天真，又倔强的话，心骤然"扑通扑通"跳了起来。但郁静这话好像又一下封住了他的嘴，不仅让他开不了口，也不知咋说了。还好的是，郁静此时已到了家。郁静下车后，同每晚那样，对老穆说了一声"回去慢点"，便头也不回地跨进了小区的大门，并把曼妙的身姿，影影绰绰地掩映在小区夜幕下的那树丛里。

这晚的老穆也同以往的每晚那样，一直站在小区门口，看着郁静进了小区，等一会儿又看见郁静屋里的灯光亮了起来，才转过身重又跨上三轮车，满心喜悦地离开而去。在回家的路上，他一边慢悠悠地蹬着三轮车，一边回味着郁静先前给他说的那调皮话，心里除了宽慰，也很兴奋。但是，到了第二天，当老穆闲下来再想想郁静头晚给他说过的那些话，又隐隐感到有些不对劲。他想，郁静的日子如果过得幸福，她绝对不会对他这个老大哥说那样的话。因而，在后来的日子里，他对郁静的关照也就更加细心了。果真，没几天，老穆的担心真就发生了。

事情就发生在郁静从女儿娇娇的嘴里，知道了男人梁超在外面不仅有了女人，还把这女人带回家来上了她的床。所以，为了弄清梁超在外面的女人是谁，她这天下午不但没去公司上班，也忘了每天下午都要给老穆打电话的

248

事。而老穆到了郁静打电话的时间，却一等再等也没郁静的电话，他才给郁静打了电话去。没想到他打了好几次，郁静也没接，这让老穆不仅不安，也觉得事情有些不对劲。再想想几天前郁静给他说的那些话，惊慌中他把手中的三轮车猛地一调头，就直奔郁静上班的梁氏公司而去。说来也巧，他刚到梁氏公司楼下，公司里的小李就从楼上"噔噔"地跑了下来，老穆见了忙跑了过去，一问才知道郁静这天下午没去公司。

老穆听了小李这话，再次慌了神，等小李离开后，他又给郁静打去电话，电话"嘟嘟"响了好一阵，郁静依然没接，直到他急得在原地团团转，准备骑车到郁静家里去时，郁静才接了电话，但他冲着电话"小静，小静"地喊了好一阵，仍没听到郁静的声音，倒是手机里传来了河水奔流的哗哗声和鱼鹰在黄昏中的一声声啼鸣。

其实，老穆在平时是个很愚钝的人，而这天黄昏，当他听了从郁静手机里传来的流水声和鱼鹰的鸣叫声，好像一下就明白了什么似的。他因而一下就跳上了三轮车，并朝自己想象中的那地方飞奔而去。的确，当他赶到时，郁静正在河边的沙滩上，望着那奔流不息的江水，如木雕一般独自出神……

老穆当时见了郁静这模样，好像明白了郁静此时的心情，惊恐中，他一边大声喊着"小静"，一边朝郁静冲了过去……

郁静这天扑进老穆怀里一阵哭泣后，又在老穆一声声"没事，有哥在"的安慰下，总算慢慢平静了下来，老穆急忙将她扶到沙滩的一块大石头上坐了下来，并对她说："小静啊，你咋一个人跑来这里，让人多担心……"

老穆这体贴的话，又使郁静的泪扑簌簌地淌了下来。老穆一见，心再次紧张了起来，他忙安慰郁静说："小静，没事，有哥在，有啥事说出来，我们一起想法子。"

郁静听了老穆一次次的安慰，慢慢抬起头来，泪眼汪汪地望着老穆，并哭着说："哥，这事你解决不了。"

老穆一听，顿时警觉了起来，同时也感觉郁静眼下遇到的事也非同一般，要不然她咋会这样呢，但他还是故作镇静地看着郁静，嘴上也很自信地说："没事，没有解决不了的事，会有法子的。"

郁静听了老穆这话，又看了老穆那一脸的自信才止住了哭。她于是给老穆说了她从医院回来后，家里发生的所有事，老穆听着听着脸色就沉了下去，到最后竟捶胸顿足了起来，并愤愤地说："梁超这个兔崽子，不知好歹的东西，你对他那么好，他还要那么做，真是天理难容啊！没想到他妈也助纣为虐，肆意放纵自己的儿子！"

老穆在说这话时，真是义愤填膺，那样子恨不能抓着梁超狠揍一顿。郁静看了老穆那气愤的样子，接着又给老穆说了她出车祸住院的真正原因，老穆听后，两眼静静地注视着郁静说："其实，我一直怀疑你出车祸的事，因为我不相信你会那么粗心大意。还有，梁超和他妈咋不在医院里照料你呢……"

老穆说到这里，又突然想起了他第一天租三轮车，拉梁超时的情景，他看了看郁静后，接着把这天他看到梁超和那女人的事给郁静说了，郁静听后，面颊顿时气得煞白，眼里又涌满了泪。老穆见后，忙说："不说了，不说了，都怪我多嘴。"

郁静听了老穆这自责的话，忙对老穆说："这不关你的事。其实，我也一直想把我和梁超的事给你说说，但又不好开口，这毕竟是丢脸的事，还有，我当初没听你的提醒，才走到了这一步，唉，这真是自食其果。"

郁静说到这里，又长长地叹息了一声。老穆听了郁静的叹息，又看了她一脸的阴郁，忙对郁静说："没事，有哥在，一切都会过去，一切都会好起来的……"

郁静听过老穆这话，也许出于感动，也许真期盼着好起来的那一天，她把脸扭向了老穆。当她静静地注视老穆时，一只鱼鹰的叫声把她惊醒了过来。于是，她把头重又回了过去，把目光投向了夜幕下的远处。这时，她看见夜幕下的远处昏黑一片。但在那片昏黑中，不知何时已亮起了灯光。近处的水面上，一只鱼鹰贴着水面孤独地飞行着，那样子，一个浪头就会将它卷入水中似的。郁静看着，一种悲哀之情，再次涌上她的心头。

而老穆看着眼前的郁静，心里却暗自想着法子……

第四十八章 铤而走险

老穆这晚听了郁静给他说的她时下的处境，第二天没去上班，而是不管不顾地去找了梁超。他知道会碰一鼻子灰，但他也不得不去。因为他不能看见郁静就此有家不能回。

昨天晚上，当夜深后，老穆和郁静还坐在河边沙滩的那块大石头上，各自想着心事。此时，河面刮起一阵风来，让人顿感冷飕飕的，老穆想着郁静穿着单薄，不由对她说："小静，还是回去吧，我送你。"

老穆这话说得很轻，也是询问的口气。而郁静不知是没听见，还是不想回答，依然不动声色地坐着。老穆等了一阵，见郁静没反应，又将刚才的话重说了一次，但让他没想到的是，他这话犹如火星般，将郁静一下"点炸了"："你想回去自个儿回去，又没谁拦着你。"

郁静这声音不仅激奋，也如晴天霹雳。同时也把老穆镇住了，但老穆并不生郁静的气，他只想着说什么样的话才能安慰郁静，就在他尴尬着不知如何开口时，郁静又放低声音对他说："哥，对不起。你以为我还能回去？梁超和他母亲对我都这样了，他们还能让我回去？他们即使能让我回去，我也无法面对他们。特别是当我想到梁超和那婊子女人，在我床上做那龌龊的事，我就恶心，我就会发疯……"

郁静说过这话，好像吐出了心中的恶气，便慢慢平静了下来。老穆听了郁静这话后，也觉得郁静的话不是没有道理，但他笨头笨脑，不知说什么话才能让郁静开心，就在他竭力想着时，郁静却静静地依在他身上，并恳求地对他说："哥，我今晚哪儿也不去，就想让你这么陪我一夜。"

郁静后来想，这晚的她，不知自己咋就说出了这样的话，甚至还依在了老穆的身上。她从小到大与老穆虽然有父女、兄妹情，毕竟不是亲生父女、亲生兄妹，在那黑漆漆的夜里，她和老穆孤男寡女地依在一起，要是被别人

251

看见了，甚至……她还有啥脸活下去呀！

但是，这晚的老穆并非如郁静事后想的那样，对她有啥无礼之举。当他听了郁静那请求的话后，心里是有个那样的冲动，但他很快就强使自己镇静了下来，他知道郁静眼下的处境，他除了呵护她，就是要陪她度过眼前这段最痛苦最无助的日子。所以，他不仅爽快地答应了，还对郁静说："好吧，到三轮车上去吧，这河边很冷，会感冒的。"

郁静听了老穆这话，如听话的孩子般，立马站起身来，跟在老穆的身后，踩着满地的星光，朝不远处的老穆的三轮车走了过去。

老穆的三轮车靠这河岸的桥头。从河滩到桥头，是一个近四十五度的陡坡。因而，穿着高跟鞋的郁静抓着老穆的手才爬了上去。老穆和郁静爬上陡坡来到桥头的三轮车前，一阵比河滩还大的凉风朝老穆和郁静呼呼吹来，让郁静不由打了一个寒战，老穆见后怕郁静着凉感冒，忙叫郁静上了车，等郁静上车坐好后，自己也手把三轮车的龙头骑了上去，还没坐下又回过头对身后的郁静略带风趣地说："小静，哥今晚让你欣赏整个县城的夜景。"

老穆说过这话，一弯腰，三轮车在他脚下缓缓驶了出去。

郁静坐在三轮车上，没吱声，身子随着三轮车在夜景中的大街上慢悠悠地行进而轻轻地摇晃着。或许是昨晚一夜没睡，又或许是这一天的折腾使她已筋疲力尽，不一会儿她就睡着了，而老穆为了让郁静开心，每到一处灯光绚丽的地方，他都会自言自语地对身后的郁静说："小静，你看这望江广场的夜景多美，头顶的灯光不仅五颜六色光怪陆离。远处的江心也被这灯光辉映得波光粼粼……"

"小静，我们已到美食一条街了，你闻到没，真香。你没吃晚饭吧，要不我们进去坐坐？"

后来，老穆见自己的一次次问，郁静都没应声，才在一站牌的路灯下停了下来，并回过头去看了看郁静。此时的郁静已靠在三轮车的靠背上睡着了。他于是跳下车，来到三轮车的后面，弯着腰仔细看了看郁静，此时的郁静仍一脸的阴郁，嘴唇不仅苍白，并干裂着细细的口子，眼角还盈着一汪泪水。老穆见后，心酸和心疼不由让他淌出了两行老泪。好一阵后，他才站起身来看了看四周，把自己粗糙的手，战战兢兢地朝郁静的面颊伸了过去，他本想给郁静一个爱抚，但当他的手快要触到郁静的面颊时，他又如贼般缩了回去。

因为此时的他，虽然想以这样的方式给郁静一个安慰，并以此表达自己对这苦命女子的心疼，又怕郁静醒来后误会自己，也怕郁静因此再受刺激。但就在这时，他脑子里突然产生了一个念头，同时也为此下了决心。

所以第二天老穆没去上班，也没给郁静说自己这天要做的事。在小食店吃过早饭与郁静分手后，他骑着三轮车，就去找梁超了。

昨晚，当他打定主意这天要去找梁超后，为了不让郁静受寒着凉，他立马给郁静支起了三轮车的篷布，又脱下自己的外衣给郁静盖上，然后就坐在三轮车旁思考着他这天要做的事。梁超不用说他是认识的，尽管几年不见，他也相信梁超变不到哪里去。再说，那晚他又送过梁超和当时还不知道叫丹红的那女人，从而不仅知道了他们的住处，也记得了他们的声音和体型，他相信自己无论如何也能找到梁超的。

老穆这天骑着三轮车，又打听来打听去，在这天的中午时分，总算站到了梁超和女人丹红住处的门外，不仅如此，他还毫不犹豫地敲响了眼前那道防盗门。好一阵后，梁超才打着呵欠，睡眼惺忪地从已开启的门缝探出头来，又眨巴着眼睛看了一阵老穆后，才一脸不悦地冲老穆问："敲啥呀敲，我又不认识你，去去。"

梁超说过这话，立马缩回头，想就此关上门。老穆一见，两手慌忙将门撑着，并急切切地对门内的梁超说："不认识啦，我是老穆，你是梁超对不对？"

梁超听了老穆的介绍，想了想，才不得不将门打开，把老穆放了进去。

老穆跨进门去后，一股浓烈的刺鼻味直往他鼻孔里钻。这里面有烟味，有酒味，好像还有香水味……总之杂七杂八分不清。老穆闻着这些气味，既想作呕又想打喷嚏，不过，他竭力克制住了自己。但就在他环视着屋内那一片狼藉的茶杯、暖瓶、香烟，以及摆在桌上的各种零食时，却从里屋突然传出了一个女人娇滴滴的声音："超，是谁呀？"

梁超让老穆进门后，也下意识地注视着老穆，当然，他也竭力地思索着老穆登门而来，究竟为了何事，就在他的脑子好像明白了一点儿什么时，里屋那女人的这问话，打断了他的思维，于是他对里屋那女人回答说："你不认识，是老穆！"

梁超这话刚一落口，又从里屋传来了那女人的声音："谁是老穆？找你

253

有事吗？"

梁超听过里屋那女人的问话，真不知怎么回答了。因为老穆就是老穆，他咋说呢？至于老穆为啥找他，他虽有预感，但当着老穆的面他也不好说。所以，他只好装作没听见一样，以不答为答之。而此时的老穆，在梁超和里屋那女人的一问一答中，不由把这女人与郁静昨晚给他说的女人丹红联想在了一起。因此，他对女人丹红不由有了好奇，这女人能胜过郁静？要不，梁超咋会被她迷到如此地步？这女人和梁超那晚虽然坐过他的车，但他也只闻其音，却未见其人。

哪知，就在老穆如此这般想的时候，女人丹红搔首弄姿地从里屋走了出来，刚跨出门，就卖弄风情地冲老穆说："哎呀，啥老穆嘛，多大年纪，叫'嫩模'还差不多。"

女人丹红说过这话，脸上的表情突然异样了起来，她来到老穆面前后，一脸狐疑地对老穆问："老穆，你找我们超有事吗？"

老穆听了女人丹红这话，不仅恶心，也替眼前这女人害臊。自己是啥货色，明明是勾引来的男人，还恬不知耻得如明媒正娶似的。但转念一想，他是来找梁超的，因而不想与这女人费口舌，只想尽快说服梁超回到郁静身边去。

昨晚，当郁静熟睡在他三轮车上时，他就坐在三轮车旁的街沿上，冥思苦想了好一阵，最后才下定决心，为了郁静这苦命的孩子，他这天无论如何也要去找梁超，他一是要给梁超说郁静是个多好的女人，既漂亮又贤惠，还把公司打理得井井有条。再有也要叫梁超做一个真正的男人，并承担起一个丈夫，一个父亲的责任，照顾好自己的妻子郁静和女儿娇娇，还有就是他父亲遗留下来的梁氏公司。所以，他眼下根本没心思与女人丹红费口舌，当女人丹红问过他，也满心期待能从他嘴里，知道与梁超有关的好消息时，老穆却冷冷地对她说："哦，我想找梁超说说事。"

梁超听了老穆这话，终于明白了老穆找他的目的，因为他知道老穆与郁静的关系，所以，他的脸更加难看了。而女人丹红听了老穆这话，却一下来了兴致，她看也没看梁超，就急不可耐地对老穆说："啥事，说来听听。"

老穆听了女人丹红这话，也为难了起来，他知道这事当着女人丹红的面说，十有八九都是枉然的，说不定还适得其反。他因而侧过头去，看了看一脸冰冷的梁超后，才对女人丹红说："我单独跟梁超谈谈行吗？"

女人丹红听了老穆这话，好像顿时意识到了什么，她那好看的脸，也一下变得阴沉沉的，刚才还和悦的目光，也陡然阴狠了起来。她看了看梁超，又回过头冲老穆说："说，就当着我说，他难道还有啥瞒着我。"

让老穆没想到的是，梁超看了女人丹红这模样，也立马改变了主意，并同样振振有词地冲老穆说："说，就在这里说，不过，说了快滚。"

老穆听了梁超这话，背心顿时掠过一股寒气。他同时也预感到，他此时说不说结果都是一样的，但为了郁静，他不得不把自己想说的话说给梁超听，从而让梁超反省反省，他这样对郁静，不仅不会有好结果，良心又何在？

老穆这么想过，心里竟一下镇定了下来："梁超，我今天来的目的，你也许知道。的确，我是为你和郁静的事来的。"

老穆说到这停了停，他下意识地看了看梁超，又看了看女人丹红，然后继续说："梁超啊，你和郁静其实是很好的一对，咋不好好珍惜？为啥要弄到这一步呢？况且，你当初那么喜欢郁静，哪怕与自己的父母反目也要和郁静在一起……"

老穆把话说到这里，本想继续说下去的，却被梁超冷笑着打住了："呵呵，你说错了，我喜欢她？你没想想，我一个公司的总经理，会喜欢一个发型屋的女人，你简直是孤陋寡闻不动脑子，你知道那些开发型屋的女人，暗地里在做啥事？要不你去体验体验？"

梁超说过这话，又是冷冷一笑，接着继续对老穆说："告诉你吧，我那时年幼无知，想去尝尝啥滋味，哪知这一尝就被她缠着脱不了身了……"

老穆听着梁超这话，真是肺都气炸了，他没想到梁超会这么无耻，那时的梁超是如何缠着郁静的他清楚，婚后郁静又是如何为他和他们老梁家付出的他也知道。但眼下咋说翻脸就翻脸了呢？并还这么恶毒的侮辱郁静？因此，他愤愤不平地对梁超说："梁超，做人应该有良心，郁静那么好一个女人，不管是为家庭，还是为公司又付出了那么多，你不该这么伤害她吧？你知道不……"

老穆原想把郁静昨晚的痛苦全讲给梁超听的，他希望梁超听后会因此而改变主意，与郁静重归于好，哪知，他后面的话还没说出口，就被梁超再次打断了："穆时秋，你是不是狗拿耗子多事？她是我的女人，我还不清楚？还用得你在这里对我指手画脚？我知道你俩的关系，看着她哭哭啼啼的你心

255

痛了。这样不更好，你不用和她偷偷摸摸地干那事了。"

这天的老穆，是被梁超这话彻底激怒的。他于是"呼"地一下站起身来，双目圆睁地瞪着梁超愤怒地吼道："你放屁！"

梁超听了老穆这骂声，不由一愣。他做梦也没想到老穆会这样骂自己。在吃惊之余，他同时也感觉自己在女人丹红面前颜面尽失。凑巧的是，当他把目光投向女人丹红时，女人丹红也正似笑非笑地看着他，还一副蔑视的样子。梁超见后，一股热血直冲脑门，为了在女人丹红面前证明他的阳刚和霸气，他一个箭步跨到老穆面前，挥起拳头就朝老穆的脸砸了过去，嘴里还同时骂道："你骂谁放屁？！"

当时的老穆虽然看见梁超朝他扑了过去，但也没想到梁超会对他动手，直到梁超的拳头带着风声砸到了他眼前，本能的反应尽管没让梁超的拳头砸着他的眼睛，但他那布满皱纹的脸却没逃过这一劫。老穆被梁超的拳头砸中后，顿觉天旋地转，眼前一片漆黑，几个踉跄之后，便一头栽倒在地……

第四十九章　为了爱

老穆这天醒来时，发现自己竟躺在女人丹红屋外的楼道里。他从地上撑起身，又在地上坐了好一阵，才扶着墙壁站了起来，并不服地又敲了好一阵眼前那防盗门，让他既失望又气愤的是，门里却没有一点儿动静，他为此正在纳闷时，房东从楼下上来给他说，女人丹红和梁超已出去了好一阵。老穆听后，心里既愤懑，又无奈。他只好扶着楼梯扶手，头重脚轻地一步一步地下了楼。还好当老穆刚从楼梯口出来，一股凉风便迎面朝他吹了过来，他为此一惊，同时也清醒了许多。他心里虽然很是不服和憋屈，但还是骑上三轮车回了自己的出租屋。

老穆的出租屋在他上班那工地的附近，是在一偏僻小巷的深处，面积不大，只有十来平米。不过，床铺和生活日用品倒也摆放得井井有条。不仅如此，房东还给了他一台黑白电视，尽管每个频道的雪花点蛮重，却能打发老穆下班后那无聊的时间。

老穆这天从梁超那里回来后，就一头倒在了床上，并昏沉沉地睡了过去。直到手机的铃声在他耳边响了好一阵，他才醒过来，并看也没看手机上的来电，就摁了手机的接听键。

电话是郁静打的。郁静在电话里给他说，她回去取了自己的换洗衣服，她准备从家里搬出来，到外面去租房住。

老穆接了郁静的电话，知道郁静给他打这电话的意思。他本想再劝导劝导郁静的，叫郁静三思而行，不要因一时之气毁了家庭，但想想他亲眼见了梁超和女人丹红在一起时的情景，他立马又打消了这样的念头，他因而对郁静说："小静，你把要带走的东西全搬到小区门口，我马上骑车来接你。"

郁静在电话里听了老穆这话，淡淡地说了一个"好"，随即就挂了电话。

老穆听郁静挂了电话，头虽然仍昏沉沉并隐隐作痛，但还是骑上三轮赶了过去。此时已是午后时分，但大街上仍车来车往，人流如织。老穆拨着铃铛，在人流中穿来绕去赶过去时，郁静一手拎着一个包，站在小区门外的街道边，不知已在这里等了多久。

郁静看着老穆骑着三轮车赶了过去，鼻子一酸，眼里也有了泪。但她的心里却是暖暖的。然而，当老穆来到她面前，目睹了老穆颧骨上那鼓起的大包，她先是睁大了眼睛，接着就惊讶地问："哥，你这脸咋回事？"

老穆被郁静这么一问，不由慌了神，但他很快又反应过来不能让郁静知道自己这样子是被梁超打的，因此，他立马镇静下来对郁静说："上午骑车不小心给撞的。"

郁静听了老穆的解释，又看了老穆那难为情的样子，觉得老穆一定有啥瞒着自己。她想问，又不知咋问，所以，沉默了一下后，她换了一种角度说："严重不？疼不疼？去看医生了吗？"

老穆听了郁静的问很感激，心里也酸酸的。为了不让郁静看出自己的窘迫，他忙对郁静说："没事，没事，这点伤算啥，你看我不好好的吗？"

老穆说过这话，故意将头转了转，但他没想到，脑袋动起来不仅晕还很疼，为了不让郁静看出破绽，转了几下后就停了下来，接着又对她说："看见没，我说没事就没事。"

郁静看了老穆这认真样，心里尽管仍有疑惑，也没再说什么，便将手里鼓鼓囊囊的提包放上了车，老穆见了，也将另一个包从郁静手里接了过来，并叠在了郁静先放的那包上，等郁静坐定后，他同每次那样，一声吆喝："坐好了，开车啰！"

老穆的吆喝声抑扬顿挫，也很滑稽。以前的这个时候，郁静坐在车上总是"咻咻"地笑，还逗老穆说："穆师傅，你这车是进口的还是国产的，发动机是不是有毛病，咋老跑不起来呢？"

当然，这时的老穆也不认输，他故意慢下来说："嘿嘿，你不知道，我这车呀，是当年慈禧老佛爷坐的车，价值连城。你不管是国产的还是进口的，都得让着我走，要不然他赔不起……"

郁静在老穆的身后听了老穆这话，笑得更是捶胸顿足，她说："哈哈，我今天就是老佛爷了，看我怎么使唤你。"

郁静说到这儿，立即止住了笑，然后清了清嗓子，学着影视剧里那老佛爷的声调喊："小穆（李）子，把这'宝马'给我开快一点儿。"

郁静这"老佛爷"的声调刚一落口，就忍不住笑出了声。而老穆在前面听了这新版老佛爷的圣旨，也卑微地回了郁静一声"嘛"，然后就铆足了全身的劲跑了起来。当然，郁静在老穆身后那笑，听起来像孩子一样开心。

这天，郁静上了车后，就一直没出声，老穆拉着她跑了好一段路，也没跟老穆说去哪里，到了一个十字路口，老穆不得不问郁静："小静，准备去哪里？"

然而，让老穆感到惊奇的是，郁静对他的回答，跟没回答没有一点儿区别，因为郁静当时木讷着回答他说："我也不知道。"

老穆听了郁静这回答，心里顿时没底了。茫然中，他把车靠街边停下，回过头去下意识地看着她，此时的郁静一脸阴郁，眼里不仅充满着无助，也噙着泪。

这天早晨，郁静与老穆分手后，便直接回了家。当然，她回去的目的，并非是想接受梁超对她所做的一切，与梁超重归于好，从而继续在梁氏公司当她的副总经理，有其名无其实地做梁超的女人，过那种既光彩照人，又如冷宫一样的日子，而是回去跟梁超做一个了断，也跟她那个所谓的家做一个了断。但她回去后，梁超不在家，女儿上学去了，只有梁超的母亲气鼓鼓地坐在客厅里，那样子好像是有意在等她回去。

郁静跨进门去时，婆婆张淑琴先阴沉着脸，恶狠狠地瞪了她好一阵，然后才气呼呼地冲她问："昨晚去哪里了？你总说我儿子这不是那不是，那你到外面去过夜就对吗？你是不是又去找以前那些相好了？"

郁静听了婆婆张淑琴这话，犹如闷雷轰顶。她没想到婆婆为了娇宠自己的儿子，会这么无中生有地来伤害自己。她于是伤心欲绝地反问婆婆说："妈，你咋这么说我？你见我跟谁有过什么。"

郁静在说这话时眼里也急出了泪。而婆婆张淑琴却不以为然，还一脸冷笑着说："你与谁自己清楚，要不把昨晚在外过夜的事说来听听。"

郁静听了婆婆这话彻底崩溃了，同时也忍无可忍了。她于是猛地昂起头，愤然地冲婆婆怒吼着说："那好，我是个贱女人，你们梁家高贵，我高攀不起，叫梁超回来离婚吧。"

婆婆张淑琴听了郁静这话，先是一愣，然后又冷笑着说："想离婚是吧？告诉你，没那么容易！"

张淑琴说过这话，一甩手走了，留下郁静独自在那里哭泣。郁静哭了一阵后，才回到自己之前那屋里，从橱柜里找出自己的换洗衣服，用塑料袋子装好后，一手拎一袋出了小区。但上了老穆的三轮车后，满脑子全是婆婆骂的那些话，和婆婆那阴阳怪气的样子，所以整个人不仅阴郁，也老走神，更不知道自己眼下究竟要去哪里。

而此时的老穆是见了郁静这魂不守舍的模样后，为郁静担心和焦虑的，他知道郁静眼下的处境，也知道郁静眼下的无助，因此，他思索了好一阵，看着日头已渐渐偏西，心头一阵难过，不由对郁静说："小静，要不先住我那出租屋吧。"

郁静一听老穆这话，不知是吓着了，还是为有了去处而高兴，她的眼睛先是一亮，脸上也有了诧异的表情。不过，她很快又恢复了先前的模样，并迟疑着对老穆问："我……我去了，那你住哪儿？"

老穆听了郁静这问，沉默了一下后，呵呵笑着对郁静说："呵呵，我一个大男人没啥，大不了去工友那里挤挤。"

郁静听了老穆这话，脸一下红了，然后低声说："不好意思，为难哥了。"

老穆听郁静答应了自己，心里不知道该不该高兴，但他还是笑着对她说："哈哈，你不是叫我哥吗？还这么客气。"

老穆说过这话，又敞开嗓门喊了一声"坐好了"，他脚下一蹬，三轮车的轮子也在他这喊声中滚动了起来。

老穆这天蹬着三轮把郁静拉到他那出租屋时，太阳在西边天际已全落了下去。县城里的人们吃过晚饭，全都涌了出来，或遛狗，或逛街，也人声鼎沸地把整座县城嚷得闹哄哄的。

老穆拉着郁静刚钻入他出租屋的那条深巷，不少人都朝他投来了奇异的目光，都以为老穆泡上了一个这么漂亮的妞，有的甚至大胆地问："老穆，你今天发了哪根神经，从哪里弄回来这么一个漂亮女孩？"

每到这时，老穆就会大着嗓门对那些人说："不要乱说，是我家妹子，刚从乡下来。"

老穆这话尽管很多人都不信，甚至背地里交头接耳，但也没人敢当着老穆的面，再说那无凭无据又无聊的话了。另外，老穆接下来做的事，也让他们心服口服。

郁静住进了老穆那出租屋后，老穆除了每天下班骑着三轮车给郁静送吃

260

的过来，白天几乎看不到他和郁静在出租屋里在一起。每天傍晚，等郁静吃过晚饭，他就骑着三轮车匆匆离去，走之前他除了叮嘱郁静把门顶牢，也请隔壁的房东帮着关照一下。

时间过得很快，眨眼间郁静在老穆的出租屋已住了十多天。郁静的漂亮、善良和随和，让她很快与房东和这里的人们融合在了一起。他们不仅有什么话都给郁静说，也没把郁静看着是外来人。那天午后，房东对郁静说："小静，那老穆真是你哥？"

房东是个六十出头的大妈，肥肥胖胖得如菩萨如来佛似的，说话时眉飞色舞，浑身的赘肉也抖抖索索地直颤。

郁静听了房东这问很惊奇，同时也有几分紧张，因为她不知道房东问她这话是啥意思，是老穆有啥事，还是房东已知道了她和老穆的关系，因而故意这么诈她的。所以，她的脸一下就火辣了起来，也有了做贼的感觉。不过，她思索片刻后，还是理直气壮地对房东答应了一声"是呀"，接着就胆战心惊地等房东说下文。

房东一心想问郁静的事，因而根本没注意郁静此时的表情，她听了这恳切的回答后，仍一脸狐疑地对郁静说："小静啊，你不知道，像你哥这样的人，现在真的很少了，你知道不？把出租屋让给你住，他晚上却去睡街沿边。"

郁静一听房东这话，顿时一惊，忙对房东问："婶，您说啥，我哥晚上去睡街沿边？"

房东看了郁静惊奇的模样，才绘声绘色地讲了她亲眼看到的事。她说，为了减肥，她每晚吃过晚饭后，就沿着街道去散步，哪知昨晚走远了一点儿，回来时已很晚，在路过步行街时，她看见老穆在街边的三轮车上睡得挺香。她没惊动他，但心里一直感到好奇，也被老穆对自己妹妹这份真情所感动。所以，她才这么问了郁静。

郁静听了房东这话后彻底被镇住了，她真没想到老穆为了自己会那么做。她这时才想起了老穆每晚出去时那些不可思议的举动，时节已是春末夏初，气候本已不冷了，但老穆每晚出去时，都要带上冬天穿的棉衣，还要带上塑料薄膜……眼下听了房东这话，她才明白了是怎么一回事。

这天晚上，老穆同之前的每晚一样，给郁静买回了她最爱吃的晚饭后，与郁静说了一阵话，也同之前的每晚一样，就准备出去了。郁静见后，突然想起房东白天给她说的话，她于是忍不住对老穆问："哥，那工友那里咋样，你住得习惯吗？"

老穆也许怕郁静问他过夜的事，因此早有准备，此时他故作笑呵呵地对郁静说："呵呵，那工友租的屋子大着哩，我们一人睡一床，可舒服了。"

郁静听了老穆这话，泪水都快流出来了。她本想接着问下去的，但怕控制不住自己，因而只埋着头"哦"了一声。

老穆走后，郁静这夜躺在床上怎么也睡不着了，她没想到老穆会这样为她付出。她想，老穆为了她，真到他工友那里去过夜，她还心安理得一点儿，但老穆是在外面如流浪汉一样睡街沿呀。起风了怎么办？下雨了怎么办？如果遇上了坏人又怎么办？郁静想到此，再也躺不踏实了，她翻身下床，在夜幕中的灯光下，直奔那步行街而去。

步行街距老穆的出租屋就十来分钟路程。白天和傍晚这里是人头攒动，热闹非凡。但到了晚上这里又静得如乡村僻巷似的。尽管路灯通明，却没车来车往，行人也稀少得很。

郁静这晚跑到步行街时，远远就看见路灯下的街沿上停着一辆三轮车。在三轮车前还有一人影正忙来忙去，她猜测这人影也许就是老穆，于是快步走了过去。当她走近后，才看清是老穆正在往三轮车的车篷上搭塑料薄膜。塑料薄膜搭好后，老穆才套上棉衣，钻进了三轮车里。郁静把这一切看在眼里，再也控制不住地跑了过去。哪知，刚躺进三轮车的老穆竟响起了微微的鼾声。

郁静跑到三轮车前，一边用力推攘着熟睡中的老穆，一边哭着说："你骗我，你骗我，你这个大骗子……"

老穆被郁静推操着醒来，睁开刚刚合上的眼睛，睡意蒙眬中认出了是郁静，他一下坐直了身，同时惊慌着对郁静问："小静，你咋来了？"

郁静依然哭着说："我咋来了，你问你自己。我问你，你为什么要骗我？为什么要骗我？"

老穆看着郁静那激动的样子，忙从三轮车里钻了出来，站在郁静面前说："没事，我这不是好好的吗？"

"好什么呀，都成流浪汉了。"郁静说过这话，一下抱住了老穆，同时恳求着对他说："哥，你为啥要骗我？在外面过夜，你要是出了事，我咋办啊？！哥，跟我回去，我们住一起……"

第五十章　乘虚而入

话说郁静离开了梁超，也离开了梁氏公司后，梁超和梁超家的梁氏公司都在发生着前所未有的变化。首先是梁超，他好像从苦大仇深中解脱了出来，不仅充满着喜悦，也充满着洒脱。因而，他做什么事都可随心所欲，无所顾忌了。

郁静这天带上换洗衣服前脚刚走，他后脚就把女人丹红明目张胆地带回了家，那样子，他和丹红好像在门外等着似的。的确，住在家里除了舒坦，又有母亲伺候着，何乐而不为呢？哪知，让他没想到的是，母亲张淑琴当时正为儿媳郁静的出走生着气哩。况且，自从他母亲请了那算命的老女人给丹红看过孕相后，他母亲对丹红便有了戒心。所以，这天当他领着丹红刚跨进门来，就被他母亲叫住了："你才回来，晃到哪里去了？郁静都回来叫你离婚了。"

梁超的母亲当时说得很气愤，也把火辣辣的目光投向了女人丹红。那样子是告诉丹红要好自为之，不要起啥歪心。而梁超听了他母亲这话，再看看他母亲那冷冰冰气呼呼的样子，尽管不知他母亲为啥会这样，但为了不让丹红难堪，他还是故作兴奋地说："好啊，离婚好，我还怕她缠着不离哩。"

梁超这话既像是对他母亲的回答，又像是有意说给女人丹红听的。是的，当他说过这话，又转过身去冲丹红故意眨了眨眼睛。他怕丹红不明白，随即又伸长脖颈冲丹红问："你说，对吧？"

女人丹红看了梁超这模样，又被梁超这么一问，不仅明白了梁超这话的意思，脸也随之窘得通红。

近段时间，女人丹红与梁超老闹别扭，不为别的，只为梁超和郁静离婚的事。随着她与梁超上床的次数越来越多，也随着郁静对她的羞辱和鄙视，尤其当她想到自己之前被逼得走投无路，以及老梁家的殷实，她便打定主意无论如何也要成为老梁家的女主人。于是，她凭着自己先天的妖娆和妩媚，又使出自己的"杀手锏"，一次次让梁超神魂颠倒，醉生梦死。梁超也为了讨丹红开心，好在她身上得到舒坦和满足，也一次次跪地指天对丹红发誓——他不离了自己的女人郁静，就不是人，从此决不再上丹红的身。

而女人丹红自从那次被梁超的母亲，叫梁超把她带回家去后，想成为老梁家女主人的欲望就更加膨胀和强烈了。之前她也想，但一想到梁超的母亲，她又胆怯了，她想，梁超的母亲那一关她无论如何也过不去的。是呀，做母亲的，有谁会让自己的儿子和儿媳离婚，另娶女人呢？这除了老人们的老观念，夫妻还是原配的好，更怕老梁家在县城名声扫地。

但是，她做梦也没想到，梁超的母亲竟会如此开放，特别当她从梁超的嘴里知道了他母亲对郁静不满的原因后，她的想法一下就变了，并变得美好而离奇了。她时常想，梁超的母亲既然叫她到家里去，说明梁超的母亲已接纳了自己，也就是说她期盼成为老梁家女主人的事，不再是幻想，而是指日可待将成为真真切切的现实。哪知，时间过了那么久，竟毫无动静。梁超还隔三岔五地回去与他那女人亲热。这时的女人丹红，就不再像之前那么想入非非，而一直认为是梁超在玩心计，是梁超在故意脚踏两只船。

女人丹红是想过这些后，心里开始躁动和不安的。她怕自己被梁超玩腻了，最后又被他一脚给踢了，自己到时除了哭天叫地和自认倒霉，对梁超又能怎样？所以，她一次次警告自己要多一个心眼，要梁超拿出行动来快点与女人郁静离婚，她也好被明媒正娶地成为他梁超的女人。但是，她一次次催梁超，梁超都跟她说快了快了，就是不见梁超和他女人郁静的离婚有任何实际行动。

这天，当老穆去找梁超时，女人丹红听了老穆去找梁超的原委，知道了郁静离家出走的事，她一下就来了兴致。她想，这是她进入老梁家的最好时机。不过，她又不知梁超心里是咋想的，因而，等梁超把老穆打晕拖出门后，她一边在梁超面前献着殷勤，又一边袒胸露乳地故意与梁超调情，不仅如此，她还有意无意地将丰乳肥臀在梁超面前扭来颠去。但当梁超被她挑逗起了性欲，抱住她就要做那事时，她又一下止住了梁超，并在梁超的怀里扭动着身子，说梁超对她不真心。情急中，难以平静下来的梁超不得不想着法子跟丹红求着说："好了，别闹了，完事后，我带你去找我母亲。"

女人丹红听了梁超这话，立马停下了扭动着的身子，抬起头对梁超问：

"真的？"

梁超回答说："真的。"接着，女人丹红又对梁超说了警告的话，梁超也赤身裸体跪地指天发了誓，丹红才将梁超推翻在地，"先发制人"地骑上了梁超的身。

梁超这次没食言，完事后躺了一会儿，在女人丹红的催促下，就拖着疲惫的身子，领着丹红回家来找他母亲了。所以，他母亲给他说了郁静要离婚的事，他不仅高兴，也很得意。同时，他也抛眉传情地给女人丹红以暗示。丹红看了他的挤眉弄眼，觉得这在梁超的母亲面前太嚣张，但她心里也暗自高兴。她想，她的美梦将不再是梦了，或许即将成为真真切切的现实。哪知就在她沉浸在想入非非里，梁超母亲张淑琴的一句话，让她如梦中醒来般，不仅吃惊，心也凉透了。

梁超的母亲是听了梁超那句"离婚好"后，气上加气的。先前，她听了郁静要与她儿子离婚气就上来了，并忍无可忍。同时，那算命的老女人，看过女人丹红的孕相后，给她说过的话，以及算命的老女人当时那严肃的样子，重又出现在脑海里。她不仅害怕也感到了危机。她也一次次告诫自己，她无论如何也不能让丹红成为老梁家名正言顺的儿媳。当然，更不能让自己的儿子梁超与儿媳郁静离婚，被丹红乘虚而入。所以，她此时听了梁超的那话后，不由气冲冲地对儿子梁超说："离了好，离了好，离了你去喝西北风，公司里的事谁来打理？"

梁超母亲的这话依然说得很气愤，也没把女人丹红放在眼里。因此，丹红听了梁超母亲这话后竟一脸的窘色，同时也把头埋了下去。梁超看了女人丹红难堪的模样，怕丹红日后不让他亲近，于是他对自己母亲说："妈，离了郁静，我不是还有丹红吗？我和丹红都商量好了，只要我离了婚，我和丹红立马就结婚。"

此时的梁超说得很自信，也沾沾自喜。他怕自己的母亲不信，又回头对女人丹红问："是吧？丹红，你跟我妈说说。"

女人丹红听了梁超这话，不得已才怯懦懦地抬起头来，她虽然走南闯北在江湖混了这些年，大大小小的事她也见得不少，并也没怕过。但眼下面对着梁超的母亲，她却胆怯了，因为她知道，眼下的自己无论如何也不能在梁超的母亲面前胆大妄为，否则，她想成为老梁家女主人的梦想不仅会破灭，自己又将回到之前那困窘的日子。因此她只好放低声音，并讨好着对梁超的母亲说："阿姨，我和超是这么商量的，只要……我们立即就拜堂成亲，我也会把公司管理得井井有条的。"

女人丹红此时之所以没说结婚二字，是想在结婚那天，要梁超将她明媒正娶，"八抬大轿"地娶过门，她到时脸上不仅有光，日后在老梁家也说得上话，更有地位。但让她没想到的是，梁超的母亲不但不吭声，还疑惑地盯着她不转眼，这让丹红不仅颜面扫地，也害怕得忙把头重又低了下去。

梁超在一旁也看得心惊肉跳，但当他看了女人丹红那一脸的窘色，还是壮着胆子对他母亲张淑琴说："妈，你是咋啦，你是不是不相信丹红的能力，我给你说过，丹红是毕业于市场营销专业，做生意是很有一套的，我敢保证她比郁静做得好……"

梁超说到这儿，本想还要夸几句女人丹红的，没想到他母亲冷不丁说了一句"是吗"，就昂着鼻子转身走了。梁超母亲的走，不仅让梁超傻了眼，丹红也感到羞辱难当。于是，她也冲梁超使起了性子，她沉着脸冲梁超狠狠剜了一眼后，提着挎包就要往回走，梁超一见，慌忙上前挡在了丹红面前，并讨好地宠着女人丹红说："乖乖，咋啦，生气啦？"

女人丹红听了梁超这问，故作一副委屈的样子，她看着梁超的母亲出门下了楼，才发气似的冲梁超说："你妈这是啥意思，是不是看我不顺眼，说话咋阴阳怪气的。她这是在倚老卖老，自以为是……"

女人丹红把话说得很气愤，脸也憋得紫青紫青的。那样子，好像立马就会暴跳如雷起来。梁超一见，怕丹红从此真不理自己，于是又讨好着丹红说："乖乖，别生气，我妈就这个样，我也跟她说不到一块，老骂我不争气。"

女人丹红被梁超这么宠着一说，气自然消了许多。梁超看她的表情没那么难看了，立马又上前拥着她说："乖乖，没事啊，我心里有数，我会疼你的。再说，你真的走了，往后还好意思回来？我妈要是真生气了，使着性子不接纳你咋整？"

梁超说到这儿，为了给女人丹红台阶下又补充了一句："没了你，我咋活下去？"

梁超一边这么说着，一边把女人丹红朝自己房间里拥。女人丹红在梁超的怀里听了梁超最后这话，心里的气也全消了。但她还是很不情愿地被梁超拥着，一边扭扭捏捏地朝房间里走，一边故作生气地说："没有我了，你又去把她找回来呀，要不，你轻车熟路，那夜总会、卡拉 OK 厅多的是……"

女人丹红这话说得很矫情，也很有挑逗的意味。她那翘得老高的屁股也故意在梁超的身上颠来颠去。她本想就此激起梁超的欲望，进屋后给梁超一点儿"甜头"，从而拴牢梁超。哪知，当她被梁超拥进屋里，眼前的情景却把她这想法一扫而光了。

原来，房间里依然一片狼藉，两天前被郁静扔的衣服裤子满地都是，床垫也歪斜着掀在地上，看上去简直惨不忍睹。女人丹红见后，惊恐着转身对梁超问："这……这咋回事？"

梁超见了女人丹红这模样，急忙给她说这是郁静干的，并说了郁静这么做的原因，丹红听后，一下就火了，她说郁静嫌她睡过的床脏，她也嫌郁静之前睡的这床脏。她从此不再睡这床了。于是，她给梁超两个选择，要么买房，他俩单独住一起，她再不回这鬼地方来看梁超母亲的脸色，要么这屋里的家具全换新的，否则，各找各的好事。

梁超听后当即就吓傻了眼，他没想到自己真要鸡飞蛋打了。为了留住女人丹红，便答应了丹红后面的要求。女人丹红听后，不仅破涕为笑，还在梁超的脸上亲了一嘴，并嗲着声音对梁超说："我知道你会答应的，你真好。"

梁超被女人丹红这么一撒娇，立即晕乎乎的。他当即决定，立马就去买家具，丹红听后，高兴得又在梁超的脸上咬了一口，还说："这才好嘛，你我虽然是再婚，但不能用旧床呀，你说对不对？"

女人丹红说过这话，挽着梁超的手便出了门，并直奔附近的家具卖场而去。谁知，他们这做法，让梁超的母亲张淑琴更气愤不已了。

梁超的母亲张淑琴先前是为了去接孙女娇娇，才匆匆离家而去的，但当她把孙女娇娇从幼儿园接回来时，正遇上家具卖场的工人们往她家搬家具，她先是一惊，接着又忙跑上楼去，当她看到新床和新床垫已搬进了梁超原来那屋里，那旧床和旧床垫则乱七八糟地放在客厅里时，一股怒气直冲脑门，她当即指着梁超和丹红问："谁叫你们这么做的？谁叫你们这么做的？"

当时的梁超和女人丹红正在屋里喜滋滋地瞅那"席梦思"哩。丹红说这"席梦思"很软和，而梁超说比之前那床更有弹性。梁超在说这话时，故意向丹红挤眉弄眼，给她暧昧的暗示，哪知就在这时，突然传来了母亲张淑琴这惊天动地的问。

梁超和女人丹红听了张淑琴这声音，顿时止住了笑和胡思乱想，心里也充满了恐惧。不过，梁超心里早有准备，于是，他忙回过头对他母亲说："妈，不要这么大的气嘛，本来是件好事。你出去后，丹红见你还睡的老式床，她很过意不去，她说现在都睡"席梦思"了，让您睡那老式床，咋说得过去呢？买回来后，我才突然想起您是不喜欢新东西的。就说衣服吧，我从没看你穿过新的，即使是新的，您也要等放旧了才穿，所以，我才自作主张地把新的安在了我屋里，等把我屋里安好后，再把那旧的搬到您屋里去。"

梁超的母亲张淑琴听了自己儿子这话，心里不知是啥滋味，她因而沉着脸说："不用，我受不起，你以为我老糊涂了？告诉你，老子心里清楚得很。"

梁超和女人丹红听了张淑琴这话，都面面相觑，大气也不敢出。这天晚上，梁超和丹红在新买的那床上，既激情澎湃又变着各种招式做了那事后，丹红意犹未尽地躺在梁超的怀里，嗲着声音对梁超说："超，快想想法子，你妈迟早要将我们分开的，我又舍不得你，你舍得我吗？"

女人丹红说过这话，又用力推了一下梁超。但此时的梁超好像毫无感觉，他仍闭着眼，对丹红的话好像根本没听见似的……

第五十一章　如愿以偿

几天后，梁超突然有了大动作，这大动作既让公司上下沸腾、咂舌，也让不明真相者充满了好奇。

这天，梁氏公司的办公楼外，一夜间彩旗飘飘，气球飞舞，那阵势，犹如公司在庆祝盛大的节日似的。

上午九点，女人丹红驾着她那辆黑色轿车，既张扬又神气十足地驶到了梁氏公司的办公楼下，那样子大有来头似的。的确，女人丹红这天不仅洗了车，还给轿车打了蜡，在金灿灿的日光下不仅反射着耀眼的亮光，也给它增添了几分华贵的气质，尤其是挡风玻璃上临时贴上的"梁氏公司"四个鲜红大字，看上去虽然有些不伦不类，却让这黑色轿车如名花有主般身价倍增了。

女人丹红这天把轿车停在梁氏公司的办公室楼下后，才开门从轿车里跨了出来。她这天除了把自己打扮得如平时那样长发飘逸性感十足，举手投足间也透着自以为是及目中无人的傲慢。

原来，女人丹红这天如愿以偿，正式到梁氏公司的办公室走马上任了。职务是全权接管郁静丢下的，梁氏公司副总经理的职位。

这天晚上，女人丹红心花怒放，兴奋不已。不过，她也为此有着几分担心。她既怕郁静只是一时之气做做样子，又怕梁超经不住郁静这么一折腾，几天后两人又重归于好。所以，梁超这晚刚把她搂进怀里，正准备着给她宽衣解带，她就扭扭捏捏地冲梁超问："超，她真出走了？"

梁超当时虽然正在兴头上，但也知道女人丹红口中的她是谁。不过，他没去考虑丹红这话的意思，只是故作豪爽地对丹红回答说："她想走就走，没有谁把她拦着。"

女人丹红在梁超的怀里听了梁超这回答，心里很是快活，因为她从梁超这话的语气里已听出，梁超对他的女人郁静，真的气愤不已。因而，她又嗲着声音对梁超问："超，她走了，她那职位不就在那儿空着没人接替，公司咋运作啊？"

此时的梁超依然没明白女人丹红这话的意思，所以他两手仍一边在丹红的身子上忙着，一边不以为然地说："空着就等它空着，空在那里反正又不要饭吃。"

女人丹红是听了梁超这话彻底心寒的。她开始说的那些话，尽管没直接挑明自己的意图，但谁听了都会明白她这些话的意思。况且，她之前多次给梁超说过要在公司谋个职位，他俩好成天在一起，梁超当时却跟她说，公司里时下没有好的职位，一旦有了，他会立即考虑的。但眼下郁静走了，她那副总经理的职位已空在那里，梁超却装疯卖傻把之前跟她说的话全丢在了一边。所以，这天晚上，梁超后来虽然将她扒得一丝不挂，并也骑上了她的身，她却以一句"没心情"把梁超从自己身上推了下去……没想到她这招真灵，梁超当即给她承诺，不仅要她接替郁静那副总经理的职位，还要她风风光光地去任职。

果真不假，时隔一天，梁超就给女人丹红兑现了承诺，陪同女人丹红到公司走马上任了。让女人丹红更惊喜的是，梁超还把这事做得既庄严又浪漫。当她驱车来到梁氏公司的楼下，从车的挡风玻璃处，看到梁氏公司办公楼外，那飘飞的气球和彩旗，她不仅心花怒放，有了一种成功人士般的满足和飘飘然。

女人丹红这天从车里跨出来后，仰头看着那呼啦啦飘飞着的气球和彩旗和高远明朗的天空，她除了兴奋和欣慰，也好像看见自己的人生才真正开始了。于是，欣喜若狂的感觉也让她飘飘然起来，她顿时感觉自己从此已不再是之前那个被男人抛弃了的女人丹红，而是令人羡慕又堂堂正正的梁氏公司的副总经理了。不禁如此，等不了多久她还将名正言顺地成为老梁家的女主人。

女人丹红这么一阵飘飘然后，更来了兴致。走起路来不仅翘臀挺胸，浑身也充盈着不可一世的傲气。并在梁超保镖似的护送下，扭胯摆臀地上了楼，进了公司的会议厅。

此时的会议厅里，公司里的员工们已全部到齐，这是梁超昨天安排好的。说严肃一点儿就是梁超给员工们下了死命令。因为他要给女人丹红一个惊喜，也要给丹红看看他这公司的凝聚力，更主要的是要丹红看看他在公司里的威信，所以，他这天领着女人丹红刚推开公司会议厅的大门，就如他昨天安排好的那样，员工们全都齐刷刷地站了起来，脸上的表情尽管各异，但那掌声还算热烈。

女人丹红就这么走马上任接替了郁静的职位。从此盛气凌人，不可一世了。刚上任的第一天，她就在会上给公司的员工们约法三章，每天早晨上班时，员工们都得站成纵列冲她喊一声"丹总早上好"，下班时也要给她道一声"丹总再见"，她说这是企业文化，这样能提高公司的统一性和凝聚力。

第二天，公司里的小李，拿着一张出货单去找女人丹红签字，却被丹红狠狠教训了一顿。原来，郁静在公司的那些日子，小李已养成了随便和直来直去的习惯。所以，他这天去找女人丹红时，没敲门就推门走了进去。丹红当时没事，正对着镜子自我陶醉自己的容颜哩，那样子既投入又沾沾自喜，小李的推门声让她不由一惊，她扭过头看见是公司里送货司机小李，脸一下就拉了下来，并一脸怒气地冲小李训斥道："你这是啥素质，进来为啥不敲门？"

女人丹红当时不仅愤怒，目光也咄咄逼人。小李以为丹红发了这火就算了，所以继续朝女人丹红走了过去，哪知丹红从椅子上一下站了起来，并指着小李的鼻尖说："你以为这是自由市场，随意进出，咋一点儿集体观念和意识都没有？"

女人丹红说过这话，又对小李命令道："出去，重来。"

小李听了女人丹红这命令，原本窘着的脸，唰地红了。他于是重走出门去，并关了门，停顿一下后，弯着手指朝门轻轻叩了上去。

女人丹红听了敲门声，心里很是愉悦。因为这敲门声不仅满足了她的虚荣心，也体现了她的人生价值。眼下的她，不再是无名小卒，也不再是当初那个被别人呼来喝去的黄毛丫头，而是一切她说了算的核心人物——丹总。

女人丹红这么得意地想过之后，才将身子靠在椅子的靠背上，神气十足地喊了一声"进来"。

小李听了女人丹红这喊声，又才推门走了进去，来到丹红的办公桌前，一边将出货单朝丹红递过去，一边怯懦地对她说："丹姐，请签字。"

女人丹红听小李叫她丹姐，脸又一下沉了下去，很不高兴地冲小李说："叫丹总。告诉你，公司就是公司，不是在你家里，称兄道弟、姐上妹下的成何体统？"

小李被女人丹红训斥之后，怕丹红再叫他出去，忙改口对她卑微地说：

"记着了，丹总。"

女人丹红听小李改口叫了她丹总，表情一下就平和了下来，她从小李手中接过出货单后，一边在上面签着字，一边又对小李说："记着就好，开公司就要有个公司的样，怎能随随便便呢？随便了，哪来公司的形象呢？公司的形象都不好，咋能把公司开好呢？"

女人丹红说过这话，才把签了字的出货单递给小李。小李又喊了一声"丹总"，才满心郁闷地离开了丹红的办公室。但他始终不明白，这女人丹红对那形式上的事咋那么讲究，对那称呼咋会如此在乎呢？郁静在公司里时，人人都叫她"郁姐"，她办公室的门时常都是敞开着的，想去就去，随便得如在自己家里，生意不也做得红红火火的吗？

小李想过这些，不由想到女人丹红前些时候做"直销"生意的事。那时他给她和梁超送货，是亲眼看见他们是如何做不下去的，小李因而暗自想，梁氏公司在丹红的手上，会不会像她前些时候做"直销"生意那样，毁于一旦呢？小李想到这儿，心里一紧，不由无奈地叹息了一声。

的确，在接下来的日子，梁氏公司在女人丹红手里正如小李担心的那样，正一步步地走向下坡路。

这天，女人丹红把公司里所有产品的发货价又提高了10%。当小李给下面的客户送货去时，客户们看了新的商品购货价格，都在问小李是咋一回事，小李说他也不清楚。还好客户们看在小李一贯真诚的分儿上，又想他只是个送货的，也就没再说什么，但都很不高兴。

小李回到公司后，把事情的经过给女人丹红一说，丹红埋怨道："你就不能给他们解释说物价都在涨。我说小李你是咋的，在公司里干了这么多年，这点儿随机应变的能力都没有？"

小李听了女人丹红这训斥，心里很不是滋味，脸也火辣辣的，他忙对丹红解释说："丹总，我说了，他们不信，他们说别的公司都没涨价。"

小李的话让女人丹红一下愣住了，也一时无话可说了。但她又不服气，心里也乱糟糟的。过了一阵后，她不知是在发泄心中的烦闷，还是有意把话说给小李听，于是怒气冲冲地嚷着对小李说："开公司是为了赚钱，没有利润的生意谁愿做？再说，没有利润这房租税收，还有你们这些员工的工资谁来出？另外，我们开的是公司，不是慈善机构。"

女人丹红这话说得很气愤，那样子好像是小李惹着了她，这气不朝你小李发，那朝谁发去？而小李听后，没敢再说什么，一脸尴尬地退出了丹红的办公室。在回去的路上，他心里充满了委屈和矛盾，在极其困惑中，他不由想到了不知去向的郁静，因为他想念与郁静共事的那些日子，也想知道郁静时下的情况。所以，他出了公司后，一边在大街上走着，一边给郁静打去了电话。一阵彩铃后，手机里便传来了郁静的声音："小李，打电话有事吗？"

　　小李听了郁静这亲切的声音，喉头一下就哽住了，不仅如此，心里也难过了起来。他和郁静一起共事这么多年来，两人之间远远超出了老板和员工之情，细细品来，既像推心置腹的朋友，又像情真意切的姐弟。

　　然而，就在小李竭力控制自己的情绪时，手机里又传了郁静的声音："小李，咋回事？咋不说话呢？是不是遇上啥麻烦了？"

　　小李听了郁静的追问，他才镇静下来，接着对电话那头的郁静说："郁姐，你去了哪里？咋还不来公司？你知道不，再这样下去，公司迟早会出事的。"

　　小李说过这话，又把女人丹红被梁超领进了公司，并在梁超的任命下，接替了她职位的事说了一遍。同时还说了丹红当上副总经理后所做的一切，以及公司因此遭到的损失。小李说过这些，满以为郁静听了之后，即使不暴跳如雷，也会愤怒至极的。哪知，他手机里再次传来的，郁静的声音竟是那样的淡定，淡定得叫人怀疑她是不是郁静。只听郁静平静地对他说："哦，是这样啊。不过，我正准备与梁超离婚呢。"

　　小李听了郁静这话，先是一惊，接着心就沉了下去……

第五十二章　离婚

的确，郁静从家里搬出来后，就已想好了要与梁超离婚。只是担心着女儿娇娇，才一直拖着没叫梁超去民政局办证。另外，她也有些犹豫。因为梁超当初是那么在乎自己，那么喜欢自己，她眼下离家出走了，梁超会不会回心转意呢？如果能这样，她还是可以原谅梁超的。她毕竟还要为女儿的成长着想，单亲家庭对孩子的伤害她是知道的。但是，这天当她听了小李给她打的电话，才知道自己已经被梁超彻底抛弃了，也就是说，梁超对她已恩断义绝了。于是，她痛定思痛后，毅然决定，她必须立即与梁超一刀两断。

郁静这么想后，便掏出手机给梁超打了电话，话没多说，叫梁超马上去民政局。在这电话之前，她以为梁超会死皮赖脸不答应的。哪知，梁超在电话里的回答却出乎她的意料。梁超不仅答应得爽快，还欣喜若狂，那语气好像跟解脱了似的。

"你是说去离婚？好啊，我早就盼着这一天了。"梁超说过这话，又冷笑了一声，然后接着说："有什么条件只管提，我尽量满足你。"

郁静听了梁超这话，立刻有了被藐视被唾弃，甚至是被侮辱的感觉，因而再次让她心若刀割，疼痛难忍。同时，也悔恨自己当初太轻率、太幼稚地相信了梁超的甜言蜜语和跪地指天的赌咒发誓，让自己走到了今天这一步。

那年的五月，她在梁超的追求下，也带着把梁超烫伤了的心虚，还有被梁超抱过后的心悸和羞辱，不得不与梁超确立了恋爱关系。但让她没料到的是，梁超对她的占有欲从此越来越强烈了。

那是一个月光稀疏的夜晚，整个县城闷热得如一个大蒸笼似的。吃过晚饭，郁静被梁超缠着，换了一件短袖衬衣和一条短裙，便出了门。他们来到城外的沱江边，一边在江边纳凉散步，一边欣赏着这江边幽静美妙的夜景。此时，江风习习，江水涓涓有声，月光淡淡地洒在江面上，让整个江面如嵌满了珍珠玛瑙般，波光粼粼，璀璨夺目。

梁超拥着郁静走在这江边，看着眼前这美轮美奂的夜景，或许他对郁静早有心计，又或许是郁静那婀娜的身段，在这宁静的夜中更加迷人，让一直想拥有郁静身子的梁超，再次按捺不住自己了。

郁静自从被他抱了之后，不得已答应了做他的女朋友。从此，梁超便得寸进尺地缠着郁静要做那事。但郁静每次都好言跟他说，没结婚不行。有几次，他趁郁静熟睡时，也有过不轨的企图，最终在郁静的坚决抵抗下，还是没能达到目的。但是，这天晚上，在这美妙的夜色中，郁静那曼妙的身姿，勾起了他的无尽想象，让他再也控制不住自己了。哪知，当他按捺不住自己，一把将陶醉在夜景里的郁静抱在怀里，对郁静正准备强行时，郁静竟从他怀里挣脱了出来。郁静本想顺势给他一耳光的，但一想到自己失手烫伤了梁超的事，她又把举起的巴掌放了下来。但就在她撇下梁超，准备折身离去时，梁超竟扑通一声跪在了她面前，先向她求情认了错，接着又说这都是因为太爱她，同时，还转过身去，头顶星空，面朝江水对天发了誓："……我梁超今夜在此对天发誓，今生我如做了对不住心爱的女人郁静的事，愿遭雷劈，也愿被这江水淹死……"

眼下郁静听了梁超在电话里那无情无义的话，不由想到了梁超曾头顶星空面朝江水对她发的那誓，心里真是五味杂陈。她没想到梁超会变得这么快，也没想到梁超会这么狠心。她由此暗想，梁超这么做，难道就不怕他曾发的那誓灵验吗？而事到如今，她也顾不了这些了。所以，她给梁超打过电话后，也把自己简单收拾了一下，就匆匆朝县民政局而去。

县民政局在县城的南门，离郁静现在的住处就半个小时的路程。况且，几年前她同梁超去办过结婚证。让她感到吃惊的是，当她一门心思地赶过去时，梁超已等在那里了。

的确，梁超这天接过郁静的电话，就毫不犹豫地赶了过去。原来，郁静给梁超打电话时，女人丹红就在梁超的身边。丹红听了梁超手机里的来电声，先警觉地看了梁超一眼，接着就将梁超手里的手机抢了过去，见是郁静的电话号码，便随即摁了免提，同时竖起了耳朵，屏住了呼吸，想从这通电话里，听出什么所以然来。后来，当她听见是郁静叫梁超去离婚，兴奋得眉开眼笑，还不住地给梁超使眼色，叫梁超快答应。

梁超看了女人丹红那眼神，心领神会，于是毫不犹豫地答应了郁静。为了在女人丹红面前表现他对她的真心，又在电话里对郁静说了那些无情的话。

女人丹红听了梁超对郁静说了那无情的话后，更是欣喜若狂。她先抱着梁超叫了一声"乖乖"，接着又在梁超的脸上狠狠咬了一口，才对梁超说："超，收拾一下，我送你过去。"

梁超听了女人丹红这话，心里不由"咯噔"了一下。因为他怕丹红去了之后，两个女人间说不定会发生啥意想不到的事，为了稳妥起见，他因此对丹红说："乖乖，你就在屋里等我的好消息，你去了会很尴尬的，万一她对你……"

梁超没把话说完就住了嘴，眼睛却下意识地注视着女人丹红。而丹红听了梁超这没说完的话，刚才还兴奋不已的心一下就冷了，同时，曾经的担心也随即出现在她脑海里。老实说，她也怕与郁静面对面，自己毕竟是第三者，郁静真要是与自己较上了劲，不光彩的是自己，吃亏的也是自己。但是，当她一想到梁超独自去见了郁静后，会不会心软，又藕断丝连与郁静重归于好，心里的紧张不亚于与郁静面对面的胆怯。因此，她不由冲梁超愤愤地问："我问你，你是不是怕我去了坏了你们的好事，又不想离了？"

梁超被女人丹红这么一问，犹如哑巴般，有话也一时说不出口了。他只好一脸难堪地上了车，又故作啥事也没地坐在了女人丹红的身边，如几年前与郁静去办结婚证一样去了县民政局。

几年前他与郁静去民政局登记，不是坐车去的，而是手牵着手一路走过去的。那样子既温馨又甜蜜。不仅如此，他当时的心里也好像有一把火，这火不仅烧着他的心，也烤着他的身子。当然，这"火"是他见过郁静后，随之漫延开来的。特别是他抱过郁静，郁静的身子给他的体感，以及郁静身上那好闻的女人气息，这犹如在他心里漫延的"火"上浇了油，不仅让他浑身燥热难当，也让他不顾一切。然而，无论他是甜言蜜语指天发誓，还是意图对郁静乘虚而入强攻硬取，都被郁静严厉拒绝了，有几次还被郁静扇了耳光。所以，他不得不回过头来，走男婚女嫁这唯一的途径。但当时的他，也没想到与郁静会有离婚的这一天。

梁超这天被女人丹红送到县民政局后，却不见郁静的身影，就在他四下寻找时，丹红已将车停在了离县民政局不远处的树荫下，这里既不会被郁静发现，也能监视到梁超和郁静的一举一动。丹红看见郁静到了后，就和梁超一前一后地进了县民政局那铁栅栏门。但不一会儿，她又看见梁超和郁静从那铁栅栏门走了出来，还一边走着，一边说着什么。女人丹红见后，心里既紧张又气愤。要不是怕去了郁静给她难堪，她定会冲过去听梁超和郁静在说什么。因而，等郁静一离开梁超，她就把车朝梁超开了过去，梁超刚上车，她就迫不及待地冲梁超问："离了？"

而此时的梁超，正为离婚的事走神哩。他尽管听清了女人丹红的问话，却没感觉出丹红这问话的意思，所以，他既平静又不以为然地回答她说："没有。"

女人丹红一听梁超这回答，一下就暴跳了起来，她不仅把车停了下来，脸也难看得能拧出水，还没等梁超回过神来，又冲梁超问："没离？没离来这里干什么啊！是她不想离还是你舍不得？"

梁超听了女人丹红这火冒三丈的话后，才清醒了过来。他扭头看了女人丹红那既愤怒又冷若冰霜的脸，忙解释说："都不是，我忘了带户口本。"

女人丹红听了梁超这解释，脸上的表情才缓和了一些。不过，她对梁超的解释也半信半疑，因此，她又瞪着眼睛冲梁超疑惑地问："真的？你们从里面出来时，还挺亲热的嘛，一边走，还一边说个不停……"

梁超听了女人丹红这话，知道丹红又抱醋坛子了，他于是又对女人丹红解释说："我还骗你干啥？她知道户口本在我妈那里，叫我拿到户口本后给她打电话。"

女人丹红是听了梁超这最后的解释没再问什么。她只对梁超埋怨地说了一句："真是，户口本都没带上，还去离婚。"

女人丹红说过这话，生着气又狠踩了一脚油门，轿车也同先前来时一样，在车流里时快时慢地朝回开去。不一会儿，轿车便驶进了梁超家所在的"贵人苑"小区。

原来，郁静几天前的离家出走，被女人丹红知道后，两人一拍即合，梁超便把女人丹红领回了家住。没过几天，梁超又在丹红的"软硬兼施"下，背着他母亲，将丹红弄进了梁氏公司的办公室，接替了郁静的职位。梁超的母亲知道后因而很生气，当着女人丹红的面，她嘴上虽没说什么，心里却暗自气愤不已。再加上丹红去办公室接替了郁静副总经理的职位后，自以为与梁超结婚，成为老梁家女主人的事已板上钉钉，无论在公司，还是在梁超的家里，也不管有没有梁超的母亲在场，她都目中无人不可一世。更让梁超的母亲难以容忍的是，丹红不仅不像郁静那样早晚下厨做饭，她每天早晨做好了，还得去请。因此，梁超的母亲一天二十四小时都把气愤挂在脸上，有时还含沙射影地骂几句，故意要让丹红好自为之。

当然，女人丹红也并不傻，她也知道出门看天进门看脸，梁超母亲对她的不满她也心知肚明，她怕与梁超的母亲相处久了，还没与梁超正式结婚，就被梁超的母亲扫地出门，因而找着各种理由说服梁超不能与他母亲住在一起："超，与你母亲住在一起，我想在你身上撒个娇都不行。还有，你让我舒服了，我想痛痛快快地叫一阵又不能。超，你没感觉到吗？你妈好像不喜欢我们在一起……"

梁超当时是听了女人丹红这既煽情又实在的话，不得不答应同丹红一起，重回她原来那住处的。但眼下为了从梁超母亲的手中拿到梁超家的户口本，也为了梁超尽快离婚，她也好与梁超尽快结婚，成为老梁家的女主人，她不得不再次去梁超家了。

当然，女人丹红并非是那种没见过世面的人，她除了知道如何去讨别人的欢心，也知道如何投其所好达到自己的目的。她通过与梁超母亲的几天相处，也知道了梁超母亲的"软肋"在哪里，所以，在去梁超家的半道上，她叫梁超去买了梁超母亲最喜欢吃的鱼和虾，进屋还亲自下了厨，等梁超母亲去幼儿园把梁超的女儿娇娇接回来后，鱼虾已全弄上了桌，她还在厨房里做梁超母亲最喜欢吃的韭黄蛋花汤。当她听见了梁超母亲的脚步声，她就在厨房里喊："阿姨回来啦，先吃着，韭黄蛋花汤马上就好……"

女人丹红这招真灵，梁超的母亲回家后闻到满屋子的香味，好奇之余，也不由有了食欲。当然，此时的她也没去多想是谁在做这么香的东西，只管朝饭厅和厨房走去，但当她来到饭厅，看到满桌好吃的鱼和虾，就如三岁娃娃一样，肚里的馋虫都快爬出来了。哪知，就在她想到厨房去看过究竟时，厨房里传来了丹红的喊声，她于是返了回去，正准备避开去<u>自己</u>的房间时，儿子梁超从厨房里走了出来，并叫住了她："妈，您先品品丹红的手艺，看有没有郁静做的好吃。"

梁超的母亲被自己儿子这么一叫，不知咋的，心中的不快好像一下全没了，不仅没走，还冲儿子梁超嘀咕了一句："你还晓得回来，魂没被勾走？"

278

梁超一听他母亲这话，竟不好意思起来，他挠着头皮一脸窘色地说："妈，您咋这样说呢？您不是……"

但梁超刚把话说到这儿，女人丹红就端着韭黄蛋花汤从厨房里出来了，样子既夸张又小心翼翼，梁超一见，忙把后面的话吞进了肚里。便改口对母亲说："妈，丹红今天做的，全是您爱吃的，您看这鱼，这虾，还有这韭黄蛋花汤，哪一样不是您喜欢的？丹红给我说了，只要您高兴，她天天都给您做……"

梁超在说这话时很煽情，无论是脸上的表情还是说话的声音，都让人觉得在演戏。当然，精明透顶的张淑琴，不用看儿子和女人丹红脸上的表情，只凭儿子和丹红对她的这份热情，就知道儿子和丹红对她一定有啥目的。于是，前些日子那算命的老女人曾给她的提醒，一下子让她警惕了起来，同时，一直提防着丹红的那根神经也绷紧了。

的确，就在这天的饭到中途，她看见女人丹红给她的儿子使了个眼色后，又给她说了声"阿姨，你慢吃"，便走了出去。梁超当时也心领神会，等丹红去了客厅，就平静而慎重地对她说："妈，我和郁静今天去离婚了。"

梁超在说这话时很认真，也有些胆怯。他嘴上尽管这么说着，却不敢抬眼看他母亲。他母亲听了他这话，先一愣，然后才冷冰冰地对他问："离了？"

梁超听了他母亲这问，这才抬起头来看着他母亲说："没有，要户口本。"

梁超说过这话，又停了停，他见母亲一直不吱声，那样子好像根本没听见似的。于是又怯懦懦地对他母亲求着说："妈，我家的户口本在您这里吧，明天给我，我老这么拖着也不是一回事，离的离不了，结的结不成。再说，丹红也不想这样，要是……"

梁超的母亲听自己的儿子又提到了女人丹红，心里再次明白了儿子此时所说的一切都是丹红的主意，她因此打断儿子的话说："老子告诉你兔崽子，咱家没有户口本，有也没在我这里，即使在我这里也不会给你！"

梁超母亲的这话说得很坚决，也很气愤，样子更愤然得吓人。梁超见了，不知是失望还是过于恐惧，顿时就呆在那里了。

第五十三章　心心相印

郁静这天与梁超没离成婚，也一脸沮丧地回到了自己的出租屋。那天晚上，当她亲眼见了老穆为了她，在步行街露宿街头的情景后，第二天便租了这屋子。这出租屋虽然不大，但足以让她安身，当然，也能让她的心得到丝丝的安宁。

那晚，她见过老穆为了自己露宿街头的模样，不仅吃惊，也被老穆的真诚和对她的呵护强烈感染着。同时，这也如一把钥匙，再一次开启着她心中那把情爱之锁。

老实说，在她住院的那些日子，老穆对她如亲妹妹、亲闺女般的陪护和关爱，她心里不仅暖暖的，也有了不是亲人胜似亲人，不是恋人胜似恋人的感觉。当她女儿失踪后，在她最无助最痛苦时，毫无血缘关系的老穆，竟比女儿的亲生父亲梁超还心急如焚，并想着法子到处寻找。女儿找到后，老穆又给了她母女俩家的温暖和无微不至的关怀。当然，让她心乱并有了托付终身之情的，是她回公司上班后，老穆为了她的安全，每晚租上三轮车去接她，以及她每次受了伤害和委屈，老穆总会出现在她面前，给她以安慰和呵护。所以，她这晚见了老穆为了自己露宿街头的情景，她情感的闸门便轰然向老穆敞开了。

"哥，回去吧，回去我们住在一起。这时没人会看见我们的。要不，我先回去，看看房东睡了没，然后我把门给你虚掩着，那门没有声响，开门关门都不会惊醒房东的，万一，大不了……"

郁静当时说得很急切也很天真，根本没考虑这话说出口会是啥后果，老穆听后的确也为此一惊，但他还是不动声色地对郁静说："看你这傻女子，说些啥话，别人听了会笑你的。"

哪知郁静仍倔着性子说："笑也不怕，我小的时候，每晚不也是你搂着我睡的觉吗？"

郁静这话，让老穆不知咋说了，老穆只好说："你知道不，你不再是小女孩了，你长大了，并是有孩子的妈妈了。再说……"

老穆说到这里，一下住了嘴，因为他想说，你现在是个成熟的女人，不仅漂亮，身材又那么好，同住一屋，万一发生什么，我老穆还算是人？

而郁静听了老穆这没说完的话，也像意识到了什么，她因此没再与老穆争执，但她却对老穆说："要不这样，你把三轮车骑回去，你在门外睡，我在门里。这样里外都有个照应，也不怕别人说三道四。"

郁静说过这话，静静地看着老穆。而老穆被郁静这么一说，不觉有些为难了。不过，郁静的话也有道理，他每晚虽然在这步行街过夜，心里想着的，依然是出租屋里的郁静，想她睡着没，想有没有不怀好意的人去撬出租屋的门。还有，郁静听到有啥响动会不会害怕，会不会像小时候那样，夜猫子的叫声也会吓得她蜷缩在被窝里直哭泣……

老穆是想了这些后答应郁静回出租屋的。郁静一听老穆答应了自己，一高兴便急忙跳上了老穆的三轮车，老穆也心领神会地上了自己熟悉的"驾驶室"，然后一声"坐好了"，三轮车便在亮如白昼的路灯下，慢悠悠地驶回了自己的出租屋。

这晚，老穆和郁静都经历了一个不眠之夜，一个在门外，一个在门里，但两个人一开始都想到了同一件事，假如他俩此时真的睡在一起了，此时又会咋样呢？还会这么静静地躺着无动于衷吗？

郁静想到这事时，不由害臊后悔了起来。她没想到自己当时咋会那么冲动，不计后果地说出那么蠢的话来。自从梁超对她不冷不热，后又被梁超抛弃，她对"感情"二字好像有了重新的认识，同时，她也明白了自己所需要的该是什么样的感情。于是，老穆以父亲般、长兄般的身份走进她的心里，并进入她的生活时，她便享受着老穆父亲般的爱，长兄般的呵护。但时间一长，她又觉得老穆在她心里，不应该仅仅如此，她有时甚至想，她和老穆毕竟没有血缘关系，那爱也好，呵护也罢，与父女爱、兄妹情没有实质上的意义。这也许才是她这晚"酒后吐真言"的真正原因。

而这晚的老穆躺在出租屋外的三轮上，再没像躺在步行街那路灯下的三轮车上那么踏实，那么快入睡，因为他脑子里也在想着出租屋内的郁静，想她从小到大的模样，想她失去双亲的不幸，想她嫁给梁超后所吃的苦，也想她这晚对自己说的那些话。当然，他也控制不住自己要去想郁静的漂亮，同时还要去想郁静此时躺在屋里床上那熟睡的样子。他记得，郁静睡着了那模样很逗人爱，也会让人情不自禁。郁静在很小的时候，他就亲过熟睡中的郁静的额头。另外，近段时间，他与郁静相处多了，郁静也以另一种身份走进了他的心里。他喜欢郁静的清纯善良，也喜欢看郁静那婀娜的身段和水灵灵的大眼睛，更喜欢郁静如亲妹妹那样黏着自己。每当夜深人静时，他就会不由自主地思念起郁静来，不仅如此，一种情感一种欲望也不由在他心里和体内翻滚。庆幸的是，他一次次把持住了自己。

老穆这晚躺在三轮车上，也暗自庆幸，要不然不知自己这晚会做出啥糊涂事。所以，在第二天早晨，当思索了一夜的郁静，给老穆说她这天要出去找出租屋时，老穆不但没阻挡，还说同她一块去。

老穆这天又没去上班。早饭后，他骑上三轮车，车上坐着郁静，便去为郁静找出租屋了。开始，他是想在自己出租屋的附近，给郁静找一间屋子的。这样他对郁静也好有个照应。是呀，一个孤身女人在外，总有很多不便的事。但老穆载着郁静在他出租屋的附近转了一上午，也没找到一间合适的屋子，不是没有，就是那环境令人担心。最后找的那家，不知郁静是因找了一上午都没找着而心切，还是怕耽误老穆的工作。老板报了一个价，郁静就答应了，而老穆却说不行。郁静当时不明白老穆是怎么一回事，这间屋子不仅比之前所找的都好，房租也比之前所有的都低。事后，郁静不解地对老穆问："哥，你咋不同意租那屋子呢？屋子既不错，房租又便宜。"

老穆听了郁静这问，他看了看郁静说："傻女子，你没想想他为什么会把屋子那么便宜租给你？"

郁静被老穆这么一问，先摇了摇头，接着又一脸迷惑地望着老穆。老穆见了郁静那迷惑的样子接着又对郁静说："我们去时，他问我们是一个人住还是两个人，接着又问我们谁住那里。你当时说你住那里，对不对？"

老穆说到这里，下意识地停了停，郁静仍一脸的迷惑，她回答老穆说："对啊，我是这么说的。"

老穆看着郁静那一头雾水的样子，便语重心长地对郁静说："傻女子，你咋不多长一个心眼，你没发觉他那双眼睛？"

郁静一听老穆这话，好像一下明白了什么，脸不由唰地红了。

原来，这房东年龄不到四十，由于好逸恶劳，酗酒成性，因而一直单身，前些年也有不明真相的女子租过他这屋子，有的不仅被他占了便宜，还差点与他成亲。这天他见郁静年轻又漂亮，不由动了心思，他以为以低价的房租能套住郁静，没想到被老穆一眼看穿，老穆只给他说了我们回去再想想，拉着郁静就走了。

其实，老穆这天是看了那人看郁静时那贪婪的眼神，而警惕起来的。郁静这天跨进那屋子时，那人就紧跟在郁静的身后，他那贪婪的眼睛也火辣辣地盯在郁静的腰肢和屁股上，郁静当时虽然没察觉，老穆却看得很清楚，因而才没让郁静掉入陷阱。

郁静这天听了老穆这解释，更加感激老穆了。她一阵脸红后，又抬头对老穆说："哥，谢谢你，我当时还暗自高兴，没想到……"

郁静把话说到这，又住了嘴，也一脸的羞涩。老穆见后，忙安慰说："没啥，小静。吃一堑长一智。没吃过亏，哪来经验呢？"

老穆说过这话，又对郁静说了一句"坐好"，便重又蹬动起了三轮车，一边蹬，嘴上还一边对身后的郁静说："走，继续找去。"

时间已近中午。这天的太阳不算火辣，却也有几分燥热。但街道上依然车水马龙，人流如织。街边的百货店、家电城等尽管有几分冷清，但或因天气燥热，那一家家发型屋和理发店却热闹非凡，不仅如此，那等着做头的还排起了队。

郁静这天坐在老穆的三轮车上，一边打量着她想找的出租屋，一边观赏着热闹的街景。后来，当她看到那一家家热闹无比的发型屋和理发店时，心里一激动，便对老穆说："哥，我想给你说件事。"

老穆当时骑着三轮车正在一段下坡的街道上"嗖嗖"地滑行着，所以，没用力气的他，呼吸也平静，郁静在他身后说的话，他当然听得一清二楚，因而，他双目一边注视着前方，一边不惊不诧地回答郁静说："啥事，说，咋这么神神秘秘的？"

郁静听了老穆的回答，不知咋的又犹豫了，好一阵也没把想说的话说出口。老穆骑在三轮车上把那段下坡路走完了，还没听见郁静的声音，不知郁静是睡着了，还是出了啥事，他忙把三轮车"嘎吱"一声刹到了街边，然后回过头看了看郁静，才问："小静，想说啥事，咋又不说了呢？"

郁静被老穆再这么问后，才不得不给老穆说："哥，我想重开发型屋，你看见没，那一个个发型屋的生意简直火爆得让人羡慕。"

老穆听了郁静这话，心一下沉了下去，他犹豫了一阵才对郁静说："小静，你想重开发型屋也不是什么坏事，只是你婆婆和梁超会答应吗？当初他们不是一直不高兴你开发型屋吗？"

郁静听了老穆这沉重的话，心里不由有些酸酸的，但她却对老穆说："我想做啥，是我自己的事，况且，我和梁超迟早是要离婚的……"

郁静说过这话，眼睛不由红了，也一脸的阴郁。老穆看了郁静这模样，心里也不好受，他没想到郁静这么好的女孩，会落到如此地步。不过，他还是安慰郁静说："不要说傻话，梁超如果回心转意了，就算了，你们毕竟还有女儿娇娇哩。"

郁静听老穆一提女儿娇娇，泪水"唰"地又涌了出来。因为她有好些天没见自己的女儿娇娇了，也不知女儿娇娇现在是啥样子。她出走那天，女儿在身后一个劲地喊妈妈，要不是梁超，女儿娇娇眼下一定会和她在一起的。郁静一阵难过后，又对老穆说："哥，我和梁超离婚是肯定的了，他即使不离，我也要离，我不想与那披着人皮的畜生再生活下去了，我什么都不怕，就是受不了见不着我的女儿。"

郁静说到这儿，泪水再次涌了出来，并"呜呜"哽咽了起来，老穆一见，忙安慰郁静说："没事，等你安顿下来了，就把娇娇接过来，上学放学我用三轮车接送她。"

老穆在说这话时，郁静静静地望着老穆，眼里也闪动着兴奋的泪花，老穆说过这话后，郁静又接着说："所以，我要尽快找事做，要不，我和娇娇往后咋生活？但我除了能开发型屋，其他的都不会，我也就只能做这事了。"

老穆听了郁静这话，觉得郁静说得也很有道理，他于是对郁静："小静，你说得在理，人生就该这样，一切靠自己。不过，你真想开发型屋，我觉得有个地方很不错，要不我带你过去看看？"

郁静听了老穆这话，心里不仅高兴，也很急迫，她问老穆那地方在哪里，老穆只给她说去了你就知道了，然后又对郁静说了句"坐好了"，三轮车便"嗖嗖"地朝那地方疾驶而去。

第五十四章　心机

转眼间，女人丹红被梁超任命接替了郁静的职位已近半年了。因而，她在梁氏公司里便成了顶头上司。梁超的母亲张淑琴尽管死拽着老梁家的财政大权不放，但她对公司里的事却一窍不通。再加上梁超因贪恋女人丹红那每晚都撒了香水的身子，故而一切都听她的。这让丹红既出尽了风头，也满足了她的虚荣心。走哪里不仅有人叫她"丹总"，身边也少不了一些阿谀奉承的人，那样子，比梁超更像老总，更具有魅力。

然而，她也有烦心事，那就是她和梁超间的事。这么久来，她和梁超同吃同住，不是夫妻胜似夫妻，公司里的事她也挑了大头，但她就是得不到一个合理的名分。不管她怎么做，在公司里也只是个打工仔而已。在名分上，自己依然是个第三者，说穿了，不管她怎么做，自己也只是梁超的一个玩物而已。但她想不明白的是，她和梁超的那一纸结婚证咋就这么难办呢？梁超和他前面那个女人郁静，又咋迟迟离不了呢？如此下去，她在老梁家还能有一席之地？自己的下场又如何呢？

女人丹红想了如此种种后，再也按捺不住自己了。眼看着时间一天天过去了，自己的身子虽然还是那个样，心却疲惫了。她不想再在面对梁超的母亲时，始终要把笑挂在脸上，还要做出一副很孝顺很通事理的样子。

几个月前，当郁静打电话叫梁超去离婚时，她听了之后，真的好高兴，当时她就想，梁超只要一离婚，她就能与梁超结婚了，一旦结了婚，她的期盼和目的也就能实现了。但是，事与愿违，谁知梁超迟迟离不了呢？

开始，她一直以为梁超想脚踩两只船，故意找借口不离。但这天当他偷听了梁超和他母亲的谈话后，才知道这一切都是梁超的母亲在从中搞鬼作祟。让她感到吃惊的是，梁超的母亲竟还藏着这么一计。

这天的头晚，女人丹红为了让梁超尽快离婚，她有意将自己奇思妙想地

285

"摆弄"了一番，给了梁超一个全新的视觉体验。不仅妖媚，还搔首弄姿地摆了一个调情的 POSE。梁超见后，哪经得住这样的诱惑，便一个饿狗抢食扑了上去，哪知丹红一滚身让到了一边去，梁超因而扑了一个空。此时的梁超以为女人丹红在与他调情，不由更来了劲。但他与丹红"斗智斗勇"斗了好一阵，丹红尽管被他按在了身下，但却不住扭动着身子，让他还是没达到目的。不仅如此，丹红还在挣扎中似笑非笑地冲他说："你想是吧？但我却没这心思。我问你，你考虑过我的感受没？我这么不明不白地跟着你，你知道别人在背后怎么说我，公司里的人又怎么看我，你知道不，他们看我的那眼神，像刀子似的……"

女人丹红说到这儿，竟停下了扭动着的身子，委屈地哭了起来，虽然没有眼泪，那哭声却很感人。

梁超是按捺着一腔欲火，又看见女人丹红如此受委屈的情况下，决定第二天再去找他母亲张淑琴的。他就不信他母亲是铁石心肠，会置他的痛苦而不顾。

这天，梁超和女人丹红大包小包地给他母亲买了东西，有营养品，有冬天穿的羽绒服，夏天穿的棉衬衣。不仅如此，还给他母亲买了想了一辈子的翡翠镯子。

梁超的父亲还在时，梁超的母亲就常念叨她这辈子不值，虽然嫁给了梁超的父亲这有钱的男人，却没沾到一点儿荣华富贵的气。结婚时没有戒指，老来没有镯子，几个老女人每逢遇在一起，有的亮手指上的戒指，有的亮手腕上的镯子，只有她不敢吭声，因为她什么也没有。她曾经想自己去买这些的，但又怕别人问她是谁送给的，到时答不出来，觉得更没面子。所以，她便慢慢放平了心态，很少再去想那戒指镯子的事。而眼下当女人丹红将包里的翡翠镯子往她眼前一递，她一下就愣了，嘴上还"这、这"地支吾了好一阵，却没说出一句话来。

梁超一见母亲这样，知道母亲这是又惊又喜，他忙跨上去对母亲说："妈，这是丹红孝敬你的。"

梁超的母亲张淑琴一听，又是一惊，她看着眼前这晶莹剔透的镯子，真想接过来戴在手腕上，下午去公园散步时，也在那群老女人面前炫耀炫耀自己，但当她想到该给这群老女人炫耀这镯子是谁送给她时，不由又为难了。

是呀，她给这群老女人炫耀是女人丹红送给她的吧，又不知该说丹红是儿媳，还是说是儿子的未婚妻。其实，很多事不想则罢，一想不仅有很多麻烦，也叫人开不了口。

是的，儿子和郁静闹离婚的事，她像捂泡菜坛的盖子一样捂得严严的，她不是怕别人知道，而是怕闹得满城风雨又没离。当然，这离与不离，还得看女人丹红的造化哩，更确切地说，看丹红那肚子争不争气，能不能给她生孙子。

梁超的母亲张淑琴想过这些后，便一下想到女人丹红送她这镯子的用意。于是，她突然感觉丹红递到她眼前的这镯子就不再是翡翠镯子，而是一块烫手的山芋了。她因此一下镇静了下来，对女人丹红手里那绿莹莹的镯子不再眼馋心动了，于是她冷静地对丹红说："我老都老了，还戴啥镯子，戴出去别人也会笑掉大牙的。还是你自己留着戴吧。"

梁超的母亲张淑琴说过这话，又狠狠刨了一眼儿子梁超，心里暗自骂道："你这兔崽子，合伙外人来哄你老娘开心。"

梁超见母亲用目光刨了自己，知道母亲刨自己的意思。但看着身边捧着镯子下不了台的女人丹红，心里也很难为情，他于是对他母亲说："妈，你老啥，还年轻着哩。再说，你看公园里那些老太太们，有谁没戴镯子项链的，要不，别人还真以为咱家穷得舀水不上锅了哩。"

梁超的母亲被自己儿子这么一说，便有些进退两难了。收下女人丹红手里这镯子吧，接下来儿子梁超在丹红的怂恿下，一定又要给她说户口本的事。不收下这镯子，自己也太没人情味。再说，不管这女人出于什么目的，她也与自己的儿子同居了这么久，不看僧面看佛面也要给她留点情。所以，她思索再三，才对女人丹红说："这样吧，我人老记忆差，怕把这宝贝给弄丢了，戴在手腕上也怕不小心给摔碎了，还是你帮我保管着，选个好日子再戴上。"

梁超母亲的这话，让当时的气氛一下缓和了下来。女人丹红虽然下了台阶，心里却明了得很，为了不再尴尬，她便收起了那镯子，佯装啥事也没有地走了出去。

梁超等女人丹红一出去，就靠近母亲张淑琴说："妈，您咋会这样呢？别人一番好意，你却不领情。"

母亲张淑琴被儿子这么一责备，不由又来气了，她因而对儿子梁超说：

"是不是好意老娘心里清楚，你以为我老糊涂了，黄鼠狼给鸡拜年……"

梁超一听母亲这话，知道是这么一回事，但他还是佯作生气地说："妈，你把别人咋老往坏处想呢？真是把好心当成了驴肝肺。"

但是，让梁超万万没想到的是，他这话不知不觉又刺痛了他母亲的心，他母亲因此顿时把脸拉了下来，说话的声音也抬高了："你说老娘是驴肝肺，那我问你，这事是不是你们商量着干的？你们心里是怎么想的我还不知道？是不是想要那户口本的事？"

梁超母亲的这几个问题，问得梁超一下就低下了头，也不好直接说"是"，还是说"不是"，因为他也是老鼠钻风箱两头受气。女人丹红隔三岔五地催他离婚、结婚，并也一次次让他尝到了欲火焚身，却不让他接近的滋味。而母亲又死死拽着那户口本不给，每次还要被母亲数落几句。母亲眼下已把话说到这上面来了，他也只好明说了："妈，是这样的，我们是想要那户口本，因为有了那户口本，我和郁静才能离婚，我和丹红也才能结婚。妈，我和郁静都这样了，你为啥还要把我和她拴在一起呢？再说，你之前不也是不喜欢她吗？"

张淑琴听了自己儿子这话，她没想到儿子竟有这样的想法。的确，她拽着户口本不给的用意她没给儿子说，但她都是为了老梁家，她既怕老梁家后继无人，更怕老梁家到头来鸡飞蛋打一场空，整个家业全落在了外人手上。她因此对儿子梁超说："兔崽子，老娘告诉你，不是我硬要把你和郁静拴在一起，我是怕咱老梁家吃亏，到时后悔都来不及。"

梁超此时听了自己母亲这话，心里也有了太多的怨愤，这些日子来，他总有上不沾天下不着地的感觉，每晚同女人丹红睡在一起，就怕她提户口本的事。有几次，刚上床时，他和女人丹红既亲热又有兴致，但当女人丹红一开口说户口本，心里一下就紧张了起来，先前那蠢蠢欲动的欲望也没了。是个男人都知道，那突然而失的兴致和欲望，将给自己的身子带来多大的伤害，又会给自己心里留下何种阴影。他因此对母亲说："妈，您只知道老梁家老梁家，您就不想想我的感受，想想我如何面对即将发生的事。"

梁超这话不知是有心还是无意，但它着实让母亲张淑琴大吃一惊，她于是焦急地对儿子梁超问："小超，会面对啥事，说给妈听听。"

梁超被母亲张淑琴这么一问，不得不将那晚女人丹红给他说的事，说给了他母亲张淑琴听。那天晚上，女人丹红或许早打定了主意，上床后先发制人地将梁超折腾了一阵，当梁超瘫软如泥地躺在床上一动不动时，她才把梁超如奶娃一样搂在胸前，嗲着声音对他说："超，我们老这样结不了婚，要是有了孩子咋办，我才不想背那坏女人的臭名。还有，没有结婚证，我们的孩子咋上户口呢？"

所以，此时的梁超想过女人丹红这话，也忧心忡忡地对母亲说："妈，我和丹红老这样下去，又没去登记，要是有了孩子咋办？"

梁超说过这话，满以为他母亲不为他这儿子着想，也会为老梁家着想的，从而拿出户口本来，并叫他拿着户口本赶快去找郁静离婚，又叫女人丹红立即去登记。哪知，他母亲的话却让他大失所望，同时也让他哭笑不得。他母亲当时一脸兴奋地对他说："有了孩子就给我生，我正盼着当奶奶哩。"

梁超一听他母亲这话，一下就急了，忙喊着他母亲说："妈，结婚证都没办，咋敢生孩子呀，生了孩子不仅要罚款，还没户口。"

梁超在说这话时很激动，声音不仅抬得老高，也急得跳着双脚。他同先前一样，以为这能吓着他母亲，从而拿户口本，没想到他母亲却精神百倍，呵呵一笑说："呵呵，罚款没事，老梁家有的是钱，没有户口也没啥，只要有钱啥事都能办成。"

梁超听了他母亲这话，彻底失望了。他知道他母亲无论如何也不会将那户口本拿给他了，他因而感到有些力不从心，同时也垂头丧气。然而，就在他转身要离开他母亲时，他母亲又叫住他说："小子，老娘告诉你，你和她真让我抱上了孙子，我立马就把户口本给你……"

第五十五章　发型屋风波

老穆这天蹬着三轮车带郁静去的那地方，虽不是什么车水马龙的风水宝地，倒也算是县城最繁华的地段，更能让郁静在此一展身手。这就是他之前在这里露宿过的县城的步行街。

老穆这天一听郁静准备重开发型屋，脑子里就不停地思考着郁静这发型屋开在哪里更适宜。他思来想去，最终想到了县城的步行街。前些日子，他吃过晚饭到这里来露宿时，就看见这里人来人往，那一家家店铺的生意也很兴隆，那酒吧和烧烤店的生意更是火爆，多少时候，食客们还排着队哩。老穆当时就想，要是在这里开个什么店，生意也一定不错。因为城里人都喜欢这步行街，这儿既没有震耳欲聋的嘈杂，也没有车来车往的不安全，更主要的是，这里的慢节奏，更能让人放松心情。

老穆这天载着郁静来到县城的步行街外，便把车停了下来，等郁静下了车后，才与郁静朝步行街里走了进去。而时间已是这天的半晌午，这虽不是一天中最热闹的时间，但这里依然熙熙攘攘人头攒动，每家店铺里的顾客也络绎不绝。郁静见后，也控制不住兴奋，忙抢上几步，一边与老穆并排走着，一边对老穆说："哥，这里真是一个做生意的好地方。"

老穆听后，呵呵一笑说："呵呵，你以为我白吃了几十年的白干饭呀，我看的地方还能有错？"

郁静听了老穆这话，不由白了老穆一眼，本想说句什么的，但又不知咋说更合适，她因而又把话咽了回去，同先前那样，与老穆并排走着，眼睛也不住地冲街道两边的店铺东张西望。当他们来到这街的西头时，郁静惊喜地喊着老穆说："哥，你快看！"

此时的老穆正将目光集中在街道左边那一间间商铺上，主要看这些店铺有没有要出租的，要转让的。哪知正在他全神贯注时，郁静的喊声让他不由一惊，当他回过神来才顺着郁静手指的方向看了过去，他这时才看见，在街右边那一排店铺中，有一间店铺正关着，店铺的卷帘门上，还贴着一张写有"门面出租"字样的大红纸。老穆看清后，心里一高兴，便领着郁静跑了过去。

原来，这店铺之前是对小夫妻在经营着小吃店。这店铺的隔壁是家茶馆，茶馆里纸牌、麻将样样都有。虽说不上是赌场，但也有人在这里输了不少。开小吃店的这对小夫妻便是一个例子。

这对小夫妻刚来时，也很本分，成天守着生意，客人们来了总是笑脸相迎。但时间一长，又在隔壁茶馆老板的一次次热情"邀请"下，便成了这茶馆的常客，不仅如此，还痴迷其中，每天从早晨一直"战斗"到深夜，自己店里的生意不做，来了顾客也不理，久而久之，就没有顾客来光顾他们的小吃店了。到最后，这小两口在这步行街不但没赚到钱，还把本钱亏了个精光，租房时间还没到，就收拾东西，灰溜溜地回了老家。

郁静同老穆这天去找到房东，便把这门面租了下来。为此，郁静很高兴，因为她又可以过那自由自在，一切自己说了算的日子了。再有，她以前那些理发工具还能用，只要拿出来打磨、清洗、上油后，就可轻装上阵大显身手，所以，开业时也省了不少钱。

开业前，郁静先把店铺的里里外外全打扫清洗过。这门面之前由于是开小吃店的，因而无论是墙上，还是门窗上也全是油渍，清洗起来不仅费劲也费时间。还好的是，老穆每天下班后，也来帮着清理。清理后又装修，一个星期后，总算开业了。

开业这天，没有亲朋好友来捧场，也没有鞭炮炸响的震耳欲聋，郁静只在门外立了一个"本店开业，免费体验"的招牌，来做头的顾客就排起了长队。

这天的郁静虽然没挣到一分钱，甚至还倒贴了所有的费用，一天下来也累得腰酸背痛，她却很开心，她对来帮她打扫卫生的老穆说："哥，这里的生意一定好做，你没看到今天那阵势。"

老穆看着她乐呵呵的样子，打趣着对她说："一分钱没挣不说，还倒贴本，没想到你竟这样开心，真有你的。"

郁静听了老穆这话，诡秘一笑，然后冲老穆调皮说："你就不懂了吧，这是生意经……"

老穆听了郁静这话，也笑着说："呵呵，你那点小把戏还骗得了我，不过也行，虽然没挣到钱，却做了不用钱的广告，更主要的是，赢了人气，赢了顾客们的口碑。"

郁静听老穆这么一说，心里不由乐滋滋的。她于是又扮着鬼脸对老穆说："看来哥没老嘛，'眼力'还这么好，把别人想的都看到了。"

"是吗？你那点小九九骗得了别人，还骗得了我？不就想撒鱼饵，引来鱼群吗？"

的确，郁静这招真灵，头天在她这里做过头的顾客，回去一传十，十传百地给郁静做了活广告。再加上郁静对人豁达，服务周到，技术又好，所以，顾客们便蜂拥而至，有的还打来电话预约。一时间，郁静在这步行街便小有名气了。

然而，人怕出名猪怕壮。郁静的发型屋和她本人在步行街出名后，一件件意想不到的事也接踵而至了，首先是工商、税务、城管和环卫。另外，社会上的无赖和地痞也常来"光顾"，并且没事找事。

这天，郁静的发型屋突然来了一位身着城管制服的男人，膀阔腰圆，目光贪婪。他来店里看了还有不少的顾客，或许意识到来得不是时候，便径直朝郁静走了过去。

郁静当时正专心致志地给一个女顾客做头，所以根本没注意到店里来了人。更没想到这来人竟穿着城管制服。所以，当这身着城管制服的男人走到她身后，在她弯着的腰上下意识地拍了一下后，她一惊才站起身来并回过了头，但是，当她回头看见站在自己身后的，竟是一个身着制服的城管时，顿时就紧张得不知所措了。

而身着城管制服的这男人，看了郁静回过头时那姣好的面容和曼妙的身段，不仅目瞪口呆，脸上还流露出了带有贪欲的表情。不过，他很快就意识到了自己的失态，忙故作惊讶地对惶惑中的郁静说："不好意思，本想来理发，没想到这么热闹。呃，美女，晚些来行不？"

郁静听了这城管男人的话，提着的心总算放了下来，开始她还以为这城管是来找她茬儿的。因为她这发型屋开张那天，身着制服的城管们，就来过她这发型屋。所以，她便不假思索地对那身着城管制服的男人微笑着说："好的，不好意思，让你白跑一趟了。"

郁静在说这话时，不仅面带微笑，话从她嘴里吐出来，既谦和，也娓娓动听。但她当时根本没去考虑其他的事，也没去想这身着城管制服的男人说那话的意思，更没去想这男人对自己会不会有啥非分之想。哪知，这天晚上当她送走了最后一个顾客，正准备关门时，白天身着城管制服的那男人真来了，但她一时却没把这男人认出来。

的确，白天身着城管制服的这男人，跨进郁静的发型屋时，与白天的他真判若两人。不仅没穿城管制服，还赤裸着上身。更让人骇然的是，除了腰圆膀阔肥头大耳，眉目间也透着野蛮和冷飕飕的霸气。

原来，这男人是这步行街的地痞，因为他心黑手狠唬得住人，城管委便把他招为了城管。主要管制这步行街的秩序。

这晚，当郁静送走了最后一个顾客，正在打扫卫生准备关门时，这男人看了一眼郁静后，径直跨进了发型屋，并一屁股坐在了郁静给顾客们做头的椅子里。而此时的郁静，看到这男人那冷峻蛮横的模样，突然意识到了什么，于是她忐忑着对这男人说："对不起，我要关门了，明天来吧，再说也这么晚了。"

哪知，这男人坐在椅子里一边对着镜子掐着自己脸上碉堡般的痘痘，一边痴痴地注视着郁静在镜子里那曼妙婀娜的身姿，对郁静的话好像没听见一样。后来是郁静见这男人对自己刚才的话一直没反应，才回过神来走到这男人的身后，把自己刚说的话重又说了一遍，这男人也才住了掐脸上痘痘的手，回过头来冲郁静一脸不屑地说："美女，明天来？你知道不，我上午就来过了，你答应我晚点来的，总不会不讲诚信吧。"

郁静听了这男人的话，才一头想起了上午来理发的那城管。看着眼前这男人眉目间透着的不屑和蛮横，再想想时下一些城管，凭着手中的权力，耀武扬威不可一世的样子，她心里"嗖"地恐惧了起来。是呀，稍有不周，这些城管随便找一点儿茬子，就会要她的生意关门，她只好对这男人说："不好意思，我还没认出来是谁哩。"

郁静这么说过，心里尽管忐忑不安，还是动起手来，开始给这男人围围布，洗头。在给这男人洗头时，这男人故意反过手去捏了一下郁静的腿，但郁静没出声，她知道这男人不怀好意，只想快快给这男人理了发，将他打发走。她于是麻利地给这男人洗过头后，又麻利地给这男人理了发，哪知，当她给这男人刮胡子时，她一直担心的事还是发生了。

其实，这男人本就不怀好意是来占郁静便宜的，就在郁静弯着腰给他刮胡子时，他趁势抓住了郁静的手，并一把将郁静抱在了怀里，那刚刮了一半胡子的嘴，也朝郁静的胸前拱去。

郁静也不是手无缚鸡之力的人，她还没等这男人的嘴拱到她胸前，她就从这男人的怀里挣脱了出来，转身站到了这男人的身后，手里握着刮胡刀，两眼直刷刷地瞪着眼前的男人："对不起，请自重，我不是你想象的那种人。"

这男人因没占到郁静的便宜，顿时火冒三丈，一下露出了原形，于是气急败坏地对郁静说："你不是那种人，咋开这发型屋？我见得多了，开发型屋的女人就没有一个不做那事。你是嫌我没钱，还是嫌我没魅力？知道不，男人能像男人就行，要不你试试？"

郁静听了这男人的话，嘴唇气得发紫。她既胆怯又气愤地冲这男人说："你有没有钱，有没有魅力与我无关，你要试到别处去。对不起，我要关门了。"

郁静说过这话，疾步朝店门走了过去，哪知，这男人却起身挡在了她前面，并冷笑着说："嘿嘿，你说得对，我完全可以到别处去的。但我想改改口味，就喜欢上你了，咋样？你想清楚，城管是管得很宽的哟。"

那男人说过这话，又是一个冷笑，并一步步朝郁静逼了过去。

郁静是被那男人的最后那句话给吓住的。她除了知道城管的无情，也知道他们的野蛮和不择手段，同时也知道就此下去的后果，但她骨子里的清纯和自尊自爱，又由不得任何人对她做她不愿意做的事。因此，她手握刮胡刀，双目愤愤地瞪着朝她步步逼近的这男人，嘴里也恨恨地说："不要过来，把我逼急了，我会下手的。"

而那男人此时不知是对郁静的痴迷，让他亢奋不已失去了理智，还是以为郁静会同其他女人一样，只是做做样子，最终会顺从他的。所以，他仍没放弃想占有郁静，并朝郁静步步紧逼了过去。

郁静被那男人逼到了屋角落里没了退路，才背靠着墙，紧闭着眼睛并一个劲地挥舞着手中的刮胡刀不让那男人靠近，那样子好像发了疯，也像已全然豁出去了。但让她没想到的是，那男人趁她闭着眼睛，竟蹲着身子朝郁静钻了过去，他试图接近郁静后，夺了郁静手中的刮胡刀，最终达到占有郁静的目的。哪知，正当他抓住郁静的手，夺了郁静手中的刮胡刀，抱着郁静一个劲地强吻时，老穆却出现在了店门口。

老穆这天是加夜班后赶过去的。他同之前的每天一样，一是去看郁静的生意咋样，也想帮着郁静收拾一下店。在去的路上，他脑子里还一个劲地想着此时的郁静在做啥事，是在吃晚饭，还是在清点这一天的收入。但他怎么也没想到，当他赶到郁静的发型屋门外，竟出现了一个男人抱着郁静狂吻的情景。他曾为郁静担心过，也没想到会真有其事。他因此怒火中烧，忍无可忍，他没去想欺侮郁静的这男人是谁，也没出声，就一个箭步冲了进去，双手一伸，一手拎着那男人的耳朵，一手攥紧拳头就朝那男人的脸砸了上去。

那男人开始因沉醉在对郁静的欲望里，挨了老穆那一拳，在原地转了几个圈还不知道是咋一回事。当那一阵晕眩清醒后，看着眼前怒目圆睁的老穆，心里不由有了做贼的心虚。因为他除了不知老穆是"何方神圣"，也不知道老穆与郁静间的关系，是夫妻，还是父女……总之，他感觉老穆不像爱管闲事的人。所以，他把胸中的气重又憋了回去，并屁也不敢放地溜走了。但是，出了郁静这发型屋没多远，或许感觉自己受了窝囊气，又立马回到郁静的发型屋门前，伸长脖颈冲发型屋里的郁静和老穆怒气冲冲地嚷着说："走着瞧，我会让你们付出代价的……"

这男人这么嚷过，又狠狠瞪了老穆一眼，才昂着脖子悻悻而去。而惊恐中的郁静在发型屋里愣了好一阵才回过神来，先一头扑进了老穆的怀里，接着就在老穆的怀里泣不成声地说："哥，我咋这么倒霉，刚开店咋就遇上了这无赖，我不知道我这发型屋还能不能开下去。"

老穆一手轻轻搂着郁静，另一只手轻轻拍着郁静的肩说："小静，没事，有哥在，他不敢对你咋样的。"

郁静听了老穆这话，心里尽管惶恐不已，但好像一下有了主心骨，她于是从老穆的怀里抬起头来，满脸阴郁地对老穆说："哥，你不知道，他是城管，到时他会来使坏的。"

老穆听郁静这么一说，心里也不由有了一丝丝紧张，他也知道这伙城管是啥样的人，但他还是给郁静壮胆说："他城管咋样，难道就没有党纪国法，能让他们胡作非为？"

老穆说过这话，又看了一眼郁静，此时的郁静比先前平静了许多，为了让郁静尽快振作起来，老穆又对郁静说："小静，往后我不加班了，下班后直接来你这里，看谁还敢欺负你。"

老穆这话说得铿锵有力也底气十足。但郁静担心的事还是发生了……

第五十六章　种娃

　　梁超从他母亲那里知道了迟迟不拿户口本给他的原因后，不由大大松了一口气，他当即暗自说：不就是要我和丹红弄个娃出来吗，这算球事？"热锅热灶"的，大不了加几个班，熬几晚夜，嘿嘿，我还求之不得哩。

　　梁超这天一路兴奋地回到女人丹红的住处后，摆出有功之臣的架势往乱七八糟的沙发上一躺，跷起二郎腿就哼起了"今天是个好日子"，那样子不仅得意，还傲气十足。

　　此时的女人丹红，还在为梁超的母亲对她的冷落而生气哩。她想不通自己为了讨好梁超的母亲，竟热脸贴了个冷屁股，镯子不但没送出去，还被梁超的母亲看透了心思。她这天原本要在梁超的家里住一晚的，要不，至少也会与梁超一块去一块回。但她当时真受不了梁超母亲对她的冷若冰霜和盛气凌人。从梁超家出来后，就委屈着直接回去了。她本想等梁超回来后，冲梁超愤愤地发泄一阵，她却没想到，梁超回来后，竟一改以前的懦懦弱弱，并傲慢得如什么大功臣似的。女人丹红看着梁超这突然的变化，心里一惊，不仅将已想好的，要冲梁超发泄一通的话全忘了，心里同时还感到了几分危机。她想，梁超是不是在他母亲的开导和教训下已变了心，要不，在她面前咋敢这么趾高气扬不可一世呢？为了弄个明白，她便气冲冲地冲梁超问："是捡到钱了，还是哪个女人又看上你了？"

　　梁超依然故作一副神秘的样子，把跷着的二郎腿在女人丹红的面前晃来晃去。等女人丹红问过那话，又让丹红等了一阵子，才神秘而又慢条斯理地说了"你猜"二字。

　　女人丹红听了梁超这"你猜"二字，依然一头雾水，就在她纳闷着不知如何回答时，梁超突然将她一把拉进了怀里，双手还一个劲地扒她的衣服裤子……

梁超和女人丹红这床事不知做过多少次，每一次也花样百出有滋有味，甚至疯狂得不顾一切。而这次的梁超面对女人丹红柔滑光洁的身子尽管欲火焚身，但把女人丹红抱上床来，却突然间变得小心翼翼了，好像在怜香惜玉怕把丹红弄痛似的。事后，习惯了狂野模式的女人丹红，带着意犹未尽的埋怨，冲一脸疲惫的梁超问："今天是咋啦，看你猴急急的，咋跟挠痒痒一样，往后再这样，还不如不做。"

梁超从女人丹红身上滚下来后，便软塌塌地躺在了女人丹红身边，犹如一条抽了筋的狗，浑身瘫软，表情痛苦，嘴里还"唉唉"地呻吟着。但当他听了女人丹红这埋怨，心里"咯噔"一下便警觉了起来，为了不让丹红多疑而闹得不开心，他便眯着眼睛，有气无力地跟丹红说了他母亲之前对他说的话。女人丹红听后，也是一惊，"嗖"地从梁超的身边坐了起来，又侧过身子冲梁超兴奋地问："啥？你妈说了，只要我们弄出了娃，她就拿户口本给你，这样你就可以离婚，我们就可以结婚了？"

梁超被女人丹红这么一问，也像忘了疲惫，他也坐起身来，"唉唉"地伸过懒腰后，才对丹红很认真地说："我妈就是这个意思，也是这么说的。所以，我咋敢像以前那样不顾一切，有多大的劲用多大的劲？要是把我们的孩子弄没了，你说咋办？"

梁超这话说得很深情，也叫女人丹红感动不已。所以，丹红听后，整个心都像被融化了，身子也酥软了。不仅如此，她一愣，突然感觉自己肚里好像有了孩子，不知不觉中，她还把自己的手放在了小腹上，轻轻地抚来摸去。

从此，种孩子便成了梁超和女人丹红必做的功课，也成了梁超和丹红生活和工作中的一大使命。因为只有有了孩子，梁超才能从他母亲手里拿到户口本与郁静离婚，也才能与她丹红结婚。也只有有了孩子，她丹红才会被梁超的母亲认可，也才能成为老梁家真正的女主人。

当然，梁超从此便一事不做了。成天除了吃喝，就是在为他的使命——给女人丹红的身子"下种"养精蓄锐。而丹红虽然坐上了郁静之前那职位，却为了生孩子将工作放到了一边。每天九十点钟才起床，洗漱吃饭后才去公司。到了公司后，除了接受员工们列队齐声的"丹总早上好"，就是将自己关在办公室里静心养生。因为她知道，无论她把公司里的事做得再好，也不如她与梁超的那纸结婚证重要。每天下班回到她原来那住处后，再不像以前那样，做事不管轻重，而是凡事小心为上，生怕梁超放在她肚里的"种子"，如没挂稳的果子般，不经意间就掉了。然而，一个月过去了，两个月过去了，甚至一年半载也过去了，丹红的身子依然没有动静。每月的例假照常如杀猪似的，不仅鲜红，也如潮水般汹涌，时间也很准时，这让梁超和丹红既颓然，也不知道原因出在哪里。

这天晚上，梁超和女人丹红破例没做"种孩子"的事，而是静下心来，分析他俩一次次的精疲力尽，也没把娃弄出来的原因出在哪里。他们先怀疑是不是自己的"操作"不当，后又觉得是不是他俩的身子太虚，因为自从他俩认识后，就如干柴遇上了烈火，没日没夜地纵欲。

从这以后，梁超和女人丹红为了各自的目的，也为了共同的目标，对生孩子的事，拟订了计划和"工作流程"。两人先是不惜高价买了能滋阴壮阳的食品和药物。无论是在药店，还是在地摊上，也无论是在超市里还是在菜市场，只要是补身子的壮阳的，都通通买回去，或煎或炖，或煮或蒸，怎么做的效果好就怎么做，能吃多少就吃多少。

但是，无论他们怎么做，怎么注意，都没能心想事成。几个月后，女人丹红因吃得好，营养充足，除了长了一身肥膘，她的例假还照来不误，并来得更气势汹汹。

在这之前，梁超和女人丹红就认真地推算着丹红这个月的例假时间，他们用口算，用笔记，怕不准确，还用上了电子计算器，最终用上了四舍五入法，总算推算出了丹红例假到来的准确时间。于是，他们提心吊胆地等待着这个日子的来临。这天，他们好像等了半个世纪的日子终于到来了，让他们更兴奋的是，女人丹红的身子竟不见红。到了第七天，丹红的身子仍毫无动静，这时，他们的欣喜和兴奋并不亚于中了彩票。这天晚上，他们买了县城里最好的酒、最好的肉，还买了各自喜欢吃的零食以此庆贺。但令他们没想到的是，就在他们将各种各样的菜肴端上了桌，酒也倒在了杯子里，丹红正准备坐下品尝美味时，她小腹一阵绞痛，下身也感觉不适，她转身到卫生间里一看，一下就瘫坐在了马桶上，因为她迟迟不来的"老朋友"不仅来了，还来得潇潇洒洒热情洋溢……

从此，梁超和女人丹红又沉了下去，在不得已中，两人不仅各自思忖，也假设着不能怀娃的原因。女人丹红这晚对梁超问："你想想，你和她是怎么有娃的？是不是有什么地方没做到位？"

　　女人丹红这话，当时把梁超问得一头雾水，他千想万想也没想到与自己的做法有什么不对。那时他和郁静，不知不觉就有了女儿娇娇，在随后的一年里，郁静又怀了三次。不过郁静说女儿娇娇太小都给做了。从此，郁静便立下规矩，要么他戴安全套，要么要他等到安全日。为此事他与郁静斗过嘴鼓过气，他也由此到外面去找了女人，并让他一发不可收拾。

　　此时的梁超想过这些，不由淡淡地说："我也不知道，不知不觉就有了。"

　　梁超说过这话，脑子里一个闪念，这会不会是女人丹红的问题呢？不过他也知道，丹红是怀过娃的。所以，他也冲丹红问："你也是怀过娃的，你当初是怎么怀上的？"

　　梁超和女人丹红这晚就这么议论着，各自的心里都因对方，曾经有过那样的事很不是滋味，但为了共同的目标，不得不放下那所谓的尊严和荣辱而摒弃前嫌同舟共济了。不过那焦虑和担心仍始终挥之不去，特别是女人丹红，越来越感到了危机。她整个人也因此暴躁不安起来了。

　　以前去公司时，虽然傲慢得高高在上，但面对员工们也还能交流几句，说的话尽管比天大，也还能听。而屡怀不上娃后，又看着自己的计划要落空，她心里不再是目中无人，而是看谁都不顺眼，对谁都烦都恨。所以，她对公司里的员工谁都可骂一阵，嚷一阵。不过，面对梁超和梁超的母亲，她就不敢如此嚣张和目中无人了。

　　转眼间到了第二年的春天，梁超和女人丹红完完全全住在一起已半年之多了，自从郁静出走，丹红与梁超不是夫妻胜似夫妻地住在一起后，梁超的母亲每时每刻都关注着丹红的动静，一是看丹红在公司里，对公司起没起啥歪心，再有就是注意丹红的肚子有没有动静。每一次见丹红，不是先看她的脸，而是先看她的乳房和肚子，因为她是怀过娃的人，她知道怀上娃后，哪个部位的变化最大，最能让人看出端倪。然而，从她认识女人丹红到现在，丹红的身子一直都是那么鼓鼓胀胀的，让她分辨不出真伪。

　　那天，女人丹红叫梁超回家摸摸他母亲的底，看他母亲过了这些日子，对那户口本的事，有没有改变主意。梁超因而独自回了家，母亲张淑琴也为女人丹红能不能为老梁家延续香火而担心不已，所以，她见儿子独自回来了，便对儿子梁超问："你和她住在一起都半年多了，咋样，怀没怀上？"

梁超被母亲这么一问，一下就为难了起来。为了从母亲手里拿到户口本，他本想给母亲说怀上了，但十月怀胎一朝分娩，这是活生生的现实，谁做得了假呢？女人丹红到时生不出娃来，他咋向母亲交代？如果说没怀上，他除了难开口，也怀着侥幸，他想母亲既然这么问了自己，说不定她已发了善心，要把户口本给他了哩，于是，他如每次遇到危机时那样，对母亲撒娇着说："妈，怀没怀上难道就那么重要？我们都年轻，怀娃的事只是时间而已。"

张淑琴听了儿子梁超这话，心里不由有些发冷，她也用同样的语气回答梁超说："有没有那结婚证也是一样，你们为啥要这么急着要那户口本呢？"

梁超被他母亲这么一问，竟答不上话来。其实，他对离婚的事，也不像母亲说的那么急，但没办法，女人丹红把他催得紧。所以，他有些无奈地对母亲说："妈，总不能老这么下去吧，要不别人会怎么看？"

梁超这话不仅说得无奈，也有些焦急，母亲张淑琴听了之后，却感到很不舒服，她因此回答儿子说："别人怎么看我管不了，如果没给我添孙子，想结婚来咱老梁家不可能。"

梁超母亲的这话一下堵住了梁超的嘴，他因此没给母亲再提户口本的事。回到女人丹红的身边后，他把事情的经过跟丹红一说，丹红当即就傻了眼。这个晚上，丹红什么都没做，就是翻来覆去地琢磨始终怀不上娃的原因在哪里。她怀疑梁超，因为梁超之前有过那么多女人，会不会染了啥病。她因此对梁超说："明天你去医院查查，看你是不是有啥病。"

梁超当时也很郁闷，再听女人丹红这话，心里自然不高兴，他冷冷一笑说："呵呵，笑话，就我这身子，生他十个八个，甚至一个加强连也没问题，我倒是怀疑你……"

女人丹红听后也不服输地抬高了声音对梁超说："我这身子咋啦，我又不是没怀过娃，再说，每个月的……"

女人丹红这话说得理直气壮，也底气十足，她好像认定了自己怀不上娃的原因出在梁超身上，哪知，梁超也自信满满，他还击女人丹红说："你怀过娃？我的女儿都四岁了，这有假？"

……

这天晚上，女人丹红与梁超就这么互不相让地攻击着。最后，两人一赌气，决定第二天都去医院查查，看他们老弄不出娃的原因出在谁的身上。

第五十七章 应得的惩罚

第二天早晨，女人丹红和梁超，又和好如初了。

昨晚，两人的争论虽然很激烈，但并没伤到对方的要害，何况女人丹红还要执行自己之前的计划，所以，那场争论不仅很快结束了，笼罩在各自心里的阴云也很快散去了。更主要的是，这晚的最后，两人又照例做了"造人"运动，于是，两人又不得不心往一处想，劲往一处使了。

女人丹红和梁超这天早晨出门后，便直接去了县人民医院。因为他们起得晚，到医院后，挂号的人已排起了长长的队。丹红和梁超因为各自都要检查，于是都不得不加入了排队的行列。

然而，这天的检查，却让女人丹红万万没想到，她怀不上娃的原因竟出在自己身上。这一现实不仅给了她当头一棒，更让她陷入了彻彻底底的绝望中。这事她原本要瞒过梁超的，哪知，却被梁超隔墙有耳听见了。

梁超和女人丹红这天排队挂了号后，就各自去了门诊室，这天挂男科的很少，梁超把所有的检查结果拿到手里时，丹红还在妇科门诊室里。梁超看了自己的检查报告，怕自己没看懂，又去门诊室问了医生，无论是检查报告写的，还是门诊室医生给他解释的，都说他的身体一切正常没问题，当然，生儿生女是另一码事。梁超知道后，高兴得简直都有些飘飘然了。兴奋中，为了证明自己昨晚与丹红的争论是正确的，也想尽快告诉丹红这一好消息，所以，他手里拿着检查报告，便直接朝医院的妇科门诊走去。但是，当他刚来到妇科门诊门口，就听见门诊室里，好像有女人丹红的说话声，他于是住下脚来，屏住呼吸，将目光从门诊室虚掩着的门里探了进去，哪知他这一探，不由愣在那里了。

原来，门诊室里正是女人丹红，她当时一脸惊愕地站在穿着白大褂的门诊医生的面前，嘴上也祈求似的对门诊医生问："医生，这会不会弄错了，我这么好的身体咋会呢？"

而这医生也许见多识广，并不在乎女人丹红的直来直去，仍耐心地跟丹红解释说："其实，这能不能生孩子，与身体的好坏虽然有关系，但也不绝对，主要看生理上有没有缺陷和妇科病……"

女人丹红也许心情太迫切，医生的话还没说完，她就抢着说："医生，我可没有妇科病，每个月的例假也正常得很。"

门诊室医生听了女人丹红这话，一边说她要相信科学，一边凝视着手中的检查报告单，好一阵才对丹红问："我问你，你怀过孩子没？"

女人丹红一听医生这么问，立马就兴奋了起来。她以为自己曾怀过孩子，身体就没问题，所以她忙对医生回答说："怀过啊……"

"孩子现在咋样？"

女人丹红被医生这么一问，一下就低下了头，好一阵后才抬起头来一脸阴郁地回答医生说："孩子死了，五个月时死在腹中的。"

医生听了女人丹红这话，一脸惊愕地"哦"了一声，脸随即便阴郁了，她沉思了一下便对丹红说："原来是这样，当时的情况我尽管不知道，但这也许是造成你眼下不能怀孕的真正原因。"

女人丹红听了这医生的话，脸顿时煞白，整个人也如失去魂魄般呆愣在那里。

两年前的那一天，肖俊为了攀高枝享受荣华富贵，把她抛弃了。这对她来说，当时死的心都有了。但就在那时，肚子里的一下胎动，让她想到了肚里的孩子是无辜的。所以，她带着伤痛和恨，没做那傻事。然而，两天后的一个夜晚，她的小腹隐隐痛了起来，而心里的痛和对肖俊的恨让她对小腹的痛根本没在意，甚至有些麻木。二十天后，她下身大量出血，小腹也疼痛难忍，她才不得不去了医院，躺上手术台后，她一边听着手术器械的清脆碰击声，一边听那医生叹息着说："唉，你这个女子咋这么不爱惜自己，可惜哟……"

但是，女人丹红当时根本没去想那医生的话是啥意思。直到眼下，听了这位医生的话，她才明白了自己一直怀不上娃的原因是这样的。于是，她一下失控了起来，她先是一阵号啕大哭，接着又可怜巴巴地对医生问："医生，我这病能治吗？"

这位女医生一边安慰着女人丹红，又一边对她说："能不能治愈不敢肯定，治了总比不治好。另外，也需要一定时间。”

医生的话让女人丹红慢慢平静了下来，一阵沉默之后，她眼里含着泪，抬起头来向医生央求道：“医生，我求求您，这报告单上的检查结果您能不能帮我改为‘一切正常’？因为我怕……”

但是，这医生听了女人丹红这话却一直没吭声，她知道丹红要她这么做的意思，她也同情丹红，但是医院有医院的规章制度，医生有医生的职责，这检查结果是白纸黑字，哪能随便改？

而此时的女人丹红也焦躁得如热锅上的蚂蚁，不仅神色慌乱，也在门诊室里一个劲地转来转去，脑子里同时也在竭力地想着法子。然而，当她的目光无意间从门缝处看到梁超正站在门外，两眼也诧异地看着她时，她如被抓了现行的贼，惊愕得一下子耷拉了下去。

这天的最后，女人丹红因不能怀孕的打击和梁超的突然出现，彻底变成了另一个人。那样子，既绝望又可怜巴巴。在回家的路上，也如病入膏肓的病人一样，不仅目光呆滞，而且整个人也虚脱无力。唯有她脑子里的思索比以往更急迫、更纠结。她不知道自己今后的路将咋走，也不知道梁超和他母亲又将如何对自己。

的确，梁超在医院门诊室的门口，听了那医生对女人丹红说的话，他的心不知咋的，当即就有了一种怪怪的感觉。后来他细细一想，在他那怪怪的感觉里，不仅有对丹红不能怀孕的愕然，也有对他母亲的无奈和不知所措。他知道，只要他母亲一旦知道了女人丹红不能怀孕，要拿到那户口本就更没可能了。

梁超这天坐在女人丹红的身边，表面上与之前的他没啥两样，心里却七上八下难以平静，他首先想到回去后，该不该将这事告诉自己的母亲，其次就是在往后的日子里如何对待身边这女人。

梁超想到此，不由侧过头去看了看女人丹红。丹红因受不了不能怀孕的打击，不仅一下子衰老了许多，脸上也再没了往日的红晕和沾沾自喜。梁超看在眼里，心里顿时掠过一道阴影。快到女人丹红的住处时，丹红竟出乎意料地对他问：“超，你也听了那医生说的话，你是咋想的？”

梁超听了女人丹红这问，心里尽管冷飕飕的，还是摆出了一副无所谓的样子，并毫不在乎地对她说：“还能咋想？以前咋样就咋样呗。”

梁超在说这话时，一副不屑的样子。而女人丹红听后，显然很欣慰。她本想偎过去，给梁超一个吻的，无奈手里驾着车，只好扭过头去，给了梁超一个深情的眼神，然后又无助地对梁超继续问："是真的？那咋给你妈说呢？又咋从你妈的手里拿到那户口本？"

梁超听了女人丹红这接二连三的问，他真不知如何回答了。因为他心里清楚，只要他母亲一旦知道了丹红不能怀孕生孩子，他妈手里那户口本不但拿不到，而且他妈也许会从此不许他与丹红再来往。但他又不能当着丹红的面，做得太绝情，所以，他只好模棱两可地回答丹红说："管他的，能不能拿到那户口本都无所谓，也不在乎有没有那一纸结婚证……"

尽管这话说得不明不白的，但女人丹红听后，心里却热乎乎的。不仅如此，她还改变了她之前的想法，眼下的她不求别的，只求与梁超长相厮守在一起。至于能不能成为老梁家的女主人，已没那么重要了，重要的是，只求梁超能真正爱自己。然而，残酷的现实，再一次教训了这个心术不正的女人。

当然，事情还是由梁超而起。

女人丹红去医院检查出不能怀孕后，前些时间，梁超对她还能装模作样地予以体贴和安慰。说的话尽管不如以前深情真切，丹红听后依然感到很欣慰。哪知一段时间后，梁超对她却越来越冷淡，越来越看不顺眼了。

的确，在梁超的眼里，这时的女人丹红犹如有了残缺的花朵，无论你开得再鲜艳，再芬芳扑鼻，看上去都觉得不是那么一回事。因而，在后来的日子里，丹红在他的眼里便越来越黯然失色了。就连他与女人丹红的床事，也没有了当初的激情和投入。因为他脑子里总会不由自主地想到丹红那身子的里面，不再是争奇斗艳花蕊济济，而是一个荒芜的空洞一片废墟，于是，他感觉自己这时不是在冲一个女人，而是在冲一个没有生命的躯壳自我陶醉和发泄。这躯壳可能是人，可能是动物，也可能是自己青春勃发时，打过无数次"飞机"的那只手。再加上女人丹红受了不能怀孕的打击，在床上时再怎么贪婪，也没了前些时候的情真意切，大大败了梁超的胃口，于是，梁超对她也就越来越索然无味了。

事情发生在一个月后，梁超的母亲张淑琴见梁超大多时间住在家里，况且是一个人，不知是出于好奇，还是怕她抱孙子的计划落空，在梁超这晚回来时，她便冲儿子梁超问："咋的，丹红今晚没同你一起回来？"

梁超的母亲在问这话时，看上去很平静，心里却七上八下。老实说，她对儿子和女人丹红在一起，既盼又担心。盼的是儿子与丹红在一起能给她添孙子，担心的是丹红另有企图。所以，她见自己儿子与丹红没在一起，心里既暗自高兴，又很是放心不下。

梁超被母亲这么问了之后，心里很异样，他不知道如何给自己母亲说女人丹红不能怀孕的事，他于是故作不高兴地对他母亲说："妈，你不是不高兴我和她来往吗？"

梁超的母亲一听儿子这话，心里很不高兴，她以为儿子在怪自己，她因此气冲冲地对儿子说："谁说我不高兴你们在一起？告诉你，我是怕偷鸡不成倒蚀一把米。知人知面不知心，你是她肚里的蛔虫？你知道她是怎么想的？只要她给我添了孙子，她想怎么都成。"

此时的梁超听了他母亲这话，不知是被他母亲的话逼急了，还是本想把女人丹红不能生娃的事告诉他母亲，他因而对他母亲说："妈，这下好了，她不能生……"

梁超说过这话，没再吱声。而他的母亲听了他这话，却大吃一惊，她先以为是自己听错了，忙对儿子反问："啥？你说的啥？"

梁超看了他母亲那惊讶的样子，又对他母亲说："她去医院检查了，不能怀孩子。"

然而，梁超这话却把他母亲彻底击蒙了，她不相信自己儿子这话是真的，因为那算命的老女人给她说过，女人丹红不仅会生娃，并且生的都是男娃。于是，她既像在反驳自己儿子梁超，又好像在自言自语："不可能，不可能。"

梁超听了他母亲这话，心里很不高兴，他不知道母亲神神秘秘地在搞什么鬼，当初她怕女人丹红不能生孩子，一定要等到女人丹红怀了孩子，又生了孩子，才肯拿出户口本让他离婚结婚。而眼下明明告诉她女人丹红不能生孩子了，她又不相信。所以，梁超气愤愤地对他母亲说："妈，你到底咋一回事？这也不信那也不信，你不信去医院查查，要不你去问她呀。"

梁超这话说得不仅气愤也很生硬，他母亲张淑琴听了之后，顿时就呆在那里了。她此刻担心的不再是女人丹红想得老梁家的家业，而是因为女人丹红的不能生，再次担心起老梁家的香火将断送在自己手里……

第五十八章　祸不单行

郁静在步行街的生意依然火爆得很。为了郁静的安全，老穆就如他自己说的那样，每天下班后，就直奔郁静那发型屋而去。除了给郁静壮胆，让那些想入非非，贪得无厌的家伙，对郁静无可乘之机，也帮着郁静做做店里店外的事，比如帮来发型屋理发的男人们洗洗头，学着给男人们刮刮胡子。其实，这一技术老穆不用学，他在部队就做过这些事。另外，他也帮郁静打扫打扫店内店外的卫生。当然，给郁静烧菜做饭，烫烫顾客用过的毛巾也是常有的事。总之，那气氛就如一家人似的。

久而久之，也有一些"热心肠"的顾客直言不讳地问郁静老穆是她的什么人，但郁静脸不红筋不胀地说是我哥，人们看了郁静那不惊不诧的样子，那疑惑也就一天天淡了，也没人再向郁静打听这事。

老穆在郁静发型屋的出现，让郁静的确清静了许多，心安了许多。曾对她想入非非，不怀好意的那些男人，也不敢明目张胆地对郁静胡作非为了。只有那披着合法外衣的城管，还公报私仇地为难郁静。

这天上午，那晚没占着郁静便宜的那城管，带着几个穿着同样制服的男人突然拥到郁静的发型屋门前，并红不说白不说将郁静放在街沿上的水桶摔了个五马分尸，水桶里当时盛满着水，这是郁静用来给顾客洗头的。水桶被摔烂之后，水和被摔烂的塑料碎片惨不忍睹地躺在街道上，教人看了既心痛又气愤。郁静这天原本要和这些城管论理的，但当她正要开口说话时，那晚想占她便宜的那男人却冷笑着冲她说："告诉你，凡事都有规矩，没得规矩不成方圆。我早就给你说过了，你偏不信，这下你可长见识了，不要忘记了噢。"

那城管说过这话，又指挥着把郁静放在街沿上的两条凳子扔上了车，然后带着他的"狗腿子"们，耀武扬威地扬长而去了。

郁静是听了那城管的话，又看见他那一脸的幸灾乐祸，明白了这事的起因。她因而任由这些强盗耍横，也任由他们拿着老百姓赋予的权力胡作非为。等这群人走了之后，她才把自己关在屋里，伤伤心心地哭了一场。

老穆这天下班后，来到郁静这发型屋的门前，看见郁静的发型屋紧闭着门，又看见被城管摔烂的塑料桶，东一块西一块地躺在大街上，立马感觉郁静的发型屋出事了。但他不知道这究竟是咋一回事，是郁静惹了祸，还是有人故意害郁静。所以，老穆没去多想，就急匆匆推开郁静发型屋的门，并跨了进去。

老穆跨进发型屋时，郁静正红肿着眼睛坐在那里生闷气。她看见了老穆，泪水又哗哗地流了出来，还没等老穆问她咋一回事，郁静就哭着说："强盗，穿着合法外衣的土匪，我招谁惹谁了，不就是没让他开心，就这么公报私仇地来报复人……"

老穆听了郁静这话，大致明白了她这发型屋这天出事的原因，他于是长长地叹了一口气，然后对郁静说："小静，现实就这样。不过，那些人都是些拿着鸡毛当令箭的人，当了一个城管，就贪得无厌想满足自己的私欲，总有一天，将会得到报应，被人们唾弃的。"

郁静听了老穆这话，流着泪对老穆说："哥，您不知道他们来势好汹哟，桶被他们摔了，凳子也被他们搬走了……"

郁静说到这儿，又伤心了起来，并且又哽咽了起来。

"哥，什么都没有了，咋做生意？"

郁静这话说得很凄凉，听后也让人很揪心。老穆看着郁静那痛苦的模样，忙安慰说："小静，家什没有了可再买，只要人好就行，我还怕你和他们发生抓扯哩。没事，我们明天再去买，往后我们不把东西放在外面，看他们还能到店里来砸东西？……"

郁静听老穆这么一说，不再流泪了，同时也有了精神。她站起身来洗了一把脸，然后对老穆说："哥，走，我们这就买家什去，明天你要上班，莫耽误了你的事。"

就这么，郁静的发型屋在第二天照常开门营业了。所不同的是，门外的街沿上，没再放任何东西。这就如老穆头天给郁静说的那样，老百姓惹不起那些当官的，却躲得起。当然，郁静的发型屋，生意仍然火爆，顾客们照例络绎不绝。哪知，就在郁静静下心来一心一意做生意时，她一直牵肠挂肚的事，又发生了。

这段时间，郁静在老穆的鼓励和帮助下，发型屋的生意不仅越来越好，也越来越顺心。不过，她心里始终萦绕着两件事，一是她和梁超的离婚，另外，女儿娇娇也让她时常牵肠挂肚。

老实说，女儿娇娇就是她的命，从梁超家出来后，她尽管没把女儿一起带出来，她心里却无时无刻不挂念着自己的女儿。每当她想女儿想得难以控制时，她就会到女儿上学的幼儿园去，站在教室外从窗户悄悄看一阵女儿，女儿依然是那么的天真，那么的可爱，但她总觉得女儿瘦了不少，也没从前那么活泼了，郁静每次看到此，她就会忍不住流下泪。有几次她实在忍受不了思念之痛，她就等在那里，等女儿下了课后，与女儿待上一阵。她也曾想把女儿留在身边，但一想到自己都没个安身之处，何以给女儿带来幸福和安全呢？所以，她只好忍受着思念的苦，挂念的痛，在期盼和煎熬中过着日子。同时也盼着与梁超尽快离婚，然后带着女儿清清静静地过日子。

然而，事与愿违。就在郁静这么想时，一个电话将她的梦彻底敲得粉碎。

这天晚上，郁静刚送走最后一个顾客，她的电话铃声就响了起来，她以为是女儿给她打来的，所以，她没来得及看来电就轻声地"喂"了一声，但让她没想到的是，电话那头却传来了她一辈子也不想听的梁超的声音："怎么样，这段时间过得还好，还开心吧？"

郁静听了梁超这声音，虽然感觉恶心，但一想到梁超打这电话，一定是叫她去离婚的，便强使自己镇静了下来，并随即冲电话里的梁超问："咋啦，你妈把户口本给你了？"

哪知，梁超给她的回答，不仅让她大吃一惊，也让她难以相信，梁超当时在电话里给她说："哈哈，告诉你，我现在不离了。我今天给你打这电话，就是要告诉你这件事。"

此时的郁静听了梁超这话，心情并不亚于梁超当初叫她去离婚。自从她与梁超去民政局，因梁超没带户口本，而没离成婚后，她每时每刻都在期待着梁超叫她离婚的电话。所以，她这天接了梁超不离婚的电话，整个人犹如遭到了从未有过的打击般，不仅惶然，也呆若木鸡。

郁静这晚从木然中回过神时，已是深夜。手机依然握在她手里，也一直响着"嘟嘟"声，她竟没心思去理会。她脑子里只一个劲地想着梁超为什么要这么做。同时也预感到有什么事要发生。直到第二天的傍晚，当老穆同往天一样去到她那里时，她才不安地给老穆说了梁超给她打的那电话，没想到老穆听后，脸上尽管掠过了一丝难为情，随后却兴致勃勃地给她说："好啊，这事好，说不定梁超已回心转意醒悟了。"

老穆说过这话，又一脸的欣慰，可谁也不知道他心里此时正五味杂陈。老实说，他心里纠结得很，平心而论，他心里是有郁静的，这不只是邻里和兄妹之情，也有他想也不敢想的感情深埋其中。这情感在郁静对他一次次的口无遮拦中，如冬眠的小草见了春天的阳光般，不仅在慢慢苏醒，也在奋力破土而出。所以，当郁静给他说了梁超打定主意不离婚的电话，心里便不安了起来。同时，他也同郁静想的那样，不知梁超又在打啥鬼主意。但这样的话他不能给郁静说，一是怕别人说他居心不良，二来也如人们说的那样，宁拆千座庙，不愿毁桩婚。

而郁静听了老穆这话，不仅把脸沉了下来，冲老穆说的话也气势汹汹了："啥好事，你是不是怕我连累了你？真那样，你明天就不要再来了，我出什么事都与你无关。"

郁静在说这话时很激动，泪水也止不住往外涌。那样子好像受了莫大的委屈，也一副心痛欲绝的样子。

老穆是听了郁静那话，又看了郁静那气愤不已的样子，而心痛不已手足无措的。他之前给郁静说的那话，除了不得已，也真心希望能那样。因为郁静和梁超毕竟相爱过，并且还有一个可爱的女儿，他们如能和好如初，是再好不过的事。因而，他又对郁静说："小静，又要小孩子脾气了。你总不忍心看着自己的女儿过那有爹无妈，或有妈无爹的日子吧？"

老穆在说这话时，表情很凝重，心里也乱糟糟的。郁静听后，虽然没再与老穆争论，但她已下了决心，她一定要与梁超离婚。所以，这天等老穆一走，她就不加考虑地给梁超打去电话，她一是要向梁超表明自己离婚的决心，还有就是要梁超告诉她一个准确的时间，她不想再这么拖下去了。哪知，这天的梁超因突然来了"兴致"，放在床上的电话也忘了带，就直奔女人丹红那里去了。所以，郁静这天给梁超打的那电话，竟是自己的女儿娇娇接的。

"妈妈，您在哪里？我想您了，您咋还不回来呀？"

女儿的声音很稚嫩，也充满着童真，声音里还带着几分央求和哭泣。郁静听后，她的心犹如被爪子般揪着似的。不仅难受，还一阵阵生疼。所以，此时的她竟忘了自己正与梁超闹离婚的事，也忘了梁超母亲对她的刁难和苛刻，她于是对女儿说："娇娇，你在家里等着，妈妈马上过去看你。"

郁静这天给女儿娇娇这么说过，便匆匆关了店门，在超市给女儿买了爱吃的冰激凌，就匆匆朝梁超家赶去。此时的她，没去多想她与梁超相见后，会是啥样的情景。也没去想当梁超的母亲见到她后，会不会像以前那样，对她从头数落到脚——因为在她心里，女儿无论在什么时候，也无论在何种情况下都是最重要的。

但是，当郁静这天急匆匆赶到梁超家时，情况却大出她的意料，同时也将她置于难以分辨的迷惑里……

第五十九章 不再沉默

郁静这天回去时，女儿娇娇正独自坐在家门口，呆呆地等她回去哩。当郁静的身影出现在女儿的视线里时，女儿娇娇就如燕子般张开双臂，朝她飞奔了过来，一头扎进了她怀里，并依偎在她怀里说："妈妈，你咋老不回家呢？娇娇想妈妈都想哭了。"

郁静听了女儿这话，泪珠不由滚了出来，她一边把女儿搂得紧紧的，一边对女儿说："娇娇不哭，妈妈不是回来看你了吗？"

但让郁静没想到的是，女儿娇娇听了她这话，竟扬起脸，满眼期待又可怜巴巴地对她问："妈妈，您还走吗？我不想让您走，我要您留下来陪娇娇。"

女儿娇娇的问题和恳求，让郁静一时没回答上来，因为她不知道该怎样回答自己的女儿，她既怕伤着女儿，又怕委屈自己。但她无论如何也不想与梁超过日子了，这个所谓的家，她也不想再回来了。因为除了梁超伤透了她的心，梁超的母亲也没把她当过人看，面对这样的人和家境，她怎能过得下去呀！

郁静在这么想时，女儿娇娇依在她怀里，并扬着脸，静静注视她脸上的表情，女儿或许从她阴郁冷峻的脸上看出了她的心思，忙天真地对她说："妈妈，您是怕回来没地方住吗？告诉您，我昨天听奶奶给爸爸说，要把丹红阿姨赶走，真那样，您又可以跟爸爸住一起了……"

女儿娇娇说得很得意，一双大眼清澈而闪亮，圆圆的脸上充满着童真。而郁静听了女儿这话，并不感到惊奇，她除了知道女人丹红迟早会有这一天，但她对梁超也死了心，因而她对女儿娇娇说："娇娇听话，大人的事你不要管，过些日子妈妈就接你过去跟妈妈一起住。"

女儿娇娇听了郁静这话，高兴地拍着手说："妈妈，您说的是真的吗？"

女儿问过这话，又眨巴着眼睛疑惑地望着她，郁静看了女儿那迷惑的样子，心里一阵难受，忙点了点头对女儿说："真的，妈妈咋会骗娇娇呢？"

女儿娇娇听她这么一说，高兴得一下蹦了起来，还天真地与她拉了钩，接着又贴着她的耳朵说："妈妈，如果奶奶哪天真把丹红阿姨赶走了，您就回来和我们一块住，到时我给您打电话……"

郁静听了女儿这话，心里不由有了怪怪的感觉，为了女儿，她希望女儿刚才说的话能成为现实。但想着之前她在这家里所受的歧视和伤害，张淑琴心里又好凉好凉，她对这个家甚至有了厌恶和恨。但就在她看过女儿，准备起身返回自己的发型屋时，梁超的母亲却和颜悦色地从厨房里走了出来，并冲孙女娇娇喊："娇娇，你咋不把妈妈请进屋来呢？"

郁静和娇娇在门口说的话，被厨房里的张淑琴竖起耳朵听着。不为别的，她一是想听郁静会不会对自己女儿说她的坏话，再有，就是想知道郁静有没有心与儿子梁超重归于好，另外，郁静对老梁家是不是真的死了心。

自从女人丹红进了梁氏公司，接替了郁静的职位后，她虽然不懂公司里的业务，却时时注意着这女人的动静，同时也关注着公司里每天发生的事。因为那算命的老女人给她说过的话，一直提醒着她对丹红不能掉以轻心。

女人丹红刚去公司没几天，张淑琴娘家的一个侄女就对她说："姑，丹红那女人跟你们家啥关系，是不是梁超表哥……她一来咋就顶替了郁静姐的职位？郁静姐去哪里了？是不是……"

梁超母亲这侄女人小鬼大，说话总喜欢说半句留半句。几年前为了在城里找份工作，才投靠了她的姑姑梁超的母亲，那时梁超的父亲还在，并掌管着梁氏公司，梁超的母亲和父亲都想给这丫头一份坐办公室的工作，但因梁超母亲这侄女只读了个小学三年级，不说写写算算，就连发票收据都不会开，所以只在公司里做一些端茶倒水扫地的事。不过，她为了挣钱，也为了给姑姑长脸，把每一件事都做得很认真，无论是梁超的父亲健在时，还是后来的郁静，对她都予以了好评。因而，她在公司里也干得很卖力。但是，自从女人丹红进了公司，坐上了郁静之前那职位后，她不仅感到很压抑，公司里的员工也一个接一个地辞职，更难以想象的是，下面的客户也相继离去。这天，她给梁超的母亲说了公司里的情况后，又接着对梁超的母亲说："姑啊，再这样下去，公司会吃大亏的。"

梁超的母亲听了她这侄女的话，心里吓得"咚咚"直跳，但随后她将老梁家的香火与眼下公司里的状况孰轻孰重一比较，便暗自决定：忍着，等丹红这女人为老梁家生了娃再说。

从此，梁超的母亲对女人丹红的怀孕真是心急如焚，也一次次给儿子梁超和丹红创造条件，同时又想着一切法子督促儿子让丹红早点怀孕，她不拿户口本给儿子去离婚，除了怕丹红成了老梁家的女主人，对老梁家起歪心，其中也有这方面的原因。然而，人算不如天算，正当她翘首期盼女人丹红的肚子快点鼓胀起来时，丹红不能怀孩子的消息犹如一瓢冷水泼在了她头上，她先是一惊，接着就不知如何是好了。但有一点很肯定，她要再次衡量一番丹红和郁静这两个女人，看这两个女人谁对老梁家更有利。老实说，郁静对家对公司所做的一切，是无可挑剔的。那些日子，郁静把公司经营得风生水起，把家也打理得井井有条，微不足道的，就是没能给老梁家生个男娃传宗接代。而丹红曾给老梁家带来过希望，哪知，眼下却成了泡影，况且，她还把公司搞得一团糟……

梁超的母亲张淑琴这么想过，两个女人在她心中便分出了优劣。同时，她心里也有了主意。无巧不成书，正当她焦虑着如何才能将郁静找回来时，这天她竟听见孙女娇娇在与郁静通话，孙女娇娇的声音既甜润又可怜，她想一定会感动郁静的。所以，孙女娇娇放下电话后，她就故意问孙女娇娇在与谁通话，孙女娇娇就扬着圆圆的脸蛋对她说："我在给我妈妈通话，我妈妈说马上回来看我。"

梁超的母亲张淑琴听了孙女娇娇这话，从心底"嗖"地蹿起一阵兴奋，这兴奋不亚于新媳妇第一次跨进她老梁家的门。她于是手忙脚乱地进了厨房，又手忙脚乱地从冰箱里拿出了上好的菜，一边忙着洗菜切菜，一边注意着郁静回来的动静。郁静回来后，她又注意着郁静同孙女说了些啥。当她听见郁静给女儿说要走时，心里一急，忙从厨房里跨了出来，但之前对郁静的冷落和刻薄，让她不好意思直接叫郁静留下来，只好对孙女娇娇说了那样的话来表达自己的意思。

郁静见梁超的母亲从厨房里走了出来，又听了她对自己女儿说的那话，心里真不知是啥感觉。但想着梁超的母亲毕竟是自己女儿的奶奶，自己与梁超的那一纸离婚证又还没办，她因此还是冲梁超的母亲叫了一声"妈"，不过，她这么叫过就没再说什么。

梁超的母亲听郁静这么叫了自己，心里无比喜悦，因为郁静还叫她妈，说明郁静还没变，还是她的儿媳，她于是热情洋溢地对郁静说："小静，你来看妈给你做了啥好吃的，等梁超回来了，我们一家子好好聚聚。"

郁静一听梁超母亲这话，心里不仅很乱，也很反感。结婚这么多年来，梁超的母亲对她从来没这么热情过。因她是开发型屋的，又因她生的是女儿没生儿子，她如老梁家的罪人一样被婆婆嫌弃。在那些日子里，她想以出色的工作和对家人的爱戴、尊敬，让婆婆改变对自己的看法，但她得来的却是婆婆的冷嘲热讽和一次次刁难。老实说，那些日子她过得不仅苦，也很压抑。而眼下她刚过上属于自己的生活，不知梁超的母亲是良心有了发现，还是另有原因，对她竟如此客气起来，这让她不得不想到这里面一定另有蹊跷。再说，她现在对这个所谓的家已彻底失望了，所以，在梁超的母亲期待她的回答时，她便对梁超的母亲说："妈，我得回发型屋去，晚上还有顾客哩。"

梁超的母亲一听郁静说要回发型屋，还说有顾客，脸又一下拉了下来，并随即冲郁静问："咋的，你又开发型屋了？"

郁静看了梁超母亲那阴沉着的脸，知道梁超的母亲在为她开发型屋的事生气。不过，她并不为之害怕，因为自己行得端走得正，她于是回答梁超的母亲说："是的，我又开发型屋了，但我没做丢脸的事。"

郁静这回答，好像戳到了梁超母亲的心，梁超的母亲因而更生气了。脸不仅立即沉了下来，还一副恶狠狠的样子："你没丢自己的脸，却丢了咱老梁家的脸，谁不知道你郁静是咱老梁家的媳妇，还是咱梁氏公司的副总经理……"

梁超的母亲不仅把这话说得很气愤，唾沫星子也飞溅得如雨点似的。要不是郁静忍无可忍地打断了她的话，不知她对郁静还要数落多久，也不知有多恶毒。

"呵呵，我丢谁的脸了？我开发型屋既光明正大，又遵纪守法。再有，我已搬出了老梁家，除了那一纸离婚证被你卡着没办外，我就是我，与你们老梁家没任何关系。"

郁静这话说得很激奋，也很痛快，她把这些年来受的委屈和埋在心中的愤恨全宣泄了出来。在前些日子，她把一切都埋在心里。梁超的母亲给她脸色她忍着；梁超的母亲阴阳怪气说她身子无用，不生男只生女她忍着；梁超的母亲有时还埋怨梁超没眼光，找了个不干不净开发型屋的女人，她还是忍着。她那时想，只要梁超爱自己，什么都无所谓。为了不让梁超为难，她只把梁超母亲的话当耳边风。而眼下，她如困在笼子里的鸟，总算挣脱了笼子的束缚，获得了自由，她咋不为之兴奋激动呢？

而梁超的母亲听了郁静这话，犹如郁静迎面给了她一巴掌，她先是一惊，接着就愣住了。在短暂的停顿之后，她也许想到了她眼下这个家，于是放低了声音，有着几分无奈，又带着几分央求对郁静说："小静啊，你咋这么说啊，这些年来，我虽然爱唠叨，但一直把你当儿媳的。就说这次你和小超闹离婚吧，你知道我为啥死死攥着那户口本不给小超？还不是想着你们俩过了那阵子能重归于好，没想到你会说出这伤人心的话来……"

梁超的母亲说得很伤心，那样子，好像她受了莫大的委屈似的，说过那席话后，她又接着说："两个人过日子，哪有不磕磕碰碰的，一斗嘴就离婚，哪有这样的事？"

梁超的母亲说过这话后，总算停了下来，她抬眼看了看郁静，准备再说什么时，郁静却打断她的话说："我和你儿子梁超只斗斗嘴？你儿子把外面的女人都领到家里来睡了，我还能无动于衷不知趣，我成全他们还不好？"

郁静这几个问，把梁超的母亲问得一时不知咋说了。过了一阵她又才对郁静可怜巴巴地说："小静，我明天就把丹红那贱货赶走，你看行不行？"

梁超的母亲说过这话，忙朝郁静跨上两步，并下意识地注视着郁静，那样子既急切又期待。郁静看了之后，心里顿时涌上一种怪怪的感觉。这感觉让她眼前再一次出现了这些年来梁超母亲对她的嫌弃和刻薄，也让她想到了梁超的贪婪和无情，她因而没回答梁超母亲的话，就头也不回地转身朝外走去……

第六十章　一念成魔

梁超的母亲张淑琴，这天受到郁静嗤之以鼻的漠视后，心里除了很不是滋味，也感到了事态的严重。同时，一种扁担挑水两头落空的可怕感，顿时笼罩在她心头。

几天前，当她从儿子梁超的嘴里，听说了女人丹红不能生娃的事后，她像听到啥噩耗般，先是一惊，接着就陷入了沉思。老实说，她不相信她儿子这话是真的。首先，她见过丹红那身子，就凭丹红那对饱满的乳房和石磨般浑圆的屁股，是不可能养不出娃来的。其次，她相信那算命的老女人不会骗自己。因为她给那算命的老女人送了一个又一个的大红包，还送了两只大红鸡公。更主要的是，她也不相信那算命的老女人，不会不顾及自己的名声而信口开河，做损人损己的事。

所以，她这天听过儿子梁超的话，先沉闷了一阵，然后就既忐忑又怀着几分侥幸地去找那算命的老女人了。她一是想去问问那老女人，女人丹红一直怀不上究竟是咋一回事，也想问问还有没有啥补救措施。哪知，当她心里七上八下，嘴里又大口喘着粗气地来到那老女人摆摊算命的桥头，并从桥头找到桥尾，也不见那老女人的影子。不得已，她才跟那一个个地摊摊主打听，但都说那老女人已有好些日子没来这里了，这些人还给她说了老女人离开这里的大概时间。梁超的母亲听后立即就傻了眼，一种被愚弄被欺骗的感觉也立马涌上了她的心头，不仅让她愤然，也让她悔不当初。与此同时，她也才不得不认清了女人丹红不能怀孕的现实。也就从这时起，她脑子里才不得不重又想到了儿媳郁静。因为她不想她这个家，落得个人财两空的下场。总之，她这时才感到，郁静对他们老梁家真非同小可。但是，这些天来，她既问了儿子梁超知不知道儿媳郁静去了哪里，她也在县城里找来找去，可也没有儿媳郁静的一点儿消息。但是，就在她为找儿媳郁静急得如热锅上的蚂蚁时，一向唯唯诺诺的郁静却站在了她面前，样子既坦然又若无其事。她看了之后，既惊讶，也一脸的难为情。后来，尽管她也放下了那张老脸，给儿媳郁静说了之前她无论如何也说不出口的话，儿媳郁静仍没领她的情。一时间，她的心不仅冰冷也茫然了。

这天晚上，梁超的母亲张淑琴躺在床上左折腾右折腾，反复考虑着要怎样做，郁静才能回公司。她想过叫儿子去请，也想过再放下自己这张老脸去给儿媳郁静赔不是，但都觉得不合适。无奈之下，她最后才想到了"治病治根，解铃还得系铃人"这句具有哲理的千古名言。她想，郁静是因为梁超有了女人丹红，一气之下出走的，那她把丹红从梁超身边赶走，同时也把她撵出梁氏公司不就成了吗？况且，女人丹红既不能生娃，又把公司搞得乱糟糟的，这样的人留着不仅没用，还是一个祸根。

张淑琴这晚想到此，便打定主意，为了让儿媳郁静尽快回来，决定将女人丹红立马赶出老梁家，以及梁氏公司。于是在第二天的一早，她就给儿子梁超打去电话，叫儿子梁超在这天的午饭之前，必须把丹红给她领回家来。由于怕儿子不把丹红给她带回来，她没给儿子说这其中的原因。所以，儿子梁超接过她的电话，就好奇地问："妈，究竟啥事，要不你先跟我说说。"

儿子梁超在电话里问过他母亲这话，据他对自己母亲的了解，满以为他母亲会噼噼啪啪给他说一通缘由的，没想到他屏住呼吸听了好一阵，电话里只给了他一串"嘟嘟"的忙音。梁超听着这忙音，又想想母亲那冷冰冰的语气，一种只能意会，不能言说的直觉告诉他，他母亲叫他把女人丹红带回去，这对丹红来说，一定不是啥好事。于是，他心里除了忐忑，也有一种说不清道不明的兴奋。同时，他脑子里不由出现了头天晚上与女人丹红在一起时的情景。

女人丹红自从去医院做了检查后，犹如患了一场大病。不仅精神萎靡，人也一天天消瘦了下去，时常还以泪洗面，伤心欲绝。而这时的梁超却不以为然，对她也爱理不理。女人丹红看在眼里，心里不由充满了危机感。

所以，这天的晚饭后，她同之前的每晚一样，在梁超晚饭后无所事事地躺在沙发里看电视时，她则抱着内衣内裤去了卫生间。但这晚与以往每晚不同的是，她进了卫生间后，竟把卫生间的门关了个严严实实。在这之前，她在卫生间洗澡是从不关门的，因为房间里转来转去就她和梁超两人，而且她也想让自己那被温水浇透了的胴体，一目了然地呈现在梁超的眼前，让梁超看了既眼馋又亢奋，从而拴住梁超的心，在往后的日子里与梁超不说白头偕老，享不尽的荣华富贵，至少也不像现在这样，自己和另一个女人共享一个男人，还要为生存到处奔波，以及担惊受怕。的确，有好多次，梁超看了她那既"显山露水"，又水淋润白的身子，就醉醺醺地冲进洗澡间，或站或坐或将她就地按在卫生间那水汪汪的地板上，疯狂又不计后果地把那事给做了。而这晚，她之所以关了卫生间的门，是因为她要做一件要梁超无法离开自己的事。

女人丹红把自己关进卫生间后，先打开了卫生间里的水龙头，让水龙头喷出的水的"哗哗"声，淹没掉她在卫生间里弄出的一切声音。然后坐在马桶上，从裤兜里摸出了一小包粉末，并"叮当"着响地打燃了打火机……

原来，女人丹红吸的这东西，是两年前前夫肖俊抛弃了她，孩子又胎死腹中后染上的。那时的她自暴自弃，身子又时不时疼痛难忍，她当时为了麻醉自己，也想以自残来泄愤，因而吸上了这东西。与梁超相识后，梁超的家境和梁超的帅气，让她不仅想成为老梁家的女主人，也想拥有梁超一辈子，所以，她便竭力克制着自己，只是在万不得已时，才背着梁超悄悄吸上几口。而眼下，她为了不重蹈覆辙被梁超抛弃，便加大剂量吸着这东西，从而用更亢奋的身子来拴住梁超。哪知，她这孤注一掷，再次让她走上了不归路。

此时，她坐在马桶上，随着打火机清脆的"叮当"声，她便把那燃烧着的粉末凑近自己的鼻子，并如痴如醉地吸了起来，几口之后，她舒坦着长长地叹了一声气，浑身也如注入了兴奋剂般亢奋了起来，同时，也有一种欲望在她体内燃烧着翻滚着，先是从她心里，接着就排山倒海般冲击着她身子的每个部位……不过，她知道自己这是咋一回事，这除了她有过这样的经历，她要的也是这样的效果。因此她将自己草草洗过后，接着又将自己的周身，特别是脖颈和两腋窝喷了香水，才从卫生间里风情万种地走了出来，特别是她那对眼睛，贪婪得让人难以把持自己。梁超见后，尽管心动，但一想到女人丹红那"缺斤少两"的身子，刚蠢蠢欲动的身体，立马又萎靡了下去。

哪知，吸过那东西的女人丹红，来到客厅后，没等梁超反应过来，也没去想梁超洗没洗澡，就先发制人地将梁超按在了身下，一边扒着梁超的衣裤，一边疯狂地扭动着自己的身子。那模样，贪婪得如一个魔鬼。

在这之前，梁超对女人丹红越来越觉索然无味，甚至还有了一点儿恶心，他觉得一个残缺的身子，犹如一处空洞的宫殿，外面再金碧辉煌璀璨耀眼，里面却是一片废墟，并堆满了各种垃圾，谁还有兴致跨进去呢？但丹红这晚的疯狂，让他一时如吃了迷魂药，不仅忘记了对丹红身子的厌恶，还被丹红折腾得服服帖帖。但酥软后的他，尽管与丹红相偎在一起，脑子里依然想着她那残缺的身子，以及自己如何面对这女人。

而这时的女人丹红，以为自己的疯狂，不仅征服了梁超的身子，也征服了他的心。为了证实自己的揣测，她把自己的身子偎进了梁超怀里，然后柔声细气地对梁超问："超，你说医院的检查会不会出错呢？不过，医生说了，我这病能治，治好了我们就要孩子，我一定要为你们老梁家生一个大胖小子，让你妈高兴高兴。"

女人丹红说过这话，抬起头来看了看无动于衷并毫无反应的梁超，一种可怕的念头便出现在她脑子里，但她还是柔情似水地对梁超说："超，我不能怀娃的事不告诉你妈好吗？你妈若是知道了，一定会不让我们在一起的，到时我想你了怎么办，你想我了，我又不能给你，我会心疼死的。"

女人丹红说过这话，又俯下身去，将自己的脸紧贴在梁超的胸脯上，那样子，可怜得如一个即将被遗弃的孩子。

梁超听了女人丹红这话，又被丹红俯在胸前一温柔，不知是丹红的缠绵和疯狂，让他忘记了她那身子的缺陷，还是只想敷衍一下，便点头答应了她给他说的事。哪知，这天早晨他母亲却在电话里声色俱厉地叫他把丹红给带回去，梁超听后，一下就紧张了起来。因为几天前，他已将丹红不能怀孩子的事，全告诉了他母亲。他因而怕他和女人丹红这天回去后，他母亲会当着他俩的面，质问丹红不能怀孕的事。到时他又如何向丹红解释呢？

但是，就在他左右为难时，他母亲那声色俱厉的声音再一次在他耳边响起，与此同时，女人丹红那有缺陷的身子，也再一次让他索然无味。他于是立马改变了主意，并把他母亲要他把丹红立即带回去的事，说给了丹红听，女人丹红听后，不仅紧张了起来，脸也变了色，并慌慌张张地冲梁超问："你是不是给你妈说了我不能怀娃的事？"

梁超听了女人丹红这质问，尽管之前已打定了主意，但面对着丹红那咄咄逼人的目光，他还是有了几分胆怯，他只好支支吾吾地对女人丹红说了"没有"，接着又说，"说与不说有啥关系，你知道不，纸是包不住火的。"

女人丹红听了梁超这话，啥都明白了，曾经的恐惧如山崩地裂般黑压压地朝她压了过来，让她心里越来越沉，越来越阴森，甚至让她快要窒息。但她还是声嘶力竭地对梁超说："梁超，我告诉你，你妈要是对我有个啥，我是不会放过你的。做鬼也要把你拉到一起。"

女人丹红说过这话，便陷入了沉思。她不知道自己第二天将面对啥事。是梁超的母亲像上次那样，只是叫她过去吃好吃的，还是梁超已告诉了他母亲她不能生娃，要阻止她和梁超结婚，甚至要将她赶出老梁家，以及梁氏公司。女人丹红想到此，不由打了一个长长的寒噤。

不过，女人丹红毕竟是见过世面的人，她也知道是祸躲不过的道理。因而，这天吃过早饭后，她还是跟着梁超去见了梁超的母亲。出门前，她又怀着几分侥幸，同为女人，她相信梁超的母亲对她不会咋样的。另外，自从她认识了梁超的母亲以来，梁超的母亲对她虽然说不上宠爱有加，却也没为难过她。

梁超这天领着女人丹红是已近中午了才回到家的。梁超的母亲当时阴沉着脸坐在客厅里的沙发上，那样子是有意候在那里等梁超把女人丹红给她带回来。

而女人丹红这天跟在梁超的身后刚一跨进门，就感觉一股冷风杀气腾腾地朝她迎面扑来，她先打了一个寒战，脸也随即发了白。当然，此时的梁超，在他母亲面前也没了以往的随意和任性。他已感觉到母亲要他把女人丹红带来是为了啥事，同时也猜到他母亲将会怎么做。为此，他在心悸的同时也依依不舍。老实说，他除了怕女人丹红要起横难以对付，昨晚与女人丹红的交欢再次证明，能让他在做爱中得到满足并舒坦得淋漓尽致的，除了女人丹红，还没第二个女人。

而女人丹红当时除了紧张，也在竭力思索着如何应对梁超的母亲。从梁超的母亲冲她提的问，到梁超母亲要她做的事，之前都一一做了假设，并也想好了对策。但让她没想到的是，当她站在梁超母亲的面前时，她把之前想好的对策全忘得一干二净了。更让她难以面对的是，梁超的母亲竟直截了当地否定了她与梁超在一起。

女人丹红跟在梁超的身后跨进屋后，还没从那惶惶中回过神来，梁超的母亲就沉着脸，开门见山地冲她和梁超说："都给我听着，我有事给你们说，不为别的，就你俩的事。"

梁超的母亲说过这话，又瞪着眼睛看了看女人丹红和自己的儿子，然

320

后继续说："我看你们俩的事还是算了，这样不明不白地在一起，对大家都不好。"

梁超的母亲不仅把这话说得很生硬，也果决得没丝毫商量的余地。女人丹红听后，立马知道自己害怕的事真的发生了。她忙侧过头去看了看梁超，她以为梁超会在他母亲面前争辩一阵的，哪知这时的梁超却一副不惊不诧，无所谓的样子。女人丹红见后，啥都明白了，一种被抛弃被愚弄的感觉便涌上了心头，但她还是强使自己镇定了下来，也故作什么也不知道地笑着对梁超的母亲说："阿姨，我和梁超是真心相爱的，要不我们立即就去登记，这样我们就可以正大光明地在一起了。"

梁超的母亲听了女人丹红这话，不由一愣，她没想到这女人这么不知趣，都把话说到这份儿上了，还不明白其中的意思，她于是两眼冷峻地盯着女人丹红说："还是算了吧，我看你俩也不合适，你也好去找更好的。"

梁超的母亲说过这话，立马站起身来就要朝外走。女人丹红见了一下就慌了神。她清楚，梁超的母亲这一走，她和梁超的事就真结束了，她想进入老梁家，想成为老梁家女主人的梦也就彻底破灭了。因而，为了留住梁超的母亲，她忙追了过去，并求着梁超的母亲说："阿姨，请不要这样，我哪些做得不好请直说，我改了还不行？"

梁超的母亲被女人丹红这么一说，心里竟突然厌恶了起来，她不由暗自骂道：不识相的东西，话都说到这份儿上了，还不知趣。她于是猛地回过头对女人丹红更恶毒地说："我说你咋还不明白我的意思呢？我只是不想要你太难堪。那好，我就给你直说了，你和我儿子的事，就此一刀两断，我们梁氏公司也不再要你。你要问我为啥，那我告诉你，身子都那样了，还做得了啥事？"

女人丹红听过梁超母亲这话，脑子里不由"嗡"的一声，眼前一片漆黑。就在她快要倒下去时，她又强使自己站稳了身子。与此同时，她也完全明白了是怎么一回事，于是她苍白着脸，拔腿便朝门外冲去……

第六十一章　报复

女人丹红这天冲出梁超家后，又逃也似的跑出了梁超家所在的"贵人苑"小区，并在"贵人苑"小区外的大街上毫无目的地狂奔着。但没跑多远，不知是体力不支，还是心存侥幸，她又慢了下来，并住脚于街边的行道树下，一边思索着这天的事是怎么发生的，一边期待着梁超能朝自己追来。因为直到这时，她也不相信梁超会背叛自己。除了梁超对她发过誓，她也不相信梁超会如此绝情。这天早晨在起床时，他们还在床上折腾过哩，事后梁超还舒服得一个劲地直"哼哼"，咋会说变就变了呢？

女人丹红想到此，心里有说不出的心痛和委屈。但一阵泪流一阵心痛之后，她依然期待梁超快快出现在她面前，给她安慰，给她说声对不起。但是，她这天在那行道树下从中午等到太阳偏西，又从夕阳缓缓消失在那一幢幢高楼的背后，到整座县城都亮起了路灯。她不仅没等来梁超，就连梁超的电话也没等来一个。

这晚的最后，女人丹红带着从未有过的失落和迷茫，也拖着疲惫不堪的身子，满心绝望地离开了街边那棵行道树，并脚步蹒跚，神思恍惚，也漫无目的地朝前走去，看样子，犹如一个酒鬼，又似一个幽灵。每当她路过一个个服装店美容店，还有那些酒吧和夜总会，总有色眯眯的男人上前与她搭讪，也有满嘴酒气的男人对她穷追不舍，但最后都被她愤然喝退。那样子，她随时都有可能与任何人同归于尽。然而，这晚当她回到自己的住处后，却一头瘫倒在床上，一边"呜呜"地哭着，一边思索着自己究竟是啥命。几年前肖俊为了享受那荣华富贵，不顾她身怀有孕抛弃了她。而眼下只因自己不能怀孩子，被梁超的母亲嫌弃不说，对她曾指天发誓，又在她身上得到一次次满足的梁超，也恩断义绝对她置之不理。女人丹红想到此，一种被欺骗、被玩弄的感觉，再次让她心如刀割，悔恨至极。不仅如此，梁超在她心里也从此变得抽象和模糊了起来，梁超的嘴脸在她眼前也愈来愈丑恶，愈来愈狰狞……也就从这晚起，女人丹红的心，随着梁超对她的冷漠和无情，便彻底凉了。同时，前夫肖俊给她留下的伤痛也时不时提醒她不能重蹈覆辙。另外，她渴望成为老梁家女主人的美梦，也驱使着她不能就这么忍气吞声地被梁超抛弃，更不能太便宜了梁超这负心男人。

女人丹红这么想过，一狠心便打定主意，于是在两天后的一早，便给梁超打去了电话。她打这电话的目的很明确，除了要梁超为自己的不仁不义付出代价，尝尝那生不如死的滋味，也要他规规矩矩将她奉为老梁家的女主人。其实，这步棋她早就想好了，只是没想到自己真要这么做。不过，她在电话里给梁超说的话却很婉转，也理所当然。

"梁超，你看我们现在都这样了，你还是过来把你丢在我这里的东西全拿回去吧，放在我这里现在已经没了意义，想把它们给扔了又不忍心……"

梁超这天早晨在电话里听了女人丹红这声音，不知咋的，心里竟隐隐地有了异样的感觉，这感觉就连他自己也说不清，是对丹红的不舍，还是对丹红那无用的身子的索然无味。让他既蠢蠢欲动又心如止水。

两天前，当他母亲把女人丹红骂走后，或许还没解气，又将他翻来覆去地数落了一阵，说他不做事，成天只知道玩女人，玩的女人又一个比一个不如。光是外表好看，没有一个是真正的女人。一个开发型屋，一个又不明不白不能生孩子……

他母亲说到这里时，不知咋的，竟突然改了口气，并凑近他神神秘秘地问："我问你，你和她第一次时，觉没觉得她不对劲？"

梁超的母亲说过这话，两眼下意识地注视着梁超，好像要从儿子梁超的表情里看出端倪似的。而梁超听了他母亲这话却一头雾水。另外，他也不知道他母亲咋会开口问这样的事，他因而对他母亲说："妈，您说什么呀，啥叫不对劲？"

其实，梁超明白他妈这话的意思，但这时要他说出同女人丹红的第一次上床，发没发觉丹红有什么不对劲，他既说不出口，也不知道咋说。老实说，他和女人丹红的第一次，是在极度的渴望和昏天暗地的亢奋中进行的，他怎能感觉出不对劲？因此，他只能扭扭捏捏地对他母亲这么说了。

但他母亲听了他这话，真以为儿子梁超不明白那"不对劲"的意思，她于是故作责备地对儿子梁超说："兔崽子，女儿都几岁了，女人也睡了不少，你难道就没遇上一个黄花闺女？老娘告诉你，女人天生就是生娃的，她如果是黄花闺女，又没被谁动过，咋会生不出娃呢？"

梁超的母亲说过这话，再一次注视着梁超，那样子严肃得带着一股寒气。梁超见后，心里不由有了几分紧张。在他和女人丹红干柴烈火时，他怕他母亲不接纳丹红，便没跟母亲说丹红已结过婚。而眼下，他见了他母亲这模样，对自己之前没给母亲说实话不仅心虚也很自责，更主要的是，现在他对女人丹红再没了当初的兴致，所以，他此时的心里不仅没了顾忌，也不想再骗他母亲了。他因而对他母亲说："妈，啥黄花闺女白花闺女，她是结过婚的，还胎死腹中过……"

梁超在说这话之前，只是想把之前没给他母亲说的事说明白。哪知，他母亲听了之后，竟一股怒气直冲脑门，她立马站起身，气得跳着双脚冲儿子梁超骂道："呸！兔崽子，你是啥人，就这点出息啊？头个是开发型屋的，这个是怀过娃的，那下一个呢？是准备去找个三婚的还是四婚的，要不去找个老得尿都撒不出来的？"

梁超的母亲当时气得不仅眉眼变了形，额前的头发也好像倒立了起来。她一是气愤儿子没找上一个正经女子，也气愤儿子事先没给她说。儿子与儿媳郁静的结婚，儿子当时对她是先斩后奏，并以非郁静终身不娶为要挟，她和老伴儿才不得不答应了。而女人丹红，她一点儿都不知道，儿子就和她睡到了一起，还把她弄进了公司。所以，眼下弄成了这样，她咋不怒气冲天呢？

而梁超听过他母亲责骂，再看看他母亲那气愤的样子，心里也自然有些不高兴，他先叫了一声"妈"后，就气冲冲地离开了他母亲。尽管他母亲在后面"小超，小超"一个劲地喊着，他也没回头应一声。

梁超这天从家里跑出来后，要是以往，他会不假思索地直奔女人丹红而去，并吃住在那里。而这天他没有，一是他对丹红的身子已没了兴致，再有他对丹红也太无情。他母亲在对女人丹红横加责难时，他不仅没为丹红说一句好话，还落井下石地对丹红冷若冰霜，形同路人。他清楚，人精般的女人丹红早已看出他对她恩断义绝了。所以，他除了没脸去见丹红，也怕丹红见了他后，分外眼红地将他轰出门。

因此，他这天在电话里一听到女人丹红的声音，除了感到很意外，心也紧张得"咚咚"直跳。刚开始他以为丹红会在电话里骂他的，但听了丹红的电话，这种紧张不仅荡然无存了，心里还忐忑忐忑地异样了起来。然而，就在他竭力思索着自己的啥东西丢在女人丹红那里了，重不重要，确切地说有没有必要去拿时，丹红接下来的话，却把他彻彻底底地镇住了。女人丹红当时在电话里厉声对他说："梁超，你给我听好了，再不过来取，我真就把它们全给扔了，到时再问我要，休怪我翻脸不认人……"

女人丹红严肃和认真的语气，让梁超听后，心里再次一紧。他虽然一时想不起自己究竟有啥东西丢在丹红那里了，但丹红的口气告诉他，自己丢在丹红那里的东西一定非同小可，说不定是自己的什么证，又或许是公司里的啥文件，为了稳妥起见，他立马回答丹红说："好，不要乱来，我马上过来取。"

梁超说过这话，收起手机便朝女人丹红的住处赶了过去。匆忙中，他脑子里一边想着自己有啥东西丢在丹红那里了，一边想着见到女人丹红后，丹红会如何对他。

其实，梁超丢在女人丹红那里的东西，也没啥值钱的，大不了背心裤衩打火机。女人丹红这天早晨在准备给梁超打电话时，根本没想叫梁超过来取什么东西。她当时只是想用"软绳套猛虎"的方法，把梁超套过去后再说下文。哪知，当她刚拨通梁超的电话，在抬头的无意间，梁超晾晒在晾衣间的那一条条裤衩，如旌旗招展般，红红绿绿地飘飞在她的眼前，顿时，她的心不仅乱了，对付梁超也有了新的主意。

女人丹红在给梁超打电话前，满以为梁超会同以往那样，低声下气地求她几句的，没想到梁超在电话里给她的回答，既冰冷又生硬，因而，她对梁超本已冰冷的心，也变得愈加坚硬，报复之心也越来越迫切了。

女人丹红给梁超打过电话，知道梁超一时半会儿赶不过来，她便揣上钱急匆匆出了门。昨晚，当她打定主意要报复梁超后，把藏在卫生间顶棚上那"小纸包"重又小心翼翼地取了出来，打开后她看了看，又贪婪地嗅了嗅。怕梁超不上瘾，就决定这天再去买一点儿回来，让薄情寡义的梁超，想离开自己却不能……

女人丹红这天出门后，轻车熟路地去了曾去过的那地方，买上为梁超准备的东西后，又去成人用品小店买了"兴奋剂"，才匆匆赶回了家去，并手脚麻利地炒了几个梁超最喜欢吃的菜，把下了"兴奋剂"的酒，也给梁超摆上了桌，就等着梁超来品尝，并"醉入其中"。

梁超接了女人丹红的电话，尽管有些顾虑，还是赶了过去。这除了怕自己丢在女人丹红那里的东西真被丹红给扔了，也想与女人丹红缓和缓和气氛，他真怕丹红豁出命来与他要横，到时他还真不是对手。哪知，一路上老堵车，所以，等他急匆匆赶到女人丹红的住处时，丹红弄上桌的红烧肘子和黄焖鳝鱼都已凉了。

而女人丹红在等梁超到来的空当，又用心把自己打扮了一番。粉底、口红、眼影，不仅浓妆艳抹，也很性感。

当梁超急匆匆赶来时，看到女人丹红那"春色满园关不住"的身子，眼睛一下就发了直，曾对丹红这身子索然无味和恶心的感觉也荡然无存了。要不是对女人丹红做过亏心事，此时还心有余悸，他定同以往那样，冲丹红一头扑上去……

当然，女人丹红看了梁超那发直的眼神，也明白了梁超此时的心思。但她心里再没了从前的喜悦和兴奋，而是深深的痛和难以消除的恨。为了不让梁超看出自己摆的是鸿门宴，她于是朝梁超凑了上去，又指了指放在客厅里沙发上的包，然后故作平静地对梁超说："梁超，无奈你我无缘做夫妻，东西都给你收拾好了，吃了饭你把它带回去吧。"

梁超先前刚跨进门时，就闻到了佳肴和美酒那扑鼻的香气，食欲也一个劲地让他吞着口水。当他看到饭桌上那道他最喜欢的红烧肘子，和那杯满当当的酒，他真想像以往那样，先畅畅快快地将这杯酒一饮而尽，接着抓一块红烧肘子放进嘴里。但眼下，他和女人丹红已到了这一步，既不可能再是情人，也不可能再是朋友，他咋敢像以往那样随随便便呢？所以，他此刻尽管听女人丹红这么说了，却依然矜持着。

女人丹红看了梁超犹豫不决的样子，知道梁超的心思，为了达到她报复梁超的目的，她又对梁超说："梁超，我们虽然不能做夫妻白头偕老，可我们毕竟好了这么久，我们今天一起再吃顿饭，就算相互道个别吧。"

梁超听了女人丹红这话，又看了女人丹红那妩媚的模样，便迟疑着坐了下去，端起了那杯叫他垂涎欲滴的酒，一仰脖子灌了下去。

梁超灌下第一杯酒后，就一下放开了，喝起酒来不仅一杯接着一杯，吃起菜来也狼吞虎咽，那样子仿佛一切重又回到了以前。不仅如此，酒足饭饱的他，又在"兴奋剂"的作用下，看丹红的目光也发了直。还同以往那样，抱着丹红就要干那事。而此时的丹红则趁此又生一计，一边故作忸怩，一边吊着梁超的胃口说："梁超，我们都没那关系了，再做这事不合适吧……"

梁超听过丹红这话，更加欲火焚身了，一对圆眼也被憋得如发了情的公牛似的，他把酒气熏天的嘴贴在丹红的脸上说："来吧，我现在已管不了那么多……"

的确，此时的梁超不仅忘记了他之前对女人丹红的无情无义，也忘记了女人丹红身子的"残缺"，那"兴奋剂"已将他变得疯狂，变得不顾一切。

如果说此时的女人丹红就此答应了梁超，仍同以往一样，让梁超在她身上肆意疯狂，肆意发泄，或许这一阵子结束后，梁超和她真会到此为止。但已做好了报复准备的她，怎能就此便宜梁超呢？所以，她一下依了梁超，并嗲着声音对梁超说："急啥嘛，刚才做了菜，你没闻到我满身的油烟味？要不你先抽支烟，我去洗洗身子。"

女人丹红说过这话，便把早准备好的，经过她精心改装过的"香烟"递到了梁超的手上，又用打火机为梁超点上，等梁超有滋有味地吸着，她才颠着屁股一扭一扭地去了卫生间。

女人丹红进了卫生间后，立马反锁了门。整个人也完全瘫了下去，她蹲在卫生间里，一边流着泪，一边瑟瑟发抖，她知道自己这是在作孽，但她也没法子，谁叫一个个男人都是负心汉呢？要不是被前夫肖俊伤得如此之深，让她失去了生育能力，还有梁超眼下的薄情寡义，此时的她咋会这么做啊？

女人丹红想到这些，把心一狠，咬牙站起身来，正准备开始洗身子时，她听见了梁超在外"快点快点"的叫喊声，接着，梁超那急促的脚步声，也朝洗手间传了过来……

第六十二章　智斗

郁静去梁超家看过女儿娇娇，回到发型屋后真是心乱如麻，一是为女儿担心，二是为梁超的母亲跟她说的话焦虑。女儿娇娇是个很懂事的孩子，在梁超的母亲跟她说事时，女儿就站在一旁，一声不吭地冲她眨巴着眼睛，那目光好像是在告诉她：妈妈，不要怕，回来吧，有我哩。而梁超母亲的话却让她心神不定，她不知道梁超的母亲又在打啥主意，当初对她那样苛刻，苛刻得几乎不近人情，而眼下对她咋又大发慈悲呢？是女人丹红在公司里干得不好，还是另有原因？

郁静由于成天思索着这些事，她因此不得不分了心。所以，她这天在给一个男顾客修面时，不知咋的就把这男顾客的脸划了一条口子，更可怕的是，这男人竟是县城的地痞小子。

当郁静失误把这男子的脸划了一条口子后，恐慌中的她，先给这男子赔了不是，接着还主动要赔这男子的医疗费。但这男子死活不接郁静的钱，而是要郁静陪他一同去医院。不仅如此，还要郁静照料他的饮食起居，郁静听后，立马就急了，忙对这男子说："大哥，您就高抬贵手吧，您看我一个人在店里，咋走得开呀？"

这男子当时坐在发型屋内的椅子上，冷着脸一副油盐不进的样子，眼看着时间越来越晚，这男人却没有一点儿要离开的意思，郁静因而急得如热锅上的蚂蚁，不住地在店内转来转去。

在郁静的记忆里，她结婚前开的那发型屋，生意比眼下还兴隆，顾客们时常站班排队，也没出过这样的事。不过那时她年轻单纯，也静得下心，顾客一到，她就能把整个心思放在顾客们身上。而眼前却不同了，发型屋的生意尽管也不错，但她始终找不到当初那感觉，也进不了那状态，不仅如此，还有很多的烦心事。

郁静这天是想着自己的女儿娇娇，和梁超母亲的那一席话而分了心的。她不知道为啥会这样，自己本就要挣脱那婚姻的枷锁，过上自由清静的日子，没想到梁超的母亲，竟给她使了这么一招，又把她拽进了那生活的旋涡，让她身不由己。

从梁超家出来后，一路上她都在考虑女儿和梁超母亲给她说的事。不过，要她回去是不可能的，一是她对梁超再没了当初那感觉，不光这样，一想到他和别的女人睡在一起时的情景，她就恶心，甚至是不能容忍。她怕自己回去后，无法面对梁超和梁超所做的一切，而发生难以想象的事。另外，她喜欢这单纯、自食其力的日子，还有一个重要的原因，她心里已有一种朦朦胧胧的感情，这感情不仅让她一天天远离了之前的痛苦和彷徨，也让她对未来生活充满了憧憬。但这天，女儿娇娇和梁超母亲的话，却又把她好不容易静下来的心重又打乱了，再一次将她置于困惑、忧心忡忡的境地，也让她成天神思恍惚心不在焉。

这天黄昏，尽管郁静苦苦哀求了被她划伤了脸的那男子，并承诺支付全部医疗费、营养费和旷工费，那男子依然赖着不走，他说他不讨啥说法，他只要郁静陪他去医院，陪他住院治疗就行。但此时的郁静不是推责不陪这男子去医院，而是她心里充满了胆怯。因为她从这男子看她的目光里，已看出了这男子的贪婪和别有用心，如果真那样了，到时她怎么办？她往后又怎么做人呢？所以，她不能不计后果草草行事。然而，当她看着屋外慢慢黑下的天，看到街道两旁一家家商铺已关了门，她的心一下就紧张得快从嗓子眼跳出来了。她不但不知道自己该如何处理眼前这事，更不知道她这晚的结局是啥样子。还好就在她为眼前的事急得如热锅上的蚂蚁，并慢慢绝望时，老穆下班回来了。但老穆的回来，虽然为她解了燃眉之急，却又把她推入了难以自拔的境地。从此，郁静在现实生活里，再次经受了情感的煎熬。

老穆这天傍晚跨进郁静的发型屋时，看见店里还坐着一个男子，但他总觉得那气氛不对劲，他于是下意识地看了看郁静，这时的郁静低着头，一脸的无助，眼里好像还噙着泪。老穆看了郁静这模样，顿时一头茫然，他接着又看了看坐在椅子上那男子，他这时才看见这男子的脸上，留着一条长长的血迹，他为此一惊，不由问了声"咋回事"。

老穆这随便的问，就连他自己也不知道在问谁。而此时的郁静犹如做了

329

错事的孩子，神情慌乱，目光躲闪不定，有些发紫的嘴唇还在不住地颤动着，怎么也说不出话来。倒是那男子，一副受害者的模样，痛苦不堪地对老穆说：

"咋回事？你看看我这脸，来修个面，被她活生生地划了一条口子，这不，叫她陪我去医院，她不去，想出点钱了事……哟哟，好痛好痛哟……"

老穆听了这男子的话，又看了这男子做作的样子，基本明白了是咋一回事。他于是凑近这男子，并下意识地看了看这男子脸上的伤情。其实算不了啥，虽然流了血，但也只是米粒儿长一条细口子。老穆看到这儿又回头看了看郁静，这时的郁静避开那男子的目光，冲老穆使了使眼色，并给他做了不怀好意的动作。老穆见了之后，心里顿时啥都明白了，他于是暗自骂道：不怀好意的东西，想趁此占我妹子的便宜，没门。但他还是对这男子客气地说："大兄弟，我替我妹子赔不是，你看这样行不？她出医疗费、误工费，也出营养费，你自己去医院行不？"

那男子听了老穆这话，又听老穆一口一个妹子，知道自己打定的主意要落空，心里因而更不服气了，他于是气冲冲地冲老穆说："告诉你，我不在乎那点钱，我怕留下后遗症，况且，这伤口在脸上，又不是在别的地方。再说，我的脸被她划了，陪我去医院是天经地义的事，这不是用钱多少，我就是要看她的态度如何。"

这男子说了这话，又把目光阴森森地投向了郁静，他要看郁静听了他这话，会不会改变主意，从而达到他的目的。

原来，这男人是前段时间，想占郁静便宜那城管的拜把子兄弟。那城管因没得到郁静，一直耿耿于怀，他本想不惜一切手段得到郁静的，但他身着的城管服却让他不敢轻举妄动，怕的是，羊肉没吃着惹身臊，把这来之不易的城管饭碗给弄丢了。这城管一职虽然没啥，既挣不来多少钱，又算不上多大的官，却很神气，也很威风，谁见了都有一个"怕"字。所以，在不得已中，为了报复郁静，他才想了这么一招。那天，他和他这拜把子兄弟喝酒时，趁着酒兴，他给这拜把子兄弟说，他最近见了个大美人，美如貂蝉，丰满如杨贵妃，并且是清纯靓丽，又开着发型屋。他这拜把子兄弟听后，喝着酒的嘴立即就流出了口水……因为在很多人的心里，开发廊的女人都经营着"无本"生意，不仅"物美价廉"，也不分档次，只要你包包里有钱，不管你是拾垃圾的流浪汉，还是心有余而力不足风烛残年的老人，她们都能光着身子伺候你。所以，那城管的这拜把子兄弟，在这天的午后，便雄赳赳气昂昂地去了郁静的这发型屋。

时间是这年的春末夏初，天气也明显的热了起来。大街上的人们全都身着夏装，出门时也都带了遮阳伞。特别是那些爱美的女人，她们的衣着不仅薄如蝉翼，也光胳膊露腿。润白的肌肤，婀娜的身段，在大街上，在闹市区便呈现出一道道靓丽的风景，让人眼馋，让人浮想联翩，也让一些"有心人"，充满了幻想，充满了奢望。

郁静自从开了这发型屋，也把自己打扮了一番，随着天气的一天天热起来，她也同所有爱美的女人们一样，穿了短裙，穿了露肩的低领衬衫。再加上她少妇的身段，让她不仅有青春少女的美颜，也有成熟女性的丰盈，每寸肌肤也嫩白得吹弹可破似的。

城管那结拜兄弟这天去到郁静的发型屋时，郁静刚刚给一个女顾客做过头，那女顾客走后，城管的这拜把子兄弟便坐上了郁静给顾客做头的那椅子，出于职业习惯，郁静微笑着对他说："先生要理发？"

郁静的话说得很轻柔，也充满着热情。但她的目光却很警觉，警觉得谁见了都不敢再想入非非。

当然，那城管的这拜把子兄弟见了后，心里也清楚得很。况且，他也是情场上的老手，知道哪样的女人能轻易到手，哪样的女人只能隔河观柳看看而已。他见了郁静那一脸的笑和目光，清楚郁静不仅柔中带刚，也是难对付的人。但郁静的姿色和成熟又让他着迷。后来，在郁静给他理过发，又弯着腰给躺着的他修面时，他近距离目睹了郁静那润白的脖颈时，就难以控制自己了。他知道硬来是得不到郁静的，只有让郁静乖乖屈服自己，才有可乘之机。于是，他如当下那些碰瓷的"英雄豪杰"们一样，对郁静实施了苦肉计，他是趁郁静走神扭过头去时，故意扭了一下头，让郁静手中的刀在他脸上划了一条口子。

此时，天已完全黑了下来，但老穆和那城管的拜把子兄弟还在争执。先前，店门口还围了不少看热闹的人，老穆也一再说他陪这男子去医院，但这男子就是不肯，他说他不为难别人，还说谁做的事，他就找谁。总之，一副油盐不进的样子。围观的人看始终没有一个结果，也觉没趣，便公说公有理，婆说婆有理地各自说着离开了。而围观的人一走，事情就升级了。那城管的

331

这拜把子兄弟就不再讲事实以理服人了，他一下就露出了地痞的真面目，随即躺在发型屋的椅子上，并冷笑着说："好，她不陪我去可以，不过，我有的是时间陪你们耗，没事，我今晚就睡这里。"

那城管的这拜把子兄弟说过这话，立马闭上了眼睛，接着还佯装打起了鼾声。郁静一见，眼泪一下就急出来了。是呀，这男人要真在她这发型屋里过夜，她咋办呀。

老穆看了眼前的情景，也焦虑了起来。他其实一直知道这男人的用意，只是没揭穿罢了，只想大事化小，小事化了。但看着眼前这男人的胡搅蛮缠，他再也忍不下去了，他于是对死猪一样的男人说："一个大男人，何必与一个柔弱女子较劲呢？不就是划了一点儿米粒儿长的口子吗，何必要小题大做呢？别人不说你成心，也会说你有意。"

那城管的这拜把子兄弟此时虽然闭着眼睛，却清醒得很。他听了老穆这话，就从椅子上一下弹了起来，同时指着老穆说："呵呵，你说我小题大做，说我成心，这口子只是没划在你脸上，要是划在了你脸上，也许比我还难缠。"

而老穆是听了这地痞的话，知道这男人与自己较上劲了，他不由松了一口气。因为这地痞也许不再为难郁静了，他因此又说："告诉你，这口子要是划在我脸上，我吭都不吭一声，更不会找别人生事。"

这地痞一听老穆这话，被激得从椅子上一下蹦到地上，因为老穆这话是对他的轻蔑和藐视，他因此气急败坏地对老穆说："这是你说的，要不我们试试？"

这地痞说过这话，一步跨到郁静放工具的工具台前，顺手从工具台上拿了一把刮胡刀，又一转身回到老穆面前，一边把锃亮亮的刮胡刀在老穆的眼前晃来晃去，一边恶狠狠地说："我就不信，我今天就要在你脸上试试。"

老穆听着这地痞的话，又看着这地痞在他眼前挥舞着的刮胡刀，心里虽然有些紧张，却没有一点儿退却的意思，他还把脖子往前一伸，将一张黑而方正的大脸送到那地痞的面前说："来呀，试就试。"

那地痞见老穆当了真，吓得连连后退。但此时的老穆却很镇定，他虽然把自己的脸一步步地朝那手握刮胡刀，并连连后退的地痞逼近，却是一副从容不迫毫无畏惧的样子。

其实，当老穆知道了这地痞对郁静别有用心，又油盐不进故意要赖时，他脑子里便想到了以恶制恶，以狠治狠这句话，并随着事态的升级，也为了把郁静从这地痞的纠缠中解脱出来，他不得不将自己豁出去了。因而，他迅捷地抬起自己挥动铁锹锤子的大手，猛地抓住了那地痞握着刮胡刀的手，并顺势朝自己脸上划去……

时间已是这天的深夜，屋外的街道上也慢慢静了下来，偶尔有人从郁静这发型屋门前路过，也是匆匆而去。老穆那张黝黑的脸上，随着那地痞手中的刮胡刀"吱溜"一声划过，一道雪白的口子立即呈现在郁静和那地痞男人的眼前。眨眼间，红艳艳的血液便从那雪白的口子里如山间的溪水般淌了出来，并顺着老穆那轮廓分明的腮帮，淌过了老穆的脖颈，从老穆穿着的衬衫的领口处，如涓涓细流般淌进了老穆的衣服里。而老穆却面不改色心不跳，脸上还挂着冷笑对那地痞说："你看咋样，我没吭声吧？"

老穆在说这话时，目光里却充满了坚毅和鄙视。那地痞见了老穆这模样，先睁大着眼睛看了好一阵也没回过神，当他明白了这是怎么一回事时，才吓得脸青面黑。他不知道这一切是怎么发生的，他记得自己当时虽然做着样子，却没想真要在老穆的脸上划一刀，但老穆此时的脸上，却真真切切地被划了一条长长的口子。再低头一看自己的手里，那刮胡刀还被自己抓得紧紧的，刀刃上也留着殷红殷红的血。所以，他顿时感到了这事的严重性。他由此想，这人不要鬼心眼则罢，如果别有用心，告他杀人，他真就跳进黄河也洗不清了……

那城管的这拜把子兄弟想到这儿，一下子就惶恐了起来，于是扔下手中的刮胡刀，慌忙朝门外窜去，但他嘴上仍不依不饶地说："好，算你狠，我狠不过你……告诉你们，我不会让你们就这么给白要了的。"

从这以后，郁静每每想到这事，既觉得胆战心惊，又觉得很突然。她想，老穆这天假如没回来，不知自己现在成了啥样子，说不定她已落到了那地痞手里。因为她当时一点儿办法也没有了，并自暴自弃地想遂了那地痞的意，从而让事情不了了之。然而，老穆脸上划的那一刀，更让她后怕不已。是呀，再划下一点儿就到颈动脉了，割断了颈动脉，老穆还能活命？自己这辈子还能心安理得？

那晚，当那地痞走后，郁静便一头扑上去抱住了老穆，并把头深深地埋进了老穆的怀里。但她又突然想起什么似的，把头从老穆的怀里即刻抬了起来，一边泪流满面地看着老穆这张黝黑但此时却血流不止的脸，一边泣不成声。用既小心又颤抖的手，为老穆揩拭着满脸的血迹和那道伤口。她揩着揩着，脑子里一闪念，便将自己的嘴朝老穆脸上那伤口贴了上去。

原来，在她很小的时候，只要她的小手被割了口子，不管是母亲，还是父亲，都用他们的嘴吮过她手上的口子，他们当时说，这样能将口子里的毒和细菌全吮出来，伤口就不会红肿发炎，口子也会很快愈合。

后来，她母亲去世了，老穆从部队退伍回来，每遇她手上割了口子，老穆对她也是这么做的。有一次，老穆从乡下给她带回了好多好多如甘蔗般的甜高粱秆，但甜高粱秆的皮很锋利，稍不留意就会割着手和嘴。因而她在吃高粱秆时，自己的手真就割了一条口子。她当时看着从手指上不停冒出的血，立即就被吓哭了，还哭得很恐怖。老穆听了她的哭声，急匆匆地赶了过来，抓过她淌着血的小手，把淌血的手指立马放进嘴里吮了起来。吮一下，老穆又扭过头去，吐出一大口的血液和口水，不一会儿，老穆吐出的唾液不再那么红了，她手指上的口子也没再出血，当然，她也感觉没先前那么疼了。老穆这时又找出一根干净的布条，一边给她包扎，一边对她说："没事的，睡一晚就会好的。"

老穆在说这话时慈祥得如一位父亲，郁静当时就天真地想，等她长大，老穆不管是手上还是脸上，有了口子她也会为他吮的。

就是这闪念，让郁静不顾一切地将自己的朱唇，紧贴在老穆那脸的伤口上，吮一下，再吮一下……直至把老穆这伤口，吮得没再出血，她才停了下来。后来，她既心疼又埋怨地冲老穆说："你傻呀，为了我你不要命啦？对自己也下得了手……你真出事了，我能安心？"

其实，在老穆和那地痞较劲时，郁静躲在后面，把老穆和那地痞较劲的全过程看得一清二楚，她是亲眼看见老穆一下抓住那地痞握着刮胡刀的手，并迅捷朝自己的脸上划去的，她当时被眼前的那一幕彻底吓呆了，并即刻闭上了眼睛。

老穆听了郁静这听似埋怨，却心痛不已的话，心里不由暖暖的。郁静在给他吮伤口时，不知是郁静吮着的原因，还是他的注意力没在自己的伤口上，他不仅不觉得疼，还有一种很舒服的感觉，同时，心也如打夯般"突突"跳个不停，幸亏郁静将他伤口的瘀血很快吮尽，要不，他不知道接下来将会发生啥样的事。毕竟，他老穆不是垭口上的土地菩萨，他对女人依然有情有爱，有欲望有追求，况且，他身心健康，精力充沛。他对郁静的淡然和稳重，只是怕他这把年纪辜负了郁静。还有，他一直记着郁静的父亲在离世时给他的嘱托，叫他一定要照管好、保护好郁静。因而，他怎能胡思乱想，对郁静和她父亲，做那忘恩负义的事呢？所以，他对郁静的保护，除了看着是自己肩上的责任，却也不敢想入非非。

此时，他听了郁静的这话后，对郁静不以为然地说："对那样的人，不狠点，怎能镇得住呢？镇不住他，又怎能保护你呢？还有，一个大男人，连一个弱女子都保护不了，还算男人？"

老穆当时在说这话时，不仅气宇轩昂也扬扬得意，那样子，犹如一位凯旋的英雄豪杰一样神气。但是，郁静听后却给了他一个白眼，并冲他埋怨说："谁叫你保护了，狗拿耗子多事……"

郁静说过这话，还没等老穆反应过来，她又接着对老穆说："走，到医院敷药去。"

郁静这么说着，便站起身，开始收拾店内，准备关店出门。哪知，老穆却挡着她说："这点口子，上什么医院，有没有'创可贴'，贴上明天早晨就会好的。"

郁静听了老穆这话，也没与老穆再争执，况且，"创可贴"她店里不仅有，还不止一片两片哩，这是备在那里自己用的，她毕竟每天与剪子刀子打交道，哪有不磕伤划伤的。因此，她急忙忙从里屋找来一片"创可贴"，小心翼翼撕开后，又轻手轻脚地朝老穆脸上那伤口贴了上去。并且还对着老穆那已贴了"创可贴"的伤口轻轻吹了吹……

这天晚上，当郁静给老穆贴过"创可贴"后，夜已很深，老穆站起身来看了看店门外那静悄悄的大街，然后对郁静说："小静，把店门关牢，我回出租屋了。"

老穆说过这话，便抬腿朝店门外走去，但他还没跨出店门，郁静不知是担心害怕，还是对老穆的依赖之情，她一步抢过去挡在了老穆的面前，两眼静静地注视着老穆，有着几分害羞，又有几分倔强地对老穆说："不嘛，今晚我不让你回去……"

第六十三章 难以挣脱的纠缠

梁超这天在女人丹红给他下的那"兴奋剂"的作用下，翻江倒海、丧心病狂地与女人丹红折腾了一番，又冷静下来，对自己与女人丹红的这一"恶战"，始终不知是咋一回事。在去的时候，他根本没打算还要与女人丹红"重蹈覆辙"。这除了他母亲的原因，女人丹红那有缺陷的身子，也让他败胃口并失去性欲。所以，他与女人丹红完事后，提上裤子，带着他丢在女人丹红那里的一袋子裤衩，以及刮胡刀和打火机，拖着两条软得如抽了筋的腿，头也不回地离开了女人丹红的住处。在跨出女人丹红的房门时，他心里再次暗自下了决心，不管咋样，他再也不来女人丹红这里了。

所以，当他带着丢在女人丹红那里的裤衩、刮胡刀和打火机回到家后，就把女人丹红给彻底地忘了。他除了偶尔去一下公司，成天就是去娱乐城和卡拉 OK 厅，有时间也在大街上溜达，看还能不能遇上一个让他热血沸腾，并一拍即合的女人，将之前与郁静和女人丹红间那藕断丝连的感情一笔勾销。

当然，在这期间，他或许因与郁静久别的原因，又或许是他与女人丹红"分"了手，身边一时没有招之即来，来之能"战"的女人。他便又想起了分别已有些日子的妻子郁静，于是迫不及待地给她打了电话。郁静当时看了手机上的来电，心里不知是委屈还是高兴，眼里不由有了几分湿润。她踌躇了片刻，等稳定了情绪才摁了电话的接听键，并冲电话里的梁超问："打电话有啥事，你母亲把户口本给你了？要是这样，去民政局办离婚手续的时间你定，确定了跟我说，没确定等确定了再给我打电话……"

郁静说过这话，屏住呼吸等着梁超的回答，因为她盼离婚已盼了很有些日子了。她想，只要与梁超离了婚，她就解脱了，她就自由了。哪知，梁超在电话里听了郁静给他的回答，却不由一惊。在给郁静打电话之前，他也想过郁静会这样，心里虽然做好了准备，但也没想到郁静的回答会如此直接，直接得没给他留一点儿思考的余地，因此他只好放低声音对电话那头的郁静说："小静，谁说跟你离婚了？我这是叫你回来……"

梁超在说这话时，声音很轻，听上去还有一种可怜巴巴的感觉。这是他之前就想好了的，并也一再告诫自己，无论郁静用什么样的语气与他说话，他都不能急，都只能装疯卖傻任由郁静发泄。而郁静听了梁超在电话里的这话，一下就蒙了，她不知道是自己此时听错了梁超的话，还是梁超又在耍啥心眼。因而她对电话里的梁超反问道："不是离婚，为啥给我打电话？你不是有那妖精伺候你吗？告诉你，这个婚你不离我要离。"

郁静在电话里的这话不仅直接，也充满着愤怒。梁超听后，心里不再是之前的忐忑和担心，而是充满了后怕和恐惧。老实说，他不想成为孤家寡人，也不想就这么被郁静抛弃。还有，自从他母亲知道了女人丹红不能怀孕的事后，也一个劲地催他快把郁静找回去，还说这个家离不开郁静，公司里也离不开郁静，女儿娇娇也一个劲地冲他要妈妈。更主要的是，没有女人的日子，他不仅感到枯燥无味，也难以过下去。所以，尽管他在电话里，已听到郁静挂了电话，他还是冲电话歇斯底里地嚷了一句："她已经被我赶走了！"

梁超嚷过这话，手机里的忙音依然在"嘟嘟"地响着。他知道自己刚才这声叫嚷是多余的，于是把手机从耳边放了下来，如一条受了伤的狗，垂头丧气地木在那里。

不过，他并没死心，木了一阵后，他又接连给郁静打了几个电话，郁静要么给他掐了，要么任由铃声响着，就是不接。这让梁超既焦急又气愤，他恨不能将手中的手机给砸了，也恨不能立马跑去找到郁静，问她为什么要这么做，为啥如此心硬。但令他懊恼的是，他根本不知道郁静此时在哪里。

这天，他无所事事地走在大街上，一边走着，一边看能不能遇上郁静，但他逛了几条街，又钻了几条巷，依然不见郁静的影子，倒是街边的公用电话，引起了他的注意，他于是一动脑子便跨了进去，一听到郁静接了电话，就急不可耐地冲着电话里的郁静问："小静，你在哪里，我来接你，我有话对你……"

但让他万万没想到的是，他嘴里那"说"字还没吐出口，电话里又传来了郁静挂了电话的忙音。因此，他除了愤然，也在为找到郁静挖空心思地想着法子。这不是他已痛改前非，也不是郁静在他心里有多重要，而是他身边没有了女人的欲火难耐。

梁超想到的第一个法子，便是利用自己的女儿，他想女儿给郁静打电话，郁静一定会接的，女儿也会让郁静留在家里的。所以，这天回家后，他就对女儿说："娇娇，想妈妈了吗？"

活蹦乱跳的女儿被他这么一问，立马就低沉了下去，眼里也有了泪，嘴里也同时回答说："想，妈妈咋还不回来呢？"

梁超见了女儿这模样，觉得自己打的主意一定能成，便立马趁热打铁地对女儿说："想妈妈，咋不给妈妈打电话呢？咋不叫妈妈快回来呢？"

的确，当郁静离家出走后，女儿娇娇就一直盼着妈妈快回来。当然，鬼机灵的她，也知道母亲出走的原因。所以，当女人丹红被梁超的母亲赶出老梁家和梁氏公司后，她就给母亲郁静打了电话，跟她母亲说女人丹红已被她奶奶赶出了家，赶出了公司。她母亲虽然说了等有时间了就回去看她，却迟迟不见她母亲回来。因此，她眼下被父亲梁超这么一问，心就酸了起来，也很顺从地听了她父亲的话，在家里的座机电话上摁了她母亲的电话号码，并打了出去。随着电话里的"嘟嘟"声，话筒里又传来了她母亲郁静接听电话的声音，女儿娇娇听后，眼里的泪水一下全涌了出来，她哽咽着对电话那头的母亲说："妈妈，我想您了，您咋还不回来看我……"

女儿的声音很稚嫩，很清纯，还带着丝丝哭泣。电话那头的郁静听了之后，真是肝肠寸断，乱刺扎心。其实，她也每时每刻在想自己的女儿。她之所以不回去，是不想面对梁超和他母亲。因为他们母子俩对她的伤害太大了，也让她委屈了这些年。她眼下好不容易挣脱出来了，咋会想着回去呢？不过，眼下听了女儿的哭泣和无助的声音，她的心犹如被五马分尸般彻底撕碎了，她此时再也受不了了，于是不顾一切地对女儿娇娇心疼地说："娇娇乖，莫哭，等妈妈把活做完了，晚些时候回去看你……"

郁静在说这话时，由于激动，眼里的泪珠也滚了出来，说话的声音也不住地打着战。女儿娇娇听了她的话，也在电话里嗲着声音说："好！妈妈，我在家里等你。"

郁静这天就如给她女儿娇娇说的那样，没把活做得太晚，就急忙忙关了门，并风尘仆仆地朝梁超家赶了过去。赶到梁超家时，已近傍晚时分。在去的路上，她又给女儿买了好看的衣服，还给女儿买了好吃的东西，但当她提着东西来到梁超家所在的"贵人苑"小区的大门外时，她突然想起了她上次回来的事，因而不由迟疑了。因为她有一种预感，她这次回来，也许没有上次那么顺利。不过，为了女儿，她还是坚定地朝小区内走了进去。

郁静刚到家门口，女儿娇娇就同以往一样，早就等在那里了。也同以往一样，当女儿一眼看见了她，就一头扑了过去，并一下抱住了她的双腿。郁静被女儿这么一抱，也急忙蹲下身去，把女儿紧紧地搂在了怀里。

女儿娇娇被郁静这么搂着后，母爱的炽热和甜蜜让女儿得到了莫大的安慰，女儿便不声不响地被母亲搂着，温顺乖巧得如一只小羊羔似的。

此时的郁静也不怕把女儿搂疼了，她几乎用尽了自己全身的力气将女儿搂紧，也全身心地倾注着她滚烫滚烫的母爱之情。那样子犹如她一松手，女儿就会从她怀里跑掉似的……

后来，是女儿急促的呼吸，才让郁静回过神来，并立马松开了紧搂着女儿的手。然而，当她松开搂着女儿的手，并抬起头来时，才看见梁超站在她和女儿的面前。

梁超的突然出现，让郁静顿时蒙了，不知所措。她不知道梁超是何时站到她和女儿面前的，也不知道梁超此时为啥不在女人丹红那里，而是站在这里贪婪地望着自己。于是，郁静心里顿时涌起一阵不祥的预感，她感觉此时的梁超也许又在打着啥鬼主意。

的确，当郁静蹲下身，把女儿娇娇搂进怀里时，梁超就不声不响地从里屋走了出来，并站在了郁静母女俩的面前，还静静地看着郁静母女俩深情相拥的样子。不过，他心里却在暗想，他如何才能让郁静留下，过一个小别胜新婚的夜晚。后来，当他看见郁静站起身来，准备离去时，才慌忙跨前一步对郁静说："回来啦？"

梁超这话故意说得很轻，也带着一种情深意切的意味，郁静听了之后顿觉毛骨悚然，满身不由蹿起一层鸡皮疙瘩。不过，郁静还是抬头轻蔑地看了梁超一眼，然后重又埋下头去，把给女儿娇娇买的东西，从塑料袋里一样一样取了出来，一边取，一边对女儿娇娇说："娇娇，你把这些东西拿去屋里放好，慢慢吃，没了给妈妈打电话，妈妈再给你买……"

女儿娇娇听了她母亲这话，很机灵地提上母亲给她买的东西，但正准备朝里屋去时，她好像又明白了什么似的，忙眨巴着眼睛，对她母亲郁静迷惑地问：“妈妈，你不进去吗？”

郁静听了女儿这话，怕直接说了让女儿不高兴，所以她换了一种说法对女儿说：“娇娇，妈妈还有很多事哩，过几天妈妈再来看你，好吗？”

郁静这话虽然说得很间接，但女儿娇娇听了依然知道母亲要走，她因此一下就急了。她把手里的东西往地上一放，重又抱住郁静的腿，带着央求的语气对郁静说：“妈妈，我不让你走，我不让你走……爸爸，你咋不过来拉住妈妈呢？你不是叫我喊妈妈回来吗？”

郁静听过女儿这喊声，终于知道了是咋一回事。若是以往，她会为此感动得涕泗横流的。而眼下，面对着梁超这伪君子，想想梁超之前对自己所做的事，她心里除了气，就是愤然。为了不影响到女儿，她先叫女儿把东西拿到里屋去放好，等女儿去了里屋，她忍无可忍地冲梁超问：“娇娇刚才说的是真的？是你叫她喊我回来的？”

原来，梁超在女儿娇娇与郁静亲热时，就不动声色地一直站在旁边，并贪婪地看着郁静那好看的身段，文静的脸庞，还有她那薄薄的朱唇和动情的眼睛。脑子里想着之前他与郁静的好和每晚与郁静做爱时的情景。他心里不仅舒服，也有一种按捺不住的激情，他此时本想靠近郁静，零距离感受郁静的美，但又怕郁静给他难堪，因而只好一直待在那里。后来，是女儿的喊声，才把他从不知所措中惊醒了过来，并急忙朝郁静跨了过去，哪知，这时的郁静正一脸威严地瞪着他，嘴里还愤愤地冲他这么问。

梁超听了郁静这问后，心里一下就紧张了起来。但他不知道如何回答郁静更为合适。一是怕郁静不接受他这份情，给自己难堪。如果说不是，又怕再伤郁静的心，因而离他而去。无奈中，他只好对郁静说：“谁叫你不接我的电话？”

郁静听了梁超这话，冷冷一笑说：“呵呵，接你的电话？我是你什么？你又是我的什么人？你当初恨不得要我去死，咋啦？现在发善心了？但我告诉你，我现在对你没兴趣了……”

郁静这话说得很愤然，也很直白。当然，这对梁超来说，不仅难堪，也如扇了他一耳光。但他还是忍着对郁静说：“小静，先前……”

此时的梁超，本想给郁静说点软话，从而满足自己的欲望，没想到话刚出口，就被郁静的话堵了回去，并让他难以辩解。

"不要叫我小静，你这些话留着去哄那些既对你好，又能给你们老梁家传宗接代的女人……"

郁静这话，再一次堵了梁超的嘴，也让梁超的心更不安了。就在梁超竭力想着法子，想再给郁静说点什么时，郁静兜里的手机却响了起来。然而，就是这不巧的电话，让郁静再次陷入在难以自拔的情绪里……

第六十四章 无法原谅

郁静此时这电话，是老穆打的。但老穆万万没想到的是，他打的这电话，不仅让自己挨了揍，也连累了郁静。

老穆这天傍晚同以往一样，下班后就直接去了郁静的发型屋。他一是去帮郁静打打下手，也给郁静壮壮胆，从而让那些对郁静心存歹意的家伙，对郁静不要轻举妄动。毕竟，老穆眼睁睁地瞅着他们哩，谁要是有轻浮之举，老穆一个眼神，就会让他们好自为之。因为老穆当兵时不仅学了擒拿术，听说老穆的战友还是公安局的哩。

而老穆这天傍晚来到郁静的发型屋时，只见郁静的发型屋店门紧闭，老穆见了之后，心一下就紧了起来。因为他不知郁静究竟出了啥事。与此同时，他想起了这步行街那地痞，上次因不服气又丢下了那嚣张的话，所以，老穆一边紧张着，一边迫不及待地给郁静打了电话。而郁静不知是有意要气梁超，还是这些日子来，老穆对她的爱护和关心，让她感激不尽，她看了是老穆给她打的电话，不仅立刻接了，还很热情，那说话的声音也很动人："哥，我来看娇娇了，马上就回去……"

电话里的老穆听了郁静这话，怕郁静在回发型屋的路上出事，便接着郁静的话说："小静，你就在那里等着，我立马过去接你……"

郁静这手机的音量很大，一打电话，对方在电话里的声音不只是郁静能听清，周围的人也能听见。由此，老穆在电话里的声音，也被郁静身边的梁超听了个清清楚楚。因而，梁超听着老穆在电话里对郁静说的话，不仅怒火中烧，更是气愤不已。同时认为郁静对他的冷淡和倔强，是老穆在从中作梗。另外，他更怀疑老穆已给他戴了绿帽子。

他听过老穆给郁静打的电话后，本想随即给郁静几耳光的，但他又怕郁静从此更不理自己，所以，他当时只好把这怒火憋在心里。

老穆是半个小时后，骑着三轮车来接的郁静，但他没想到，等待他的，是梁超那满腔的怒火和锤子一般硬的拳头。

老穆到了梁超家所在的"贵人苑"小区的大门外，又给郁静打了电话，便坐在三轮车上，等郁静出来。郁静是接了老穆的电话后，又被女儿缠了一阵，才转身朝门外走去的。哪知，梁超这时却一闪身挡在了她面前，一双充血的眼睛也恶狠狠地瞪着郁静，但此时的郁静却毫不畏惧，并也愤愤地瞪着梁超，还冲梁超厉声吼道："你给我滚开，要不你会更后悔……"

梁超听了郁静这话，一下就愣了。他不知道郁静这话是啥意思，又好像明白了那么一点点。他因此不得不给郁静让了路。但他胸中憋着的气，却一个劲地在膨胀，膨胀得他眼冒金星。所以，当郁静出门后，他也攥紧拳头跟在郁静的身后，吹胡子瞪眼地尾随着郁静朝小区门口而去。

但是，郁静为了逃离梁超家，确切地说，想尽快离开梁超，出门后便头也不回地朝小区门口赶。所以，梁超尾随在她身后，她竟一点儿也不知道。来到小区门外，才看见梁超从她身后一闪而出，并如饿狼般一头扑向了老穆。接着，又见老穆随着一声沉闷的重响，应声倒在了地上，才反应过来发生了什么事。

原来，梁超听了郁静冲电话叫的那一声哥，知道了给郁静打电话的这人八九不离十是老穆。于是，他不由将郁静对他的冷淡和势不两立联想到了一起。另外，在他和郁静结婚之前，他就觉得老穆对郁静的好，是想"老牛吃嫩草"。没想到，眼下老穆又在他和郁静间作祟，挑拨他们间的关系，他哪能容忍呢？所以，来到小区门外，看见来接郁静的真是老穆，便怒火中烧，也攥紧拳头，不顾一切地朝老穆的脸挥了过去。

郁静是在老穆被打了之后，才发觉梁超是紧随她而来的。看着躺在地上的老穆，她顾不了梁超怎么看自己，就慌忙朝老穆跑了过去，并蹲下身把老穆从地上立即扶了起来，给老穆掸去身上的尘土后，才回过头，一脸怒气地瞪着梁超问："你就这能耐，欺负一个年纪可以做你父亲的人？"

梁超听了郁静这话，也许是给老穆的这一拳，出了心中的恶气，因而皮笑肉不笑地回答郁静说："谁叫他多管闲事又不长记性，前不久才挨了揍，今天还要来管闲事。"

郁静听了梁超这话，心里不仅难受，也突然想起了老穆前不久那淤青的脸和手臂上的伤痕。她于是冲梁超吼着说："梁超，你不是人，你无耻！"

郁静这骂声，也好像触到了梁超的痛处，他立马僵住了满脸的冷笑，对郁静愤怒地说："我无耻，我不是人，那你们呢？他也可以做你的爹了，你们咋还搅在一起？"

郁静是听了梁超这话，被彻彻底底击倒的。因为梁超这话不仅伤了老穆，也直戳她的心。因为她和老穆虽然情同手足，却清白如水。老穆不仅热心也很正直，老穆为她付出了那么多，却没一点儿要占她便宜的意思。那个晚上，她看见老穆为了她，自己竟去步行街露宿，她当时很感动，也想过这样的男人才是她可以依靠的，她为此动了心，也想过要与老穆真真切切地过日子，甚至还想到了这晚她要把老穆拽回去同自己住在一起。但老穆这晚虽然被她拽回了出租屋，却仍然睡在门外，这与他在步行街露宿有啥区别？前不久，老穆为了保护她，脸上划了那么长一条口子，她出于感激和不忍心，要老穆留下来吃住在发型屋里，而老穆却说，怕别人误会，玷污她的名声，这晚他脸上贴了"创可贴"后，依然回到了他的出租屋。所以，此时面对梁超对她和老穆的侮辱，她不仅痛心，也忍无可忍了。但就在她瞪着两眼，朝梁超步步逼近，准备为自己和老穆的清白讨个说法时，老穆却上前一步挡住了她，并对她说："小静，不要这样，咱们回发型屋去。"

郁静从小到大，一直都很听老穆的话，这些年尤为这样。她觉得老穆的话十有八九都是正确的。因此，她听了老穆的话后，不屑地看了梁超一眼，便上了老穆的三轮车，既气又心痛地离开了梁超，也满怀心事地回了自己的发型屋。

郁静和老穆回到发型屋后，郁静慌忙进屋找来她平时准备在那里的镇痛药水，要即刻给老穆涂药，而老穆不知是不好意思，还是怕麻烦郁静，拒绝郁静说："还是我来吧，你去忙你的事。"

而郁静却不肯，她坚持要亲手给老穆涂药，老穆无奈，只好答应了郁静。郁静在给老穆涂药时，手很轻，也小心翼翼，那样子好像怕把老穆弄疼似的。并一边给老穆涂药，又一边对老穆问："哥，疼吗？疼就叫出来。都怪我，因为我的事连累你了。"

郁静说过这话，不由长长地叹息了一声。老穆听后，脸上的表情顿时为难了起来，不过，他马上又笑着对郁静说："小静，这是好事，我这一拳挨得值，如果真能那样，我再挨几拳也心甘情愿。"

郁静一听老穆这话，以为老穆想到那方面上去了，她脸上顿时泛起一抹红晕，接着又嘟着嘴，故作生气地回答老穆说："还贫嘴，再贫嘴我就不理你了，自己抹药去……"

老穆听过郁静这话，好像明白了郁静这话的意思。当然，他知道是郁静误会自己了，所以，他装着什么也不知道地对郁静继续说："小静啊，我挨这拳真是好事，说明了梁超还很在乎你，怕失去你。告诉你吧，我今天挨的这一拳，跟上次挨的那一拳简直是两个概念，两种挨法，那一拳我不仅肉疼，心更疼；而这一拳，肉虽然疼，我心里却很舒服，也很开心……"

老穆在说这话时，一副乐呵呵的样子，郁静听了老穆这席话，又看了老穆那滔滔不绝，乐不可支的样子，真是一头雾水。同时也想起了几个月前，老穆从外面回到出租屋那鼻青脸肿的样子。她当时就怀疑老穆是不是被人打了，老穆却说是自己骑车不小心给撞的，此时想着老穆当时那鼻青脸肿的样子，尤其知道是被梁超揍的后，对梁超不仅充满了愤怒，对老穆也心痛不已。不过，她始终不明白老穆和梁超究竟是咋一回事，她因而对老穆问："哥，梁超上次打你是因为啥事，你咋把他惹着了？"

老穆被郁静这么问后，不由难为情起来，他顿了顿对郁静说："还是算了吧，事情都过去了，再说，梁超现在对你也不是那时候的样子了。"

老穆的话说得很委婉，也情真意切，而郁静却不依，她着急地冲老穆问："哥，你是被他揍怕了，还是咋的，咋不敢说？要不你们有啥交易？当初不敢说，现在还不敢说？"

老穆听了郁静这问，一下就紧张了起来。为了消除郁静对自己的怀疑，急忙把上次去找梁超的事说给了郁静听，郁静听后，呆了好一阵，然后苦笑着说："哥，你咋这么傻，我和他都到那份儿上了，你还要去为我说情，你是怕我离了他梁超嫁不出去？"

老穆听了郁静这话，心里不由软软的，他于是对郁静说："小静啊，你不知道，夫妻还是原配的好，当时我只想把梁超给你拉回来，没想到他当时陷得太深，不过，现在好了，他想回到你身边了。"

郁静听了老穆这话，心里不知咋的，不仅感到茫然，也不是滋味，她因此回答老穆说："他虽然有心，我的心却被他伤透了，无论他咋样，我是不会答应他了。"

郁静这话说得认真，表情也异常的严肃。老穆听后，心里很着急，他急着对郁静说："小静，事情都过去了，只要梁超回心转意就算了，看他那样子，对你是真心的，再说，两人真分手了，娇娇咋办呢？你不知道，受伤的其实是孩子。要不你就答应梁超搬回去？"

郁静是听了老穆这话，被彻底激怒的。她立马把脸沉下来对老穆说："我这么是不是碍着了你什么？你为什么硬要把我往梁超那里推呢？告诉你，我不是三岁孩子，我自己的事，我知道怎么做。"

郁静几句话把老穆说得既尴尬又不知如何是好，但他还是对郁静说："小静，不是我硬把你往梁超那里推，你们本身就是一家人，况且，你们还有一个可爱的孩子，孩子是无辜的，孩子如果有爹无妈，有妈无爹，他们的童年都是不幸的，也将给他们的人生留下阴影……"

老穆是在极其认真的情况下说了这番话的。但让他没想到的是，他这话却狠狠刺伤了郁静的心，也让郁静失控了起来："哥，你是知道的，我不是不想与他好好过日子，而是他不顾我的感受，一而再，再而三地在外玩女人，这次他竟把那女人带回家了，还上了我的床，你说我咋忍得了？"

郁静这话说得很激愤，也很伤心，泪水也一个劲涌了出来。老穆见后，心一阵阵生疼，但面对着伤心欲绝的郁静他却一筹莫展。后来，就在他凑上前去，像郁静小时候那样，给哭泣中的郁静拭去脸上的泪时，一件毫无防备的事发生了……

第六十五章 噩梦再次开始

原来，梁超这天打了老穆，满以为自己能出一口恶气，没想到郁静对老穆却心疼不已，还一个劲地护着老穆。让他更难以容忍的是，郁静还是跟着老穆去了。那样子，俨然一对老夫少妻。

梁超是见了郁静坐在老穆的三轮车上，离他越来越远时，醋意大发并火冒三丈的。他于是叫了一辆出租车，跟在了老穆的三轮车后，并尾随着来到了郁静这发型屋。

梁超来到步行街后，打发走出租车，便在远处目不转睛地盯着郁静这发型屋。他要看老穆和郁静在发型屋里干啥事。当然，他知道啥叫捉贼捉赃，捉奸捉双。

此时，他坐在郁静发型屋对面的茶馆里，要了一杯茶后，就一边心不在焉地品着，一边注视着郁静那发型屋里的动静。老实说，他怕老穆和郁静有那么一回事，又盼老穆和郁静有那么一回事，因为只有抓着了郁静的把柄，郁静才会规规矩矩地顺从自己。有了这样的想法后，梁超便狠下心来，他要看老穆和郁静真的是清清白白，还是在偷鸡摸狗假装正经。

梁超这天是看着老穆和郁静进的发型屋，又看着郁静在老穆的脸上弄着什么。当然，此时的他，也想到了郁静这一定是在为老穆脸上的伤口敷药。于是，他心里不仅快活，也很气愤。快活的是，他狠狠揍了老穆一拳，虽然没让老穆直接趴下，却解了他心中的一时之气。气愤的是，自己的女人对那么一个老男人竟如此上心……

梁超想过这些后，心中的气又蹿了上来，因此，他仍目不转睛地盯着发型屋里的老穆和郁静，看他们接下来还会做啥事。他想过老穆会就此离开，也想过老穆和郁静关了发型屋的门，然后两人在里面做那见不得人的事，但他就是没想到老穆和郁静，竟敞开着店门，在发型屋里"卿卿我我"。

347

梁超当时是看见老穆在郁静那嫩白的脸上，小心翼翼地揩拭着什么时恼羞成怒并暴跳如雷的。当老穆用纸巾为郁静揩第一下眼泪时，梁超就从凳子上一下站了起来，第二下他已冲到了发型屋的门口，当老穆给郁静揩第三下时，他已冲进了发型屋，并将老穆一掌打翻在地。

梁超把老穆打倒之后，才回过头来冷笑着冲郁静说："呵呵，难怪要搬出来住，没想到真还与这老家伙绞在一起了。"

郁静听了梁超这话，忙上前阻止梁超说："你胡说，我和我哥是清白的，我们没做啥亏心事。"

梁超听郁静这么一说，又见郁静那一脸的如有什么把柄落在他手里的慌乱和紧张，对自己女人郁静的猜疑就变本加厉了，他于是不容郁静辩解继续说："没有？你和他卿卿我我，对他比对我还亲热，这还有假？"

郁静听了梁超这恶毒的话，心里气恨交加，她于是把心一狠对梁超说："我是对他好，也想对他好，因为他是我哥。而你算什么，你虽然是我男人，你像我的男人吗？也把我当你的女人了吗？公司里的事不管不说，成天就在外面玩女人，并且还得意扬扬地把那贱货带回了家里，你是在向我示威，还是真想离婚？离呀，现在咋又不离了呢？是那个女人让你玩够了，还是想我继续给你当牛做马？告诉你，没门！！"

郁静这话说得很气愤，也一副伤心欲绝的样子。她冲梁超这么嚷过后，接着又说："我告诉你，我哥就是比你好，他关心我、爱护我、疼我，而你呢？我后悔就后悔已嫁给了你，若能重来，我嫁我哥也不会嫁给你，你比他年轻又咋样，在我心里你狗屁不值……"

郁静说过这话，彻底失控了，她一边哭号着，一边将老穆和梁超全推出了发型屋，嘴上同时哭喊道："你们都给我出去，从此，你们谁也不许再来我这里……"

郁静嚷过这话，立即关了发型屋的门，并用木棒将房门抵得死死的。

此时，夜幕已完全笼罩了整个县城，县城的路灯和那一幢幢高楼大厦里的灯光，虽然把整个县城映照得亮如白昼，但县城里依然失去了白天的喧嚣和热闹，也给人一种冷清萧条和阴沉死寂的感觉。

郁静这晚把梁超和老穆推出了发型屋，并用木棒将房门抵牢后，才转身跑进了里屋，并一头扑倒在床上。一时间，伤心和痛苦如潮水般朝她涌来，

348

让她痛不欲生，让她难以平静。此时的她，不知自己的命为啥这么苦，年幼失去母亲，刚刚长大成人父亲又离她而去，扔下她孤零零地在这世上苦苦挣扎，艰难度日。在她谈婚论嫁的年纪，她同所有的妙龄少女一样，除了想嫁一个自己心目中的白马王子外，也想嫁一个家庭条件好一点儿的男人。因为她吃的苦太多，比一般的女孩早熟，让她真真切切地体悟到了啥叫"面对现实"。所以，当梁超追她，尤其当梁超抱了她后，她便不加多想地与梁超坠入了爱河。老穆当时虽然提醒过她，但对美好生活的向往和纯真少女对爱情的执着，让她义无反顾地顶着梁超母亲的鄙视，与梁超结了婚。

成了梁超的女人后，她慢慢发现了梁超的花心和无所事事。但她忍着，为了让婆婆接受自己，她对婆婆孝顺，对家庭尽心尽责，对公司也倾注了全部的精力。家庭因她的忍辱负重而有了家的样子，公司因她的兢兢业业而越来越兴旺。然而，无论她对家庭和公司怎样付出，得来的，依然是婆婆的指责和男人梁超的背叛。还好的是，这些日子有老穆这个既像父亲，又像大哥哥般的男人关爱和呵护，给她以开导和照顾，她才不至于颓废、自暴自弃……

郁静此时是想到了老穆对她的好，才突然想起了先前被自己推出门去的老穆。她此时真后悔，自己怎能把对自己有养育之恩，又有兄妹之情的好人往外推呢？

郁静想到这儿，从床上一下撑起身来，并慌忙去开了店门，她要去看老儿穆还在门外没，看梁超又打没打老穆，不管咋样，只要老穆在门外，她会不顾一切将他拽进店里的……但是，当她打开店门，门外除了漆黑冷清，既没老穆，也没梁超。

郁静是借着店门透出的亮光，看见门外没了老穆的。她因此一下就紧张了起来。她怕梁超使起性子来，将老穆弄到了哪里去。梁超对老穆既然已两次下了狠手，那还有什么事不敢做呢？郁静想到此，忙摸出手机拨了老穆的电话，并迫不及待地打了出去。她此时不在乎梁超在没在老穆的身边，更不怕梁超知道她深夜给老穆打了电话，会对她咋样，因为她只求老穆平安，其他的全无所谓。

此时的郁静是听了老穆接了电话的声音，而失去控制的。她没等电话里的老穆开口，就迫不及待地对着电话哭喊着："哥，你在哪里，没事吧？快回来，我不能没有你……"

郁静喊过这话，又急忙奔出门外，站在门外的台阶上，静静地望着夜幕下那步行街的两头，为老穆的离开担心着期盼着，也任由自己对老穆的那份情感，如潮水般将她汹涌着、吞噬着……然而，她这晚的喊声和期盼，并没能喊回盼回她越来越想作为依靠，并一步步走进她心里的那个男人。

话说梁超被郁静从发型屋推出门后，在门外站了好一阵，见老穆骑着三轮车走远了，才悻悻往回走去。其实，刚被郁静从屋里推出来时，他是准备冲老穆发泄一阵的。哪知这时的老穆也在气头上，梁超刚抬起手朝老穆挥过去，就被老穆把他的手臂抓在了手里，老穆再稍稍一用劲，他就跪在了地上，梁超这时才感到，认起真来，自己还真不是老穆的对手。

的确，梁超虽然年轻，却成天贪耍好玩无所事事，所以，看似气势汹汹，却无缚鸡之力。而老穆则不一样，吃的是粗谷杂粮，成天干的是体力活，挥镐舞铲，劲全用在了手臂上，因而，他两臂肌肉发达，也力大无比，不说拽梁超，工地上的水泥，他一手拽一袋也可健步如飞哩。

梁超是吃了老穆的苦头，不敢再轻举妄动的，老穆这时趁热打铁地对梁超说："告诉你，前两次我是在让你，你知道啥叫事不过三？有了一次二次，但没有第三次了，不信你今天就试试。"

老穆几句话，把梁超彻底镇住了，他竟一时不知如何回答老穆了。老穆见后，又接着对他说："识相的，就好好待郁静，不然的话，有你后悔的。"

老穆说过这话，骑着三轮车走了。梁超站在原地又恨又气，没想到自己在县城混了这么多年，这晚竟被一个老头子唬住了，他不仅闹心，也恨着自己。

梁超这晚是看老穆走了好一阵，依然没见老穆回来，才悻悻离开了郁静那发型屋。在离开之前，他又怀着侥幸敲了敲郁静的房门，并喊了几声"小静"，又听郁静一声不吭，才心事重重离开的。回到家后，母亲张淑琴问他去了哪里，是去了卡拉OK厅，还是夜总会。而梁超只愤愤地喊了一声"妈"，就去了自己屋里，并一头躺上了那让他做了一个又一个美梦的席梦思床。

这个晚上，是梁超最难忘，也最难以入眠的一夜。在回去的路上，他既气老穆的得意，又气老穆的假惺惺，自己本就在打郁静的主意，还要他好好待郁静。所以，进屋躺上床后，他就一个劲地想着如何对付老穆，既不能让老穆靠近郁静，更不能让老穆的阴谋得逞。

梁超这晚想了一夜，最后决定，他要寸步不离地守着郁静，同时，也将他们的女儿娇娇一块儿带去。

梁超这晚打定主意后，在第二天早晨便有了精神。不仅如此，脸上还充满着兴奋。在吃早饭时，他一边吃一边对女儿娇娇说："娇娇，快吃，老爸今天带你去一个你想去的地方。"

梁超的母亲张淑琴当时也在饭桌前，听了儿子梁超这话不由有些诧异，也很吃惊，便带着几分责备的语气对儿子梁超说："催啥催，娇娇好不容易到了星期天，让她慢慢吃顿饭行不行？"

的确，孙女娇娇虽然读的是幼儿园，但学校的作息时间依然卡得很严，周一至周五，每天早晨起床洗漱后，匆匆扒几口饭就往学校赶，有时还一手拿着点心，一手拿盒牛奶就出了门。每次看到孙女这样，梁超的母亲就心疼。因为自从女人丹红被查出不能怀孕后，老梁家的希望全在这孙女身上了，她虽然不是男孩，但她毕竟是老梁家的根。因此，她咋能不为孙女娇娇的生活担心，并予以呵护呢？

而孙女娇娇毕竟还是孩子，听了父亲这天要带她去想去的地方，竟高兴得手舞足蹈起来。她把扒着的饭碗推到旁边后，一边抹着嘴，一边对父亲梁超说："爸，走吧，去哪里？"

其实，梁超此时也心急如焚。自从他昨晚打定这主意后，就想带着女儿即刻去郁静的发型屋，他不是见郁静心切，而是怕夜长梦多。万一老穆先下了手，就同前段时间一样，他去哪里找郁静？所以，吃过早饭的父女俩便匆匆下了楼，打的直奔郁静的发型屋而去。

郁静这天起得很早，她原想洗漱之后，就去找老穆的。她知道老穆在县城滨江路的建筑工地。但她没料到，她刚洗漱完，梁超就领着女儿堵在了她发型屋的门口，郁静一见女儿，竟忘记一切地朝女儿迎了上去，并把女儿紧紧地搂在了怀里。

然而，当她抱过女儿站起身来，才看见梁超也站在面前。顿时，一股厌恶之情油然而生，她因而沉下脸，毫无理会地撇下梁超，然后拉着女儿的手就朝里屋走，哪知，梁超也紧跟其后地跟了进去。

来到里间，郁静依然没有理会梁超，而梁超则厚着脸皮一个劲地冲郁静讨好，一会儿帮郁静做做这，一会儿又做做那，看了郁静那冷冰冰的灶台，他又对女儿说："娇娇，你妈还没吃早饭哩，走，叫你妈出去吃。"

郁静听了梁超这话，知道梁超在讨好自己，她依然不动声色。梁超见郁静对他的话嗤之以鼻，知道郁静还在生他的气，忙冲女儿娇娇使了使眼色。女儿娇娇是个机灵鬼，看了父亲冲她使的眼色，就全明白了她父亲的意思，于是撒娇地哆着声音对母亲郁静说："妈妈，走吧，我们去吃汉堡鸡翅。"

女儿娇娇说过这话，便上前拉住郁静的手，并将郁静一个劲地往店门外拽，那样子，非把郁静拽去不可。原来，在去的路上，梁超就对女儿娇娇说，见了你妈一定要乖巧懂事，要不，妈妈会不要我们的到时叫你怎么做就怎么做。

然而，郁静无论女儿怎么撒娇，怎么拽，也不想与梁超同去。她于是对女儿娇娇说："娇娇，你们去吧，我要守店做生意哩。"

哪知，女儿娇娇听了她这话，竟一下撇起了嘴，眼里也涌满了泪："妈妈，你好久没陪娇娇吃饭了……"

女儿娇娇说过这话，泪水就淌了出来，还不住地哽咽。郁静一见，心也立马痛了起来，此时的她，只好打消了顾虑依了女儿，又忙对女儿说："好吧，不哭了，妈妈陪你去。"

郁静说过这话，拉着女儿的手，头也不回地往外走去，她知道梁超会紧跟其后，但也没法子。不过她想，梁超和女儿娇娇去吃过汉堡鸡翅后，就会回家去的。但让她没想到的是，当她牵着女儿的手，身后紧跟着梁超去吃过汉堡鸡翅后，梁超又跟在她和女儿的身后回到了发型屋。回到发型屋后，梁超又往里屋的床上一躺，一副在此长住下去的样子。郁静一见，真是又急又气，直到这天吃过晚饭，郁静见梁超还没走的意思，不得不对梁超下了逐客令："躺着干啥，还不回去。"

梁超听了郁静这话，不但没生气，反而呵呵一笑说："呵呵，你终于肯跟我说话了，不过，我没想过要回去。"

郁静听后一下就急了起来，忙板着脸冲梁超说："你不回去，我这里没地方住。"

梁超一听，又是呵呵一笑说："呵呵，咋没地方住？你住哪我就住哪，我们是夫妻，本该住在一起嘛，还有……"

郁静是听了梁超这话，不由紧张起来。心里一急不由打了一个寒战。她做梦也没想到梁超会这么无耻，这么死皮赖脸地来纠缠自己，她因此还没等梁超把话说完，就沉下脸来冲梁超大声说："梁超，我告诉你，你我早已不是夫妻，现在不是，往后也不可能是……"

　　而梁超听了郁静这话，既不发火，也不生气，一副死猪不怕开水烫的样子，他依然冷笑着，并讥讽郁静说："谁说我们不是夫妻，我们去离婚了吗？没有嘛。你拿得出我们的离婚证吗？要不拿出来我看看。我也给你说，我们既然没离婚，我们就是夫妻，知道不？合法婚姻是受法律保护的，不信？你去咨询咨询。所以啊，我想与你睡一起就睡一起，还有啊，你睡我，我睡你，你我相互都是有义务的嘛。"

　　梁超说过这话，又一脸得意地看着郁静。当他看到郁静被他气得说不出话来时，更是沾沾自喜，他把冷笑着的脸凑到郁静的面前接着说："哦，我顺便告诉你一声，我和女儿既然都过来了，就决定不回去了，要回去，我们一起回去，一家人嘛，总该住在一起，对吧？"

　　郁静是被梁超这话彻底吓蒙的。她不仅感到后怕，也有难以想象的无奈。因而，好一阵后，她对梁超只歇斯底里地骂了一句"无耻"，就再没说出话来……

第六十六章　身不由己

　　梁超这天领着女儿去了郁静的发型屋后，便名正言顺地吃住在那里。白天，他泡上一杯清茶，坐在店门口，一边喝茶，一边看大街上的风景。无论郁静多忙，哪怕忙得吃不上饭，忙得辫子不粘背，梁超依然有滋有味地品他的茶，色眯眯地欣赏着大街上那一个个靓丽貌美的青春女子和一个个妖娆丰盈的多情少妇。到了晚上，他就如铆足了劲的公牛，死缠着郁静干那事。

　　第一天晚上，郁静骂过梁超"无耻"后，因过于激动和气愤，她不仅没再说出话，脑子里也一时茫然无措。后来，当她回过神来，才想起这晚即将要发生的事。她于是提上自己的包，疾步朝门外走去，哪知却被梁超一个箭步挡在了门口。郁静看梁超挡在自己前面，气得忍无可忍，一边推梁超，一边气愤地冲梁超吼着说："让开，你不走，还不让我走？"

　　郁静说过这话，试图推开梁超而出，哪知，她不但没推开梁超，还被梁超死死抱在了怀里。梁超还阴阳怪气地对她说："去哪儿？我不是说过，从今后我们一家要住在一起吗？"

　　梁超说过这话，又把身前的郁静一个劲地往里屋推。而此时的郁静也并非等闲之辈，她不仅在梁超的怀里挣扎，也冲梁超拳打脚踢。但是，就在梁超难以招架，正准备放手举起拳头朝郁静挥过去时，意外的事发生了。

　　女儿娇娇被梁超带到郁静的发型屋后，或许因见了母亲，又或许母亲这发型屋里有太多神奇的东西，比如电剪、电吹风，还有烫发的电夹、电帽……她最好奇的还是挂在墙上的那面大镜子。屋子里的东西不仅全被映在了里面，也清晰得活灵活现，她每次在镜子里，嘴角的小酒窝也被照得清清楚楚的。

　　在母亲与父亲争执时，她就坐在镜子前，看自己头上的布蝴蝶。这布蝴蝶是她早晨跟着父亲来这里后，母亲特地为她扎的。头花很好看，也很逼真。那样子，好似蝴蝶随时都会从她的头顶飞起。

郁静的女儿娇娇，这时是被母亲和父亲的争吵声惊得回过头来的。她却没想到，她回过头来的第一眼，竟看到母亲和父亲扭打在一起，因而，她一下扔掉手里玩着的东西，忙朝母亲和父亲奔了过去，哪知，当她刚奔到父亲和母亲身边，却被推攘着的父母，一下撞翻在地。

郁静是感觉脚下有什么东西时，才勾头看脚下的。当她看到躺在自己脚下的，竟是自己的女儿时，她一下就蒙了，她使出全身力气将梁超往旁边一推，就扑向了女儿，并迅捷地将女儿抱在了怀里。还好的是，女儿并无大碍，只是手肘在倒地时，被碰掉了一块皮。

女儿的受伤，让郁静和梁超不得不住了手。而女儿接下来的一句话，又让郁静彻底为难了，她除了不知如何给女儿解释，更不想再伤害自己女儿。因为女儿当时哭着对她说："妈妈，您不走好吗？您走了，娇娇去哪里找妈妈……"

女儿娇娇在说这话时，怕母亲再次走掉，因而忍着伤痛，把郁静的脖子搂得紧紧的。郁静听了女儿这话，又看了女儿手肘伤口淌着的血，她的泪一下就涌了出来，同时也打消了出走的念头，并安慰女儿娇娇说："娇娇不哭，妈妈答应你不走，留下来陪你。"

女儿娇娇听了郁静这话，一下止住了哭，还噘起小嘴在郁静脸上亲了一下。郁静被女儿这么一亲，一股暖流遍及全身，她也情不自禁地在女儿额头回亲了一下，将女儿搂得更紧了。

如果说这是郁静的不得已，还不如说这是母爱的伟大。为了女儿她这晚留了下来，为了女儿，她也将承受着难以忍受的一切。

其实，这晚一开始，郁静从梁超那贪婪的目光里，已知道梁超这晚会对她做啥事。所以她先警告了梁超，叫梁超独自到外屋去睡。哪知，当她搂着女儿睡去后，蒙蒙眬眬间感觉自己的胸和下身有什么在揉来揉去。由于先前的警惕，她一下惊醒了过来，她这时听见了梁超在她耳边粗粗的喘息。本能的反应，让她一下坐了起来，并立即开了床头灯，这时她才看见梁超赤裸着身子站在床前，冲她一副跃跃欲试的样子，也发觉自己的内衣内裤已被扒了下来。

梁超也是在灯光下，看了郁静那白花花的身子，而大脑充血，浑身更燥热亢奋的。几个月来，他一心扑在女人丹红的身上，郁静这身子他不但没碰过，看也没看一眼，他却没想到郁静这身子竟如女大十八变般，突然嫩白了许多，丰盈了许多。要不是在明晃晃的灯光下，看见这裸着身子的女人，确确实实是自己的女人郁静，他根本不会将眼前这嫩白丰盈的身子与先前那个郁静联想到一起。因此，他看着眼前的郁静，突然间有一种对陌生女人身子的贪欲和好奇，也让他难以控制地再次朝郁静扑了上去。当然，郁静除了挣扎，也竭力抗争。而此时的梁超却如发了疯一样，不仅一下跳上了床，还把郁静死死压在了身下，嘴里也一边喘着粗气，一边说："你是我的女人，不从也得从，你就不怕把女儿吵醒了，看我们在做这事？告诉你，我现在顾不了那么多了，我除了要弄你，还是要弄你……"

此时的郁静是听了梁超这话，慢慢失去反抗的。她真怕把女儿吵醒了看见她和梁超这不堪入目的一幕。因而，她瘫软了下来，如一具僵尸般，任由梁超折腾。就从这晚起，郁静再次成了梁超的发泄品。不仅如此，梁超成天啥事也不做，除了吃就是喝，吃饱喝足了便就冲郁静发泄兽欲。那样子，犹如他是郁静为了满足性欲而养的"小白脸"似的。郁静也为了女儿和自己的名声，不得不忍气吞声地将梁超养着、伺候着。

但是，梁超被郁静养着、伺候着没多久，或许觉得郁静已无法再离开自己，不仅肆无忌惮更变本加厉了。他每天除了自己吃好喝好玩好，还把他那些不三不四的朋友召来发型屋同他一起吃喝玩耍，开始是喝茶神吹，一到兴致就污言秽语。后来，梁超和他那些称兄道弟的朋友竟在郁静的发型屋里喝起了酒。每天的半晌午，当郁静忙着给顾客们做头时，梁超和他那些朋友们，便在发型屋里摆上桌子喝起了酒。酒、菜都是对面的中餐馆送来的，老板不仅热情，也随喊随到。

梁超和他这些朋友都是一些无所事事的人，所以，每次喝起酒来不仅没完，那酒话和疯话，更是没个高低，各种黄段子张口就来，让人更没想到的是，他们还趁着酒兴对来发型屋做头的女顾客动手动脚。

那天，郁静这发型屋来了位年轻貌美的少妇。这少妇不仅脸长得漂亮，身段也很可人，尤其是她那招牌似的胸和臀，既丰满得体，又翘得浑圆动人。但她没料到的是，她一跨进郁静这发型屋，几个男人醉醺醺的眼睛就盯着她转来转去。后来，这几个男人竟趁着酒兴，装疯卖傻地与这女人套近乎，并一哄而上要与这女人喝交杯酒，还趁此摸了这女人的胸，捏了她的臀。

哪知这女人是个正经人，不仅不理他们这一套，还大声将梁超和他那几个朋友大骂了一顿。当时，郁静这发型屋外围了好多看热闹的人，人们也一传十，十传百地将这事传遍了整个县城，郁静这发型屋的生意也因此事一下子萧条了下去。后来，除了一些对那敏感话题不再敏感的老妇人，以及一些别有用心的男人外，再没女人敢来她这发型屋做头了。多少时候，郁静这发型屋里，除了梁超和他那些烂醉如泥的朋友，再没他人。

每当郁静看到这情景，心里不止是痛，也有太多的委屈。她想对人述说，又不知道对谁。一开始她就想到了老穆，但老穆自从那晚被她推出门后，就再没露过面，她也打过几次电话，但电话接通了却一直没人接。为此，她不仅担心，也怕老穆真生她的气。因而，她除了满腹的委屈和气，心里也承受着老穆不知去向的煎熬。

如果说事情就这么下去，郁静心里虽然有再大的委屈，为了女儿，为了自身的名誉，她也许都会忍下去的。但是，梁超这天做了一件不是人做的事，让她顾不了那么多了。

事情就发生在梁超的那几个朋友，非礼了那女人后没多久的一个日子。郁静当时因没顾客，则忙着打扫店里的卫生，她时而蹲下，时而撑起，时而又弯着腰翘着臀，在梁超和他那几个朋友眼前晃来晃去。那样子，既有青春少女的姿色，也有成熟女性的风韵。

而梁超的那几个朋友，由于前些日子非礼那女人所造成的影响，因而再没女人敢来郁静这发型屋了，这让他们既没养眼的，也没开心的。所以，当他们看了郁静那身段和因劳作而红润起来的面颊，心里便痒痒了起来。酒过三巡，梁超和他那几个朋友都有些醉意，说话和做事也忘乎所以，因此，梁超的一个朋友对梁超醉醺醺地说："超……超哥，你说我们是不是朋……朋友？"

梁超也醉醺醺地说："那……那还用说，铁杆的。你我兄弟，有我的就有你的。"

梁超这朋友听了梁超这话，一下就来了兴致，他把话头一转对梁超说："好，超哥对哥们儿够……够义气。对嫂子咋不怜香惜玉呢？叫嫂子歇歇，过来陪我们喝喝酒咋样？"

都说酒醉心明白。梁超听了他朋友这话，脑子虽然晕沉沉的，他心里却知道是咋一回事。但为了在朋友面前不失面子和豪气，他对他这朋友说了一句"好啊"，就扭过头去对正在忙着打扫卫生的郁静大声说："哎呀，这时打扫啥卫生，你没看我们在喝酒？过来，陪我的兄弟喝几盅。"

郁静听了梁超的喊声，心里顿生厌恶。自从梁超把他这些所谓的朋友引来发型屋后，郁静不仅恶心，也痛恨不已。她给梁超说过多少次，叫他不要把他那些不三不四的朋友带来发型屋，这不仅影响发型屋的生意，也后患无穷，而梁超却不以为然地反击郁静说："这咋行，你知道不，他们是我的铁哥们儿，出生入死的兄弟，他们想来发型屋玩玩都不行？"

梁超当时这话，让郁静无法开口了。再说，梁超在她心里已不再是之前那个梁超了，她跟他说话，简直是对牛弹琴，费了口舌不说，还惹来一肚子气。所以，她只好听之任之，任由梁超怎么做都行。况且，她也暗自下过决心，她迟早要与梁超一刀两断的。或许等到女儿懂事时，或许要不了那么长的时间。不过，她怎么也没想到，梁超的这些狐朋狗友，眼下竟在她身上打起了主意，更可恨的是，梁超不仅答应了，还以命令似的口气叫她过去，她因而无论如何也忍不下去了。

但是，女人毕竟是女人，女人有太多的思考和顾虑。这天的郁静，当她刚听到梁超那命令似的话，她是想予梁超以痛击并从此离开梁超的，但随后女儿从外面跑回来叫了她一声"妈妈"，接着，女儿又低着头，一脸无助地问她是不是要与爸爸离婚。她不知咋的就改变了主意。原来，女儿在学校里与同小区的一个小朋友斗嘴时，那小朋友为了斗败女儿娇娇，竟把从他奶奶嘴里听来的，她妈妈要与她爸离婚的事说了出来，女儿娇娇听了这小朋友的话，立即就傻了眼，所以，她急忙忙跑来问了自己母亲。郁静听后，吃了一惊，她和梁超闹离婚的事，小孩们咋都知道了呢，她问女儿娇娇这是咋回事。女儿娇娇跟她说，是她奶奶跟那小朋友的奶奶说的。郁静听了女儿这话，又看了女儿那迷茫可怜的样子，心一下就痛了起来，并立即安慰女儿说："娇娇，不要听他们乱说，爸爸和妈妈咋会离婚呢，你不是看见我们天天都在一起吗？"

郁静说过这话，看见女儿脸上有了笑容，又在梁超和他那几个朋友的催促下，才很不情愿地朝梁超和他那些朋友走了过去。于是，一场闹剧便由此开始了……

第六十七章　节外生枝

　　郁静这天走过去后，迎上来的不是自己的男人梁超，而是一个如刚从棺材里拽出来的男人。这男人光头，光着的头也如一处荒芜的旱地，不仅不见一棵禾苗杂草，就连头皮也如干燥的泥土，灰暗暗的。

　　这男人姓邱，他是这几个男人的老大。当然，梁超也在他之下。这不是因他多有钱，有多大的本事，而是他做事绝、出手狠、不怕死。所以，梁超及他这几个朋友都怕他三分，也把他奉为大哥。这邱姓男人自从见了郁静后，对郁静就一直心存歹意。他那淫欲的目光，也总在郁静身上搜来寻去。这天他见郁静朝他们走了过去，便首先站了起来，同时端起了酒杯，等郁静一到桌边，就一手搭在郁静的肩上，也将端着的酒杯朝郁静的嘴伸了过去。嘴上也随即醉醺醺地说："这就对了嘛，梁超叫我哥，都是一家人，何必那么生疏呢？来，哥先敬你一杯。"

　　邱姓男人说过这话，再次将手中的酒杯生硬硬地贴在了郁静的嘴上，那架势非要郁静干了不可。而郁静一开始就紧张不已，眼下再被这邱姓男人一折腾，她的心紧张得真快从嗓子眼跳出来了，整个人也害怕得快瘫下去了。哪知，就在她想用自己最后的力气从邱姓男人的手中挣脱出来时，耳边却传来了那些男人齐刷刷的喊叫声："嫂子喝了它，嫂子喝了它……"

　　这些男人的喊叫声很沙哑，也充满着滑稽和贪欲。郁静听后，不仅心悸，也恶心得像是有无数虫子在她嘴里，喉咙里，还有她胃里蠕来动去。但是，让她更没想到的是，她还没从那邱姓男人的手中挣脱出来，却听见了自己男人梁超那醉醺醺的声音："喝……喝，我说你这个女人也……也真是，邱……邱哥叫你喝你就喝，酒里又没放毒药，真是箍箍抬狗不受人尊敬。老子咋就娶……娶了你这不识相的女人，你是不是还想着你那……那，要……要不要我把它说……说给我这些兄弟听？"

359

郁静是听了自己男人这话，彻底茫然和失望的。况且，她更怕梁超无中生有地说出她和老穆的事。刚开始，当邱姓男人把手放到她肩上，并一个劲地要她喝酒时，她指望着梁超能站起来为她解围，她望来望去，望来的竟是自己男人把她往别的男人怀里推，并且还想往她头上泼脏水。所以，她对自己这男人梁超不只是气，也彻底绝望了。她因此把心一横，也同时想：我是你梁超的女人，你都不在乎，我又在乎什么呢？郁静想到此，她狠狠地瞪了梁超一眼，然后张开嘴，让那邱姓男人将酒全灌进了嘴里。

都说万事开头难。的确，凡事只要有了第一次，随后也就无所谓了。郁静这天赌气喝下了那邱姓男人给她灌下的第一杯酒后，就如这杯酒给她壮了胆一样，把之前的顾虑、胆怯，甚至是恶心通通忘记了。心里除了怨气、愤懑外，就是想着如何才能报复梁超。

此时的梁超冲她嚷过那句话后，不知是真醉，还是怕看到他这几个狐朋狗友对自己女人的垂涎欲滴，甚至是动手动脚，便闭着双眼，趴在身前的桌上打起了鼾声，偶尔嘟哝两声，也是充满着浓浓的醉意，不是"干了，干了"，就是"你我弟兄一场，女人算个卵事，想拿去就拿去……"

郁静是听了梁超这酒话，再次心如刀割的。她没想到自己在梁超的心里，还不如他这几个狐朋狗友。在气愤中，清白、纯洁还有自尊，她将其全抛到了九霄云外，任凭自己疯狂、发泄，也与眼前这几个色眯眯的男人推杯换盏，来者不拒……

郁静这天不知自己喝了多少酒，也不知喝了多长时间，只觉心里越来越难受，头也越来越沉，她本想跟跄着朝里屋走去的，没想到刚一开步就倒在了地上，当她醒来时，已躺在医院里的病床上。

郁静在医院里醒来的第一眼，看见的是守在床前的女儿和婆婆。女儿很乖巧，看见她醒来，不仅没提她喝酒的事，还对她说："妈妈，您可把我吓坏了，您在扫地时，咋扫着扫着就倒下了呢？……"

女儿这问话，郁静不由一头雾水，也不明白女儿这么说的用意，她明明记得自己是喝醉了酒倒在地上的，她当时还竭力爬动了几下想站起来，但后来一阵天旋地转她啥也不知道了。眼下她看了看女儿，又看了一脸悦色的婆婆，她又好像明白了女儿这么说的意思，她于是回答女儿娇娇说："是吗？我啥也不记得了。"

360

婆婆张淑琴看见郁静醒了过来，又开口说了话，心中的石头不仅着了地，还充满了喜悦。为了表达她的喜悦之情和对儿媳的疼怜，她忙对郁静说："看多大的人了，做事还这么毛手毛脚的，出了啥事也不知道……"

　　婆婆张淑琴这看似责备，却宠爱有加的话，让郁静又是一惊，也不知对她一向不满意的婆婆，对自己咋一下和蔼可亲，疼爱不已了。在婆婆出去给她买水果时，她对女儿娇娇问："娇娇，你给妈妈说实话，我真是扫地时晕倒的？"

　　女儿娇娇眨巴眨巴着那双水灵灵的大眼睛，然后把嘴贴着她的耳朵说："妈，您真不记得自己是咋晕倒的？告诉您吧，您是喝酒醉倒的。"

　　郁静听了女儿这话，又是一头雾水，她不知道女儿当着婆婆的面为啥不这么说，她因此又对女儿问："娇娇，你是不是怕奶奶知道了不高兴，才不这么说的，是谁教的？"

　　女儿娇娇被郁静这么一问，不由有了几分胆怯，她只好对母亲说了实话："妈妈，您晕倒后，爸爸我也叫不醒，这时老穆伯伯骑着三轮车来了，是他用三轮车把您送来的医院……"

　　郁静一听女儿说是老穆骑着三轮车把她送进的医院，心里不知咋的一下就激动了起来。自从那晚她把老穆推出发型屋后，她天天盼着老穆能在她的发型屋出现，哪怕直奔奔走进发型屋里来，被梁超看见了她也高兴。也无论梁超再怎么对她和老穆，她对老穆也不会再像上次那样无理了。这除了觉得自己对老穆问心有愧，她也太想老穆了。要说想老穆想得最厉害的，还是梁超把他那些不三不四的朋友领来发型屋的那些日子。那个时候，她多想老穆在自己身边，给自己壮胆，给自己出谋划策，如何才能将梁超的这些狐朋狗友赶出发型屋去。然而，她不仅没得到老穆的援助，连老穆的影子也没见上一眼。她本想去老穆上班的那建筑工地找老穆的，却被梁超盯着出不了门，她想给老穆打电话发信息，梁超却时时监视着她的手机，只要有了来电，梁超会第一时间将她的手机抢过去。所以，眼下她一听有了老穆的消息，除了兴奋，也迫不及待地冲女儿问："娇娇，你知道老穆伯伯现在在哪里？"

　　女儿娇娇听了郁静这问，顿时就迷惑了起来，她想了一下后才对母亲说："老穆伯伯把您送进医院后，又请了医生并付了钱，才给奶奶打了电话。离开时，他叫我不要给奶奶说您是被酒醉倒的。他说，奶奶如果知道是咋一回事，一定会骂您，也不会给您好日子过……"

郁静当时听了女儿这滔滔不绝的话，心里不仅感激也怪怪的。她没想到自己这次的酒醉，竟出了这样的丑，不但把女儿连累了，还让老穆担心。但她一直不明白的是，婆婆对她的晕倒住院，不仅不气不恼，好像还乐不可支。为此，郁静的心里，再次充满了阴郁。如果说婆婆能像以往那样，红不说白不说地责备她一顿，或歇斯底里地冲她发泄一阵，她心里也许还能平静一些，至少说不会这么没底。

其实，郁静的婆婆张淑琴，是在一个小时之前接到老穆给她打的电话的，她当时根本不知道给她打电话的这人是谁，电话接通后，她只听一个男人的声音对她问："你是梁超的母亲吗？"

她听了电话里这问，当时不仅觉得怪怪的，也有几分胆怯。她一是怕梁超在外面出了啥事，也怕梁超是不是在外惹了啥祸。但她转念一想，自从女人丹红因不能怀孩子，被她赶出了梁氏公司，赶出了这个家后，儿子梁超就和儿媳郁静住在一起了，她由此想不出儿子会出啥事。所以，她心里尽管紧张，还是对着电话答应了"是"，并又冲电话里这男人问："你是谁，给我打电话有啥事？"

电话里的老穆听了梁超母亲张淑琴的问，怕她起疑心，因而没敢给梁超的母亲说自己是谁，只冲手机的话筒对她说："不要管我是谁，你儿子梁超在发型屋喝酒喝醉了，你儿媳病了在医院，告诉你，你不及时赶来医院，你会后悔一辈子。"

梁超的母亲张淑琴听了老穆在电话里这绕来绕去的话，她一下就蒙了。她能明白的，只有儿子梁超喝酒喝醉了，和儿媳郁静在医院里的事，对那"后悔一辈子"的话，不仅感到莫名其妙，也很气愤，她甚至怀疑电话里这男人是不是骗子，她于是抬高嗓门冲电话里的老穆嚷道："你吓唬谁？告诉你，老娘是吃米长大的，不是吓大的。你想骗老娘上钩还嫩了点，老娘骗人，你还在你参妈脚肚子里……"

老穆听了张淑琴在电话里这气冲冲的话，知道梁超的母亲张淑琴在怀疑自己。为了让梁超的母亲尽快赶来医院照料郁静，当然，他也担心郁静出啥事，从发型屋出来后，郁静还一直昏迷着呢，梁超在发型屋里也烂醉如泥，不过，梁超醉酒是常有的事，而郁静，她知道她是滴酒不沾的，况且，郁静又怀了孩子。

郁静怀了孩子的事，是先前那医生给郁静检查时才发现的，这也许连她郁静都不知道哩。那医生当时给郁静检查之后，不知是冲郁静，还是冲老穆生气说："不知你们是咋想的，怀了孩子还要喝这么多酒，真是……"

所以，老穆咋敢怠慢呢？不出事倒好，郁静母子俩要是有个三长两短，他老穆不仅负不起这个责，也会悔恨一辈子，他于是放低声音对电话里的张淑琴说："你不信？那叫你孙女娇娇给你说。"

老穆说过这话，把手机立即递给了郁静的女儿娇娇。娇娇不知是被母亲一直昏迷不醒吓坏了，还是因为没有一个家里人在身边而无助，她从老穆手里接过手机，还没开口就哭了起来，在与她奶奶说话时，竟已泣不成声了。

"奶奶，妈妈真在医院，还没醒过来哩，爸爸也不在。奶奶，快过来吧，我好怕。"

梁超的母亲张淑琴听过孙女娇娇这话，心里顿时火冒三丈。当然，她是气郁静不听她的话，不回这个家。她把女人丹红赶走后，就叫郁静回公司，回家里住。她当时想，郁静回来不仅能将公司里的事打理好，不能给她添孙子，也会再给她生一个孙女的，哪知郁静死活不肯，偏要开那发型屋，没想到自己的儿子也撵了去，把公司和家全撂给她一个老婆子去打理。

梁超的母亲张淑琴是想了以上这些后，更气愤不已的。但回头一想到孙女娇娇那可怜巴巴的哭泣和求情，她的心又软了。孙女毕竟是自己一手带大的，又是老梁家唯一的血脉，要是儿子梁超和郁静就这么过下去，郁静也如女人丹红那样不能生，老梁家的一切希望都全在孙女娇娇的身上了，她尽管不是男孩，总比啥也没有好。

梁超的母亲想到此，便立即改变了主意，为了孙女娇娇，确切地说为了老梁家的未来，她要去医院看看儿媳郁静那病究竟是咋回事。是头痛脑热，还是将给老梁家带来灾难，她和儿子梁超的心里也好有个准备……所以，她这么思考后，心里窝着火，不得不朝医院赶了去。

然而，当她赶到医院，郁静还没醒过来哩。不仅如此，郁静还脸色苍白，嘴唇干裂，一副虚脱的样子。孙女娇娇呆呆地守在床边，样子很可怜更让人心疼。当她跨进病房时，孙女扭头见了她，眼里立马泪汪汪的，一头扑进了她怀里，并小声哭了起来。

梁超的母亲听了孙女这哭声，又看了病床上死人模样儿的郁静，心里也一下紧张了起来。她想问问孙女娇娇她母亲得的啥病，又怕孙女说不清，便对孙女说了几句不痛不痒的话，就准备起身去医生办公室，找儿媳郁静的主治医生，问问儿媳的病是轻是重，有没有啥大问题。哪知，她刚起身，穿白大褂的医生就推门跨了进来，还没等她开口问，那医生就开门见山地冲她直问："你是患者的什么人，咋这时才来？"

这医生的质问，好像一下把梁超的母亲镇住了，脑子里那些乱七八糟的事，也吓得跑到了九霄云外，她于是战战兢兢地回答医生说："我是她婆婆，医生，我儿媳咋样，有没有啥大事？"

医生也许看了眼前这老太婆恐惧的样子，生了怜悯之心，他于是缓了口气说："大事倒没有，但不能这样对胎儿不负责。怀着孩子喝酒，不仅伤身，更伤肚里的孩子。"

梁超的母亲一听医生这话，简直不相信自己的耳朵，她于是哈着腰，迷惑而急切地又对医生问："医生，你说我儿媳给我怀孙子了？"

医生听了梁超母亲这问，知道这些老太婆都重男轻女，怕孩子出世后，这老太婆找他撕皮（找麻烦），便认真地说："是孙子孙女不敢说，但确实是怀上了。"

梁超的母亲听了这医生的话，心里尽管觉得有些遗憾，但一想到儿媳郁静真的怀上了，说不定怀的真是孙子，她就高兴了起来。送走医生，便疼惜不已地转身来到郁静的床前，先轻轻捋了捋郁静额前的秀发，又给郁静掖了掖被子，郁静身上尽管满是酒味，她不但没责怪，也没追究其原因，并守在郁静的床前不肯离去。

郁静这天或许因为酒醉，醒来与女儿说了一会儿话，立即又睡了过去。但当她再次醒来后，看见婆婆守在床前那一脸的慈祥和期待，心里不仅茫然，也恐慌不已……

第六十八章　毒计

　　女人丹红被梁超的母亲赶出梁氏公司及梁超的家后，便彻底成了一个一无所有的人。那天，她利用梁超丢在她那里的东西，把梁超诱去后，又想着法子让梁超服了"兴奋剂"，接着，又按照她之前计划好的，让梁超吸了她一直吸着的那东西。当梁超有滋有味地吸着她做了手脚的那支烟时，自己则借洗澡之名，躲在卫生间里悄悄落泪。老实说，她也不愿意对梁超下这样的手，但梁超母子俩对她也太狠心了，嫌弃她不能生孩子就罢了，还将她扫地出门，并一副不共戴天的样子。所以，她怎能咽下这口气呢？又怎能不予以报复呢？她这几天已想好，梁超想这么白玩自己甩手了之，没门！

　　梁超那天服了她放在酒里的"兴奋剂"，接着又吸了她做了手脚的那支烟后，顿觉浑身燥热性欲高涨，也心慌难抑。他坐在沙发里见女人丹红久久没从卫生间里出来，就按捺不住亢奋和骚情，朝卫生间一头闯了进去。并将女人丹红就此按在水汪汪的地板上，咬牙切齿地掰开女人丹红的两腿……

　　而这时的女人丹红，躺在梁超的身下，她再没了以往的快感和幸福，她心里只有痛和暗自高兴，因为她已感觉到，她对梁超做的手脚已成功了。也就是说，梁超往后犹如被牵着鼻子的牛，再也无法摆脱她了。其原因，自己就是一个很好的例子。

　　两年前，她为之付出了青春，甚至她整个人生的初恋肖俊，贪图荣华富贵，移情别恋离开她后，孩子也在这沉重的打击下夭折腹中，并差点要了她的性命。从那以后，她彻底颓废了下去，并用酒精和药物来麻醉自己，她就是在这个时候走上了吸毒这条不归路的。从而，她知道了吸毒是个填不平的无底洞，也由不得自己。

　　认识梁超后，梁超的能说会道，以及对她的大献殷勤，还有自己身处的困境，让她不得不与梁超越走越近。进了梁氏公司后，梁超的家境和梁氏公司在县城的小有名气，以及梁超的女人郁静那总经理夫人和公司副总经理的光环，让她不仅羡慕也蠢蠢欲动。后来是梁超的女人郁静对她如防贼一样的眼神，和曾被前夫肖俊抛弃的教训，让她竟萌生了将梁超的女人郁静取而代之，成为老梁家女主人的念头。为此，她悄悄戒过毒，尽管没彻底戒掉，但比之前好了许多。哪知，就在她的念头很快要成为现实时，因自己不能怀孩子，梁超的母亲不仅将她赶出了梁氏公司和老梁家，负心的梁超也忘记了对她的海誓山盟变了心。此时的她不仅为此心痛，心里也充满了怨愤。这是她人生中遭到的第二次打击，这次打击虽然不如被初恋抛弃，又胎死腹中那么沉重，那么生不如死，却让她再没有"站起来"的机会，因为她发觉自己尽管不算老，但皮肤已暗黄松弛了，如果不化妆，就连自己也不敢看自己，要不是自己善于卖弄风情，是很难拴住男人们的心的。

其实，女人丹红第一次婚姻的失败，从而让她吸取了血的教训。所以，当梁超想着法子把她弄上床后，她就打定了主意，梁超如果如前夫肖俊那样对她无情无义，她会想尽一切办法，要梁超想离开自己却不能。另外，她要做老梁家女主人的想法不但不会改变，还要将它变为现实……

梁超那天在卫生间，骑在女人丹红的身上一阵疯狂的发泄后，不顾女人丹红还躺在水汪汪的地板上，就三下五除二地套上裤子，出了卫生间，然后带上丢在女人丹红那里的裤衩、刮胡刀和打火机，头也不回地下楼离开了女人丹红的住处，毫不留恋地扬长而去了。

而女人丹红在梁超发泄完站起身来时，她以为梁超还会同以往一样，疼爱有加地将她从地板上扶起来，用热水器的喷头，帮她洗净身体。要不，梁超也会坐在地板上，将她搂进怀里再缠绵一阵，再温情一阵。哪知，梁超得到满足后，犹如怕她患有传染病般，提着裤子头也不回地走了出去。女人丹红当时闭着眼睛躺在地板上，听着梁超下楼时那渐渐远去的脚步声，才知道自己之前的想法不只是幻想，更是一种奢望。于是，一种被玩弄、被抛弃的阴影再次笼罩在她心里。让她心里不仅充满了失落和悲哀，也更加深了她对梁超的恨。

女人丹红那天从地板上有气无力地站起来后，便站在热水器的喷头下将自己的周身全洗了一遍，不知是留恋梁超，还是对梁超的恨，她把被梁超蹂躏过的地方揉了搓、搓了揉，清洗了一遍又一遍，洗净后才木讷地从卫生间里走了出来，并一下瘫坐在沙发上，一直木木地坐到天黑。

从那以后，女人丹红成天把自己关在屋里，一边想着如何报复梁超，一边等待时机，她相信，梁超迟早会找上门来求她的。

有时她也故意给梁超打打电话，除了故作啥事也没发生地与梁超调侃，也没忘了时不时和梁超调调情，还故意问梁超那天她给他的那支烟香不香，口味咋样。果真，她这天突然接到了梁超的电话，梁超当时在电话里对她问："你上次给我的那烟是在哪里买的，抽着真舒服，抽后浑身是劲。"

女人丹红听了梁超这一问，心里顿时涌起一阵悲哀的感觉，老实说，她不想对梁超这么做，但梁超的无情又让她无法说服自己，特别当她想到被前夫抛弃的经历，以及给她留下的伤痛，她不得不把心一狠，对梁超再没了留恋和同情，并按照自己之前的计划行事了。

"呵呵，那烟真好抽？告诉你，那烟是我们女人抽的，知道不，那天我舍不得抽，才给了你一支。"

梁超听了女人丹红这话，不知是信以为真，还是对那烟有了瘾，他立即对女人丹红问："还有吗？我还想抽抽，知道不，那感觉真好。"

女人丹红听着梁超这话，心好像被什么东西扎了一下，不过，她还是用同样的语气回答梁超说："有啊，不过只有一支了，我是留着自己抽的。"

哪知，女人丹红这话，让梁超信以为真了，他好像还闻到了这烟的味道，垂涎欲滴了起来，周身也有了说不出的感觉。于是，他迫不及待地在电话里求着女人丹红说："给我留着行不？我真想再尝尝那味，你不知道抽了你那烟有多舒服，多过瘾。"

梁超这话，让女人丹红又是一喜。在乐不可支中，她好像看到了梁超又回到了她身边，那样子就如他俩刚认识时那样，对她既讨好，又百依百顺。为了不让梁超发觉她的意图，她不动声色地继续与梁超调侃着说："你真想抽？那可不行，要是被你妈和你那老婆知道了，又该骂我勾引你了。"

而此时的梁超，被那支让他上了瘾的"烟"再一次吊足了胃口，也让他感到无法忍受和身不由己，因而急不可耐地对女人丹红说："她们不会知道的，要不，我过来取？"

梁超说过这话，他的心思和欲望，全寄托在女人丹红那里了，确切地说，是寄托在女人丹红手里的那支"烟"上了。他挂了电话，没征得女人丹红的同意，就火急火燎地朝她的住处赶了过去。

女人丹红听了梁超在电话里的最后那句话，凭着她的切身体会，知道梁超为了她手上的那支"烟"，会立马赶来的。她心里尽管很异样很难以平静，还是没忘记如何对付梁超。为了把梁超牢牢地掌控在自己手里，她立即把事先准备好的那支烟拿了出来，同几天前那样做了手脚后，才把自己精心打扮了一番。当然，她除了像以往那样，把自己打扮得既性感又裸露外，还将裸露的肌肤喷了香水增了白，乍眼一看，如青春美少女一般。

女人丹红这天刚把自己打扮好，梁超就兴致勃勃地到了她门外。随即，门铃声也急促地响了起来。女人丹红听了铃声，尽管知道是梁超，还是嗲着声音问了声："谁呀？"

梁超在门外听了女人丹红的问，由于对那"烟"的渴望，他不想与女人丹红调情，他因此对门内的女人丹红直来直去地说："是我，梁超。"

其实，当女人丹红在问梁超是谁时，就扭动着腰肢朝门口走了过去。梁超的话刚落口，门已开启，她也亭亭玉立又动感十足地站在了梁超面前，一双画了眼影的眼睛也故作多情地盯着梁超。她以为此时的梁超会同以往那样，红不说白不说抱着她就是一顿猛亲的，并一边亲着，一边猴急急地扒她的衣服裤子……没想到梁超抬眼看了她一眼后，竟一头蹿进了门去，来不及与她说话，就从客厅里的茶几上，抓起她先前给他准备好的那支"烟"，贪婪而疯狂地吸了起来。

梁超这天吸烟时的模样，既贪婪又醉生梦死。他先大口大口地吸了几下，接着就把每一口烟雾一丝不漏地全吞进了肚里。不仅如此，每吞一口，他还自言自语地长叹一声："哎，好舒服……"

梁超这天靠在沙发的靠背上吸烟时，女人丹红当时就坐在沙发的扶手上，静静地欣赏着梁超抽烟时的样子，心里的滋味真是五味杂陈。这时的她想到了梁超之前对她的好，想到了她和梁超一次次做爱时的情景，也想到了梁超最近对她的淡漠和无情，还想到了她眼下为什么要对梁超这么做，以及她这么做的后果……想着想着，她心里不仅痛，也充满了恐惧……

而梁超这天吸过那支"烟"后，那种感觉真是舒服到了骨头里。不仅如此，在飘飘然间，体内又猛然间升腾起了一种欲望和冲动，这欲望和冲动在他体内犹如发酵的面团，除了一个劲地膨胀撑大，也让他忘记一切般浑身充满了亢奋。后来，当亢奋中的他将目光投向女人丹红时。女人丹红打扮得时尚和裸露，又如给他注了兴奋剂般，让他忘记了一切，无法控制地朝丹红扑了上去。

　　梁超这天在女人丹红那里吸了那"烟"，又在女人丹红身上速战速决后，便飘飘然地离开了女人丹红。那样子，走得既果决又无情，与女人丹红间再一次如陌生路人一般。女人丹红当时侧躺在沙发里，看着梁超头也不回地离她而去，之前尽管知道梁超对她会这样，但她还是受不了梁超对她的如此绝情，当然，更没想到自己对梁超会出如此下策……

　　这天的最后，当梁超离她而去的背影快在她眼前消失时，她对梁超不知是突然有了不舍，还是为自己对梁超的心狠不忍心，竟猛然从沙发上撑起身来，冲着梁超的背影张了张嘴，但就在她翕动着嘴唇想叫住梁超时，她脑子里猛然间又出现了梁超知道她不能怀孕后的冷淡，以及恨不能将她一脚踹掉的恶毒和绝情，她把翕动着的嘴唇又合上了。也在这时，她又从先前那恍惚和迷恋中回到了现实里。并明白了梁超先前在她身上的那一阵疯狂做爱，并非因爱而生，而是在她那支"烟"的作用下不得已的行为。梁超这天去她那里，也不是他俩刚认识的那样，因爱她、想她、需要她而去，而是冲她手里的那支"烟"而去的……

　　女人丹红想到此，突然感觉自己对梁超来说，无论是之前，还是眼下都只是一个玩物而已。让她感到失败和可悲的是，她越来越觉得，自己时下在梁超的眼里，连一个玩物也不是了……在她这么想的时候，她猛然从沙发上站起身来，撩开窗帘，把目光从窗户朝楼下投了过去。当她看到梁超在楼下那果决离去的身影，眼前不由出现了梁超回到郁静身边后，两人手挽着手走在大街上那甜蜜幸福的样子，还有两个人做爱时的缠绵和陶醉。于是，女人天生的嫉妒和醋意，让她顿生报复之心，因而，一个她从未想过的，也更恶毒的报复计划，这天在她脑子里便由此而生了。几天后，当她正在为自己的计划犹豫时，又从梁超的嘴里知道了郁静怀孕的事，为此，她对自己已想好的那计划不仅迫不及待，也不顾一切了。

第六十九章　情为何物

郁静这天酒醉醒来，发现自己躺在医院里，又看见女儿和婆婆守在床前，她一紧张，想立即撑起身来，却被婆婆一脸和悦地挡住了。婆婆双手一边按着郁静的双肩，目光示意她不要动，一边故作责备地说："刚醒就急着起来，晕乎乎的，就不怕摔了身子？"

郁静听了婆婆这从未说过的贴心话，心里一激动，眼睛便湿润了。她感激地对婆婆说："妈，没事的，我感觉好多了。"

婆婆张淑琴听了郁静这话，又故作生气地说："还没事？从来不喝酒，都喝进医院了，还没事？"

郁静听了婆婆这责备的话，脸不仅红了，也流露出了难堪的表情。婆婆张淑琴一看，忙改口说："娇娇都给我说了，都怪我那孽种，知道你滴酒不沾，还要你陪他那些烂朋友喝酒，看我回去如何收拾他。"

婆婆张淑琴这暖心窝的话，再次让郁静感动不已，泪也不知不觉流了出来。因为在她的记忆里，婆婆从没这么体贴过自己。从她嫁给梁超后，婆婆对她除了责备还是责备，即使是她的儿子做了错事，婆婆拐弯抹角也要强加在她头上。因而，她这次赌气做了这么大的错事，婆婆不但不责怪她，还为她说话，她咋不为之动容，泪流满面呢？然而，当她知道了婆婆这么做的真相后，不仅心乱如麻，也陷入了深深的痛苦中。

婆婆当时看了她泪流满面的模样儿，一边忙着给她揩泪，一边心疼地说："小静啊，不要伤心了啊，哭坏了你的身子，我的孙子要是有个三长两短，叫我咋办？"

郁静听了婆婆这话，又看着婆婆一脸焦急的样子，心里顿时充满了疑惑，她不知道婆婆是因焦急说错了话，还是真有其事，她因此不解地看着婆婆，想从婆婆的表情里看出个究竟。

而婆婆张淑琴看了她那迷惑的样子后，也许明白了她真还不知道自己怀孕的事，于是又乐呵呵地补充说："你难道还不知道啊？你又给咱老梁家怀孙子了，真是老天保佑，咱老梁家又有希望了，不过我告诉你哈，从今后不许再喝酒了，也不许再开那发型屋，出院后就立即跟我回家住……"

　　郁静是听了她婆婆再次说她怀了孩子，而被惊得目瞪口呆的。她先是不相信她婆婆说的话是真的，后来又想自己即使要怀，也不该在这个时候，更不该是他梁超的。自从她从梁超家搬出来后，她就想着迟早要和梁超离婚的。她也下定决心，一年离不了，就两年，两年离不了，就三年五年、十年八年。哪怕自己成了老太婆，也要把梁超给离了，但眼下怀了梁超的孩子，咋还离得了啊！

　　于是，郁静就如做了一件天大的错事般，懊恼而郁闷了。哪知，出院这天，就如她婆婆张淑琴之前给她说的那样，她刚一跨出医院的大门，婆婆就叫来出租车，把她直接接回了家，并将她小心翼翼地伺候着。从此，她就如一只被关进笼子的小鸟，尽管被主人无微不至的伺候着，却失去了本真的自由。但让郁静更没有想到的是，就在她从医院回家的第二天，婆婆和梁超便将她的发型屋关了门。郁静知道后，心痛得直落泪。因为这发型屋是她生活的来源和依靠，也是老穆苦心帮她开起来的啊，咋说关就关了呢？这不仅仅是她的心血，也辜负了老穆的一片苦心啊。

　　郁静在这么想时，不由又想起了女儿娇娇给她说过是老穆把她送进医院的事。从而也恨自己当初太鲁莽太无情。那晚她咋会不顾一切把老穆也赶出了发型屋呢？事后她虽然后悔不已，也想给老穆赔个不是。但不知老穆是不是真生了她的气，从那以后不仅没再来她的发型屋，给他打了几次电话他也不接。当然，让她更懊恼和自责的是，老穆这天来了，她却出了丑，并烂醉如泥。

　　郁静想着这些，想见老穆的心情也越来越迫切了。这天，她给婆婆说她要出去办点事，婆婆张淑琴听后，先是一脸的狐疑，婆婆本想不答应的，但想着儿媳郁静这些年也没做过啥见不得人的事，再说她肚里正怀着孩子哩，怕她生气动了胎气，也就满口答应了，只是在她出门时再三叮嘱她，叫她路上小心，早去早回。

　　郁静这天答应了婆婆后，便急切地出了门。但当她来到大街上，看着南来北往的车辆和熙熙攘攘的人群,她又犯起了愁。因为她不知老穆现在在哪里。在万般无奈的情况下,她只好想着碰碰运气拨了老穆的电话。令她兴奋不已的是,电话一接通就传来了老穆那急切的声音:"小静,咋样了?没事吧?"

郁静听着老穆这熟悉的声音,不知是高兴还是心酸,泪水一下就涌了出来,于是情不自禁地哭着对电话里的老穆说:"哥,你在哪里,我想你!想你了!"

郁静说过这话,感觉心里一下舒服了许多,她又接着对老穆说:"哥,你快告诉我你现在的地址,我马上过来找你,我好想见你。"

郁静说过这话后,心里一边"扑通扑通"地跳着,一边静静地等待着老穆告诉他的地址。而老穆听了郁静这话,竟不知如何开口给郁静说话了。踌躇中只觉心里有一种朦朦胧胧的东西在跳跃,在翻滚。

那天他被郁静推出发型屋后,他当时就已明白了郁静的苦心,在那骑虎难下时,叫一个弱女子咋做呢?梁超毕竟是她名正言顺的男人,况且又冲她说了那些难听的话,而自己呢?与郁静虽然兄妹相称,啥事也没有,但在别人的眼里,孤男寡女在一起,总不会有啥好事。因此,郁静当时除了用这种方式来证明自己的清白,还有啥法子?他趁梁超攻击自己,痛痛快快地教训了梁超后,便也好好反省了自己。他也由此想到了自己与郁静走得太近是错误的,也定会被别人误会。再说,梁超既然把女人丹红赶出了梁氏公司,赶出了老梁家,为了郁静还敢向自己动手,说明梁超是在乎郁静的,爱郁静的,既然如此,郁静有人在乎着,爱着,自己为啥还要不明不白地置身于他们中间呢?

就从那天起,老穆便打定了主意,他要像前些年一样离开郁静,最好电话也不接。他曾想过回到芋头镇的乡下去,去过那田园生活,去过那一人吃饱全家不饿,又无牵无挂的日子。然而,当他真要离开县城时,又始终放心不下郁静,他因而又才留了下来。不过,他同时也想好了,在后来的日子他该怎么做。所以,他每天下班后,同前些日子一样,骑着租来的三轮车,直朝步行街而去,只是到了步行街后,就躲进郁静发型屋对面那茶馆里,一边喝着茶,一边关注着郁静发型屋里的动静。

前几天,他看见梁超天天都守在郁静的发型屋里,虽然没帮郁静做啥,他心里却很安慰。他想,只要梁超在郁静身边,那些好色之徒就不敢再轻举妄动了。但没过几天，当他看到梁超邀来的那些狐朋狗友，在发型屋里肆无忌惮地喝酒划拳时，他的心立即就提了起来，担心起了郁静。他预感到，发型屋也许要不了多久就会出事……

郁静这天被梁超叫过去陪他那些朋友喝酒，一开始他就看在眼里。他以为有梁超在，郁静不会出事的。他也想过去阻止郁静，但一想到他的出现，会如上次那样，让郁静更难为情，他就强使自己镇静了下来。是呀，万一和梁超以及他那些狐朋狗友冲突起来，受伤的依然是郁静，这不仅仅是郁静的身心受到伤害，还有比她生命更重要的名节。所以，这天他远远看见梁超的那些狐朋狗友都摇摇晃晃地离开了郁静的发型屋，又看见郁静的女儿娇娇，在门口哇哇大哭时，他才感觉事情不好，忙奔了过去。

他把郁静送进医院后，医生给郁静做了全面检查，并告诉了他郁静的病并无大碍，只是喝酒过度，又怀着孩子。老穆听后，心里既庆幸，又有些不是滋味，究竟为啥，他也不知道。后来，他去缴费处给郁静交了钱，为了稳妥起见才给梁超的母亲打了电话，他本想等郁静醒来后再离开医院的，但又怕梁超的母亲来医院，看见他和郁静在一起引起误会，于是他便匆匆离开医院，回建筑工地去了。

此时，他听了郁静在电话里叫他的那一声"哥"，又听了郁静在电话里说的"你在哪里，我想你了"的那句话，老穆的喉咙一下就哽了。他之前看了手机屏上的来电是郁静的，本想同前几次那样不接的，但一想到郁静在医院里，又不知她的情况咋样，他不仅接了，还迫不及待地问了郁静那么一句。哪知，郁静在电话里那无助的声音，把他的心彻底融化了，再也控制不住自己，于是他又对郁静问："小静，你现在咋样，出院没有？"

老穆在说这话时，由于激动和对郁静的担心，语气里充满了对郁静的疼爱之情，郁静听后，一股暖流顿时遍及全身。为了尽快见到老穆，她立马回答老穆说："哥，我没事，已出院了，这时正在去找你的路上。"

老穆一听郁静这话，脑子里不由"嗡"的一声，因为他知道自己再也不能躲郁静了。他也为此想，既然不能躲，也就不躲了。再说，他也不忍心看见郁静那可怜无助、有苦无处诉的样子，于是回答郁静说："小静，你现在在哪里？就在那里等我，我立马过去接你。"

郁静听了老穆的话，心里一下就愉悦起来，她立马给老穆说了她当时所在的位置，然后对老穆说："哥，我在这里等你，慢慢过来，注意安全……"

老穆听过郁静这话，心里也如喝了一碗蜜。在他的记忆里，他是第一次被女人这么担心着，所以，他想见郁静的心情也更迫切了。他于是丢下手中的活，假也没请，匆忙到三轮车行租上车，朝郁静说的地址飞奔而去。

其实，郁静当时并没有给老穆说她当时所在的位置，而是多了一个心眼，给老穆说的是沱江边的一处僻静树林，那里林木葱葱，是人们早晚散步纳凉的好地方。但上班时间，那里又静得出奇，郁静这天为啥要给老穆说这地方，究竟是一时兴起，还是另有原因，就连她自己的心里也朦朦胧胧的。

郁静这天给老穆说了那地方后，自己也立即赶了过去。到了那地方后，就一边盼着老穆快点到来，一边静静等在那里。

老穆是半个小时后到达的。当老穆骑着三轮车的身影出现在郁静的视线里，郁静的心不知咋的就"扑通扑通"地跳了起来。当老穆蹬着三轮车来到她面前时，她的脸一下就红了，老穆看着她这模样，不知所措地忙从三轮车上跨了下来，没想到郁静竟一步跨了上去，并挥动着双拳在老穆的肩上胸上一个劲地擂着，嘴上又发泄似的说："你真狠，你真狠，谁叫你躲着我的，谁叫你躲着我的……"

而老穆被郁静这么擂着，也不知如何是好了。他只好连连后退，但郁静仍不手软，直把老穆逼到水边没有了退路，她才停了下来。但是，她接下来的举动，却让老穆更措手不及。

郁静这天把老穆逼到水边后，不知是怕老穆掉进水里，还是抑制不住的感情，住手后，她双手一抬，一下抱住了老穆，接着又把自己的头紧紧贴在老穆的胸前，既柔弱又情真意切地对老穆问："哥，你生气了吗？那天我不是有意要把你赶出发型屋的，但我不那么做，也没办法……"

老穆一听郁静这话，他的心一下就酸了。其实，他从没生过郁静的气，也知道郁静的难处，郁静那天如果不那么做，再继续下去，不知梁超还要闹出啥事。他于是安慰郁静说："傻丫头，我知道，也没生你的气，只是……"

老穆原本要把他为啥从此不去发型屋的原因说给郁静听的，没想到他只说了个"只是"就被郁静堵住了口，郁静当时一下从老穆的胸前抬起头来，并故作生气地说："你知道？你知道为啥躲着我？为啥不来发型屋找我？我想去找你，既脱不了身，又不知道你在哪里，你不知道我多想你……"

郁静这话再次堵住了老穆的嘴。老穆也没想到郁静当时会有这样的心境。因此，眼下面对着郁静的发问，也不知道如何对郁静说了。而郁静见了老穆这无话可说的模样，心里一酸，像受了莫大委屈地对老穆说："哥，你不知道那些日子我是咋过的，你又不理我，好不容易给你打个电话，你又不接，要不，咋会出那天那样的事？"

郁静说过这话，一下静了下来，泪水在眼里直打转。老穆看了郁静这模样，心顿觉好痛好痛，为了不让郁静再伤心，他忙对郁静说："其实……其实，我天天下班都过来看了你，只是没让你知道而已，我是怕梁超再闹误会。"

老穆说到这便住了口，他没把郁静那天酒醉后，是自己把她送进医院的事说出来。没想到郁静接着他的话头把话接着说了下去："哥，那天我喝醉了，是你把我送去的医院对不对？我就知道你不会不管我。这除了我爹去世前给你有交代，还有……还有……还有谁叫你是我哥。"

郁静在说这话时，与之前真判若两人。脸上不仅有了笑容，还充满着任性和调皮。而老穆的心却越来越沉，他因而对郁静说："小静，你现在不再是小女孩了，你已经有了家，有梁超，有女儿娇娇，又……"

老穆把话说到这又立即住了嘴，他本想把郁静又怀了孩子的事说出来的，话到嘴边他突然觉得太冒失，便戛然而止了。而郁静听了老穆这没说完的话，一下就激动了起来，在这之前，她准备把婆婆将她接回了家，并把发型屋处理了的事给老穆说的，一是想暗示老穆从今后不要再去那发型屋了，因为她已不在那里了，再有也顺便向老穆说声对不起，老穆辛辛苦苦把这发型屋帮她开了起来，没多久却被她弄成了这样子。哪知，老穆一句话，让她把这一切全忘掉了，她因此大着嗓门冲老穆说："你不要给我提那梁超，他不是东西，你等着，我迟早都要和他离婚的，不信就走着瞧。"

郁静这话说得很气愤，老穆听后也为之一震，他也不知道在接下来的日子里，他和梁超、郁静间还将发生啥样的事……

第七十章　女人的心

女人丹红这天想好了如何报复梁超后，就坐等时机等梁超送上门来。她相信梁超等不了几天就要来找她的。这一点她不仅胸有成竹，也深信不疑。当然，她更相信她给梁超的那两支烟的威力。

的确，梁超抽了女人丹红给他的烟后，已染上了毒瘾。再加上他每次在女人丹红那里抽过烟，性欲便尤为强烈，做爱时不仅亢奋得浑身发抖，时间也长了许多，那种感觉似仙似神，又云里雾里，并醉入其中。所以，从这以后，梁超重又回到了女人丹红的身边，并被女人丹红掌控在手心里。

十月怀胎。转眼间，郁静肚里的孩子出世了。是个男孩。梁超和他母亲见后，真是欢天喜地，梁超的母亲也把郁静视为老梁家的大功臣，并疼爱有加。而梁超一阵喜悦后，就又回到了之前的生活里。"烟瘾"发作了便去找女人丹红，吸好后，就趴在女人丹红身上使一阵蛮劲，舒坦后又扬长而去。

这天，梁超的毒瘾又发了，他同之前每次那样，便匆匆赶往女人丹红那里，而女人丹红却把双手一摊，说她也没那"烟"了，还说没来得及去买，梁超听后，先是一脸的失望，接着就焦躁不安地冲女人丹红问："你这烟是去哪里买的，我去买……"

女人丹红听了梁超这话，心里尽管有些异样，但想想梁超之前对她的绝情，以及梁超母亲的狠心，她便把心一横，向梁超说了买那"烟"的地址。梁超听后，一兴奋就匆匆出了门。朝那卖"烟"的地方赶了过去。但此时的梁超哪知道，他此时不仅栽进了女人丹红为他设计好的陷阱，也被女人丹红牵着鼻子，走上了一条不归路。

梁超出门后，女人丹红便压着声音打了一个电话。那样子很神秘，又鬼鬼祟祟，好像怕被别人听着似的。打个电话后，她来不及再梳妆打扮自己，随即就出了门。并驱车朝给梁超说的那卖"烟"的地方赶去。赶过去后，她就躲在车里，神不知鬼不觉地等待着梁超的自投罗网。

梁超这天是打的随即赶到的。下车后，他正在为买那"烟"左顾右盼时，一个头戴墨镜的男人不声不响地走到他面前，开口便问梁超是去干啥的。那人面带煞气，目光阴森。梁超见后，心里顿时一紧，便慌忙说了自己是去买"烟"的，那人听后，又下意识地打量了梁超好一阵，才把梁超带到了一个僻静处，与梁超开始了交易。但他俩谁也不知道，在不远处，女人丹红正神情专注地窥视着他们。

梁超这天从那墨镜男人的手里，接过他意识中的"烟"后，随即付了钱，就急不可耐地想打开来抽一支，没想到打开后，竟是一包白色粉末状的东西，一疑惑，他忙对那墨镜男人问："喂，你是不是弄错了，我要的是烟，你这是啥东西？"

那男人在墨镜后面狠狠瞪了梁超一眼，然后沉下脸来冲梁超狠狠甩了一句："傻×，就是这儿。"

那墨镜男人冲梁超甩过这话，不知是心虚，还是怕梁超再纠缠自己，便逃也似的消失在不远处的人流里。梁超站在那里，看着那男人慌慌张张离开的样子，再想想那男人的话，顿觉这里面好像有什么猫腻。他不由得将那包白色粉末状的东西凑近鼻前闻了闻，又用舌尖舔了舔，于是，一种似曾相识的感觉不由出现在他的意识里，也让他有了神清气爽的飘飘然。

这天的梁超兜里揣着那白色粉末状的东西，疑惑重重地又回到女人丹红的住处时，女人丹红早已回去等在那里了。刚一进门，女人丹红就佯装啥也不知道地对他问："买到没？"

梁超听了女人丹红的问话，便把兜里那包白色粉末摸了出来，拆开后并摆在了女人丹红的面前，接着又对女人丹红说："你看，我要的是那烟，他却给了我这包东西，不知是他弄错了，还是……"

梁超在回来的路上，心里一直在为这事思来想去。他也怀疑过这包白色粉末是不是就是人们说的那种一沾就上瘾的东西，但一想到这是女人丹红要他去买的，他把提着的心又放了回去。他想，他和女人丹红曾那样相爱，女人丹红是不会害他的。眼下他和他母亲对女人丹红做的事，虽然有些过分，但事情的起因不在他和他母亲身上，而是你女人丹红自己不能怀孕，况且，他和女人丹红的每次相见，也依然做了爱。所以，他相信女人丹红做事不会那么无情，把他往不归路上逼。想到这里，他打消了扔掉这包白色粉末的念头，他要揣回去问女人丹红这到底是咋回事。

此时，梁超已将那包白色粉末摆在了女人丹红的面前，两眼也直视着女人丹红脸上的表情。总想从女人丹红的表情里，得知这其中的原因。而这时的女人丹红因有证据在手，再说梁超也离不了这东西，她便跷着二郎腿，一副无所谓的样子对梁超说："对，就是这东西。"

梁超一听这话，浑身吓出了冷汗，他没想到他在路上想的竟是真的。他立即冲女人丹红吼道："这是毒品，你让我吸毒了？"

而女人丹红听了梁超这问，依然不惊不诧并冷笑着说："咋说得这么难听，啥毒品，你吸了不是更精神更有劲了吗？"

而梁超因为自己染上了毒品，不仅吓得不行，对女人丹红也气愤不已。就在他将那包白色粉末撒在地上，又准备扑上去打女人丹红时，他的毒瘾却再次发作了。

他此时眼露凶光，浑身无力，皮肤发冷，肌肉和骨头也奇痒无比。在一阵狂抓乱挠之后，他一下匍匐在地上，并伸出舌头，将撒在地上的那白色粉末一点点地舔进了嘴里……

而女人丹红看到梁超这狼狈的模样，既喜悦又得意，甚至有一种胜利者的飘飘然。其实，一开始她是带着对物质的欲望喜欢上梁超的。那个时候的她，尽管还没从被肖俊抛弃的阴影中彻底解脱出来，对天下所有的男人都充满着敌意和恨，但也没想着要报复谁。后来，她发觉梁超如之前的肖俊一样，在慢慢背叛自己，她不得不有了戒心，并想着法子如何才能拴住梁超，达到她成为老梁家女主人的目的。特别是在她被检查出不能怀孩子后，梁超和他母亲的绝情，除了让她对梁超母子俩恨之入骨，也下了要报复梁超的狠心，因而才使梁超有了眼前这如此的下场。

此时的女人丹红一阵得意后，看着梁超那模样又于心不忍，于是又将给梁超准备好的那"烟"朝梁超递了过去，梁超发疯般吸过后，总算平静了下来，不过，他这次没再与女人丹红做那事，而是眼里喷着愤愤的光，灰着脸一头蹿出了女人丹红那住处的门。

在回家的路上，他发誓不再去找女人丹红了。但事与愿违，第二天，他的毒瘾又发作了，并且比之前每一次更凶更残忍，他因而又不得不跑去找了女人丹红，但是，女人丹红这次的心也比以往更毒更狠，这不仅只对他梁超，而是直接冲老梁家和梁氏公司去的。

梁超这天来到女人丹红的住处后，女人丹红坐在客厅的沙发上，一副不予理睬的样子。而梁超的毒瘾早已发作，在去的路上他一直在控制着自己。所以，到了女人丹红的住处后，本就寄予全部希望的他，把憋足了的毒瘾一下子全释放了出来，他一跨进女人丹红的房门，就匍匐在女人丹红面前，鼻涕眼泪地对女人丹红央求说："求求你，再给我一支烟，我真受不了了。"

哪知，此时的女人丹红却纹丝不动，只冷冰冰地回答说："没有。"

梁超一听，再次朝女人丹红匍匐了过去，并继续求着说："我知道你有，上次你也说没有，后来你不也给了我一支吗？"

梁超说过这话，抬着头如乞丐一样望着女人丹红，他见女人丹红仍没给的意思，又忙说："你是怕我不给钱是不是？我带着钱，全给你……"

梁超一边这么说着，一边把包里的钱全掏出来放在了女人丹红的面前，女人丹红不屑地看了看梁超放在她面前的钱，好一阵才说："给你可以，我不要你这钱，但你必须听我的。"

梁超听女人丹红说有烟，好像在迷乱中看到了救命稻草一样，忙对女人丹红说："好，我听你的，你叫我做啥就做啥，做多少都行。"

女人丹红听了梁超这话，她没再看梁超放在她面前那钱，而是直直地看着梁超，目光阴狠地瞪了梁超一阵后，才恶狠狠地说："我要你离婚。"

梁超一听女人丹红要他离婚，一下就愣了，那样子，好像毒瘾也没了。之前，他巴不得与郁静离婚，但自从女人郁静怀了孩子，又给他生了儿子后，这不只是他母亲欢天喜地，他也高兴，尽管郁静从医院回去后，借怀孩子生孩子的理由不让他近身，他也没再想过要与郁静离婚，因为他从女人丹红和那一个个逢场作戏的女人们的身上明白了一个道理：外面的女人是靠不住的。所以，他对女人丹红的话便一直没吭声。女人丹红等了好一阵，见梁超对自己的话毫无反应，也知道了梁超心里是怎么想的，便一边站起身，一边冷冰冰地说："好了，你可以走了。"

梁超听了女人丹红这话，顿时就目瞪口呆了。不过，他很快又反应了过来，立即上前拉住女人丹红说："红，看在我们好过的分上，就给我一支吧，我回去后，就找她离婚。"

379

梁超这话总算说到了女人丹红的心上，女人丹红当然为此暗自高兴和得意。于是她重又坐了下来，一边把梁超拉到身边坐下，一边故作温柔地对梁超说："超，不是我有意要这样，而是因为我太爱你，知道不？老实说吧，从见到你的第一眼，我就想和你在一起，白头偕老，永不分开。"

　　此时的梁超不知是被女人丹红的甜言蜜语和柔情折服了，还是还没从女人丹红那里得到那支该死的"烟"，因而把头点得如捣蒜似的，嘴上也同时说："我、我知道，我也是这样想的，也想和你在一起。"

　　女人丹红是听了梁超这话，对梁超的恨才缓了下来。她不仅给了梁超"烟"，还同梁超按部就班地做了那事，梁超也不知是吸了那"烟"，还是郁静一直没让他近身，欲望没得到释放，所以他这天在女人丹红的身上也很卖力。女人丹红因得到了满足也为之高兴不已。完事后，女人丹红再次嘱咐了梁超离婚的事，梁超当时软塌塌地趴在女人丹红身上，哼哼唧唧地应了一声，便从女人丹红的身上滚了下来，接着头也不回地离开了女人丹红的住处，没精打采地朝自己的家走去。

　　女人丹红在梁超从她身边离开后，她也从床上坐了起来，看着梁超离她而去那冷冰冰的背影，心里不由涌上一股心酸之情，同时也预感到梁超虽然答应了她回去找自己女人郁静离婚，但未必得成。不过她也不怕，因为她手里还有杀手锏哩。

第七十一章　你无情休怪我无义

女人丹红手里的杀手锏就是梁超那天去买那"烟"，与那墨镜男人交易时留在她手机里的照片。这是她处心积虑获得的证据，她也一直为之自豪和得意。

那天，她躲在车里，趁梁超与那墨镜男人一手交钱一手交货时，她把手机对着梁超和那墨镜男人，不知按了多少下拍照键。回到家后，她把拍的照片全翻了出来，并看了又看，还一一做了对比，看哪张照片拍得更清晰，哪张更能说明梁超是在贩毒，而并非只是一个吸毒者。当她获得了自以为是的得意之作后，就随之将它保存在自己手机的相册里。

梁超这天在女人丹红那里过足了毒瘾，又满足了性欲，便神清气爽又精神百倍了，看上去与毒瘾发作时简直判若两人。当然，谁见了他也不会将他与吸毒者联系在一起。这天他从丹红的住处出来后，或许因毒瘾发作没吃上什么东西，又或许与女人丹红做爱时太投入而过甚消耗了体力，此时的他总觉腹中空空饥肠辘辘，所以，在他路过那家羊肉汤馆时，便走了进去。

这家羊肉汤馆是他和女人丹红常去的地方，这里不仅人熟，也给梁超留下了难以忘记的记忆。眼下，他坐在羊肉汤馆的桌前，趁跑堂的小妹还没送菜上桌时摸出了手机，但就在这时，他突然想到了给女人丹红打个电话，叫女人丹红出来一起吃，因为这是他和女人丹红热恋时养成的习惯。但就在他正摁女人丹红的电话号码时，他突然又想到了女人丹红最近对他所做的事，说白了，女人丹红这么做，是在把他往绝路上推。他虽然明白这些，却又没办法。所以，他此时把心一横，把手机重又揣进了包里。

梁超这天回到家里，并没给郁静说离婚的事，他当然更不敢给他母亲说。他知道他母亲之前不喜欢郁静，是因为郁静没给老梁家生小子，尽管如此，他母亲依然死死攥着户口本不让他们离婚。而郁静眼下真为老梁家生了小子，一夜间便成了有功之臣，他母亲不仅为此乐得眉开眼笑，也把以前对郁静的看法一笔勾销了，还把郁静宠得如宝贝似的，除了不让郁静下厨房做饭，也不让郁静去公司上班，唯一要郁静做的，就是给孩子喂奶。你想，自己的母亲对郁静都这样了，她能答应他和郁静离婚吗？

梁超是暗自想过这些后，把女人丹红要他离婚的事，无奈地藏在肚里。回家后，他便径直朝自己的儿子走去。儿子已一岁多了，不仅会笑，还会叫爸爸妈妈了。在梁超回来之前，郁静一直在陪儿子玩。梁超回来时，远远就冲他叫了一声"儿子"。

郁静是见了梁超朝她和儿子走过来时，起身离开的。酒醉出院后，她虽然被梁超的母亲接回了家，从怀孩子，生孩子，到孩子眼下都一岁多了，她和男人梁超间的关系依然僵着。白天，有他母亲在，郁静和梁超还能说上几句话，但到了晚上，郁静根本不理梁超。尽管梁超给郁静说了不少好话，也逢场作戏地发了一次又一次的誓，郁静对他依然冷冰冰的。当然，梁超也得到过几次郁静，不过都是趁郁静熟睡时，强迫她的。

尽管如此，梁超还是没向郁静提离婚的事。当然，在他母亲面前也只字不提。这除了他知道自己的母亲不会答应，女人丹红在他心里也越来越枯燥无味，甚至是不可理喻了。

然而，半年后，梁超不得不把要和郁静离婚的事给郁静和他母亲说了，还非离不可。当然，压力依然来自女人丹红。

女人丹红也是在万般无奈时，不得不使出了她的杀手锏。自从她给梁超说了，要他回去提离婚的事后，就一直盼着这一天。梁超每次毒瘾发作去求她给"烟"抽时，她也抓住这时机要梁超离婚，然后和她结婚。梁超每次也把头点得如捣蒜似的，但事后当她再给梁超说这事时，梁超就会耍嘴皮子对她说："不急，仗要一场一场地打，饭要一口一口地吃。要离也还得有个过程嘛，哪能说离就离了的？再说，离不离我都是你的。"

到这个时候，女人丹红便忍了下去，除了再一次嘱咐梁超外，就是盼星星盼月亮地盼梁超下一次来能给她带来离婚的好消息。哪知，十天过去了，二十天过去了，一月两月过去了，甚至一年半载也过去了，梁超每次的毒瘾发作了，来找她依然还是那样子。

这天，梁超吸过那"烟"，又急不可耐地把她摁在客厅里的沙发上做了那事。当她再问梁超离婚的事，梁超竟不耐烦了起来，还板起了脸，并冲她吼道："离婚离婚，我每次来都要我离婚，你觉得有意思吗？求你，能不能换一个新话题？"

女人丹红当时听了梁超这吼声，立即就惊得目瞪口呆了。不过，她很快就反应了过来，从而也知道了梁超一直在与她周旋并在要弄她，所以，她再也忍无可忍了。于是，她也歇斯底里地冲梁超骂道："梁超，你不是人，这么久来，你吃我住我玩我，对我还这么凶，不就是要你离婚吗？我这有什么错，是不是你那老女人给你生了儿子，你又舍不得了？舍不得你为啥还要来找我？"

女人丹红说得很气愤，并气得脸青面黑。她这话同时也像一把火，点燃了梁超心中的愤怒，梁超一下站起身冲女人丹红吼着说："告诉你，我本就不想来的，要不是……"

气愤中的梁超本想把自己是咋染上的毒瘾，一股脑说出来用以攻击女人丹红，哪知，女人丹红刚听了梁超这句没说完的话，就控制不住自己了，她于是打断梁超的话说："好，梁超，你既然都这么说了，你无情休怪我无义……"

女人丹红说过这话，便匆匆跑进里屋，并从里屋拿出一张照片扔到了梁超面前，梁超看着照片上的自己和那个戴墨镜的男人在一起的情景，却不知女人丹红这是啥意思。女人丹红看着梁超那莫名其妙的模样，不由冷笑着说："呵呵，想不起来了是吧？告诉你，就凭这张照片，只要我不高兴，就会让你去坐牢，甚至判你的死刑。"

梁超是听了女人丹红这恐吓的话，才突然想起了这照片上的自己和那戴墨镜的男人曾做过的事，他脑子里不由"嗡"的一声，也一下子知道了这事的严重性。是呀，这事一旦真如眼前这女人说的那样了，他的人头说不定真要落地。

当时的梁超想到这儿，犹如泄了气的皮球，把脑袋一下奄拉了下去。浑身不住瑟瑟发抖。好一阵后，他才又抬起头来，有气无力地对女人丹红说："没想到你会这么狠。"

女人丹红听了梁超这话，不由冷冷一笑说："呵呵，我狠，对你这样的人不想远点，早就被你卖了。告诉你，我想得比这还远哩，你信不，我还写了遗书，即使我有个三长两短，警察也会为我主持公道……"

女人丹红说到这儿停了停，她抬眼看了看一脸煞白的梁超，接着又说："梁超，你看着办吧，不过，我现在再没以前那耐心，更不会像以前那样傻乎乎地等下去了。"

女人丹红说过这话，便起身离开了梁超。梁超在那里闷了一阵，才如丢了魂似的离开了女人丹红的住处，木讷地回了家。

回到家的梁超如害了一场大病，不吃不喝地睡了一天，脸色蜡黄，目光呆滞，整个人也瘦了许多，母亲张淑琴见了之后，特别担心，请大夫求医生，她也成天陪在梁超的床前嘘寒问暖。除了问梁超的病情和想不想吃啥东西，就是问梁超究竟出了啥事。梁超因为有苦无法说，听了母亲的问话，泪水立马就涌了出来，并哭着对他母亲说："妈，您就让我和郁静离婚吧。"

梁超的母亲听了梁超这话，简直是头顶炸响了晴天霹雳。她之前对郁静不满意时都没让儿子与郁静离婚，何况郁静眼下已让她心满意足地有了孙子。孙子天真可爱，也逗她开心，所以，她咋可能让儿子和郁静离婚呢？于是她气冲冲地对梁超说："你是不是中邪了，想一出是一出。你给我说说，你这脑子里究竟是怎么想的，是不是那妖精缠着你脱不了身？如果是，我马上就去派出所举报她婊子。"

梁超一听母亲要去派出所举报女人丹红，便想到了女人丹红手中那照片，他更是恐慌不已，他于是惶恐着对母亲说"不要不要"，接着又把他吸毒的事说给了他母亲听，他母亲张淑琴听了儿子梁超的话，脸立即被吓得变了色，同时也瘫坐在地上，并数落着儿子梁超说："小超啊，你咋这么糊涂，那东西你也敢沾？沾上了，不要你的性命，也会要你倾家荡产啊！冤孽哦，我咋就生了你这么个不争气的儿子……"

梁超的母亲这么数落着，自己眼里也流出了泪。但无论梁超怎么说，她就是不让梁超与郁静离婚。梁超无奈，只好把女人丹红手里有他买毒品时的证据给母亲说了，说过之后，他又一把鼻涕一把泪地向他母亲求情道："妈，你就愿意看着你儿子去坐牢，甚至被枪毙？"

梁超的母亲听梁超说过这话，彻底崩溃了，泪水如崩了堤的河水，一个劲地往外涌。刚听儿子说这事时，她还能数落儿子几句，而眼下她不知是被气得没有了力气，还是气糊涂了，她只一边"呜呜"地哭着，一边任由泪水长淌。也不知是有意，还是因气忘了儿子梁超的求着的话，对儿子的话竟置之不理了。

其实，梁超母亲最难抉择的是儿子与她母子连心。她不愿看着儿子被警察带走，更不愿看着老梁家因此而败得一塌糊涂。她也清楚，梁超与郁静一旦离了婚，郁静就会离开老梁家，孙子还在吃奶，法院说不定还会将孙子判给郁静。如果那样，老梁家也就彻底完了。所以，一连几天，梁超的母亲对梁超的请求既不说答应，也不说不答应，就那么阴沉沉地与梁超一直耗着。

然而，一周后，一件意想不到的事，却助了梁超一臂之力。他母亲不得不答应了梁超离婚的事，并拿出了户口本。

这天晚上，不知咋的，郁静的两个奶子鼓胀得如两个娃娃头似的，却没有一滴奶水，一直要含着她奶头才能入睡的儿子，也饿得哇哇直哭。当时，郁静也急得没有一点儿办法。隔壁的婆婆听了孙子不停的哭声，心里疼得如有小刀一下一下刻着似的，她于是翻身下床，脚上跋着拖鞋，便匆匆跨进了郁静的屋里。

当时，梁超的毒瘾发作后又去了女人丹红那里，也在那里过夜。房里因而只有郁静母子俩。一个星期前，梁超给他母亲说了要离婚的事后，随后也给郁静说了，郁静当时听了虽然有些吃惊，但随后又盼着这一刻能早点到来。两年前，梁超叫她去陪他那些狐朋狗友喝酒的事，不仅伤了她的心，也让她一直不敢面对。所以，梁超后来做什么事她都无所谓，那样子，与梁超好像从未相识过。她期望的，只求与梁超一刀两断，各走各的路，各行各的事，哪怕梁超夜不归宿，或与其他女人不清不白，她不但无所谓，还心如止水。

梁超的母亲这晚跨进屋去时，看见郁静正在用奶瓶给她孙子喂奶。不仅大吃一惊，也立马睁大了眼睛。因为，孙子呱呱坠地后，为了让这好不容易盼来的孙子能茁壮成长，她毅然决定，叫郁静啥事也不用做，就在家里一心一意地带孩子。公司里的事，自从她把女人丹红赶走后，便请了她婆家的侄儿来帮着打理，她侄儿不仅精明，也很能干，公司里的事一干就上了手，比梁超做事更让她放心。当然，她也知道孰轻孰重这一道理，在她看来，家里即使有万贯家财，也不如有一个"傻"小子。所以，郁静生了孩子后，她除了不让郁静做事，也叫郁静必须用母乳喂养她的孙子。她说，奶粉全是牲口的奶，不仅会吃坏她孙子的身子，还会吃坏她孙子的脾气。为此事，她还给郁静举了一个实例。她说她娘家的远房表叔家，几年前发生了一件怪事，由于她表叔的儿媳生了孩子没奶，没办法就如城里人那样，选择了喂奶粉。哪知，这孩子吃着奶粉，身上一天天长出了茸毛，到了两岁的时候，这孩子身上的毛长而密实得如牛毛似的，村里人也因此都叫这孩子毛孩，更不可理喻的是，这小孩的脾气特大，动不动就发脾气，发起脾气来就"哞哞"地学着牛叫。

郁静听了婆婆说的这事，虽然不知道是真是假，但还是心有余悸。不过，她也听说过，吃奶粉长大的孩子，性子不仅倔，脾气也大得很，所以，她也心甘情愿地喂养着自己的孩子。她和梁超尽管水火不容，这孩子也是梁超的，但他毕竟是自己身上掉下来的肉，再说孩子是无辜的，作为一个母亲，她咋不给孩子以关爱和呵护呢？但哪知，她不仅一下没了奶水，还鼓胀痛得越来越厉害。

几天前，她就感觉自己的乳房有些异样，还时不时隐隐作痛。她当时就预感到了可能要发生的事，怕到时没奶饿了儿子，就把奶粉奶瓶买回家做好了准备。但让她没想到的是，儿子眼下被饿得"哇哇"直哭，也不愿吃这奶。

梁超的母亲这晚跨进门后，看见儿媳郁静用奶瓶生硬硬地给她正哭着的孙子喂奶时，勃然大怒。她一个箭步冲到儿媳郁静的面前，并从儿媳郁静的手里一下抢过奶瓶，接着又指着儿媳郁静问："咦，郁静，梁超对不住你，我没对不住你吧？即使我也对不住你，我这孙子刚出世，不会对不住你吧，你咋这样对我的孙子？我之所以啥也不要你做，为的是要你好好把孙子给我带好。喂，你那是金奶还是银奶，为啥给我孙子喂奶粉？"

梁超的母亲在说这话时，尽管很气愤，但郁静听后，自知对不住孩子，对梁超母亲的话也没太在意，再说，自从梁超的母亲知道她怀了孩子，对她也算尽心尽力了。她因此羞怯着把她奶子肿胀却没奶水的事给梁超的母亲说了，梁超的母亲听后为此一震，她本想就此打住，不再过问此事的，但看着孙子死活不吃奶粉的样子，她又不忍心，便在第二天叫上郁静去医院做了检查，没想到，医院医生背地里给梁超母亲说的一句话，让梁超的母亲不由吓得目瞪口呆，脸青面黑了。

一周前，当梁超求着她说要与郁静离婚时，她一直没答应，哪怕儿子给她说，怕女人丹红报复要他坐牢，她也只是犹豫着。因为她当时想，孙子离不开他母亲，更主要的是孙子还没断奶哩。另外，她想女人丹红也只是吓唬吓唬梁超，达到与梁超结婚的目的。而眼下，突发的一件事，她彻底改变了主意。医院里的医生这天背地里给她说："你儿媳那奶，很可能是肿瘤，是否恶性不敢肯定，最好去大医院查查。"

梁超的母亲听了这医生的话，没吱声，既没买药也没打针，便不声不响地领着郁静又回到了家里。在回家的路上，她一边走一边想，假如郁静那对奶真长了肿瘤，她老梁家就彻底遭殃了，到时医也不是，不医也不是。医，会让老梁家倾家荡产；不医，左邻右舍的口水都会将她和梁超淹死……

梁超的母亲在这么想时，突然想到几天来梁超缠着她拿出户口本，要和郁静离婚的事。她为此一激灵：何不将计就计呢？这样既满足了自己的儿子，免了儿子坐牢，老梁家也不再有啥祸事。再说，你郁静现在废人一个，连自己的孩子都不能养，那留在老梁家还有啥用呢？

梁超的母亲想过这些，回到家后，她背着郁静给梁超打了一个电话，叫他这天必须回家一趟，梁超在电话里问她啥事，她没说，只说你回来就知道了，便挂了电话。

梁超这天是既兴奋又马不停蹄地赶回家来的。因为他接过电话后，暗自想了好一阵，后来，他又给女人丹红说了他母亲要他立即回去的事。女人丹红是个人精，听了梁超给她说的话，知道自己施的苦肉计十有八九成了，便故作亲热地在梁超的脸上亲了一下，便催促梁超赶快回去，还说了有什么事给她打电话。

的确，梁超这天在女人丹红的催促下，既兴奋又忐忑地赶回家后，他母亲便不声不响地把他们家的户口本丢在了他面前……

第七十二章　祸不单行

梁超看了他母亲丢在他面前的户口本，啥都明白了，他于是如获至宝地将它捡了起来，并急匆匆地去找了郁静。而郁静当时正木木地呆愣在自己房间里。

郁静从医院检查回来后，就成了这样子。在医院里，尽管医生没当着她的面说她的病情，但她还是偷听了医生和梁超母亲的谈话，她由此陷入在不知所措的茫然中。她担心自己就这么患了不治之症，自己的一生也就这么结束了。老实说，她不甘心，因为她来到这人世间还没尝到真正的甜蜜和幸福，也没被爱自己的人真正疼和宠过。从小到大她都是在失去中过来的。小时失去了母亲，刚刚长大，又失去了父亲。为了得到那所谓的爱，她草率地嫁给了油嘴滑舌，并善于逢场作戏的梁超。她以为结婚后，梁超会将她捧在手心里疼着，贴在胸口处暖着，哪知，梁超这个伪君子，当他得到她后，竟一次次地伤害着她。

其实，郁静对自己的生命，并没有觉得有什么可惜的。她有时甚至想，如此不人不鬼地活着，还不如早点离开这个世界，但当她想到自己的孩子，心不由又软了。因为她不想自己的孩子如自己小时那样，在最需要母爱时，却没了母亲。所以，她从医院回来后就一直这么担心着。

而梁超拿着户口本来到郁静面前后，虽然看见郁静苍白着脸，又一副没精打采的样子，但他也没去想这是为什么。因为他只想着快点与郁静离婚，再与女人丹红迅速结婚，也尽快了却他一直提心吊胆的事。昨天晚上，女人丹红再次警告了他，说他是不是舍不得郁静，咋一直拖着不离，尽管他既喊冤叫屈又指天画地向女人丹红发了誓，女人丹红依然不相信，最后叫他想清楚，她的耐心是有限的。所以，他拿着户口本来到郁静的面前后，便将户口本立即放在了郁静的面前。

388

郁静是看了梁超放在她面前的户口本而回过神来的，她同时啥也明白了。一时间，她之前对自己病情的恐惧和担心，此时在她脑子里也荡然无存了。她于是毫不迟疑地转过身去，毫不迟疑地出了门。

就这么，郁静总算摆脱了梁超以及他母亲的"囚笼"，也不再受梁超的凌辱和他母亲的刻薄，但她心里却多了折磨和煎熬。这折磨和煎熬并非是自己与梁超的离婚，而是她担心着两岁不到的儿子和已慢慢懂事的女儿。

在她患乳房病的那些天里，因无奶水，幼小的儿子时常被饿得哇哇直哭，每当她听到儿子的哭声，她心里就如刀割般地难受，这时，她也恨自己不配做母亲。于是，心痛和自责纠结在一起，让她禁不住泪如泉涌。

这天，她和梁超去民政局离过婚后，便发疯般往回跑。此时的她不为别的，她只想再回去看一眼自己的儿子，抱抱儿子，亲亲儿子。她和梁超是协议离的婚，儿子归梁超，女儿跟她走。哪知，当她跑回梁超的家，不仅没见着自己的儿子，就连她儿子那熟悉的哭声她也没听着，她一急便对梁超的母亲问："妈，淘淘去哪里了？"

儿子这名字是她给取的。儿子一出生就很淘气，开始因为没有多少奶水，她就用糖水喂儿子，不管咋样儿子就是不张嘴。但只要她把自己的乳头往儿子的嘴边一放，儿子就会如待哺的幼雏般，张大嘴一口将她的奶头含在嘴里，并一个劲地猛吮。不仅如此，儿子的一只小手还不住地在她的另一只奶上摸来抚去。每到这时，她尽管暗自恨着梁超，心里却也充满着甜蜜。同时，她也把儿子视为自己的生命。所以，眼下当她气喘吁吁地跑回家后，儿子的不见，让她急得不仅像热锅上的蚂蚁，脸也变得煞白。

而梁超的母亲除了怕郁静的病连累老梁家，也怕郁静使性子来抱走她的孙子。她知道，离了婚的女人撒起泼来，当官的也拿她没办法的。因此，她听了郁静此时这问，先是一惊，接着就沉下脸来对郁静恶狠狠地说："我不是你妈。告诉你，梁超离了你，你从此就不再是咱老梁家的人。我们家淘淘与你也没任何关系。往后你找你的好事，我们过我们的日子，你要是再来打扰，到时不要怪我不客气。"

梁超的母亲说过这话，转身气冲冲地将郁静推出了门，并将门关得死死的。郁静当时站在梁超家的门外，想着自己那可爱又可怜的儿子，顿时泪水长淌，哽咽不止。

这天的最后，郁静无奈地离开了梁超的家，离开了既让她心痛噩梦不断，又难以割舍的那地方，因为那里有她的儿子，儿子是她的心和半个生命。

郁静这天从梁超家出来后，太阳已西沉。大街上同每天的这个时候一样，上班族和学生娃们把整个大街拥得人头攒动并熙熙攘攘。此时的她是看了那一个个背着书包，天真烂漫的学生娃们，才猛然想起自己的女儿娇娇还在幼儿园里等着她去接哩。郁静想到此，她便把一切抛在脑后，放着小跑朝女儿上学的幼儿园跑去。

自从她生了儿子淘淘后，梁超的母亲因为喜欢孙子，就没再去幼儿园接过孙女娇娇。每天到了接娇娇的时间，郁静总是提前到女儿娇娇上学的幼儿园的大门外，等着女儿从校门口出来一同回家去。而这天，当郁静赶到女儿上学的幼儿园时，学校的大门内，只有自己的女儿一个人呆呆地站在那里，郁静看了女儿那孤零零的样子，泪水禁不住流了出来，也禁不住冲大门内的女儿娇娇喊了一声："娇娇，妈妈来晚了。"

女儿娇娇听了母亲郁静这喊声，也"哇"地哭了起来，还哭着说："妈妈，您咋才来呀，您是不是像奶奶一样，有了弟弟就不要我了？"

郁静听着女儿这话，她的心再次被刀子捅着似的。就在她想对女儿说句安慰的话时，女儿却一下拉住了她的手，并扬起脸蛋对她说："妈妈，是弟弟缠着你吧？没事，谁叫我是姐呢。"

郁静一听女儿这话，不知是感动还是心酸，泪水更止不住地涌了出来。她于是将女儿一把搂在怀里，半天也没说出话来。但心里又有说不完的话想对自己的女儿说。

她想给女儿说她和她父亲离婚的事，也想给女儿说，从今后她姐弟俩也许很难相见了。

郁静在这么想的时候，她耳边重又响起了前不久，梁超的母亲知道了她要与梁超离婚的事后，冲她的那一阵歇斯底里的谩骂和发泄声："郁静，我告诉你，要离婚可以，但赤手空拳地来，也赤手空拳地走。娇娇你带走可以，而淘淘是咱老梁家的根，不但不能带走，从今你们母子不仅不能相认，也不能让我孙子知道，在这世上他还有一个姐……"

郁静当时是听了梁超母亲这骂声，被彻底镇住的。随之，她心里也阴森森地笼罩上了绝望的阴影。是呀，谁能承受那母子分离、姐弟不能相见的现实和痛苦呀……最后，郁静对梁超母亲的谩骂除了恐惧万分，也有了妥协的想法，她不求别的，只求与自己的儿子、女儿天天相守在一起，她要亲眼看着自己的两个孩子长大成人，她要看到姐弟俩相亲相爱，相互帮衬着过日子。所以，她从此不在乎梁超爱不爱自己和在外面乱搞女人，更不在乎梁超的母亲如何对自己。哪知，随后发生的一件事，不仅让她触目惊心，也让她彻彻底底改变了之前的想法。因为她发现梁超吸毒了，并且肆无忌惮，还一副满不在乎的样子。

那天晚上，梁超大摇大摆地从外面走了回来。晚饭后，当着郁静的面，从兜里摸出一包白色粉末，接着将这粉末卷入烟里，并迫不及待地用打火机点燃并抽了起来。抽烟时的样子既贪婪又醉生梦死，梁超不仅将那白色烟雾大口大口地吞进肚里，还发出一阵阵畅快声。

郁静看着梁超当时那模样，脑子里顿时浮现出了影视剧里的那些吸毒者的形象，不由惊恐地问梁超："你吸毒了？"

郁静冲梁超问过这话，竟忘记了自己与梁超之前的恩恩怨怨，以及梁超在外面有女人的事，依然目不转睛地注视着梁超，那样子既惊恐又专注。此刻的她，多想听到梁超说不是。但让她没想到的是，梁超给她的回答，不仅理直气壮，还恬不知耻，甚至猖狂至极。

梁超当时听了郁静这问，沉醉着又狠狠吸了两口，他将嘴里的烟雾吞进肚里后，又"啊啊"着舒服了一阵，才半躺着不以为然地对郁静说："啥毒品，好东西，不信你也来尝尝……"

梁超说过这话，见郁静没反应，便两眼直愣愣地起身朝郁静走了过去。他一边走，嘴里一边大口大口地吸着那支卷着白色粉末的烟。当他走近郁静后，他一手按住郁静的头，一手把那卷着白色粉末的烟，从自己嘴上取了下来，又生硬硬地往郁静的嘴里喂。郁静不从，不仅不张嘴，还把头奋力扭向一边，手脚也不住与梁超抗争。哪知，梁超见自己这招不灵，顿时兽性大发，他先把郁静一掌推翻在地，接着分开两腿骑了上去。与此同时，他一边狠狠吸着那卷着白色粉末的香烟，一边将满口烟雾的嘴朝郁静的嘴凑了过去。此时的郁静尽管紧闭着嘴，浑身也竭尽了全力，她还是没敌过梁超，被梁超把那浓浓的烟雾，嘴对嘴地强行着吐进了她嘴里。后来，吸过"烟"的梁超，又骑在她身上，疯狂地发泄了一阵兽性，才回到了自己屋里。

郁静是被梁超再次蹂躏后，不得不又想到离婚的。她想，离婚对儿子和女儿固然不好，但比一家子都被这恶魔毁了强。儿子和女儿长大后，也会理解她这个做母亲的苦心的，她也相信儿子和女儿不会责怪她的。哪知老天没长眼，她这时却患了这病，更没想到的是，梁超的母亲也把一直不愿拿出来的户口本给了梁超，同意了她和梁超离婚。

此时，郁静把女儿娇娇从幼儿园接出来后，便牵着女儿的手，没精打采地走在熙熙攘攘的大街上，走了好一段路后，女儿娇娇突然扭头对她说："妈妈，您走错路了，这不是回家的路。"

女儿的问很清纯，也充满着惊奇。但女儿哪知道，她母亲的心此时正经受着前所未有的煎熬。她看着身边活泼可爱的女儿，就想到了自己的儿子淘淘，她想儿子淘淘此时一定在哭，也一定在找她这个妈妈。儿子出生后，梁超的母亲为了让孙子健康成长，便叫她啥也不做地在家带儿子。因此，儿子一刻也没离开过她，她也从没离开过儿子。所以，她此时走在大街上，手里虽然牵着女儿，心里想着的却全是自己的儿子……

郁静这天在去幼儿园接女儿的路上，想着自己的无奈，想着自己眼下这病，也想着自己的儿子和女儿，她除了绝望，也身心俱疲。她怕自己这病真如医院的医生给梁超的母亲说的那样，她牵肠挂肚的两个孩子该咋办啊。儿子淘淘在梁超的那家里，尽管得不到良好的教育，至少有他奶奶在，不会冷着、饿着。而女儿呢？不就无依无靠了吗？

郁静当时想到这儿，忙给老穆打了电话，她没给老穆说有啥事，连她已离了婚的事，也没给老穆说，她只给老穆说了"我想见见你"就挂了电话。所以，她这时是牵着女儿去找老穆的，她之前就想好了，先把女儿托付给老穆，她如果真有那一天，也才能瞑目。眼下她听了女儿的喊声，才猛然回过神来，为了不让女儿看出自己的异样，她忙对女儿说："娇娇，妈妈没走错路，妈妈要带你去一个你没去过的地方，还要让你去见一个你一直嚷着要见的人……"

郁静在说这话时，心里尽管很难受，但她还是故作神神秘秘的。女儿娇娇听了她母亲这话，又看着母亲那神秘的样子，一双大眼睛一边忽闪忽闪地眨巴着，一边拉着她母亲的手，活蹦乱跳地朝前走去，刚过了一个红绿灯路口，女儿娇娇好像想起什么似的一下仰起小脸蛋，既兴奋又调皮地对她母亲问:"妈妈,我知道您要带我去哪儿了,是不是去找老穆叔叔?"

女儿娇娇说过这话,依然仰着头望着她母亲,一副天真无邪的样子。哪知,就在郁静要开口回答自己的女儿时,她包里的手机突然响了起来。郁静一听手机的铃声,心头一热,眼睛顿时就湿润了。

这电话就如郁静想的那样,是老穆打来的。郁静先前在给老穆打电话时,老穆还没来得及问清地址,郁静就挂了电话。所以,老穆这时只好打电话来问郁静此时在哪里。老穆听了郁静给他说的地址,几分钟后,就蹬着三轮车出现在郁静母女俩的面前。郁静一见,喉头一哽,泪水就流了出来,她为了不让自己女儿看见,忙扭过头去,并悄悄拭去了泪。

郁静的女儿娇娇见老穆骑来了三轮车,立马就兴奋了起来,她先叫了一声"老穆叔叔",然后就爬上了老穆的三轮车,坐上去后,又一副很享受的样子,还不住地冲她母亲喊:"妈妈,快上来,要不老穆叔叔开车了。"

女儿娇娇这喊声,把郁静从见到老穆的心酸中惊醒了过来。她一边答应着女儿,也一边吃力地上了车,与女儿并排着,心事重重地等着老穆把车蹬走。

老穆看郁静母女俩已坐定,自己也上了车,他嘴上照例喊了一声"坐好了",脚下一用劲,三轮车的轮子便转动了起来,并带着"飕飕"的风声朝前驶去。郁静的女儿娇娇坐在车上也快乐得如天使,她时而张开双臂,做出一副翩翩飞翔的样子,时而又嘻嘻笑个不停。而郁静则一声不吭,因为她不知道自己接下来该咋办,也不知道如何开口给老穆说自己的事。此时的老穆也好像看出了郁静的心思,但他没问,他知道有些事是不能让孩子知道的。

老穆拉着郁静母女俩直接回了自己的出租屋,开门让郁静母女俩进屋后,他又骑着车去附近的餐馆买了郁静最喜欢吃的鸡翅、卤猪蹄,还买了回锅肉和红烧肘子。回到出租屋后,摆了满满一小桌。娇娇看着满桌好吃的东西,馋得如小猫似的,伸手抓起鸡翅就啃。而郁静望着满桌她最喜欢吃的东西,却一点儿胃口也没有,不仅不吃,连筷子也没动一下。老穆看在眼里,心也急得快跳出来了。

吃过晚饭,郁静的女儿娇娇由于活蹦乱跳了一天,洗漱后躺在郁静的怀里很快就睡着了。老穆将没吃完的饭菜放进用纸箱做的厨柜里后,在郁静的对面坐了下来,然后满眼关切地对郁静问:"小静,咋啦,有啥不开心的事?"

老穆问过这话后,才觉得自己这问是多余的,他本就知道,郁静这些日子何时开心过？而话已出口，他只好把话继续问下去。

"小静，是不是出了啥事？"

郁静听了老穆这问，心里更难受了。先前刚见到老穆时，她就想扑进老穆的怀里痛痛快快地哭一场，但有女儿在，她只好竭力控制着自己，但心中的委屈和恐惧就如潮水般涌来涌去，让她难受，让她难以抑制自己。眼下她被老穆这么关切地一问，泪水就如崩堤的江水，汹涌了出来，并顺着她苍白的面颊扑簌簌淌了下来。

老穆看了郁静这模样，心里更着急了，他立马站起身，走到郁静身边问："小静，究竟出了啥事，说出来我们一起想法子。"

老穆这问，再次让郁静伤心了起来，她竟呜呜地哭出了声，并将头倚在了老穆的胸前，嘴上也不住哽咽着说："哥，我好苦，好苦啊！"

老穆听郁静这么一哭诉，心里不仅紧张，更是心痛不已。不过他知道，郁静是个坚强的女子，不到万不得已，郁静不会这样的，在他的记忆里，郁静的父亲去世时，她才如此心痛欲绝过，他于是一边轻轻抚摸着郁静的秀发，一边安慰郁静说："小静，没事，没有过不了的难关，没有解决不了的难事。哭吧，哭出来就会好受些。"

果真，郁静听了老穆这话，一下就号啕大哭了起来，哭了一阵后，她才静下来给老穆说了她已离了婚和患病的事。老穆听后，不仅诧异，也一时说不出话来。

"哥，我不是怕死，我是怕我的孩子受罪没人管。儿子淘淘在那样的家庭虽然得不到好的教育，至少饿不着，冷不着。而我这女儿娇娇就不一样了，她奶奶重男轻女本就不喜欢她，所以离婚时，梁超和他母亲如甩包袱一样把她甩给了我，我要是真的那样了，谁来照管我这女儿啊。"

郁静说到这，又泣不成声起来。老穆看在眼里，心里也很难受，他忙安慰郁静说："小静，不要这么想，再说，也许没你想的那么严重，你心地善良，老天不会不开眼的。"

而郁静对老穆这话好像根本没听见似的，对老穆继续说："哥，看在你我兄妹二十多年的情分上，在这里我有个不应该的请求，不知哥答应不？"

郁静在说这话时，已抬起了头，既泪眼汪汪，又期盼地望着老穆，老穆看着郁静这模样，也心酸无比，但他还是故作平静地答应郁静说："啥求不求的，只要我能做到的，我一定会答应。"

郁静听了老穆这话，也许有了寄托，她不由平静了下来，然后对老穆说："哥，我哪天真那样了，请您帮我把我这苦命的女儿养大成人……"

郁静说过这话，心中的石头好像一下着了地，不仅长长地出了一口气，脸上的表情也没先前凄然了。可就在她准备再对老穆说几句感谢的话时，老穆却打断她的话说："小静，你咋这么想，有那么严重？没事的，要不我们都把时间安排一下，过两天去北京肿瘤医院查查，说不定是场虚惊。"

老穆说过这话，看郁静的脸色好了许多，一边把郁静喜欢吃的卤猪蹄和红烧肘子重又摆上了桌子，接着用筷子夹一块朝郁静的嘴送过去，嘴上又接着对郁静说："小静啊，不吃东西咋行，不说有病，没病也会饿出病的。再说，北京那么远，不吃东西能经住那一路的颠簸和折腾？"

郁静听了老穆这话，心里自然好受了不少。因为她不仅得到了安慰，也感觉自己好像有了依靠。再看看老穆举着筷子放在她嘴边的红烧肉，不由腼腆地张开了嘴。

这天晚上，郁静和女儿娇娇因一时没去处，便住在了老穆这出租屋里。而老穆只好如之前一样，在门外的三轮车上躺了一夜。老穆这个在平日里大手大脚，看上去也没心没肺的大男人，这夜一直没睡着。不过，他并非为郁静的离婚暗自高兴，也不是为郁静睡在他的出租屋里动啥邪念，而是在为郁静的病思来想去忧心忡忡。在面对郁静时，他看似沉着冷静，像啥事也没有，但他心里却比郁静还紧张，还焦虑。这紧张和焦虑在这晚的最后，竟让他不由自主地产生了一个不该有的"邪念"，他想，郁静如果真患了她说的那病，他将明媒正娶地娶郁静为妻，这样他一是好照料郁静，郁静哪一天真那样了，他也好为她守灵、焚香、烧纸，他还能名正言顺地将郁静的女儿养大成人。

老穆这晚想过这些，心里顿时酸涩无比。当他再次想到郁静母女俩的无助和可怜，黑夜里这五尺男儿，暗自淌出了两行热泪。

第七十三章　风雨过后

当然，这晚也是郁静的不眠之夜。她除了为自己的病担惊受怕，心里还有个心愿未了，这就是她想成为老穆的女人，她也知道老穆很喜欢她，只是他们都难以启齿。

自从她长大朦朦胧胧知道了男女间的那些事后，她就一直觉得老穆是个好人。不仅像自己的父亲，也是自己心目中向往的那个人。在她青春澎湃，对男孩子有了向往和好奇时，她竟暗自把选男朋友的标准定为老穆那样的。因为老穆除了有担当像个男人外，她更看重老穆的重情重义。特别当她知道了梁超在外面有了女人后，她便觉得像老穆这样的男人真的太少了，也很难得。是呀，为了一个已死去了的女人，孤独冷清地守了几十年，像这样的男人在人欲横流、情感泛滥的当今，还有多少呢？

其实，刚开始，郁静对老穆只是一种好感，除了把老穆作为托付自己终身的标准外，对老穆并没有其他想法。这不是因为老穆比她的年龄大了多少，而是她觉得老穆对她的关爱更像一个父亲。然而，也许是天意，梁超的出轨和那晚的车祸，不仅将她推到了老穆的身边，在她心里也暗暗地埋下了一颗爱的种子。

这种子的播种时间，应该是她遭遇车祸，住进医院里的时候。那晚，她住进医院时，那对农村夫妻已住在了病房里。那时的她，因受伤身体虚弱，再加上刚服了药，当她扶着墙壁，头重脚轻地走进病房，只见病房里已有一男一女，她没有精力去想这一男一女是什么关系，便一头倒在床上晕晕沉沉地睡了过去。到了这天半夜，不知是镇痛药的失效，还是伤口的疼痛厉害，她竟醒了过来。没想到，她这深更夜静时的醒来，让她第一次领略了人间的冷暖和真伪，也才知道了啥叫真正的夫妻。

在她醒来时，病房里很静，尽管头晕，眼皮很重，她还是微微睁开了眼睛。这除了本能的反应，也有因独自卧在病床上的孤寂和害怕，想看看家人，从而获得亲情的爱抚和慰藉。刚入院时，她尽管被男人梁超和婆婆责骂和数落了一气，但她此时想这也许是自己男人和婆婆的一时心急，要么就是他们对她过于心疼，想让她引以为戒吸取教训。等过了那阵子，男人梁超和婆婆对她就会无微不至的，也都会如其他病号的家属那样，在医院里照料她、陪护她。哪知，当她睁眼一看，病房里除了那对农村夫妻，只有孤零零的自己。而这时的那对农村夫妻的男人，还在为她女人轻手轻脚地做着事哩。女人说她脚上的伤口疼，男人就如对小孩一样，嘟着长满胡茬子的嘴，不住地给女人轻轻吹着。女人渴了想喝水，男人就将水壶里的水，倒在水杯里，吹了吹后，自己先呷了一小口品了品水温，才小心翼翼地喂进女人的嘴里……

郁静这晚是看了那对农村夫妻，又想着自己的孤独和冷清而潸然泪下的。她此时很羡慕那农村女人，她也渴望着梁超能像那农村男人一样，照料自己，伺候自己，而这时的梁超又在哪里啊！

这晚的郁静就这么想着，渴望着，到了天明。她除了一直盼着梁超天亮后能来看她，也在想梁超应该不会如此绝情。毕竟，梁超当初是那么在乎自己，直到老穆这天早晨神情慌张地赶到她的病床前，她才打消了对梁超的期盼和奢望。也就从那时起，老穆便一步步走进了她心里，并随着梁超以及他母亲给她的一次次打击，也随着老穆一次次对她的无微不至，特别是老穆用自己性命保护着她，关爱着她，她对老穆也就有了依赖，以及敬重和爱。这情感很复杂，她也几次想向老穆开口说，她要做他的女人，她要给他爱，给他一个女人能给的一切，但话到嘴边她又咽了回去。

当她打定主意与梁超离婚，就一直等着离婚后向老穆表白，而让她没想到的是，她虽然等到了离婚这一天，自己却得了这可怕的病。这天晚上，在老穆的开导下，她尽管答应了老穆去北京的肿瘤医院看看，但她和女儿一躺上老穆这床，她又犹豫了。她除了怕花钱，女儿娇娇又要上学，还有一个重要原因，她怕自己这病到时既医不好，又死不了，拖累了老穆。如果这样，她觉得还不如自暴自弃的好。所以，这天早晨，当老穆收拾好一切，叫她去北京肿瘤医院时，却被她木然地拒绝了。

"哥，算了吧，是好是坏我都认命了，再说，我也怕我这病是真的……"

郁静一脸颓然，目光里充满了无助和绝望。老穆一见，心里除了紧张，也很难受。他曾经对郁静父亲的承诺，再一次将他置于在自责和愧疚之中。

十年前，郁静的父亲在奄奄一息时，竟使出全身力气抓住了他的手，他当时已感觉到郁静父亲的手已冰凉凉的，但郁静的父亲还是吃力地给他说，求他替他照顾好郁静，不要让他这苦命的女儿再受苦、受委屈……他当时也叫郁静的父亲放心，他一定会照看好郁静的。但是，郁静婚姻的失败，已让他感到辜负了郁静父亲对他的信任，他当初如能为郁静把好这婚姻关，郁静眼下也不至于落到如此地步。

老穆想过这些，面对郁静的病，他觉得自己再不能像以前那样，让郁静使性子，听之任之了，他因此对郁静说："小静啊，快不要这么说，还是去大医院查查吧，如果没啥更好，如果有病也趁早治，你要相信现在的医术。再说，你不替自己想，也要为娇娇考虑，娇娇还这么小，怎能离得了自己的妈妈呢？还有……"

老穆说过这"还有"二字便立即住了嘴。郁静听后，她虽然不知这"还有"后面是什么，但老穆前面几句话早已刺痛了她的心，是呀，她真有个啥，她的女儿将咋办？老穆即使能将她抚养长大，母爱的缺失也会在她心里留下阴影，自己不就是一个很好的例子吗？倘若自己的母亲健在，自己眼下会走到这一步吗？郁静想到此，便打消了先前的想法，随即牵着女儿娇娇的手，跟在老穆的身后，去汽车站登上了开往省城的班车，次日又转车踏上了前往北京的求医之路。

两天后的一早，郁静在老穆的关照下，并被老穆领着，总算出现在了北京肿瘤医院的挂号大厅。长时间的旅途颠簸，坐在挂号大厅椅子上的郁静愈加憔悴，平时那双漂亮的大眼睛，此时不仅无神，也深深陷了进去，看那样子，真像患了啥不治之症，已病入膏肓似的。

而老穆同郁静母女俩来到这挂号大厅后，他把肩上的挎包往椅子上一放，跟郁静母女俩简单交代了几句，就直接去了大厅的挂号窗口。还好的是，因为时间合适，老穆去后没多长时间，手里就拿着挂号收据重又回到了郁静母女俩的面前，并领着郁静母女俩朝楼上的肿瘤门诊室而去。由于惶恐，郁静紧张得犹如在朝鬼门关一步步迈进，不仅脸色煞白，神情也恍惚不定。要不是被老穆一直搀着，她几次险些瘫在楼梯上。直到今天，她也不知道自己当时是咋跨进门诊室的。后来，是门诊医生问她要查啥病，并叫她解开胸前的扣子，要看她病变的乳房时，那难以面对的尴尬，她才回过神来，并死死捂住胸脯，茫然无比。

其实，老穆这时的心里，并不比郁静好受。郁静进了门诊室后，老穆便如一个泄了气的皮球般，立马塌了下去。他除了心里紧张得生疼，大脑里也一片茫然得没有任何意识，看上去，整个人与之前的他真判若两人。老实说，自从他知道郁静可能患了乳腺肿瘤后，他的紧张和害怕，并不比郁静轻。但他没办法，他必须要装得若无其事。要不，郁静咋敢面对并与之配合治疗呢？

郁静进了门诊室后，他就抱着郁静的女儿娇娇，神情颓丧地坐在门诊室外的椅子上，一边承受着郁静病情带来的恐惧，一边胆战心惊地等待着郁静出来。郁静的女儿娇娇，也许也被她母亲的病吓着了，她母亲进了门诊室后，她也突然变得可怜巴巴起来。此时，她紧偎在老穆的怀里，眼里不仅涌满了泪，也充满了恐惧。她还时不时抬起头来，仰着小脸蛋问老穆她妈妈啥时能出来。老穆除了竭力安慰她，只能叫她再等等。后来，就在郁静的女儿娇娇等得要哭出声来时，老穆身后的门诊室门突然打开了，老穆听了这开门声，忙把头扭了过去，就在他抱着郁静的女儿从椅子上站起身来，想冲进门诊室去看个究竟时，郁静却从门诊室里一头跑了出来，老穆还没反应过来是咋回事，郁静就不顾一切地一头扎进了他怀里，接着又"呜呜"地哭了起来。

老穆听了郁静这哭声，以为郁静的病真如他们担心的那样是不治之症，脸也不由吓得煞白，搂着郁静和她女儿的双手也不住地瑟瑟发抖。

郁静在老穆怀里哭了一阵后，或许释放了心中积压已久的惊恐和郁闷，又或许是老穆那颤抖的手臂，让她明白了还有一个男人在为她担惊受怕，于是她从老穆的怀里抬起头来，虽然满脸淌着泪水，却一脸兴奋地笑着对老穆说："哥，没事，我没事，医生说了，我这只是增生……"

郁静说过这话，兴奋得犹如一个孩子，不仅脸上荡漾着孩子般的天真，两手还抓着老穆的胳膊摇来摇去，这么一阵后，她突然想起什么似的，从衣兜里摸出了门诊室的处方签朝老穆递了过去，嘴上同时说："哥，你看，这是医生开的处方签，他说回去后，照这处方买药，几个疗程下来就会好的。"

老穆听了郁静这话，心头那一直悬着的石头"咚"地着了地，一兴奋，他竟忘记一切地重又搂过郁静，并不管不顾地在郁静的额头"啵儿"地亲了一下。当他亲过之后，看见郁静那一脸的羞涩，他才反应过来自己竟做了错事，慌乱中，他也窘得一脸通红。

的确，郁静的病只是一场虚惊。她从门诊室跑出来一头扎进老穆的怀里，也是因为太兴奋、太激动，不由得喜极而泣。此时，老穆胸前抱着郁静的女儿娇娇，身边贴着郁静，如一家三口般从北京肿瘤医院的大门口走了出来，每一张脸上都充满着幸福和喜悦。老穆脸上带着微笑，走起路来也很精神，那样子好像一下年轻了二十岁。郁静的脸笑得更是灿烂，眼里不仅含情脉脉，也充满着羞涩，她时不时侧过头去，看看身边的老穆和自己的女儿，既感到甜蜜，也有一种难以表达的情愫在心里荡漾着。郁静的女儿更是天真可爱，当老穆先前抑制不住兴奋，在她母亲的额头亲了一下，她当时就诧异地看着老穆和自己的母亲。眼下，她看了自己母亲那高兴的样子，便眨巴眨巴着一双鬼精鬼精的大眼睛，冲她母亲捣蛋地问："妈妈，你的病是不是被老穆叔叔亲了就好了？真这样，往后就让老穆叔叔天天亲你……"

郁静女儿娇娇这话，说得郁静一脸通红，羞涩不已。她看了老穆一眼后，就扬起巴掌朝女儿的屁股打去，嘴上同时骂着说："你这个小精灵鬼，知道个啥，叫你乱说……"

女儿娇娇的小屁屁挨了自己母亲的轻轻一巴掌，顿时高兴得"咯咯"直笑，那声音如百灵鸟般甜润清脆。她怕母亲再打自己，两只手臂一下抱住了老穆的脖子，嘴上笑着求老穆说："老穆叔叔，快救救我呀！快救救我呀……"

老穆听了郁静女儿这喊声，明白了这小机灵鬼的意思，他双臂一下紧搂着郁静的女儿，一头朝前跑去。一边跑，他和郁静的女儿一起笑个不停。

郁静看了眼前这情景，心里顿时暖暖的。同时，心里那曾经朦胧的情感一下子清晰了，她于是一边开心地笑着，一边跑着朝老穆和自己的女儿追了上去。

而此时的老穆为了让郁静和她女儿继续开心，紧搂着郁静的女儿继续一个劲地往前跑去，把气喘吁吁的郁静不远不近地甩在了后面。跑了一段路后，他怕这么一直下去会累着郁静，便停了下来，并站在街边的银杏树下等着郁静追上去。

此时的郁静正如老穆想的那样，确实累得不轻，当她追上老穆和自己的女儿时，不仅大口喘着粗气，还一屁股坐在银杏树旁的街沿上，半天没说出话来。老穆见了，忙从挎包里摸出水来，拧开瓶盖后朝郁静递了过去。郁静的女儿也很机灵，看着母亲气喘吁吁的样子，忙伸出小手给母亲郁静拍着后背。嘴上却说："妈妈，谁叫你不让老穆叔叔抱着你跑的，你看我一点儿也不累。"

郁静听了自己女儿这话，又是一阵羞涩，她看了老穆一眼后，把女儿从老穆手上一下抢了过来，一边拍打着女儿的小屁股，嘴上一边"咯咯"地笑着说："你这个小机灵鬼，叫你乱说，叫你乱说……"

郁静这么"打"过"骂"过自己的女儿后，便把女儿紧紧搂在怀里，感受着已好久没感受到的母女之情。老穆也坐在她们母女俩的身边，一边感受着她们炙热的母女情，一边回味着这些日子来的担惊受怕和生活中的点点滴滴，同时也思索着人生中的很多无奈和不幸，不由想到要好好珍惜身边的每一个人和每一个日子……老穆在这么想的时候，突然想起什么似的侧过头去对郁静说："小静，你去过天安门没？若没去过，要不我们今天就去，好不容易来一次北京，况且离回去的时间还早。"

郁静听了老穆这话，惊奇得一下睁大了眼睛。确实，她一直想去天安门看看，不是没时间，就是没机会。几年前从深圳打工回来，她就想过去天安门，但因时间不合适，便把希望寄托在往后的日子，后来与梁超结了婚，她的精力也全放在家里和公司里，去天安门的事，便成了可望而不可即的事。不仅如此，她还以为自己这辈子无缘去天安门了。没想到一场虚惊，竟让她梦想成真了。她因而兴奋地回答老穆说："好啊，我们马上就去，只在书本上和电视里，见过天安门的宏伟、庄严，却不知道真实的天安门是啥样子。我想，它一定要比书本上和电视里的，不知要宏伟漂亮多少倍……"

郁静说过这话，从街沿上一下站起身来，她和老穆一人牵着女儿的一只手，一脸兴奋地朝一号线的地铁口快步而去。

郁静和老穆是这天晚上，登上返程列车的。时间已是深夜。女儿娇娇对北京的繁华美丽不仅兴奋也很好奇，到了天安门，看着天安门的庄严、雄伟和金碧辉煌，她更是忘了一切地在天安门前的广场上奔来跑去。由于一天的兴奋和劳累，娇娇在候车室候车时，就睡着了。检票上车时，是老穆抱着上的车。此时，郁静和老穆并排坐在座椅上，随着列车"吭哧吭哧"的飞奔，各自都想着心事。郁静的女儿依然熟睡在老穆的怀里，样子既可爱又恬静。

而郁静和老穆不知是那场虚惊，还是去了天安门，也不知是各自心里都深藏着那随时都有可能破茧而出的那份感情，虽然谁都没说话，但两人都异常的精神，两人的目光也都充满着激情和兴奋。在列车过了郑州站，离成都越来越近时，郁静突然对老穆说："哥，我跟你说个事。"

老穆听郁静这么一说，心里顿时一惊，因为他刚才正聚精会神地想着郁静回去后咋办哩。她和梁超离了婚，也就是说她再没了经济来源，不仅自己要吃饭，要生存，还要供女儿娇娇哩，她难道还要去开那发型屋不成？说起发型屋，老穆就心悸，他怕郁静再被那些不三不四的男人纠缠和想入非非。哪知，就在他为这事愁眉不展时，郁静的话却打断了他的思绪，他因此扭过头去对郁静问："啥事，说来听听。"

老穆说过这话，两眼依然看着郁静，静静地等待着郁静把话说下去。

郁静看了老穆那期待的模样，又镇了镇才说："哥，我想回芋头镇。"

老穆听了郁静这话，不由一震，他用好奇的目光打量着郁静，并惊奇地对郁静问："咋，回芋头镇？"

而郁静对老穆说了那话后，竟更镇静、更自信了，她也不躲不闪地看着老穆说："对，哥，我要回芋头镇，我要回去把我爹的面粉厂重新开起来，再说，我对县城那乌烟瘴气的生活彻底厌倦了，我想换一个新环境，做一件实实在在，属于我自己的事。"

老穆听过郁静这话，先是一愣，接着就感觉郁静真成熟了，有思想、有主见了。他心头一热，禁不住对郁静说："好啊，我支持你，你父亲要是知道了，也一定会高兴的。"

此时的郁静听老穆提了她父亲，她心里不由一酸，尽管对逝去的父亲有难以抑制的感情，她还是很果决地对老穆说："哥，我不光要你的口头支持，还要你的帮助哩，到时你是我请的师傅，谁都得听你的，包括我也在内……"

郁静这话不仅说得果决，也铿锵有力，老穆听着不仅心里舒坦，也充满信心，并有一种异样的感觉。当然，他也期待着能立马回到芋头镇，把郁静的父亲扔下的那面粉厂重新开起来，他因而对郁静说："好，小静，等我们回去后，我就到建筑工地去辞职，然后同你一道回芋头镇。"

老穆这话也说得很兴奋，大有走马上任的架势。但谁能知道，他和郁静后面的路，能不能如愿以偿一帆风顺，他和郁静又是啥样的结局……

第七十四章 大结局

这是 2007 年的最后一个月，郁静去北京检查病回到县城后，就着手打理回芋头镇的事。老穆也去建筑工地辞了职。郁静的女儿娇娇，被郁静领着去幼儿园办了应办的手续。这天的一早，老穆肩上挑着自己打工的行李和郁静母女俩的换洗衣服，郁静手里牵着女儿娇娇，三个人如一家子般，一同登上了从县城开往芋头镇的班车。

回到芋头镇后，郁静和女儿先住在老穆家里。老穆也如娘家人一样尽着地主之谊，挑水弄柴，烧锅做饭忙得乐呵呵的。第二天一早，郁静便同老穆一道，到镇上去看地段选厂址了。郁静的父亲之前开的那面粉厂，在她父亲患病期间和去世后，她当时在老穆的协助下，便三下五除二地把面粉厂给处理了。哪知，三十年河东，三十年河西，现在她回来想重操父亲的旧业，一切都得从头开始。还好的是，镇上有个废弃的农机站，由于社会的发展，无论是镇上还是乡下的老百姓，家家都备上了小农机，打米磨面也不用再出门。镇上那农机站也一直废弃在那里。

郁静和老穆这天走进这农机站，看着那既脏乱又破败的一间间屋子，心里不由倒吸了一口凉气，不过，这农机站很宽敞，再加上镇政府答应给郁静免三年的房租，所以，郁静与老穆商量之后便定了下来。厂址一确定，郁静和老穆便开始打扫农机站里里外外的卫生，锄杂草、清垃圾、给房顶补漏、给墙体加固，十多天下来，这农机站又恢复了以前的模样，并比以前更亮堂更整洁，看上去，给人一种焕然一新的感觉。

厂址打理好后，郁静和老穆便一鼓作气地购设备，进原料（小麦）。赶在 2008 年的春节前正式投产开业，让镇上和周边乡下的老百姓，特别是那些出门回来的打工仔们，在过春节时吃上郁家祖传的，既洁净又柔滑的"银丝"面条。

的确，这年的春节前后，郁静这面粉厂的生意火爆得很，那些前来买面条的，买面粉回去包饺子、炸油条的，不仅络绎不绝，还排起了长长的队。忙得郁静和老穆，还有两个小工如舞台上的武打演员，"拳打脚踢，腾来跃去"。在开工的第一天，郁静的一头秀发盘在头顶，一副精神抖擞、轻装上阵的样子，但老穆却一脸严肃地走到她身边，给她递上了工作帽和袖口紧锁的工作衣。工作帽是白色的，工作衣也是白色的，看上去，活脱脱一个餐馆里的大厨师。

转眼间，2008年的春节过去了。人们都以为郁静这面粉厂的生意会随着打工仔们的再次出门，也随着乡下人年后日子的青黄不接，而萧条下去的。哪知，郁静不仅人漂亮，人品好，面粉、面条的质量也是一流的，所以，周边乡镇的小吃店和超市，甚至县城的一些客户也纷纷前来订货，这既累得郁静、老穆和那两个小工毛根不沾背，也让郁静和老穆开心不已。

然而，震惊中外的四川"5·12"汶川大地震，让郁静这刚刚起步，并生机勃勃的面粉厂不仅顷刻间变为一片废墟，在郁静的心上也从此留下了难以抹去的伤痛和阴影。

"5·12"这天，天气格外晴朗，郁静在头天接了三百公斤面条的订单，并在这天要送货过去。郁静和老穆为此既高兴又担心，所以在这天的一早，郁静和老穆便都起了床。接近中午时分，他俩将这三百公斤的面条全赶制了出来。并晾晒在面粉厂内的坝子里。这些面条本该在这天午后，全部装箱送出去的。哪知午后天空眨眼间黑得像一面锅底，不管是屋里还是屋外的坝子，都黑得如傍晚似的。看上去，一场暴风雨即将来临。郁静和老穆，还有那两个小工看着眼前这黑压压的情景，忙着把晾晒在外面坝子里的面条收进屋里。老穆挥刀将面条一一切断，郁静则忙着过秤装箱。哪知就在这时，随着大地一声山崩地裂般的轰隆隆的闷响，无论是头顶的房屋，还是脚踩的大地都在这轰鸣声中，剧烈地摇晃颠簸了起来，让人无法立足，也让人恐惧不已。就在人们还没反应过来是咋回事时，一间间房屋已轰然倒下。

原来，当大地在人们的脚下刚开始颤动时，站在离郁静最近，又见多识广的老穆已反应过来是地震了。但他还没把地震两个字说出口，头顶就开始掉落尘渣瓦片，接着，墙壁就开始摇晃倾斜了起来，并且，一根房梁在墙壁倾斜时，正"轰隆隆、哗啦啦"地朝郁静的头上倾斜砸了下来，老穆本想将郁静一掌推开的，但当他看到倾斜并不住摇晃的墙壁也在坍塌时，他怕郁静躲开了房梁，却躲不开坍塌倒下的墙壁，他于是灵机一动，便朝郁静扑了上去，或许老天无眼，就在老穆扑上去刚把郁静护在自己身下，在一声"轰隆隆"的巨响声中，倾斜的墙壁和掉落的房梁，全朝老穆的身上砸了下来……

郁静这天是被外面的喊声和哭号声惊醒过来的。她伏在老穆的身下，眼前一片漆黑，她不知道究竟发生了什么。她只记得之前大地颤动，墙壁倾斜，房梁朝她头顶砸下时的情景，也记得老穆朝她扑过来的情景，过后啥也不知道了……

郁静是在地震后的一小时后，才被迅速赶来的救灾人员从废墟下把她救了出来，她这时才发现，老穆当时是在用自己的身子和生命保护着她。她因而只受了一点儿皮外伤，捡回了一条命。但老穆被人们从废墟里救出来后，虽有呼吸，却一直昏迷不醒，一个月后依然如此。

这天，郁静把老穆从医院接回了他的家，一边用温水给老穆擦洗着身子，一边淌着泪给老穆说："穆时秋，你给我醒醒，你不能这样不理我，你知道不，我要做你的女人。我知道你的心思，你是不是觉得自己的年龄比我大得太多？告诉你，我不在乎，也没去想过，我知道你才是我能依靠的男人……"

郁静当时这么说着，也小心翼翼地给老穆擦洗着身子，这时她感觉老穆动了一下，她同时也觉得老穆冰凉凉的身子有了感应。她一激动，便把自己脱了个一丝不挂，接着躺上床去，小心翼翼地将老穆搂进怀里，并将自己的每寸肌肤，与老穆的身子紧贴在一起……

话说女人丹红报复性地让梁超染上毒瘾后，就如她苦心算计的那样，在迫使梁超和郁静离了婚的第二天，与梁超去民政局办了结婚登记。按理说，她与梁超结了婚，就应是老梁家名副其实的女主人。当然，她在老梁家不仅可发号施令，也该把老梁家的一切大权全拽在手里，比如说她该坐上梁氏公司总经理的这把交椅，公司和家里的保险柜钥匙，还有存折和房产证，梁超的母亲都该交出来，并由她全权掌管。哪知，梁超的母亲始终不肯，她尽管让梁超和女人丹红结了婚，但她就是不让女人丹红掌管家里和公司里的财政大权。说白了，你女人丹红仍然是梁超的一个玩物而已，想睡你就睡你，只是把你养起来更方便一些。

然而，女人丹红也不傻，她知道梁超的母亲迟迟不交权的意思。她几次给梁超直来直去，梁超都不卑不亢"嘻嘻"一笑说："哎呀，你吃闲饭还不好？何必去做那操心费力的事，这自由自在的日子多好！"

女人丹红每次听了梁超这话，就气不打一处来。她每次也都气鼓鼓地冲梁超发泄说："你这榆木脑袋，知道啥叫尊严？你母亲这样做，根本就没承认我这个儿媳，还时刻像防贼一样防着我，你说，我这日子咋过？"

转眼间，女人丹红与梁超结婚已几个月过去了，女人丹红依然没达到她成为老梁家女主人的目的，心里因而很是憋气。这天，她把心一横，软的不行，她便拿出自己手中的"杀手锏"，对梁超的母亲开始强攻硬取了。这天的晚饭后，她知道梁超是不敢与她硬来的，便沉着脸，开门见山地对梁超的母亲问："妈，你究竟让不让我做事？"

梁超的母亲听了女人丹红这直撇撇的话，不由一惊。她之前想过女人丹红会这样，但也没想到女人丹红会这么直截了当，因而不服气，便轻蔑地回答女人丹红说："呵呵，你想做事，你能做啥事？"

梁超的母亲在说这话时，一脸的不屑和蔑视，这让女人丹红听了不仅刺耳，也给气愤中的她火上浇了油，于是她以同样冷峻讥讽的口气对梁超的母亲说："做啥事？我啥事都能做，包括你不会的我也会。"

梁超的母亲听了女人丹红这话，简直是气不打一处来，同时也感觉这女人无法无天，已蹲在她头上拉屎了。于是她既绞尽脑汁，又拿出自己所有"看家本领"，铁青着脸对女人丹红骂道："你想在咱老梁家做事是吧？我告诉你，你除非回到你爹妈的肚里，重新转世做人！"

梁超母亲的这话，不仅说得气愤，唾沫星子也溅了女人丹红一脸。女人丹红不知是为梁超母亲那伤人戳心的话，还是为自己一脸的唾沫星子，把她如十月怀胎酝酿好的话，以冷飕飕的语调向梁超的母亲抖搂了出来，那样子既胸有成竹，又有一种鱼死网破、同归于尽的气势。

"那好，我这就告诉你，我不用投胎转世，老梁家的事我做定了，不信，咱走着瞧。我还要告诉你，你是要你的儿子，还是要这个家业？"

梁超的母亲这天是听了女人丹红这话，彻底软了下来的，她当时没敢再吱声。她知道女人丹红手上有她儿子吸毒、贩毒的证据，她不能一时冲动而毁了儿子。再说，钱财哪有自己儿子的性命重要，况且，只要有了人，那钱财算个啥事……

梁超的母亲是想了如此种种，甘拜下风地没再与女人丹红发生争斗。并在几天后，亲自把女人丹红扶上了梁氏公司总经理的宝座，不仅如此，还把老梁家的所有财政大权全交到了丹红手里。

但是，物极必反、乐极生悲，就在丹红为自己的贪得无厌而得意忘形时，应有的惩罚也悄然而至。

这天，丹红为了庆贺自己当上了老梁家的女主人和梁氏公司的总经理，在新县城的百万酒楼举行了庆祝宴。在宴会上她不仅春风满面、光彩照人，也出尽风头地炫耀自己。她除了广而告之她是老梁家的女主人和梁氏公司的总经理外，还兴奋地把自己喝了个酩酊大醉。当然，梁超也不知是因为憋屈，还是为了给丹红撑面子，也是烂醉如泥。哪知，在这天深夜，当梁超和丹红酒醒后，丹红驾着她那辆黑色轿车，副驾驶坐着仍有些晕厥的梁超，在回家经过连接新老县城的那"阴阳桥"时，丹红眼前突然逼来一道白光，白光带着寒气，犹如匕首般，冷飕飕地直戳她的眼睛，她为了避开这道寒光，把手中的方向盘往侧一打，轿车立即撞断桥上的栏杆，一头栽进了江里……

在四川"5·12"大地震的三天后，一个衣衫褴褛的老妇人，胸前抱着一个两岁左右的小男孩，神思恍惚地徘徊在芋头镇的街头，那样子很是无助可怜，也叫人不可思议……

图书在版编目（ＣＩＰ）数据

到底该不该爱你 / 陈庆宝著 . -- 北京：中国文史出
版社，2020.1
（跨度长篇小说文库）
ISBN 978-7-5205-1329-6

Ⅰ . ①到… Ⅱ . ①陈… Ⅲ . ①长篇小说－中国－当
代 Ⅳ . ① I247.5

中国版本图书馆 CIP 数据核字 (2019) 第 210025 号

责任编辑：薛媛媛

出版发行：	中国文史出版社	
社 址：	北京市海淀区西八里庄 69 号院 邮编：100142	
电 话：	010-81136606 81136602 81136603（发行部）	
传 真：	010-81136655	
印 装：	北京新华印刷有限公司	
经 销：	全国新华书店	
开 本：	720×1020 1/16	
印 张：	26.25 字数：403 千字	
版 次：	2020 年 1 月第 1 版	
印 次：	2020 年 1 月第 1 次印刷	
定 价：	75.00 元	